DIE ZEIT

HISTORISCHE KRIMINALROMANE

Peter Tremayne

Das Konzil der Verdammten

Aus dem Englischen
von Irmhild und Otto Brandstädter

Mit einer Krimi-Analyse
der ZEIT-Redaktion

Zeitverlag Gerd Bucerius GmbH & Co. KG

Lizenzausgabe des Zeitverlag Gerd Bucerius GmbH & Co. KG, Hamburg,
für die ZEIT Edition »Historische Kriminalromane«, 2010

Die Originalausgabe unter dem Titel *The Council of the Cursed* erschien 2008 bei
Headline Book Publishing, London

(Die deutsche Ausgabe erschien 2008 im Aufbau Taschenbuch; Aufbau Taschenbuch
ist eine Marke der Aufbau Verlag GmbH & Co. KG)

Projektleitung: Sabine M. Müller
Layout und Umschlaggestaltung: Buchholz Graphiker
Satz und Repro: Buch-Werkstatt GmbH, Bad Aibling
Druck und Bindung: GGP Media GmbH, Pößneck

Printed in Germany

ISBN: 978-3-8419-0003-6
Vertrieb Handel: Edel Germany GmbH

Bildnachweis Einband [M]: Rodemann/Schuetze/akg-images/picture-alliance,
Arnold Metzinger/dieKLEINERT.de/picture-alliance

INHALT

Für meinen Neffen Pete Willis und seine Frau Diane
sowie Daniel und Kelly
von der nächsten Generation

AD 670: ... et ad sacrosanctum concilium Autunium luna
in sanguinem uersa est.

Chronicon Regum Francorum et Gothorum

A. D.670: ... und während des geheiligten Konzils von Autun wurde
der Mond blutig rot.

Chronik der Könige der Franken und Goten

Hauptpersonen

Schwester Fidelma von Cashel, eine *dálaigh* oder Anwältin bei Gericht im Irland des siebenten Jahrhunderts
Bruder Eadulf von Seaxmund's Ham, ein angelsächsischer Mönch aus dem Lande des Südvolks, ihr Gefährte

In der Abtei Autun
Leodegar, Bischof und Abt von Autun
Nuntius Peregrinus, der päpstliche Legat oder Emissär
Ségdae, Abt und Bischof von Imleach
Dabhóc, Abt von Tulach Óc
Abt Cadfan von Gwynedd
Ordgar, Bischof von Kent
Bruder Chilperic, Verwalter der Abtei
Bruder Gebicca, Arzt und Apotheker
Bruder Sigeric, ein Schreiber
Bruder Benevolentia, Ordgars Kämmerer
Bruder Gillucán, Dabhócs Kämmerer
Bruder Andica, ein Steinmetz
Äbtissin Audofleda, die *abbatissa* der *domus feminarum*
Schwester Radegund, die Verwalterin der *domus feminarum*
Schwester Inginde
Schwester Valretrade

In der Stadt Autun
Gräfin Beretrude, burgundische Fürstin
Gaugraf Guntram, ihr Sohn
Verbas von Peqini, Kaufherr und Sklavenhändler
Magnatrude, Valretrades Schwester
Ageric, ein Schmied, Magnatrudes Ehemann
Clodomar, ein Schmied
Chlothar III., fränkischer König von Neustrien
Ebroin, sein Mentor und Kanzler

In der Stadt Nebirnum
Bischof Agrius, Abt von Nebirnum
Bruder Budnouen, ein Gallier

Historische Vorbemerkung

Die Ereignisse, die in diesem Roman geschildert werden, begaben sich während des Konzils von Autun. Die Stadt ist in einer Landschaft Frankreichs gelegen, die heute Burgund genannt wird. Sie war eine bedeutende Festung im römischen Gallien und hieß damals Augustodunum. Das Konzil von Autun war ein wichtiges Konzil der frühen Christenheit, denn es entschied, dass die *regula* des heiligen Benedikt fortan die Grundregeln des Lebens in allen Klöstern sein sollten. Damit wurden Sitten und Gebräuche verworfen, die sich in den klösterlichen Gemeinschaften im keltischen Gallien herausgebildet hatten. Die Beschlüsse von Autun brachten die keltische Kirche erneut in die Defensive, weil Rom bestrebt war, sie völlig der Papstkirche zu unterwerfen und ihre Riten nicht länger zu dulden. In Autun wurde der Versuch unternommen, die Beschlüsse, die 664 in Whitby gefasst worden waren, verstärkt durchzusetzen. Damals hatte Oswy von Northumbrien das Brauchtum der römischen Kirche für sein Königreich übernommen und sich damit gegen die Auffassungen entschieden, die die irischen Missionare mit dem von ihnen gepredigten Christentum verbreitet hatten. Nach Oswys Entscheidung folgten allmählich alle anderen angelsächsischen Königreiche den Vorschriften Roms.

Das Konzil von Autun anempfahl auch der gesamten Geistlichkeit, sich das Athanasianische Glaubensbekenntnis zu eigen zu machen. Kardinal Jean Baptiste François Pitra (1812 bis 1889) vertrat in seiner *Histoire de Saint Léger* (Paris, 1846) die Ansicht, dieser Glaubenskanon habe sich gegen die Vorstellungen des Monotheletismus gewandt, die unter den keltischen Kirchen Galliens an Einfluss gewannen. Der Monotheletismus versuchte zu erklären, wie sich das Menschliche und das Göttliche in der Person Jesu Christi zueinander verhielten. Seiner Lehre nach hatte Jesus zwei Naturen (eine menschliche und eine göttliche), jedoch nur einen göttlichen Willen. In Fidelmas Tagen erfreute sich diese Auffassung einer beträchtlichen Anhängerschaft, wurde aber auf dem Sechsten Ökumenischen Konzil in Konstantinopel unter Papst Agatho 680/81 als Ketzerei verdammt.

In welchem Jahr das Konzil von Autun wirklich stattgefunden hat, geht aus den Chroniken nicht klar hervor, die meisten bevorzugen das Jahr 670. Dieses Datum habe ich übernommen, da es wahrscheinlicher ist als andere in Vorschlag gebrachte Jahreszahlen. In Chroniken und Annalen finden sich mitunter einander widersprechende Daten, denn die betreffenden Quellen sind nur in Abschriften oder Kompilationen auf uns gekommen, die etliche Jahrhunderte später angefertigt wurden. Ich halte es für gerechtfertigt, mich auf ein von vielen Gelehrten bevorzugtes Datum festgelegt zu haben. Schließlich möchte ich, dass die Geschichten um Schwester Fidelma lediglich als das gelesen werden, was sie sind, nämlich dichterische Erfindungen.

Leser, die Vorkommnisse wie den von Rom gebilligten Verkauf von Ehefrauen der Priester und Mönche in die Sklaverei bezweifeln, muss ich auf Folgendes verweisen: Während der Regierungszeit von Papst Leo IX. (1049–1054) wurden mit obrigkeitlicher Billigung die Frauen von Priestern zusammengetrieben und dazu verdammt, als Sklavinnen im Lateran-Palast zu dienen. Urban II. drang während seiner Regierungszeit als Papst (1088–1099) auf die Einhaltung des Zölibats, und das nicht nur mit Dekreten sondern auch mit Gewalt. Während er ein Konzil in Reims besuchte, ermächtigte er den Erzbischof von Reims, den Grafen Robert von Reims zu zwingen, alle Ehefrauen von Geistlichen und Klosterbrüdern zu entführen und als Sklavinnen zu verkaufen. Viele dieser beklagenswerten Frauen verzweifelten und begingen Selbstmord. Andere wehrten sich. So geschah es, dass man die Gattin des schwäbischen Grafen von Veringen vergiftet im Bett fand als Vergeltung dafür, dass ihr Mann im Lande nach Frauen von Geistlichen auf der Jagd war.

Lesern, die sich auf der Landkarte orientieren, mag der Hinweis helfen, dass der gallische Fluss Liga – der keltische Name bedeutet Schlick oder Sediment und wurde zu Liger latinisiert – heutzutage die stattliche Loire ist; der gallische Fluss Aturavos ist heute der Arroux, und der Strom Rhodanus ist die Rhône. Die Stadt Nebirnum heißt jetzt Nevers, Divio ist Dijon, und aus dem armorikanischen Hafen Naoned wurde die Stadt Nantes.

Kapitel 1

Die beiden Gestalten mit den Kapuzen waren im dunklen Gemäuer des Mausoleums kaum zu erkennen. Schweigend standen sie neben dem großen Sarkophag, der die Mitte der kleinen Kammer in den muffigen Katakomben einnahm, die sich unter der Abtei nach allen Richtungen zu erstrecken schienen. Von alters her war das die Totenstadt. Sie war uralt, hatte schon bestanden, bevor die Abtei erbaut wurde. Nachdem der Neue Glaube ins Land gekommen war, hatte man die Stätte geweiht, und nun hatten schon Generationen von Äbten hier ihre letzte Ruhestätte gefunden.

Abgesehen von Wassertropfen, die irgendwo in der Ferne fielen, war es völlig still. Die Luft war dumpf und stickig. Ein schwaches Leuchten durchdrang die unterirdischen Höhlungen und verlieh der Dunkelheit schwache Umrisse, so dass man das eine oder andere nur durch den Wechsel von Licht und Schatten erahnen konnte. Die beiden Gestalten verharrten reglos auf ihrer Stelle, fast als wären sie selber Teil der Grabsteine.

Dann wurde das schwache Geräusch des Tropfenfalls überlagert von sachtem Schlurfen; es klang wie Leder, das sich an Stein rieb. Eine der Gestalten zuckte zusammen, als ein Lichtschimmer in die Kaverne drang und Schatten hin und her tanzen ließ. Zwischen den Gräbern tauchte eine dritte Person auf, die eine Kerze hielt.

Auch sie trug eine Kutte mit Kapuze. Vor dem Mausoleum blieb sie stehen. »Ich komme im Namen des heiligen Benignus«, ließ sich eine kratzige Stimme vernehmen.

Von dem im Dunkeln wartenden Paar wich die Spannung.

»Willkommen im Namen von Benignus, geheiligten Namens und Angedenkens«, erwiderte eine weibliche Stimme leise. Man verständigte sich auf Latein.

Der Ankömmling trat rasch ins Mausoleum und stellte die Kerze auf das Marmorgrabmal.

»Nun?«, fragte die zweite der wartenden Gestalten. »Hat er es noch?«

»Er bewahrt es bei sich in der Kammer auf«, erwiderte der Neue rasch.

»Dann können wir es leicht an uns bringen. Es wäre ein Zeichen, dass Gott unser Unterfangen segnet«, meinte der andere.

»Aber wir müssen rasch handeln. Der Gesandte aus Rom hat bereits mit ihm darüber gesprochen. Wenn wir es, sobald die Zeit heran ist, als unser Feldzeichen nutzen wollen, müssen wir es jetzt verschwinden lassen.«

»Soll es unserer Absicht dienen und den Aufstand des Volkes auslösen, darf er nicht erst die Wahrheit über dieses große Symbol verbreiten. Die Menschen müssen ernsthaft daran glauben, dürfen keinerlei Zweifel hegen.«

»Sind wir bereit, zu tun, was wir tun müssen?«, fragte wieder die weibliche Stimme.

»Es dient dem Nutzen aller«, sagte ihr Begleiter feierlich.

»Deus vult!«, ergänzte der Neue ernst. Gott will es.

»Sind wir uns also einig?«, drängte die Frau mit fast erstickter Stimme.

»Noch heute Nacht muss es vollbracht werden«, bestimmte der Neue.

Die drei schauten einander im Dämmerlicht an und murmelten unisono: *»Virtutis Fortuna comes!«* Den Mutigen steht Fortuna bei.

Ohne ein weiteres Wort trennten sich die drei schemenhaften Gestalten und gingen in verschiedene Richtungen durch die dunklen Gewölbe der Katakomben von dannen.

»Die Anmaßung dieses Menschen ist unerträglich!«

Erstaunt schwiegen alle in der Kapelle, während die Stimme in den steinernen Gewölben des Hauses widerhallte. Die Äbte und Bischöfe, die vor dem Hochaltar in dunklen, mit Schnitzereien verzierten Eichensesseln saßen, blickten wie auf Geheiß zu ihrem erbosten Kollegen. Der war zwar nicht aufgestanden, wies aber mit ausgestrecktem Arm auf einen Geistlichen in der Runde.

»Beruhige dich, Abt Cadfan«, ermahnte ihn Bischof Leodegar, der die Zusammenkunft leitete. Man hatte die Kapelle so ausgestattet, dass sie auch als Sitzungssaal dienen konnte. »Wir sind hier zusammengekommen, um die Zukunft unserer Kirchen zu erörtern, die gegenwärtig in Sprache und Ritus voneinander getrennt sind. Es mögen unverblümte Worte fallen bei dem Suchen nach Pfaden, auf denen wir zueinander finden wollen, um zur Einheit zu gelangen. Doch bedenkt bitte, solche Worte sollten nicht als persönliche Beleidigungen aufgefasst werden.«

Er bediente sich sicher und gewandt des Lateinischen, das alle beherrschten.

Abt Cadfans Unmut wuchs. »Verzeih meine unverblümte Redeweise, Leodegar von Autun, aber ich weiß sehr wohl eine Beleidigung von einer in lebhafter Debatte vorgebrachten Ansicht zu unterscheiden. Beleidigungen von den Feinden meines Bluts und meines Volkes werde ich keinesfalls dulden.«

Der ältere grauhaarige Geistliche, der Abt Cadfans zur Rechten saß, legte seinem Gefährten beschwichtigend eine Hand auf den Arm. Es war Abt Dabhóc von Tulach Óc, der Bischof Ségéne von Ard Macha vertrat. Dieser wiederum beanspruchte die Oberhoheit eines Erzbischofs über alle fünf Königreiche Éireanns.

»Ich bin sicher, was Bischof Ordgar gesagt hat, war nicht anmaßend gemeint«, entgegnete er diplomatisch vermittelnd. »Zwar sprechen wir alle Latein, doch ist es nicht unsere Muttersprache, und zuweilen fehlt uns der passende Ausdruck, um etwas so zu sagen, wie wir es eigentlich wollen. Es war doch wohl nur eine ungeschickte Wortwahl, oder unser Freund hat sich in einer Redewendung vergriffen im Bemühen, seinen Worten Nachdruck zu verleihen.«

Bischof Ordgar, dem der verärgerte Ausbruch anfangs gegolten hatte, starrte Abt Cadfan mürrisch an. Er war ein Mann mit dunklem Haar und scharfgeschnittenen Gesichtszügen. Die Mundwinkel waren hochgezogen, so dass die Lippen ständig zu höhnischem Grinsen verzogen schienen. Jetzt wandte er sich mit herausforderndem Blick Abt Dabhóc zu.

»Willst du mir etwa unterstellen, ich könnte nicht ordentlich Latein?«, knurrte er. »Was versteht ein barbarischer Fremdländischer wie du schon von den Feinheiten der Sprache?«

Abt Dabhóc lief rot an. Doch ehe er etwas erwidern konnte, stieß Abt Cadfan ein kurzes Lachen aus und brauste auf: »Schon wieder diese Anmaßung – und das von einem, dessen Volk noch immer nicht seine heidnische Rückständigkeit abgeschüttelt hat. Haben wir Britannier nicht unseren Nachbarn in Hibernia geraten, von dem Versuch abzulassen, diese Sachsen von ihren heidnischen Bräuchen abzubringen? Haben wir sie nicht davor gewarnt, den Sachsen die Lehren Christi vermitteln zu wollen sowie Schreibkunde und Gelehrsamkeit? Die sind noch nicht zivilisiert genug, um damit überhaupt umgehen zu können.«

Abt Cadfan hatte die lateinische Bezeichnung Hibernia gebraucht und damit die fünf Königreiche Éireanns gemeint.

Bischof Ordgar schlug mit der Faust auf die Armlehne seines Eichensessels und rief: »Ich gehöre zu den Angeln, du welscher Barbar.«

Abt Cadfan zuckte die Achseln. »Angeln oder Sachsen, wo ist da der Unterschied? Dieselbe kratzige Sprache, und ungebildet sind beide. Ich nenne dich immerhin bei deinem richtigen Namen, aber du nennst mich in deinem Hochmut und deiner Anmaßung einen Welschen. Soviel ich weiß, bedeutet das ›Fremdländischer‹. Dabei seid ihr doch die Fremdländischen im Lande Britannien. Ich bin Britannier, von Anbeginn der Zeit lebt mein Volk in dem Land. Deine barbarischen Horden sind erst vor zwei Jahrhunderten über uns gekommen. Mit List und Tücke habt ihr Fuß gefasst in unserem Land, dann seid ihr mit Heerscharen bei uns eingefallen und habt Mord und Totschlag über unsere Leute gebracht. Ihr wollt nicht mehr und nicht weniger, als alle Britannier ausrotten. Aber das sage ich dir, du Barbar, das wird euch nicht gelingen. Wir Welschen – wie du uns hohntriefend nennst – werden überleben und werden euch eines Tages aus dem Land vertreiben, das ihr Angel-Land nennt und das einst unser friedfertiges Britannien war.«

Mit wutverzerrtem Gesicht war Bischof Ordgar aufgesprungen, hatte dabei seinen Sessel umgestoßen und fuhr mit einer Hand an seine Seite, wohl das nicht vorhandene Schwert suchend.

Abt Cadfan lehnte sich zurück, lachte abermals kurz auf und schaute ringsum in die versteinerten Mienen der Prälaten.

»Da seht ihr, wie der Barbar sich verhält. Hätte er eine Waffe, hätte er vor primitiver Gewalttat nicht zurückgeschreckt. Und so einer nennt sich ein Mann des Friedens, ein Vertreter Christi, und will mit denen debattieren, die gesittet und gebildet sind. Er ist genau so ein Wilder wie all die übrigen Häuptlinge seines Volkes, die sich untereinander bekriegen, wenn sie nicht gerade gegen uns Britannier Krieg führen.«

Plötzlich wurde es laut. Ein hochgewachsener Mann, der neben Bischof Leodegar saß, hatte sich erhoben und stieß mit einem Bischofsstab auf den Boden. Er trug kostbare Gewänder und ein Silberkreuz an einer Halskette.

»Tacete! Schweigt still!«, donnerte er. »Brüder, ihr vergesst euch beide. Ihr seid zu einem Konzil gekommen, das unter den Augen Gottes und des Bischofs dieses Ortes abgehalten wird. Ich bin der Gesandte des Heiligen Vaters in Rom, und ich bin beschämt, Zeuge eines solchen Ausbruchs unter den Auserwählten des Glaubens zu sein.«

Dass der Gesandte aus Rom, Nuntius Peregrinus, sich bemüßigt gefühlt hatte, einzuschreiten, musste Bischof Leodegar wie eine Rüge auffassen, weil er zu wenig Autorität zeigte bei der Lenkung der zu diesem Konzil Entsandten.

Er hob eine Hand und bedeutete dem Nuntius, wieder Platz zu nehmen. Dann sagte er unüberhörbar: »Brüder, es ist in der Tat beschämend, wie ihr euch vor unserem hochverehrten Gesandten aufführt. Wir stehen vor einem Konzil der bedeutenden Äbte und Bischöfe der westlichen Kirchen, auf dem wir grundlegende Schritte festlegen wollen, um zu einem einheitlichen Wirken unserer gesamten Kirche zu gelangen. Unsere Begegnung heute soll eine Vorbesprechung ohne Anwesenheit unserer Schreiber und Ratgeber sein, damit wir uns vor den Hauptverhandlungen gegenseitig kennenlernen, dennoch ist das kein Marktplatz, auf dem wir uns zanken und prügeln.«

Beifälliges Murmeln erklang von den etwa zwanzig Männern, die um den Tisch saßen.

Bischof Leodegar wandte sich an Bischof Ordgar: »Du bist hier als der persönliche Vertreter Theodors, den unser Heiliger Vater Vitalianus vor Kurzem zum Erzbischof von Canterbury ernannt hat. Würde Theodor etwa solche Worte gebrauchen, wie du, Ordgar, sie gegenüber einem Prälaten der Kirche der Britannier gewählt hast?«

Der Angesprochene wollte zu einer Entgegnung ansetzen, doch Bischof Leodegars finsterer Blick ließ ihn in seinen Sessel zurücksinken, wenn auch mit gekränkter Miene.

»Cadfan«, fuhr Bischof Leodegar fort, »du bist hier erschienen als Vertreter der Kirchen deines Volkes, der Britannier. Vertrittst du wirklich dein Volk, wenn du Krieg und Auslöschung der Königreiche der Angeln und der Sachsen predigst?«

Abt Cadfan war nicht gewillt, diese Zurechtweisung stillschweigend hinzunehmen.

»Wir haben die Angeln und die Sachsen nicht aufgefordert, in unsere Gebiete einzufallen und uns zu vernichten«, begehrte er auf. »Jeder von uns hier kennt das Werk des heiligen Gildas *De Excidio et Conquestu Britanniae* – Über Untergang und Wehklage Britanniens. Ihr habt davon gehört, wie meine Leute von den Angeln und Sachsen abgeschlachtet wurden oder wie sie Haus und Hof verlassen und in andere Länder fliehen mussten. Wir werden immer weiter nach Westen gedrängt; nicht wenige von uns sind nach Armorica, nach Galicia und Hibernia geflohen, ja sogar ins Land der Franken, um sich vor den räuberischen Horden zu retten.«

»Komm mir nicht mit Geschichten aus der Vergangenheit«, erwiderte Bischof Leodegar verärgert. »Wir leben in der Gegenwart.«

»Gehört Benchoer etwa zur Vergangenheit?«, fiel ihm Abt Cadfan ins Wort.

Leodegar schaute verwundert in die Runde. »Benchoer? Stimmt, Drostó, der Abt von Benchoer, ist nicht hier. Was hat es mit deiner Bemerkung zu Benchoer auf sich?«

»Es hat durchaus seinen Grund, weshalb Drostó von Benchoer fehlt«, antwortete ihm Abt Cadfan. »Benchoer ist unsere älteste Abtei, dort führten dreitausend Brüder ihr Christus geweihtes Leben. Nicht ich, sondern Drostó sollte als der Rangälteste unsere Kirchen hier vertreten. Hat der Sachse, der mir gegenübersitzt, etwa Angst, dir zu sagen, warum Drostó nicht diesen Platz einnimmt?«

Bischof Ordgar blickte missmutig drein. »Die Welschen machen ständig Ärger«, warf er hin. »Ihr Anführer, dessen fremdländischen Namen ich nicht aussprechen kann, hat rückhaltlos verkündet, was alles er meinem Volk anzutun gedenkt.«

»Der König von Gwynedd heißt Cadwaladar ap Cadwallon«, erwiderte Abt Cadfan gereizt. »Er stammt von einem Geschlecht großer Könige ab, die schon bedeutend waren, als deine Vorfahren sich noch im Dreck sielten!«

Diesmal war es Bischof Leodegar, der auf den Boden stampfte, um die Gegner zur Ordnung zu rufen. »Wir werden die Zusammenkunft sofort auflösen, wenn diese Beschimpfungen anhalten«, drohte er.

Abt Goelo von Bro Waroc'h, das in Armorica lag, räusperte sich. »Mit Verlaub, Leodegar, dem Konzil muss eine Antwort auf die Frage gegeben werden, die unser verehrter Bruder aus Gwynedd gestellt hat.«

»Es ist so, wie du sagst, Abt Cadfan, der Ehrwürdige Drostó sollte deine Kirche auf diesem Konzil vertreten«, bestätigte Bischof Leodegar. »Was ist mit Benchoer?«

Abt Cadfan schaute mit seinen stechenden blauen Augen Bischof Ordgar an, der mit zusammengekniffenen Lippen dasaß. »Die Abtei von Benchoer gibt es nicht mehr, und Drostó haust mit wenigen Überlebenden in den Wäldern von Gwynedd. Aus Furcht um ihr Leben suchen sie sich Nacht für Nacht einen anderen Unterschlupf. Vor einem Monat ist der Anführer der Sachsen von Mercia ...«

»Der Angeln«, rief Ordgar dazwischen.

»... ein Barbar, der sich Wulfhere nennt, mit seinen Horden in Gwynedd eingefallen und hat unsere Abtei bei Benchoer niedergebrannt und bis auf die Grundfesten zerstört. Über tausend unserer Glaubensbrüder wurden mit dem Schwert erschlagen. Ist eine solche Tat eines christlichen Herrschers würdig?«

»Über tausend Brüder?«, hauchte einer der gallischen Delegierten entsetzt.

Abt Ségdae von Imleach hatte sich den Streit bisher schweigend angehört. Er war der oberste Bischof des Königreichs Muman, des größten unter den fünf Königreichen Éireanns. Jetzt beugte er sich vor und schaute Bischof Ordgar eindringlich an.

»Ist das wahr, Bischof Ordgar?«, fragte er leise.

»Wulfhere ist der Bretwalda und ...«

»Bretwalda? Was ist das?«, unterbrach ihn Abt Ségdae.

»Das ist ein Titel, der Wulfhere als Oberherr der Welschen wie auch der Königreiche der Angeln und der Sachsen zuerkannt wurde.«

»Von wem zuerkannt?«, höhnte Abt Cadfan. »Von den Britanniern bestimmt nicht. Bei uns gilt so ein Titel nicht. Wir wollen keinen ›Beherrscher der Britannier‹, das steckt doch in dem Titel, es sei denn, wir hätten ihn einem Britannier zuerkannt. Weder einen Sachsen ...«, er machte eine Pause, »noch einen Angeln«, fügte er mit Nachdruck hinzu, »erkennen wir als Herrn über uns an. Gewiss würden wir keinem Barbaren ein solches Recht einräumen. Außerdem haben wir erfahren, dass Wulfhere nicht einmal von den anderen sächsischen Königen als Oberherr anerkannt wird.«

Gereizt rollte Bischof Ordgar die Augen. »Eorcenbehrt von Kent, und in dem Königreich liegt das Erzbistum Canterbury, hat ihn als Oberherrn anerkannt und ihm seine Tochter zur Frau gegeben.«

»Heißt das, Theodor, dein Erzbischof von Canterbury, billigt ihm ein solches Amt zu?«, wollte Abt Goelo wissen.

»Theodor ist zu uns von Rom entsandt worden, und Vitalianus hat ihn als obersten Bischof aller westlich gelegenen Inseln eingesetzt.«

»Er hat kein Recht, diese Stellung auch nur in einem der fünf Königreiche von Éireann zu beanspruchen«, mischte sich Abt Dabhóc sofort ein.

Abt Ségdae nickte zustimmend, schaute kurz zu Bischof Leodegar, wandte sich dann aber an alle Versammelten.

»Ich bin in das altehrwürdige Autun gekommen, um über Vorstellungen zu debattieren, die Rom uns nahelegt. Die Reise hierher war lang und beschwerlich und barg mancherlei Gefahren. Ich vertrete die Kirchen von Muman, während mein Mitbruder Abt Dabhóc in Vertretung von Bischof Ségdae von Ard Macha anwesend ist. Der Streitpunkt, um den es eben ging, hat nicht ursächlich mit den Fragen zu tun, deretwegen wir hier sind. Die Vorkommnisse, über die hier gestritten wurde, so unerhört sie sind und so dringend sie zwischen den Britanniern und den Sachsen beigelegt werden müssen, haben keinen unmittelbaren Bezug zu den Angelegenheiten, über die wir zu befinden haben.«

Abt Dabhóc schüttelte den Kopf. »Dem widerspreche ich. Werfen nicht gerade die erwähnten Vorkommnisse die Frage auf, ob Bischof Ordgar geeignet ist, unter uns auf diesem Konzil zu weilen? Billigt er das Massaker, welches Krieger seines Volkes unter den Klosterleuten angerichtet haben? Es hat den Anschein, dass er das tut. Ich meine, darüber sollten wir weiter reden. Lasst uns hören, was die Vertreter der Kirchen der Franken und der Gallier sowie der Kirchen im Lande Kernow und in den Königreichen von Armorica dazu zu sagen haben.«

»Es wäre nur recht und billig, dass auch wir gehört werden«, äußerte ein älterer Bischof. »Ich bin Herenal von Bro Erch aus dem Reich Armorica. Was ich bislang von Bischof Ordgar erfahren habe, kündet keinesfalls davon, dass er sich berufen fühlen darf, als Mann des Friedens zu wirken.«

»Pah!«, erscholl es und klang, als ob jemand verächtlich ausspuckte. Es war Bischof Ordgar, der vor Wut schäumte. »Diese Armoricaner, Gallier, Welschen aus Kernow, die sind alle ein und dasselbe Pack. Die stecken unter einer Decke. Wir würden unsere Zeit verschwenden, denen Gehör zu schenken. Ich bin hier auf Einladung meiner Brüder, der Franken, um Fragen des Glaubens zu erörtern, nicht um mir das Gejammere von Barbaren anzuhören.«

Sofort ließ sich ein Chor aufgebrachter Stimmen vernehmen, und Bischof Leodegar hob die Hände und rief streng: »Brüder in Christo! Seid eingedenk des Zwecks, dessentwegen wir uns aus unseren verschiedenen Ländern hier eingefunden haben. Seine Heiligkeit Vitalianus hat uns beauftragt, unser Bekenntnis zu dem auf Christus gegründeten Glauben zu verinnerlichen und uns der Regeln anzunehmen, die in jeder Glaubensgemeinschaft in unseren Ländern befolgt werden sollen. Seine Heiligkeit hat Nuntius Peregrinus entsandt, auf dass er Zeuge unserer Debatten sei. Das sind die Dinge, denen unsere Aufmerksamkeit zu gelten hat. Nur diesen und nichts anderem.«

Abt Dabhóc stand auf. »Brüder, die Stimmung zwischen uns ist von Zorn und Schuldzuweisungen belastet. Ich schlage vor, die Eröffnung des Konzils um einen Tag und eine Nacht zu verschieben. Wir haben weder Schreiber noch Berater bei uns, so wird der hier ausgebrochene Streit in keinem Dokument festgehalten werden. Lasst uns auseinandergehen und in Ruhe überdenken, weswegen wir hier sind.«

Bischof Leodegar schien ein wenig erleichtert. »Ein glänzender Vorschlag«, lobte er.

»Ein schändlicher Vorschlag«, kam es bissig von Bischof Ordgar. »Du, Leodegar, ein Franke, solltest dich schämen, diesen Welschen Vorschub zu leisten. Die sind ebenso Feinde deines Volkes, wie sie Feinde meines Volkes sind.«

»Eine Schande, so zu reden«, klang es entrüstet von vielen.

»Wir sind alle vereint in Christus«, erklärte Abt Dabhóc, »oder willst du, Bischof Ordgar, das etwa leugnen? Wenn dem so ist, dann bestätigst du, was Abt Cadfan dir vorgehalten hat, und kannst nicht am Konzil teilnehmen.«

»Ich habe meine Vollmacht von Theodor von Canterbury erhalten, und der ist unmittelbar vom Heiligen Vater in Rom ernannt worden. Wer aber hat dir die Vollmacht erteilt, du Barbar?« Bischof Ordgar zog drohend die Augenbrauen zusammen.

»Meine Vollmacht ist die Kirche, der ich diene«, begann der Abt. »Und ...«

Noch einmal stieß Bischof Leodegar mit seinem Bischofsstab heftig auf den Boden. Er warf dem Nuntius einen fragenden Blick zu, der zuckte die Achseln und nickte dann. Leodegar nahm das als Einverständnis, erhob sich und wandte sich an die Delegierten.

»Hiermit schließe ich unsere heutige Zusammenkunft. Einen Tag und eine Nacht lang werden wir beten und darüber nachdenken, zu welchem Behufe wir uns versammelt haben. Wenn wir uns hier wieder einfinden, werden wir unsere Schreiber und unsere Ratgeber mitbringen und werden Streitigkeiten, wie eben gehabt, unterlassen. Sollte jemand versuchen, den Streit fortzusetzen, wird er von den Beratungen des Konzils ausgeschlossen, ganz gleich, aus welchem Winkel der Welt er kommen mag. Meine Brüder, lasst euch diesen Rat ans Herz legen: *In medio tutissimus ibis* – wählt den sicheren Mittelweg. Geht nun auseinander und ziehet hin in Frieden im Namen des Allerheiligsten, unter dessen strengem und wachsamem Auge wir zusammenkommen, um ihn zu ehren.«

Die Äbte und Bischöfe standen auf und empfingen fast widerstrebend den Segen Bischof Leodegars – und erst recht grollten ihm die Hauptgegner.

Als sich die Versammlung auflöste, ging Abt Ségdae auf Abt Dabhóc zu. »Da haben wir nun die lange Reise unternommen, nur um dem Streit der Britannier mit den Sachsen beizuwohnen.«

Abt Dabhóc hob die Schultern. »Ich habe Mitgefühl mit den Britanniern, denn es stimmt, was Cadfan sagt. Sowohl die Angeln als auch die Sachsen greifen ständig die Königreiche der Britannier an.«

»Ich hätte mir gewünscht, Cadfan und Ordgar als Männer der Kirche hätten sich diplomatischer verhalten und sich den Fragen zugewandt, die hier zu lösen sind.«

Die beiden Geistlichen waren aus der Kapelle in einen Innenhof getreten, der von hohen Gebäuden mit römischen Säulen gesäumt war. Inmitten gärtnerischer Anlagen mit duftenden Gewächsen sprudelte eine Fontäne.

Abt Dabhóc blieb stehen und betrachtete wohlgefällig das sich ihm bietende Bild. »Die lange Reise hat sich schon gelohnt, wenn wir so Wundersames wie dieses erblicken. Die von den Römern erbauten Städte ähneln so gar nicht denen von Éireann.«

Außerhalb der Abtei gab es in Autun eine Vielzahl romanischer Bauten, die schon vor Jahrhunderten errichtet wurden, nachdem die Römer in Gallien eingedrungen waren und die keltischen Heere des Vercingetorix besiegt hatten. Sie hatten am Ufer eines Flusses eine Stadt erbaut und sie Augustodunum genannt. Als nach langer Zeit die Gallier und Römer vor den einfallenden Burgunden zurückwichen und sich später mit ihnen vermischten, erhielt der Ort den Namen Autun. Er wurde einer der frühchristlichen Zentren in dem Teil Galliens, der nun Burgundia hieß. Auf dem Abteigelände waren etliche der alten römischen Bauwerke erhalten geblieben. Paläste und Tempel hatte man dem Christengott und seinen Heiligen gewidmet. Mit den hoch aufragenden Bauten erschien Abt Ségdae der Ort wie ein Rom en miniature, so völlig anders im Vergleich zu den bescheidenen städtischen Siedlungen in seiner Heimat.

Plötzlich tönte Geschrei über den Innenhof.

Abt Ségdae schreckte von seinen Betrachtungen hoch und blickte verwundert um sich. Einige der Kirchenoberen waren in einem Handgemenge, darunter Ordgar, der einen anderen Geistlichen an der Kehle packte. Das war Cadfan. Die beiden Männer beschimpften und schlugen sich wie ein Paar sich prügelnder Kinder.

Die Umstehenden versuchten, sie zu trennen. Cadfans Gewand war eingerissen, Ordgar blutete im Gesicht. Man musste kein Sprachkundiger sein, um die Unflätigkeiten zu verstehen, die sie sich entgegenschleuderten.

Bischof Leodegar und Nuntius Peregrinus eilten hinzu. Einige der Kleriker hielten die Streithähne gewaltsam zurück, um zu verhindern, dass sie weiter blindwütig aufeinander eindroschen.

»Brüder! Seid ihr Brüder in Christo oder wilde Tiere, dass ihr euch derart benehmt?«, brüllte Bischof Leodegar sie an.

Abt Cadfan blinzelte und schien sich zu besinnen. »Der Sachse ist über mich hergefallen«, verteidigte er sich.

»Der Welsche hat mich beleidigt«, schnauzte Bischof Ordgar, doch auch er bekam sich wieder in die Gewalt.

Bekümmert schüttelte Bischof Leodegar den Kopf. »Ihr solltet euch schämen. Begebt euch in eure Quartiere und betet um Vergebung, dass ihr euch derart gegen die Lehren Unseres Herrn vergangen habt. Schande lastet auf euch, bis ihr euer Verhalten gesühnt habt. Ich gebe euch beiden eine letzte Gelegenheit, an unseren Beratungen teilzunehmen; nicht euch zuliebe, sondern denen zuliebe, die ihr vertretet. An Theodor von Canterbury und Drostó von Gwynedd werden wir Boten senden, um sie in Kenntnis zu setzen, wie ihr eure heiligen Pflichten wahrnehmt. Wenn wir das nächste Mal zusammentreten und ihr immer noch einander Feind seid, werde ich euch beide von diesem Konzil ausschließen und wir werden ohne eure Mitwirkung fortfahren. Habt ihr das verstanden?«

Beide schwiegen, und dann murmelten sie wie gescholtene Knaben ihr Einverständnis, erst Abt Cadfan und dann auch Bischof Ordgar.

Bischof Leodegar seufzte aus tiefstem Herzen. »Geht nun auseinander«, ordnete er an und schaute jedem in der Runde in die Augen. »Ihr alle, geht auseinander.«

Einzeln oder zu zweit verließen die Männer langsam den prächtigen Hof und begaben sich in die großen Häuser der Abtei.

Abt Dabhóc verzog die Miene zu einem Grinsen und meinte zu seinem Mitbruder: »Das sage ich dir, Ségdae, das wird das heißblütigste Konzil, auf dem ich je gewesen bin. Die Auseinandersetzungen zwischen unseren Leuten waren heftig genug, wenn es um Glaubensfragen ging, aber ich habe nie erlebt, dass es unter Geistlichen zu einer regelrechten Schlägerei gekommen ist.«

»Ich fürchte, unser Gastgeber gibt sich der trügerischen Hoffnung hin, dass diese beiden einen Waffenstillstand schließen für die Dauer des Konzils«, meinte auch Ségdae. »Nicht nur die Kämpfe zwischen den Britanniern und den Sachsen werden für Zündstoff sorgen, viel eher noch die Ideen aus Rom. Die Franken und die Sachsen haben sich dafür entschieden – und wir müssen jetzt gegen sie Stellung beziehen. Diese Debatten dürften sich zu neuen Feindseligkeiten zuspitzen.«

»Was die Franken und die Sachsen in ihren Ländern tun, kann uns gleich sein«, erwiderte Abt Dabhóc verdrossen. »Wir haben unsere Glaubenslehre und unsere Liturgie. Was auf diesem Konzil beschlossen wird, gilt für uns ebenso wenig wie die Beschlüsse, die in Whitby verabschiedet wurden.«

Damit war Abt Ségdae keineswegs einverstanden. »Erst hatten wir Whitby, und nun kommt dieses Konzil in Autun. Unsere Glaubensvorstellungen und unsere darauf beruhenden Gebräuche werden allmählich von der neuen Denkweise aus Rom unterwandert, mir passt das ganz und gar nicht. Über die Jahre haben Synoden oder Konzile wie dieses hier die ursprünglichen Grundsätze des Glaubens verändert oder mit Zusätzen versehen, so dass die Lehren der Gründungsväter kaum noch zu erkennen sind.«

Abt Dabhóc nahm das mit Befremden auf, doch Ségdae redete unbekümmert weiter: »Genauso ist es. Selbst über den Tag, an welchem Unser Herr das Martyrium erlitt, sind wir mit Rom mehr als einmal in Streit geraten. Hat nicht sogar unser Columbanus darüber mit dem Bischof von Rom gestritten?«

»Das stimmt schon. Doch selbst in Ard Macha denken wir darüber nach, ob es nicht günstiger wäre für die Christenheit, das Osterfest an einem für alle verbindlichen Termin zu feiern.«

»Wichtiger scheint mir, das Fest in Wahrheit zu feiern, als über Nebensächlichkeiten zu diskutieren«, murmelte Abt Ségdae.

»Wenigstens wird sich dieses Konzil nicht mit Kalendern und Terminen für die großen Feierlichkeiten befassen, sondern mit dem Bekenntnis zu unserem Glauben und damit, wie wir in den klösterlichen Gemeinschaften ein gottgefälliges Leben führen. Ich jedenfalls sehe den Debatten voller Erwartung entgegen«, schloss Abt Dabhóc.

Erstmals ließ Abt Ségdae ein kurzes Lächeln über seine ernsten Züge gleiten. »Lebhaft dürften die Debatten gewiss werden, so wie unsere Brüder aufeinander losgegangen sind«, scherzte er.

Sie blieben im Gang der *hospitia* oder Gastquartiere stehen, wo jedem Würdenträger eine eigene Kammer zugedacht worden war.

»Wie ich höre, sind deine Berater noch nicht eingetroffen?«, fragte Abt Dabhóc, ehe sie sich trennten.

Wieder blickte Abt Ségdae ernst und auch bekümmert drein. »Sie haben sich allein auf die Reise begeben und müssten schon seit Tagen hier sein.«

»Die See kann sich sehr stürmisch gebärden, und die Überfahrt ist ohnehin schon lang, bevor man das Festland erreicht. Dann kommt noch die Reise flussaufwärts dazu. Wen erwartest du? Ihr habt in Muman bedeutende Gelehrte.«

»Fidelma von Cashel hat eingewilligt, uns bei den rechtlichen Fragen zu beraten, ehe wir den Beschlüssen zustimmen – das heißt zu prüfen, ob sie mit dem Gesetzwerk des Fénechus vereinbar sind.«

Abt Dabhóc war freudig erstaunt. »Fidelma? Ihren Namen pfeifen die Spatzen von den Dächern in den fünf Königreichen, besonders seit sie Anfang des Jahres den Mord am Hochkönig aufgeklärt hat. Nur, einen Mord aufzuklären ist eine Sache, doch abzuwägen, wie die Beschlüsse dieses Konzils die Gesetze und Gebräuche in den fünf Königreichen berühren, ist etwas gänzlich anderes.« Plötzlich musste er lachen. »Wenn unsere britannischen und sächsischen Freunde sich weiter in den Haaren liegen, könnten wir ihr vielleicht sogar einen neuen Mord bieten.«

Das fand Abt Ségdae nicht sehr spaßig. »Mit dergleichen sollte man nicht scherzen, mein lieber Bruder. Nachdem ich gemerkt habe, was in dieser Abtei vorgeht, mache ich mir Vorwürfe, sie überhaupt gebeten zu haben, mich zu begleiten. Doch es wird spät. Uns bleibt vor der Abendmahlzeit kaum noch Zeit, unser Bad zu nehmen.«

Jemand rüttelte ihn. Er vernahm eine Stimme, die ihn eindringlich anrief. Abt Ségdae wurde vollends wach und blinzelte ins Licht der Kerze in einer Laterne, die jemand über ihn hielt.

»Bischof Leodegar schickt mich, du musst sofort kommen!«

Abt Ségdae suchte die schemenhafte Gestalt des Mönchs zu erkennen, der ihn aus tiefstem Schlaf gerissen hatte. Es war noch dunkel im Zimmer und recht kalt.

»Was gibt es denn?«

»Bischof Leodegar hat gesagt ...«, begann der andere.

»Ich habe dich schon verstanden«, erwiderte der Abt und richtete sich mühsam auf. »Was ist passiert?«

Der Mönch schien erregt. »Kann ich dir nicht sagen ... du sollst gleich mitkommen.«

Mit einem Seufzer schwang sich der Abt aus dem Bett und warf sich seine Robe über. Wenige Minuten später folgte er dem Mönch durch den dunklen Flur.

»Wohin gehen wir, oder kannst du mir auch das nicht sagen, Bruder ... Bruder ...?«

»Bruder Sigeric.«

»Wo bringst du mich hin?«

»Zum Quartier des sächsischen Bischofs. Bischof Ordgar.«

»Wieso das?«

»Ich hab von Bischof Leodegar nur den dringenden Auftrag, dich dorthin zu begleiten.«

Abt Ségdae schnaufte gereizt. Er begriff, weitere Auskunft würde er nicht erhalten.

Es dauerte gar nicht lange, bis sie vor einer Kammer waren, deren Tür weit offen stand. Bruder Sigeric bedeutete ihm, einzutreten. Der Anblick, der sich dem Abt bot, ließ ihn auf der Schwelle verharren. Ein Mönch beugte sich über eine Gestalt auf dem Boden. Er erkannte sofort, dass es sich um Abt Cadfan handelte. Cadfan stöhnte; das gab Abt Ségdae wenigstens die Gewissheit, er lebte, Gott sei Dank. Dann sah er Bischof Leodegar neben einem zweiten auf der Erde Liegenden stehen, der gleichfalls geistliche Gewänder trug.

»Bischof Ordgar?«, fragte er knapp. »Hat Cadfan ihn etwa erschlagen?«

Hinter der offenen Tür hörte man es stöhnen.

Abt Ségdae machte einen Schritt hinein in den Raum und schaute zum Bett. Dort lag wie leblos Bischof Ordgar von Canterbury. Verwirrt wandte sich der Abt wieder Bischof Leodegar und dem zweiten Mann am Boden zu.

»Ich fürchte, das ist dein Mitbruder, Abt Dabhóc von Tulach Óc«, sagte Bischof Leodegar langsam. »Deshalb habe ich dich holen lassen, Bruder. Abt Dabhóc wurde ermordet.«

Kapitel 2

»Da wären wir!« Clodio, der ältere, muskelbepackte Schiffer nahm eine Hand von der Ruderpinne und zeigte nach vorn, als das Frachtboot zwischen Bäumen und Kalksteinböschungen um die Biegung des breiten Flusses glitt. Seine beiden Fahrgäste im Welldeck horchten auf, und ihr Blick folgte seinem ausgestreckten Arm zum Ufersaum.

»Ist das Nebirnum?«, fragte die Nonne. Ihrem Habit nach stammte sie aus dem Land Hibernia. Sie war von stattlicher Statur, eine angenehme schlanke Erscheinung mit leuchtenden Augen, wenn Clodio sich auch nicht recht entscheiden konnte, ob sie nun blau oder grün waren. Ihre Farbe schien je nach Stimmung zu wechseln. Unter der Kapuze drängten sich widerspenstige Strähnen rötlichen Haars. Von Anfang an war sie dem Schiffer als eine attraktive Frau aufgefallen. Wenn sie sich mit ihrem Begleiter, einem etwa gleichaltrigen angelsächsischen Klosterbruder, unterhielt – einem stämmigen Mann mit dunkelbraunen Augen und ebensolchen Haaren –, geschah das mit so zwangloser Selbstverständlichkeit, dass Clodio sich zunächst darüber gewundert hatte. Die beiden hießen Fidelma und Eadulf, und der Bootsführer hatte bald bemerkt, dass sie Eheleute waren, denn sie sprachen oft von einem Kind, das sie hatten daheim lassen müssen, als sie diese Reise antraten.

Fidelma schaute zu dem hoch aufragenden Hügel empor, auf dem sich etliche Gebäude um ein massives Bauwerk scharten, das schon von Weitem den Eindruck einer bedeutenden Abtei erweckte. Der Schiffer nickte. Seine Kenntnisse des Lateinischen, der einzigen Sprache, in der sie miteinander reden konnten, waren bescheiden, reichten jedoch aus, sich verständlich zu machen. »Das ist die Abtei Nebirnum«, bestätigte er. »Dort könnt ihr euch für den letzten Teil eurer Reise Pferde beschaffen.«

Eadulf, der neben Fidelma saß, zuckte zusammen. »Müssen wir unbedingt reiten?«, fragte er besorgt. »Wie weit ist es von hier bis Autun?«

Clodio, der mit seinen beiden kräftigen Söhnen das Flussschiff in

Fahrt hielt, betrachtete den Mönch mit unverhohlenem Spott. »Von Nebirnum bis zur großen Stadt Autun dauert es zwei bis drei Tage, wenn man gemächlich reitet. Die Straße ist gut, einfach nur geradeaus nach Osten.«

Eine Woche lang waren sie auf dem Boot unterwegs gewesen. Es kam ihnen wie eine Ewigkeit vor, dass sie im Hafen von Naoned in Armorica gelandet waren, wo ihre Reise auf dem mächtigen Liger begonnen hatte. Außer ihnen gab es keine weiteren Passagiere, dennoch war es auf dem kleinen Frachtschiff recht beengt. Der Bootsführer trieb in den Orten am Ufer Handel, beförderte unförmige Warenballen und manchmal sogar Lebendvieh von einer Stadt zur anderen, die an der sich durchs Land windenden Wasserstraße lagen. Ständig musste das Schiff gegen die Strömung des Flusses ankämpfen, der über 600 Meilen entfernt in den Bergen entsprang. Mitunter war die Strömung auch schwach, so dass sie ein Segel setzen konnten. Öfter noch waren lange Stangen nötig, um das Fahrzeug voranzustaken. Lief aber das klare grünliche Wasser über seichte Stellen mit gelben Kieseln, zogen Maultiere auf dem Treidelpfad das Frachtschiff flussaufwärts. Fidelma war beeindruckt, mit welcher Umsicht und Sicherheit Clodio und seine Söhne das Boot zunächst ostwärts und dann südwärts auf dem breiten Strom steuerten. Stets waren sie in Bewegung und stemmten sich gegen die Gewalt des Stroms, der in seiner Mitte ab und zu Inseln umfloss, auf denen sich urtümliche Wildnis ausbreitete. Besonders die Frauen blieben den Fahrgästen in Erinnerung, die an den Ufern Wäsche wuschen und die nassen Wäschestücke unermüdlich gegen Felsplatten schlugen. Mitunter waren es ganze Gruppen von Wäscherinnen, manchmal auch nur eine einzelne Magd.

»Wo werden wir aber Pferde auftreiben können? Pferde kosten Geld«, meinte Fidelma besorgt.

»Was bekommt man auf Erden schon umsonst?«, fragte Clodio weltklug. »Umherziehende Klosterleute erwarten immer, dass man ihnen alles umsonst gibt für einen hastig gemurmelten Segensspruch. Das wäre ein herrliches Leben, wenn alles so einfach wäre, liebe Freunde, aber ich muss meine Frau und meine Söhne ernähren.«

Fidelma runzelte die Stirn, denn sie glaubte, er unterstellte ihnen, ihre Fahrt nicht bezahlen zu wollen. »Schiffsführer, wir hatten uns doch auf eine Summe geeinigt, wenn du uns vom Hafen in Noaned hierherbringst«, erinnerte sie ihn streng. »War das nicht ein angemessener Betrag? Jetzt nähern wir uns dem Ziel, und folglich ist es an der Zeit, das Vereinbarte zu zahlen.«

»So habe ich das nicht gemeint«, stammelte Clodio verlegen. Doch Fidelma hatte schon in ihr *marsupium* gegriffen, zählte die Münzen ab und drückte sie ihm in die Hand.

»Merk es dir gut, Schiffsführer, ein umherziehender Ordensmann muss nicht gleich ein Bettler sein«, sagte sie belehrend.

Eadulf beobachtete seine Gefährtin und hoffte, sie würde sich nicht verleiten lassen, mit ihrer Verwandtschaft, den Königen von Muman, zu prahlen. *»Redime te captivum quam minimo«,* brummelte er und zitierte die uralte lateinische Verhaltensregel für Legionäre, die in Gefangenschaft gerieten: Gerätst du in Gefangenschaft, kaufe dich für möglichst wenig Lösegeld frei. Oder anders ausgedrückt: Gib dem Feind nur das Nötigste preis. Falls Clodio sie für vermögend hielt, könnte Habgier ihn verleiten, sie als Geiseln festzuhalten und Lösegeld zu verlangen. Eadulf hatte des Öfteren Geschichten über Pilger gehört, die in entfernte Länder gezogen waren und irgendwo in Gefangenschaft gerieten, weil man von ihnen Lösegeld erpressen wollte, oder die spurlos verschwunden blieben.

Fidelma gab ihm mit einem Blick zu verstehen, dass sie begriffen hatte, und wandte sich dem Schiffer zu. »Wir haben versprochen, zu zahlen, und das haben wir nun getan. Wenn das auch den Rest unserer Reise erschweren wird, denn Pferde können wir uns nicht leisten«, erwiderte sie leise.

Clodio nickte, schloss die Hand um die Münzen und ließ sie in seinen Lederbeutel am Gürtel gleiten. »Herr der Abtei ist Bischof Arigius, der wird euch weiterhelfen. Er genießt großes Ansehen.«

Dann wies er seine Söhne an, die Ruder einzuziehen, warnte alle mit einem Schrei, sich zu ducken, riss an einem Seil und ließ das Segel herunter. Sogleich stand er wieder an der Ruderpinne und lenkte sein Fahrzeug mit geübtem Schwung an einen aus dicken Bohlen gezimmerten Pier. Binnen Kurzem waren sie vertäut, und die Söhne des Schiffers halfen Fidelma und Eadulf von Bord.

Clodio schaute die beiden an. »Viel Glück auf eurer Reise, meine Freunde«, rief er. »Geht die Straße da hinauf in die Stadt, und bald steht ihr vor den Toren der Abtei. Vergesst nicht, Bischof Arigius heißt der Abt, den ihr aufsuchen wollt.«

Sie verabschiedeten sich von Clodio und seinen Söhnen, die sogleich begannen, die mitgeführten Waren auszuladen. Schon näherten sich Kaufleute und Schaulustige dem Hafendamm, um die Ladung in Augenschein zu nehmen. Fidelma und Eadulf aber schlugen den Weg in die Stadt ein. Eadulf hatte bereits auf dem Schiff die Hitze der Frühsommersonne verspürt, doch jetzt an Land traf sie ihn mit solcher Kraft ins Gesicht und auf die Schultern, dass ihm der Schweiß ausbrach und er nur unter Anstrengung Atem schöpfte.

»Das kann ich dir sagen, Fidelma«, begann er, stieß jedoch im selben Moment mit der Sandale an einen vorwitzig aus dem Pflaster ragenden Stein, dass er beinahe hingeschlagen wäre. Mit Mühe konnte er sich noch halten und schimpfte: »Von unserer ewigen Umherreiserei habe ich nun langsam genug.«

Fidelma sah ihn nur freudlos an. »Meinst du etwa, ich nicht? Seit unser Alchú geboren ist, habe ich mich herzlich wenig um unseren Sohn kümmern können. Schandbar wenig. Als wir vor ein paar Monaten nach Tara zurückkehrten, dachte ich, nun könnten wir eine Weile in Cashel bleiben bis ... na, jedenfalls bis auf absehbare Zeit.«

»Wir hätten doch ablehnen können, diese Reise zu unternehmen«, bemerkte Eadulf.

»Die Pflicht ist oberstes Gebot«, erwiderte Fidelma mit Nachdruck. »Wenn mein Bruder, der König, mich auffordert, seinen Bischof, Ségdae von Imleach, hierher als Ratgeber zu begleiten, dann ist es meine Pflicht, das zu tun. Du hättest ja nicht mitkommen müssen.«

»Mein Platz ist dort, wo du bist«, entgegnete Eadulf einfach.

Fidelma legte ihm eine Hand auf den Arm. »Das verlange ich doch gar nicht, Eadulf«, meinte sie sacht.

»Hast du nicht eben gesagt, zuoberst steht die Pflicht?«, fragte er und hob eine Augenbraue. »Welche Pflicht steht höher als die moralischen Bande zwischen uns? Also stell nicht in Frage, worin meine Pflicht besteht. Ich kann bloß nicht einsehen, warum so ein Konzil der Kirchenoberen ausgerechnet in Gallien stattfinden muss ...«

»Von Gallien ist nicht mehr viel übrig,« berichtigte sie ihn. »Die Franken haben das ganze Gebiet ringsum erobert und sich hier niedergelassen. Sie haben das Land in die Königreiche Austrasien und Neustrien geteilt, und die Herrscher sind zwei Brüder, wie ich gehört habe.«

»Wo genau wir uns befinden, ist mir im Grunde genommen gleich. Was ich nicht begreife, ist, warum ein Konzil der Kirchenführer in so einem abgelegenen Winkel wie diesem Einfluss auf die fünf Königreiche von Éireann haben soll oder auf die britannischen oder angelsächsischen Königtümer.«

»Vielleicht nicht gleich, aber eines Tages könnten sich die in Autun gefassten Beschlüsse auch bei uns auswirken. Deshalb hielt man es für notwendig, dass Bischof Ségdae hierher reist, als Vitalianus, der Bischof von Rom, alle Vertreter der westlichen Kirchen aufrief, sich an diesem Ort zu versammeln. Du weißt, die Vorstellungen, die wir uns in Éireann vom Christentum gemacht haben, und die Riten, die wir befolgen, werden von den neuen, von Rom ausgehenden Bestrebungen bedroht. Sie sind mit unseren Gesetzen und unserer Art zu leben, nicht vereinbar.«

»Und das, obwohl Autun endlos weit weg ist von Cashel!«

»Gedanken und Ideen reisen schneller als Menschen«, beendete Fidelma das Gespräch.

Eadulf stöhnte und schob das Gewicht seines Seesacks von einer Schulter auf die andere. Neidvoll blickte er auf Fidelmas leichtes Leinengewand und wünschte, er hätte etwas aus weniger warmem Gewebe an und nicht die braune wollene Kutte, die er als Glaubensbruder trug.

Auf dem geebneten Weg zwischen den Häusern kamen sie rasch voran, und bald sahen sie die Tore der Abtei vor sich. Keiner der vielen Menschen, denen sie begegneten, schien von ihnen Notiz zu nehmen. Nebirnum war eine geschäftige Handelsstadt, durch die viele mit Gütern beladene Wagen rollten und in der Fremde etwas Alltägliches waren.

Am Portal der Abtei trafen sie auf einen Bruder, der mehr Wachtposten zu sein schien als ein sie willkommen heißender Mönch.

»Pax tecum«, grüßte Fidelma den dunkelhaarigen, sonnengebräunten Mann.

»Pax vobiscum«, erwiderte der ohne jede Anteilnahme.

»Wir kommen aus dem fernen Lande Hibernia und sind auf dem Wege zum Konzil in Autun. Man hat uns gesagt, Bischof Arigius würde uns auf unserer Reise dorthin behilflich sein.«

Der Mann wies durch die Toreinfahrt. »Fragt da drin nach dem Bischof«, sagte er gleichgültig, wandte sich um und schaute wieder auf die Vorübergehenden.

»Begeistert klang die Begrüßung eben nicht, die uns auf unserer *peregrinatio pro Christo* zuteil wird«, murmelte Eadulf verdrossen, während sie in einen von Gebäuden umschlossenen Hof traten.

Fidelma winkte einen jüngeren Mönch heran, der gerade vorüberging. »Wir möchten zu Bischof Arigius. Wo können wir ihn finden?«

Der junge Mann blieb stehen und runzelte die Stirn. »Ich bin sein Verwalter. Ihr seid wohl fremd an diesem Ort.« Es war mehr eine Feststellung als eine Frage.

»Wir sind unterwegs nach Autun zum Konzil, das dort stattfindet. Wir kommen aus dem Land Hibernia.«

Der junge Mann hob verwundert die Brauen, als er den Namen hörte, und sagte dann: »Folgt mir.«

Er führte sie zu einer Tür in einer Ecke des Hofs. Dort befand sich ein Zugang zu einem viereckigen Turm, dem gegenüber ein Bau stand, der offenbar eine Kapelle war. Sie gingen mit ihm eine Treppe aus dunkler Eiche hinauf bis zu einer Tür aus ähnlichem Holz. Hier bat sie der junge Verwalter, zu warten. Er klopfte an, öffnete, ohne eine Antwort abzuwarten, ging hinein und schloss die Tür hinter sich. Sie hörten Stimmengemurmel, dann ging die Tür wieder auf, und der junge Mann bedeutete ihnen, einzutreten.

Bischof Arigius war ein großer schlanker Mann mit kantigen Gesichtszügen, stechenden dunklen Augen und schmalen roten Lippen. Sein Haar war silbergrau und bereits spärlich. Er hatte sich aus einem Armsessel erhoben, kam ihnen entgegen und begrüßte sie mit einem Lächeln. Dabei wurden seine gelblichen Zähne sichtbar.

»Pax vobiscum«, hieß er sie freundlich willkommen. »Mein Verwalter berichtet mir, ihr seid auf dem Wege nach Autun, zum Konzil, und kommt aus dem Land Hibernia.«

»Das entspricht der Wahrheit«, bestätigte Eadulf und rückte seinen Seesack zurecht.

Dem Bischof entging die Bewegung nicht. »Tretet näher, legt eure Last ab und setzt euch. Leistet mir Gesellschaft bei einem erfrischenden Trunk. Wie wäre es mit einem Glas weißen Weins aus unseren Kellern ...?« Er gab dem Verwalter einen Wink, der davoneilte, das Gewünschte zu holen.

»Ich bin Bischof Arigius, der zweite dieses Namens, der in der ehrwürdigen Abtei hier seines Amtes waltet.«

»Ein beeindruckendes Bauwerk und die Stadt nicht minder, wie wenig wir bisher auch von ihr gesehen haben«, äußerte sich Eadulf höflich, nachdem sie sich vorgestellt hatten.

Bischof Arigius lächelte voller Stolz.

»In der Tat. Als der große Julius Caesar die römischen Legionen in das Land führte, wählte er diesen Fleck als einen Stützpunkt für seine Truppen. Die Aedui, die Gallier, die hier siedelten, hatten an eben der Stelle eine Hügelfestung errichtet. Caesar ließ sie verstärken und erweitern. Von da an hieß der Ort Noviodunum – nach dem lateinischen *novus* für neu und *dunum,* dem gallischen Wort für Festung. Eigentlich bedeutete der Name nichts als ›Neue Festung‹, und seither ist durch sich wandelnden Sprachgebrauch die gegenwärtige Bezeichnung Nebirnum daraus geworden. Die Stadt war eine der ersten Siedlungen in diesem Land, in denen der Glaube Fuß fassen konnte. Zeitweilig hieß das ganze Gebiet Gallia Christiana, und die Bischöfe hier waren hochberühmt.«

»Euer tiefgründiges Wissen über den Ort verdient Anerkennung«, bemerkte Fidelma.

»Scientia est potentia«, sagte der Bischof lachend.

»Das ist wohl wahr. Wissen ist Macht«, bestätigte sie. Es war eine Lebensweisheit, die Fidelma oft selber verkündete.

Der junge Verwalter erschien mit einem Krug und Bechern, die er mit dem goldfarbenen Wein füllte. Er war kühl und erfrischend, und sie lobten ihn ausgiebig.

»Es ist Wein von unseren eigenen Weinbergen«, erklärte ihnen der junge Mann.

»Wie ich annehme, wisst ihr von den Geschehnissen in Autun?«, begann der Bischof lebhaft.

Fidelma sah Eadulf verwundert an. »Geschehnisse in Autun?«, wiederholte sie.

»Wir selbst haben erst gestern Nachmittag davon erfahren.« Bischof Arigius sah erwartungsvoll von einem zum anderen, als bedürfe es seinerseits keiner weiteren Erklärungen.

»Wir sind völlig ahnungslos«, sagte Fidelma. »Auf welche Ereignisse in Autun spielst du an?«

Der Bischof lehnte sich zurück. »Oh weh! Verzeiht. Wie dumm von mir. Mein Verwalter dachte, ihr wäret just deswegen auf dem Wege nach Autun.«

Fidelma zügelte ihre Ungeduld. »Wir sind viele Tage lang auf dem Fluss gereist und haben unterwegs nichts Neues erfahren.«

»Einer der Äbte aus eurem Land Hibernia ist in Autun ermordet worden.«

Fidelma schwieg betroffen. Sofort fragte Eadulf: »Weißt du, wie dieser Abt hieß? Doch nicht etwa Abt Ségdae?«

Bischof Arigius schüttelte den Kopf. »Ich weiß nur, dass er aus eurem Land kam.«

»Kannst du uns sonst noch etwas von dem berichten, was sich dort zugetragen hat?«, fragte Eadulf weiter.

»Nichts als die simple Tatsache«, erwiderte der Bischof sofort. »Wir erfuhren es gestern von einem durchziehenden Händler.«

»Und einen Namen hat er nicht genannt?«, erkundigte sich Fidelma.

»Nein, hat er nicht«, bestätigte der Bischof.

Alle schwiegen. Schließlich sagte Fidelma: »Wir müssen so schnell wie möglich nach Autun weiterreisen. Der Schiffer, der uns herbrachte, hat gesagt, man braucht zwei bis drei Tage zu Pferde von hier.«

Bischof Arigius schaute aus dem Fenster. »Heute noch aufzubrechen wäre unsinnig, der Tag geht schon zur Neige«, stellte er fest. »Bleibt und seid unsere Gäste heute Nacht, zieht in der Früh weiter.«

Fidelma lächelte bekümmert. »Leider haben wir keine Pferde, und ...«

Mit großmütiger Geste wischte der Bischof ihre Bedenken beiseite. »Einer unserer Brüder macht sich morgen bei Tagesanbruch mit einem Frachtwagen voller Güter für die Abtei in Autun auf den Weg. Da könnt ihr mitfahren. Die Straße ist gut, besonders in dieser Jahreszeit ist sie trocken und fest. Länger als vier Tage braucht ihr nicht bis dort.«

»Das nehmen wir gern an«, beeilte sich Eadulf zu versichern. Der Gedanke, über fremde Straßen und auf einem nicht minder fremden Ross zu galoppieren, hatte ihm ohnehin nicht behagt. Bequem auf einem Wagen zu sitzen, war weitaus verlockender.

»Ausgezeichnet.« Bischof Arigius stand auf, und sie taten es ihm gleich. »Mein Verwalter wird euch zu unserem Gästequartier geleiten, dort könnt ihr euch ausruhen und frisch machen. Er holt euch dann wieder ab, und wir treffen uns im Refektorium. Das Geläut der Glocke kündet den Gottesdienst in der Kapelle an. Kurz vor der Morgendämmerung läutet sie zum Aufstehen. Ich werde unseren Bruder, mit dem ihr morgen die Reise unternehmt, anweisen, auf dem Hof auf euch zu warten.«

»Und wie heißt dieser Bruder?«, fragte Fidelma.

»Bruder Budnouen. Er ist Gallier.«

Bruder Budnouen war beleibt, das rundliche rote Gesicht saß nahezu ohne Hals auf dem Rumpf, und von den Hängebacken hatte man den Eindruck, sie reichten bis auf die Brust. Er war mittleren Alters, klein von Wuchs und sonnengebräunt. Die hellen Augen schimmerten fast meergrün. Fidelma und Eadulf fiel sofort auf, dass sein langes braunes

Haar in der Tonsur des heiligen Johannes geschnitten war, nicht in der von Rom vorgeschriebenen Art der *corona spinea*. Umfang und Gewicht ließen den fülligen Bruder nur angestrengt atmen, die muskulösen Unterarme verrieten, dass er schwere Arbeit gewöhnt war, auch waren die Hände voller Schwielen. Als Kutscher eines Frachtwagens war er oft unterwegs, und die Lederzügel, mit denen er seine Gespanne lenkte, hatten die Haut der Handflächen verhärtet. Es überraschte seine Mitreisenden keineswegs, dass er in jungen Jahren Seemann gewesen und zwischen den Häfen in Armorica, Britannia und Hibernia hin und her gesegelt war. Die Sprachen dieser Länder beherrschte er fließend. In seinen Augen funkelte es spöttisch, fast immer schmunzelte er und war ein Mensch, der es verstand, dem Leben die guten Seiten abzugewinnen. Außerdem erwies sich Bruder Budnouen als unterhaltsamer Wegbegleiter, kaum dass sie Nebirnum und die Abtei verlassen hatten. Während er den von vier kräftigen Maultieren gezogenen Wagen auf der geradewegs nach Osten führenden Straße lenkte, unterhielt er seine Gäste mit Geschichten über Land und Leute.

»Ich bin vom Stamm der Aeudi«, erzählte er ihnen. »Früher gehörte hier herum alles den Aeudi, vor vielen Jahren aber kamen die Burgunden und haben uns vertrieben. Einige von uns flohen nach Armorica, andere wie ich blieben und versuchten, das Beste daraus zu machen. Jetzt sind die Burgunden von den Franken unterworfen und zu Vasallen gemacht worden. Und das Land heißt nun Austrasien.«

»Die Aeudi waren demnach Gallier?«, erkundigte sich Eadulf, der immer darauf erpicht war, sein Wissen zu erweitern. Er und Fidelma saßen auf dem Kutschbock neben Bruder Budnouen, der sein Maultiergespann mit einem gelegentlichen kurzen Ruck der langen Zügel antrieb.

Der beleibte Bruder lachte frohgemut, und Stolz schwang in seiner Stimme. »Ja, mein Freund, die waren wirklich Gallier. Ich stamme von dem großen Vercingetorix – dem König der Welt – ab. Der hätte Caesar und die Römer fast besiegt, musste sich aber unterwerfen, weil er die Frauen und Kinder retten wollte, die Caesar sonst zu Tausenden hätte niedermetzeln lassen, um seinen Triumph zu besiegeln. Caesar fürchtete diesen großen Mann so sehr, dass er ihn in Ketten nach Rom schaffen, ihn jahrelang in ein Verlies sperren und schließlich öffentlich erdrosseln ließ. Auf diese Weise feierte er seinen Endsieg.«

Eadulf schürzte die Lippen. »Jeder Krieg ist etwas Widerwärtiges.«

»Das bekamen die Römer wiederholt zu spüren. Sie hatten gedacht, nach dem Tod des Vercingetorix könnten sie uns in die Knie zwingen, aber da irrten sie. Viele Male haben wir uns gegen sie erhoben, doch kaum hatten wir eine Legion geschlagen, rückten drei neue an. Noch hundert Jahre nach Caesars Abzug haben wir die römischen Legionen bekämpft. Am Ende wurde Gallien eine römische Provinz und befriedet. Ein paar Jahrhunderte gingen ins Land, dann aber strömten die Burgunden und die Franken über den Rhein und unterwarfen uns.«

»Kennst du diese Stadt Autun?«, fragte Fidelma in dem Bestreben, das Gespräch auf den Ort zu lenken, um den ihre Gedanken kreisten.

»Autun?« Bruder Budnouen zuckte die Achseln. »Da standen früher nur ein paar Hütten, bis Kaiser Augustus festlegte, dass dort der neue Hauptort der Aeudi entstehen sollte. Er nannte ihn Augustodunum, die Festung des Augustus – und daraus wurde bei den Burgunden der Name Autun. Unsere eigene Hauptstadt mit der Festung Bibracte hatten die Römer verwüstet als Racheakt, weil Vercingetorix ihnen beinahe eine Niederlage bereitet hatte. Sie bauten Augustodunum zu einer großen römischen Stadt aus, um damit die Gallier zu beeindrucken.«

Eine Weile verstummte er, denn eine ausgefahrene Wegstrecke verlangte seine ganze Aufmerksamkeit.

»Der Neue Glaube erreichte die Stadt sehr früh. Es heißt, schon zur Zeit des heiligen Irenaeus entstand dort ein Bischofssitz, und das bereits hundert Jahre nach der Kreuzigung unseres Herrn. Der Legende nach bekehrte sich der Sohn des Senators Faustus von Autun, ein junger Mann namens Symphorian, zum Glauben und zerstörte zum Zeichen seines Protests ein Standbild der römischen Göttin Cybele. Man nahm ihn gefangen und peitschte ihn aus. Als er sich dennoch weigerte, dem Neuen Glauben abzuschwören, hat man ihn vor den Augen seiner Mutter Augusta geköpft. Über seinem Grab auf der alten Totenstätte wurde die Abtei errichtet.«

Bruder Budnouen lachte in sich hinein und stieß Eadulf mit dem Ellenbogen an. »Es heißt, wenn du an dem Grab betest, wirst du von der Lustseuche geheilt.« Er schwieg, schaute verlegen zu Fidelma und murmelte: »Verzeihung, Schwester.«

Sie ging darüber hinweg. »Ich hätte gern gewusst, welche Bedeutung die Stadt heute hat und weshalb man gemeint hat, sie sei der günstigste Ort, um dort ein Konzil abzuhalten.«

»Wer weiß das schon?«, erwiderte der Gallier. »Ist nicht Vitalianus, der Heilige Vater, ein Römer? Vielleicht hat er sich erinnert, dass Autun einstmals Augustodunum war. Die Römer haben ein langes

Gedächtnis. Sie haben unserem Volk nie vergeben, dass wir ihre Legionen besiegt und sogar Rom selbst eingenommen haben, und das war so viele Jahre vor der Geburt Unseres Heilands, dass man sie kaum zählen kann.«

Eadulf wollte sich das näher erklären lassen, aber Fidelma stieß ihn verstohlen an, denn sie befürchtete, die Frage würde zu längeren Erläuterungen führen. Sie erkundigte sich: »Und wer ist heute der Bischof von Autun?«

»Das ist Leodegar. Er ist schon etwas älter, besitzt noch immer einen scharfen Verstand und wird wegen seines Wissens und seiner Rechtschaffenheit gerühmt. Er ist der Sohn fränkischer Edelleute und ist am Hofe von König Chlothar aufgewachsen. Er hat sogar in der Regierung des Königreichs mitgewirkt, bis er zum Bischof ernannt wurde. Man sagt ihm nach, er sei eine starke Persönlichkeit, bei Reformen kenne er kein Wenn und Aber, die triebe er nur allzu gern voran. Auch hat es den Anschein, als seien ihm die alten römischen Stadtmauern eine Herzenssache, das Gleiche gilt für die öffentlichen Bauten aus der Römerzeit. Ich könnte mir vorstellen, dass das der Grund ist, weshalb Rom ihm die Gelegenheit gibt, den Vorsitz dieses wichtigen Konzils zu führen.«

»Weißt du etwas Genaueres über die Geschehnisse in Autun?«

»Du meinst den Mord? Leider nein, da kann ich dir nicht helfen. Ich habe nur gehört, was der Händler davon erzählt hat. Irgendein Abt, der zum Konzil angereist war, wurde erschlagen. Zwischen den Geistlichen soll es zu heftigem Streit, ja sogar zu Tätlichkeiten gekommen sein. Mehr kann ich dazu nicht sagen.«

Wenn er darüber auch nicht mehr wusste, so hatte Bruder Budnouen doch die Gabe, sich über das wenige, das er in Erfahrung gebracht hatte, des Längeren auszulassen. Am Ende ihres ersten Reisetages waren Fidelma und Eadulf sowohl von seinem unaufhörlichen Gerede als auch von den Strapazen der Fahrt erschöpft. Dessen ungeachtet waren sie sich einig, dass mit seiner Hilfe die Zeit rasch dahinging und der Gallier ihnen viel Interessantes über die Landschaft zu erzählen vermochte, durch die sie fuhren. Selbst die Plätze, wo sie abends gutes Essen und gute Betten finden konnten, kannte er und wusste sogar die Stellen an Flüssen oder Quellen, wo man sicher baden konnte. Fidelma sehnte sich nach den Annehmlichkeiten des irischen Bads mit heißem Wasser und Seife, passte sich aber den Gegebenheiten an, so gut es eben ging.

Am Morgen des dritten Tages kamen sie an einem beachtlichen Bergkegel vorbei, der aus einem prächtigen Wald aufragte. Zu ihrem Erstaunen hielt Bruder Budnouen dort an, stieg ab und kniete sich wie zum Gebet hin. Bei der Weiterfahrt erzählte er ihnen: »Dort oben stand einstmals Bibracte – der Hauptort der Aedui, und eben dort wurde Vercingetorix zum Oberhaupt aller zum Kampf gegen Julius Caesar vereinigten Stämme Galliens ausgerufen.« Er wies hinauf zum Berg. »Eben da hat Caesar ihn besiegt und auch seinen Bericht fertiggeschrieben, wie er mein Volk erobert hat.«

»Wie weit ist es noch bis Autun?«, frage Eadulf ziemlich reisemüde.

»Morgen Vormittag sind wir da. Keine fünfzehn Meilen mehr. Übernachten werden wir heute noch ein paar Meilen vor der Stadt, wir würden sonst spätabends dort eintreffen. Wie ich schon erzählte, haben Leodegar und Graf Guntram, der Gaugraf, die alten römischen Stadtmauern wieder herrichten lassen, und sie haben Wächter bestellt, die sich sehr unfreundlich gebärden, wenn sich Fremde der Stadt zur Nachtzeit nähern.«

»Ist es denn so gefährlich in dieser Gegend?«, wunderte sich Fidelma.

»Gefahren lauern überall, Schwester«, bestätigte ihr der Gallier. »Je wohlhabender eine Stadt ist, um so mehr Diebe und Räuber zieht sie an. Oft genug sind Räuberbanden unterwegs.«

»Hätten wir uns dann nicht besser mit Kriegern umgeben sollen, die uns beschützen?«, fragte Eadulf. Sie fuhren gerade durch dichte Wälder, in denen Vagabunden hinter jeder Baumgruppe lauern konnten.

Bruder Budnouen lächelte. »Wozu brauchst du Krieger, die dich beschützen? Hast du etwa Schätze bei dir?«

»Natürlich nicht. Das wertvollste Gut, das wir haben, ist unser Leben.«

»Hör zu, lieber Freund«, entgegnete der Gallier, »dein Leben ist sicherer, wenn du dich nicht mit Leibwächtern umgibst. Leibwächter verkünden den Banditen, dass du etwas bei dir hast, das zu bewachen sich lohnt. Wenn du nichts bei dir hast als dein Leben, dann solltest du sie nicht auf andere Gedanken bringen. Oft genug bin ich über diese Landstraßen gezogen, nur ein- oder zweimal hat man mich angehalten. Die Waren, die ich für die Brüder in Autun befördere, interessieren Diebe dieser Tage nicht weiter und auch jene Sachen nicht, die ich zurück nach Nebirnum schaffe. Sie sind auf Gold aus, auf Silber, Juwelen und dergleichen. Auf Dinge, die raschen Gewinn bringen.«

»Dein Wort in Gottes Ohr«, sagte Fidelma leichthin. »Aber uns wird wohler sein, wenn wir erst einmal Autun erreicht haben.«

»Morgen bist du dort«, versicherte ihr Bruder Budnouen. »Wir müssen nur noch diese Gegend hinter uns lassen, die hat übrigens immer noch den alten gallischen Namen Morven – das heißt Land der schwarzen Berge, weil die grünen Hügel und Wälder so dunkel scheinen. Sobald wir hier durch sind, liegt die Stadt Autun vor dir.«

Und damit hatte er recht. Sie übernachteten in einem Gasthof und zogen dann von Nordwesten über eine Bergflanke, und gegen Mittag kam die Stadt in Sicht. Obwohl sie Rom kannten, schien ihnen der von grauen Mauern umschlossene Ort recht groß; wohl auch, weil sie ihn mit nichts auf ihrer Heimatinsel hätten vergleichen können. Jedenfalls beeindruckte sie die Stadt beim ersten Anblick. Über die roten Ziegeldächer der Häuser erhob sich am hinteren Ende ein massiver Gebäudekomplex wie eine Burg – das war die Abtei. Einer ihrer Bauten ragte mehrere Stockwerke empor, und daneben stand ein gewaltiger Turm. Beim Näherkommen zeichneten sich die Wälle und Mauern, die die Stadt umgaben, immer deutlicher ab. An manchen Stellen war das alte Mauerwerk bereits ausgebessert. Außerdem war der Ort sehr schön inmitten üppig grünender Weinberge gelegen.

Bruder Budnouen lachte zufrieden, als er ihre bewundernden Blicke bemerkte. Leute von den Inseln im Westen gerieten immer ins Staunen über die großartigen Städte in Gallien. Als sein Wagen über die breite, zum Fluss führende Straße rumpelte, bemerkten seine Mitreisenden am Wegesrand ein größeres quadratisches Steingebäude.

»Das war ursprünglich der römische Tempel des Janus«, erläuterte ihnen ihr Kutscher. »Jetzt wird er natürlich für andere Zwecke genutzt. Es heißt, die Römer hätten ihn auf einem geheiligten Ort der Aeudi errichtet, denn die Macht ihres Gottes sollte die Kraft des alten Gottes der Gallier unschädlich machen. Die waren seltsam und abergläubisch, diese Römer.« Er wies zum Fluss, den sie überqueren mussten, um in die Stadt zu gelangen. »Das ist der Aturavos. Ist irgendwie sonderbar: Die Flüsse, Wälder und Berge haben immer noch ihre alten gallischen Namen, obwohl die Römer und dann die Burgunden sich jahrhundertelang hier festsetzten. Unser Volk haben sie vertrieben, doch unsere Namen haben sich erhalten.«

»Bedeutet der Name etwas?«, wollte Eadulf wissen.

»Aber sicher«, erwiderte Bruder Budnouen. »Alle Namen bedeuten etwas. Der hier heißt ›der kleine Fluss‹.«

Ihr Wagen rollte über eine breite Holzbrücke auf einen hohen, aus Steinquadern errichteten Torbogen zu mit himmelwärts weisenden Aufbauten. Bewaffnete Wächter beobachteten aufmerksam die vielen Leute, die darunter hin und her gingen.

»Das ist das Haupttor auf der Nordseite, es gibt noch drei weitere Tore«, belehrte sie Bruder Budnouen. »Die sind noch so, wie die Römer sie gebaut haben. Nur eins davon ist ziemlich verfallen, und gerade das liegt der Abtei am nächsten. Deshalb müssen wir den Weg durch die Stadt nehmen.«

»Die Mauer ist wirklich prächtig, außer in Rom habe ich dergleichen nirgendwo gesehen«, äußerte sich Eadulf anerkennend.

»Und sie geht tatsächlich rund herum. Auf ihr Autun sind die Bewohner mächtig stolz, sie meinen sogar, es kann sich mit Rom messen.«

Sobald sie das Tor passiert hatten, schlugen ihnen die Ausdünstungen der Stadt entgegen. Fidelma und Eadulf stammten aus ländlichen Gebieten, und die Siedlungen, die es dort gab, waren kaum mehr als ausgedehnte Dörfer ohne Schutzwälle. Nun riefen die Gerüche Erinnerungen an Rom wach: stinkende Abwassergräben, verfaulende Gemüsereste, der Kot umherstreunender Tiere und überhaupt der Dreck in den Gassen, dazu der Schweiß der Leute, die in engen Behausungen zusammengepfercht wohnten.

Fidelma überlief ein Schauder, und sie fragte sich, wie man in so einer Umgebung leben konnte. Bruder Budnouen warf ihr einen Blick zu und grinste. »Du brauchst schon eine Weile, bis du dich daran gewöhnst, wenn du auf dem Lande aufgewachsen bist.«

Sie ging nicht darauf ein, hatte sie doch in der verpesteten Luft mit aufsteigender Übelkeit zu kämpfen. Während sie so auf der Hauptstraße, oder was sie dafür hielten, dahinfuhren, liefen Frauen an ihnen vorbei, die ihrer Kleidung nach wohlhabend und von Rang waren. Sie alle drückten sich kleine Blumensträuße an die Nase, worüber Fidelma verstohlen lächeln musste. Also war sie nicht die Einzige, die den Gestank dessen, was man Zivilisation nannte, kaum ertrug. Sie konnte sich nicht erinnern, dass es in Rom derart schlimm war, aber das lag vielleicht an den viel breiteren Durchgangsstraßen dort. Die Straße hier war gesäumt von kleinen Läden, sogar Werkstätten von Hufschmieden. Händler priesen ihre Waren lauthals an, um Kunden anzulocken, oder feilschten mit den Käufern um Preise. Das Stimmengewirr drückte ihr wie eine Lärmwoge auf die Ohren.

Als sie über einen Platz rollten, schreckte ein Peitschenknall Fidelma hoch, und sie schaute sich um. Auf einem kleinen Podium stand ein Häufchen winziger Gestalten. Worum es sich handelte, war schwer zu erkennen, weil sich eine Menschenmenge darum drängte. Ein großer Kerl mit einer Peitsche überragte alle und brüllte etwas, das Fidelma nicht verstand. Plötzlich sah sie, dass da Kinder waren und dass jedes von ihnen einen eisernen Reifen um den Hals trug. Entsetzt stöhnte sie auf.

Bruder Budnouen erklärte ihr ungerührt: »Da werden Sklaven versteigert. Das Geschäft blüht in der Stadt, hier ziehen viele Händler aus fremden Ländern durch.«

»Abscheulich«, murmelte Fidelma.

Bruder Budnouen schaute sie belustigt an. »Was meinst du? Den Sklavenhandel etwa? Wie soll man in der Welt zurechtkommen ohne Sklaven?«

»Ziemlich gut sogar«, erwiderte sie aufgebracht.

Der Gallier gluckste. »Du willst mir doch nicht etwa erzählen, dass es bei euch keine Sklaven gibt.«

»Nicht in dem Sinne, wie man sie hier hat.«

»In welchem Sinne dann?«, fragte er und zog die Brauen hoch.

»Es gibt bei uns eine Schicht, die ihr die Unfreien nennen könntet, die *fudir*«, räumte sie ein.

»Und wie werden die gekauft und verkauft?«

»Die werden nicht wie Waren gekauft oder verkauft, um daran zu verdienen wie an einem Sack Mehl. Meistens sind das Gefangene, die in einer Schlacht gemacht wurden, oder es sind Verbrecher, die ihr Recht verwirkt haben, zu einem Clan zu gehören. In den Clans aber regelt sich unser Zusammenleben. Solche Leute heißen bei uns *daerfudir* – sie müssen in ihrem Sippenverband niedere Dienste verrichten, bis sie ihr Vergehen gebüßt oder ausreichend lange gearbeitet haben, damit sie ihre Freiheit wiedererhalten. Ihr Los ist nicht das der völlig hoffnungslosen Sklaven wie in anderen Ländern. Die Gesetze bei uns sehen die Möglichkeit vor, aus der Unterschicht der *fudir* freizukommen.«

Bruder Budnouen schnaufte ungläubig. »Ich habe jedenfalls gehört, die Angelsachsen verkaufen den Iren Kinder als *servus,* und das heißt doch als Sklave, oder etwa nicht?«

»Ja, das schon, auch in meinem Volk gibt es Sklaverei«, mischte sich Eadulf ein. »Gerade unter armen Leuten kommt es vor, dass sie ihre Kinder oder andere Verwandte an Händler veräußern, um an Geld zu kommen. Diese Händler verkaufen sie dann in den Häfen von Hibernia. Ich kann nur hoffen, das hört bald auf. Eigentlich übernehmen die Iren diese Kinder in gutem Glauben, nicht weil sie Sklaven benötigen, sondern weil sie denken, sie würden damit den *daer-fudir* helfen, freizukommen, denn das Wort *fudir* bedeutet, wie ich gelernt habe, nichts weiter als Überrest oder jemand, der überflüssig ist. Du kannst mir glauben, lieber Freund, es ist den Hibernianern völlig unverständlich, dass ein Mensch Eigentum eines anderen ist, so wie man ein Stück Stoff oder ein Schwert besitzt.«

Bruder Budnouen verzog das Gesicht und tat die Erklärung mit einem Achselzucken ab. *»De gustibus non est disputan-dum.* Über Geschmack lässt sich nicht streiten. Der christliche Glaube duldet die überkommene Sitte der Sklaverei. Entlaufene Sklaven werden verurteilt und dürfen nicht am Abendmahl teilnehmen. Das steht sogar in der Bibel. Heißt es nicht bei Petrus: ›Ihr Sklaven seid untertan mit aller Furcht euren Herren, nicht allein den gütigen und gelinden, sondern auch den launischen‹? Demnach ist es Ketzerei zu behaupten, es sei nicht rechtens, Sklaven zu halten.«

»Hat Paulus von Tarsus den Korinthern nicht geschrieben: ›Kannst du frei werden, so tue es ... macht euch nicht zu Sklaven von Menschen‹?«, hielt ihm Fidelma ärgerlich vor.

Bruder Budnouen fand Gefallen an dem Wortgefecht. »Im Brief des Apostels Paulus an Titus heißt es aber, wie wir in der Heiligen Schrift lesen: ›Die Sklaven sollen ihren Herren in allem gehorchen und ihnen gefällig sein. Sie sollen ihnen nicht widersprechen und nichts stehlen, sondern sich als treu und zuverlässig erweisen. Mit allem, was sie tun, sollen sie der Botschaft Gottes, unseres Heilands, Ehre machen.‹ Mich dünkt, du predigst Rebellion, Schwester. Wir sind doch hier, um den Glauben zu verbreiten, nicht aber um dazu aufzurufen, die Herrschaft von Königen und Kaisern zu stürzen.«

»Ich bin nicht hier, um mich auf eine Debatte über Moralfragen einzulassen«, fertigte sie ihn ab.

»Quando hic sum, non ieiuno Sabbato – quando Romae sum, ieiuno Sabbato«, zitierte Eadulf warnend, der sah, wie streitlustig sie war.

Fidelma zog verärgert einen Flunsch. Eadulf hatte ein Leitwort des heiligen Ambrosius benutzt: »Wenn ich hier bin, faste ich nicht am Sabbat. Wenn ich in Rom bin, faste ich am Sabbat.« Es war eine Ermahnung, sich nach den örtlichen Gepflogenheiten zu richten und nicht zu versuchen, seine eigenen Ansichten durchzusetzen.

Der Sklavenmarkt und der Anblick von Kindern, die verkauft wurden, bewirkten einen faden Geschmack in ihrem Mund. Sie verließen den Platz, und Fidelma gab sich Mühe, nicht länger zu den bedauernswerten kleinen Geschöpfen zu schauen. Die Bauten und die Dünste der Stadt sowie der von allen Seiten heranbrandende Lärm bedrückten sie, während sich der Frachtwagen einen Weg durch den Wirrwarr bahnte.

»Sei unbesorgt«, munterte Bruder Budnouen sie auf, als ob er ihre Gedanken lesen könnte. »Hier ist das Geschäftsviertel. Sobald wir da durch sind, geraten wir auf ruhigere Straßen, und die führen hinauf in die geistlichen Gefilde.«

Und so war es. Sie fuhren weiter in südlicher Richtung, und gar bald erhoben sich vor ihnen die stattlichen Bauten der Abtei. Sogar die Gerüche wurden weniger lästig, und die Häuser ähnelten mehr den geräumigen Villen, die Fidelma von Rom her kannte. Die Welt hier unterschied sich gänzlich von den niedrigen Behausungen um das Stadttor.

»Geht es an allen Zugängen zur Stadt derart lärmend zu?«, fragte Eadulf.

»Was willst du machen? Gerade an den Stadttoren wird Handel getrieben. Und wo Handel und Wandel gedeihen, da ist es eben laut, und viel Unrat bleibt liegen.«

Sie gelangten auf einen mit Steinplatten ausgelegten Platz, über den nur wenige Leute gingen. An seiner einen Seite strebten die Bauwerke der Abtei himmelwärts. Aus der Nähe betrachtet empfand Fidelma sie als hässlich und furchteinflößend. Die hohen Mauern schienen die anderen Gebäude am Platz einzuschüchtern, ja sogar die Menschen, die in ihrem Schatten dahineilten.

»Also das ist die Abtei von Autun, und damit sind wir am Ziel unserer Reise«, verkündete ihnen der Gallier, lenkte sein Fahrzeug zu einer niedrigen Durchfahrt und brachte sein Maultiergespann zum Stehen. »Hier lade ich meine Sachen ab. Das ist der Zugang zu den Vorratshäusern. Wenn ihr da drüben in das Gebäude geht« – er wies mit der Hand in die erwähnte Richtung –, »gelangt ihr zur Kanzlei des Verwalters der Abtei. Dort wird man euch sagen, wohin ihr weiter müsst.«

Eadulf war froh, endlich absteigen zu können, nahm das Gepäck auf und half Fidelma vom Kutschbock herunter.

»Hab Dank für die Fahrt, Bruder«, sagte er, »und für deine angenehme Gesellschaft. Wir haben viel von dir lernen können.«

Budnouen antwortete darauf nur mit seinem fast ewigen Lächeln.

»Ich habe in Autun etwa eine Woche zu tun. Bestimmt werden sich unsere Wege kreuzen, bevor ich zurückfahre. Wenn ihr mit mir wieder zurück nach Nebirnum wollt, braucht ihr nur den Verwalter zu fragen, der weiß, wo er mich findet. Ich wünsche euch viel Glück bei eurer Mission, die Haltung der Geistlichkeit hier dürfte euch freilich kaum behagen.« Er zuckte mit den Schultern und führte einen Bibelspruch an: »Was seid ihr hinausgegangen in die Wüste zu sehen? Wolltet ihr ein Rohr sehen, das der Wind hin und her wehet? ... Wolltet ihr einen Menschen in weichen Kleidern sehen?«

»Wir kennen uns aus in der Heiligen Schrift, mein Freund«, erwiderte Fidelma kühl. »Wir sind ohne vorgefasste Meinung, ohne Erwartungen in dieses Land gekommen. Jedoch sind wir dir sehr zu Dank verpflichtet, Bruder.«

Budnouen hob eine Hand zum Abschied und bugsierte sein Gespann näher an die Toreinfahrt. Eadulf lud sich ihre Reisesäcke auf die Schulter und schritt mit Fidelma auf das Portal zu, das ihnen der Gallier gewiesen hatte.

»Beeindruckt bin ich gerade nicht«, raunte er ihr zu, während er sich umsah.

Sie schaute ihn belustigt von der Seite an. »Was? Von einer der großen Städte der Christenheit bist du nicht beeindruckt?«

Er verneinte entschieden. »Mir sind Berge, Flüsse und Wälder allemal lieber als die engen Gassen einer Stadt. Ich fühle mich wie in einem Gefängnis mit all den Mauern ringsherum. Und dann diese grauen, finsteren Bauten ...« Mit einer Kopfbewegung wies er zur Abtei. »Das Ganze ist irgendwie abschreckend.«

»Die Gebäude sind wirklich einschüchternd«, stimmte ihm Fidelma zu und schaute nach oben. »Ich bin ebenfalls keine Stadtbewohnerin und hasse es, von allen Seiten eingesperrt zu sein. Aber man muss zugeben, solche Bauwerke haben dennoch etwas Großartiges an sich. Wenn du dich hier auch nicht wohlfühlst, nimm diese Erfahrung in dich auf. Jetzt steht uns erst einmal unsere nächste Prüfung bevor ... Wir müssen herausbekommen, wer hier ermordet wurde. Möge Gott verhüten, dass es unser alter Freund Ségdae ist.«

Sie hatten noch nicht das Haus mit der Kanzlei erreicht, als sich die Tür öffnete und ein Mönch heraustrat. Eadulf sprach ihn an und fragte, ob hier der Verwalter der Abtei zu finden sei.

Der Mann schaute ihn einen Moment lang an und blickte dann finster auf Fidelma.

»Frauen gehören in die *domus feminarum,* ins Frauenhaus«, sagte er grob in kehligem Latein und deutete auf ein seitwärts stehendes Gebäude. »Hier bist du nicht willkommen.«

Eadulf starrte ihn bestürzt an. »Wir sind doch in der Abtei von Autun, nicht wahr? Wir suchen den Verwalter des Hauses.«

Die finstere Miene des Mannes wurde noch abweisender. »Frauen sind hier nicht willkommen«, wiederholte er. »Geh schon!«

Fidelma presste die Lippen zusammen, und es blitzte gefährlich in ihren Augen. »Wir verlangen, den Verwalter zu sehen!«, sagte sie langsam und mit Nachdruck. »Wo ist er zu finden?«

Der Mönch wollte darauf bestehen, sie fortzuschicken. Da aber erschien hinter ihm in der Tür eine vertraute Gestalt. Es war Abt Ségdae. Er wirkte blass und mitgenommen, doch er eilte ihnen entgegen und begrüßte sie mit ausgestreckten Händen.

»Fidelma! Eadulf! Gott sei Lob und Dank, dass ihr endlich kommt!«

Kapitel 3

»Es tut gut, dich wohlauf zu sehen, Ségdae«, sagte Fidelma warmherzig. Der Abt von Imleach hatte sie ins *anticum,* in die Vorhalle der Abtei geführt; allerdings nicht, ohne zuvor einen heftigen Wortwechsel mit dem Klosterbruder ausgetragen zu haben, der sie nicht hatte einlassen wollen. Achselzuckend hatte sich der Mönch getrollt. Jetzt saßen die drei völlig allein in der großen Halle auf einfachen Holzbänken, hoch über ihnen ein gewölbtes Dach.

»Ich bin erleichtert, dass ihr da seid.« Der Abt war sichtlich erregt.

»Dir liegt etwas auf der Seele, Ségdae«, ging Fidelma auf seine Gemütsverfassung ein, und Eadulf fügte hinzu: »Wir haben gehört, ein Abt aus den fünf Königreichen wurde ermordet. Die Nachricht hat uns in Nebirnum erreicht, und wir sind unverzüglich hierher weitergereist. Wer ist das Opfer?«

»Dabhóc, ein freundlicher Mann. Er weilte im Auftrag des Bischofs von Ard Macha hier.«

»Der ist mir unbekannt«, gestand Fidelma.

»Er war der Abt von Tulach Óc, das liegt im nördlichen Königreich.«

Sie schüttelte den Kopf, weder der Name des Abts noch der des Ortes sagten ihr etwas.

»Wie ist es geschehen?«, fragte Eadulf. »Wer hat ihn getötet?«

Abt Ségdaes Gesichtsausdruck blieb verstört. »Genau das ist das Problem, und man redet sich die Köpfe heiß. Der Leichnam des Abts wurde im Zimmer von Bischof Ordgar gefunden ...«

»Doch nicht etwa Bischof Ordgar von Kent?«, entfuhr es Eadulf.

»Du kennst ihn?«, fragte Abt Ségdae.

»Ich habe viel von ihm gehört und weiß, dass Theodor, den man zum Erzbischof von Canterbury ernannt hat, große Stücke auf ihn hält. Er steht voll und ganz hinter den Regeln von Rom und zeigt wenig Verständnis für die Menschen und Kirchen im Westen.«

»Ordgar vertritt hier Theodor«, erklärte Abt Ségdae bitter, »und seine Haltung gegenüber den Vertretern der Kirchen der Britannier ist unerbittlich. Zudem ist er äußerst arrogant.«

»Also war es Ordgar, der Dabhóc umgebracht hat?«, wollte Fidelma wissen.

»Das ist noch nicht erwiesen. In der Abtei hier herrscht Unfriede. Bisher hat sich das Konzil nicht zu einer gehörigen Sitzung zusammenfinden können. Die ganze letzte Woche ist nur herumgerätselt und hinter vorgehaltener Hand gesprochen worden.«

»Ist das der Grund, weshalb ich hier nicht gern gesehen bin?«, fragte Fidelma. »Der Mönch, der uns empfing, murmelte so etwas in der Richtung und auch, dass ich in die *domus feminarum* gehöre. Mir ist das unverständlich.«

»Nein, damit hat das nichts zu tun«, erwiderte Abt Ségdae. »Der Bischof verspürte wenig Neigung, dich in die Abtei zu lassen, denn es handelt sich hier nicht um ein *conhospitae,* ein gemischtes Haus. Für die Schwestern gibt es ein gesondertes Haus, und das wird von einer *abbatissa* geleitet. Die Mönche hingegen unterstehen dem Bischof und Abt von Autun. Er ist ein Franke namens Leodegar, ein intelligenter Mann, gehört aber zu denen, die meinen, dem Neuen Glauben mit Geschlechtertrennung und Zölibat besser zu dienen.«

»Dann sind wir hier eher fehl am Platz«, stellte Eadulf fest.

»Ich ahnte nicht, dass hier derartige Regelungen herrschen«, meinte Abt Ségdae zerknirscht, »sonst hätte ich nicht darum gebeten, dass dein Bruder Colgú dich als meinen Berater herschickt.«

»Gibt es auf diesem Konzil keine weiblichen Delegierten?«, fragte Fidelma. »Hat keiner der Männer seine Frauen mitgebracht oder eine Ratgeberin?«

»Einige wenige schon, aber Leodegar hat angeordnet, dass sie nicht an den Zusammenkünften teilnehmen dürfen. Er beruft sich darauf, auf Weisung des Bischofs von Rom, Vitalianus, zu handeln. Bischof Leodegar ist eine schwer zu durchschauende Person und in seinen Launen unberechenbar. Einige der Frauen wurden in der *domus feminarum* untergebracht, andere haben Unterkunft in der Stadt gefunden.«

Fidelma machte keinen Hehl aus ihrer Verärgerung. »Ich habe den Eindruck, wir hätten uns die Reise hierher sparen können. Am besten, wir sehen uns nach einer Bleibe in der Stadt um. Es gibt dort sicher etliche Wirtshäuser und Herbergen. Oder gelten die Weisungen von Bischof Leodegar auch für die Stadt?«

»Gemach, ich bin noch nicht am Ende«, beeilte sich der Abt zu sagen. »Eure Reise hierher war keineswegs umsonst. Ich habe eine lange Unterredung mit Leodegar gehabt und ihn davon überzeugen können, dass er deiner besonderen Gabe bedarf und deine Anwesenheit daher wichtiger ist als all seine Verhaltensregeln und Gebote.«

»Wie das?«, fragte sie immer noch ungehalten.

»Leodegar brüstet sich mit seiner Handlungsvollmacht von Vitalianus aus Rom, steht aber gleichzeitig von Rom unter Druck, das Konzil zu einem Erfolg werden zu lassen. Es gilt, Entscheidungen über die Zukunft der Kirchen im Westen zu treffen. Und jetzt hat der Mord an Abt Dabhóc die Dinge erst mal zum Stillstand gebracht. Niemand weiß, wie es weitergehen soll, und es besteht die Gefahr, dass die Delegierten einfach in ihre Länder zurückkehren, ohne dass hier irgendetwas erreicht worden ist. Es sei denn ...« Er blickte Fidelma und Eadulf an und machte eine hilflose Handbewegung.

Fidelma blieb ungerührt. »Dieser Bischof Leodegar sähe es also gern, dass jemand die Umstände, unter denen es zu dem Mord kam, näher untersucht?«, fasste sie zusammen.

»So ist es«, bestätigte er.

Alle drei schwiegen eine Weile.

Aufmerksam beobachtete Fidelma Abt Ségdae, ehe sie schließlich sagte: »Ohne den Staub von unseren Sandalen geschüttelt zu haben, können sich Eadulf und ich zu keiner Entscheidung durchringen. Wir haben eine lange Reise hinter uns und brauchen ein Plätzchen zum Ausruhen und eine Möglichkeit, ein Bad zu nehmen, falls es so etwas überhaupt in der Stadt gibt. Das bringt uns wieder zu der Frage, wo wir eine Bleibe finden können. Kennst du vielleicht eine Herberge hier in der Nähe?«

»Verzeih«, sagte Abt Ségdae schuldbewusst. »In meiner Zerstreutheit habe ich völlig vergessen, was meine langen Gespräche mit Leodegar bewirkt haben. Ich habe ihm erzählt, wer du bist, wer ihre beide seid. Ich habe von dem Ruf gesprochen, den ihr euch in den fünf Königreichen erworben habt, dass man euch selbst in Rom kennt, weil ihr dort das Rätsel um den Tod des vorangegangen Erzbischofs von Canterbury gelöst habt. Leodegar war höchst beeindruckt und wünscht euren Rat. Im Gegenzug hat er sich einverstanden erklärt, dass du mit Eadulf ein Gemach in der *hospitia,* dem Gästehaus der Abtei, zugewiesen bekommst. Er hat weiterhin sein Einverständnis gegeben, dass du dich frei in der Abtei bewegen kannst. Er braucht dein Wissen und Können ... und ich auch.«

Sie schwiegen lange, während Fidelma sich Ségdaes Worte durch den Kopf gehen ließ.

»Wo ist diese *domus feminarum,* dieses Haus der Frauen?«, fragte sie schließlich unvermittelt.

Abt Ségdae wies auf das Fenster hinter sich. »Gleich dort nebenan. Es gehört zu dem Gebäudekomplex, aber die Türen und Durchgänge hat man zugesperrt, und es hat einen gesonderten Eingang. Die Äbtissin heißt Audofleda und steht der Schwesternschaft vor.«

»Jegliche Verbindung mit der Abtei ist untersagt?«

»Die Morgen- und Abendandacht wird für Nonnen und Mönche gemeinsam gehalten. Dann kommen die Schwestern hier zur Kapelle herüber, sitzen aber getrennt hinter Holzwänden. So können nicht einmal Blicke zwischen Männern und Frauen gewechselt werden.«

»Haben sich alle Brüder und Schwestern für die Trennung von Männern und Frauen ausgesprochen? Von einer derart strengen Haltung höre ich zum ersten Mal.«

»Soviel ich weiß, hat Bischof Leodegar die Regelung eingeführt. Er ist einer von denen, die Rom drängen, festzulegen, dass jeder, der sich zum Leben im Kloster bekennt, dem Ehestand zu entsagen hat; seiner Meinung nach halten weltliche Vergnügungen davon ab, dem Werk Gottes zu dienen.«

»Und dabei suchen sie anderen ihre Ansichten aufzuzwingen«, empörte sich Fidelma. »Es ist das reinste Wunder, dass Bischof Leodegar Eadulf und mir den Zutritt zu diesem Ort gestattet hat.«

»In Machtfragen ist Bischof Leodegar ein kluger Fuchs«, meinte Abt Ségdae verlegen. »Er erkannte sofort den Vorteil, den er mit euch beiden haben würde: eine anerkannte Anwältin, die aus dem gleichen Land wie Abt Dabhóc kommt, betreibt die Klärung des Falls und wird von jemandem begleitet, der aus dem gleichen Land wie Bischof Ordgar stammt.«

Aufhorchend gab Eadulf einen leisen Pfeifton von sich.

»Der glaubt, mit uns auf ein unparteiisches Urteil verweisen zu können, wie? Da kann man nur hoffen, der gute Bischof hat nicht schon selbst ein Urteil gefällt und erwartet von uns nur eine Bestätigung.«

»Wir sollten erst das Ergebnis der Nachforschungen abwarten, ehe wir Bischof Leodegar unlautere Absichten unterstellen«, erwiderte Abt Ségdae mit einem tadelnden Unterton.

»Trotzdem sind wir dankbar für den Hinweis«, beteuerte Fidelma. »Wir werden Bischof Leodegar und seine Verhaltensweise sorgfältig im Auge behalten.«

Dem darauffolgenden Schweigen setzte Abt Ségdae mit der bangen

Frage ein Ende: »Wirst du dich der Aufgabe annehmen? Der Mord lastet schwer auf mir, Fidelma. Dabhóc war einer der Unsrigen.«

»Fidelma hat bereits gesagt, wir müssen uns erst frisch machen und brauchen etwas Ruhe«, antwortete Eadulf für sie. »Danach werden wir die Sache mit dir und auch mit Bischof Leodegar besprechen und dann eine Entscheidung treffen. Einstweilen nehmen wir die Gastfreundschaft der Abtei an.«

Abt Ségdae sah wieder zuversichtlicher aus. Sie hatten sich in der ihnen gemeinsam geläufigen Sprache der fünf Königreiche unterhalten, jetzt aber rief er auf Latein, dass es quer durch das *anticum* hallte. Sein Ruf galt einem Mönch, der den mit Steinplatten ausgelegten Raum durchschritt. »Bruder Chilperic!«

Der Mann kam zu ihnen herüber. Als er Fidelma sah, machte sich auf seinem hübschen Gesicht Erstaunen breit. Er war blond, hatte blaue Augen und war ungefähr in ihrem Alter.

»Das ist Bruder Chilperic, er steht Bischof Leodegar als Verwalter zur Seite.« Der Abt stellte die Gäste vor. Kaum hatte Bruder Chilperic vernommen, mit wem er es zu tun hatte, war er die Höflichkeit in Person.

»Verzeih mein Erstaunen, Schwester, aber der Abt hat gewiss erklärt, dass bei uns bestimmte Regeln gelten, wonach Frauen hier nicht geduldet sind. In deinem Falle jedoch wird das Verbot außer Kraft gesetzt, wie mir bedeutet wurde. Der Bischof hat eure Ankunft voller Ungeduld erwartet. In der *hospitia* sind Räume für euch hergerichtet, und sollte es an irgendetwas fehlen, lass es mich bitte wissen.« Er wandte sich Abt Ségdae zu. »Bischof Leodegar wünscht sicher, von der Ankunft deiner Landsleute zu erfahren. Setzt du ihn in Kenntnis, während ich die Gäste zu ihrer Unterkunft geleite?« Der Abt erklärte sich einverstanden, und Bruder Chilperic forderte Fidelma und Eadulf auf, mit ihm zu gehen.

Sie vereinbarten mit dem Abt, wo und wann man sich nach einer Ruhepause treffen würde, und folgten dem Mönch. Er führte sie über verschiedene Treppenfluchten. Im Inneren wirkte die Abtei ebenso kalt und grau, wie sie die gesamte Anlage von außen empfunden hatten. Hin und wieder erhaschten sie im Vorübergehen durch die Fenster einen Blick auf sonnenbeschienene grüne Felder und Waldungen und den sich dahinschlängelnden blauen Fluss. Offensichtlich befanden sie sich oberhalb der Stadtmauer im Süden, während die Stadt selbst sich nordwärts ausbreitete. Der Verwalter bestätigte Fidelmas

Vermutung, dass die Räumlichkeiten für die Gäste auf der dritten Ebene der Abtei lagen. Er führte sie in ein großzügig ausgestattetes Gemach, dessen Wände mit Eiben- und Birkenholz getäfelt waren. Es war äußerst geräumig, und ein Nebengelass für die nötige Körperpflege gab es auch.

Voller Wohlgefallen und Erstaunen schaute sich Fidelma um, und Bruder Chilperic bemerkte es sehr wohl.

»Eigentlich ist es ein Gästezimmer für adlige Herrschaften«, sagte er. »Hier haben schon Könige genächtigt, zum Beispiel der ehrenwerte Dagobert und Judicael von Domnonia.«

Fidelma neigte den Kopf. »Wir fühlen uns wahrhaft geehrt, Bruder Chilperic. Derartige Annehmlichkeiten haben wir nicht erwartet.«

»Wenn jemand unsere Abtei beehrt, dann bist du es, heißt es doch, du seiest die Schwester des Königs von eurem Land. Ich werde veranlassen, dass Wasser heiß gemacht und etwas zu essen gebracht wird, und sollte es sonst an irgendetwas fehlen ...«

»... dann werden wir uns bemerkbar machen«, vollendete Fidelma seinen Satz.

Als sich die Tür hinter dem Verwalter geschlossen hatte, drehte sie sich zu Eadulf um und lachte. »Das sieht schon etwas besser aus.«

»Für mein Empfinden gehen sie übertrieben großzügig mit uns um«, meinte er. »Ändern die für die Abtei geltenden Regeln, bieten uns ein Gemach und ihre Dienste an, wie sie einem König zukommen ... Könnte es sein, dass hinter dem Tod des Abts Dabhóc noch etwas anderes steckt, das sie uns verheimlichen?«

»Es ist nicht sinnvoll, sich jetzt schon den Kopf zu zerbrechen. Wir müssen erst noch einmal mit Ségdae reden und danach mit Bischof Leodegar«, mahnte Fidelma. »Wer von uns beiden badet zuerst?«, hänselte sie ihn, wusste sie doch, dass er sich immer noch nicht mit der irischen Sitte hatte anfreunden können, täglich eine Ganzwaschung vorzunehmen.

Etliche Zeit später, der Himmel wurde schon dunkel, saßen Fidelma und Eadulf bei Abt Ségdae, dessen Zimmer nicht weit weg von dem ihrigen auf dem gleichen Gang lag. Es war einer der Räume, die für die Gesandten zum Konzil zur Verfügung gestellt worden waren, und hatte bei Weitem nicht die Annehmlichkeiten, über die ihr Gemach verfügte. Nur spärlich eingerichtet und mit dem Notdürftigsten versehen, ließ es ahnen, dass man von den frommen Besuchern der Abtei erwartete, nicht höhere Ansprüche zu stellen als die dort lebenden Mönche. Im Vergleich dazu wurden sie als fürstliche Gäste behandelt, und Fidelma vermutete, dass Abt Ségdae mit Nachdruck auf ihren Status als Schwester des Königs von Cashel hingewiesen hatte. Normalerweise wehrte sie sich dagegen, aber in diesem Falle hielt sie es für angebracht, die Situation hinzunehmen, wie sie war, und erst einmal abzuwarten, ob sich die Betonung ihres Ranges als Vor- oder Nachteil erwies.

»Vielleicht solltest du uns mit dem Hintergrund des Mordgeschehens vertraut machen«, forderte sie den Abt auf und lehnte sich entspannt zurück. Das Bad hatte ihr gutgetan.

»Wie schon berichtet, fand man vor einer Woche Dabhóc in Bischof Ordgars Zimmer mit zerschmettertem Schädel auf der Erde liegen. Neben ihm lag Abt Cadfan aus dem Königreich Gwynedd; man hatte ihm einen Schlag auf den Kopf versetzt, und er war bewusstlos. Außerdem war Ordgar in dem Zimmer, der sich in einem halb bewusstlosen Zustand befand.«

»In einem halb bewusstlosen Zustand?«, unterbrach ihn Eadulf. »Wie ist das zu verstehen?«

»Er behauptete, vorsätzlich betäubt worden zu sein.«

»Und wie haben Cadfan und Ordgar die Sachlage erklärt?«, fragte Fidelma.

»Ordgar behauptete, von dem ganzen Geschehen keine Ahnung gehabt zu haben. Er erklärte, er hätte wie immer als letztes an dem Abend Wein getrunken und wäre dann in einen traumlosen Schlaf gesunken. Er lässt sich nicht von seiner Meinung abbringen, dass man seinem Getränk ein Betäubungsmittel hinzugesetzt hätte. Der Arzt hat seinen Zustand bestätigt. Insofern stimmen seine Aussage und der Tatbestand überein.«

»Und Cadfan?«

»Cadfan will eine Notiz erhalten haben – leider hat er sie nicht mehr –, die ihn aufforderte, wegen einer dringenden Angelegenheit in das Zimmer von Bischof Ordgar zu kommen.«

»Und wann hat man das Ganze entdeckt – dass Dabhóc tot war?«

»Weit nach Mitternacht, in jedem Fall aber vor der Morgendämmerung.«

»Wann hat Cadfan die Notiz erhalten?«

»Seiner Aussage nach lag er in seinem Zimmer und schlief, als er durch ein Pochen geweckt und ein Zettel unter die Tür geschoben wurde. Er sei dann zu Ordgars Zimmer gegangen, hätte angeklopft, und eine Stimme hätte ihn aufgefordert, einzutreten. Er hätte dem Folge geleistet, und sofort hätte man ihm einen Schlag auf den Kopf versetzt. Weiter habe er dann nichts mehr wahrgenommen, bis er wieder zu sich kam. Während seiner Ohnmacht habe man ihn zurück in sein Zimmer getragen. Er schwört, weder Dabhócs Leichnam noch Ordgar gesehen zu haben. Im Zimmer wäre es dunkel gewesen, als er es betreten habe.«

»Eine merkwürdige Geschichte«, stellte Fidelma fest.

Abt Ségdae nickte niedergeschlagen. »Und wenn sie nicht aufgeklärt wird, können wir das Konzil vergessen. Es gibt ohnehin schon genug Reibereien hier. Bei der Eröffnung des Konzils vergangene Woche wurden Ordgar und Cadfan miteinander handgreiflich.«

»Tatsächlich?« Fidelma machte große Augen.

»Das passierte am Abend vor dem Mord«, bestätigte er.

»War Dabhóc in den Streit mitverwickelt?«

»Er hatte sich bei dem Wortwechsel als Friedensstifter eingemischt, das war aber auch alles. Andere haben das ebenfalls getan.«

»Glaubt man, Dabhóc wurde deshalb umgebracht?«, fragte Eadulf.

»Eigentlich weiß niemand, was von dem Vorfall zu halten ist. Ordgar und Cadfan sind auf ihre Zimmer verbannt, und Bischof Leodegar sinnt darüber danach, wie er sich verhalten soll. In wenigen Tagen erwartet man Chlothar, den Herrscher des Königreiches, der die Beschlüsse des Konzils absegnen will, dabei hat das Konzil im eigentlichen Sinne noch gar nicht getagt, so dass die Vorschläge aus Rom bislang nicht zur Diskussion gestanden haben. Im Gegenteil, eher sprechen die Gäste, wie ich schon sagte, von einer Abreise und Rückkehr in ihre Länder.«

»Leodegar wird sich zu einer Entscheidung durchringen müssen«, meinte Fidelma.

»Er muss entweder einen von beiden für schuldig oder beide für unschuldig erklären«, pflichtete der Abt ihr bei. »Beide weisen jede Schuld von sich, aber zum anderen haben beide deutlich gemacht, dass sie sich buchstäblich hassen. Die gegenseitigen Vorhaltungen nehmen sich nichts in ihrer Gehässigkeit.«

»Und wie stehst du selbst dazu? Du bist schließlich der ranghöchste Vertreter von Éireann.«

Mit einer vielsagenden Bewegung der Schultern brachte er seine Hilflosigkeit zum Ausdruck.

»Genau das ist mein Dilemma, Fidelma. Du weißt um die Rivalität meiner Abtei von Imleach und der von Ard Macha. In den vergangenen Jahren hat die Abtei Ard Macha darauf bestanden, dass ihr die führende Rolle über die fünf Königreiche zukommt, und sie will sich jetzt sogar über Imleach stellen – dabei existierte Imleach schon, ehe Ard Macha begründet wurde.«

»Was hat das mit deiner Haltung zu dem vorliegenden Fall zu tun?«, fragte Fidelma etwas ungeduldig.

»Wie du selbst richtig sagst, bin ich jetzt der ranghöchste Vertreter Éireanns hier. Verlange ich nicht, dass ein Schuldspruch und eine Wiedergutmachung für den Mord an Dabhóc erfolgen, kann Ségéne, Abt und Bischof von Ard Macha, mir und damit Imleach eine Unterlassungssünde vorwerfen, weil Dabhóc als Vertreter von Ard Macha hergekommen ist. Bestehe ich aber darauf, dann fordere ich, dass Bischof Leodegar eine Entscheidung fällt, das heißt, den einen oder anderen, Ordgar oder Cadfan für schuldig erklärt. Wenn weder das eine noch das andere geschieht, geht das Konzil auseinander, und Leodegar muss sich dem Bischof von Rom gegenüber verantworten.«

»Mit anderen Worten, die Erwägung einer politischen Entscheidung lastet mehr auf dir als die moralische Entscheidung, was rechtens, was wahr ist«, fasste Fidelma seine Bedenken zusammen.

Abt Ségdae lächelte müde. »Ich wünschte, ich könnte es so klar und entschieden sehen wie du, Fidelma. Du musst aber auch Folgendes bedenken: Der Konflikt zwischen Ard Macha und Imleach und der zwischen den Britanniern und Sachsen wiegt gleichermaßen schwer. Egal, wie meine Entscheidung aussieht, sie bringt neuen Ärger und Streit. Und um mich zu einer Entscheidung durchzuringen, brauche ich Rat.«

Fidelma spitzte die Lippen, ohne hörbar zu pfeifen, und blickte zu Eadulf. Dem Abt hingegen ging auf, wie weit der Tag bereits vorangeschritten war, und er erhob sich.

»Bischof Leodegar ist bestimmt schon ungeduldig. Wir sollten ihn nicht länger warten lassen.«

Bischof Leodegar machte es sich auf seinem Stuhl bequem und musterte Fidelma und Eadulf durchdringend. Er war schon etwas älter, das schwarze Haar zeigte graue Strähnen, und die Augen waren dunkel und unergründlich. Insgesamt wirkte er blass und schlank, die Haut war straff, der Adamsapfel auffällig vorstehend. Seine Haltung, gespannt und leicht nach vorn gebeugt, erinnerte Fidelma an einen hungrigen, zum Sprung bereiten Wolf.

»Ich heiße euch beide in der Abtei von Autun willkommen«, sagte er schließlich. Mit einem Blick zu Ségdae, der zusammen mit Bruder Chilperic an einer Seite des Zimmers Platz genommen hatte, fügte er hinzu: »Abt Ségdae hat mir viel von euch erzählt. Gut, dass ihr, ohne Schaden genommen zu haben, hier eingetroffen seid.«

Sie saßen ihm direkt gegenüber. Bruder Chilperic hatte ihnen eigens Stühle hingestellt.

Bischof Leodegar überlegte kurz, ehe er fortfuhr. »Ich gehe davon aus, dass man euch davon in Kenntnis gesetzt hat, dass diese Abtei über getrennte Häuser für Männer und Frauen verfügt. Wir sind kein gemischtes Haus, wenngleich zum Morgen- und Abendgebet beide Geschlechter in der Kapelle der Abtei zusammenkommen. Wir folgen der Regel des Zölibats – im Zölibat kommen wir der Göttlichkeit näher.«

Fidelma und Eadulf schwiegen.

»Mir ist klar, dass ihr zu denen gehört, die nicht mit dieser Ordnung übereinstimmen«, nahm er seine Rede wieder auf. »Im Interesse der Dinge, die es zu klären gilt, sind wir bereit, bis zu einem gewissen Grad unsere hier geltenden Vorschriften außer Kraft zu setzen. Eine Bedingung, die ich allerdings stellen muss, ist die, dass ihr euch mit Umsicht in der Abtei bewegt.« Er machte eine Pause. Da aber weder Fidelma noch Eadulf etwas sagten, fuhr er fort: »Wie ich von Abt Ségdae gehört habe, verfügt ihr beide über die Gabe, rätselhafte Geschehnisse zu entwirren und Probleme zu lösen. In der gegenwärtigen Situation sind wir auf derartige Fähigkeiten dringend angewiesen.«

Fidelma fiel aus ihrer Starre. »Abt Ségdae hat uns in gebotener Kürze über die Sachlage informiert«, sagte sie nüchtern.

Bischof Leodegar nickte. »Vieles steht und fällt mit dem Erfolg des Konzils. Auf ihm wird die Zukunft der westlichen Kirchen entschieden.«

Das ging Eadulf zu weit. »Die Zukunft? Ist das nicht eine etwas übertriebene Zielstellung?«

»Ich mache solche Äußerungen nicht leichtfertig«, erwiderte Bischof Leodegar. »Der Heilige Vater hat befunden, dass wir zwei Dinge mit aller Sorgfalt beraten, und die Beschlüsse, die wir fassen, werden für die Kirchen hier im Westen richtungweisend sein. Die erste und über allem stehende Frage betrifft die Grundlehre unseres Glaubens: Mit welchem Glaubensbekenntnis halten wir es? Halten wir uns an das

Bekenntnis des Hippolytus oder an das *Quicunque,* das Bekenntnis des heiligen Athanasius, richten wir uns also nach den Worten, wie sie auf dem Konzil zu Nicäa beschlossen wurden? Es ist von entscheidender Bedeutung. Als Anhänger Christi müssen wir uns ernsthaft fragen, woran wir glauben wollen.«

»Credo in Deum Patrem omnipotentem, factorem coeli et terrae ...«, murmelte Eadulf.

»Fürwahr, Bruder«, ging Bischof Leodegar auf ihn ein, »aber sollten wir nicht sagen *ut unum Deum in Trinitate, et Trinitatem in unitate venereamur?«*

Eadulf musste lächeln. Machte es einen Unterschied, ob man seinen Glauben an Gott als Vater, Sohn und Heiligen Geist formulierte oder an die Dreieinigkeit Gottes, wenn man die Dreifaltigkeit als Einheit sah? Verschiedene Wörter, die das Gleiche ausdrückten.

»Und darum geht es auf diesem Konzil? Nur um die Wortwahl des Glaubens, unseres Glaubensbekenntnisses?«

Bischof Leodegar zog die Augenbrauen zusammen. »Du solltest dir vergegenwärtigen, Bruder Eadulf, dass sich unter den Kirchen Galliens, selbst unter denen der Franken, die Lehre des Monotheletismus breitgemacht hat im Gegensatz zu der rechtgläubigen Lehre des Neuen Glaubens. Deshalb ist ein allgemein verbindliches Glaubensbekenntnis wichtig für uns.«

»Monotheletismus?« Fidelma versuchte, der Bedeutung des Wortes auf den Grund zu kommen.

»Die Lehre, in welchem Verhältnis zueinander das Göttliche und das Menschliche in der Person Christi stehen«, erklärte Eadulf. »Der Monotheletismus sagt, Christus hätte sich zwar in zwei Naturen offenbart – einer göttlichen und einer menschlichen –, hätte aber nur einen Willen gehabt.«

Bischof Leodegar nickte zustimmend. »Nach der alten Auffassung hatte Christus entsprechend seiner zwei Naturen zwei Willen, einen menschlichen und einen göttlichen. Sowohl im Osten als auch im Westen wird derzeit der Monotheletismus begünstigt. Honorius, der erste Heilige Vater in Rom dieses Namens, hatte sich für ihn ausgesprochen, und so hat diese Lehre um sich gegriffen.«

»Und das zu verdammen und sich auf ein Glaubensbekenntnis zu einigen, ist Sinn und Zweck des Konzils?«, fragte Fidelma. Sie war sich dessen bewusst, dass sie mit den ständigen Auseinandersetzungen und Festlegungen der bischöflichen Konzile nicht auf dem Laufenden war. Die geistlichen Oberhirten traten häufig zusammen, um vorzugeben, was ihre Schäfchen glauben sollten und was nicht. Sie aber befasste sich mehr mit der Gesetzgebung ihres Landes und hatte oft genug ihre vor Jahren getroffene Entscheidung für das religiöse Leben infrage gestellt. Eigentlich war sie mehr einer Gepflogenheit gefolgt, denn in den fünf Königreichen entschieden sich die meisten, die höheren Berufen nachgingen, für den Eintritt ins Kloster.

»Es soll auch Übereinstimmung erzielt werden, dass für alle religiösen Häuser in der westlichen Christenheit ein und dieselbe Regelung gilt«, erläuterte der Bischof. »Verbindliche Vorschriften, nach denen sich alle Gemeinschaften zu richten haben.«

»Eine verbindliche Regelung für die Vielzahl der Gemeinschaften?«, wunderte sich Fidelma. »Bei uns stellen die Klöster entsprechend ihren Bedürfnissen ihre eigenen Regeln auf.«

»Der Heilige Vater strebt für alle Anhänger des Neuen Glaubens allgemeingültige Regeln an.«

»Und auf welche beruft er sich?« Eadulf hatte seine Zweifel.

»Er legt die Regula des heiligen Benedikt zugrunde, wie sie vor hundert Jahren aufgestellt wurde. Sie soll Richtschnur sein, wie das tägliche Leben in den Klöstern und religiösen Häusern zu gestalten ist.«

»Die Regel ist mir bekannt. Aber Benedikt stammte doch aus Latina. Seine Vorschriften waren auf die Gemeinschaft abgestimmt, die er dort begründete, sie entsprachen seinen Ansichten und seiner Kultur. Mit welchem Recht sollte seine Regel auf Gemeinschaften anderer Länder übertragen werden, die eine völlig andere Lebensart und Kultur haben?«

»Genau das ist der springende Punkt und das Anliegen des Konzils, mein junger Bruder in Christo. Ich weiß sehr wohl, dass die Gallier, Amoricaner, Britannier und die Menschen aus Hibernia ihre eigenen Gepflogenheiten und Rituale haben. Noch bis vor ein paar Jahren hielt sich sogar die Mehrheit der Sachsen und Franken an sie. Jetzt aber müssen wir nach einer Vereinheitlichung unserer Glaubensrichtungen und der Formen unserer Religionsausübung streben. Genau deshalb ist dieses Konzil so wichtig. Es läuft Gefahr, auseinanderzugehen, ehe es überhaupt zu Erörterungen gekommen ist.«

Fidelma war nachdenklich geworden. »Und was schlägst du nun vor?«

Angenehm war Bischof Leodegar ihre Frage nicht, doch er versuchte ein Lächeln. »Du bist sehr direkt, Schwester.«

»Es spart Zeit«, entgegnete sie ernst.

»Also gut. Woran ich denke, ist Folgendes: Du und Bruder Eadulf, ihr dürftet beide das Vertrauen des Konzils haben, dem Vorfall nachzugehen und eure Vorstellungen darzulegen, wer zur Verantwortung zu ziehen ist. Als der Mord verübt wurde, wart ihr nicht hier und seid demzufolge unvoreingenommen.«

»Inwiefern kann dadurch das Konzil gerettet werden?«

»Du, Fidelma, kommst aus demselben Land wie der ermordete Abt und bist damit ein guter Verfechter seiner Rechte. Eadulf ist Sachse und wird als solcher die Rechte von Bischof Ordgar im Auge haben. Du dürftest eine annehmbare Person für alle aus Hibernia sein, und das Gleiche gilt für Eadulf und die Angeln und Sachsen.«

»Und wie steht es mit den Britanniern, die ebenfalls betroffen sind?«

»Wie ich höre, hast du bei ihnen einen guten Ruf dank eines Dienstes, den du dem König von Dyfed und der Kirche der Britannier erwiesen hast. Ganz gewiss werden auch sie dich für einen gerechten Anwalt halten.«

Abt Ségdae hatte die ganze Zeit geschwiegen. Fidelma blickte zu ihm hinüber. »Und das ist, was auch du möchtest?«

Als Zeichen der Zustimmung neigte der Abt den Kopf. »Es ist der einzige vernünftige Weg, den ich mir vorstellen kann, um den Meinungsverschiedenheiten, die das Konzil eine ganze Woche lang nicht haben zusammentreten lassen, ein Ende zu bereiten. Ich denke, dein Bruder, der König, würde meine Haltung zu der Frage unterstützen, denn wie du weißt, ist die Geschichte nicht ohne Auswirkungen auf das Verhältnis zwischen seinem Königreich und dem im Norden.«

Eadulf machte einen weniger glücklichen Eindruck. »Ich sehe da etliche Unwägbarkeiten.«

»Als da wären?«, fragte Bischof Leodegar.

»Es fängt schon damit an, dass sich der Vorfall vor über einer Woche ereignet hat. Vermutlich ist Abt Dabhóc doch wohl bestattet worden.«

»Selbstverständlich, das verlangt der Brauch«, erwiderte der Bischof.

»Folglich können wir uns nicht selbst ein Bild davon machen, wie die Wunde aussah, wie sie ihm beigebracht worden sein könnte, wie der Leichnam lag und dergleichen mehr.«

»Wieso wäre das nötig?«, fragte Bischof Leodegar erstaunt.

»Vielleicht nicht nötig, aber hilfreich«, warf Fidelma ein. »Wenn wir richtig unterrichtet sind, reduziert sich alles auf zwei Männer, die erbitterte Feinde sind, und es gilt herauszufinden, wer von den beiden die Wahrheit spricht.«

»Beziehungsweise wer von den beiden lügt«, ergänzte Eadulf.

Bischof Leodegar kniff die Augen zusammen. »Wollt ihr sagen, dass das zu beurteilen unmöglich ist?«

»Impossibilium nulla obligatio est«, meinte Fidelma philosophisch. »Wenn ich es für unmöglich hielte, würde ich nicht einmal Zeit darauf verschwenden, mich dazu zu äußern. Wir weisen lediglich auf die Schwierigkeiten hin.«

»Ihr macht euch also an die Aufgabe?«, drängte Bischof Leodegar auf eine Antwort.

»Ja«, erwiderte sie nach einer geringfügigen Pause.

Er schien erleichtert. »Es gilt als abgemacht?«

»Gewährt man uns die Freiheit, alle die zu befragen, die wir glauben, befragen zu müssen? Erteilst du mir die nötige Handlungsvollmacht?«, wollte Fidelma wissen.

»Du brauchst doch nur Ordgar und Cadfan zu befragen«, wunderte sich der Bischof.

Sie schüttelte den Kopf. »Das klingt, als hättest du schon ein Vorurteil gefasst, Bischof Leodegar. So können wir nicht an das Problem herangehen – selbst wenn es den Anschein hat, es ginge nur um eine Schuldfrage zwischen den beiden. Wenn dir daran liegt, dass wir uns der Sache annehmen, dann nur unter den von mir gestellten Bedingungen, etwas anderes kommt nicht infrage.«

Auf dem Gesicht des Bischofs ließ sich leichte Verärgerung ablesen, und Abt Ségdae griff ein.

»Wir sind uns dessen bewusst, dass ihr die Dinge hier anders handhabt als wir, Bischof Leodegar«, beeilte er sich zu sagen. »Bei uns gilt ein Gesetzeswerk, das den Anwälten für ihre Nachforschungen gewisse Freiheiten zubilligt.«

Nachdenklich ruhte Bischof Leodegars Blick auf dem Abt.

»Ich habe bereits darauf verwiesen, dass ich von der geltenden Regel der Abtei abgehe und Fidelma zu Räumen Zutritt gestatte, die Frauen normalerweise verwehrt sind.«

»Und ich habe zugesagt, mich umsichtig zu verhalten«, bestätigte sie. »Aber wenn ich meine Nachforschungen betreiben soll, brauche ich Handlungsfreiheit, so wie ich es von meinem Land und von der bei uns geltenden Gesetzgebung her gewöhnt bin. Andernfalls sehe ich mich außerstande, die Aufgabe zu übernehmen.«

»Umherziehende Missionare aus eurem Land haben mir von euren Gesetzen und Methoden berichtet«, sagte der Bischof nach einigem Nachdenken und gab sich einen merklichen Ruck. »Also gut. Ich sehe keinen Grund, weshalb ich dir Beschränkungen auferlegen sollte. Ich gewähre dir Handlungsfreiheit.«

»Nicht nur mir, Bruder Eadulf auch«, meinte sie fröhlich. »Du darfst nicht vergessen, Eadulf ist bei seinem Volk ein *gerefa,* ein Anwalt für angelsächsisches Recht.«

»Das ist mir klar, sonst hätte ich nicht davon gesprochen, dass man Eadulf hinsichtlich Bischof Ordgar als unvoreingenommen betrachten würde. Die Gemeinschaft muss mit der Situation vertraut gemacht werden, damit gewinnen auch deine Erkenntnisse an Gewicht. Ich erteile dir die uneingeschränkte Erlaubnis, jeden zu befragen, soweit du es für nötig hältst. Bei der Abendandacht werde ich meine Weisung verkünden. Ich bitte dich nur, so rasch wie möglich zu einem Ergebnis zu kommen, damit wir auch die zum Konzil Angereisten zufriedenstellen können. In Kürze erwarten wir Chlothar, unseren König, der dem Konzil seine königliche Zustimmung zu geben gedenkt. Es wäre uns allen dienlich, wenn die Dinge bis zu seiner Ankunft geklärt sein könnten.«

»Versprechen kann ich das nicht. Sicher ist nur eins im Leben – nämlich, dass wir alle eines Tages sterben«, entgegnete Fidelma lakonisch. »Wir werden unser Bestes tun, dem Fall auf den Grund zu gehen, aber ich kann nicht versprechen, innerhalb einer bestimmten Frist eine Lösung des Problems vorzulegen. Kannst du damit leben?«

Bischof Leodegar hob schicksalsergeben die Hände.

»Am besten fangen wir gleich mit dir an. Ich hätte da ein paar Fragen.«

»Fragen an mich?« Damit hatte er nicht gerechnet.

»Ja, natürlich.« Sie blieb gelassen. Offensichtlich war es der fränkische Bischof nicht gewöhnt, Fragen gestellt zu bekommen. »Wer hat den Leichnam und die Geschehnisse in Bischof Ordgars Zimmer entdeckt?«

»Bruder Sigeric«, antwortete Bruder Chilperic für den Bischof und brach mit der Auskunft sein bisheriges Schweigen.

»Bruder Sigeric, wer ist das?«

»Einer der Schreiber.«

»Wir werden mit ihm sprechen müssen. Lässt sich das machen?«

Bruder Chilperic nickte.

»Großartig. Wie hieß der Arzt, der den Leichnam untersucht hat –

und ist auch er es gewesen, der sich um die Wunde von Abt Cadfan gekümmert und sich über Bischof Ordgars Zustand vergewissert hat?«

»Unser Arzt ist Bruder Gebicca.«

Fidelma wandte sich nach dieser Auskunft wieder Bischof Leodegar zu. »Und nun hätte ich gern von dir gehört, welche Rolle du bei all dem gespielt hast.«

»Ich und welche Rolle?«, fragte er verwundert zurück.

»Vielleicht habe ich mich falsch ausgedrückt. Wenn ich richtig unterrichtet bin, hat man Abt Ségdae geweckt und ihn gebeten, in Ordgars Zimmer zu kommen. Als er dort eintraf, warst du bereits dort. Wie erklärt sich das?«

»Bruder Sigeric hat mich zuerst geweckt«, sagte der Bischof. »Er schreckte mich mit der Nachricht auf, es wäre ein Unglück geschehen und ich sollte unverzüglich dorthin kommen.«

»Wie waren die Begleitumstände, unter denen dich Bruder Sigeric geweckt hat?«

»Es wäre angebracht, die ganze Geschichte so ausführlich wie möglich darzustellen«, half Eadulf nach. »Vermutlich hattest du dich zum Schlafen in deine Gemächer zurückgezogen, oder?«

»Ich hatte mich eigentlich gleich nach dem Mitternachtsgebet zurückziehen wollen«, begann Bischof Leodegar. »Das gehört zu meinen Gepflogenheiten. Ich war an jenem Abend besonders müde, denn ich hatte zusammen mit einem Adligen aus der Stadt gespeist, der zu Gast in der Abtei war, und der hatte unserem Wein recht ausgiebig zugesprochen. Doch ich war kaum auf meinem Zimmer, da suchte mich Bischof Ordgar auf. Er hatte das Verlangen, seinen Unmut über Abt Cadfan noch weiter auszulassen. Es dauerte eine ganze Weile, ehe ich ihn wieder loswurde. Er war über das Verhalten des Britanniers an jenem Abend sehr verärgert, und ich gab mir jede erdenkliche Mühe, ihm klarzumachen, dass allen Vertretern auf diesem Konzil ein breiter Spielraum gewährt werden müsste. Als er schließlich ging, schlief ich sofort ein und kam erst wieder zu mir, als mich Bruder Sigeric wachrüttelte. Das war noch vor der Morgendämmerung. Aber die Dunkelheit der Nacht ging schon in ein Dämmerlicht über, auch die Vögel spürten das, wurden munter und begrüßten mit ihrem ersten Gesang das nahende Licht.«

Er machte eine Pause, doch Eadulf gönnte ihm kein langes Nachsinnen. »Sprich weiter.«

»Es war, wie schon erwähnt. Bruder Sigeric drängte mich, mir etwas überzuwerfen und in Bischof Ordgars Zimmer mitzugehen. Er sagte, ein grässliches Unglück wäre geschehen.«

»Hat er näher beschrieben, um was für eine Art Unglück es sich handelte oder wie er davon erfahren hatte?«

»Zu dem Zeitpunkt nicht, erst später sagte er ...«

Fidelma unterbrach ihn mit einem Handzeichen. »Bruder Sigeric kann uns das selbst sagen, wenn wir nachher mit ihm sprechen. Bleiben wir vorerst dabei, wie im Einzelnen du dich verhalten hast.«

Bischof Leodegar zögerte einen Moment und fuhr dann fort: »Ich folgte Bruder Sigerics Aufforderung und ging mit ihm. Er war ziemlich erregt, so dass ich ihn nicht mit weiteren Fragen plagte. Ich betrat Ordgars Zimmer ...«

»Brannte dort Licht?«, warf Fidelma rasch ein.

Bischof Leodegar nickte. »Ja, eine Kerze brannte.«

»Du konntest alles deutlich erkennen?«

»Ich nahm die Umrisse von zwei Körpern wahr und Bischof Ordgar, der stöhnend auf seinem Bett lag.«

»Sagte er etwas, als du das Zimmer betratest?«

»Er schien von Schmerzen geplagt und murmelte etwas. Er war eindeutig nicht ganz da.«

»Und den Leichnam, hast du den gesehen?«

»Ich bemerkte sofort Abt Cadfan, der neben dem Bett auf der Erde lag. Es war hell genug, um Blut an seinem Hinterkopf zu sehen.«

»Kerzenlicht, und du konntest Blut erkennen?«, fragte Eadulf nach.

Bruder Leodegar runzelte die Stirn. »Ja. ...« Er merkte, worauf Eadulf hinauswollte. »Nun ja, ich sah etwas Dunkles, Klebriges – und es stellte sich natürlich als Blut heraus.«

Eadulf lächelte. »War er bei Bewusstsein?«

»Nein. Und er kam auch erst wieder zu sich, als man ihn in sein Zimmer zurückgetragen hatte.« Der Bischof hielt inne, begriff aber, dass man mehr von ihm erwartete. »Ich wollte mich zu ihm hinunterbücken, da sah ich den Toten, Abt Dabhóc. Ich rief Bruder Sigeric zu, meinen Verwalter zu wecken, und trug ihm auch auf, Bruder Gebicca, unseren Arzt zu holen. Dann ging ich hinüber zu Bischof Ordgar und wollte sehen, ob ich etwas für ihn tun konnte, aber er war wie im Rausch, murmelte nur unsinniges Zeug.«

»Roch er nach Wein oder Bier?«, fragte Fidelma.

»Er verströmte einen Geruch von abgestandenem Wein«, bestätigte der Bischof.

»Und dann?«

»Dann kam Bruder Gebicca und ziemlich bald darauf Bruder Chilperic. Als Gebicca erklärte, Abt Dabhóc wäre tot, mit einem Schlag von hinten sei ihm der Schädel eingeschlagen worden, wusste ich, dass ich Abt Ségdae als den Ranghöchsten aus eurem Land in Kenntnis setzen musste. Ich schickte Bruder Sigeric los, ihn zu wecken.«

»Und die ganze Zeit lag Cadfan bewusstlos da, während Ordgar in einem Rauschzustand verblieb?«, vergewisserte sich Fidelma.

»Wir haben uns durchaus um Cadfan gekümmert«, erwiderte Bischof Leodegar. »Bruder Gebicca hat ihn untersucht, und dann wurde entschieden, ihn in sein Zimmer zurückzuschaffen, wo er etwa einen Tag brauchte, bis er sich wieder vollends erholt hatte. Auch Ordgar haben wir in einen nahe gelegenen Raum gebracht. Als er schließlich so weit war, dass ich ihm Fragen stellen konnte, sagte er, er hätte wie gewohnt vorm Schlafengehen Wein getrunken und könnte sich an nichts weiter erinnern, als dass ihm beim Aufwachen schlecht und schwindelig war. Er hätte Menschen um sich herum in seinem Zimmer wahrgenommen, aber was geschah, konnte er nicht sagen. Zunächst nahm er an, schlechten Wein getrunken zu haben, der ihm nicht bekommen wäre, aber als ich ihm erzählte, was geschehen war, glaubte er, Cadfan hätte versucht, ihn zu vergiften.«

»Und welche Meinung hat Ordgar zu dem Mord? Was denkt er, warum hat Cadfan Dabhóc ermordet?«, fragte Eadulf.

»Ordgar ist davon überzeugt, Dabhóc ist dazugekommen, als Cadfan versuchte, ihn umzubringen, und musste dafür selbst mit dem Leben büßen.«

»Und Cadfans Wunde? Wie hat er die erklärt?«

»Ordgar meint, entweder hat sie ihm Dabhóc beigebracht, bevor er von Cadfan ermordet wurde, oder Cadfan hat sie sich selbst zugefügt.«

»Eine selbst zugefügte Verletzung, die ihn einen ganzen Tag bewusstlos sein lässt?« Das mochte Eadulf nicht glauben. »Das ist beim besten Willen kein selbstzugefügter Hieb; wenn er aber von einer anderen Person stammt, hat er die schwerlich noch ermorden können, ehe er in Ohnmacht fiel.«

Dass Eadulf seine Überlegungen so offen darlegte, hielt Fidelma nicht für richtig und ließ ihn das auch merken.

»Wir werden dem genauer nachgehen, wenn wir Ordgar und Cadfan befragen«, lenkte sie ab. »Ich vermute, du hast auch mit Cadfan gesprochen. Wie hat er den Vorgang geschildert?«

»Er berichtete, jemand hätte einen Brief unter seine Tür geschoben, angeklopft und wäre weggerannt, ehe er hätte aufmachen können. Auf dem Zettel stand, er solle sofort wegen einer dringenden Angelegenheit in Ordgars Zimmer kommen. Er wäre dort hingegangen, hätte die Tür angelehnt gefunden, hätte geklopft, und eine Stimme hätte ihn gebeten, einzutreten. Das wäre das Letzte gewesen, woran er sich erinnern könnte, er hätte nur noch einen heftigen Schlag auf den Hinterkopf gespürt und wäre erst einen Tag später oder so wieder zu sich gekommen.«

Fidelma schwieg eine Weile, saß mit leicht vorgebeugtem Kopf da und schaute reglos vor sich hin.

»In der Tat eine merkwürdige Geschichte«, sagte sie schließlich. »Wie wir von Abt Ségdae hörten, hat man Ordgar und Cadfan angewiesen, bis zur Klärung der Angelegenheit auf ihren Zimmern zu bleiben.«

»Das ist richtig.«

»Und vermutlich sind beide außer sich ob dieser Verfügung?«

»Wie du dir vorstellen kannst«, gab Bischof Leodegar zu. »Aber was hätte ich sonst tun sollen?«

»Wie reagieren die anderen Teilnehmer des Konzils auf die Bewegungseinschränkung und den Verdacht überhaupt?«, fragte Eadulf. »Du hast Spannungen erwähnt. Ergreift jemand Partei?«

Bischof Leodegar lachte zynisch auf.

»Es wäre mehr als verwunderlich, wenn sie es nicht täten. Die Sachsen und auch ein paar unserer Franken unterstützen Ordgar. Die Britannier, Gallier und Armoricaner prangern Ordgar an und verlangen die Freilassung von Cadfan. Die Geistlichen aus Hibernia wünschen beiden Parteien die Pest an den Hals und fordern eine Wiedergutmachung für den Tod des Vertreters des Bischofs von Ard Macha. Was soll ich also machen?«

Völlig unerwartet für alle stand Fidelma plötzlich auf und erklärte mit einem Blick durch die hohen Fenster in die Abenddämmerung: »Du verhältst dich durchaus richtig. Verkünde bei der Abendandacht, was geschieht und was wir hier tun. Morgen früh beginnen wir mit der Befragung und werden als Erstes mit Bruder Sigeric sprechen. Ich gehe doch in der Annahme richtig, dass der Ort des Geschehens, das Zimmer, leer ist?«

Bischof Leodegar nickte. »Ich sagte ja schon, wir haben Ordgar in ein sichereres Gemach geschafft.«

»Dann werden wir nach dem Gespräch mit Bruder Sigeric besagten Raum in Augenschein nehmen.«

»Ich werde dafür Sorge tragen, dass alles nach deinen Wünschen geschieht«, versicherte er ihnen entschieden. »Ich will nur hoffen, dass ihr beide beim Lösen von Rätseln tatsächlich so geschickt seid, wie Abt Ségdae behauptet.«

»Das zu beurteilen überlassen wir dir, Leodegar von Autun«, erwiderte Fidelma in aller Ruhe. »Eadulf und ich können nur das tun, was in unseren Kräften steht, und darauf vertrauen, dass es um ein Rätsel geht, das sich lösen lässt.«

Kapitel 4

Kurz vor Tagesanbruch wurden Fidelma und Eadulf durch Gesang geweckt. Eadulf lag eine Weile da und überlegte, wie er die befremdlichen Klänge einordnen sollte. Letztlich war es Fidelma, die eine Erklärung fand.

»Das können nur die *matutinae laudes,* der morgendliche Lobgesang, sein. Ich habe so was schon mal in Rom gehört. Offensichtlich singt man in manchen Klöstern Psalmen, um den neuen Tag zu begrüßen.«

»Hoffentlich wird nicht von uns erwartet, dass wir da mitmachen«, stöhnte Eadulf. »Ich kann keinen Ton halten.«

»Dank unserer späten Ankunft nach beschwerlicher Reise hat man uns die Teilnahme an der Morgenandacht erlassen«, erinnerte ihn Fidelma frohgemut. »Aber es wird schon hell. Wir sollten uns waschen und für den Tag fertig machen.«

Sie hatten sich gerade angekleidet, da klopfte es, und Bruder Chilperic brachte ihr Frühstück – ein Tablett mit Obst, Brot und Käse – und setzte es auf dem kleinen Tisch ab. Er schien Fidelmas fragenden Blick richtig zu deuten, denn er erklärte: »Der Bischof hielt es für angebracht, mögliche Peinlichkeiten gleich am ersten Tag auszuschließen. Es wäre besser, wenn ihr das Frühstück hier in der *hospitia* einnehmt. Abt Ségdae wird mit euch wegen der Mahlzeiten im Refektorium sprechen. Ihr wisst ja, dass die Anwesenheit von Frauen dort nicht üblich ist.«

»Du musst uns das nicht weiter erläutern«, meinte Eadulf und langte nach einer Frucht. »Ich frage mich nur, wer daran Anstoß nehmen würde, wenn Fidelma dort hereinmarschierte«, fügte er augenzwinkernd hinzu und biss herzhaft in das Obst. Das saftige Fruchtfleisch mundete ihm vorzüglich. »Ich habe lange nicht etwas so Wohlschmeckendes gekostet. Was ist das?«

»*Malum Persicum,* Bruder Eadulf«, erwiderte Bruder Chilperic, und nach einer Weile: »Der Bischof hat gesagt, ich sollte warten, bis ihr gefrühstückt habt, und euch dann gleich das Zimmer zeigen, in dem sich das Drama abgespielt hat.«

»Gleich nach dem Frühstück machen wir uns an die Arbeit«, bestätigte ihm Fidelma und griff nach einer ähnlichen Frucht wie Eadulf. »Wie hast du die genannt – persischer Apfel?«, fragte sie und biss vorsichtig hinein.

»Ja, genau so.«

»Weich und süß. Kauft ihr die von persischen Händlern?«

Bruder Chilperic schüttelte den Kopf. »Als die Römer vor einigen Jahrhunderten das Land hier eroberten, brachten sie die Samenkerne mit und pflanzten sie ein. In den Klostergärten erzielen wir gute Ernten. Nein danke, ich habe schon gegessen«, wehrte er ab, als Eadulf ihm die Obstschale zuschob.

Eadulf wischte sich genüsslich den Mund und grinste ihn schelmisch an. »Ich hoffe doch, die Erde hat nicht gleich gebebt, als Bischof Leodegar gestern Abend verkündete, dass sich in den Gängen und Hallen der Abtei eine Frau bewegen würde?«

Bruder Chilperic war verunsichert, wie er mit der humorigen Bemerkung umgehen sollte.

»Die Regelung des Bischofs ist erst ein Jahr in Kraft. Davor waren wir nicht von den Frauen getrennt. Wie in anderen frommen Gemeinden war auch das hier ein gemischtes Haus. Viele von uns haben Frauen und auch Kinder in der *domus feminarum* nebenan – Frauen, von denen wir uns lossagen mussten, wenn wir hier weiterhin als Mönche leben wollten.«

»Von ihnen lossagen?«, fragte Fidelma befremdet.

»Wir mussten vor Gott und dem Bischof erklären, dass wir unserem Ehegelöbnis abschwören, weil Gott uns mehr als alles andere bedeutet.«

»Und was wäre geschehen, wenn ihr euch nicht dazu bekannt hättet?«

»Wir hätten das Kloster verlassen und uns eine andere Bleibe suchen müssen. Aber viele fromme Gemeinschaften in Burgund, in Austrasien und Neustrien lehnen gemischte Häuser ab. Wohin also hätten wir gehen sollen? Das hier ist unser Land.«

»Wäre es so schlimm gewesen, weiter nach Westen zu ziehen?«

»Viele von uns, Männer und Frauen, sind aus dieser Stadt«, erklärte er bedrückt. »Hier sind wir geboren, hier sind wir aufgewachsen, und wir gehören hierher. Das gilt für viele von uns in der Gemeinde. Wir sind Söhne und Töchter von ehemaligen Mönchen und Nonnen der Gemeinschaft. Wir haben keine Wahl, wir müssen uns der Regelung beugen.«

Fidelma war entsetzt. »Keine andere Wahl? Wie soll ich das verstehen?«

»Bischöfe sind allmächtig. Viele sind weltliche Fürsten, nicht nur Männer im Dienste Gottes. Man muss ihnen gehorchen.«

»Bischöfe wie Leodegar?«

Bruder Chilperic zauderte.

»Weiß Rom davon?«, fragte Eadulf erschüttert.

»Rom würde sich wohl wenig dafür interessieren. Rom sieht sich als weltliche Macht, deren Aufgabe es zwar ist, das moralische Gewissen der Fürsten des alten Imperiums zu stärken, gleichzeitig fordert sie aber Tribut von ihnen. Das ist letztlich der Grund, weshalb Rom mit den westlichen Kirchen auf Kriegsfuß steht. Die ewigen Streitigkeiten zwischen euren Kirchen und Rom gehen doch nun schon eine ganze Weile.«

Fidelma sah ihn aufmerksam an. »Und du? Hast du dich auch von deiner Frau losgesagt?«, fragte sie völlig unerwartet und nutzte bewusst seine Wortwahl.

Der junge Mann wurde rot. »Ich ... ich habe keine Frau«, stammelte er und stand auf. »Euer Einverständnis vorausgesetzt, sollten wir jetzt mit der Untersuchung beginnen.«

Eadulf warf Fidelma einen vielsagenden Blick zu; er hielt es für besser, Bruder Chilperic nicht mit weiteren Fragen zu bedrängen.

»Ehe wir an die eigentliche Arbeit gehen, hätten wir gern, dass du uns noch ein wenig von der Abtei zeigst«, schlug Fidelma vor. »Das könnte uns manches erleichtern.«

»Ich weiß nicht recht«, brummelte Bruder Chilperic verunsichert.

Ärgerlich zog Fidelma die Augenbrauen zusammen. »Nun komm schon, Bruder. Unsere Mission hier ist sinnlos, wenn wir uns kein Bild machen können, wo genau wir eigentlich sind.«

Es blieb ein flüchtiger Erkundungsgang, aber zumindest verschaffte er Fidelma und Eadulf eine gewisse Orientierung. Die Abtei war größer, als sie erwartet hatten, und wurde nach zwei Seiten hin von hohen Stadtmauern begrenzt. Augenscheinlich gab es ein Hauptgebäude, eine große Kapelle und mehrere kleinere Häuser mit bescheidenen Höfen und Gärten. Vom *anticum* im Hauptgebäude traten sie in einen großen Hof, von dem aus man auf der gegenüberliegenden Seite in die imposante Kapelle gelangte. An der Südseite des Hofes stand ein separates Gebäude, in dem sich die Gemächer von Bischof Leodegar befanden. Darum herum gruppierten sich Obstbäume – Äpfel, Birnen, Pflaumen und Quitten. Daneben stand das Arzthaus, zu dem auch eine Krankenstube gehörte sowie ein Gärtchen mit Kräutern und Heilpflanzen.

Das Hauptgebäude beherbergte alle Werkstätten der Gemeinschaft – Bäckerei, Brauerei und gleich neben dem Refektorium den Küchenbereich. Außerdem befanden sich zu ebener Erde die Latrinen. Auch gab es dort einen Gemeinschaftsraum für die Mönche, das sogenannte *calefactorium*, das im Winter durch Warmluftabzüge beheizt wurde, die von den Feuerstellen der Küche unter dem Fußboden entlangführten, und daneben lag das *scriptorium*, die Bibliothek. Auch an eine Kleiderkammer, an ein *vestiarium* war gedacht, denn die Wärme des *calefactoriums* hielt die Sachen gut instand. Nicht weniger wichtig war die gleichbleibende Temperatur für die Handschriften in der Bibliothek.

Im Stockwerk darüber lagen die *dormitoria* der Klosterbrüder. Für die Mönche höheren Ranges gab es Einzelzellen. Noch eine Ebene höher befanden sich weitere Kammern und die *hospitia*, die Herberge, deren Räume etwas großzügiger ausgestattet und für Gäste von Rang und Namen gedacht waren.

Im geräumigen Innenhof war Bruder Chilperic stehengeblieben, um auf ein paar entscheidende Punkte in der Klosteranlage hinzuweisen. Er war eifrig und nicht ohne Stolz bei der Sache.

»Wir befinden uns in einer Ecke der Altstadt und haben an zwei Seiten die alten Stadtmauern als Begrenzung. Die Mauer im Westen verläuft hinter der Kapelle und die im Süden hinter dem Haus des Bischofs. Jenseits des Südwalls, unter dem wir durch einen Tunnel nach draußen gelangen, haben wir unser Gehöft mit Ställen für Kühe, Ziegen, Schweine und Schafe, Gehege für Hühner und Enten. Auch Gemüse ziehen wir dort – Knoblauch, Zwiebeln, Kohl, Salat oder Sellerie, zum Beispiel.«

»Wechseln sich die Mönche in der Bewirtschaftung ab?«, fragte Fidelma.

Er schüttelte den Kopf. »Die Arbeit auf dem Feld und in den Ställen wird von Sklaven verrichtet; die Mönche beaufsichtigen sie nur.«

»Sklaven?«, wiederholte Fidelma ungläubig.

»Sklaven dürfen nicht in die Abtei«, fuhr er gleichmütig fort, als hätte er ihren erschrockenen Gesichtsausdruck nicht bemerkt. »Die arbeiten nur dort draußen. Zwanzig Feldarbeiter, allesamt Sklaven, gehören zum Kloster.«

Mit warnendem Blick versuchte Eadulf, Fidelma von dem Thema abzubringen. »Die Kapelle ist ein Glanzstück«, lobte er.

Voller Stolz erläuterte Bruder Chilperic: »Sie war ehemals ein Tempel der Römer und dient nun dem Gebet des wahren Glaubens.«

Bei der Abendandacht am Vortag war ihnen bereits das überwältigende Innere aufgefallen. Die Kapelle war ein hoch emporragender Bau, am südlichen Ende mit einer halbkreisförmigen Apsis, in der ein Hochaltar stand. Diese Art Kirchen war für Fidelma und Eadulf ungewohnt. Auf der Westseite des Altars war ein kleinerer dem Apostel Petrus gewidmet und ein ebensolcher auf der anderen Seite dem Apostel Paulus. Wenn der Priester den Gottesdienst feierte, stand die Gemeinde vor dem Altar. Getrennt von den Männern saßen hinter den neuerdings aufgestellten Trennwänden die Frauen. Sie betraten die Kapelle, von der *domus feminarum* kommend, durch einen unterirdischen Gang in den Gruftgewölben und nahmen hinter den Holzwänden Platz, so dass sie den Blicken der Männer verborgen blieben.

Von Bruder Chilperic erfuhren Fidelma und Eadulf weiterhin, dass die *domus feminarum* auf der Ostseite der Abtei jenseits eines großen Hofes und einer Fahrstraße stand. Auf ebendieser Straße waren sie am Tag zuvor mit Bruder Budnouen angekommen, der dort seine Waren abgeladen hatte. Einst hatte das Wohnhaus der Nonnen unmittelbar zum Abteikomplex gehört, jetzt aber waren alle Zugänge gesperrt; so dass es, abgesehen von dem unterirdischen Gang zur Kapelle, keinerlei Berührung mit der Abtei und den Klosterbrüdern mehr gab.

Fidelma und Eadulf waren von den Ausmaßen des Geländes beeindruckt. Die Abtei glich einer in sich abgeschlossenen kleinen Stadt und konnte sich praktisch selbst versorgen. In den zahlreichen Hallen, Räumen und Gängen konnte man sich leicht verlaufen.

Eine Glocke begann zu läuten, und Bruder Chilperic wurde unruhig. »Wir sollten die Arbeit aufnehmen, so ein Tag verstreicht rasch«, gab er zu bedenken.

»Der Rundgang eben war ein erstes Stückchen Arbeit«, hielt ihm Fidelma dagegen. »Doch jetzt führ uns an die Stätte, wo Abt Dabhóc der Tod ereilte.«

Bruder Chilperic zeigte sich erleichtert, steuerte auf die Treppe des Hauptgebäudes zu und ging ihnen voran die Stufen zur *hospitia* hinauf. Oben angelangt, lenkte er seine Schritte ans entgegengesetzte Ende des Korridors, an dem ihre eigenen Räume lagen. An einer der

Türen blieb er stehen und verkündete: »Das ist das Zimmer, in dem Abt Dabhóc ermordet wurde.«

»Und es handelt sich um das Zimmer von Bischof Ordgar?«, vergewisserte sich Eadulf.

»Um ebendas.« Der Verwalter öffnete die Tür. Sie standen auf der Schwelle und sahen sich einem Fenster gegenüber, das den Raum einigermaßen gut ausleuchtete, wenngleich es nach Norden zur Stadt hinausging. Hell war der Tag draußen nicht, aber das Licht reichte, um ein Bild zu erfassen, das sie überraschte.

»Jemand hat hier alles durchwühlt«, kommentierte Eadulf das Augenfällige.

Bettzeug war auf die Erde gezerrt, Decken und zersplittertes Mobiliar lagen umher, zwei Schranktüren hingen lose in den Angeln, selbst lockere Ziegelsteine hatte man aus der Wand gerissen.

»Hier waren zerstörerische Kräfte am Werk und haben gründliche Arbeit geleistet«, stellte Fidelma fest. »Da muss jemand etwas gesucht haben.«

Bruder Chilperic war entgeistert. »Gestern Abend war noch alles in Ordnung.«

»Du hast gestern Abend hier hereingeschaut?«, fragte Fidelma stirnrunzelnd.

Der Verwalter fühlte sich ertappt. »Ich wollte ... wollte ... mich lediglich vergewissern, ob das Zimmer für deine Besichtigung in vernünftigem Zustand war.«

Fidelma blieb ruhig. »Meine Besichtigung soll dem Zweck dienen, zu überprüfen, ob man zuvor etwas übersehen hat. Es nützt mir nichts, wenn man den Raum herrichtet und aufräumt, bevor ich ihn in Augenschein nehmen kann.«

»Zumindest ist man deinen Vorstellungen entgegengekommen«, meinte Eadulf und wies auf das Durcheinander.

Fidelma schoss ein Gedanke durch den Kopf. »Wann genau bist du hergekommen und hast festgestellt, dass alles seine Richtigkeit hat?«, fragte sie den Verwalter.

»Wann?«

»Du hast doch gesagt, dass gestern Abend noch alles in Ordnung war. Wann warst du hier?«

»Nach dem Abendgebet.«

»Nachdem Bischof Leodegar in der Kapelle verkündet hat, dass wir dem Mord an Dabhóc nachgehen würden?«

»Ja, danach.«

Eadulf nickte gedankenvoll. »Da hatte wohl jemand Sorge, dass man etwas finden könnte ...«, begann er, wurde aber durch einen scharfen Blick von Fidelma sofort zum Schweigen gebracht.

»Hier erübrigt sich alles Weitere«, sagte sie. »Würdest du uns bitte Bruder Sigerics Zimmer zeigen oder uns einen Hinweis geben, wo wir ihn finden könnten? Ansonsten würde ich meinen, als Verwalter wäre es deine Pflicht, den Bischof von dem Vorgefallenen in Kenntnis zu setzen.«

»Um diese Zeit dürfte Bruder Sigeric im *scriptorium* sein, Schwester. Ich bringe euch dorthin.«

»Einen Augenblick noch.« Sie musterte die einzelnen Türen auf dem Gang. »Wenn das hier das Zimmer von Bischof Ordgar war, wer wohnte in den Räumen links und rechts von ihm?«

»Links von dir ist das Zimmer von Bruder Benevolentia, seinem Kämmerer, und Bischof Ordgar haben wir in das Zimmer links daneben verlegt.«

»Und wem gehört der Raum auf der anderen Seite des eigentlichen Zimmers von Bischof Ordgar – also rechts davon?«

»Das ist zur Zeit nicht belegt«, erwiderte Bruder Chilperic.

»Und es war auch in der Mordnacht nicht belegt?«

»Doch. Graf Guntram hat dort gewohnt.«

»Graf Guntram? Der Gaugraf?«

»Er war zur Abtei gekommen und lange beim Bischof geblieben; er war dann nicht mehr in der Lage, zu seiner Burg zurückzureiten.«

»Ach, das war der Adlige, der zu Besuch kam und von dem Bischof Leodegar sprach. Wie meinst du das – er war nicht in der Lage?«

Bruder Chilperic war peinlich berührt. »Er ist ein einigermaßen lasterhafter junger Mann, und der Bischof hat einen reichhaltigen Weinkeller.«

Fidelma schwieg, als sie dem Klosterbruder zum *scriptorium* folgten. An der Tür zur Bibliothek ließ er sie allein und hastete davon, um dem Bischof von der jüngsten Entwicklung Mitteilung zu machen. Seine Ledersandalen klackten über die Steinplatten, während er durch den Gang eilte. Die beiden schauten ihm nach. Dann flüsterte Eadulf: »Du glaubst also, dass jemand aus der Kapelle, nachdem er vernommen hatte, wir würden dem Fall nachgehen, ins Zimmer gerannt ist und es durchsucht hat?«

»Warum sollte er?«, wandte sie ein. »Wenn es in dem Zimmer etwas

Belastendes gab, hätte man es doch während der Woche, die seit dem Mord vergangen ist, verschwinden lassen können.«

Eadulf sah sie enttäuscht an. »Eine rätselhafte Geschichte«, gab er zu.

Sie lachte. »Schließlich sind wir hier, um Rätsel dieser Art zu lösen«, erinnerte sie ihn und drückte die Klinke nieder, die die Tür ins *scriptorium* öffnete.

In der Bibliothek saß nur eine einzige Person – ein junger Mann. Er hockte über eine Schriftrolle gebeugt, die auf dem Holztisch vor ihm ausgebreitet war. Bei ihrem Eintreten blickte er auf und erhob sich langsam und nervös. Fidelma wollte sich vorstellen, doch er winkte ab.

»Ich weiß, wer ihr beide seid. In der Kapelle gestern Abend war die Rede von euch.«

»Fühl dich nicht bedrängt, Bruder Sigeric«, ermunterte ihn Fidelma. »Wie wir hörten, warst du der Erste, der sah, was in Bischof Ordgars Gemach geschehen war. Du bist in der Abtei hier Schreiber, nicht wahr?«

Der junge Mann ließ sich wieder auf seinen Stuhl sinken und legte mit aller Sorgfalt seinen Federkiel auf dem Schreibpult ab.

»Ich habe eine gute Handschrift«, sagte er, und es klang fast wie eine Entschuldigung. »Auch beherrsche ich Latein recht ordentlich, Griechisch einigermaßen, und von Hebräisch verstehe ich ebenfalls ein wenig. Das erklärt mein Amt als Schreiber für den Bischof.«

»Bist du Franke?«

»Ich bin Burgunde, bin in der Stadt hier geboren und aufgewachsen.«

»Gehörst du schon lange zur Abtei?«

»Seit meinem fünfzehnten Lebensjahr.«

»Das heißt, wie lange?«

»Ich habe vierundzwanzig Lenze erlebt.«

»Also neun Jahre in der Abtei. Da musst du sie gut kennen«, überlegte Fidelma laut.

Der junge Mann zuckte mit den Achseln und schwieg.

»Ich möchte meinen, so einen mysteriösen Tod wie den jetzt hat es in der Abtei zuvor nicht gegeben«, fuhr sie fort.

»Nicht, dass ich wüsste.«

»Und nun spielst du eine entscheidende Rolle in der Sache.«

Er schreckte auf. »Was willst du damit sagen?«

»Du bist ein Hauptzeuge.«

»Ich habe nichts gesehen.«

»Im Gegenteil, du hast eine Menge gesehen, schließlich hast du den Ort des Geschehens entdeckt.«

Trotzig streckte er den Unterkiefer vor. »Ich war nicht zugegen, als man den Abt aus Hibernia ermordete.«

»Das haben wir auch nicht gesagt. Aber wir würden gern erfahren, was genau dich in jener Nacht zu Bischof Ordgars Gemach geführt hat. Es war kurz vor Tagesanbruch, heißt es.«

Er holte tief Luft. »Ich habe bereits alles Bischof Leodegar erklärt.«

»Und jetzt wirst du es mir erklären.«

»Ich bin dort einfach vorbeigekommen ...«

»Mitten in der Nacht?«, unterbrach ihn Fidelma. »Wo, von Bischof Ordgars Gemach aus gesehen, liegt deine Kammer?«

Einen Augenblick hatte es den Anschein, als wäre der junge Mann nicht gewillt, zu sprechen.

»Die Zimmer der *hospitia* liegen im zweiten Stockwerk dieses Gebäudes«, half sie ihm. »Dann befinden sich die *dormitoria* gewiss im ersten Stock.«

»Als Schreiber habe ich eine eigene Zelle. Sie ist im zweiten Stock ...«

»Und wo da genau?«, drängte sie.

»Auf der Ostseite des Gebäudes, das Fenster geht auf den Hof hinaus, der zwischen dem Gebäude hier und die *domus feminarum* liegt.«

»Das erklärt nicht, weshalb dich dein Weg mitten in der Nacht an Bischof Ordgars Zimmer vorbeiführte.«

Er gab einen Stoßseufzer von sich und schien sich in sein Los zu ergeben. »Die Frauen hier wohnen getrennt von den Männern«, murmelte er.

Die Auskunft überraschte Fidelma. »Ich sehe keinen Zusammenhang zu dem Vorangegangenen.«

»Als der heilige Reticulus der erste Bischof hier war, oder der erste, von dem wir wissen, denn viele behaupten, vor ihm sei noch Amator gewesen, war das hier ein gemischtes Haus. Bischof Leodegar aber gehört zu denen, die die Auffassung vertreten, Mönche und Nonnen müssten voneinander getrennt leben. Geistliche haben sich ans Zölibat zu halten, wenn sie dem Neuen Glauben dienen wollen. Dabei hätten wir diesbezüglich doch eigentlich freie Wahl. Rom hat ja das Gebot noch nicht festgeschrieben.«

»Demnach bist du mit Bischof Leodegars Regelung nicht einverstanden? Du musst dich uns gegenüber nicht zurückhalten«, versicherte sie ihm. »Eadulf und ich fühlen uns nicht nur im Glauben miteinander verbunden, sondern auch in der Ehe. In unseren Kirchen kennen wir nicht das Gebot des Zölibats.«

Der junge Mann zauderte. »Dann werdet ihr mich verstehen«, meinte er fast flehentlich.

»Verstehen können wir dich nur, wenn wir wissen, was du im Grunde deines Herzens zum Ausdruck bringen möchtest, Sigeric. Erzähl, was dich neulich in der Nacht kurz vor Tagesanbruch umgetrieben hat.«

Er biss sich auf die Lippen. »Ich war mit einem Mädchen verabredet.«

Er hielt inne, und Fidelma musste ihm auf die Sprünge helfen.

»Wer war das Mädchen?«

»Sie heißt Valretrade und ist eine der Nonnen, die in der *domus feminarum* jenseits der Mauer ihren Dienst tun. Wir haben uns angefreundet, als das hier noch eine Klostergemeinschaft von Männern und Frauen war. Sie hat wie ich eine glückliche Hand im Kopieren von alten Texten, und so lernten wir uns kennen. Als der Bischof dann die Lebensbereiche der Brüder und Schwestern trennte, haben wir einen Weg gefunden, uns regelmäßig zu sehen.«

»In jener Nacht warst du also zu einer Verabredung mit Valretrade unterwegs?«

»Ich hatte von ihr ein Zeichen erhalten, dass sie mich dringend sehen müsste.«

»Wie habt ihr das mit dem Zeichen bewerkstelligt?«

»Es ist im Grunde genommen eine einfache Methode. Mein Zimmer geht, wie gesagt, auf den Hof hinaus, der zwischen der Abtei und der *domus feminarum* liegt. Fast direkt gegenüber liegt Valretrades Kammer. Wir haben vereinbart, dass wir in dringenden Fällen, die ein Treffen nötig machen, immer eine brennende Kerze ins Fenster stellen.«

»Und in besagter Nacht hattest du die brennende Kerze gesehen?«

Er nickte eifrig. »Ich schlief unruhig und wurde wach. Da sah ich die Kerze. Ich zündete meinerseits eine an und stellte sie ins Fenster. Die Verabredung besagte, wenn der andere das Zeichen bemerkt hatte, würde er seine Kerze nehmen und dreimal hin und her schwenken. Valretrade tat es, und ich machte das Gleiche. Löschte sie dann ihre Kerze, bedeutete es, dass sie zu unserem Treffpunkt ging. Alles geschah wie vereinbart, und so löschte auch ich meine Kerze und machte mich auf den Weg zu unserem Treffpunkt.«

»Was, wenn du nicht wach geworden wärest und die Kerze nicht gesehen hättest? Eine absolut sichere Verständigungsmethode ist das nicht.«

»Der Einwand ist berechtigt«, gestand ihr der junge Mann zu. »Aber unter den gegebenen Umständen hatten wir keine andere Möglichkeit. Normalerweise gab es ja auch keinen Anlass zu außergewöhnlichen Begegnungen. In welchen Nächten wir uns treffen würden, stand im Allgemeinen fest. Nur neulich war es anders. Das Signal bedeutete, es ist wichtig.«

»Und wo habt ihr euch getroffen?«

»Unser Treffpunkt ist an einer bestimmten Grabstätte in den Katakomben unter der Abtei. Es ist eine alte Nekropolis, wo alle früheren Bischöfe der Abtei liegen.«

»Du bist also dorthin gegangen und hast Valretrade getroffen?«

»Ich bin gar nicht mehr bis dorthin gelangt. Als ich an Bischof Ordgars Gemach vorbeikam, war die Tür halboffen, und mir bot sich ein grausamer Anblick: Der Mann aus Hibernia und der Britannier lagen blutend auf der Erde, und der Angelsachse lag bewusstlos hingestreckt auf dem Bett. Nur kurz schwankte ich zwischen Pflichterfüllung gegenüber der Abtei und meiner Sorge um Valretrade, sagte mir aber, ich müsste den Bischof wecken und tat es auch. Dann verging eine weitere Stunde, ehe ich loskam. Als ich endlich zu den Katakomben gelangte, war Valretrade dort nicht zu finden.«

»Was hast du daraufhin gemacht?«

»Ich bin in mein Zimmer zurückgegangen und habe wieder die Kerze angezündet. Bis zum Morgengrauen habe ich auf eine Antwort gewartet, doch vergebens. Ich zermarterte mir das Hirn, und dann fiel mir ein, dass es nach der ersten Verständigung den Anschein gehabt hatte, als wäre die Kerze gelöscht worden, doch sie hatte sie möglicherweise nur vom Fenster weggerückt, vielleicht an einen anderen Platz gestellt. Zunächst sagte ich mir, sie hätte das Licht eventuell gebraucht. Als sich bis zum Tagesanbruch nichts tat, dachte ich, sie hätte mein Zeichen nicht wahrgenommen und es sich anders überlegt, sei gar nicht erst losgegangen.«

»Inzwischen ist eine Woche verstrichen. Wie hat dir Valretrade erklärt, warum sie dich so dringend sehen musste und ob sie euer Geheimzeichen missverstanden hat?«

Niedergeschlagen sah Bruder Sigeric die beiden an.

»Nichts hat sie mir erklärt, denn ich habe sie seither nicht wiedergesehen.«

Eadulf legte die Stirn in Falten. »Willst du damit sagen, sie hätte all die Tage nicht den Versuch unternommen, auf eure geheimnisvolle Weise mit dir in Kontakt zu treten?«

»Genau so ist es.«

»Und du? Hast du auch keine Verbindung mit ihr aufgenommen?«

»Ich habe es in der darauffolgenden Nacht versucht, ohne Erfolg.«

»Uns gelingt es gewiss, Valretrade in deinem Namen eine Nachricht zu übermitteln. Wahrscheinlich war sie nur verärgert, weil du nicht an eurem Treffpunkt erschienen bist.«

Traurig schüttelte er den Kopf. »Am vierten Tag habe ich allen Mut zusammengenommen und bin zur Äbtissin Audofleda gegangen mit der Bitte, Valretrade sprechen zu dürfen. Bis zur Verwalterin bin ich vorgedrungen, und die hat mich an der Pforte abgefertigt.«

»Hat sie nichts weiter gesagt?«

»Sie behauptete, sie könne mir nicht helfen, selbst wenn sie wollte, denn Valretrade hätte das Kloster verlassen und wäre davongelaufen.«

»Davongelaufen? Ist dir irgendein Grund bekannt, der sie dazu hätte veranlassen können?«

Er litt sichtlich. »Nie hätte sie so etwas getan, ohne vorher mit mir darüber zu sprechen.«

»Sie hat versucht, mit dir Verbindung aufzunehmen, und du bist nicht erschienen.«

Er ließ den Kopf hängen, fast klang es, als schluchzte er. »In jeder noch so verzweifelten Lage hätte sie gewartet. Ich kenne sie. Sie hätte mir ein Zeichen gegeben, mir eine Nachricht geschickt.«

Fidelma beugte sich vor und klopfte dem jungen Mann tröstend auf die Schulter.

»Wir werden alles in unseren Kräften Stehende tun, um in deinem Interesse etwas herauszufinden, Sigeric. Wir werden mit Äbtissin Audofleda sprechen, und sollte es da rätselhafte Dinge geben, werden wir sie ergründen. Quäl dich nicht weiter ...«

Sie wollte noch etwas hinzufügen, aber die Tür ging auf, und Bruder Chilperic trat ein.

»Ich habe den Bischof informiert«, erklärte er ohne jede Vorrede. »Er erwartet das Ergebnis eurer Untersuchungen, sobald ihr so weit seid.«

»Hier sind wir jedenfalls fertig«, entgegnete Fidelma und begab sich zur Tür. Bevor sie ging, verabschiedete sie sich von Bruder Sigeric mit einem freundlichen Lächeln. »Vielen Dank für dein Entgegenkommen, Bruder. Wir werden es nicht vergessen; wir sehen uns gewiss wieder.« Mit einem schwachen Hoffnungsschimmer auf dem Gesicht erwiderte er ihren Gruß.

»Müsst ihr noch mal einen Blick in Ordgars Zimmer werfen, oder kann ich veranlassen, dass es in Ordnung gebracht und saubergemacht wird?«, fragte Bruder Chilperic.

»Für uns ist die Sache erledigt. Du könntest uns aber sagen, wo wir Abt Cadfan finden.«

»Der ist im dritten Stock untergebracht. Ihr erinnert euch, wo ich euch das Gemach von Bischof Ordgar gezeigt habe? Gut. Auf eben dem Gang nach rechts, von da geht ein kleinerer Gang ab, und dort findet ihr Abt Cadfan.«

»Also beide im dritten Stock. Dann werden wir erst mit Bischof Ordgar sprechen und danach mit Abt Cadfan. Dorthin zu gelangen ist kein Problem, wir kommen ohne deine Hilfe zurecht.«

Bruder Chilperic fühlte sich abgewiesen und blieb zögernd stehen, aber Fidelma und Eadulf entfernten sich bereits mit zügigem Schritt. Er zuckte die Achseln und ging ebenfalls.

Kapitel 5

Bischof Ordgar stand nicht auf, als Fidelma und Eadulf sein Zimmer betraten, sondern blieb entschlossen sitzen. Sein finsteres Gesicht und düsterer Blick ließen auf einen wenig verbindlichen, eher abweisenden Charakter schließen. Hinter ihm stand ein junger Mann mit schwarzgelocktem Haar, der ihnen mit blassblauen Augen entgegensah. Er trat einen Schritt vor, wie um sie zu begrüßen, hielt dann aber inne und warf einen unschlüssigen Blick auf den sitzenden Bischof. Verlegen leckte er sich die Lippen.

»Du bist Bruder Eadulf aus Seaxmund's Ham?«, sprach der junge Mann Eadulf an. »Du bist der *gerefa,* von dem uns Bischof Leodegar berichtet hat?«

»Der bin ich, ja«, bestätigte Eadulf und tat es auf Angelsächsisch, denn die Frage war in ebender Sprache gestellt worden, wenngleich der Akzent darauf hindeutete, dass man sich ihrer als Fremdsprache bedient hatte. »Das neben mir ist Fidelma von Cashel, Schwester von König Colgú, dem König von Muman – Anwältin bei den Gerichten der fünf Königreiche von Éireann – und meine Frau.«

Eadulf war sich darüber im Klaren, dass Fidelma es nicht mochte, in derart hochtrabender Art vorgestellt zu werden, aber nach allem, was er über Bischof Ordgar gehört hatte, hielt er es für angebracht, ihm von Anfang an mit Entschiedenheit zu begegnen. Ihm waren genügend Geschichten über dessen Arroganz zu Ohren gekommen, und wenn man ihm nicht gleich bei der ersten Begegnung zu erkennen gab, mit wem er es zu tun hatte, würden sie kaum eine vernünftige Befragung mit ihm zuwege bringen. Unbeirrt hielt er dem luchsähnlichen Blick des Bischofs stand.

»Mir hatte man gesagt, der Name von der Frau da wäre *Schwester* Fidelma«, polterte der los und verzog spöttisch den Mund.

»Der Glaube verbindet Menschen unterschiedlichster Herkunft«, erklärte Eadulf gleichmütig, »aber du hast natürlich recht. Alle, die dem Glauben dienen, sind gleich, einer wie der andere, egal ob Bischof oder Abt. Und ›die Frau‹, wie du sie zu nennen beliebst, ist meine Ehefrau.«

Wieder wählte er seine Worte mit Bedacht und gezielter Betonung, damit ihn der Bischof auch ja nicht falsch verstünde. Dann wandte er sich dem jungen Mann zu, der sie hatte begrüßen wollen. »Und wer bist du?«

»Ich bin Bruder Benevolentia, Kämmerer meines Herrn, Bischof Ordgar.«

»Du bist aber kein Angelsachse?«

»Das stimmt, Bruder, ich bin Burgunde.«

Fidelma hatte Schwierigkeiten, der Unterhaltung zu folgen. Zwar verfügte sie über Grundkenntnisse des Angelsächsischen, aber wenn es um Mehrdeutigkeiten oder anspruchsvollere Themen ging, fühlte sie sich in der Sprache nicht zu Hause.

»Können wir nicht auf Latein miteinander reden?«, fragte sie.

Sowohl der Bischof als auch Bruder Benevolentia blickten überrascht auf und reagierten mit bloßem Achselzucken. Fidelma nahm es als Zustimmung.

»Gut. Wir brauchen eindeutige Antworten auf etliche Fragen.«

»Ich denke, Bruder Eadulf ist derjenige, der mich vertritt«, bemerkte Bischof Ordgar. »Dir ist doch wohl bekannt, dass ich einen Rang von Bedeutung habe? Schließlich bin ich im Auftrag von Theodor, dem Erzbischof von Canterbury, hier. Sowie das Konzil beendet ist, reise ich weiter nach Rom zur Beratung mit Seiner Heiligkeit Vitalianus.«

»Ich fürchte, du bist über meine Rolle hier ungenau unterrichtet«, sagte Eadulf.

»Es heißt doch aber, du kommst aus dem Königreich der Ostangeln und bist ein *gerefa*«, mischte sich Bruder Benevolentia ein. »Mein Herr, Bischof Ordgar, ist natürlich davon ausgegangen, dass du im vorliegenden Fall bereit wärst, einen Stammesgenossen zu verteidigen.«

Fast hätte ein derart selbstgefälliger Gedanke Eadulf ein Schmunzeln entlockt.

»Bischof Leodegar hat Schwester Fidelma und mich gebeten, den näheren Umständen des Todes von Abt Dabhóc nachzugehen und ihm unsere Ergebnisse mitzuteilen. Das ist alles. Es ist keine Rede davon, für die Interessen des einen oder anderen einzustehen. Einzig und allein der Tote und seine Interessen stehen zur Debatte, nämlich herauszufinden, wer ihn getötet hat.«

Bischof Ordgar sah nicht gerade glücklich aus.

»Dann bleibt mir nur zu hoffen, dass du deiner Verantwortung deinem Volk gegenüber eingedenk bist«, erklärte er barsch. »Wie ich höre, lebst du schon viele Jahre unter den Menschen auf der westlichen Insel. Ich vertraue darauf, dass du nicht vergessen hast, wo Treue und Pflichterfüllung liegen.«

»Meine Pflichterfüllung gegenüber meinem Volk dient der Wahrheitsfindung – egal, was sich als Wahrheit herausstellt«, gab Eadulf in ähnlich scharfem Ton zurück. »Und solange wir keine Antworten von dir erhalten, Ordgar aus Kent, werden wir die Wahrheit auch nicht zutage fördern.«

»Du vergisst, mit wem du sprichst, Bruder.« Bruder Benevolentia war über Eadulfs Redeweise entsetzt.

»Ich bin mir sehr wohl bewusst, dass ich mit dem Zeugen eines Mordes spreche. Wir sind hier, um Fragen beantwortet zu bekommen. Können wir uns endlich dieser Aufgabe zuwenden? Auch sollten wir wieder zur lateinischen Sprache zurückkehren.« In dem heftigen Wortwechsel waren sie erneut ins Angelsächsische verfallen.

Entrüstet hob Bischof Ordgar zur Erwiderung an, besann sich aber eines Besseren. Er atmete hörbar aus, und seine Gesichtszüge glätteten sich.

»Also stell deine Fragen, Eadulf von Seaxmund's Ham«, forderte er ihn auf.

Eadulf schaute zu Fidelma, die aber nickte ihm aufmunternd zu. Sie hatte erkannt, dass der Bischof bereitwilliger auf Eadulf eingehen würde und sie sich besser zurückhielt.

»Beschreib, was in der Nacht geschah, da man Abt Dabhóc in deinem Zimmer fand.«

»Da man mich in eine Ohnmacht versetzt hatte, kann ich nichts dazu sagen«, erklärte er schroff.

»Dann erzähl uns, woran du dich aus jener Nacht noch erinnerst. Du entsinnst dich doch bestimmt, dass du in dein Zimmer gegangen bist, oder?« Der Sarkasmus in Eadulfs Stimme war nicht zu überhören.

»Selbstverständlich. Nach dem Abendgebet in der Kapelle begab ich mich zu Bischof Leodegar, um mich über Cadfans Verhalten zu beschweren, der sich mir gegenüber ungebührlich gebärdet hatte. Dann ging ich in mein Zimmer und legte mich zur Ruhe, nachdem ich wie immer meinen Wein getrunken hatte. Als ich wach wurde, war mir übel, ich hatte grässliche Kopfschmerzen und nahm meine Umgebung nur verschwommen wahr. Jemand rüttelte mich, und ich erinnere mich an erregte Stimmen ringsumher. Dann wurde mir wieder schwarz vor Augen, und als ich das zweite Mal aufwachte, war ich in dem Zimmer hier, und der Arzt versorgte mich. Der Kopfschmerz und das Übelsein hielten eine Weile an. Erst später, als ich gänzlich bei mir war, erzählte man mir, dass man Abt Dabhóc tot in meinem Zimmer aufgefunden hätte, und neben ihm auf dem Fußboden hätte Abt Cadfan gelegen. Angeblich sei ich auf dem Bett kurz zu mir gekommen, aber das weiß ich nicht so genau. Das ist alles.«

»Aus dem, was du gesagt hast, ergeben sich etliche Fragen«, stellte Eadulf fest.

Bischof Ordgars Augen verengten sich zu Schlitzen. Er lehnte sich zurück. »Dann stelle sie.«

»Da wäre zuerst der Wein. Du glaubst, man hätte ihm ein Betäubungsmittel zugesetzt?«

»Ich glaube das nicht nur, ich sage, dass es so war«, wurde Eadulf berichtigt. »Nur mit einem Betäubungsmittel gepanschter Wein kann mich in den Zustand versetzt haben.«

»Woher kam der Wein?«

»Die Frage verstehe ich nicht. Meinst du, von welchem Weingut er stammte?«

»Wer hat dir den Wein gebracht?«

Bruder Benevolentia hüstelte und trat einen Schritt vor. »Ich war es. Ich habe den Wein neben das Bett des Bischofs gestellt. Das mache ich jeden Abend, denn es ist seine Gewohnheit, sich vorm Schlafengehen einen guten Trunk zu gönnen. Es hilft ihm beim Einschlafen und ... und ...«

Verärgerung machte sich auf dem Gesicht des Bischofs breit – der Kämmerer plauderte seine menschlichen Schwächen aus, die keinen etwas angingen!

»Und wo wurde der Wein erstanden?«

»Ich habe eine kleine Amphore auf dem hiesigen Markt gekauft.«

»Wo wurde sie aufbewahrt?«

»Im Gemach des Bischofs. Es war eine kleine Amphore mit Rotwein, die musste man nicht erst in den kühleren Keller bringen.«

»Der Bischof hatte also schon vorher daraus getrunken? Es war kein frisch gekaufter Wein?«

»Bereits an den vorangegangenen drei oder vier Tagen hatte ich ihm daraus eingeschenkt.«

»Und an dem besagten Abend hattest du den Becher mit eigener Hand gefüllt?«

»Ja.«

»Wo ist die Amphore jetzt?«

»Man hat sie weggeworfen, sie wurde just an dem Abend leer.«

»Dann hat man den Becher wohl auch weggeworfen?« Es war mehr eine ironische Feststellung als eine Frage.

»Er wurde am nächsten Tag ausgespült und abgewaschen«, erwiderte Bruder Benevolentia selbstgefällig.

»Also bleibt uns nur Ordgars Aussage, dass man dem Wein etwas beigemischt hatte.«

»Seit wann darf man meine Worte anzweifeln?«, fragte Ordgar in drohendem Ton.

Eadulf ließ sich nicht einschüchtern. »Es geht nicht um deine Glaubwürdigkeit, sondern um die Bestätigung einer Aussage. Wenn Weintrinken zu deinen Gewohnheiten gehört, kannst du sicher sagen, wie der Wein neulich abends geschmeckt hat.«

»Wie er geschmeckt hat?« Ordgar runzelte die Stirn. »Wie meinst du das?«

»Ob er eine dir ungewohnte Geschmacksnote hatte.«

»Hatte er nicht.« Er machte eine Pause. »Vielleicht ...«

»Ja?«, versuchte ihn Eadulf zum Weitersprechen zu bewegen.

»Vielleicht war er eine Spur süßer als sonst, aber nicht unangenehm.«

»Aha. Eine Frage an dich, Bruder Benevolentia. Wann am Abend hast du den Wein in den Becher gegossen?«

»Nach Beendigung der Gebete läutete die Glocke. Ich ging davon aus, dass der Bischof unmittelbar danach in sein Gemach zurückkehren würde, eilte voraus und schenkte den Wein ein.«

»Nur dass ich mich eben *nicht* geradewegs in mein Zimmer begab«, unterstrich Ordgar. »Ich suchte zuvor Bischof Leodegar auf, um mich über das Benehmen dieses Menschen aus Britannien auf dem Konzil zu beschweren.«

»Hast du in Bischof Ordgars Zimmer gewartet, bis er zurückkam?«, fragte Eadulf Bruder Benevolentia.

Der junge Mann schüttelte den Kopf. »Ich habe den Wein wie sonst immer neben das Bett gestellt und bin in meine Kammer gegangen, wo ich sofort einschlief.«

»Und wo liegt deine Kammer?«

»Neben dem Zimmer vom Bischof. So kann er mich jederzeit rufen, wenn er meiner Hilfe bedarf.«

»War das Zimmer des Bischofs abgeschlossen?«

»Abgeschlossen? In der Abtei werden die Türen nie abgeschlossen.«

»Wer immer wollte, hätte also jederzeit Zugang zum Zimmer und damit zum Wein gehabt?«

»Ja. Die leere Amphore hatte ich in den Schrank getan, die konnte niemand sehen, aber den Becher mit dem Wein, den hatte ich ja dem Bischof ans Bett gestellt.«

»Und du bist, wie du sagst, ziemlich rasch eingeschlafen und hast nicht gehört, wie der Bischof in sein Zimmer zurückkehrte?«

»So war es, ich habe nichts gehört.«

»Hast du mitbekommen, dass in der Nacht Abt Dabhóc oder Abt Cadfan nach nebenan kamen?«

»Nein. Ich schlafe tief und fest.«

»Wann wurdest du wach?«

»Erst als Bruder Gebicca, der Arzt der Abtei, an meine Tür klopfte und mir sagte, dem Bischof ginge es nicht gut. Er wollte ihn in ein anderes Zimmer schaffen, wo er ihn behandeln konnte, und brauchte meine Hilfe. Als ich dann das Zimmer betrat, sah ich die Leiche des Hiberniers und das Blut und auch den bewusstlosen Britannier.«

»Und wer hat am nächsten Morgen den restlichen Wein weggekippt und den Becher ausgewaschen? Du?«

Bruder Benevolentia schüttelte den Kopf. »Ich glaube, Bruder Gebicca hat alles zusammengeräumt, nachdem man die Leiche fortgebracht hatte.«

»Seit wann stehst du bei Bischof Ordgar als Kämmerer in Diensten?«, fragte Eadulf unvermittelt.

Statt seiner erwiderte der Bischof selbst.

»Mein vorheriger Kammerherr starb an Fieber auf der Überfahrt von Hibernia. Auf meinem Weg hierher stattete ich der Abtei von Divio einen Besuch ab. Dort begegnete ich Bruder Benevolentia und bot ihm den Posten an.«

»Divio?«

»Eine Stadt der Burgunden, sie liegt nördlich von hier«, erläuterte Bruder Benevolentia. »Ich habe dort in der Abtei als Schreiber gearbeitet, bei Bischof Ordgar stehe ich erst seit drei Wochen im Dienst.«

Fidelma hatte sich die ganze Zeit zurückgehalten und zufrieden Eadulfs Vorgehensweise verfolgt. Jetzt fühlte sie sich bemüßigt, dem Bischof selbst eine Frage zu stellen.

»Wie gut hast du Abt Dabhóc gekannt?«

»Überhaupt nicht. Wir sind uns in aller Form vor der Eröffnung des

Konzils begegnet, haben aber nicht mehr als ein paar Worte gewechselt.«

»Und es ist bei dem Disput zu keinen Meinungsverschiedenheiten gekommen?«

»Es hat gar keinen Disput gegeben.«

»Man hat mir gesagt, es wäre bei der Eröffnungssitzung zu einem erbitterten Wortgefecht gekommen.«

»Es handelte sich um keine ernstzunehmende Erörterung. Es war lediglich eine Zusammenkunft der Delegierten vor dem eigentlichen Beginn der Arbeitssitzungen. Auf der hatte ich einen Streit mit Cadfan, dem Britannier«, erklärte der Bischof.

»Du hast also keine Ahnung, was Abt Dabhóc mitten in der Nacht zu deinem Zimmer geführt haben könnte?«

»Beim besten Willen nicht. Es sei denn, er ist von dem Welschen, der ihn umgebracht hat, dazu verleitet worden, um letztlich die Schuld auf mich schieben zu können. Ich vermute so etwas.«

»Gegen Abt Cadfan hegst du offensichtlich regelrechten Unwillen.«

»Diese Welschen sind alle gleich. Hassen meine Blutsbrüder, sind meine Feinde. Jammern nur herum und sind obendrein undankbar.«

»Dass sie sich so verhalten, ist doch wohl verständlich, oder nicht?«, merkte Fidelma an.

Mit einer jähen Kopfbewegung und wütendem Blick wandte er sich Fidelma zu. »Wie meinst du das?«

»So lange ist es noch gar nicht her, dass deine Stammesbrüder übers Meer kamen und mit der Vertreibung der Britannier begannen, die ihr ›Fremdländische‹, in eurer Sprache ›die Welschen‹, nennt. Ihr habt ihnen das Land, ihre Dörfer und Gehöfte genommen und euch selbst dort festgesetzt. Auch heute noch treibt ihr sie immer weiter nach Westen. Könnt ihr da Dankbarkeit und Freundlichkeit von ihnen erwarten?«

Bischof Ordgar spitzte verächtlich den Mund. »Gott wies uns den Weg zur Insel der Britannier und gab sie uns, sie zu besiedeln und zu bewohnen.«

»Sie war aber bereits bewohnt.«

»Aber nur von Schafen. Gott hätte nicht die welschen Schafe geschaffen, wenn er nicht gewollt hätte, dass man sie auch schert.«

»So leicht haben sie sich nicht scheren lassen. Sie kämpfen immer noch um das Land, das ihnen gehört«, gab Fidelma zu bedenken. Man merkte ihr an, dass sie keinerlei Sympathie für den Bischof empfand.

»Wenn es Gott war, der deinem Volk den Weg gewiesen hat, Ordgar von Kent, dann erschien er ihm in merkwürdiger Verkleidung ... Damals waren es Wodan, Tius, Donar und Freya, die ihr verehrtet. Ich kenne eure Götter sehr wohl, denn viele deines Volkes verehren sie auch heute noch. Vor ein oder zwei Generationen war Christus den Angeln und Sachsen ein völlig Unbekannter, erst die Missionare meines Volkes haben euch von euren Götzen abgebracht. Berufe dich nicht auf Gott oder Christus, um zu rechtfertigen, dass ihr auch heute noch die christlichen Britannier verfolgt und sie ihres Hab und Guts beraubt.«

Bischof Ordgar schluckte. Er suchte nach einer passenden Entgegnung, aber Fidelma hatte sich bereits Eadulf zugewandt. Aus Gründen der Höflichkeit blieb sie auch ihm gegenüber beim Latein: »Wir müssen weder Bischof Ordgar noch Bruder Benevolentia weiter die Zeit stehlen ... fürs Erste jedenfalls nicht.«

Eadulf war verwirrt. Gedanklich war er noch mit dem beschäftigt, was Fidelma da eben gesagt hatte, hatte er doch selbst bis in seine Jugendjahre hinein Wodan verehrt und war dann von umherziehenden Missionaren aus Hibernia zum Neuen Glauben bekehrt worden. Aus seinen Betrachtungen aufgeschreckt, begriff er, dass Fidelma bereits zur Tür ging, und sagte rasch zum Bischof: »Wir belassen es zunächst dabei.«

»Halt!«, schallte es hinter ihm, als er Fidelma folgen wollte. »Ich wünsche, auf der Stelle von den unverschämten Beschuldigungen entlastet zu werden! Wann gestattet man mir, wieder meinen Sitz im Konzil einzunehmen?«

Fidelma drehte sich im Türrahmen um und antwortete ihm: »Sowie wir unsere Befragungen abgeschlossen haben, Bischof Ordgar aus Kent. Du wirst davon erfahren, wenn es so weit ist, keine Bange.«

Im Eilschritt strebte sie dem Ende des Ganges entgegen und blieb dort an einem Fenster stehen. Es ging auf einen kleinen Innenhof mit einem Blumengärtchen und einem plätschernden Springbrunnen hinaus. Sie lehnte sich über den Fenstersims und atmete tief die frische Luft ein.

»Entschuldige, Eadulf.« Sie spürte, dass er hinter ihr stand, und ahnte seinen vorwurfsvollen Blick. »Dieser Mann mit seiner Arroganz hat mich rasend gemacht. Ich hätte mich nicht so unbeherrscht über deine Landsleute und was sie angerichtet haben, auslassen dürfen.«

»Ich bin mir ihrer Fehler durchaus bewusst«, erwiderte er. »Es gibt kein Volk auf dieser Erde, das nur über Tugenden verfügt. Unsere Geschichtenerzähler berichten zum Beispiel, dass auch unsere Vorväter von feindlichen Stämmen aus ihrem Land vertrieben wurden und dass sie deshalb über das Wasser nach Britannien setzten und die ursprünglichen Bewohner dort bekämpften, um selbst siedeln zu können.«

»Mag ja gut für deine Landsleute gewesen sein, aber hart für die Britannier, denen man alles nahm.«

Eadulf versuchte das Thema zu wechseln. »Glaubst du, Bischof Ordgar ist der Täter?«

»Die Geschichte, die er vorbringt, ist weiß Gott schwach. Wiederum könnte gerade in ihrer Schwäche die Wahrheit liegen. Vor allen Dingen aber ist es eine zu lächerliche Geschichte, um sie sich eigens zurechtzulegen.«

»Und Bruder Benevolentia, der junge Mann?«

»Der schaut voller Ehrfurcht auf zu Bischof Ordgar und tut, was sein Herr und Meister sagt.« Fidelma löste sich vom Fenstersims und machte Anstalten zu gehen. »Wir haben ja gerade erst angefangen, und es ist noch früh am Tage«, meinte sie aufmunternd, als sie Eadulfs düsteren Gesichtsausdruck sah.

Bruder Chilperics Wegerläuterungen zu folgen, bereitete ihnen keine Schwierigkeiten.

Als sie auf Abt Cadfans »Herein« dessen Zimmer betraten, kam er ihnen mit ausgestreckter Hand entgegen und schüttelte zuerst Fidelma und dann Eadulf die Hand. Er war ein kleiner Mann mit dunklem Haar. Seinen fast schwarzen Augen schienen die Pupillen zu fehlen, denn ihre Farbgebung hob sich nicht von der der Iris ab.

»Ich kenne dich, Fidelma von Cashel«, begann er lebhaft. »Ich war am Hofe Gwlyddiens von Dyfed, als ihr beide, du und Bruder Eadulf, dort hinkamt und die rätselhaften Vorgänge um Pen Caer erhelltet. Ich bin froh, dass du hier bist. Wenn irgendjemand die Dinge hier klären kann, dann bist du es.«

»Pen Caer liegt lange zurück«, wehrte sie lächelnd ab. »Ich kann nur hoffen, dass es uns gelingt, deine Erwartungen nicht zu enttäuschen.«

»Was im Königreich von Dyfed geschah, ist bei festlichen Zusammenkünften sogar im nördlichen Königreich von Gwynedd oft genug in aller Munde gewesen. Aber kommt, setzt euch. Darf ich euch eine Erfrischung anbieten?«

Es war gewiss ein freundlicherer Empfang als bei Bischof Ordgar.

Sie nahmen Platz und ließen sich den kühlen, erfrischenden Weißwein munden.

»Ich weiß, dass mich Ordgar beschuldigt, den armen Abt Dabhóc umgebracht zu haben«, ging Cadfan zum eigentlichen Anliegen ihres Besuches über. »Stellt also eure Fragen, und ich werde sie, so gut ich kann, beantworten.«

Fidelma war von der selbstverständlichen und offenen Art des Mannes angetan. Auch entsann sie sich, dass die Britannier ein Gesetzessystem hatten, das dem der Brehons ähnelte. Das Amt des *Barnwr* in Britannien entsprach dem des Brehon in Éireann.

»Beginnen wir am besten damit, wann du Bischof Ordgar zum ersten Mal begegnet bist. Zu fragen, ob er dir sympatisch war oder nicht, ist wohl müßig.«

Die Bemerkung erheiterte Cadfan.

»Dass er mir ›unsympathisch‹ war, wäre noch untertrieben.« Er überlegte. »Aber das bringt uns hier nicht weiter. Trotzdem, was wahr ist, muss wahr bleiben. Läge er am Wegesrand und bedürfte der Hilfe, würde ich es schwerlich übers Herz bringen, den guten Samariter zu spielen. Vielleicht fehlt mir der tiefe Glaube an Christus. Doch um auf deine Frage zurückzukommen: Bis zu meiner Ankunft hier in Autun hatte ich nicht die geringste Ahnung von der Existenz dieses Mannes. Vor dem Beratungsraum des Konzils sind wir uns zum ersten Mal begegnet, und ich erzählte ihm, dass ich auf der Zusammenkunft zu Beginn den Vorschlag unterbreiten würde, die angelsächsischen Königreiche wegen ihrer mutwilligen Zerstörung von Benchoer zu rügen.«

Auf den Gesichtern seiner beiden Zuhörer zeigte sich Verständnislosigkeit, und so erklärte ihnen Cadfan: »Benchoer ist das größte und bekannteste Kloster in Gwynedd. Seinen Abt Drostó hatte man zum Konzil eingeladen, und ich sollte ihm als Begleiter zur Hand gehen. Kurz vor dem Antritt unserer Reise überfielen die Sachsen aus Mercia Benchoer, legten es in Schutt und Asche und metzelten nahezu tausend unserer Brüder nieder. Gott sei Dank war ich zu dem Zeitpunkt nicht dort, denn ich war beim Bischof von Dewi Sant in Menevia, um mit ihm Dinge zu beraten, die hier auf dem Konzil zur Sprache gebracht werden sollten. Wir erfuhren, dass Drostó und einige wenige Überlebende in die Wälder geflohen waren und von den Sachsen verfolgt wurden. Dann erhielten wir eine Nachricht von Drostó selbst, in der er uns mitteilte, dass er seine Leute in der Bedrängnis nicht allein lassen könne. Man beschloss, ich solle als Vertreter herreisen, weil das

Konzil zu wichtig sei, als dass sich niemand von uns daran beteiligte. Die Vorschläge, die hier zur Debatte stünden, könnten erhebliche Auswirkungen auf unsere Kirchen und Klöster haben.«

Er schwieg. Eadulf war betroffen.

»An die tausend deiner Brüder wurden ermordet?«, wiederholte Fidelma und schaute Abt Cadfan teilnahmsvoll an.

»Brüder und Schwestern«, bestätigte er. »Es gab keinerlei Anlass, es war ein Überfall wie aus heiterem Himmel.«

»Wulfheres Bestreben, Herrscher über alle angelsächsischen Königreiche zu sein, ist bekannt«, sagte Eadulf bedächtig. »Er erhebt auch den Anspruch, Bretwalda zu sein, was so viel heißt wie Herrscher über alle Britannier. Er hat die Befugnis des Erzbischofs von Canterbury erwirkt, sich so zu nennen. Seine Bündnisse und Eroberungen schließen selbst meine eigenen Leute ein, die Königreiche der Ostangeln. Er hat das Königreich der Ostsachsen und auch das Königreich von Lindsey nördlich von uns in der Hand.«

»Du wirst es mir nachsehen, wenn mir meine eigenen Leute mehr am Herzen liegen«, erwiderte Abt Cadfan trocken. »Was mich umtreibt, sind Wulfheres Versuche, uns zu vernichten. Ich habe Ordgar als Christen gefragt, als einen, der den neuen Bischof vertritt, der von Rom entsandt wurde, die angelsächsischen Königreiche zu leiten und zu lenken, ob er mich dabei unterstützen würde, diesen Frevel und grundlosen Überfall auf ein frommes Haus zu verurteilen. Er hat mir frech ins Gesicht gelacht und erklärt, er höre mit Freuden von Wulfheres Heldentaten.«

Peinlich berührt blickte Eadulf zu Boden.

»Zwischen deinem und meinem Volk hat es ständig kriegerische Auseinandersetzungen gegeben«, murmelte er schließlich, weil er das Gefühl hatte, irgendetwas zu dem soeben Geschilderten sagen zu müssen.

Ohne jede Spur von Gereiztheit entgegnete Abt Cadfan: »Und warum ist das so, Bruder Eadulf? Haben wir euer Land überfallen oder ihr das unsrige? Du bist doch klug genug und ergreifst nicht blindlings Partei für dein Volk, wenn es im Unrecht ist?«

Fidelma hielt den Moment für gekommen, sich einzumischen. »Bischof Ordgar weigerte sich also, die Zerstörung von Benchoer zu verurteilen«, lenkte sie rasch ab. »Was geschah dann?«

»Wir gingen in den Versammlungsraum, und ehe ich überhaupt Gelegenheit hatte, das Thema zur Sprache zu bringen, fing Ordgar an, mich zu beleidigen. Ein Wort gab das andere, und der Rat wurde vertagt. Beim Hinausgehen wurde Ordgar ein weiteres Mal ausfallend. Nun werde ich leider leicht jähzornig. Ich hatte mich nicht in Gewalt und versetzte ihm eine Ohrfeige. Er schlug zurück, und schon lagen wir auf der Erde und rangen miteinander. Es war entwürdigend und ist unverzeihlich. Die Brüder trennten uns schließlich.«

»Wann war das?«, fragte Fidelma. »Ich meine, im Zusammenhang mit den Geschehnissen in Ordgars Zimmer gesehen.«

»An ebendem Nachmittag.«

»Was geschah, nachdem man euch Kampfhähne getrennt hatte?«

»Ich beschloss, ihn zu meiden, und ging mit einem der gallischen Brüder zum alten römischen Theater nicht weit vom Kloster hier. Ein Prachtbau ...«

»Wir kennen römische Theater«, fiel ihm Eadulf ins Wort, der merkte, wie Abt Cadfan in Begeisterung verfiel; ihm war wichtig, dass sie nicht von ihrem eigentlichen Anliegen abkamen.

»Aber bestimmt kein Amphitheater wie das hier, fünfzehnhundert Zuschauer haben da Platz. Es ist ...«

»Warum bringst du so beharrlich das Theater zur Sprache?«, wollte Fidelma wissen. »Hat sich dort etwas Besonderes getan?«

»Nein.« Der Abt begriff, dass er besser nicht abschweifen sollte, und fuhr fort: »Zum Abendgebet kehrten wir hierher zurück. Ich sah Ordgar in der Kapelle, mied ihn aber auch dort, ging auf mein Zimmer und zog mich zur Nachtruhe zurück. Ein Klopfen an der Tür weckte mich. Ich rief ›Wer da?‹, bekam aber keine Antwort. Es war noch dunkel, wiederum konnte es nicht mehr lange bis zur Morgendämmerung sein. Ich zündete eine Kerze an und ging zur Tür, doch da war niemand, und der Gang war leer. Auf der Schwelle lag eine Notiz, ein Stück Pergament.«

»Und was stand darauf?«

»Es trug die Unterschrift von Ordgar und besagte, er hätte einen großen Fehler gemacht und wünschte, mich unverzüglich zu sehen. Er würde mich in seinem Zimmer erwarten.«

»Stimmt es, dass du diese Notiz nicht mehr hast?«, fragte Fidelma.

»Als ich zu Ordgars Zimmer ging, hatte ich den Zettel bei mir, aber als ich später wieder zu Bewusstsein kam, war er fort.«

»Aha. Sonst stand nichts weiter drauf?«

»Nein.«

»Kam es dir nicht merkwürdig vor – zu nächtlicher Stunde solch eine Nachricht zu erhalten?«

»Merkwürdig, wieso?«

»Dass Bischof Ordgar nach den Zusammenstößen, die ihr hattet, dir plötzlich eine Entschuldigung schickt und dich mitten in der Nacht zu sehen wünscht.«

Abt Cadfan zuckte mit den Achseln. »Paulus erschien auf seinem Weg nach Damaskus ein blendendes Licht. Warum nicht Ordgar mitten in der Nacht?«

»Ich fürchte, dass selbst Paulus nicht so veranlagt war wie Ordgar«, wandte Fidelma vorsichtig ein.

Abt Cadfan sann eine Weile nach, ehe er weiterredete. »Wenn ich es recht bedenke, war es vielleicht wirklich merkwürdig. Wahrscheinlich lag mir das Verbrechen in Benchoer zu sehr auf der Seele, ich wollte die Christenheit aufrütteln. Und so eilte ich ohne Bedenken in sein Zimmer. Ich glaubte tatsächlich, er wäre zu einer anderen Meinung gelangt. Nun aber, da der Zettel mit der Nachricht von ihm verschwunden ist, stehe ich wie ein Lügner da.«

»Und wie ging's weiter?«

»Ich klopfte an die Tür, sie schwang auf, und ich ging hinein. Es war dunkel, und ich rief nach dem Bischof. Für den Bruchteil einer Sekunde empfand ich einen heftigen Schmerz; mir war, als hätte ich von hinten einen Schlag erhalten. Das Nächste, woran ich mich erinnere, ist erst wieder, dass ich hier auf meinem Bett lag. Man hatte mir den Kopf verbunden, der schmerzte und blutete.« Er tastete nach dem Kopf. »Verbunden ist er nicht mehr, aber leicht geschwollen ist die Stelle immer noch, und die Wunde ist auch noch zu sehen.«

»Hat man dir erzählt, was geschehen war?«

»Man teilte mir mit, Abt Dabhóc wäre tot, mich hätte man bewusstlos liegend vorgefunden und Ordgar würde behaupten, man hätte ihm etwas in den Wein gemischt. Ich erfuhr, dass Bruder Gebicca, der Arzt, mich in mein Zimmer zurückgebracht und sich um mich gekümmert hatte. Am nächsten Tag hörte ich von Bischof Leodegar, Ordgar würde mich beschuldigen, den Mord begangen zu haben, um letztlich ihn in Verdacht zu bringen und ihm die Schuld zuzuweisen. Daraus ergibt sich für mich, wer der Übeltäter ist. Wenn du mich fragst, so stand Ordgar hinter der Tür und schlug mich beim Betreten des Raumes nieder.«

Der Logik konnte Fidelma nicht folgen und machte auch keinen Hehl daraus. »Wie kommst du zu dieser Schlussfolgerung? Das musst du mir erklären, Abt Cadfan.«

»Ganz einfach. Ich war mit Abt Dabhóc auf dem Konzil zusammen.

Weshalb hätte ich ihn umbringen sollen? Er war entgegenkommend, und die Leute aus Iwerddon, wie wir dein Land nennen, haben viele Bräuche und Rituale mit uns gemeinsam, die Sachsen hingegen nicht. Es gab keinerlei Grund, mich mit Abt Dabhóc anzulegen. Die Beschuldigung, die Ordgar gegen mich erhebt, besteht zu Unrecht. Er konnte Abt Dabhóc ebenso wenig ausstehen wie mich. Meine Meinung ist die: Ordgar hat das Ganze inszeniert, um mir die Schuld zuzuschieben. Das ist alles.«

Sie schwiegen alle drei. Plötzlich fragte Abt Cadfan Eadulf: »Hast du nicht eine der bekannten Arztschulen in Iwerddon besucht, Bruder Eadulf?«

»Ja, ich war auf der Tuam Brecain«, kam die Antwort.

»Großartig. Dann schau dir doch mal bitte meinen Kopf an, die Wunde an der Schädeldecke und die Schwellungen.«

Eadulf tat wie geheißen. »Soviel ich erkennen kann, handelt es sich um eine schartige Wunde, die oberhalb des linken Ohrs verläuft. Sie war ganz schön tief, heilt aber gut. Ringsherum ist noch alles geschwollen. Ich würde davon ausgehen, dass sie von einem stumpfen Werkzeug herrührt.«

»Du hast einen sachkundigen Blick, Bruder Eadulf«, sagte Abt Cadfan anerkennend. »Ich habe deinem Urteil nichts entgegenzusetzen. Und nun sag mir eins: Wie konnte ich, nachdem ich Ordgar mit einem Getränk betäubt und Abt Dabhóc getötet hatte, mir selbst diese Wunde beibringen? Eine Wunde am Hinterkopf, die mich viele Stunden bewusstlos sein ließ?«

»Das wäre schwer zu bewerkstelligen gewesen«, gab Eadulf zu und rieb sich nachdenklich das Kinn. »Unter Umständen hätte dir Dabhóc in dem Moment, als du ihn zu ermorden versuchtest, den Schlag versetzen können, oder aber du hattest einen Mittäter.«

»Du enttäuschst mich«, entgegnete Abt Cadfan immer noch gut gelaunt. »Ich würde meinen, dass ich mit der einen Hand, die ich nur freigehabt hätte, unmöglich zu einer solchen Kraftanstrengung in der Lage gewesen wäre. Kannst du dir wirklich vorstellen, dass ich einen Holzklotz ergreife und versuche, mir damit auf den Hinterkopf zu schlagen?« Er lachte. »Und dass Dabhóc mir den Hieb versetzt hätte, der Gedanke verbietet sich. Du musst mir ja nicht glauben – frage Bruder Gebicca. Nachdem man mich aber so schwer getroffen hatte, konnte ich wohl kaum noch die Kraft aufbringen, Dabhóc zu töten. Und ein Mittäter – wer sollte das sein?«

»Hat sich Bruder Gebicca, der Arzt, dazu geäußert?«, fragte Fidelma.

»Ich habe ihm die Dinge dargelegt, und er fand meine Sichtweise logisch. Ich werde in meiner Verteidigung darauf verweisen«, erwiderte Abt Cadfan, von sich überzeugt.

»Verteidigung?« Fidelma wiederholte das Wort mit leichtem Vorwurf in der Stimme. »Bislang ist noch niemand angeklagt worden.«

»Es wird aber geschehen, da bin ich ganz sicher«, sagte Cadfan mit einem Stoßseufzer. »Bischof Leodegar ist Franke. Sind die Franken und die Sachsen nicht miteinander verwandt? Ihre Sprachen weisen Ähnlichkeiten auf. Ich denke, er hat sich bereits entschieden, wie er vorgehen wird, und er wird sich hüten, die Sachsen oder Rom zu verärgern. Nicht umsonst ist Ordgar der Gesandte von Theodor aus Canterbury, der von niemand anderem als dem Papst Vitalianus in Rom geschickt wurde, sich um die Belange der angelsächsischen Königreiche zu kümmern. Ich glaube nicht, dass Bischof Leodegar den hohen Mächten Verdruss bereiten wird. Er wird mich opfern, dessen bin ich gewiss.«

»Auch Bischof Leodegar wird sich an die Wahrheit halten müssen«, versicherte ihm Fidelma. »Um der Wahrheit willen hat man uns beauftragt, der Sache nachzugehen.«

Abt Cadfan brach in schallendes Gelächter aus.

»Verzeih, Schwester Fidelma, verzeih«, sagte er und wischte sich mit dem Ärmel die Augen. »Nichts liegt mir ferner, als dich zu verletzen. Aber Leodegar wird das tun, was für ihn und seine fränkische Kirche das Beste ist. Er wird solche wie Ordgar nicht tadeln, aus Furcht, Rom zu missfallen. Das Geschick der Britannier schert ihn herzlich wenig.«

»Es kommt anders, ich baue darauf, Abt Cadfan. Am Ende siegt immer die Wahrheit.« Mit diesen Worten stand Fidelma auf und ging zur Tür.

»Manchmal siegt auch die Wahrheit, ja – hoffentlich lebe ich dann noch«, erwiderte Abt Cadfan. »Bitte halte mich auf dem Laufenden bei deiner Suche nach ihr.«

Fidelma blieb an der Tür stehen und beteuerte mit ernstem Gesicht: »Die Wahrheit wird siegen, Abt Cadfan. Ich werde dafür Sorge tragen.«

Kapitel 6

»Einer von den beiden lügt, in ihren Aussagen stimmt nichts miteinander überein«, fand Eadulf, als sie sich von Abt Cadfan verabschiedet hatten. »So, wie sie die Dinge schildern, sehen sie den Tathergang völlig unterschiedlich.«

»Im Gegenteil, die Tatsachen als solche sind in ihren Darstellungen die gleichen«, widersprach Fidelma. »Über die Tatsachen gibt es keine strittigen Auffassungen, lediglich über die Frage, wer die Schuld trägt.«

»Der eine sagt, man hätte ihm was ins Getränk gemischt, der andere, er sei aufgefordert worden, in Ordgars Zimmer zu kommen, und dort hätte man ihm einen Schlag auf den Kopf versetzt. Sie können beim besten Willen nicht beide die Wahrheit erzählt haben.«

»Vielleicht doch«, entgegnete Fidelma ruhig.

Eadulf schüttelte den Kopf. »Es wird darauf hinauslaufen, wem wir Glauben schenken – Ordgar oder Cadfan. Da können wir auch gleich die Münze werfen und dann eine Entscheidung treffen.«

»Auf diese Weise lässt sich die Wahrheit nicht ergründen. Da muss uns schon was Besseres einfallen.«

»Und was schlägst du vor, bitte schön? Ich sehe nur zwei Personen mit zwei völlig unterschiedlichen Standpunkten.«

»Wir stehen erst am Anfang unserer Nachforschungen.«

»Meinst du, Bruder Gebicca, der Arzt, könnte uns einen Hinweis geben? Vielleicht sollten wir gleich mal zu ihm gehen?«

Er hatte den Vorschlag kaum ausgesprochen, da begann eine Glocke zu läuten.

»Die Glocke ruft sicher zum Mittagsmahl«, stellte Fidelma fest. »Dann gehen wir eben nach dem Essen zur Apotheke und werden sehen, was uns Bruder Gebicca zu erzählen hat.«

Sie gingen nach unten und erblickten eine Vielzahl frommer Brüder, ordentlich in einer Reihe aufgestellt, die mit gefalteten Händen und gesenkten Köpfen darauf warteten, einer nach dem anderen ins Refektorium eingelassen zu werden. Als Fidelma und Eadulf sich gleichfalls anstellten, trafen sie verstohlene Blicke. Im gleichen Moment tauchte Abt Ségdae auf.

»Da bist du ja, Fidelma. Ich hoffte, dich hier zu finden. Du und Eadulf, ihr speist beide mit uns an dem Tisch, der für die Gäste aus den fünf Königreichen freigehalten ist.«

»Wir hatten uns schon Gedanken gemacht, wo wir sitzen sollen«, sagte sie erleichtert, während der Abt sie an der Schlange vorbei ins Refektorium führte.

»Beim Essen kannst du mir erzählen, wie weit ihr gekommen seid«, meinte er und schlängelte sich mit ihnen durch den großen Essenssaal vorbei an langen Bänken und Tischen, an denen sich Ordensbrüder drängten.

An dem Tisch, zu dem er die beiden brachte, saßen bereits sechs Mönche. Abt Ségdae stellte sie ihnen alle namentlich vor. Ihre Namen blieben Eadulf nicht im Gedächtnis haften, doch soviel bekam er mit – sie waren Würdenträger der Kirchen aller fünf Königreiche. Auch war offensichtlich, dass Abt Ségdae in ihrem Kreis der ranghöchste Geistliche war.

Wieder läutete eine Glocke, und alle im Refektorium erhoben sich. Bischof Leodegar, begleitet von Bruder Chilperic, betrat den Raum und gesellte sich zu der Runde am Tisch, der ganz am Ende des Refektoriums stand. Alle blieben stehen, während der Bischof seinen Platz einnahm, die Arme ausbreitete und den Lobpreis anstimmte.

»Gloria in excelsis Deo et in terra pax hominibus bonae voluntatis.«

»Laudamus te«, erklang es im Chor, *»benedicimus te, gratias agimus tibi ...«*, fuhr der Bischof mit dem Gloria fort.

Nach dem *Gratias* und dem Segensspruch durften sich alle wieder setzen, nach dem Brot langen und dem kalten Braten und gedünsteten Gemüse zusprechen.

»Habt ihr mit allen, die ihr zu sehen wünschtet, sprechen können?«, fragte Abt Ségdae unbekümmert und reichte Fidelma eine Fleischplatte.

»Bisher haben wir mit Ordgar, Cadfan und Sigeric gesprochen«, erwiderte sie.

»Und? Gibt es schon Erkenntnisse?«

»Du kennst meine Verfahrensweise, Ségdae. Wir haben noch nicht mit allen, die wir befragen müssen, reden können.«

Ihre Antwort machte ihn nicht eben glücklich. »Es wäre gut, wenn wir so rasch wie möglich Klarheit in der leidigen Angelegenheit haben könnten.«

»Ja, das wäre gut. Nur sind wir leider keine Hellseher. Wir werden jedoch unser Bestes tun, den Schuldigen zu finden.«

Für kurze Zeit musste der Abt sein Augenmerk darauf richten, sich zu einer Portion Gemüse zu verhelfen. Erst nachdem das geglückt war, konnte er weitersprechen: »Bischof Leodegar liegt mir ständig damit in den Ohren, dass schon in wenigen Tagen König Chlothar erwartet wird.«

»Bischof Leodegar soll an Chlothars Hof aufgewachsen sein, habe ich irgendwoher gehört«, bemerkte Fidelma, war aber nicht ganz bei der Sache, denn ein junger Mann am Ende des Tisches schaute ständig zu ihr hinüber.

Doch immer, wenn auch sie zu ihm sah, wandte er seinen Blick ab und war angelegentlich mit seinem Teller beschäftigt. Sie versuchte, sich des Namens zu entsinnen, den Ségdae bei seiner Vorstellung genannt hatte.

Einer aus dem Norden? Ach ja, Bruder Gillucán!

»Chlothar ist noch jung, er soll schon der dritte König sein, der so heißt«, erläuterte der Abt. »Leodegar muss also von einem seiner Vorgänger aufgezogen worden sein. Dieser Chlothar hier ist erst zwanzig Jahre alt; er war acht, als er seinem Vater Chlodwig auf den Thron folgte.«

Überrascht drehte sich Fidelma zu ihm um. »Zehn, sagst du? Das ist doch weit unter der Volljährigkeit!«

»Das ist hier so Sitte. Der älteste Sohn folgt dem Vater, und wenn er noch minderjährig ist, wird ein Vormund ernannt, der an seiner statt regiert.«

»Eine merkwürdige und unsichere Art, die Geschicke eines Landes zu lenken«, urteilte sie.

»Chlothar dürfte ziemlich bald hier eintreffen, um die Beschlüsse und Empfehlungen des Konzils in aller Form zu bestätigen. Der päpstliche Gesandte ist bereits eingetroffen. Er sitzt neben Leodegar. Dort, siehst du ihn?«

Fidelma warf einen Blick über die Schulter, aber die vielen Klosterbrüder versperrten ihr die Sicht, so dass sie keinen rechten Eindruck von der Erscheinung des Mannes gewann.

»Ja und?«, fragte sie und hielt Eadulf ihren Becher hin, damit er ihr aus dem Krug Wasser einschenkte.

»Leodegar lässt keine Gelegenheit aus, mir klarzumachen, dass dem Konzil die Hände gebunden sind, solange das Problem nicht vom

Tisch ist«, klagte Ségdae. »Wie soll der König die Beschlüsse des Konzils öffentlich absegnen, wenn nicht noch vor seinem Eintreffen der rätselhafte Vorfall geklärt ist?«

Fidelma ließ sich nicht erschüttern. »Ich vermute, Leodegar hat längst entschieden, welche Beschlüsse das Konzil zu fassen hat; umso mehr, als über dessen Zusammensetzung in Rom befunden wurde, und Rom hat bekanntlich wenig für unsere Sitten und Praktiken übrig. Wir können nur hoffen, dass für ihn auch nicht schon beschlossene Sache ist, wer den Mord begangen hat.«

»Du siehst die Dinge wie immer vollkommen klar, Fidelma«, gestand ihr der Abt zu. »Wenn der Bischof von Rom ein Konzil anweist, einen Beschluss zu fassen, und bereits darauf hinlenkt, wie der auszusehen hat, dann würde ich meinen, dass es sich um eine vorgefasste Entscheidung handelt. Mir missfällt das zwar, aber ich fürchte, wir sind nur hier, um einer bereits in Rom gefällten Entscheidung unser Ja und Amen zu geben.«

Fidelma wich seinem Blick nicht aus. »Wenn ich so dächte und dank meiner Position Stimmgewalt im Konzil hätte, würde ich diese Stimme nicht nutzen. Ich würde sogar meine Teilnahme verweigern.«

»Du hast recht. Wir sind hier nur geladen, um unsere Gegenstimme zu Protokoll zu geben, wenn der Beschluss verkündet wird«, bestätigte er bedrückt. »Dir ist gewiss aufgefallen, dass wir, die wir der Kirche von Ailbe, Patrick und Colmcille folgen, in der Minderheit sind.«

»Wenn Rom eine solche Richtung einschlägt, warum sollen wir da mitmachen?«, fragte Fidelma. »Die Kirchen im Osten haben es nicht getan.«

Abt Ségdae hörte das nicht gern.

»Vorsichtig, Fidelma, man könnte dich der Ketzerei beschuldigen. Rom muss für uns der Mittelpunkt bleiben. War es nicht der große Apostel Petrus, der Rom als den Platz auserwählte, wo die Kirche Christi begründet werden sollte? War es nicht Christus, der ihm verhieß, er wäre der Mann, der Seine Kirche begründen würde?«

»Weshalb soll man sich mit Rom anlegen?«, mischte sich Eadulf in ihr Gespräch ein. »Weshalb nicht einfach das Dictum von dort akzeptieren und sich das Leben weniger schwer machen?«

»Rom bleibt unser Hüter, auch wenn es sich irrt, Eadulf«, wandte sich Abt Ségdae ihm mit besorgter Miene zu. »Wir folgen den ursprünglichen Vorstellungen der Gründungsväter des Glaubens, den

Gepflogenheiten und Bräuchen, den festgelegten Feiertagen. Nicht wir haben uns verändert, sondern Rom hat sich verändert. Dort hat man begonnen, andere Wege zu gehen.«

»Aber ist es nicht genau das, was die Kirchen im Osten für sich beanspruchen? Sie sagen doch, dass ihre Kirchen dort den orthodoxen Gepflogenheiten folgen, die Rom ablehnt.«

»Die Spaltung beruht auf politischen Erwägungen, nicht auf theologischen.«

»Wie das?«, wollte Eadulf wissen.

»Die Abspaltung der Kirchen im Osten ging mit dem Auseinanderbrechen des Römischen Reiches einher, als Kaiser Konstantin Byzanz zur Hauptstadt erklärte und es nach sich selbst Konstantinopel nannte. Die Trennung zwischen Rom und Konstantinopel führte dazu, dass auch die Ost- und die Westkirchen auseinanderdrifteten.«

Fidelma nickte bestätigend. »Nicht anders geschieht es heute. Die neuen Vorstellungen aus Rom machen es uns im Westen schwer, den Glauben zu verinnerlichen. Rom hat die Lehren des Pelagius verworfen, hat Arius in die Verbannung getrieben, und nun hadert es mit dem Monotheletismus. Eines Tages werden die Befürworter der Trennung der Geschlechter und des Zölibats die Oberhand gewinnen, und dann dürften ihre Ansichten als die Lehre von Rom verkündet werden. Mir ist bange, wohin Roms ständiges Verändern des Glaubens und seines Brauchtums führen wird. Nicht lange, und wir erkennen überhaupt keine Verbindung mehr zu den ursprünglichen Vorstellungen der Begründer des Glaubens.«

»Ich hätte nie gedacht, dass du dir so tiefgründige Gedanken über die Dinge machst, Fidelma«, bekannte der Abt ehrlich verwundert.

»Man muss seine Gedanken nicht unbedingt für jedermann sichtbar zur Schau tragen, Ségdae«, erwiderte sie. »Das heißt deshalb noch lange nicht, dass man sich keine macht. Meiner Meinung nach muss es jedem Einzelnen überlassen bleiben, ob er sich dem Glauben zuwendet oder ihn ablehnt. Niemand hat das Recht, einem anderen vorzuschreiben, was er zu glauben hat oder in welcher Form er das tut. Was mein Wirken für das öffentliche Wohl betrifft, so dient es dem Gesetz, gilt der Wahrheit und Gerechtigkeit.«

Eadulf hüstelte und erreichte damit, dass Fidelma aufschaute. Die meisten der Klosterbrüder verließen den Saal.

»Du wirst es uns nicht verübeln, Ségdae, aber wir müssen uns wieder an die Arbeit machen«, sagte sie und stand auf.

Draußen fragte Eadulf sie leicht beunruhigt: »Ist es klug, so offen daherzureden?«

»Vielleicht nicht«, gab sie zu. »Aber was ich denke und was mich bewegt, kann ich nicht gänzlich zurückhalten. Es widerspricht meinem Wesen.«

»Nur scheint mir dieser Ort hier der allerletzte, um sich offen über Dogmen der Theologie zu äußern.«

Sie sah ihn an und musste lachen. Eadulf wollte sich dagegen verwahren, doch schon besänftigte sie ihn: »Ich lache nicht über dich, Eadulf. Es ist nur der Gedanke, dass die große Abtei hier mit ihrem Konzil über die Zukunft der Kirchen nicht der rechte Ort für einen Meinungsstreit sein sollte. Wenn nicht hier, wo sonst?«

»Dort, wo Köpfe offen sind für andere Gedanken und Vorstellungen, so dass sich Rede und Gegenrede überhaupt entwickeln können. Wenn Entscheidungen von vornherein feststehen, kann es keinen fruchtbaren Gedankenaustausch geben.«

Zärtlich berührte sie seinen Arm. »Manchmal vergesse ich, wie weise du sein kannst, Eadulf. Ich werde in Zukunft besser darauf achten, was ich sage und was ich für mich behalte. Aber jetzt wollen wir Bruder Gebicca aufsuchen.«

Fidelma und Eadulf hatten schon mit vielen Ärzten und Apothekern zu tun gehabt. Bruder Gebicca glich ihnen allen. Er war schon älter, der hagere Körper wirkte energisch und behende. Er war mit Stößel und Mörser an seinem Werktisch beschäftigt, als sie den übelriechenden Raum betraten. Erstaunt blickte er auf, Besucher dieser Art hatte er nicht erwartet.

»Du bist eine Frau!«, stellte er mürrisch fest.

»Und du ein guter Beobachter, Bruder Gebicca«, erwiderte sie fröhlich. »Eine Eigenschaft, die für die Arbeit in einer Apotheke von Vorteil ist.«

Er machte eine abwehrende Handbewegung.

»Frauen haben zu unserer Abtei keinen Zutritt«, erklärte er.

»Du warst gestern wohl nicht zum Abendgebet in der Kapelle?«, fragte sie.

»Warum sollte ich?«, entgegnete er, immer noch gereizt. »Ich habe jede Menge zu tun und vom Bischof die ausdrückliche Erlaubnis, der Andacht fernzubleiben, damit ich mich ausschließlich auf die Gesunderhaltung meiner Mitbrüder konzentriere. Was führt euch hierher?«

»Wärest du gestern Abend dort gewesen, hättest du vernommen, dass der Bischof unsere Anwesenheit und auch den Zweck unseres Aufenthaltes hier verkündete. Wir untersuchen die Todesumstände von Abt Dabhóc.«

Nur kurz kniff er die Augen zusammen, dann entspannten sich seine Züge.

»Ach ja. Bruder Chilperic hat so etwas erwähnt.« Er stand vom Schemel auf, wusch sich in einer Schüssel die Hände und trocknete sie an einem Leinentuch ab. »Und was erwartet ihr von mir?«

»Dass du uns erzählst, was du über den Tod von Abt Dabhóc weißt.«

Er sah von einem zum anderen und winkte ihnen, ihm zu folgen. Eine Tür führte nach draußen in den hinter der Apotheke gelegenen Kräutergarten. Auf bankähnlichen niedrigen Steinen lud er sie zum Sitzen ein. Der Garten war in Sonnenlicht getaucht und erfüllt von allen möglichen Düften der Kräuter und Blumen. Nach dem Aufenthalt in den kalten Gemäuern der Abtei war es wohltuend, fast einschläfernd, in der warmen Luft zu sitzen.

»Wie wir hörten, wurdest du in der Nacht, in der man Abt Dabhóc ermordete, von Bruder Sigeric in Bischof Ordgars Zimmer gerufen«, eröffnete Eadulf die Befragung.

»Bruder Sigeric handelte auf Weisung von Bischof Leodegar, der bereits am Ort des Geschehens war«, ergänzte Bruder Gebicca peinlich genau.

»Um wen hast du dich als Ersten gekümmert, als du in Ordgars Zimmer kamst?«

»Zuallererst galt es zu bestätigen, dass ich für den Abt aus Hibernia nichts mehr tun konnte. Das festzustellen war nicht schwer. Sein Schädel war am Hinterkopf durch heftige Gewalteinwirkung zerschmettert. Dann wendete ich mich dem bewusstlosen Abt Cadfan aus Britannien zu. Auch er hatte einen Schlag auf den Kopf erlitten, aber ich sah sogleich, dass er noch am Leben war. Es handelte sich um eine offene Wunde, und die Schwellung nahm ständig zu. Dann trat ich zu Bischof Ordgar ans Bett.«

»Und in welchem Zustand fandest du ihn vor?«, drängte Fidelma.

»Er lag in einem Dämmerzustand da, murmelte die ganze Zeit zusammenhangloses Zeug und roch stark nach Alkohol.«

»War er betrunken?«

»Zuerst glaubte ich es, kam dann aber zu dem Schluss, dass man ihm etwas in den Wein gemischt haben musste.«

»Was hat dich zu der Annahme geführt?«

»Seine Augen, die Zunge, die Lippen. Ich betreibe die Heilkunst seit vielen Jahren und weiß zwischen Trunkenheit und der Wirkung gewisser Kräuter zu unterscheiden, die einen ähnlichen Zustand bewirken.«

»Und was hast du daraufhin gemacht?«

»Ich habe Bischof Leodegar gesagt, dass er so bald nichts aus den beiden herauskriegen würde. Meiner Schätzung nach würde es mindestens einen Tag dauern, ehe sie wieder zurechnungsfähig sein würden und Auskunft geben könnten, was geschehen war. Auf meinen Vorschlag hin ließ Bischof Leodegar Abt Cadfan in sein Zimmer zurückbringen, wo ich ihn wusch und die Wunde versorgte. Ich ließ jemand dort, der bei ihm wachen sollte. Der Heilungsprozess geht gut voran, ich bin zufrieden. Der Mann hat eine kräftige Natur.«

»Und Bischof Ordgar?«

»Ordgar wurde auf demselben Gang in einem anderen Raum untergebracht. Mit dem ganzen Blut und der Tatsache, dass dort jemand eines unnatürlichen Todes gestorben war, konnten wir ihn nicht in seinem Gemach lassen. Wir haben seinen Kämmerer, Bruder Benevolentia, geweckt und den Bischof hinübergetragen. Ich wies den jungen Mann an, die restliche Nacht bei ihm zu bleiben und ihm in regelmäßigen Abständen möglichst viel Wasser einzuflößen, um das Gift aus dem Körper zu spülen.«

»Wie verfuhr man mit der Leiche von Abt Dabhóc?«

»Die wurde ins Leichenhaus geschafft, wo ich sie später für die Bestattung herrichtete. Außer dem Hieb, der ihm den Schädel zertrümmert hatte, fanden sich keine anderen Verletzungen. Augenscheinlich war der Schlag von hinten und mit enormer Wucht erfolgt.«

»Und Bischof Ordgars Zimmer?«, wollte Fidelma wissen.

Der Arzt schaute sie fragend an.

»Es heißt, du hättest es saubergemacht«, erklärte sie. »Du sollst auch den Becher, in dem der angeblich gepanschte Wein war, abgewaschen haben. Stimmt das?«

»Hätte ich einen mit Betäubungsmitteln versetzten Becher Wein stehen lassen sollen, damit sich jedermann bedienen und sich vergiften kann?«, entgegnete er scharf. »Das wäre viel zu gefährlich gewesen.«

Eadulf beugte sich vor. »In dem Becher war noch Wein?«

»Er war halbvoll.«

»Dann hatte ihn Bischof Ordgar nicht gänzlich ausgetrunken?«

»Hätte er es getan, wäre er vermutlich nicht mehr am Leben.«

»Bist du dir da sicher?«, fragte Fidelma aufgeschreckt.

»Ich würde nichts sagen, das der Wahrheit entbehrt«, verwahrte er sich gekränkt. »Selbstverständlich bin ich mir sicher.«

»Du hast nichts von dem Wein zurückbehalten oder ihn untersucht?«

»Ich habe darauf geachtet, dass Becher und Amphore vernichtet wurden. Die Amphore war ohnehin leer.«

»Es gibt also keinen Beweis, welche Beschaffenheit der Wein hatte oder wie der Zusatz in den Wein gelangte? Ich meine, ob der Wein erst im Becher mit etwas versetzt wurde oder schon vorher in der Amphore.«

Der Arzt machte eine wegwerfende Bewegung mit der Hand.

»Die Tatsache, dass das Zeug im Becher war, war für mich Grund genug, sicherzustellen, dass niemand daraus trinkt und krank wird oder gar stirbt.«

»Ein jeder von uns hat seine Aufgaben zu erfüllen, Bruder Gebicca«, erwiderte Fidelma ruhig. »Deine Aufgabe ist es, Leben zu erhalten, meine hingegen, festzustellen, warum es jemand eingebüßt hat.«

Eadulf hatte nachdenklich dagesessen und meldete sich jetzt wieder zu Wort. »Ich möchte dir eine Frage stellen, Bruder Gebicca, auch wenn sie nur hypothetisch ist. Bestünde die Möglichkeit, dass Bischof Ordgar Abt Dabhóc tötete, dann Abt Cadfan niederschlug und schließlich selbst aus freien Stücken den vergifteten Wein trank? Nur ein, zwei Schluck, um die Wirkung und den Zustand zu erreichen, in dem du ihn vorgefunden hast, keineswegs die Menge, um selbst seinem Leben ein Ende zu setzen?«

Bruder Gebicca überlegte. »Möglich ist alles. Bischof Ordgar müsste aber ein Mann mit feinem Spürsinn und Urteilsvermögen sein, um genau zu wissen, wie viel von dem giftigen Gebräu er schlucken darf, ohne sein Leben aufs Spiel zu setzen.«

»Doch vorstellbar wäre es?«

Etwas hilflos breitete der Arzt die Arme aus. »Vorstellbar ja. Aber als Arzt halte ich es für höchst unwahrscheinlich, da müsste er schon in der Wirkungsweise von Giften gut Bescheid wissen.«

»Als du Abt Cadfan und Bischof Ordgar behandeltest, hast du sie da gefragt, was eigentlich geschehen war?«, erkundigte sich Fidelmas als Nächstes.

»Es war genau umgekehrt. Beide wollten von mir wissen, was geschehen war, als sie wieder bei klarem Verstand waren. Sie behaupteten, sich an nichts erinnern zu können.«

»Sie konnten sich an nichts erinnern?«

»Bischof Ordgar erklärte, er wüsste nur noch, dass er Wein getrunken hätte, wie er es immer vorm Schlafengehen tut. Und Abt Cadfan sagte, man hätte ihm beim Betreten des Zimmers von Bischof Ordgar, wohin zu kommen man ihn mitten in der Nacht aufgefordert hätte, von hinten einen Schlag versetzt – das wäre das Letzte, woran er sich erinnern könne. Meiner Meinung nach geht der Verdacht mehr in Richtung Ordgar, wäre da nicht die Behauptung von Cadfan, er hätte eine Nachricht von Ordgar erhalten, in der er gebeten wurde, ihn aufzusuchen. Eine Notiz dieser Art wurde nirgends gefunden.«

»Ich würde dir gern noch eine andere Frage stellen«, ergriff Eadulf erneut das Wort. »Hältst du es als Mediziner für möglich, dass Cadfan sich die Wunde selbst beigebracht hat?«

»Auf gar keinen Fall.«

»Dann bleibt es nach dem, was du sagst, tatsächlich dabei, dass beide Männer gleichermaßen verdächtig sind.«

Der Arzt zuckte mit den Achseln. Fidelma, die langsam aufstand, äußerte unerwartet einen völlig anderen Gedanken: »Vor ihrer Ankunft hier in der Abtei kanntest du wohl keinen der drei Geistlichen?«

»Die meisten der hohen Bischöfe und Äbte, die zum Konzil angereist sind, waren noch nie in unserer Stadt. Ich habe meine Heilkünste nur in Divio und hier in Autun betrieben. Mein Eindruck ist, dass die meisten Teilnehmer am Konzil sich auch untereinander nicht kennen.«

»Vielen Dank für die Zeit, die du dir für uns genommen hast, Bruder Gebicca«, verabschiedete sich Fidelma.

»Ich fürchte, unser Gespräch hat dir nicht viel gebracht«, meinte er, stand ebenfalls auf und geleitete sie durch den Apothekenraum zurück zur Tür. »Wenn ich eine Meinung äußern darf, würde ich sagen, es läuft darauf hinaus, wem von beiden man mehr Glauben schenkt. Es können schließlich nicht beide die Wahrheit sagen. Ein Mann ist tot, und außer ihm waren nur zwei andere im Raum. Wenn ich zu entscheiden hätte, würde ich eine Münze hochwerfen.«

Kapitel 7

Sie verließen Bruder Gebiccas Apotheke; schweigend gingen sie langsam über den großen Innenhof auf das Hauptgebäude der Abtei zu.

»Der Arzt denkt wie ich«, sagte Eadulf schließlich. »Am Ende kann man es so oder so sehen.«

»Gegenwärtig bin ich noch nicht bereit, mich seinem Urteil anzuschließen«, entgegnete Fidelma verbissen. »Es braucht seine Zeit, bis wir ausreichend Material gesammelt haben.«

»Wir haben doch all die Auskünfte beisammen, die wir überhaupt erwarten können«, beharrte Eadulf. »Andere Zeugen gibt es nicht.«

»Dann müssen wir eben deren Aussagen noch einmal sorgfältig durchgehen.«

»Zu schade, dass man Becher und Amphore weggeworfen hat. Ein tüchtiger Apotheker hätte Giftspuren feststellen und Ordgars Darstellung bestätigen können.«

»Ja, wirklich ärgerlich, dass der Becher verloren ist«, stimmte ihm Fidelma zu. »Die Amphore hätte uns freilich nichts genützt.«

»Warum nicht?«

»Gift hätte man nur in dem Becher gemischt, nicht in der Amphore, leer wie sie war, nachdem sich der Wein im Becher befand. An dem Abend war es einfach zu spät, die Amphore wegzuschaffen. Und selbst wenn das erst am Tag danach geschah, hätte uns das nichts genützt; die können wir also vergessen. Um den Becher aber ist es jammerschade.«

Sie hatten noch nicht das Portal des Gebäudes erreicht, als Bruder Chilperic ihnen entgegenkam. »Ich bin auf dem Weg zu unserem Kräutergarten«, begrüßte er sie. »Sucht ihr irgendetwas Bestimmtes?«

»Nein, das nicht, wir verschaffen uns nur etwas Bewegung. Die Nachmittagssonne verlockt zu einem Spaziergang. Wo ist dein Kräutergarten, Bruder Chilperic?«

»Er ist von dem des Apothekers getrennt, denn der zieht da ganz andere Gewächse für seine Zwecke. Wenn ihr mitkommen wollt, bitte, hier vorbei.«

Sie schlossen sich ihm an. Er führte sie an der Mauer der Abtei entlang und über einen kleinen Hof hinter dem Haupthaus zu einer freien Fläche, deren Ausmaße sie erstaunte. Dort wuchsen in Hülle und Fülle wohlriechende Kräuter und Gewürzpflanzen, zwischen denen zwei ältere Klosterbrüder arbeiteten.

»Ein wunderschöner Garten«, äußerte sich Fidelma anerkennend.

»Wir erfreuen uns auch daran, und oft genug verführt uns der Garten zum Müßiggang, wir sitzen da und sinnen über Gottes Schöpfung, während wir doch Gottes Gebot befolgen und ihn hegen und pflegen müssten. Möchtet ihr sehen, welche Kräuter und Gewürze hier gedeihen? Wir bauen die verschiedensten Arten an, alles für die Verköstigung unserer Mitbrüder.«

»Ich möchte nicht dem Müßiggang Vorschub leisten und dich von der Arbeit abhalten.«

»Das tut die Sonne ohnehin schon. Doch wahrscheinlich wollt auch ihr mit eurer Arbeit vorankommen. Wie steht es mit euren Nachforschungen? Wird Hilfe gebraucht? Konntet ihr euch schon ein Urteil bilden?«

Eadulf schürzte die Lippen und fing an: »Wir stehen gerade vor …«

Fidelma spürte, dass er sagen wollte »vor einer undurchdringlichen Mauer«, und hatte den Geistesblitz, seinen Satz mit den Worten zu beenden: »… einem kleinen Problem. Doch du Bruder Chilperic, wärest der Richtige, der uns dabei helfen könnte.«

»Ich? Meinst du das ernst?«

Sie wies mit dem Kopf zu der hohen Mauer, die die Abtei von der sogenannten *domus feminarum* trennte. »Wir hätten gern die *abbatissa* aufgesucht.«

»Äbtissin Audofleda?«, fragte der Verwalter erstaunt.

»So heißt sie wohl«, bestätigte ihm Fidelma. »Kannst du das arrangieren?«

»Ohne die ausdrückliche Genehmigung des Bischofs empfängt Äbtissin Audofleda niemanden von der Abtei«, murmelte Bruder Chilperic. »Außerdem begreife ich nicht, warum deine Nachforschungen sich auch in die *domus feminarum* erstrecken sollten.«

»Warum mir das wichtig erscheint, ist einzig und allein meine Entscheidung, und die muss ich niemandem begründen, solange die Untersuchung währt.«

Der Verwalter fühlte sich unbehaglich. »In einer Angelegenheit wie dieser muss ich zunächst Bischof Leodegar befragen.«

Fidelma wollte sich dagegen verwahren, begriff aber sogleich, dass der junge Mann unfähig war, etwas ohne die Zustimmung Leodegars zu unternehmen. Die Macht des Bischofs war nicht zu unterschätzen. So sagte sie nur: »Dann frage ihn also. Wir möchten nicht ungehörig erscheinen, aber könntest du seine Erlaubnis sofort einholen?«

Bruder Chilperic zögerte. »Der Bischof hat sich zu einem Besuch in die Stadt begeben. Vor der Abendmahlzeit wird er nicht in die Abtei zurückkehren.«

Fidelma schaute zum Himmel. Der Nachmittag war schon weit vorgeschritten, doch für ein Gespräch im Frauenhaus hätte die Zeit noch gereicht. Eine Genehmigung, die Äbtissin zu sprechen, dürfte sie kaum vor dem nächsten Morgen erhalten. Das hieß, viele Stunden würden nutzlos vergehen. Fidelma spürte einen inneren Zwang, ihre Aufgabe hier so bald wie möglich zu Ende zu bringen und sich auf die Heimreise zu begeben; mit dem ersten Schritt, den sie in die Abtei gemacht hatte, empfand sie die Atmosphäre, die sie umgab, als beklemmend.

»Mir will nicht einleuchten, warum du der *domus feminarum* einen Besuch abstatten musst«, wiederholte der Verwalter. »Der Mord ist hier geschehen, alle, die irgendwie damit zu tun hatten, sind hier; warum musst du da noch mit der Äbtissin Audofleda sprechen?«

Eadulf sah, wie Fidelmas Augen aufblitzten und es in ihrem Gesicht arbeitete.

»Lieber Freund«, sagte er und fasste Bruder Chilperic vertraulich am Arm, »versteh bitte, wir müssen unsere Nachforschungen nach unseren Vorstellungen führen, wollen wir zu einem schlüssigen Ergebnis zu gelangen. Bischof Leodegar hat uns bezüglich unserer Verfahrensweise völlige Freiheit gelassen. Was wir also tun, bleibt unsere Sache, bei allem Respekt vor deiner Stellung als Verwalter und Kämmerer dieser Abtei.«

»Dennoch muss ich mir die Erlaubnis von Bischof Leodegar einholen«, sagte der Mann halsstarrig.

Fidelma hatte zu ihrem Frohsinn zurückgefunden. »Dann können wir heute nichts weiter machen.« An Eadulf gewandt, meinte sie: »Da wir nun einmal hier sind, könnten wir uns doch ein wenig in der Stadt umschauen.«

Dem stimmte Eadulf zu, aber Bruder Chilperic war bestürzt. »Ihr habt doch wohl nicht vor, euch außerhalb der Abtei zu bewegen?«, fragte er.

Fidelma runzelte die Brauen. »Spricht etwa auch dagegen etwas?«

Der Mönch fuchtelte hilflos mit den Händen. »Der Bischof hat keinerlei Anweisungen hinterlassen.«

»Weshalb sollte er auch?«

»Weil die allgemeine Regel gilt, niemand verlässt die Abtei ohne Erlaubnis des Bischofs. Wenn die Gäste Fremde sind wie ihr, brauchen sie jemand, der sie begleitet. Damit wollen wir unseren Delegierten Schutz gewähren.«

»Derartige Regeln dürften kaum auf uns zutreffen. Steht es denn nicht allen Delegierten frei, zu kommen und zu gehen, wann sie wollen? Schließlich hat sich auch niemand um unsere Sicherheit gekümmert, *bevor* wir die Abtei betraten.«

»Ich habe mich an die vom Bischof aufgestellten Vorschriften zu halten.«

Das erstaunte Fidelma; sie sah das nicht ein und machte ihrer Verärgerung Luft.

»Andere Weisungen habe ich nicht«, brummelte Bruder Chilperic.

»Ist es uns wenigstens gestattet, ohne Begleitung unser Gemach aufzusuchen?«, fragte sie spitz.

Der junge Mann verzog das Gesicht, war deutlich hin- und hergerissen zwischen seiner Pflicht gegenüber dem Bischof und ihrem Unmut. Doch Fidelma hatte sich bereits umgedreht, presste die Lippen zusammen und ließ ihn stehen. Eadulf folgte ihr nach kurzem Überlegen. Er hatte Mühe, mit ihr Schritt zu halten, während sie wütend davoneilte und ihre Tritte auf das Pflaster knallten.

»Ich kann es nicht ausstehen, wenn man mir Beschränkungen auferlegt«, sagte sie schließlich und mäßigte ihr Tempo.

»Dem jungen Mönch können wir wohl keine Schuld geben«, meinte Eadulf. »Er scheut sich, Entscheidungen zu treffen, die seinem Bischof missfallen könnten.«

»Natürlich, ihn trifft keine Schuld. Es liegt an dem Bischof. Der versucht alle hier am Gängelband zu halten und will wissen, was sie tun und lassen. Ich frage mich, wovor fürchtet der sich?«

»Vermutlich sind die Leute hier so daran gewöhnt, dass Leodegar Regeln aufstellt und gewaltsam durchsetzt, dass sich keiner mehr traut, selber zu denken«, suchte Eadulf zu erklären.

Fidelma blieb unvermittelt stehen. »Bitte, Eadulf, geh und suche Abt Ségdae. Ich bin sicher, er ist der Mann, der sich nicht den Zwängen dieser Abtei unterwirft. Er möchte uns erlauben, zu gehen und zu kommen, wann es uns beliebt, oder uns unterstützen, falls man uns das verwehrt.«

Eadulf zögerte, zuckte die Achseln und ging. Fidelma rief ihm hinterher: »Ich warte auf dich im Gästehaus.«

Ohne zurückzublicken, hob er die Hand zum Einverständnis.

In Gedanken versunken, schritt Fidelma zum *hospitia*. Sie hoffte, Bischof Leodegar würde ihr nicht eine Erklärung abnötigen, weshalb sie die *domus feminarum* aufsuchen wollte. Sie musste sich vergewissern, ob Bruder Sigerics Bericht irgendwie mit den Ereignissen um Abt Dabhócs Tod in Zusammenhang stand. Von der strikten Trennung, die Bischof Leodegar seinen Klosterleuten auferlegt hatte, fühlte sie sich in ihrer Arbeit arg behindert. Dankbar empfand sie die Regeln und Gebräuche ihrer Heimat als vernünftig und die Menschen nicht einengend.

Fidelma betrat das für sie hergerichtete Gästezimmer, doch als sie die Tür schloss, bewegte sich hinter ihr etwas. Ihr schlug das Herz bis zum Hals; mit einem Ruck drehte sie sich um und sah im Halbdunkel schattenhaft einen Mann.

»Wer bist du?«, fragte sie und suchte ihre Erregung zu unterdrücken.

»Ich wollte dich nicht erschrecken, Schwester«, hörte sie die Stimme eines aufgeregten jungen Mannes in der ihr vertrauten Sprache Éireanns.

Das ist der junge Mönch, der vom Ende der Tafel im Refektorium zu mir herübergeschaut hatte, sagte sie sich. »Du bist Bruder Gillucán, nicht wahr?«

»Ich bin ... ich war ... Abt Dabhócs Kämmerer und Begleiter auf dieser Pilgerreise.«

Fidelma ging durch den Raum, ließ sich auf der Bettkante nieder und winkte ihm, sich den Stuhl zu nehmen. »Du hast eine weiß Gott seltsame Art, Bruder Gillucán, dich vorzustellen.«

Er setzte sich und sagte leise: »Überall in dieser Abtei hat man das Gefühl, beobachtet zu werden. Da muss man auf der Hut sein.«

»Warum sollten sie dich beobachten?«

Der junge Mann erschauderte. »Ich weiß nicht. Ich möchte zurück nach Hause.«

»Du stammst aus Ulaidh?«

»Ich gehöre zu den Uí Nadsluaig, diene aber in der Abtei Tulach Óc.«

»Und hier fühlst du dich beklommen?«

Er machte fahrige Bewegungen mit den Händen, die Fidelma nicht recht zu deuten wusste. »Auf dem Ganzen hier lastet ein Fluch. Seelen stöhnen in Qualen ... Ich habe sie gehört.« Er seufzte tief. »Etwas in dieser Abtei ist von Übel. Wirklich, Schwester, ich habe Angst.«

Sie hob verwundert die Augenbrauen. »Du bist erregt, Bruder Gillucán. Erzähl mir, was dich bedrückt.«

»Ich weiß nicht, womit ich anfangen soll.«

»Am besten von Beginn an«, redete sie ihm zu. »Du bist ... oder warst Kämmerer des Abts von Tulach Óc?«

Er nickte. »Ja. Ich habe Abt Dabhóc fünf Jahre lang als Erster Schreiber und Kämmerer gedient.«

»Und deshalb hat er dich gewählt, ihn zu diesem Konzil zu begleiten?«

»Genau so war es. Es ist eine große Ehre, ausgewählt zu werden, eine so weite Reise zu unternehmen und an einem wichtigen Konzil wie dem hier teilzunehmen. Wir sind im Auftrage von Ségéne, dem Bischof von Ard Macha, gekommen.«

»Das habe ich mir gedacht. Und seit wann seid ihr hier?«

»Vor zehn Tagen haben wir die Abtei erreicht. Wenige Tage danach, als die entscheidenden Gäste eingetroffen waren, hat der Bischof von Autun eine Vorbesprechung abgehalten. Allerdings wurden dazu nur die Hauptdelegierten geladen. Die Schreiber und Ratgeber schloss man aus. So war ich nicht Zeuge des Streits, von dem ich erst hinterher erfuhr.«

»Eines Streits?«

»Als Abt Dabhóc von der Versammlung kam, war er ganz unglücklich. Er erzählte mir, Abt Cadfan von Gwynedd und Bischof Ordgar von Kent seien aneinandergeraten. Es sei sogar zu Handgreiflichkeiten zwischen ihnen gekommen. Er hatte Sorge, man würde keinerlei Einigung erzielen, wenn die beiden auf ihrem Standpunkt beharrten.«

Fidelma runzelte die Stirn. »Er hat dir eingehend geschildert, was vorgefallen war?«

»Ich war auch sein *anam chara,* sein Seelenfreund.«

Zu dem in den fünf Königreichen gelebten Neuen Glauben gehörte es, dass jeder einen *anam chara* hatte, mit dem er seine Probleme besprechen konnte. Das war ein alter Brauch aus den Zeiten, als man noch der alten Religion anhing. Überall sonst in der Christenheit mussten die Leute öffentlich oder insgeheim den Priestern beichten und die ihnen auferlegte Buße tun. Bei einem Seelenfreund war das anders. Mit ihm diskutierte man und beriet sich, wenn man in

Glaubensfragen in Zwiespalt geriet. Schuldbekenntnisse gab es nicht gegenüber einem *anam chara,* auch keine Bußgebote. Mit ihm konnte man sich einfach über alles aussprechen, was einen bewegte.

»Du hast eben gestanden, du hast Angst. Wovor? Sind diese Zwistigkeiten der Grund?«

Der junge Mann schien zu überlegen, was er antworten sollte. »Nein, das eigentlich nicht. Lass mich bitte fortfahren. An dem Abend nach der ersten Zusammenkunft war Abt Dabhóc tief besorgt. Er wollte am nächsten Morgen Bischof Leodegar aufsuchen und mit ihm über die entstandene Situation reden. Doch den nächsten Morgen erlebte er nicht mehr, man hatte ihn in Ordgars Gemach umgebracht.« Innerlich aufgewühlt hielt er inne.

»Du meinst also, er war zu Bischof Ordgar gegangen, dort hatte es Streit gegeben, und er war im Handgemenge zu Tode gekommen.«

»Das wäre eine glaubhafte Erklärung. Doch Bischof Ordgar behauptet, man hätte ihn mit Gift betäubt, und er soll auch den ganzen Tag danach bewusstlos gewesen sein. Und Abt Cadfan erklärt, man habe ihn zu Ordgar gebeten und dann im Gemach niedergeschlagen.« Der Mönch rieb sich die Stirn. »Da gibt es noch eine andere Sache, die mir unverständlich ist und mir Angst macht. Am Morgen, an dem ich erfuhr, was Abt Dabhóc zugestoßen war, ging ich in seine Kammer und wollte seine Sachen zusammenpacken. Aber dort war alles durchwühlt.«

»Durchwühlt?« Fidelma beugte sich vor. »Wäre es möglich, dass Angehörige der Abtei dort nach Beweismaterial gesucht haben, das hätte helfen können, den Mord an Abt Dabhóc aufzuklären?«

»Nein, ganz bestimmt nicht«, erwiderte Bruder Gillucán entschieden. »Der Verwalter der Abtei, Bruder Chilperic, hatte schon begonnen, erste Nachforschungen anzustellen, war aber nicht vor mir in Abt Dabhócs Kammer gewesen. Überhaupt war dort nichts mehr, was dem Abt gehört hatte. Bruder Chilperic beschuldigte mich sogar, ich hätte alles weggeschafft, und wollte unbedingt meine Hände sehen.«

»Deine Hände ... warum das?«, fragte Fidelma.

Gillucán zuckte die Achseln. »Er redete so was wie, wer die Kammer durchwühlt und Sachen an sich genommen hat, muss sich dabei verletzt haben, es gäbe dort Blutspuren. Er durchsuchte mich, fand aber nichts und musste einsehen, dass ich es nicht gewesen war, hat aber dennoch gründlich in meiner Kammer herumgeschnüffelt, um sicherzugehen.«

Fidelma machte sich kurz den Sachverhalt klar. Dabhócs Kammer wurde an dem Morgen ausgeräumt, an dem man auch in dem Gemach, in dem er ermordet wurde, alles auf den Kopf gestellt hatte. Wie hing das zusammen? Das eine musste mit dem anderen zu tun haben.

»Mir gegenüber hat Bruder Chilperic nichts davon erwähnt. Liegt deine Zelle in der Nähe der Kammer des Abts? Hast du etwas gehört, als dort jemand herumstöberte?«

»Meine Zelle liegt am nächsten Gang. Da konnte ich nichts hören.«

»Ist über diese Durchsuchungen sonst noch etwas gesagt worden? Hat man nachgeforscht, wo die verschwundenen Sachen geblieben sind? Ist es denkbar, dass ein eifriger, aber irregeleiteter Bruder gemeint hat, die Abtei braucht die Kleidungsstücke nicht, und da hat er sie an sich genommen?« Es war durchaus üblich, die Kleidung von verstorbenen Mönchen unter den Armen zu verteilen.

Bruder Gillucán schüttelte den Kopf. »Man hatte nicht nur die Kleidung entwendet. Alles war verschwunden.«

»Was heißt alles?«

»Geld, das der Abt bei sich hatte, um die Kosten für unsere Reise zu bestreiten. Briefe vom Bischof von Ard Macha an verschiedene Würdenträger, die steckten in einem Bücherranzen zusammen mit seinem Messbuch. Außerdem einige Geschenke ... darunter ein ganz besonderes.« Er schlug sich mit der Hand auf den Mund und blickte geradezu verschwörerisch um sich.

Erwartungsvoll schaute Fidelma ihn an. »Dieses besondere Geschenk ... was hatte es damit auf sich?«

Der Klosterbruder flüsterte nur noch. »Abt Dabhóc war von Bischof Ségéne damit betraut worden, Seiner Heiligkeit eine kostbare Gabe zu übermitteln.«

»Dem Bischof von Rom?«, fragte Fidelma erstaunt.

»Vitalianus hat zu diesem Konzil einen Beauftragten entsandt, der den persönlichen Segen des Heiligen Vaters überbringt.«

»Soviel ist mir bekannt. Und das von Ard Macha mitgebrachte Geschenk sollte diesem Gesandten überreicht werden, damit er es nach Rom mitnimmt?«

»So war es gedacht.«

»Willst du damit sagen, Abt Dabhóc hat dieses Geschenk dem Gesandten nicht gegeben ... ich meine, bevor die Sachen gestohlen wurden?«

»Ja. Die Gabe sollte erst am Ende des Konzils in einer Schenkungszeremonie überreicht werden.«

»Und welcher Art war das Geschenk?«

»Das habe ich nie genau erfahren.«

»Was *genau* hast du erfahren?«

»Die Gabe befand sich in einem Reliquiar. Abt Dabhóc trug es in einem besonderen Beutel und ließ es während der ganzen Fahrt nicht aus den Augen. Einmal habe ich einen Blick davon erhaschen können. Es war ein mit Metall beschlagenes Kästchen, mit Einlegearbeiten verziert und mit Edelsteinen und Halbedelsteinen besetzt.«

»So, wie du es beschreibst, kann ich es mir gut vorstellen. Unsere Gold- und Silberschmiede sind berühmt für wunderbare Kunstwerke dieser Art. Ein Reliquiar dürfte besonders heilige Reliquien enthalten.«

Bruder Gillucán war sich unsicher. »Das vermute ich auch, aber beschwören könnte ich es nicht. Abt Dabhóc hat mir gegenüber nie von dem Kästchen und schon gar nicht von seinem Inhalt gesprochen.«

»Trotzdem verstehe ich immer noch nicht, was dich so in Angst und Schrecken versetzt.«

»Dazu komme ich gleich. Doch noch einmal zu dem Kästchen. Bestimmt hat es jemand in der Mordnacht mitgehen lassen. In der darauffolgenden Nacht wurde meine Zelle ebenfalls durchsucht.«

»Du hast mir schon erzählt, dass Bruder Chilperic darauf bestand, deine Zelle zu durchsuchen.«

»Nein, jemand hat noch mal alles durchwühlt.«

»Ist dabei etwas verschwunden?«

»Nichts.«

»Wirklich gar nichts?«

Er verneinte.

»Dann war es nicht Bruder Chilperic, der nur sichergehen wollte, dass er nichts übersehen hatte?«

»Ich habe ihn befragt. Er war es nicht.«

»Und der Abt hatte dir nichts zur Verwahrung anvertraut, das man hätte finden wollen?«

»Nein, nichts.«

»Sonderbar«, überlegte Fidelma laut. »Wonach mögen die in deiner Zelle gesucht haben? Das Geld hatten sie schon und auch das Reliquienkästchen.«

»Ich weiß es nicht, Schwester. Ich spüre nur, überall in den dunklen Ecken der Abtei sind Augen, die einen beobachten, die abwarten.«

»Und das macht dir Angst?«

»Nicht nur das. Es gibt noch mehr, was mir unheimlich ist.«

»Dann halte mit nichts hinterm Berg. Aus halben Geschichten kann ich mir kein Bild machen.«

»Richtig angst und bange wurde mir erst zwei Nächte später. Ich wachte in meiner Zelle auf. Es war dunkel. Ich spürte, jemand beugte sich über mich, eine Hand hielt mir den Mund zu, und gegen den Hals drückte eine scharfe Klinge.«

Gespannt setzte sich Fidelma auf. »Und weiter?«

»Eine Stimme sagte: ›Wo ist es?‹, und die Hand ließ los, damit ich antworten konnte.«

»Wo ist es?«, wiederholte Fidelma.

»Genau so. Ich sagte: ›Ich weiß nicht, was du meinst.‹« Bruder Gillucán drehte vorsichtig den Kopf zur Seite und deutete auf einen dünnen roten Strich am Hals. Die Wunde war nicht tief und heilte schon ab, war aber noch deutlich zu erkennen. Ganz offensichtlich stammte sie von dem Messer. »Das war die Antwort. Ich schrie los: ›Bring mich nicht um, bloß weil ich nichts weiß. Sag, worum es dir geht, dann kann ich vielleicht helfen.‹ Die Stimme sagte: ›Hat es dir dein Herr und Meister gegeben?‹ Und ich ...«

»Herr und Meister? In welcher Sprache hat der Eindringling gesprochen?«

»In Latein. Das ist die Sprache, in der wir uns hier alle verständigen.«

»Und was hast du ihm geantwortet?«

»Ich nahm an, er meinte Abt Dabhóc, und habe erwidert, dass er mir nichts übergeben hätte. Auch könnte ich ihm nicht helfen, seine Kammer sei völlig leer geräumt.«

»Was passierte dann?«

»Der Druck mit dem Messer wurde stärker. Ich schrie erneut los, ich könnte nicht helfen, er sollte sich erbarmen und mich leben lassen. Ich bin sicher, der Mann, der mich aufs Bett drückte, hätte mir die Kehle durchgeschnitten, wenn da nicht noch jemand gewesen wäre. Aus dem Dunkeln hinter ihm hörte ich eine andere Stimme. ›Lass ihn. Der weiß offenbar wirklich nichts.‹ Der mich gepackt hatte, brummte: ›Du tust gut daran, zu schweigen; lässt du etwas verlauten, kommen wir wieder, ganz heimlich, still und leise.‹ Ich hörte sie hinausgehen, lag lange wach und wusste nicht aus noch ein.«

»In welcher Sprache haben die miteinander geredet?«

»Immer in Latein.«

»Hast du den Vorfall gemeldet?«

Bruder Gillucán schüttelte verzweifelt den Kopf. »Ich will doch leben und nach Tulach Óc zurückkehren. Nur hatte ich von dir und Bruder Eadulf schon gehört und dachte, ihr müsst wissen, was mir widerfahren ist. Aber dass ich mit dir gesprochen habe, muss unter uns bleiben.«

»Das verstehe ich. Wie willst du nach Tulach Óc gelangen?«

»Einige Pilger aus Mágh Bhíle sind auf der Rückreise von Rom. Sie sind gestern Abend in der Stadt eingetroffen und ziehen morgen weiter. Ich werde mich ihnen anschließen. Nichts wünsche ich mir sehnlicher, als von hier wegzukommen.«

»Kannst du die Sachen, die Abt Dabhóc bei sich hatte und die nun verschwunden sind, etwas ausführlicher beschreiben?«

Bruder Gillucán zögerte. »Ich bekam ja das Reliquiar nur einmal flüchtig zu sehen.«

»Was hat sich dir davon eingeprägt?«

Angestrengt blickte der Mönch nach oben, als wollte er das Bild vor sein inneres Auge holen. »Es war aus Holz, Kupfer und Zinn und auch Email. Der Form nach war es ein sechseckiges Haus mit schrägem Dach und Giebelwänden, wie eben Reliquienkästchen so sind, die unsere Handwerker herstellen.«

»Mit Edelsteinen war es geschmückt, sagtest du?«

»Es hatte Zierleisten und Fassungen aus rotem Email, in die Smaragde eingesetzt waren. Ich glaube nicht, dass es nur buntes Glas war. Nein, es müssen richtige Edelsteine gewesen sein.«

»Und wie groß war das Ganze?«

»Etwa sechs Zoll lang die Grundfläche, das Haus ungefähr vier Zoll breit und drei Zoll hoch.«

Fidelma nickte; soweit ihr bekannt war, hatten die Reliquiare aus den fünf Königreichen meist diese Abmessungen.

»Oh, bald hätte ich es vergessen ... Auf dem Deckel waren Wörter eingraviert.«

»Welche denn?«

»Eins war ein Name: Benén.«

»Weiter nichts?« Es war ein in ihrem Land weitverbreiteter Name.

»An mehr kann ich mich nicht erinnern. Da war noch ein Name, aber den habe ich vergessen.«

»Schadet nichts, wenig ist besser als gar nichts, sagte Fidelma munter. »Das war sehr vernünftig, mir zu berichten, was dir widerfahren ist. Trotzdem haben wir es immer mit Lebewesen in greifbarer Gestalt zu tun und nicht mit Legionen von Verdammten, wie du es geschildert hast. ›Seelen in Qualen‹, glaube ich, hast du gesagt.«

Dem jungen Mönch war nicht fröhlich zumute. »Wirklich, Schwester, in dieser Abtei gibt es Seelen, die in Qualen wimmern. Ich habe Stimmen gehört, die vor Schmerz und Gram schrien. So wahr ich hier sitze, ich habe sie selbst gehört«, bekräftigte er.

Fidelma gab sich Mühe, ein Lächeln zu unterdrücken, denn der junge Mann glaubte im Ernst an das, was er sagte. »Vielleicht kannst du mir noch erzählen, was du gehört hast und unter welchen Umständen.«

Bruder Gillucán schien peinlich berührt, und er tat sich schwer, darüber zu reden. Schließlich überwand er sich. »Ich bin zum *necessarium* gegangen«; er wurde rot.

Fidelma stutzte, das Wort war ihr noch nicht begegnet. *»Necessarium?«,* wiederholte sie.

»Latrina meine ich. Das war noch vor Sonnenaufgang und ich ... ich musste mal ...«

»Red weiter«, drängte ihn Fidelma ungeduldig. »Ich bin ein Mensch aus Fleisch und Blut wie du, natürliche Regungen unseres Körpers sind mir nicht fremd.«

»Ich saß also im *necessarium,* und da hörte ich zuerst verhaltenes Wimmern. Dann die qualvollen Rufe der Seelen ... Anders kann ich die Laute nicht beschreiben. Angstschreie, darauf Heulen und Jammern in Todespein. Das war so schrecklich, ich bin geflohen, muss ich gestehen, habe mich erst bei Tageslicht wieder aus meiner Zelle gewagt.«

Man musste seinen Schilderungen Glauben schenken; offenbar hatte er etwas gehört, das ihn vollends erregt, ja verstört hatte.

»Woher kamen die Laute?«, forschte Fidelma weiter. »Du warst im *necessarium;* waren die Laute im selben Raum?«

Bruder Gillucán starrte sie einen Moment lang an. »Eher drangen sie durch die Wände«, sagte er. »Ja, so war es. Sie kamen aus den Wänden. Schreie von Verdammten.«

»Wo befindet sich dieses *necessarium?«*

»Im Erdgeschoss, hinter dem Refektorium.« Er musste schlucken und bekam die Worte kaum heraus. »Ich fühle es, ein Fluch liegt auf dem Ort hier, Schwester. Ich kann es kaum erwarten, bis es hell wird und ich die Heimreise ins Königreich Ulaidh antreten kann.«

Mitfühlend betrachtete sie den verängstigten jungen Mann. »Wenn du willst, kannst du auch Bruder Eadulf und mich auf dem Rückweg in die fünf Königreiche begleiten, oder du ziehst mit Abt Ségdae und seinem Kämmerer los.«

»Nachdem, was meinem Abt zugestoßen ist und dann mir, verlasse ich lieber die Stadt, so schnell es geht. Nein, ich werde morgen früh mit den Pilgern aus Mágh Bhíle aufbrechen.«

»So möge Gott mit dir sein auf all deinen Wegen«, wünschte ihm Fidelma ernst.

Bruder Gillucán erhob sich rasch. »Solltest du das Reliquienkästchen des Abts finden, bitte denke daran, es ist ein Geschenk von Ard Macha an Rom.«

»Ich werde es nicht vergessen, Bruder Gillucán.«

»Möge Gott dich beschützen an diesem unheilvollen Ort.« Er ging zur Tür, blieb stehen und sah hilfesuchend zu ihr. »Schwester, könntest du so gut sein und nachschauen, ob jemand auf dem Gang ist?«

Wortlos stand sie auf und öffnete die Tür. Sie spähte rasch den Gang auf und ab und vergewisserte sich, dass dort niemand war. Sie trat zurück, und er schlüpfte hinaus.

»Slan abhaile«, flüsterte sie. Komm gut heim.

Kapitel 8

Missvergnügt war Eadulf zurückgekehrt, Abt Ségdae hatte er nicht sprechen können. Mit einigen anderen Delegierten hatte er sich offenbar zu einer Beratung zurückgezogen, um sich eine Meinung zu den Empfehlungen zu bilden, die auf der Tagesordnung des Konzils stehen würden, wenn es denn schließlich zusammentrat. Der Abt hatte Anweisung gegeben, dass sie von niemandem gestört werden dürften. Fidelma nahm die Situation gelassen hin, dann würden sie eben den Besuch bei Äbtissin Audofleda bis zum nächsten Tag aufschieben müssen. Und so nutzte sie die gewonnene Zeit und erzählte Eadulf von ihrem Besucher.

»Auch das noch, es spukt in der Abtei«, meinte er nur skeptisch.

»Irgendetwas muss der junge Mönch gehört haben. Das heißt ja nicht, dass er es richtig deutet.«

»Dann müsste ich wohl dieses *necessarium* aufsuchen und mich umhorchen«, überlegte Eadulf. Das Gästehaus hatte eine eigene *latrina,* deshalb hatte er die der Allgemeinheit dienende Einrichtung bislang nicht benutzt. Dass Fidelma seine Bemerkung ernst nehmen würde, hatte er nicht erwartet.

»Mach diese Örtlichkeit ausfindig und geh nachts dorthin, wenn alles ruhig ist. Vielleicht hast du Glück und findest eine vernünftige Erklärung für die unheimlichen Laute, die Bruder Gillucán gehört haben will.«

Eadulf stöhnte innerlich. Er war mit den heidnischen Vorstellungen der Vorväter groß geworden, und so glaubte er immer noch an böse Geister. Fidelma übersah geflissentlich seine bekümmerte Miene.

»Vielmehr macht mir Kopfzerbrechen, dass Abt Dabhóc eine kostbare Gabe für den Bischof von Rom bei sich hatte – dieses Reliquiar. Ist der Dieb vielleicht auch der Mörder?«

Eadulf ließ sich auf den Stuhl fallen, auf dem vorher der junge Mann gesessen hatte. »Selbst wenn, dann waren es doch bestimmt nicht die beiden, die später Gillucán heimsuchten und mit dem Messer bedrohten«, gab er zu bedenken.

»Wie kommst du zu dieser Schlussfolgerung?«

»Ganz einfach. Wenn das Kästchen bereits in ihrem Besitz war, nachdem sie Dabhócs Kammer geplündert hatten, warum sollten sie dann Gillucáns Zelle durchsuchen und mitten in der Nacht wiederkommen, ihn mit dem Messer bedrohen und mit der Frage ›Wo ist es?‹ ängstigen.«

»Und du glaubst, mit ›es‹ war das Reliquiar gemeint?«

»Was denn sonst?«

»Doch dann stehen wir vor dem nächsten Rätsel: Wer hat das mysteriöse Kästchen an sich gebracht?«

»Oder hat es Abt Dabhóc an so sicherer Stelle versteckt, dass es nun niemand findet?«, überlegte Eadulf laut. »Müssten wir nicht noch einmal seine Kammer absuchen?«

»Das müssten wir. Dennoch bleibt die Frage, hat diese Sache mit dem Mord zu tun, oder ist es reiner Zufall? Außerdem, wenn entweder Ordgar oder Cadfan in den Mord verstrickt sind – warum hätten sie dieses Reliquienkästchen haben wollen?«

»Wäre doch nicht das erste Mal, dass weltliche Reichtümer oder das Bestreben, ein religiöses Heilszeichen zu besitzen, Glaubensbrüder in Versuchung gebracht hätten.«

Fidelma gab ihm darin recht, wollte sich aber mit der Antwort nicht zufriedengeben. »Wir wissen nicht, wie wertvoll das Reliquiar ist. Das dürfte davon abhängen, wessen Reliquien in dem Kästchen sind. Bruder Gillucán hat zwar einen Namen genannt, doch ich kann mir nicht vorstellen, dass dieser Heilige im Kirchenkalender einen besonderen Rang hatte.«

»Wie war doch gleich der Name?«

»Auf dem Kästchen soll *Benén* gestanden haben.«

Eadulf überlegte. »Benén. Viele, die sich einer Klostergemeinschaft anschließen, nehmen diesen Namen an in dem Glauben, dann ein besonders gottgefälliges Leben führen zu können. Auf der Hohen Medizinschule Tuam Brecain hatte ich einige Mitstudenten, die so hießen. Und ...« Plötzlich saß er kerzengerade. »Meinst du etwa Benén mac Sesenén von Midhe?«

Fidelma schaute verwundert auf. »Den Nachfolger von Patrick?«, fragte sie.

»Ja, genau den. Mit seinem Werk dürftest du vertraut sein. Er war einer der drei Kirchenoberen in der aus neun Männern bestehenden Gesetzeskommission. Sie schufen den *Senchus Mór,* die große

Gesetzessammlung, der die Brehons so ungeheuren Wert beimessen.«

»Benén«, wiederholte sie. Er war der Lieblingsjünger Patricks, sein Koadjutor in Ard Macha, er hatte sogar eine Biografie Patricks verfasst. »Natürlich Benén, der ist es!«

Sie schwiegen kurz.

»Weshalb wollte der Bischof von Ard Macha die Reliquien des heiligen Benén nach Rom senden?«, fragte sich Fidelma halblaut. »Während seines irdischen Lebens hat er Ulaidh oder Midhe nie verlassen, warum werden seine Überreste nun dorthin gegeben? Mit fehlt da der Zusammenhang.«

Eadulf zuckte die Achseln. »Die Frage kann ich leider auch nicht beantworten.«

Es klopfte an der Tür, und Abt Ségdae trat herein.

»Man hat mir gesagt, du wolltest mich sprechen, Bruder Eadulf. Ich war in einer Beratung mit einigen Äbten aus Armorica.«

Fidelma berichtete ihm, vor welchen Schwierigkeiten sie gegenwärtig stünden.

»Ich dachte, Bischof Leodegar hat allem ausdrücklich zugestimmt«, sagte der Abt verdrossen. »Du wirst wohl recht haben. Er hält in seiner Gemeinschaft die Zügel derart straff in der Hand, dass es niemand, nicht einmal sein Verwalter, wagt, etwas ohne seine unmittelbar Anweisung zu tun.« Er atmete tief durch. »Sobald er zurück ist, werde ich mit ihm reden und darauf bestehen, dass er für alle unmissverständlich klarmacht: Ihr könnt befragen, wen ihr wollt, wann ihr wollt und wo ihr wollt.« Mit Nachdruck fügte er hinzu: »Einige Delegierte spielen mit dem Gedanken, an dem Konzil nicht teilzunehmen. Man tuschelt bereits, auf dem Konzil läge ein Fluch.«

Fidelma sah den Abt erstaunt an. »Läge ein Fluch? Dass Geistliche zu so einer Wortwahl greifen, ist ungewöhnlich.«

Der Abt von Imleach nickte schwermütig. »Mir ist bange vor den Ergebnissen dieses Konzils, wenn es denn stattfindet. Ich habe mich mit vielen unterhalten und mit einigen ernsthaft beraten, wie ich eben schon sagte. Die Gallier, die Britannier und die Leute in unseren fünf Königreichen sind nicht gewillt, diese neuen Ideen aus Rom ohne Weiteres zu übernehmen.«

Fidelma lag daran, das Thema zu wechseln, und sie fragte unvermittelt: »Wenn du mit Abt Dabhóc zusammen warst, hat er dir gegenüber von einem Geschenk gesprochen, das er mitgebracht hatte und dem Nuntius übergeben wollte, damit er es nach Rom mitnimmt?«

»Was für ein Geschenk?«, fragte Abt Ségdae verwundert. »Mir gegenüber hat er davon kein Wort gesagt.«

»Dann sprich bitte zu niemandem darüber«, bat ihn Fidelma. »Wir nehmen an, es war ein Reliquiar ... mit den Reliquien des heiligen Benén, Patricks Jünger und Mitstreiter.«

»In Imleach wissen wir längst, dass Ard Macha bestrebt ist, die Oberhoheit über alle fünf Königreiche zu erlangen, und wir haben uns dem stets widersetzt«, erklärte Abt Ségdae. »Auch ist uns bekannt, dass die Bischöfe von Ard Macha an die Bischöfe in Rom geschrieben haben, um sich deren Unterstützung zu sichern. Vielleicht ist dieses Geschenk ein weiterer Versuch, um in Rom Rückhalt zu finden.« Betrübt schüttelte er den Kopf. »Es ist doch traurig, dass selbst unter Glaubensbrüdern der Mensch nach Macht strebt und sich politischer Mittel bedient.« Eindringlich schaute er Fidelma an. »Willst du etwa sagen, es gäbe einen Zusammenhang zwischen Dabhócs Tod und dieser Angelegenheit?«

»Das behaupte ich nicht ... noch nicht«, erwiderte sie. »Mir wäre lieb, dass darüber nicht gesprochen wird.«

»Darauf gebe ich dir mein Wort. Hast du mit Dabhócs Kämmerer gesprochen? Ich habe vergessen, wie er heißt, aber der könnte etwas wissen.«

»Ich habe mit ihm gesprochen ... Doch, bitte, auch darüber kein Wort.«

»Ganz wie du es wünschst.«

Von fern hörte man eine Glocke läuten.

Erschreckt schaute der Abt hoch. *»Tempus fugit.* Das ist das Abendläuten. In der Abtei werden des Tages Mühen beendet, und ein jeder bereitet sich auf die Abendmahlzeit vor.«

Für die Gäste aus den fünf Königreichen war damit das Zeichen für ihr tägliches Bad gegeben, das sie jeweils vor dem Abendessen nahmen. Der Abt entschuldigte sich eiligst und verließ sie.

Erneutes Glockenläuten kündigte die Abendmahlzeit an. Man traf sich im Refektorium wieder. Bruder Gillucán saß in sich gekehrt und nervös am Tisch. Fidelma schaute ihn aufmunternd an, sagte aber kein Wort über ihre Begegnung, und auch er schwieg. Abt Ségdae wartete, bis das Dankgebet gesprochen, das Mahl vorüber und allen der Abendsegen erteilt war, dann ging er zu Bischof Leodegar. Nach einem kurzen Gespräch kamen Bischof und Abt zu Fidelma und Eadulf herüber, die auf sie warteten.

»Ich muss mich entschuldigen, Schwester Fidelma, meine Anordnungen sind falsch ausgelegt worden. Ich werde dafür Sorge tragen, dass meine Weisungen ordnungsgemäß befolgt werden. Dir steht es natürlich frei, zu kommen und zu gehen, wie du willst. Nur beachte bitte meinen Wunsch, angemessen und wohlüberlegt vorzugehen.«

»So habe ich unsere Übereinkunft durchaus verstanden«, entgegnete Fidelma würdevoll. »Ich war mir sicher, dass Bruder Chilperic lediglich übereifrig war.«

Bischof Leodegar schien verlegen. »Ja, dem war wohl so. Doch muss ich bekennen, ich verstehe nicht, warum es dir notwendig erscheint, Äbtissin Audofleda zu konsultieren.«

»Bei der Untersuchung eines Verbrechens ist es schwierig, vorherzusagen, wohin die Wege einen führen«, erwiderte Fidelma aalglatt. »Vielleicht in eine Sackgasse, vielleicht in eine Nebenstraße, vielleicht auch nirgendwohin. Oft muss man seinen Eingebungen folgen.«

»Nun gut, ich werde Äbtissin Audofleda eine Nachricht senden und sie auffordern, dich zu empfangen. Vielleicht morgen früh?« Man merkte seiner Stimme an, dass ihm das Ganze wenig behagte und er gern mehr gewusst hätte.

Mit einer Verbeugung bezeugte Fidelma ihr Einverständnis.

Der Bischof wartete noch einen Augenblick, nickte ihnen kurz zu, drehte sich um und verließ sie.

In der Nacht weckte Fidelma ihren Mann. Der blinzelte ins Kerzenlicht und brummelte: »Ist doch noch alles dunkel!«

»Und deshalb genau richtig, um eine Sache nachzuprüfen ... Du weißt schon, worum's geht.«

Eadulf stöhnte. »Soll ich wirklich den Geistern nachspüren, die Bruder Gillucáns Einbildung entsprungen sind?«

»Hast du selbst vorgeschlagen. Such das *necessarium* und sieh zu, was man dort feststellen kann. Ich glaube zwar nicht, dass du etwas findest, aber man darf nichts unversucht lassen.«

Unwillig stieg er aus dem Bett und zog sich die Kutte über.

»Aurora Musis amica«, spöttelte sie und sah ihm zu.

»Morgenstunde hat Gold im Munde«, sagt man wohl auch, erwiderte Eadulf unfroh.

»Wo du langgehen musst, weißt du?«, fragte sie, während er die Kerze nahm und zur Tür schritt.

Er drehte sich um und schalt sie, nun schon wieder besserer Laune. »So unbedarft bin ich gar nicht. Dir ist vielleicht aufgefallen, dass ich nach der Abendmahlzeit einigen Brüdern gefolgt bin, die fast im Geschwindschritt den Gang hinuntereilten. Die haben mir den Weg gewiesen.«

»Wie konntest du wissen, wohin die wollten?«, wunderte sich Fidelma.

»Wenn du Männer siehst, die derart laufen, nachdem sie einiges getrunken haben, erklärt sich das von selbst.« Und grinsend rief er ihr zu: »Bin bald wieder da.«

Zum *necessarium* für die Klosterbrüder führte ein Gang an einer Abteimauer entlang, die zugleich die Stadtmauer im Süden bildete, wie es Eadulf vorkam. Er eilte durch die Korridore und hielt achtsam die Talgkerze vor sich. In diesem abgelegenen Bereich war die Beleuchtung spärlich, anders als in den Gastquartieren.

Ihn schauderte, während er die enge Wendeltreppe zum Untergeschoss hinunterschlich. Unten blieb er stehen und lauschte, bevor er den düsteren Gang betrat, an dem der Gemeinschaftsabort lag. Er ging hinein, schloss die Tür hinter sich, hielt die Kerze hoch und schaute sich um. Er befand sich in einem großen, fast quadratischen Raum, mit einem langen Steintrog in der Mitte. Das Wasser darin funkelte und kräuselte sich im Kerzenlicht. Das war die Waschgelegenheit. Der Fußboden war gefliest, und an den Wänden sah er Reihen von Marmorsitzen; Trennwände dazwischen gab es nicht. Jeder Sitz hatte ein Loch, das ins Dunkel gähnte. Von unten hörte Eadulf das Rieseln und Plätschern eines Wasserlaufs. Offensichtlich floss dort ein Bach. Ein jeder konnte sich auf einem der Sitze niederlassen, seine Notdurft verrichten und sich dann zum Waschbecken in der Mitte begeben. Wer hierher kam, um seine täglichen Waschungen vorzunehmen, war nie allein. Eadulf musste an die öffentlichen *necessaria* denken, die er in Rom erlebt hatte.

Garstiger Geruch drang aus den offenen Sitzgelegenheiten. Er schnüffelte, unangenehm berührt, und versetzte sich in die Lage des bedauernswerten Bruders, der dort hinuntermusste, um den Ablauf freizumachen, falls er einmal von den Exkrementen seiner Mitbrüder verstopft sein sollte. Angewidert verzog Eadulf das Gesicht und bemühte sich, diesen Gedanken zu verdrängen.

Er stellte sich neben die Waschrinne in der Mitte des Raums und lauschte, doch abgesehen vom Rieseln des Wassers unter den Sitzen vernahm er nichts. Einen Moment wartete er, ging dann langsam an den Sitzreihen an der Mauer entlang und blieb immer wieder stehen. Plötzlich hörte er einen dumpfen Schrei, er fuhr zusammen, das Herz schlug ihm bis zum Hals, doch dann begriff er, es war der klagende Ruf einer Eule. Hoch oben gab es zwei offene Fenster, der Vogel musste daran vorbeigeflogen sein. Behutsam schritt er weiter. Nein, Schreie von Seelen in grässlicher Qual gab es nicht. Eadulf kletterte sogar hinten auf die Marmorsitze, presste das Ohr an die Wand und horchte angestrengt. Nichts drang durch das Mauerwerk, weder dämonische Schreie noch klägliches Wimmern. Geradezu enttäuscht seufzte er auf und stieg wieder hinunter. Dann betrachtete er die Fenster und die Tür und versuchte sich klarzumachen, in welchem Winkel der Abteigebäude sich der Raum befand. Sein Blick glitt wieder über die Wand mit den Sitzen, an der er eben gelauscht hatte, und ihm ging auf, das musste die Trennmauer sein zwischen dem Bereich der Klosterbrüder und der *domus ſeminarum,* dem Frauenhaus. Ein letztes Mal leuchtete er mit der Kerze alles ab, ging zur Tür und öffnete sie.

Vor ihm stand eine Riesengestalt. »Bruder Eadulf!«

Er trat einen Schritt zurück und konnte mit Müh und Not sein Erstaunen verbergen.

»Was machst du hier?«, fragte jemand.

Die Gestalt hielt eine Laterne hoch, und Eadulf erkannte den Verwalter der Abtei, Bruder Chilperic.

Rasch hatte er sich gefasst. »Eine seltsame Frage, Bruder«, erwiderte er harmlos. »Was tut man wohl in einem *necessarium?«*

»Zu dieser Stunde? Im *hospitia* ist doch eine *latrina.«*

»Nicht jedem ist es gegeben, die Regungen seines Körpers zu beherrschen, schon gar nicht nach dem Genuss von Getränken ...«. Eadulf zuckte die Achseln. »Ich wollte Schwester Fidelma nicht stören. Deshalb schlich ich hinaus, ohne sie zu wecken, und wollte es den Brüdern gleichtun, da ich gesehen hatte, wohin sie gingen. Nur hatte ich mich verschätzt, der Weg hier herunter war länger, als ich dachte.« Er grinste. »Euer Wein ist von harntreibender Wirkung.«

Bruder Chilperic schien wenig überzeugt.

Doch Eadulf nutzte rasch die Gunst der Stunde und fragte: »Was ist eigentlich hinter der Mauer, Bruder Chilperic? Als ich da saß, hatte ich den Eindruck, jemand weinte und greinte.«

Der Verwalter blickte ungläubig drein. »Nichts weiter, lediglich die Arbeitsräume der *domus feminarum*. Doch um diese Zeit ist dort niemand, vielleicht war es eine Katze, die du gehört hast.«

»Ah ja. Das wird es gewesen sein. Aber ganz schön frisch hier. Lass mich durch, ich will ins Bett und weiterschlafen.«

Der junge Mann zögerte, trat dann aber beiseite. »Möge nichts deinen Schlaf weiter stören, Bruder.«

Eadulf war sich nicht sicher, ob das sarkastisch gemeint war. Steif erwiderte er: »Und möge auch dir heute Nacht noch ein wenig Ruhe beschieden sein.« Er eilte zurück ins Gästequartier, wo ihn Fidelma schon ungeduldig erwartete.

»Hast du etwas entdecken können?«

»Nein, aber *ich* wurde entdeckt«, berichtete er, warf seine Kutte ab und ließ sich aufs Bett fallen. Zuerst erzählte er ihr von der Begegnung mit Bruder Chilperic, dann beschrieb er ihr die Räumlichkeit, die er inspiziert hatte.

Sie überlegte eine Weile; nicht jedoch, weil sie der unerwartet aufgetauchte Verwalter bekümmerte. »Wenn Bruder Gillucán etwas Beunruhigendes gehört hat, als er dort saß, könnte das von dem Wasserlauf gekommen sein, mit dem der Unrat vom *necessarium* fortgespült und irgendwohin befördert wird.«

Eadulf hatte bereits die Augen geschlossen. »Nehme ich auch an«, murmelte er schon halb im Schlaf.

»Es ist möglich, dass Geräusche wie ein Echo in dem Abwasserkanal klingen«, redete Fidelma weiter.

»Schon möglich«, antwortete er und gähnte.

»Und die Mauer da ... Du sagst, die grenzt an das Frauenhaus der Abtei?«

Ein leises Schnarchen war die Antwort. Eadulf war bereits eingeschlafen. Ungehalten runzelte sie die Stirn, blickte dann auf den Schläfer, musste lächeln, beugte sich über ihn und blies die Kerze aus.

Eadulf hatte das Gefühl, er hätte kaum geschlafen, als die Sonnenstrahlen, die durchs Fenster drangen, ihm übers Gesicht glitten und er blinzeln musste. Fidelma hatte sich bereits gewaschen, saß am Tisch und aß Obst als ihr erstes Frühmahl.

»Steh schon auf und mach dich fertig. Ich habe dich sogar die Morgenandacht verschlafen lassen. Wir haben heute viel zu tun!«, rief sie ihm zu, da sie sah, dass er wach war.

Er rollte sich aus dem Bett, fühlte sich aber immer noch erschöpft. »Können wir mit der Arbeit nicht später anfangen?«, wehrte er sich.

»Können wir nicht.«

Bald danach gingen sie die Treppe zur Vorhalle hinunter. Doch kaum hatten sie die ersten Schritte getan, da tauchte Bruder Chilperic auf und hastete die Stufen nach oben, die Stirn voller Sorgenfalten. Mit einem Ruck blieb er stehen und sah Eadulf scharf an.

»Ich suche Abt Ségdae«, sagte er. »Ist er noch im Gästequartier? Habt ihr ihn gesehen?«

»Nein«, erwiderte Fidelma. »Du siehst so erregt aus, Bruder. Ist etwas passiert?«

Der Verwalter hob unschlüssig die Schultern. »Ich muss ihn nur von etwas in Kenntnis setzen, schließlich ist er jetzt der ranghöchste Delegierte aus eurem Land.«

Fidelma wurde hellhörig. »Kann ich in irgendeiner Weise nützlich sein?«

»Leider nein. Du kennst wahrscheinlich Bruder Gillucán, er war der Begleiter von Abt Dabhóc. Er wollte heute früh zu seiner Heimreise aufbrechen.«

Fidelma hätte beinahe den Fehler begangen und verraten, dass sie ihn kannte, doch eingedenk des Versprechens, das sie Bruder Gillucán gegeben hatte, ihr Gespräch für sich zu behalten, meinte sie leichthin: »Vielleicht kann man ihm dabei behilflich sein?«

»Nicht mehr nötig.«

Fidelma überlief es kalt. »Nicht mehr nötig? Was soll das heißen? Erklär dich, bitte.«

»Wahrscheinlich ist er noch in der Nacht aufgebrochen, ohne jemandem etwas zu sagen. Heute früh trieb er im Atuvaros ... Das ist der Fluss, der vor der Stadt nach Norden fließt. Vermutlich haben ihn Räuber überfallen, sie haben ihn völlig entkleidet. Er hatte sich eigentlich einer Gruppe Pilger anschließen wollen, die vorhatten, sich vormitttags auf die Heimreise zu begeben.«

»Bist du sicher, dass er die Abtei verlassen hat, um auf eigene Faust loszuziehen?« Fidelma konnte es nicht unterlassen, wenigstens *diese* Frage zu stellen.

»Was sonst hätte er zur Nachtzeit außerhalb der Abtei treiben sollen? Sowie ich davon erfuhr, bin ich in seine Kammer gegangen. Alle seine Sachen waren weg. Da liegt das doch nahe.«

»Und du meinst, er hat sich allein auf den Weg gemacht?« Fidelma erinnerte sich, dass Bruder Gillucán beabsichtigte, die Rückreise in einer Gruppe zu unternehmen.

Bruder Chilperic nickte bekräftigend.

»Nur sein Leichnam wurde gefunden. Kein anderes Opfer weit und breit. Das lässt doch keinen anderen Schluss zu. Allein zu reisen in diesen unruhigen Zeiten, ist einfach unklug«, kommentierte er. »Keinen Faden haben sie ihm am Leibe gelassen und ihm die Kehle durchgeschnitten.«

»Und niemand hat etwas bemerkt?«, fragte Eadulf.

»Du hast doch gesehen, der Fluss ist außerhalb der Stadtmauern. Man verlässt die Stadt nicht mitten in der Nacht, und die Abtei verlässt man nachts schon gar nicht.«

»Bist du sicher, dass er das gemacht hat?«, fragte Fidelma hartnäckig. »Dass er die Abtei in der Nacht verlassen hat, um seine Heimreise anzutreten? An den Stadttoren gibt es doch Wachen. Haben die ihn aus der Stadt gehen sehen?«

»Er hat die Abtei vor der Morgendämmerung verlassen. Gesehen hat ihn dabei niemand«, behauptete Bruder Chilperic ungeduldig. »Kurz nach Sonnenaufgang hat ein Fischer ein Stück stromabwärts die Leiche entdeckt.«

»Sobald wir Abt Ségdae begegnen, werden wir ihn von dem tragischen Vorfall in Kenntnis setzen und auch, dass du ihn deswegen hast aufsuchen wollen«, erklärte Fidelma, die merkte, dass sie der Sache bereits zu große Aufmerksamkeit schenkten. »Könntest du uns noch sagen, in welcher der Kammern Abt Dabhóc gewohnt hat?«

»Die ist leer. Da findet ihr nichts mehr«, erwiderte der Verwalter und war mit seinen Gedanken schon woanders.

»Aber wo befindet sie sich?«

»Oben im Gästequartier ... an demselben Gang wie Bischof Ordgars Gemach ... von seiner Tür gesehen die dritte Zelle.«

Fidelma bedankte sich, doch Bruder Chilperic eilte bereits davon. Kaum war er außer Hörweite, stellte sie fest: »Bruder Gillucán fürchtete um sein Leben, und nun ist er tot.«

»Glaubst du, das hat in irgendeiner Weise mit dem Tod von Abt Dabhóc zu tun?«, fragte Eadulf.

»Wir müssen alle Möglichkeiten in Betracht ziehen. Hast du den Blick bemerkt, mit dem dich Bruder Chilperic bedacht hat?«

»Er hegt vielleicht einen Verdacht, weil er mich im *necessarium* angetroffen hat. Vermutlich war das etwa zu der Zeit, als Bruder Gillucán sich auf- und davonmachte. Aber hat Gillucán nicht gesagt, er wollte sich einer Pilgergruppe anschließen?«

»Hat er. Wir sollen jedoch all das lieber für uns behalten«, flüsterte Fidelma, »bis wir genau wissen, hat der Mord mit der Sache zu tun, der wir ursächlich nachgehen, oder waltet hier ein bloßer Zufall. Wir dürfen uns nicht selbst in Gefahr bringen. Wenn Gillucán die Abtei vor dem Morgengrauen aus lauter Angst verlassen hat, dann haben ihn die, vor denen er sich fürchtete, umgebracht.«

»Bloß warum? Das will mir nicht in den Kopf.«

»Womöglich steckt mehr hinter dem Mord an Abt Dabhóc und nun auch an seinem Kämmerer als lediglich der Streit zwischen Ordgar und Cadfan. Wonach haben diejenigen gesucht, die Dabhócs Kammer geplündert haben? Nach dem Reliquienkästchen? Und wenn dem so ist, warum haben sie es nicht gefunden? Wer hat es jetzt? Und war es das, was man von Gillucán erfahren wollte, als man ihn in seiner Zelle bedrohte? Zu viele Fragen auf einmal, Eadulf. Zu viele Fragen und nicht genug Fakten.«

»Da gebe ich dir recht. Was unternehmen wir als Nächstes? Sollten wir uns umtun, ob Näheres über Bruder Gillucáns Tod herauszubekommen ist?«

»Gegenwärtig nicht. Falls es da einen Zusammenhang mit der Ermordung Dabhócs gibt, würden wir unsere Gegner nur warnen, dass wir etwas vermuten.«

»Also was dann?«

»Werfen wir einen Blick in das Zimmer von Abt Dabhóc, ehe wir uns unserem ursprünglichen Vorhaben zuwenden, mit Äbtissin Audofleda zu sprechen. Jetzt wissen wir immerhin, dass Dabhóc nicht weit gehen musste, bevor er dem Tod in die Fänge geriet. Seine Kammer liegt am selben Gang wie Ordgars Gemach.«

Abt Dabhócs Kammer war leer, auch hatte man sie gründlich gesäubert. Es gab nirgendwo eine Nische, in der man ein Reliquiar hätte verstecken können. Fidelma schaute sich um und murmelte enttäuscht. »Der Raum hier bringt uns nicht weiter.«

Hinter ihnen hustete jemand. Im Türrahmen stand der mürrische Bruder Benevolentia. »Habt ihr vielleicht mich gesucht? Meine Kammer ist hier in der Nähe.«

Fidelma begrüßte ihn. »Eigentlich nicht. Wir wollten uns nur in Abt Dabhócs Kammer umsehen.«

»Kann ich irgendwie behilflich sein?«

»Wir haben erfahren, dass sein Raum in der Nacht, in der man ihn ermordete, durchwühlt wurde. Du hast wohl nichts davon gehört?«

»Ich hab dir ja schon gesagt, ich habe nichts von dem vernommen, was sich in Bischof Ordgars Gemach zugetragen hat, weil ich so fest schlafe. Erst als Bischof Leodegar und sein Kämmerer mich weckten, begriff ich, was los war«, beteuerte Bruder Benevolentia.

»Kennst du Abt Dabhócs Kämmerer?«, fragte ihn Fidelma.

Er verneinte.

»Wo seine Zelle ist, weißt du wohl auch nicht?«

»Ich kenne ihn nicht, aber seine Zelle ist auf der linken Seite an dem Gang hier. Es ist gleich die erste Tür, ich glaube nicht, dass er gerade drin ist. Allerdings habe ich vor einer Weile gesehen, wie Bruder Chilperic dort herauskam. Klopft doch einfach an.«

»Nein, er ist ...«, begann Eadulf, schwieg aber, sowie er Fidelmas Blick auffing.

»Nein, du hast recht. Er wird nicht da sein«, bog Fidelma die Sache ab. »Aber wenn eure Zellen so nah beieinander sind, musst du ihn doch kennen.«

»Ah, jetzt verstehe ich, was du meinst. Ich dachte, du wolltest wissen, ob ich ihn persönlich gut kenne. Ich weiß bloß, dass er zu einer der Delegationen aus fernen Ländern gehört. Näher kenne ich ihn überhaupt nicht. Wir grüßen uns nur im Vorbeigehen, wie es sich gehört.«

»Besten Dank für deine Hilfsbereitschaft, Bruder Benevolentia.«

Der Mönch nickte und zog sich in seine Zelle zurück.

Fidelma begab sich zu der Zelle, die ihnen eben bezeichnet wurde, und öffnete die Tür. Der Raum war sehr ordentlich verlassen worden, die Decke lag säuberlich gefaltet auf dem Bett. Genau, wie Bruder Chilperic es beschrieben hatte – die Zelle war leer, nichts deutete auf einen überstürzten Aufbruch hin. Hier fanden sich ebenso wenig Anhaltspunkte wie in der Kammer des Abts.

»Wortklauberei wie die von dem kann ich nicht leiden!«, brummelte Eadulf hinter ihr.

»Meinst du ... Benevolentia? Er hat ja recht. Man sollte seine Worte sorgfältiger wählen, besonders bei Rechtsfragen.« Sie machte eine Handbewegung und stellte fest: »Leider gibt das hier auch nichts her.« Sie gingen hinaus und schlossen die Tür hinter sich.

»Wenigstens wissen wir jetzt, wie diese Kammern räumlich zueinander liegen«, bemerkte sie beim Hinuntergehen zur Vorhalle der Abtei.

»Ist das wichtig?«

»Es ist immer gut, die Räumlichkeiten genau zu kennen, in denen ein Mord geschehen ist, auch die nähere Umgebung. Ist dir aufgefallen, Abt Cadfans Kammer ist am weitesten von Ordgars Gemach entfernt und liegt sogar an einem anderen Gang. Alle anderen wohnten am selben Gang oder jedenfalls nahebei wie Gillucán.«

Eadulf hatte das zwar ebenfalls wahrgenommen, doch wieso das von Bedeutung sein sollte, wollte ihm nicht in den Kopf.

»Es ist einfach gut zu wissen, wo sich etwas abspielt«, wiederholte sie.

Sie überquerten den Vorplatz der Abtei. Zuvor hatten sie sich vergewissert, dass man in die *domus feminarum* nur gelangen konnte, wenn man den inneren Klosterbezirk durch das Hauptportal verließ und weiter an der Nordseite des Vorplatzes entlangging bis zur Zufahrt zum Wirtschaftshof. Die Pforte zur Gemeinschaft der Frauen befand sich am anderen Ende des Hofs.

Plötzlich rief jemand Fidelma beim Namen, und ein Mann kam ihnen rasch in der mit Marmorplatten ausgelegten Zufahrt entgegen. Er war groß, dunkelhaarig, und die Haut zeigte ein helles Braun. Er trug die römische Tonsur, und sein Gewand war durchaus nicht das eines armen Geistlichen, sondern verriet seinen höheren Rang.

»Schwester Fidelma! Habe ich doch richtig gesehen. Ich freue mich, dir wiederzubegegnen.« Er streckte ihr zur Begrüßung die Hand hin.

Fidelma erwiderte den Händedruck, runzelte jedoch die Stirn und versuchte sich zu erinnern, woher sie ihn kannte.

»Du erkennst mich wohl nicht? Kein Wunder, ist schon ein paar Jahre her, seit du in Rom warst.«

Mit einem Mal fiel es ihr ein. »Du warst Schreiber im Lateran-Palast.«

»Ich war Schreiber beim Ehrwürdigen Gelasius, dem *nomenclator* Seiner Heiligkeit. In seinen Amtsräumen habe ich dich mehrfach gesehen, während du die Vorgänge beim Tod von Erzbischof Wighard untersuchtest. Der Ehrwürdige Gelasius hat sich immer wieder gefragt, wie es dir wohl inzwischen ergangen sein mag. Das eine oder andere haben wir über dich und Bruder Eadulf erfahren.« Dabei wandte er sich Eadulf zu, lächelte und reichte auch ihm die Hand. »Und du bist Bruder Eadulf, nehme ich an. Ich kann mich zwar nicht erinnern, dass wir uns begegnet sind, doch ich weiß, in Rom warst du Schwester Fidelmas Begleiter und Helfer.«

Eadulf begrüßte ihn zurückhaltend, denn er wusste überhaupt nicht, wo er den Mann hintun sollte.

»Du bist Bruder Peregrinus«, rief Fidelma unvermittelt.

Der Würdenträger lachte verhalten. »Ich fühle mich geschmeichelt, dass du dich meiner entsinnst. Jetzt bin ich Nuntius Peregrinus.«

»Dann bist du der Abgesandte aus Rom?«

»So ist es. Ich bin der zu diesem Konzil entsandte Bevollmächtigte des Heiligen Stuhls. Bischof Leodegar habe ich die Weisungen Seiner Heiligkeit Vitalianus übermittelt, in seinem Namen werde ich dem Konzil den Segen erteilen und den Beschlüssen Autorität verleihen. Ich werde das Ergebnis der Beratungen entgegennehmen und die auf dem Konzil gefassten Beschlüsse nach Rom bringen. Sicherlich wird der Ehrwürdige Gelasius hoch erfreut sein, von dir zu hören. Erst gestern habe ich vom Bischof erfahren, dass du hier bist, denn ich war unterwegs, einige der Kirchen in der Nähe dieser Stadt zu besuchen. Ich bin froh, dass die Klärung der Dinge nun in zuverlässigen Händen liegt. Was sich hier zugetragen hat, ist äußerst bedauerlich. Bischof Leodegar hat klug gehandelt, sich deiner Gaben zu bedienen, dieses Knäuel von Widersprüchen zu entwirren.«

Fidelma versuchte, das Lob herunterzuspielen. »Wir können nur das tun, wozu wir in der Lage sind, Nuntius. Ich hoffe, der Ehrwürdige Gelasius erfreut sich guter Gesundheit. Seine Stellung in Rom füllt er wohl noch immer aus?«

»Ja, es geht ihm gut, und er denkt an dich voller Wohlwollen. Du hast Rom einen großen Dienst erwiesen, und das wird er nie vergessen.«

»Er preist mich über Gebühr.«

»Keineswegs. Seit Vitalianus auf den Thron des heiligen Petrus gewählt wurde, ist die Kirche in beträchtlichem Maße vorangekommen. Die Spaltungen, die die Christenheit entzweit haben, werden dank Seiner Heiligkeit allmählich überwunden. Er ist bestrebt, die Beziehungen zwischen Konstantinopel und Rom zu verbessern, und unternimmt Annäherungsversuche, indem er Emissäre mit Geschenken zum Patriarchen Petrus von Konstantinopel entsendet. Damit hat er Erfolg gehabt, denn nun wird sein Name als Bischof von Rom erstmals seit vielen Generationen in den Diptycha der Ostkirchen verzeichnet.«

»Diptycha?« Eadulf krauste die Stirn.

»Verzeichnisse derjenigen, die sich in Übereinstimmung mit den

Lehren des Glaubens befinden und würdig sind, höchste Kirchenämter zu bekleiden«, erläuterte Fidelma nebenher.

»So ist es«, bestätigte Nuntius Peregrinus. »Vitalianus ist gleichfalls bemüht, die Spannungen zwischen den Angelsachsen und den Britanniern zu mildern. Er hat Theodor entsandt, um unter ihnen als Erzbischof von Canterbury zu wirken. Auch wendet er sich gegen die Ketzerei des Monotheletismus und ist bestrebt, alle Kirchen in einen Gleichklang mit Rom zu bringen. Deshalb ist dieses Konzil von so großer Bedeutung.«

»Offenbar dient sein Ehrgeiz der Stärkung Roms«, bemerkte Fidelma vorsichtig.

»Ein Ehrgeiz, der nur der Stärkung des Glaubens dient.«

»Wir werden unser Bestes tun, um die Vorfälle zu klären, die zum Aufschub der Eröffnung des Konzils geführt haben. Was ich gern gewusst hätte, Nuntius, hast du Bischof Leodegar gegenüber erwähnt, dass du mich kennst?«

»Nein. Ich wollte erst sehen, ob du wirklich die Fidelma bist, der ich in Rom begegnet bin. Möchtest du, dass ich ihm das sage?«

»Es stünde ganz bei dir«, erwiderte sie.

»Falls du irgendwann Hilfe benötigst, vertrau darauf, Schwester, du hast einen einflussreichen Freund im Lateran«, versicherte ihr der Nuntius. »Und wenn ich hier etwas tun kann, lass es mich wissen. Vielleicht lässt es sich einrichten, dass wir uns später treffen und über die vergangenen Jahre plaudern. Der Ehrwürdige Gelasius wird von mir hören wollen, wie es dir inzwischen ergangen ist.«

»Wir könnten uns vor der Abendmahlzeit im *calefactorium* treffen«, schlug Fidelma vor.

»Wunderbar. Ich werde dort sein.«

Nuntius Peregrinus drehte sich um, winkte noch einmal zurück und eilte davon. Aus einer Ecke löste sich sein schweigsamer Schatten und folgte ihm. Das war ein bewaffneter Hüter aus dem Lateran-Palast, der Peregrinus beigegeben war, um sein Ansehen als Gesandter von Papst Vitalianus zu erhöhen.

»Die Welt ist ein Dorf«, murmelte Eadulf, während sie auf die Pforte zugingen.

»Es könnte nützlich sein, dass der Nuntius sich an uns erinnert«, meinte Fidelma. »Ich habe das Gefühl, wir werden seine Hilfe noch benötigen, um mit Bischof Leodegar zurechtzukommen.«

Kapitel 9

Fidelma und Eadulf traten auf den großen Vorplatz der Abtei. Sie ließen sich Zeit, als sie über die Steinplatten gingen und dem breiten Fahrweg zustrebten, der zu dem geräumigen Haupthof führte. An seiner einen Seite befand sich ein mächtiges Holzportal; es erwies sich als Eingang zur *domus feminarum.* Der Hof als solcher war hübsch angelegt. Wie überall auf derartigen Höfen plätscherte in seiner Mitte ein Springbrunnen. Er stellte ein seltsames Wesen aus Marmor dar, aus dessen Maul Wasser sprudelte. Gegenüber dem Zugang zur *domus feminarum* gab es eine weitere Tür, die aber zugesperrt war und durch die man offensichtlich in das Reich der Mönche hätte gelangen können. Weiter unten an der Auffahrt hatte Eadulf noch einen anderen düsteren Torbogen gesehen; er hatte ihn für einen weiteren Klostereingang gehalten, hinter dem sich möglicherweise eine Abkürzung zum Hauptgebäude verbarg. Aber auch da war alles verriegelt gewesen.

Sie näherten sich dem großen, mit Eisen beschlagenen Eichenportal. Fidelma zog an dem Seil, das an einer Seite hing, woraufhin es drinnen schellte. Sie harrten der Dinge, die da kommen würden. Nicht lange, und eine Luke öffnete sich, aus der sie zwei fahle Augen musterten.

»Ich bin Schwester Fidelma, und das neben mir ist Bruder Eadulf. Wir möchten die *abbatissa* sprechen, die Äbtissin Audofleda. Wir sind ihr angekündigt.«

»Wartet!«, lautete die gebieterische Antwort, und die Luke wurde wieder zugeschlagen.

»Einen freundlichen Empfang kann man das nicht gerade nennen«, stellte Fidelma ironisch fest.

Dann wurden geräuschvoll die Riegel zurückgezogen. Langsam schwang die Tür nach innen auf, und sie erblickten eine Nonne – groß, mit strengem Gesicht, auffallender Nase, fast schwarzen Augenbrauen und hellblauen Augen. Die Hände hielt sie verborgen in den Falten ihres schwarzen Habits.

»Kommt herein!«, forderte sie sie im Befehlston auf und trat einen Schritt zur Seite. Beim Eintreten bemerkten sie eine weitere Nonne, vermutlich die Torhüterin, denn sie schob die schwere Tür hinter ihnen wieder zu. Auch jetzt ging das nicht ohne Lärm ab, denn die Riegel schlugen beim Vorschieben wie ein Hammer auf einem Amboss an.

»Bist du Äbtissin Audofleda?«, fragte Fidelma die erste Nonne.

Sie verneinte ungehalten. »Ich bin Schwester Radegund. Ich diene der *abbatissa*. Folgt mir.« Ihre Umgangsart wie ihr ganzes Wesen waren feindselig.

Sie drehte sich abrupt um und eilte rasch einen überwölbten Gang entlang, der in einen engen Innenhof mündete, wandte sich dort nach rechts und hastete einen anderen kurzen Gang entlang bis zu einer Wendeltreppe. Dort nahm sie die Stufen mit erstaunlicher Geschwindigkeit, ohne sich auch nur einmal umzusehen, ob die Gäste mit ihr überhaupt Schritt halten konnten, und entschwand in einem weiteren Durchgang. Eadulf hatte schon viele Klöster gesehen, aber keins, das einen mit solcher Düsterkeit umfing. Die Abteilung für die Mönche war schon grau und bedrückend gewesen, aber die *domus feminarum* war weit schlimmer. Beim Anblick der grauen Steinwände fühlte er sich regelrecht niedergedrückt; vergeblich hielt er nach etwas Aufheiterndem Ausschau – Blumen, Ikonen, Wandmalereien –, nach etwas, das den Eindruck einer Festung minderte, schließlich war es doch ein Haus zum Lob und zur Ehre Gottes.

Unversehens war Schwester Radegund vor einer Tür stehengeblieben. Erst jetzt drehte sie sich um und würdigte Fidelma und Eadulf eines Blicks, und der war so abschätzend, als wollte sie sich vergewissern, ob die beiden einen genügend würdigen Eindruck machten, um vorgelassen zu werden. Dann klopfte sie an die Tür. Eine verhaltene Stimme forderte sie auf, näherzutreten.

Sie befanden sich im Arbeitszimmer der Äbtissin. Zwar hatte auch sie mit ihren Schwestern die Morgen- und Abendandachten besucht, war aber für Fidelma und Eadulf unsichtbar geblieben, da die Frauen durch einen gesonderten Zugang in die Kapelle gelangten und dank der hölzernen Trennwände den Blicken der Mönche verborgen waren. Äbtissin Audofleda saß hinter ihrem Tisch; ihr Schleier war so weit zurückgezogen, dass ihr Gesicht frei, das Haar jedoch bedeckt war. Sie war eine Frau mittleren Alters; eine Schönheit war sie wohl nie gewesen mit der kantigen Stirn, den hervortretenden Wangenknochen und der auffallend großen Nase, die zudem einen Buckel aufwies, so dass man fast von einer Hakennase sprechen konnte. Die Augen waren fahl und ohne jede Wärme, die Lippen schmal und die Haut bis auf ein paar Flecken an den Wangen bleich.

»Das sind Schwester Fidelma und Bruder Eadulf, *abbatissa«,* wusste Schwester Radegund zu melden. Ehrerbietig stand sie mit gefalteten Händen und niedergeschlagenen Augen vor ihr.

Die Äbtissin ihrerseits hatte die Hände entschieden auf den Tisch gelegt und saß leicht zurückgelehnt. Ungehalten betrachtete sie erst Eadulf, dann Fidelma.

»Bischof Leodegar hat mir nahegelegt, euch zu empfangen. Er sagt, ihr hättet die Bitte geäußert, mich zu sprechen. Worum geht es?« Ihre Stimme klang gebieterisch, und sie sprach schlechtes Latein.

»Wir sind ...«, begann Fidelma, wurde aber durch die gebieterische Gebärde einer hageren, bleichen Hand zum Schweigen gebracht.

»Wer du bist, weiß ich, Schwester. Darüber wurden wir neulich Abend aufgeklärt, als Bischof Leodegar in der Kapelle zur Gemeinde sprach. Man hat dir gestattet, die Begleitumstände des Todes eines der Abgesandten zum Konzil zu erforschen. Ich bin dagegen. Eine Frau hat da nichts zu suchen, schon gar nicht eine, die vorgibt, eine fromme Schwester zu sein. Aber der Bischof hat nun einmal diese befremdliche Entscheidung getroffen. Mich hat man nicht gefragt. Und jetzt möchte ich wissen, was dich hierher führt.«

Fidelma wechselte einen flüchtigen Blick mit Eadulf. Äbtissin Audofleda verhielt sich ebenso unfreundlich wie sie aussah.

»Wir möchten dir ein paar Fragen stellen«, erwiderte sie kühl.

»Dafür gibt es meines Erachtens keinerlei Anlass. Wir Schwestern leben getrennt von den Brüdern der Abtei. Wir haben nichts mit dem Todesfall zu tun. Alles, was damit im Zusammenhang steht, entzieht sich unserer Kenntnis, auch wollen wir nichts darüber wissen.«

Eadulf sah, wie Fidelmas Augen schmal wurden. Er wusste, was das bedeutete. Rasch kam er ihr zuvor.

»Wir bitten um Nachsicht, *abbatissa«,* beeilte er sich zu versichern und befleißigte sich eines versöhnlichen Tons. »Wir sind nicht ohne Grund hier, denn wir glauben, die Schwesternschaft hat im gewissen Sinn doch etwas mit den Todesumständen von Abt Dabhóc zu tun.«

Äbtissin Audofleda zog die dünnen Augenbrauen hoch. »Hältst du mich für eine Lügnerin? Ich habe jeden Zusammenhang zwischen uns und dem Todesfall verneint.«

Eadulf war über die unverhohlene Feindseligkeit der Frau erschrocken. Fidelma hingegen hatte sich inzwischen wieder in der Hand und versuchte, sich auf Eadulfs diplomatisches Herangehen einzulassen.

»Nichts liegt uns ferner als anzuzweifeln, dass du uns eine wahrheitsgemäße Auskunft gegeben hast. Wir würden nur darauf verweisen wollen, dass uns vielleicht Dinge bekannt sind, von denen du nichts weißt.«

»Nämlich?« Ihr Ton war voller Verachtung.

»Schwester Valretrade.«

Für alle hörbar hielt Schwester Radegund den Atem an, und Fidelma sah, wie die Äbtissin ihr einen warnenden Blick zuwarf.

»Was weißt du über Schwester Valretrade?« Argwöhnisch funkelten Äbtissin Audofledas Augen.

»Wir wissen, dass sie in der Mordnacht einem der Mönche ein Zeichen hat zukommen lassen, dass sie sich sehen müssten. Ihre Verabredung führte dazu, dass man bemerkte, was in Bischof Ordgars Gemach geschehen war. Wir müssen sie befragen, denn ihre Aussagen dürften wesentlich für unsere Nachforschungen sein.«

Nur kurz hatten sie den Eindruck, die Äbtissin verunsichert zu haben.

»Zwischen den Schwestern und Brüdern ist jeder Kontakt verboten«, äußerte sie steif.

»Trotzdem kam er zustande«, versicherte Fidelma. »Wann wurden eigentlich die Trennung der Geschlechter und das Zölibat für die Abtei verfügt?«

Der plötzliche Themenwechsel überraschte die Äbtissin. »Vor einem Jahr, bald nachdem Leodegar Bischof wurde und seine Glaubensauffassung durchsetzte«, erwiderte sie sachlich.

»Und da warst du hier schon Äbtissin?«

»Der Bischof trug mir an, das Amt zu übernehmen, nachdem er die neuen Vorgaben verkündet hatte. Er konnte unter der Schwesternschaft keine geeignete Person finden, und so bat er mich, Divio aufzugeben und hierher zu kommen. Es ist die Pflicht der Gemeinde, ihrem Bischof zu gehorchen, und die neue Regelung wurde erläutert. Niemand von uns hat das Recht, die Regel infrage zu stellen. Aber dergleichen Fragen haben ja nichts zu tun mit ...«

»Mit dem Fall Valretrade«, fiel ihr Fidelma harmlos ins Wort. »Tut mir leid. Meine natürliche Neugierde ist mit mir durchgegangen. Jetzt würde ich aber gern mit der Schwester sprechen.«

Um Äbtissin Audofledas Lippen zuckte es. »Das ist nicht möglich.«

»Bischof Leodegar hat mir versichert, dass mich die ganze Gemeinde bei meinen Untersuchungen unterstützen würde«, warnte Fidelma.

»Es ist keine Frage mangelnder Unterstützung. Schwester Valretrade gehört nicht mehr zu unserer Gemeinschaft. Sie ist nicht hier.«

»Nicht hier?«

»Nicht hier«, bestätigte die Äbtissin.

»Darf ich vielleicht erfahren, wo sie ist?«

»Genaues kann ich nicht sagen.«

»Dann sag eben, was du weißt.«

»Wenn du mich fragst, überall und nirgends. Vor einer Woche ist sie fort, sagte, sie könne sich nicht länger der Regula beugen.«

Fidelma war bemüht, sich ihre Enttäuschung nicht anmerken zu lassen. »Wann, sagtest du, sei sie gegangen?«

»Vor einer Woche.«

»Hat man sie als Strafe des Hauses verwiesen, weil sie mit Bruder Sigeric in Verbindung stand?«

»Strafe? Einen Bruder Sigeric kenne ich nicht.«

Fidelma zog eine Augenbraue hoch. »Du hast nicht gewusst, dass sie einen jungen Mann hier in der Abtei liebte?«

»Ich weiß nur, dass sie von ihren Pflichten abgelenkt schien. Hätte ich Genaueres gewusst, hätte ich es dem Bischof mitgeteilt, der den jungen Mann hätte zur Verantwortung ziehen können, weil er Valretrade betörte und sie von ihrem wahren Glauben abhielt.«

»Du sagst, Bruder Sigeric sei dir nicht bekannt. Willst du leugnen, dass er vor ein paar Tagen zur *domus feminarum* kam, um zu erfahren, wo Schwester Valretrade zu finden sei?«

Äbtissin Audofleda lief dunkelrot an.

»Verzeih, *abbatissa.«* Die Worte kamen von der Tür. Schwester Radegund machte auf sich aufmerksam, ehe die Äbtissin etwas hatte erwidern können. »Ich hatte dir die Sache vorenthalten, weil du mit so vielem anderen beschäftigt warst. Es stimmt, ein junger Mann hat bei uns an der Tür vorgesprochen, ein junger Mönch. Er verlangte zu wissen, wo Schwester Valretrade sei. Als ich ihn abwies, blieb er hartnäckig, und ich sagte ihm, sie hätte die *domus feminarum* verlassen und sei nicht länger in unserer Obhut. Er ließ nicht locker, und ich musste ihm die Tür vor der Nase zuschlagen. Ich war unschlüssig, ob ich dir mit der Angelegenheit die Zeit stehlen sollte, und gebe zu, dass sie mir dann völlig entfallen war, wäre nicht eben die Rede darauf gekommen.«

»Hat dir der junge Mann seinen Namen genannt?«, fragte die Äbtissin ihre Verwalterin.

»Nicht, dass ich wüsste, *abbatissa.*«

Mit triumphierender Miene wandte sich Audofleda an Fidelma. »Du hast es selbst gehört – einen Bruder Sigeric kennen wir nicht.«

»Hast du eine Vorstellung, was Valretrade dazu veranlasst haben könnte, die *domus feminarum* zu verlassen?«, fragte Fidelma unbeeindruckt. »Wenn es an dem jungen Mann gelegen hat, der sie, wie du es nanntest, so ›abgelenkt‹ hat, würde sie ihm doch mitgeteilt haben, dass sie von hier fortzugehen gedachte.«

»Es ist nicht meine Aufgabe, mir darüber Gedanken zu machen, mit welchen Hirngespinsten sich ein junges Mädchen abgibt. Vielleicht ist sie bei dem jungen Mann, von dem du redest. Mach ihn ausfindig, dann hast du auch sie.«

»Wenn die beiden zusammen wären, würde er wohl kaum hierher gekommen sein, um nach ihr zu fragen.«

»Kann ja sein, sie ist zur Vernunft gekommen und hat ihn verlassen«, gab die Äbtissin scharf zurück.

»Du siehst also keinen Grund, weshalb sie gegangen ist?«

»Was heißt hier ›Grund‹? Ich fürchte, du verstehst nicht die Regeln, nach denen ich unsere Gemeinschaft leite. Sie ist gegangen, weil sie sich den Regeln nicht unterwerfen konnte.«

»Sie hat das Kloster verlassen, ohne dem Menschen, der ihr über alles ging, eine Nachricht zukommen zu lassen, dass sie diesen Schritt tun würde«, stellte Eadulf nachdenklich fest.

»Der Mensch, der ihr über alles ging?« Das bleiche Gesicht der Äbtissin war voller Verachtung. »Der Mensch, der ihr in diesem Haus über alles zu gehen hat, bin ich.«

Fidelma wies auf das Kruzifix, das hinter Audofleda an der Wand hing. »Ich dachte, in einem frommen Haus wie diesem gäbe es jemanden, der über allem und jedem steht und vor dem alle gleich sind«, sagte sie.

Ein weiteres Mal stieg der Äbtissin die Röte ins Gesicht, doch geschah es jetzt aus Zorn.

»Das Mädchen hat sich nicht den bei uns geltenden Regeln gebeugt. Wäre sie hier geblieben, hätte man sie für ihr Zuwiderhandeln bestraft. Purer Eigennutz hat sie die Flucht ergreifen lassen!«

»Was ihr getan habt einem unter diesen meinen geringsten Brüdern, das habt ihr mir getan«, murmelte Eadulf für alle hörbar.

»Ich habe genug Zeit verschwendet.« Äbtissin Audofleda stand auf und wies Schwester Radegund an: »Bring die ... die Besucher zum Portal. Unsere Unterredung ist beendet.«

Eadulf folgte Fidelma, die sich, ohne ein Wort zu sagen, zum Gehen gewandt hatte. Er war noch nicht an der Tür, da rief ihnen die Äbtissin, die nicht an sich halten konnte, hinterher: »Ich werde dafür Sorge tragen, dass Bischof Leodegar von deinen Beleidigungen erfährt. Er hat Männer schon für geringfügigere Vergehen auspeitschen lassen.«

Fidelma zögerte einen Moment, bedeutete dann aber Eadulf mit einer raschen Kopfbewegung, lieber zu schweigen. Erst draußen, als sich das Eichentor hinter ihnen geschlossen hatte, machten sie ihrem Ärger mit lautem Stöhnen Luft. Dann nahmen sie den Weg zurück über den Hof zur Auffahrt.

»Und so eine Frau ist die *abbatissa* der Gemeinde?«, stellte Eadulf verwundert fest. »Mir tun die Mädchen leid, denen sie vorsteht.«

»Mir tut vor allem Schwester Valretrade leid. Bei solch einer Vorgesetzten würde ich auch das Weite suchen«, ergänzte Fidelma. »Übrigens sollten wir auf der Hut sein und ihre Drohungen nicht auf die leichte Schulter nehmen.«

»Drohungen? Wegen des Auspeitschens?« So ernst sah Eadulf die Sache nicht.

»Vergiss nicht, wir sind in einem anderen Land mit anderen Sitten und Gebräuchen. Wir haben zwar die Erlaubnis, dem Fall nachzugehen und unsere Nachforschungen anzustellen, aber doch nur, weil Bischof Leodegar daraus politischen Nutzen zu ziehen glaubt. Wirkliche Machtbefugnis haben wir nicht und sind folglich angreifbar.«

»Nie würde Leodegar so etwas wagen«, behauptete Eadulf.

»Da wäre ich nicht so sicher. Ganz grundlos hat Audofleda nicht damit gedroht. Sie hat auf diese Weise erkennen lassen, dass sich Bischof Leodegar dieses Machtmittels auch schon früher bedient hat.«

»Aber sich einen Klosterbruder vorzunehmen und ihn ohne jeden Grund auspeitschen zu lassen ...«

»Ein Grund findet sich immer. Auf jeden Fall müssen wir Bruder Sigeric warnen, und das, noch ehe Audofleda mit Leodegar über ihn spricht.«

Weiter unten an der Auffahrt blieben sie an dem verriegelten Tor stehen, und Eadulf warf noch einmal einen Blick zurück auf die grauen Mauern.

»Noch nie in meinem Leben war ich an einem Ort, der eine derartige Traurigkeit ausströmt. Mir will einfach nicht aus dem Kopf, was Bruder Gillucán dir erzählt hat, ich meine das, was er gehört haben will.«

»Was bringt dich gerade jetzt darauf?«

»Er war doch im *necessarium,* dessen eine Mauer an die *domus feminarum* stößt. Und von dort hat er angeblich das Wimmern gequälter Seelen vernommen. Ich kann mir gut vorstellen, dass es das Wehklagen der dort eingesperrten armen Frauen war, das er vernommen hat.«

Fast klang es wie schwarzer Humor, doch sein Gedankengang bewirkte in Fidelma helles Entsetzen. »Kinder! Ja, natürlich!«, stieß sie hervor.

Ungläubig schaute er sie an.

»Man hat uns doch schon erzählt, dass die Frauen und deren Kinder von den Mönchen hier getrennt wurden, um fortan in der *domus feminarum* zu leben. Frauen und Kinder, von denen sich die Mönche lossagen mussten, wie es so schön hieß.«

Eadulf nickte.

»Verstehst du, was ich meine?«, fuhr Fidelma fort. »Wenn Audofleda eine so grausame Herrschaft ausübt, dann hat Gillucán vielleicht die Kinder in ihrer Not jammern hören.«

»Du glaubst, sie misshandelt die Kinder?«

In der Gesetzgebung der Brehons wurde die Misshandlung von Kindern nicht nur moralisch verurteilt, sondern auch streng bestraft. Bis zum Mündigwerden war der Ehrenpreis für Kinder ungeachtet ihrer Herkunft vom Gesetz dem eines Stammesfürsten oder Bischofs gleichgestellt – und das waren sieben *cumals,* was dem Wert von einundzwanzig Kühen entsprach. Insofern war es schwer vorstellbar, dass es überhaupt zu Kindesmisshandlungen kam.

»Ich kann auch jetzt nur wieder sagen, wir haben es hier mit einer anderen Kultur zu tun, Eadulf. In jedem Fall werde ich der Sache nachgehen und die Wahrheit herausfinden, auch wenn ich ohne Kenntnis der Gesetzeslage und ohne Vollmacht zurechtkommen muss.«

»Wie du das machen willst, ist mir ein Rätsel«, erwiderte er. »*Die* Tür dort bleibt uns jedenfalls ein für alle Mal verschlossen.«

»Dann muss ich mir irgendwie anders Zugang verschaffen«, erklärte sie in aller Ruhe.

»Allein lasse ich dich nicht gehen.«

»Als Mann ausgerechnet in einem Frauenhaus unauffällig umherzuschleichen, das dürfte dir schwer fallen«, meinte sie belustigt.

Plötzlich zuckte er zusammen und zog sie in den Schatten des Torgewölbes. Verwundert wollte sie ihn zur Rede stellen, was das solle, aber da klärte er sie schon im Flüsterton auf: »Schwester Radegund hat soeben die *domus feminarum* verlassen. Vorsicht, sie darf uns nicht bemerken.«

Die große Frau hastete über den Hof und weiter zum Vorplatz. Sie rannte fast, man gewann den Eindruck, als schwebte ihr Habit hinter ihr her. Die beiden Beobachter drückten sich in die Mauernische und warteten, bis sie an ihnen vorüber war. Als sie sich wieder hervorwagten, hatte Schwester Radegund den Platz schon hinter sich gelassen; sie sahen sie gerade noch auf einer Straße verschwinden, die in die Stadt führte.

»Wohin mag sie so schnell wollen?«, murmelte Eadulf.

»Das werden wir gleich wissen«, sagte Fidelma entschlossen. »Komm. Wir müssen hinterher.«

Noch ehe er etwas dagegen einwenden konnte, war sie schon losgelaufen und heftete sich der Frau an die Fersen. Viele Menschen waren unterwegs, aber niemand nahm Anstoß an ihnen, und so wurden sie durch nichts aufgehalten.

Schwester Radegund eilte zielstrebig vor ihnen her, blieb nirgends stehen und schaute sich kein einziges Mal um. Das konnte ihren Verfolgern nur recht sein. Die Straßen, durch die sie lief, wurden immer enger, und schon bald umfingen sie die gleichen Gerüche, die ihnen noch von ihrer Ankunft in der Stadt her in unangenehmer Erinnerung waren. Rinnsale von Abwasser sickerten durch die Gassen, herrenlose Katzen und streunende Hunde balgten sich um die umherliegenden Abfälle.

Plötzlich bog Schwester Radegund in eine breite Straße ein, in der verschiedene Händler ihr Geschäft betrieben. Ganz offensichtlich handelte es sich um eine größere Durchgangsstraße. Die Nonne verschwand in einem Gebäude, vor dem Kleidungsstücke wie zum Verkauf hingen, auch etliche Tierfelle.

»Es sieht aus wie ...« – Fidelma fand nicht gleich das rechte Wort –, »... wie ein Ort, an dem eine Näherin ihre Arbeit macht.«

Vorsichtig pirschten sie sich näher heran, und Fidelma gelang es, durch die offenstehende Tür einen Blick ins Innere zu werfen. Schwester Radegund stand mit dem Rücken zur Tür, und eine ältere Frau war über einen Ballen Stoff gebeugt. Zum Glück schaute die Alte nicht zur Tür, so dass Fidelma Eadulf ein Zeichen geben konnte, ihr ein paar Schritte weiter in den tiefen Schatten zwischen den Häusern zu folgen, wo sie von der Straße her nicht gesehen werden konnten.

»Allem Anschein nach hat Schwester Radegund nur den Auftrag, Stoff zu kaufen«, stellte Fidelma enttäuscht fest. »Ich habe wohl zu Unrecht Verdacht geschöpft.« Dann wurde sie von Gesprächsfetzen auf der Straße abgelenkt, und gleich darauf klapperten Holzschuhsohlen. Fidelma wagte einen Blick um die Hausecke.

»Radegund ist schon wieder los. Die hat noch mehr zu erledigen in der Stadt. Wir dürfen sie nicht aus den Augen verlieren.«

Mit leicht gesenktem Kopf hastete Schwester Radegund mit der gleichen Geschwindigkeit wie zuvor weiter. Fidelma und Eadulf hielten sich in gemessenem Abstand, liefen aber nach wie vor nicht Gefahr, dass die Frau sich nach ihnen umdrehte. Hinter der nächsten Ecke verschwand sie, und als sie ihr folgten, stellten sie fest, dass der große Fahrweg in einen geräumigen Platz einmündete. Auch in seiner Mitte sprudelte und plätscherte ein Zierbrunnen. Hunde taten sich an dem Wasser gütlich.

Im Schutz eines Hauses blieben Fidelma und Eadulf stehen, während Schwester Radegund quer über den mit Steinen gepflasterten Platz geeilt war und einem Gebäude am hinteren Ende zustrebte, das von einer hohen Mauer umgeben war. Am Eingangstor stand ein Riese von Mann, ein Krieger, bewaffnet mit Schwert und Speer. Er trug einen Brustharnisch, aber keine Kopfbedeckung, so dass seine Haarpracht voll zur Wirkung kam – ein blondes, fast weißes Lockengewirr, das in einen zerzausten Bart überging, der ihm bis zur Brust reichte. Freundlich nickte er Schwester Radegund wie einer guten Bekannten zu, drehte sich, ohne ein Wort zu sagen, um und klopfte mit der freien Hand ans Tor. Sie hörten es deutlich dreimal lang, zweimal kurz pochen, woraufhin sich das Tor öffnete und Schwester Radegund hineinschlüpfte. Unmittelbar danach schloss sich das Tor wieder.

Hinter ihnen vernahmen sie das Rattern von Rädern. Ein Mann kam die Straße entlang und schob einen Handkarren, der mit Eisenwaren beladen war. Er war ein stämmiger Bursche und, seiner Kleidung nach zu urteilen, irgendein Händler. Unschlüssig standen sie an der Ecke, wussten nicht recht, wohin sie ihre Schritte lenken sollten.

»Habt ihr euch verlaufen?«, redete der Mann sie freundlich in der

Sprache der hiesigen Gegend an, die Eadulf an sein Angelsächsisch erinnerte. Er glaubte, den Sinn der Worte zu verstehen, und antwortete in seiner Muttersprache. Zu seiner großen Überraschung ging der Mann darauf ein.

»Ich habe einige Zeit mit Landsleuten von dir verbracht. Mein Vater war Kapitän. Aber nun zu euch – habt ihr euch verlaufen?«

»Wir sind uns nicht ganz sicher, wo wir hier sind. Wie heißt dieser Platz?«

»Benignus-Platz.«

»Benignus?«, wiederholte Eadulf und glaubte, sich verhört zu haben. »Du meinst ›Platz der Benignität‹, der Milde Gottes?«

Der Handelsmann stellte seinen Karren ab und rieb sich die Hände, um die Durchblutung wieder in Schwung zu bringen.

»Nein, guter Freund. Der Platz ist nach Benignus benannt. Ihr seid hier offensichtlich fremd. Benignus war ein Märtyrer, er wurde heilig gesprochen. Er wurde in dieser Stadt geboren und ging dann in die alte Stadt Divio, um dort den Neuen Glauben zu predigen. Das war vor vielen Jahrhunderten. Und weil es heißt, er hätte an dieser Stelle gewohnt, trägt der Platz seinen Namen.«

»Frag ihn, wem das große Haus da gehört, das von dem Krieger bewacht wird«, raunte Fidelma Eadulf zu.

»Wem gehört das prachtvolle Haus dort?«, wandte sich Eadulf an den Mann. »Und weshalb wird es so streng bewacht?«

»Es gehört Gräfin Beretrude, der Mutter unseres Gaugrafen. Sie ist eine Wohltäterin der Stadt und gilt als die mächtigste Fürstin weit und breit.«

Noch während der Händler sprach, bemerkte Fidelma einen Mann, der aus dem Tor kam. Er war in frommer Tracht gekleidet, grüßte den Wachhabenden vertraulich winkend und kam quer über den Platz direkt auf sie zu. Sie hatte Eadulf warnen wollen, aber es war schon zu spät. Er hatte sie bereits gesehen.

»Schwester Fidelma! Bruder Eadulf!«, rief er. »Was macht ihr denn hier?« Mit einem strahlenden Lächeln blieb Bruder Budnouen vor ihnen stehen.

»Wir haben uns in der Richtung geirrt, und der Mann hier versucht gerade, uns den Weg zu weisen«, erklärte Eadulf, ehe es zu weiteren Fragen kam.

»Da habt ihr euch aber ganz schön verlaufen, wenn ihr ausgerechnet in dieser Gegend landet«, war Bruder Budnouens Reaktion.

Der Händler tippte mit der Hand an die Stirn und verabschiedete sich. »Schön, dass ihr auf euren Freund gestoßen seid, da findet ihr ja jetzt unbeschadet euren Weg«, meinte er, hob den Karren an und ging weiter.

»Wohin wolltet ihr denn?«, fragte Bruder Budnouen.

»Zurück zur Abtei«, erwiderte Fidelma hastig. »Wir wollten uns ein wenig in der Stadt umtun und müssen irgendwo falsch abgebogen sein.«

»Ach ja, ihr seid ja an große Städte nicht gewöhnt. Wie auch immer, seid unbesorgt, ich bin ohnehin auf dem Weg zur Abtei.«

»Wir wollen dich auch nicht aufhalten«, beteuerte Eadulf. »Wir hatten dich schon im Kloster gesucht, konnten dich aber nirgends finden.«

»Das dürfte euch auch kaum gelingen, ich wohne nämlich nicht dort in Bischof Leodegars Bruderschaft. Ich wohne bei einem Freund in der Stadt, unmittelbar auf der anderen Seite des Platzes vor der Abtei.«

»Da wir gerade bei Plätzen sind, der hier scheint ein besonderer zu sein«, stellte Eadulf arglos fest und wies hinter sich. »Der Mann mit dem Karren dachte, wir suchten das Haus einer gewissen Gräfin. Wie sagte der doch, hieß sie? Bertrude ... nein, Beretrude, glaub ich.« Er zeigte auf den stattlichen Bau, aus dem Bruder Budnouen gerade gekommen war, und hoffte, dass dem Gallier nicht aufgefallen war, dass sie ihn beobachtet hatten. »Sie soll wohl da wohnen. Wie kommt der auf die Idee, dass wir zu ihr wollten?« Gänzlich unbefangen schaute er den Gallier an.

Bruder Budnouen machte einen nachdenklichen Eindruck.

»Das ist leicht zu erklären. Gräfin Beretrude ist die bedeutendste Persönlichkeit hier in der Stadt«, sagte er dann. »Sie ist die Mutter von Graf Guntram, dem Gaugrafen, und eine äußerst einflussreiche Dame. Vermutlich hat der Mann gedacht, wenn es Fremde in diesen Teil der Stadt lockt, können sie nur auf der Suche nach ihr sein.«

Weitere Auskünfte ließ er sich nicht entlocken; offensichtlich hatte er seine Gründe, über seine Verbindung zu der Frau oder ihrem Haus zu schweigen.

»Der Mann hat uns außerdem erzählt, der Platz habe etwas mit einem heiligen Märtyrer zu tun.«

Bruder Budnouen zog eine Augenbraue hoch. »Scheint ein redseliger Mensch gewesen zu sein«, bemerkte er. Eadulf war sich nicht ganz sicher, ob in der Stimme ein leiser Argwohn mitschwang.

»Er war bestrebt, uns zu helfen«, beeilte sich Fidelma zu sagen,

»wenngleich wir auf Eadulfs Übersetzungskünste angewiesen waren. Der Mann war ganz offensichtlich stolz auf den Märtyrer der Stadt.« Insgeheim gestand sie sich die Lüge ein, fand sie aber lässlich.

»Ihr spielt natürlich auf Benignus an, und was den angeht, da gibt es hier gehörigen Streit«, eröffnete er ihnen.

»Wieso Streit?«

»Die einen sagen, Polycarpus von Smyrna hätte den heiligen Mann nach Divio gesandt ...«

»Divio?«, fragte Fidelma, die Stirn runzelnd, zurück. »Der Ort wurde schon mal erwähnt.«

»Er liegt an die fünfzig Meilen nordöstlich von hier und befindet sich in dem alten Gebiet der Lingonen, einst ein großes Volk Galliens. Man entsandte Benignus, sie den Glauben zu lehren. Heute nehmen die Burgunden ihn für sich in Anspruch, behaupten, Benignus sei einer der Ihren. Der Geschichte nach erlitt er den Märtyrertod, und das einfache Volk huldigte ihm an seinem Grab. Bischof Gregorius von Lingonum, der Benignus nicht mochte, versuchte diese Verehrung zu unterbinden. Nun machen aber Autun und zwei weitere Städte gleichermaßen Anspruch geltend auf den heiligen Märtyrer, und alle behaupten, sein wahres Grab und seine Gebeine zu beherbergen. Daraus ist ein Streit entstanden, welcher der Städte der Vorrang gebührt. Vor hundert Jahren brachte man Abschriften des sogenannten *De Gloria Martyrum* in Umlauf, in denen alle diese Ansprüche festgehalten und diskutiert wurden. Jede Stadt beschuldigt die andere, mit Fälschungen und Lügen zu arbeiten. Hier in Autun glaubt man, Benignus wäre in der Nekropolis unter der Abtei bestattet, in Lingonum aber hat man über dem Grab, das als Benignus' letzte Ruhestätte gilt, eine ganze Basilika errichtet. Und bauen lassen hat sie der nämliche Bischof Gregorius«, fuhr Bruder Budnouen unter Lachen fort, »der ursprünglich behauptet hatte, es handele sich um das Grab eines Heiden und nicht um das des Märtyrers. Man sagt, er hätte seine Meinung geändert, als er merkte, wie viel Geld die Pilger einbrachten, die dort zum Gebet zusammenströmten.«

»Und der Streit zwischen den Städten hält bis heute an?«, fragte Fidelma und konnte es nicht fassen.

»Und wird bis in alle Ewigkeit anhalten, weil keine der Städte den Beweis erbringen kann. Aber es ist ein Thema, das man bei den meisten Burgunden tunlichst meiden sollte, und in Gegenwart von Gräfin Beretrude schon sowieso.«

»Wieso das?«

»Die Gräfin behauptet, Benignus zu ihren Vorfahren zählen zu dürfen, auch wenn das schon vierhundert Jahre oder so zurückliegt. Die meisten Burgunden haben ihn zu einem Patron ihres Volkes erkoren, ihrem Erlöser, der sie eines Tages von der Herrschaft der Franken befreien werde.«

»Und den Platz hier hinter uns haben sie dann nach ihm benannt, wurden wir vorhin gerade belehrt.«

»Den Benignus-Platz?« Bruder Budnouen schüttelte den Kopf. »Das hat Gräfin Beretrude veranlasst, und so lange ist das noch gar nicht her. Ob der Platz nun so oder so heißt, ist letztlich auch egal, wenn ihr mich fragt.«

»Wieso gibt es in der Abtei nirgends ein Denkmal oder einen Gedenkstein für Benignus?«, überlegte Fidelma. »Ich habe jedenfalls nichts dergleichen gesehen.«

»Die Abtei untersteht Franken«, meinte Eadulf. »Selbst wenn sich seine letzte Ruhestätte tatsächlich dort befindet, sie würden ihn als eine Berühmtheit, die die Burgunden verehren, unbeachtet lassen.«

»Bischof Leodegar ist ein gestrenger Meister«, stimmte ihm Budnouen zu. »Nie und nimmer würde er gelten lassen, dass ein Burgunde in irgendeiner Hinsicht von Einfluss war. Ich bin froh, nicht zu seiner Gemeinschaft zu gehören.«

»Zu welcher Gemeinschaft gehörst du dann? Zur Abtei in Nebirnum?«, vermutete Fidelma.

»Nein, das auch nicht. Ich bin an keine Bruderschaft gebunden. Die frommen Häuser der Gallier sind fast durchweg in denen der Burgunden und Franken aufgegangen; uns hat man in den Westen getrieben. Ich verdiene mein täglich Brot, indem ich Waren der Kaufleute am Fluss bei Nebirnum nach Autun befördere, wie ihr ja auf unserer Fahrt hierher gesehen habt; manchmal hat es mich auch schon bis nach Divio verschlagen.«

»Kennst du die Äbtissin Audofleda?«

Er schaute sie an. »Bist du der Äbtissin begegnet? Ach ja, wird sich gar nicht haben vermeiden lassen.« Da ihm bekannt war, dass Männer und Frauen im Kloster getrennt lebten, ging er davon aus, dass Fidelma im Frauenhaus untergebracht war. »Ja, ich habe auch mit ihr geschäftlich zu tun.«

»Begeistert klingt das nicht gerade.«

»Begeistert, wovon? Etwa von ihr? Ich muss gestehen, ich mag sie nicht. Sie ist typisch für diese Sorte Menschen – hochnäsig und in der Art, wie sie ihre Frömmigkeit zur Schau stellt, nicht zu ertragen, dabei ist das Ganze nur Heuchelei.«

»Was willst du damit sagen?«, drängte ihn Eadulf.

Bruder Budnouen schwieg eine Weile, ehe er sich zu einer Antwort bequemte. »Vielleicht erklärt es das besser: Ich kenne Audofledas Vergangenheit.«

»Du kannst nicht mit dem Ende der Geschichte aufhören und uns ihren Anfang vorenthalten«, ermunterte ihn Fidelma, neugierig geworden.

Vorsichtig blickte er in die Runde, als müsse er sichergehen, dass sie niemand belauschte. »Ich habe erwähnt, dass mein Geschäft mich bisweilen ins ferne Divio brachte.«

»Von wo auch Äbtissin Audofleda kommt«, ergänzte Fidelma, die nicht vergessen hatte, was die *abatissa* ihnen mitgeteilt hatte.

»Nur dass sie dort nie Äbtissin war.«

»Sprich weiter.«

»Um bei der Wahrheit zu bleiben, Audofleda war eine Straßendirne. Noch bis vor ein paar Jahren war sie in bestimmten Vierteln von Divio allseits bekannt.«

Die Auskunft überraschte Fidelma. Schockiert war sie nicht. »Verdammen darf man sie deshalb nicht; eher ist sie zu bemitleiden, dass sie keinen anderen Weg zu einem erfüllten Leben sah als den, ihren Körper an Männer zu verkaufen.«

Unwillkürlich musste Fidelma an ihre Freundin Della in Cashel denken, die auch einst eine Dirne gewesen war und der sie aus dem Elend geholfen hatte.

»Im Prinzip hast du recht«, pflichtete ihr Bruder Budnouen bei. »Nur glaube ich nicht, dass sie mit ihrem Schicksal haderte. Man sagt ihr nach, dass sie sich aus freien Stücken zu diesem Leben entschloss, weil sie die Männer hasste. Als ich dann von ihrer plötzlichen Hinwendung zum religiösen Leben hörte – und es war ja weniger eine Bekehrung ihrerseits als mehr Leodegars Zutun, der sie zur *abbatissa* der *domus feminarum* ernannte – kam ich ins Grübeln.«

»Und was hast du herausgefunden?«

Bruder Budnouen zuckte mit den Achseln. »Ich glaube nicht an eine so rasche Wandlung. Wenn ich eine Tochter hätte, die erklärte, sie hätte sich für das Leben in einer frommen Gemeinschaft entschieden und wolle dem in Audofledas *domus feminarum* nachgehen, ich würde sie eher eigenhändig umbringen, als zulassen, dass sie in das Haus des Leidens zieht.«

»Das ist eine bemerkenswerte Wortwahl, Bruder Budnouen, ›Haus des Leidens‹. Wie kommst du ausgerechnet auf diese Bezeichnung?«, fragte Fidelma.

»Dort gibt es kein Glücklichsein«, erwiderte der Gallier unumwunden. »Ich liefere meine Waren zwar nur am Haupttor ab und darf nicht weiter hinein, aber jedes Mal sehe ich die Leidensmienen der Mädchen, die mir die Waren abnehmen ...«

»Kennst du ihre Namen?«

»Da gab es eine Schwester Inginde und dann Schwester Valretrade ...«

»Valretrade?«, wiederholte Fidelma.

»Du kennst sie?« Der Ton in ihrer Stimme hatte ihn hellhörig gemacht.

»Nur vom Hörensagen«, entgegnete Fidelma. »Vor einer Woche soll sie die Gemeinschaft verlassen haben.«

»Ach, das erklärt, warum ich dieses Mal vergeblich Ausschau nach ihr gehalten habe. Ein nettes Mädchen. Da bin ich aber froh.«

»Froh?«

»Ich bin froh, dass sie Audofledas Schwesternschaft verlassen hat, bedeutet es doch, dass sie jetzt die Freiheit hat, sich einen Platz zu suchen, wo sie zur Erfüllung ihres Lebens findet. Ganz bestimmt ist sie zusammen mit Bruder Sigeric fort. Wann immer es sich einrichten ließ, war ich nämlich ihr Botengänger.«

»Wie soll ich das verstehen?«

»Ich wusste, dass Valretrade und Sigeric einander liebten und dass es schwierig war, zwischen der Schwestern- und Bruderschaft Nachrichten auszutauschen. Immer, wenn ich in Autun war, konnte ich das für sie bewerkstelligen. Es freut mich ungemein, dass sie da raus sind.«

Fidelma schüttelte den Kopf. »Sigeric ist weiterhin in der Abtei; er hat nicht gewusst, dass sie ging. Schließlich hat er sich in die *domus feminarum* vorgewagt, aber zu Audofleda hat man ihn nicht vorgelassen. Man hat ihm nur gesagt, dass das Mädchen fort ist, mehr nicht. Er hat uns gebeten, uns für seine Sache zu verwenden und mehr herauszukriegen. Heute Morgen hat mir Audofleda mitgeteilt, Valretrade hätte das Haus verlassen, weil sie sich nicht den Ordensregeln unterwerfen könne.«

»Nie im Leben wäre sie gegangen, ohne es Sigeric wissen zu lassen«, stellte Bruder Budnouen aufgeregt fest. »Dazu waren die beiden viel zu sehr ineinander verliebt.«

»Wie lange bleibst du in Autun?«, fragte Fidelma nach einigem Überlegen. »Hast du noch eine Weile hier zu tun?«

»In den nächsten Tagen bin ich unterwegs zur Burg von Graf Guntram, um dort Waren hinzuschaffen, und ...«

»Mir geht es darum, ob du noch mehr mit der *domus feminarum* zu tun hast.«

»Nein, meine Geschäfte dort habe ich erledigt. Schwester Radegund hat die Waren angenommen, geprüft und bezahlt. Ich kann dort nicht wieder auftauchen, ohne Argwohn zu erregen. Schwester Radegund bewacht das Haus wie eine Festung. Niemand wird ein- oder ausgelassen, ohne streng gemustert zu werden, und einem Mann wird ohnehin der Zugang verwehrt.«

Sie waren die breite Fahrstraße, die vom Benignus-Platz führte, entlanggegangen und kamen jetzt an dem Gebäude vorbei, in das zuvor Schwester Radegund zu der Näherin geschlüpft war. Bruder Budnouen machte sie auf das Haus aufmerksam.

»Das ist das Geschäft der Mutter von einer der Schwestern aus der *domus feminarum*. Sie näht Kleider und verkauft Stoffe. Manchmal wickle ich auch mit ihr ein Geschäft ab. Aber selbst sie darf nicht in die *domus feminarum*, darf nicht einmal ihre Tochter besuchen.«

»Weißt du, wie die Tochter heißt? Die Verwalterin ist es doch wohl nicht, oder?« Fidelma warf einen Blick in die Richtung, wo Stoffe und Felle zum Verkauf hingen. Drinnen erspähte sie eine ältere Frau, über Näharbeiten gebeugt.

»Schwester Radegund?«, fragte Bruder Budnouen mit erstaunt hochgezogenen Augenbrauen. »Großer Gott, nein. Wie kommst du ausgerechnet auf die? Ach so, wahrscheinlich weißt du, dass Schwester Radegund als Einziger gestattet ist, wegen Einkäufen Kontakt mit der Außenwelt zu haben.«

»Das ist mir bekannt, ja«, sagte Fidelma im Weitergehen. »Ist niemandem sonst erlaubt, die *domus feminarum* zu betreten und zu verlassen?«

»Freien Zutritt hat niemand sonst«, versicherte ihr der Gallier. Plötzlich erinnerte er sich: »Fast hätte ich es vergessen – du selbst müsstest doch freien Zutritt zur *domus feminarum* haben, Schwester. Oder bist du zusammen mit den Ehefrauen und Ratgeberinnen der zum Konzil Angereisten in der Stadt untergebracht? Ich habe gehört, dass eine

Reihe der Abgesandten, die mit den Regelungen in Leodegars Abtei nicht vertraut waren, ihre Frauen oder weibliche Ratgeber mitgebracht hätten. Und die mussten sich Unterkunft in der Nähe der Abtei suchen.«

Einen Augenblick schwieg Fidelma, offenbarte ihm aber dann: »Nein, Eadulf und ich wohnen zusammen in der Abtei.«

Das höchst erstaunte Gesicht des Galliers zu sehen bereitete ihr ungemeines Vergnügen.

Kapitel 10

An der Abtei verabschiedeten sie sich von Bruder Budnouen, der seinen weiteren Geschäften nachging. Sie schritten über den Innenhof und wollten ins Gästequartier zu ihrem Zimmer. Doch kaum hatten sie den Gang erreicht, da öffnete sich weiter hinten eine Tür und Abt Ségdae trat heraus. In seinem Gesicht standen Verbitterung und Gram.

»Habt ihr schon gehört?«, fragte er ohne jede Vorrede.

»Von Bruder Gillucán, Abt Dabhócs Kämmerer?«, gab Fidelma zurück, die gleich erriet, was ihn so besorgt machte. »Bruder Chilperic hat es uns heute früh gesagt. Weiß man schon Genaueres?«

Abt Ségdae wies auf seine Kammer. Sie folgten seinem Wink und gingen vor ihm hinein. Eadulf schloss die Tür, und der Abt sank mit einem Seufzer in einen Armsessel.

»Abt Dabhóc ist ermordet, und nun auch sein Kämmerer. Es fehlt nicht mehr viel, und ich bin wie manch andere Gäste des Konzils der Ansicht, ein Fluch liegt auf der Abtei.«

Fidelma ließ sich auf der Bettstatt nieder, und Eadulf goss sich Wasser aus einem Krug ein. Nach dem Ausflug in die Stadt war ihm der Mund wie ausgedörrt.

»Nicht die Abtei ist verflucht, Ségdae, es sind die Menschen, die den Fluch heraufbeschwören«, entgegnete ihm Fidelma ernst.

»Noch gestern Abend hat Bruder Gillucán bedrückt an unserem Tisch gesessen«, sagte der Abt heiser, »nun ist er tot, von Räubern erschlagen, heute in aller Frühe beim Verlassen der Stadt. Ausgezogen haben sie ihn, ihm die Kehle durchgeschnitten und ihn in den Fluss geworfen. Wie können Menschen nur so etwas tun?«

»Ich habe Bruder Chilperic fragen wollen, woran man erkannt hat, dass Gillucán zur Abtei gehörte, wenn man lediglich seinen nackten Leichnam im Fluss entdeckt hat?«, bemerkte Eadulf und trank von seinem Wasser.

»Offenbar an seiner Tonsur. Ruderknechte brachten den Toten in die Abtei, fragten, ob man ihn kenne.« Der Abt war immer noch fassungslos. »Als Ältester unserer Delegation bat ich Bruder Gebicca, den

Leichnam zu untersuchen, damit ich dem Abt von Ard Macha einen wahrheitsgemäßen Bericht vorlegen kann.« Wieder rang er nach Worten. »Er hat es gemacht und stellte etwas Merkwürdiges fest.«

Fidelma hob den Kopf und drängte ihn: »Sprich weiter!«

»Sie hatten Bruder Gillucán die Kehle durchschnitten und ihn in den Fluss geworfen ... Aber es klebte Kot an seinem Körper, war unter seinen Fingernägeln, auch sein Leib war damit beschmiert. Ich habe angeordnet, seinen Leichnam gründlich zu waschen und zu säubern, wie es sich vor einer Beerdigung gehört. Man könnte meinen, der arme Junge sei vor seinem Tod durch eine Kloake gekrochen. Höchst widerwärtig das Ganze.«

Fidelma überlegte: »Man fand ihn im Fluss ... Fließen die Abwässer der Stadt da hinein?«

»So wird es wohl sein«, mutmaßte Abt Ségdae.

»Gelangt der Unrat dort in den Fluss, wo man ihn fand?«

»Eigentlich nicht. Aber selbst wenn um ihn der ganze Dreck im Wasser schwamm ... Das erklärt nicht, warum Arme und Beine derart kotbeschmiert waren. Die Strömung ist an der Stadtmauer sehr stark, und die einfließende Jauche wird rasch fortgeschwemmt. Hätte man den Leichnam einfach ins Wasser geworfen und der Strömung überlassen, dann hätte sich nicht derartiger Schmutz an ihm festsetzen können. Mir kommt es so vor, als sei er durch den Unflat gekrochen oder da hineingestoßen worden.«

Der Abt war sichtlich erschüttert darüber, dass man den jungen Geistlichen derart misshandelt hatte.

»Das ist wirklich sehr sonderbar«, pflichtete ihm Fidelma bei. »Und es haben sich keine Zeugen gefunden? Ich meine, hat keiner gesehen, dass Bruder Gillucán die Abtei verließ oder durch ein Stadttor ging? Hat niemand bemerkt, dass ihm jemand folgte? Da sind doch ständig Wächter an den Stadttoren.«

»Bruder Chilperic hat mir bestätigt, keiner der Wächter habe Gillucán gesehen, auch sonst niemanden, die ganze Nacht nicht. Was glaubst du, Fidelma, besteht ein Zusammenhang zwischen den Morden an Dabhóc und Gillucán?«

»Ich wünschte, ich könnte dir die Frage beantworten, Ségdae. Oberflächlich betrachtet, sieht es nicht so aus, doch dass solche Vorfälle sich rein zufällig am selben Ort und fast zur selben Zeit ereignen, will mich nicht recht überzeugen.«

»Du hast noch keine Schlussfolgerungen ziehen können?«

»Leider nicht.«

»Wie schade, das ist alles so traurig«, murmelte der Abt. »Bruder Gillucán wollte sich heute früh auf die Heimreise begeben. Er hat mir erzählt, in der Stadt seien einige Pilger, die zurück in die fünf Königreiche wollten. Er gedachte, mit ihnen zu ziehen.«

»Es wäre bestimmt besser gewesen, sich ihnen anzuschließen«, bekräftigte Fidelma. Sie war froh, dass diese Frage berührt wurde, denn sie hätte ungern einräumen wollen, dass Gillucán selbst ihr davon erzählt hatte. »Was mag ihn veranlasst haben, es sich anders zu überlegen?«

»Ich weiß es nicht«, erwiderte der Abt. »Gestern Abend schien er mir sonderbar verängstigt. Dass er auf eigene Faust losgezogen ist, habe ich erst erfahren, als Bruder Chilperic den Leichenfund meldete.«

»Wer waren diese Pilger?«

»Drei Mitglieder der Klostergemeinschaft von Magh Bhile. Sie waren Gäste einer wohlhabenden Dame in der Stadt. Beretrude heißt sie.«

Fidelma hütete sich, erkennen zu lassen, dass sie den Namen kannte, und hoffte, auch Eadulf würde sich zurückhalten.

»Weiß man, ob er sich mit den Pilgern irgendwie verabredet hatte?«

»Keine Ahnung. Jedenfalls haben sie sich heute früh auf den Weg gemacht.«

»Kommt es in dieser Gegend öfter vor, dass Mönche von Räubern überfallen werden?«, fragte Eadulf.

»Soviel ich von Bruder Chilperic gehört habe, ist es höchst ungewöhnlich, dass ein Klosterbruder von Räubern ermordet wird. In der Regel wollen sie ihrem Opfer nur Geld oder Wertgegenstände abnehmen, nicht aber es töten.«

»Und doch hat man dem armen Gillucán die Kleider vom Leib gerissen und ihn ausgeraubt. Was im Einzelnen geschehen ist, entzieht sich unserer Kenntnis, aber man hat ihn entwürdigt und in die Kloake geworfen«, grübelte Fidelma. »Die Umstände sind zumindest recht ungewöhnlich.«

Abt Ségdae schaute sie ratlos an. »Das Konzil wird allmählich zum Albtraum. Wenn hier nicht so wesentliche Entscheidungen anstünden, würde ich am liebsten vorschlagen, unsere Delegation soll die Heimreise antreten.«

»Damit würden wir aber unserer Sache einen schlechten Dienst erweisen,« gab Fidelma zu bedenken.

»Natürlich, da hast du recht. Wir müssen bleiben und die vor uns stehenden Probleme ins Auge fassen.« Unvermittelt erhob sich der Abt. »Ich lasse euch jetzt allein. Solltet ihr bei euren Nachforschungen auf Dinge stoßen, die mir bei meinem Bericht an Ségéne von Ard Macha behilflich sein können ...« Er brachte den Satz nicht zu Ende und ging.

»Bruder Sigeric wird begierig sein, zu erfahren, was wir über Schwester Valretrade herausbekommen haben«, sagte Eadulf, sobald sie unter sich waren.

»Dann sollten wir zu ihm gehen und es ihm sagen«, meinte Fidelma, doch im Grunde genommen war sie mit ihren Gedanken woanders. Schweigend verließen sie das Gästequartier.

Sie fanden Bruder Sigeric in der Bibliothek, wo er still in einer Ecke saß und mit der Abschrift eines Manuskripts beschäftigt war. Er schaute hoch, und sofort glitt ein Hoffnungsschimmer über sein Gesicht. Doch aus Fidelmas Miene musste er schließen, dass sie nichts Neues zu berichten hatte, und er sank zurück in seine Schwermut.

»Wir haben mit Äbtissin Audofleda gesprochen. Sie hat lediglich bestätigt, was Schwester Radegund dir gesagt hat, nämlich, Schwester Valretrade hätte vor einer Woche die Abtei verlassen, weil sie sich den Regeln des Ordens nicht beugen wollte.«

»Lauter Lügen sind das!«, brauste Sigeric auf.

»Und weshalb denkst du, lügen sie?«, fragte Fidelma.

»Weil sie ohne mich nicht von hier fortgehen würde«, erklärte der junge Mann einfach.

Fidelma nickte mitfühlend. »Ähnliches hat auch Bruder Budnouen gesagt.«

»Budnouen hat Nachrichten zwischen uns übermittelt«, räumte Bruder Sigeric ein. »Er soll wieder in Autun sein, ich habe ihn aber noch nicht gesehen. Er ist ein Händler und ...«

»Wir sind vor ein paar Tagen auf seinem Wagen mitgefahren«, setzte ihn Eadulf ins Bild. »Lass uns überlegen, Sigeric. Wenn Äbtissin Audofleda und Schwester Radegund uns Lügen auftischen, warum tun sie das, und wo ist Valretrade?«

»Ich möchte wetten, sie ist in irgendeinem Verließ in der *domus feminarum* eingesperrt als Strafe, dass sie ein Verhältnis mit mir hat«, gab er wütend zur Antwort. »Ich werde dort einbrechen und sie ausfindig machen.«

Erregt sprang er auf, als ob er sofort zur Tat schreiten wolle, doch Fidelma hielt ihn zurück.

»Damit wäre nichts gewonnen, junger Freund. Beruhige dich. Wir müssen klüger vorgehen. Vorsicht ist geboten. Wenn es so ist, wie du meinst, dann dürfte Audofleda damit rechnen, dass du so etwas vorhast. Und die *abbatissa* ist rachsüchtig. Selbst uns hat sie Strafen angedroht.«

Niedergeschlagen hockte Bruder Sigeric auf seinem Schemel. »Ganz am Anfang hat Bischof Leodegar diejenigen bestraft, die sich von ihren Frauen nicht trennen wollten. Einige ließ er sogar auspeitschen.«

»Heißt das, ihnen wurde nicht freigestellt, die Klostergemeinschaft zu verlassen, wenn sie die Zölibatsregeln ablehnten?«, fragte Fidelma entsetzt.

Der junge Schreiber bestätigte ihre Vermutung mit einem Achselzucken.

»Das ist kaum zu glauben«, empörte sich Eadulf.

»Und doch entspricht es der Wahrheit, selbst wenn es dir unerhört vorkommt. Meines Wissens gibt es bei den Galliern und auch bei den Franken und selbst auf euren Inseln im Westen kaum eine Klostergemeinschaft, in der Äbte, Bischöfe und Mönche nicht verheiratet sind. Aber mit den Zölibatären ist nicht zu spaßen. Sie sind eine kleine Schar von Fanatikern, die ihre Ansichten mit schierer Gewalt durchsetzen.«

»Welchen Grund mag Äbtissin Audofleda haben, zu leugnen, dass Valretrade sich in der *domus feminarum* befindet?«

»Keinen anderen, als uns voneinander zu trennen«, erwiderte der junge Mann sofort.

»Sie behauptet doch, sie wisse nichts von eurer Beziehung. Schwester Radegund bestätigte das sogar, denn sie sagte, deinen Besuch im Frauenhaus hätte sie der Äbtissin nicht gemeldet.«

»Dagegen behaupte ich, auch das ist eine Lüge.«

»Valretrade verschwand in der Nacht, als Abt Dabhóc erschlagen wurde«, überlegte Fidelma. »Mir scheint wichtig, jemanden zu finden, der bereit ist, über sie Auskunft zu geben.«

»Wer könnte das sein?«

»Budnouen hat eine Nonne erwähnt, die Valretrade kannte ... Wie heißt sie doch?«

»Er hat eine Schwester Inginde erwähnt«, erinnerte sich Eadulf.

Der junge Mönch riss die Augen auf. »Sie war Valretrades engste Freundin in der Gemeinschaft! Sie hatten gemeinsame Aufgaben.«

»Dann müssen wir eine Möglichkeit finden, zu ihr zu gelangen«, schlug Fidelma vor.

»Es gibt einen einfachen Weg, sich in die *domus feminarum* zu schleichen, aber wenn man dabei gefasst wird ...« Bruder Sigeric schwieg vielsagend.

»Wir müssen es wagen, wenn wir die Wahrheit ergründen wollen«, betonte Fidelma finster entschlossen.

Bruder Sigeric sah sie fragend an. »Würdest du dir das zutrauen? Immerhin, du bist eine Frau, dich würde man nicht so leicht entdecken wie einen Mann.«

Eadulf mischte sich sofort ein. »Es gibt nur einen Zugang zum Frauenhaus, und zwar durchs Hauptportal. Ich bezweifle, dass Schwester Radegund Fidelma noch einmal gestatten würde, das Haus zu betreten, und schon gar nicht, um mit einer aus der Schwesternschaft zu reden.«

»Es existiert doch aber noch ein anderer Weg, um in die *domus feminarum* hinein- und wieder herauszukommen, stimmt's, Sigeric?« Fidelma blickte den jungen Mönch erwartungsvoll an. »Der Gang durch die Gewölbe unter der Abtei.«

»Ja, richtig. Ich müsste dich dahin geleiten. Das ist der Gang, durch den die Schwestern von der *domus feminarum* jeden Morgen und Abend zum Gottesdienst in die Kapelle kommen.«

Eadulf hatte immer noch Bedenken. »Das wäre erstmal der Zugang zur *domus feminarum* ... Aber was dann? Man müsste auch Schwester Inginde finden. Wie willst du das anstellen?«

Bruder Sigeric zeigte sich zuversichtlich. »Sie teilt doch die Schlafkammer mit Valretrade. Ich kann eine Skizze zeichnen, wie du dort hingelangst, du müsstest dich genau daran halten.«

»Das könnte ich«, erklärte Fidelma, »vorausgesetzt, der Plan ist eindeutig.«

Eadulf hegte weiterhin Zweifel. »Das Unternehmen ist tollkühn. Was ist, wenn man dich entdeckt?«

»Ich werde mich so bewegen, dass mich keiner entdeckt«, erwiderte Fidelma selbstsicher. »Wir müssen herausfinden, was mit Valretrade geschehen ist. Ich bin überzeugt, wir kämen mit der Klärung all der rätselhaften Vorfälle einen Schritt weiter, wenn wir wüssten, warum sie verschwunden ist. Was meinst du«, fragte sie Sigeric, »wann wäre es am günstigsten, um nach unten zu schleichen?«

»Heute Nacht«, antwortete er, ohne zu überlegen.

»Einverstanden! Wenn alles am tiefsten schläft, dürfte es tatsächlich am günstigsten sein.«

»Du musst dir genügend Zeit lassen, in die *domus feminarum* zu gelangen, die Schlafkammer von Schwester Inginde zu finden und sie zu befragen. Und auch der Rückweg will bedacht sein«, zählte Bruder Sigeric auf.

»Und alles, ohne von jemandem beobachtet zu werden«, brummelte Eadulf.

»Du zeigst mir den Weg in die *domus feminarum* und gibst mir deinen Lageplan, mit dem ich Schwester Inginde finden kann, alles Übrige übernehme ich«, erklärte Fidelma voller Selbstvertrauen.

»Bestens. Wenn die Mitternachtsglocke geläutet hat und die letzten Gebete gesprochen wurden, werde ich hier in der Bibliothek auf dich warten«, sagte Bruder Sigeric. »Das ist die Zeit, wenn sich die Brüder zum Schlafen niederlegen. Sicherheitshalber lassen wir dann noch eine halbe Stunde verstreichen, ehe wir in die Gewölbe hinabsteigen.«

Fidelma und Eadulf verließen den jungen Schreiber, der nun ganz erregt war, und gingen zurück ins Gästequartier. Kaum hatten sie ihr Gemach erreicht, hörten sie von ferne das Läuten einer Glocke.

»Schon Zeit für das Abendbad, und das wieder nur mit kaltem Wasser.« Fidelma seufzte. »Ich werde mich an diese fremdländischen Bräuche nie gewöhnen können, bei denen das Wasser für ein Bad am Abend nicht einmal angewärmt wird. Die Leute hier nehmen kaum ein Bad, waschen sich nur morgens mit kaltem Wasser und schwimmen vielleicht ab und an im Fluss. Die benutzen nicht einmal Seife. Wie können Menschen so leben, Eadulf?«

Ihr Gefährte mühte sich, keine Miene zu verziehen. Er war in den von ihr beklagten Verhältnissen aufgewachsen, und auch heute noch fand er die Badegewohnheiten der Leute in den fünf Königreichen von Éireann maßlos übertrieben. Die wuschen sich jeden Morgen nach dem Aufstehen Hände und Gesicht, und abends, vor der Abendmahlzeit, nahmen sie ein Vollbad in heißem Wasser. Tag für Tag. Eadulf schauderte es. In seinen Jugendjahren war er einmal in der Woche in den Fluss gesprungen, der in der Nähe vorbeifloss, und das war sein Vollbad gewesen. Das tägliche Reinigungsritual von Fidelmas Leuten verwunderte ihn jedes Mal aufs Neue. Er hatte sich an Seife gewöhnen müssen, *sleic* war das Wort dafür, an Leinenhandtücher und an süß duftende Kräuter und Öle, die zum Bad gehörten.

Nachdem beide den Toilettengepflogenheiten Genüge getan hatten, zogen sie frische Kleidung an und gingen hinunter zu ihrer Verabredung mit Nuntius Peregrinus.

Der Gesandte des Bischofs von Rom erwartete sie im *calefactorium*. Er erhob sich, um sie zu begrüßen. Bis dahin hatte er sich mit seinem allgegenwärtigen *custos* unterhalten, dem Leibwächter aus dem Lateran-Palast, der sich jetzt diskret in eine Ecke des Raums zurückzog.

»Wie ich höre, gibt es eine weitere schlechte Nachricht«, bemerkte der Nuntius düster, während sie sich setzten.

»Du meinst die über Bruder Gillucán?«

»Ja, über den jungen irischen Klosterbruder. Er war Kämmerer von Abt Dabhóc. Eine traurige Geschichte.«

»Nicht nur traurig, auch undurchschaubar«, äußerte sich Fidelma leise.

Der Gesandte hob die Augenbrauen. »Wieso?«

»Der Tod hat zunächst den Abt und dann seinen Kämmerer ereilt, zwar unter anderen Umständen, aber doch kurz nacheinander. Hängt das eine mit dem anderen zusammen?«

»Der junge Bruder wurde von Räubern angefallen, nachdem er die Abtei verlassen hatte. Das ist etwas völlig anderes als die Ermordung des Abts. Es ist einfach eine betrübliche Tatsache, dass es in unserer Welt Räuber gibt, die Fremden auflauern und sie überfallen, um ihnen die Wertsachen zu rauben, die sie bei ihnen vermuten. Nicht einmal die Mönche bleiben von solch üblem Gesindel verschont.«

»Merkwürdig ist immerhin, dass ihn niemand gesehen hat, als er die Abtei verließ – nicht einmal die ständigen Wachen am Stadttor haben bemerkt, wie er durch das Tor gegangen ist«, überlegte Fidelma laut.

»Und was konnte ein junger Mönch schon bei sich haben? Soweit mir bekannt ist, besaß er keinerlei irdische Reichtümer, wie sie jemand von Rang und Ansehen bei sich haben könnte, jemand wie du etwa«, stichelte Eadulf mit sanftem Spott.

Doch der Nuntius war nicht zum Spaßen aufgelegt. »Heutzutage wird man schon wegen eines Paares guter Ledersandalen überfallen.« Er zögerte und fragte Fidelma: »Du denkst doch nicht ernstlich, dass da ein Zusammenhang besteht zwischen dem Tod dieses jungen Mannes und der Ermordung des Abts?«

»Ich ziehe erst dann meine Schlussfolgerungen, wenn ich im Besitz aller Fakten bin«, antwortete sie ihm.

»Hast du Bruder Gillucán gekannt?«, fragte Eadulf den Nuntius.

»Nein. Ich bin mit allen Delegierten zusammengekommen, aber nicht mit ihren Kämmerern oder Ratgebern. Ich war bei der Vorbesprechung dabei und habe erlebt, wie feindselig manche Gesandte einander begegneten.«

»Spielst du auf den Streit zwischen Ordgar und Cadfan an?«

Der Nuntius nickte. »Dass Prälaten der Kirche so in Widerstreit geraten können, ist wahrhaft betrüblich, wo uns doch der Glaube alle vereinen sollte. Ich musste einschreiten und Bischof Leodegar beistehen, sie zur Vernunft zu bringen.«

»Je eifriger jemand den Glauben verkündet, um so bösartiger kann er die verleumden, die von seiner Sicht auf die Dinge abweichen«, warf Fidelma ein. »Leider erzeugt der Glaube oft auch unversöhnlichen Hass.«

»Du erstaunst mich, Schwester!«, empörte sich der Nuntius.

»Versetzt dich die Wirklichkeit, in der wir leben, nicht in Erstaunen, Peregrinus?«, gab Fidelma zurück. »Wir müssen uns damit abfinden, dass wir alle schwache Geschöpfe sind. Ich habe die Gesetze meines Landes studiert und mich jahrelang bemüht, ihnen Geltung zu verschaffen. Schweren Herzens musste ich begreifen, dass die Menschen nicht makellose, vom Verstand gelenkte Wesen sind. Sie können verschlagen und oft auch bösartig sein, ganz unabhängig davon, welchen Platz sie im Leben einnehmen.«

»Wir, die wir den wahren Glauben verkünden, müssen danach streben, unsere sittlichen Gebote vorbildlich zu befolgen.«

»Danach streben schon«, stimmte sie ihm zu, »doch ich fürchte, oft genug klafft da ein Abgrund zwischen dem Bestreben und dem Erreichten.« Sie lenkte das Gespräch wieder auf ihr ursprüngliches Anliegen. »Welchen Eindruck hattest du von Abt Dabhóc?«

Nuntius Peregrinus überlegte einen Augenblick. »Er schien ein sehr gemäßigter, besonnener Mann zu sein. Er versuchte, Frieden zu stiften zwischen dem Britannier und dem Sachsen.«

»Glaubst du, er wurde umgebracht, weil er sich zwischen die beiden stellte?«, wollte Eadulf wissen.

»Ganz von der Hand zu weisen wäre das nicht.«

»Wiederum wurde in derselben Nacht sein Zimmer geplündert. Raubüberfälle scheinen jetzt gang und gäbe zu sein. Ob sich auch damit der Vorfall erklären ließe?«

»Der Abt wurde aber in Ordgars Gemach erschlagen ... Willst du damit sagen, Ordgar hat ihn bei einem Diebstahl getötet?«

»Das habe ich nicht gemeint. Ich habe nur darauf hingewiesen, dass seine Kammer durchsucht wurde und dass dabei einige Dinge verschwunden sind.«

Darauf wusste der Nuntius nichts zu antworten.

»Bist du Abt Dabhóc sonst noch begegnet, außer bei jener Vorbesprechung?«

»Ja. Ich habe ihn bei einer Besichtigung des alten römischen Amphitheaters getroffen, das sich hier in der Nähe befindet. Bischof Leodegar hatte den Gästen des Konzils einige Sehenswürdigkeiten der Stadt zeigen wollen.«

»Sein Kämmerer war aber nicht dabei?«, erkundigte sich Fidelma.

»Doch, mir fällt eben ein, der junge Mann hat den Abt begleitet. Wir haben allerdings nur ein paar belanglose Worte gewechselt. Und gleich danach hat er sich von der Gruppe getrennt«, erklärte der Nuntius in einem Tonfall, als müsste er sich verteidigen.

»Als du mit Abt Dabhóc allein warst, habt ihr da vielleicht über ein Geschenk gesprochen?« Fidelmas unverblümte Frage verblüffte den römischen Abgesandten.

»Du hast offenbar schon eine ganze Menge in Erfahrung gebracht, Fidelma. Ja, darüber wurde gesprochen.«

»Und worum genau ging es in dem Gespräch?«

»Der Abt ließ mich wissen, er habe ein besonderes Geschenk aus Hibernia mitgebracht. Nämlich ein Reliquiar, und er bat mich, es als ein Präsent vom Erzbischof von Ard Macha Seiner Heiligkeit zu überbringen.«

»Vermutlich aber wurde dir das Geschenk bisher nicht übergeben?«

Der Nuntius nickte.

»Weißt du, was das für ein Geschenk war?«

»Heilige Reliquien. Die Reliquien eines Jüngers des heiligen Patrick, der den Bewohnern Hibernias den christlichen Glauben brachte.«

»Die Reliquien des Benén mac Sesenén?«

»Ein Name wurde nicht genannt, soweit ich mich erinnere. Man wollte bis zur Beendigung des Konzils warten. Bei der Abschlusszeremonie sollte die Gabe feierlich überreicht werden, auf dass alle Zeuge würden, wie Ard Macha seinen Tribut an Rom zollte.«

»Wer hatte das ersonnen?«

»Natürlich der Abt. Ich hatte den Eindruck, er war stolz auf dieses Geschenk und wollte, dass alle Delegierten sahen, was Ard Macha Seiner Heiligkeit zugedacht hatte.« Dann runzelte er die Stirn. »Dir ist gewiss bekannt, dass der Bischof von Ard Macha den Segen Seiner Heiligkeit als oberster Kirchenherr in eurem Lande Hibernia zu erhalten wünscht.«

Fidelma schürzte verächtlich die Lippen. »Wir haben schon seit Langem gemerkt, dass der *comarb* des Patrick, wie wir die Bischöfe von Ard Macha nennen, den Anspruch erhebt, der oberste Bischof aller fünf Königreiche zu sein. Jedoch wird dieser Anspruch von den anderen Bischöfen keineswegs gutgeheißen. Und schon gar nicht von den Bischöfen im Königreich meines Bruders.«

»Comarb?« Der Nuntius stutzte bei dem Wort.

»Das heißt einfach ›Nachfolger‹«, erklärte Fidelma und fuhr fort: »Abt Ségdae, der jetzt der ranghöchste Delegierte aus Hibernia ist, wird als *comarb* des heiligen Ailbe anerkannt; Ailbe kam in unser Königreich Muman, noch bevor Patrick das Inselreich betrat. Ailbe war es, der den Glauben in unserem südlichen Königreich verbreitete. Nach Ansicht unserer Gelehrten stünde Ségdae das Vorrecht zu, oberster Bischof zu sein. Er ist sowohl Abt als auch Bischof von Imleach, der Abtei, die Ailbe gegründet hat. Viele von uns wollen es nicht hinnehmen, dass der Bischof von Ard Macha den Titel *archiepiscopus* führt – denn derart hierarchisch sind unsere Kirchen nicht ausgerichtet.«

Nuntius Peregrinus seufzte tief. »Um Kirchenpolitik geht es also! Dieses Geschenk dürfte Abt Ségdae nicht gefallen haben. Da nun das Geschenk verschwunden ist, solltest du deine Gedanken auch in diese Richtung lenken.«

Fidelma entging die Verdächtigung nicht, die in seinen Worten mitschwang. »Willst du Abt Ségdae unterstellen, er hätte seine Hand im Spiel?«

Peregrinus spreizte die Hände. »Wenn, wie du vermutest, der Diebstahl des Reliquiars ein mögliches Motiv für den Mord an Dabhóc darstellt, dann ist Abt Ségdae ein Hauptverdächtiger, und das aus dem Grunde, den du eben dargelegt hast.«

»Wer außer dir hat gewusst, worum es sich bei dem Geschenk handelt? Ich meine, hat nicht nur gewusst, dass es ein Reliquienkästchen ist, sondern auch, welcher Art die darin befindlichen Reliquien sind?«, fragte Eadulf.

»Ich denke, nur Abt Dabhóc und vielleicht sein Kammerdiener, der junge Bruder Gillucán. Mir jedenfalls war lediglich bekannt, dass das Kästchen die Reliquien des Jüngers und Nachfolgers des heiligen Patrick enthielt.«

Fidelma schwieg und überlegte. Nach den Bemerkungen des Nuntius hatte sie selbst den Grund genannt, aus dem Abt Ségdae als Hauptverdächtiger in Betracht käme. Aber Ségdae war der Freund ihres Bruders und sein Ratgeber, und zudem hatte er sie und Eadulf getraut. Eine Bestechungsgabe, wie sie Ard Macha Rom anbot, war gewiss nicht im Sinne Imleachs oder Ségdaes.

»Wann hast du davon erfahren, dass das Reliquiar gestohlen wurde?«, warf Eadulf ein.

»Wann?« Der Abgesandte überlegte einen Moment. »Ich denke, das muss gleich nach dem Mord gewesen sein, bin mir aber nicht ganz sicher. Jemand sprach davon, dass die Kammer des Abts durchwühlt worden war.«

»Wer war dieser ›jemand‹?«

»Daran erinnere ich mich nicht ... Oder doch, warte! Das muss Bruder Chilperic gewesen sein, der Verwalter.«

Man hörte das Läuten einer Glocke. Rasch stand der geistliche Herr auf. »Ah, man ruft zur Abendmahlzeit.«

Fidelma hatte den Eindruck, dass ihm das sehr gelegen kam. »Wenn sich das Reliquiar nicht in Abt Dabhócs Zimmer befand, war es doch logisch, dass sein Kämmerer, Bruder Gillucán, es an sich genommen hatte.«

»Ja, schon, so dachte man zunächst auch.« Der Nuntius hüstelte. »Bruder Gillucán wurde deswegen befragt ... Doch er bestritt, davon überhaupt etwas zu wissen.«

»Wer hat ihn befragt?«

»Ich nehme an, Bruder Chilperic hat mit ihm gesprochen.«

Auch Fidelma und Eadulf erhoben sich nun. »Du hast uns sehr geholfen, Nuntius Peregrinus«, schmeichelte ihm Fidelma. »Ich hoffe, wir können weiter mit deiner Unterstützung rechnen bei der Aufklärung dieser Vorgänge, und außerdem hoffe ich, dass es nicht mehr lange dauert, bis du unserem Freund in Rom, dem Ehrwürdigen Gelasius, berichten kannst, was sich hier zugetragen hat.«

Peregrinus nickte Schwester Fidelma und Bruder Eadulf zu, drehte sich nach seinem stummen Leibwächter um und schloss sich der Schar an, die zum Refektorium strebte.

Fidelma und Eadulf folgten ihnen gemächlichen Schrittes. »Was machen wir nun?«, fragte Eadulf. »Sollen wir Abt Ségdae mitteilen, er hätte guten Grund gehabt, Dabhóc zu töten und diesen Reliquienkasten zu stehlen?«

Fidelma schüttelte den Kopf. »Abt Ségdae werden wir zunächst in Ruhe lassen ... Jedenfalls solange es nicht unmittelbar um den Diebstahl geht. Ich habe das Gefühl, selbst wenn Ségdae zu einem solchen Verbrechen fähig wäre, auf so vertrackte Weise würde er es nicht begehen. So schlau ist er nicht. Wie dem auch sei, freuen wir uns erstmal auf das Abendessen.«

Kapitel 11

Wie verabredet erwartete sie Bruder Sigeric im *scriptorium.* Lange standen sie im Dunkeln beieinander, ohne ein Wort zu sprechen, und lauschten angespannt, bis rundum alles still blieb und sie sicher waren, dass alle Brüder in der Abtei schliefen. Dann zündete Bruder Sigeric eine Laterne an.

»Hast du den Lageplan von der *domus feminarum?«,* flüsterte Fidelma.

Der junge Schreiber nickte, zog einen Pergamentbogen hervor und strich ihn auf dem Tisch glatt. Rasch erklärte er Fidelma, welchen Weg sie nehmen müsste, um ins Quartier zu gelangen, in dem Schwester Valretrade bislang gelebt hatte. »Ich habe den Plan so genau wie möglich gezeichnet. Wie du weißt, geht Valretrades Kammer auf den Innenhof und liegt praktisch gegenüber meiner Zelle. Mit einer Kerze haben wir einander Zeichen gegeben. Um dir die Orientierung zu erleichtern, habe ich auch heute eine brennende Kerze in mein Fenster gestellt. Achte darauf, wenn du dich dem Licht gegenüber befindest, müsstest du in Valretrades Kammer sein. Gehen wir also, ich führe dich zur unterirdischen Pforte der *domus feminarum.«*

»Einen Moment, Bruder.« Eadulf hielt ihn zurück. »Benutzen diesen Gang nicht alle Frauen der Schwesternschaft, wenn sie zur Andacht in die Kapelle kommen?«

»Keine Sorge.« Bruder Sigeric verstand, was ihn bekümmerte. »Um diese Zeit ist dort niemand unterwegs. Außerdem wirst du gleich sehen, der Gang ist kein gerader Korridor, mehr ein Schlängelweg durch ein Labyrinth von unterirdischen Gewölben. Es gibt genügend Winkel und Nischen, um sich zu verstecken, sollte uns jemand unerwartet entgegenkommen.«

»Jetzt ist es ohnehin zu spät, sich den Kopf über mögliche Gefahren zu zerbrechen«, meinte Fidelma. »Gehen wir lieber.«

Bruder Sigeric blies die Laterne aus. Sie verließen das *scriptorium* und gingen über den vom Mond beschienenen Hof, der zwischen dem Hauptgebäude der Abtei und der Kapelle lag. Bruder Sigeric war der Weg vertraut, und er lief so raschen Schritts voran, dass Fidelma ihn flüsternd bat, sein Tempo zu mäßigen. In der Kapelle blieben sie stehen. Ein Öllämpchen brannte neben der Tür, das immer dort war als ein Zeichen des Heiligen Geistes. Bruder Sigeric nahm die Kerze aus seiner Laterne, zündete sie am Ewigen Licht an und begab sich dann zur Tür in der Rückwand der Kapelle. Geräuschlos zog er mit geübtem Griff einen Riegel zurück. Hinter der Tür führte eine hölzerne Treppe nach unten in völlige Dunkelheit. Er ließ Fidelma und Eadulf oben warten und verschwand in der Finsternis. Sie hörten ihn die Stufen hinabsteigen, sahen aber nur kurz aufblitzende Lichtschimmer. Als sie ihn wenig später im vollen Schein der Laterne wieder zu Gesicht bekamen, wich die Spannung.

»Die Luft ist rein – kommt.« Er hielt die Laterne hoch und bedeutete ihnen, ihm nach unten zu folgen, bat aber zuvor Eadulf, die Tür hinter ihnen zuzuziehen.

Am Fuße der Treppe hielten sie an. Es war kalt und feucht und roch nach einer merkwürdigen Mischung aus Erde und Fäulnis, die Fidelma sofort an die Katakomben in Rom erinnerte. Nur einem Glücksumstand war damals zu verdanken gewesen, dass sie dort überlebt hatte.

»Es heißt, die Abtei wurde auf der alten Nekropole von Augustodunum erbaut, der Begräbnisstätte der Römer«, raunte ihnen Bruder Sigeric zu.

Vollends dunkel war es nicht. Im schwachen Dämmerlicht konnten sie Bögen und Pfeiler ausmachen, die in Abständen von wenigen Fuß das Gewölbe darüber stützten. Zwischen den Pfeilern standen Sarkophage, manche aus Marmor, andere aus Sandstein.

»Wie weit erstreckt sich diese Totenwelt?«, fragte Eadulf mit leichtem Schauder.

»Endlos, unter der ganzen Abtei«, erwiderte Bruder Sigeric. »Kommt, folgt mir.«

Zielsicher stapfte er durch ein Labyrinth von Bogengängen und Sarkophagen. Mit den verschiedenen trügerischen Abzweigungen und Nebenwegen schien er wohl vertraut. Für Fidelma hingegen stand fest, dass sie hier ohne einen erfahrenen Führer binnen weniger Minuten rettungslos verloren wären.

»Gibt es mehr als einen Ein- und Ausgang aus diesem finsteren Irrgarten?«, fragte sie. »Abgesehen von den Katakomben in Rom ist mir dergleichen nicht vorgekommen.«

»Nur noch einen dritten«, lautete die Auskunft.

»Und wohin führt der? Gehört er auch zur Abtei?«

»Der endet in einem engen Tunnel unter der Südwestecke der Stadtmauer. Früher, als die adligen Geschlechter in der Stadt lebten, diente er als Fluchtweg, wenn die Stadt belagert wurde.«

»Wird der heute noch genutzt?«

»Jedenfalls nicht, seit ich in der Abtei bin. Gesehen habe ich den Ausgang natürlich. Alle Riegel sind auf der Innenseite der Türen. Von außen kann niemand eindringen; es sei denn, er hat Helfershelfer drinnen.«

Eadulf schaute sich besorgt in dem Schummerlicht um. Von irgendwoher schien ein schwacher Lichtschein zu kommen, doch ließ sich die Richtung nicht feststellen. Bruder Sigeric bemerkte, wie er den Kopf hin und her wandte und nach etwas suchte.

»In den Gewölben ist immer ein schwacher Schimmer«, erläuterte er. »Das liegt an dem Gestein, das die Decke der ursprünglichen Höhle bildet. Muss eine Art Phosphor sein.«

»Hat sich Schwester Valretrade nie gefürchtet, hier allein entlangzulaufen, um sich mit dir zu treffen?«, erkundigte sich Eadulf, den das Ausmaß der gewaltigen Gewölbe beeindruckte.

»Sie kannte den Weg genauso gut wie ich und hatte deshalb keine Angst. Allerdings war unser Treffpunkt weiter hinten einfacher für mich. Ich zeige dir gleich, wo.«

»In der Nacht, als Dabhóc ermordet wurde und du nicht hier warst zu eurer Verabredung ... Wäre es denkbar, dass sie sich auf den Weg zur Kapelle machte und ihre Kerze erlosch und sie sich in der Dunkelheit völlig verirrte?« Ein fürchterlicher Gedanke, und doch sprach Eadulf ihn aus.

»Bestimmt nicht. Dafür kannte sie sich hier zu gut aus«, tat Bruder Sigeric eine solche Vorstellung sofort ab. »Wir haben uns immer an einer bestimmten Stelle getroffen. Wenn einer von uns dort wartete, und der andere kam nicht, haben wir eine Figur verrückt, und der andere hat daran erkannt, dass man hier war. Dann sind wir zurück in unsere Zellen gegangen und haben uns neu verständigt. Wir hatten uns geschworen, nie tiefer in die Gewölbe hineinzugehen.«

Sie waren an eine Stelle gelangt, an der etliche kleine Nebenkammern vom Pfad abgingen. In jeder Kammer stand ein reichgeschmückter Sarkophag. Bruder Sigeric blieb vor einer der Nischen stehen und winkte sie herein.

»Hier haben wir uns immer getroffen. Seht ihr die Statuette da?« Er wies auf ein Miniatur-Standbild eines kleinen Mannes mit den Beinen einer Ziege und Hörnern auf dem Kopf, der eine Panflöte hielt. Fidelma glaubte sich zu erinnern, Kunstwerke dieser Art in Rom gesehen zu haben. »Wir haben die Statuette auf eine Seite des Sarkophags gestellt und sie auf die andere Seite gerückt, wenn wir uns verfehlt hatten, das kam aber höchst selten vor.«

Vom Mausoleum war es nur noch ein kurzes Stück bis zu einer steinernen Treppe, die nach oben führte. »Wenn du durch die Tür da oben gehst, bist du in der *domus feminarum«,* erklärte Sigeric Fidelma, nahm eine Kerze aus seiner Tasche und reichte sie ihr. »Du wirst sie nicht brauchen, nimm sie aber für den Notfall. Valretrade hat mir erzählt, die Äbtissin lässt die Korridore hier und da mit Laternen beleuchten. Das kann für dein Vorhaben gut oder schlecht sein. Wenn dir jemand begegnet, dann ... Aber hoffen wir lieber, dass alle schlafen.«

Fidelma schwieg und gestand damit ein, dass sie es ebenfalls hoffte.

»Mir wäre es lieber, ich könnte dich begleiten«, drängte Eadulf.

Sofort schüttelte sie den Kopf. »Das wäre töricht. Wenn wir auf jemanden stoßen, was dann? Dich als eine der frommen Schwestern auszugeben, das geht doch nun wirklich nicht. Ich aber kann mich verstellen und so vielleicht unerkannt bleiben.«

Zu überzeugen vermochte sie ihn nicht.

Fidelma nahm sich Bruder Sigerics Lageplan vor und betrachtete ihn nochmals aufmerksam. »Die Tür da oben ist nicht verschlossen?«

»Nie, soweit ich weiß«, erwiderte Bruder Sigeric.

»Und wenn ich oben bin, dann stehe ich zwischen dem Vorratsraum und der Küche?«

»Genau so ist es.«

»Also dann – frisch gewagt ist halb gewonnen.«

»Wir warten hier auf dich«, versicherte ihr Eadulf.

Bruder Sigeric wies rückwärts auf den Treffpunkt, den er ihnen gezeigt hatte. »Wir machen es uns derweil dort gemütlich. Ich bin sicher, du findest die Kammer von Inginde und Valretrade ohne Schwierigkeiten.«

Ohne ein Wort zu sagen, stieg Fidelma die Treppe zu der Tür empor. Die war geschlossen, doch sie tastete nach der Klinke, und die ließ sich leicht niederdrücken. Sie schaute nach unten, wo die Männer noch warteten und die Laterne hochhielten, um ihr so viel Licht zu geben wie möglich. Sie hob die Hand, trat durch die Türöffnung und schloss die Tür hinter sich.

Mit dem Rücken zur Tür wartete sie, bis sich ihre Augen an die

Dunkelheit gewöhnt hatten. Sie wollte Bruder Sigerics Rat befolgen und die Kerze, die sie in ihr *marsupium* getan hatte, nur im Notfall benutzen.

Zum Glück drang auch Mondschein durch eines der Fenster und ließ den Korridor mit den Steinfliesen vor ihr in einem seltsam bläulichen Licht erscheinen. Sigerics Plan hatte sie sich fest eingeprägt, und so schritt sie entschlossen los. Er hatte mit der Skizze wirklich gute Arbeit geleistet, nirgends stieß sie auf ein unerwartetes Hindernis. Alle Korridore schienen menschenleer.

Problemlos durchquerte sie die große Halle, die wohl das *calefactorium* der Frauen war. Dann sollte sie rechts den Gang entlanggehen bis zu einer Treppe, die ins nächste Stockwerk führte. Dort blieb Fidelma stehen und prüfte ihren Lageplan unter einer Laterne, die von einem Metallarm an einer Ecke hing, an der mehrere Gänge aufeinandertrafen. Wie ihr Bruder Sigeric vorgezeichnet hatte, musste sie sich jetzt rechts halten und dann auf einer Wendeltreppe mit Steinstufen ins Obergeschoss steigen. Die dritte Tür links würde die Kammer sein, die Schwester Valretrade mit Schwester Inginde geteilt hatte.

Sie faltete den Grundriss zusammen, steckte ihn in ihr *marsupium* und bewegte sich mit aller Vorsicht weiter. Nur eins machte ihr Sorgen. Wenn nun Schwester Valretrade tatsächlich fort war, ob Schwester Inginde dann eine andere Zimmergenossin in ihrer Kammer hatte? Das war ein Risiko, das sie auf sich nehmen musste.

Die Wendeltreppe hatte sie rasch erreicht und setzte schon den Fuß auf die erste Stufe, da hörte sie über sich ein Geräusch. Jemand kam die Treppe herunter. Zum Glück geschah das recht langsam, doch das Licht einer Kerze fiel bedrohlich nach unten. Fidelma erstarrte, überlegte fieberhaft und trat ein paar Schritte zurück. Es gab nichts, wohinter sie sich hätte verstecken können. Auch blieb ihr keine Zeit, zum Anfang des Korridors zurückzuhuschen, ehe die herabsteigende Gestalt unten war.

Sie zog sich die Kapuze über den Kopf und die Kutte eng um sich, wandte sich zur Treppe und begann hinaufzusteigen. Die Unbekannte blieb stehen und hielt die Kerze hoch, die sie vor sich her trug. Unter ihrer Kapuze konnte Fidelma sehen, dass es sich um eine alte Frau handelte, ein betagtes Mitglied der Klostergemeinde. Eine knochendürre, zitternde Hand umklammerte das Licht. Die Augen waren weit offen und blickten ins Leere, die Lippen hingen schlaff. Fidelma fasste sich rasch.

»Bene vobis«, sagte sie mit hohler Stimme und ging an der Alten vorbei.

»Sei gesegnet, Schwester«, murmelte die Greisin und trat zur Seite.

Fidelma atmete auf, stieg weiter zügig die Wendeltreppe empor und strebte ins Dunkel. Im Obergeschoss blieb sie stehen, lauschte und hörte, wie die Alte den Korridor entlangschlurfte. Sie hatte nicht aufgeschrien, war in keine Hast verfallen, woraus man hätte schließen können, sie hätte Verdacht geschöpft.

Fidelma wartete noch einen Moment, starrte in den schummrigen Gang, zählte die Türen und entschied sich für eine. Jetzt kam der nach ihrer Meinung gefährlichste Moment. Wenn es die falsche Tür war, wenn Schwester Inginde verlegt worden war oder sonst jemand zu ihr gezogen war ...

Wenn! Wie ging doch die Redensart, die sie gehört hatte? »Mit einem ›Wenn‹ könnte man ganz Rom in eine Flasche stecken.« Keine Zeit jetzt, über »Wenn und Aber« nachzugrübeln. Sie schob die Kapuze zurück und ging beherzt zu der Tür. Lauschte noch einmal, alles blieb still.

Sie fasste den Türknauf, drehte ihn langsam, wagte kaum zu atmen. Die Tür ließ sich geräuschlos öffnen, sie schlüpfte hinein und schloss sie hinter sich. Die Kammer war nicht völlig dunkel. Im Mondschein konnte sie deutlich Gegenstände erkennen. Dass sie in der richtigen Kammer war, zeigte ihr ein Blick zum Fenster. Auf der anderen Hofseite flackerte eine Kerze in einem Fenster, genau gegenüber. Bruder Sigerics Leuchtzeichen!

Sie schaute sich kurz um. In der Kammer standen zwei Betten, doch Gott sei Dank, eines war leer. Niemand sonst war im Raum.

Sie bückte sich und rüttelte die Schlafende sanft an der Schulter. Das Mädchen wurde mit einem Ruck wach. Fidelma presste ihr die Hand auf den geöffneten Mund, um jeden Angstschrei zu ersticken. Blieb zu hoffen, Bruder Sigeric hatte recht mit seiner Behauptung, die junge Nonne spräche gut Latein.

»Sei still. Ich tue dir nichts zuleide«, flüsterte sie. »Bist du Schwester Inginde?«

Mit schreckgeweiteten Augen nickte das verängstigte Mädchen.

»Ich benötige deine Hilfe. Ich heiße Fidelma – ich bin mit Sigeric befreundet. Kennst du ihn?«

Wieder ein kurzes Nicken.

»Ich nehme jetzt die Hand weg, aber schrei nicht los.« Sie zog die

Hand zurück und fuhr ruhig fort: »Ich bin hier, um Sigeric zu helfen, Valretrade zu finden. Sie hat diese Kammer mit dir geteilt. Man hat uns gesagt, sie habe sich entschlossen, diese Abtei und die Stadt zu verlassen.«

»So heißt es auch hier«, erwiderte Inginde zurückhaltend.

»Sigeric glaubt das nicht.«

»Darf ich mich aufsetzen?«

Fidelma trat zurück und nahm auf dem Bett gegenüber Platz. Schwester Inginde schwang sich aus dem ihrigen, griff sich eine Kutte und legte sie sich um die Schultern.

»Ich kann dich nicht richtig erkennen. Wie war doch dein Name? Fidelia?«

»Nein, Fidelma.«

»Das klingt ungewöhnlich.«

»Nicht in meiner Heimat. Ich bin aus Hibernia, wie ihr das Land nennt, weit im Westen.«

»Dann gehörst du nicht zu unserer Gemeinschaft hier?«

»Ich nehme am Konzil teil.«

Das Mädchen schüttelte ungläubig den Kopf. »Frauen sind zum Konzil nicht zugelassen ...«, begann sie, hielt aber inne. »Oh, dann bist du diejenige, die der Bischof neulich beim Abendgebet erwähnt hat. Du untersuchst den Tod des hibernischen Abts. Wie ist denn so etwas möglich?«

»In meinem Land bin ich Anwältin. Bischof Leodegar hat mich bevollmächtigt, die Nachforschungen zu betreiben.«

Inginde schien immer noch misstrauisch. »Wenn du die Genehmigung des Bischofs hast, warum stiehlst du dich in die Schlafkammern der Schwestern wie ein Dieb in der Nacht?«

Fidelma lachte kurz auf. »Wahrscheinlich ist das die einzige Art, an die Wahrheit zu gelangen, ohne von deiner *abbatissa* behindert zu werden.« Das Mädchen überlief ein Schauder. »War sie es, die euch mitgeteilt hat, Valretrade habe die *domus feminarum* verlassen? Stimmt das eigentlich?«

»Valretrade ist seit fast einer Woche nicht mehr hier«, bestätigte die Nonne.

»Und sie ist aus freien Stücken gegangen?«.

»So hat es uns Äbtissin Audofleda gesagt.«

Fidelma beugte sich vor, sie hatte gespürt, dass die Antwort zögerlich kam. »Und du glaubst das?«

Das Mädchen rutschte unruhig hin und her. »Warum sollte ich es nicht glauben?«, erwiderte sie vorsichtig.

»Seien wir ehrlich miteinander«, redete ihr Fidelma zu. »Erzähl mir, was du über Schwester Valretrade weißt und wie sie aus dieser Abtei verschwunden ist.«

Schwester Inginde zögerte und sagte schließlich: »Ich weiß, dass sie mit Bruder Sigeric ein Verhältnis hatte.«

»Ein Verhältnis?«

»So nennt man das doch. Sie haben sich regelmäßig getroffen, aber mich ging das nichts an. Sie machten es heimlich; bloß weil ich die Zelle mit ihr teilte, habe ich natürlich die Zeichen gesehen, die sie ihm gab und die er ihr gab. Valretrade hat mir gestanden, dass sie ihn liebt.«

»Hat sonst noch jemand in der Abtei davon gewusst?«

»Ich glaube nicht.«

»Und wie ist sie verschwunden? War das die gleiche Nacht, in der Abt Dabhóc ermordet wurde?«

»Während der Morgenandacht haben wir das über den Abt erfahren. Und dass Valretrade uns verlassen hat, habe ich auf dem Weg zur Morgenandacht gehört.«

»Könntest du mir schildern, was sich in der Nacht zugetragen hat?«

»Eigentlich gibt es da gar nicht viel zu schildern. In der Nacht stellte Valretrade eine Kerze auf den Fenstersims dort« – sie wies mit dem Kopf in die Richtung –, »das tat sie immer, wenn sie sich mit Bruder Sigeric treffen wollte. Als sie die Antwort in seinem Kammerfenster sah, da über den Hof ...« Inginde stockte und runzelte die Stirn beim Blick aus dem Fenster. »Oh, da drüben brennt ja eine Kerze in Bruder Sigerics Zelle. Was hat das zu bedeuten?«

»Es ist ein Zeichen, das mich in die richtige Kammer leiten sollte«, erklärte Fidelma ihr. »Erzähl weiter.«

»Natürlich habe auch ich seine Kerze brennen sehen. Valretrade zog ihre Schwesterntracht an und ging, um sich mit ihm zu treffen.«

»Und sie ist nicht zurückgekommen?«

Schwester Inginde verneinte.

»Sie hat all ihre Sachen hier gelassen?«

»Das war merkwürdig. Sie waren hier, als ich am Morgen hinunter in den Waschraum ging. Ich wunderte mich, warum sie diesmal so lange ausblieb. Als ich wieder nach oben kam, waren die Sachen fort. Ich nahm an, sie wäre zurückgekommen und hätte sie mitgenommen, während ich mich wusch.«

»Also hat sie die *domus feminarum* verlassen, ohne sich zu verabschieden, hat aber noch Zeit gehabt, um der Äbtissin ein paar Zeilen zu schreiben?« Wie stark Fidelma das bezweifelte, war ihrer Stimme anzumerken.

Schwester Inginde zuckte die Achseln. »Eine andere Erklärung kann ich mir nicht denken.«

»Wann hast du erfahren, dass sie die Klostergemeinschaft für immer verlassen hat?«

»Beim Mittagessen. Da hat Schwester Radegund mir gesagt, dass Valretrade eine Mitteilung hinterlassen hat und fort ist.«

»Wie lange kennst du Valretrade schon?«

»Seit ich hierher kam, das war vor einem Jahr.«

»Und du hast immer diese Kammer mit ihr geteilt?«

»Von Anfang an«, bestätigte die Schwester.

»Es muss dir doch merkwürdig vorgekommen sein, dass sie fortgegangen ist, ohne dir auch nur ein Wort zu sagen. Hat dir nicht zu denken gegeben, dass genau zu der Zeit der Abt ermordet wurde?«

»Uns wurde gesagt, der Tod des Abts habe nichts mit Valretrade zu tun.«

»Hat Schwester Radegund dir gezeigt, was Valretrade geschrieben hatte?«

Wieder ein verneinendes Kopfschütteln.

»Hast du sie gebeten, es dir zu zeigen?«

Schwester Inginde musste kichern. »Man stellt Schwester Radegund keine Fragen und der Äbtissin erst recht nicht.«

Damit hatte Schwester Fidelma Erfahrung. »Hat sie angedeutet, warum sie sich gerade in jener Nacht mit Sigeric treffen wollte?«

»Ist das nicht klar, Schwester? Sie liebten einander.«

»War das alles? Gab es keinen anderen Grund?« Fidelma merkte, dass ihr Gegenüber unsicher wurde. »Nun rede schon. Irgendwas muss es gegeben haben.«

»Sie war nur so anders. Ich fand, sie war irgendwie erregt, als sie an dem Abend hereinkam. Irgendetwas beschäftigte sie. Ich bin sicher, sie hatte etwas gehört oder gesehen, das sie ... ›verstörte‹ – genau das Wort suchte ich, etwas, das sie verstört hatte. Ich fragte sie, was los sei, doch sie wollte sich dazu nicht äußern.«

»Bist du nicht auch der Meinung, dass sie mit dir oder Sigeric darüber gesprochen hätte, falls sie die Abtei aus freien Stücken verlassen wollte?«

»Ich habe gedacht, sie hatte sich mit Sigeric verständigt und sich plötzlich entschlossen, gemeinsam mit ihm das Kloster zu verlassen. Dass dem nicht so war, merkte ich erst ein paar Tage später. Da kam Sigeric zum Frauenhaus und erkundigte sich nach ihr.«

Fidelma zog die Brauen zusammen. »Ich dachte, Schwester Radegund war die einzige, die von Sigerics Nachfrage an der Pforte der *domus feminarum* wusste.«

»Ich war zufällig in der Nähe der Pforte und habe das Gespräch mit angehört.«

»Und da hast du gar keinen Verdacht geschöpft?«

Das Mädchen gab sich unbeeindruckt. »Valretrade stammt aus Autun. Ihre leibliche Schwester lebt hier. Sie hätte ja zu ihr gegangen sein können, um einen Zeitpunkt abzuwarten, zu dem sie sich mit Sigeric verständigen konnte. Mehr weiß ich nicht.«

Fidelma schwieg, überdachte, was sie eben gehört hatte. Sie spürte, dass sie von Schwester Inginde nicht mehr erfahren würde. Das war enttäuschend. Offensichtlich bestand keine Verbindung zwischen dem Tod des Abts und Valretrades Verschwinden.

»Danke, Schwester Inginde«, sagte sie und erhob sich. »Ich muss dir wohl nicht sagen, dass unsere Begegnung auf jeden Fall unter uns bleiben muss.«

»Wirst du weiter versuchen, Valretrade zu finden?«, fragte die Klosterschwester leise.

»Ja, ich will mich bemühen«, antwortete Fidelma bitter. »Ich habe Sigeric versprochen, alles zu tun, was mir nur möglich ist.«

»Ich hoffe, dass du Erfolg hast. Doch vergiss nicht, Äbtissin Audofleda ist mächtig. Du solltest dich vor ihr in Acht nehmen.«

»Das werde ich tun«, versicherte Fidelma und ging zur Tür. »Wenn du mich brauchst, gib mir ein Zeichen. Mir fällt keine bessere Methode ein als die, die Valretrade benutzt hat – die Kerze im Fenster.«

»Ich werde daran denken. Aber nur, wenn es ganz dringend ist.«

»Vielen Dank, Schwester Inginde. Du hast mir sehr geholfen.«

Fidelma verließ die Zelle und ging zur Wendeltreppe. In der *domus feminarum* war alles still. Nichts regte sich. Ohne jeden Zwischenfall erreichte sie den Zugang zu den Gewölben. Sobald sie die Treppe herunterkam, eilten ihr Eadulf und Bruder Sigeric besorgt entgegen.

»Hast du sie angetroffen? Hast du mit Schwester Inginde gesprochen?«, wollte Bruder Sigeric sofort wissen.

»Sie bestätigt, dass Valretrade vorige Woche verschwunden ist. Sie sei in der Nacht, als sie losgegangen war, um sich mit dir zu treffen, nicht mehr zurückgekommen.«

»Nicht zurückgekehrt?« Bruder Sigeric war betroffen. »Sie hatte doch an unserem Treffpunkt die Figur so gestellt, dass ich wusste, sie war dort gewesen und wieder in ihre Kammer gegangen.«

»Wir sollten uns ins *scriptorium* begeben, da können wir uns in Ruhe unterhalten«, riet Fidelma. »Zumindest ist es dort gemütlicher als hier.«

Widerstrebend nahm der junge Mönch die Laterne auf und führte sie aus den Katakomben der Abtei.

Im *scriptorium* setzten sie sich in eine Ecke, und Fidelma berichtete, wie das Gespräch mit Schwester Inginde verlaufen war. »Nach dem, was Schwester Inginde von Schwester Radegund erfuhr, soll Valretrade eine schriftliche Mitteilung an die Äbtissin hinterlassen haben, aus der hervorgeht, dass sie die Abtei verlassen will.«

Bruder Sigeric brauste auf: »Lauter Lügen!«, rief er. »Ich schwöre, sie wird in der *domus feminarum* gefangengehalten. Als eine teuflische Bestrafung, die ihr dieses Weib Audofleda zugedacht hat.«

»Könnten wir nicht verlangen, diese Notiz zu sehen?«, schlug Eadulf vor. »Valretrade hat sie doch selber schreiben können, nicht wahr?«

»Natürlich kann sie schreiben«, brummte Bruder Sigeric.

»Ach ja. Tut mit leid«, entschuldigte sich Eadulf. »Du hast uns erzählt, ihr beide habt hier Manuskripte abgeschrieben. Würde man ihre Handschrift erkennen?«

»Alle Kopisten haben ihre besonderen Schreibgewohnheiten«, erläuterte Sigeric. »Sie hat eine ausgeprägte Handschrift. Bei den Buchstaben ›b‹ und ›d‹ verzierte sie immer den Stamm mit einem kurzen Querstrich.«

»Sehr gut«, warf Fidelma ein, »das sollten wir nicht vergessen, es muss uns nur gelingen, ihre Mitteilung zu Gesicht zu bekommen.«

»Egal, ob es nun so einen Brief gibt oder nicht. Nie hätte sie die Abtei verlassen, ohne sich mit mir zu beraten. Ich behaupte, sie ist nicht aus eigenem Antrieb fortgegangen.«

»Meinst du, man hat sie entführt?«, rätselte Eadulf.

»Genau das will ich damit sagen. Es gibt Gerüchte ... über andere Frauen und ihre Kinder ...«

»Gerüchte?«, forschte Fidelma. »Sprich!«

»Es heißt, Frauen und Kinder sind aus der *domus feminarum* verschwunden.«

»Du meinst die Frauen und Kinder von einigen der Klosterbrüder hier?«

Bruder Sigeric bestätigte das nickend, und Fidelma schnaubte empört. »Warum hat mir das niemand vorher gesagt? Sei es, wie es sei! Seit wann gibt es solche Gerüchte?«

Bruder Sigeric fuhr sich mit den Fingern einer Hand durchs Haar, als ob er damit seinem Gedächtnis nachhelfen könnte. »Ich bin mir nicht sicher. Doch seit zwei oder drei Wochen reden einige Brüder davon. Valretrade hat auch einmal erwähnt, dass ein paar der verheirateten Frauen beschlossen hätten, die Abtei zu verlassen.«

»Kannst du dich erinnern, wie sie das ausgedrückt hat?«

Sigeric überlegte einen Moment. »Genau eigentlich nicht – tut mit leid.«

»Hat sie gewusst, weshalb diese Frauen wegwollten? Womit haben sie das begründet?«

»Sie waren fort, ehe noch jemand aus der Schwesternschaft wusste, dass sie gehen würden. Daher hat sie auch mit keiner darüber reden können.«

Fidelma kniff die Augen zusammen. »Heißt das, sie sind so wie Valretrade einfach aus der *domus feminarum* verschwunden?«

Der junge Schreiber sah sie durchdringend an und versuchte, den Sinn ihrer Frage zu begreifen. »Verschwunden?«, wiederholte er.

»Wie viele verheiratete Frauen mit Kindern sind oder waren in der Klostergemeinschaft?«

»Bruder Chilperic würde das wissen«, begann Sigeric.

»Schätzungsweise wenigstens«, fuhr ihn Fidelma an. »Das wirst du uns doch zumindest sagen können.«

»Ich nehme an, etwa dreißig von den Brüdern, wenn nicht mehr, hatten feste Bindungen oder waren verheiratet. Es gab etwa ein Dutzend Kinder.«

»Und diese Brüder – sind sie alle fort?«

Er schüttelte den Kopf. »Nein, die Brüder sind noch hier in der Abtei. Das sind vor allem die, die sich Bischof Leodegar unterwarfen und sich von ihren Frauen scheiden ließen – wie Bruder Chilperic.«

»Wie viele ihrer Frauen und Kinder sind danach in der *domus feminarum* verblieben?« Fidelma schlug mit der Faust auf den Tisch, dass beide Männer erschreckt zusammenfuhren. »Kenntnisse braucht man. Einzelheiten! *Sine scientia ars nihil est!* Ohne Wissen nützt alle Kunst nichts.«

»Das verstehe ich nicht«, murmelte Bruder Sigeric.

»Ohne Kenntnis der Umstände und Einzelheiten kann ich keine Untersuchung führen. Hätte ich diese Geschichten von den verschwundenen Frauen und Kindern gewusst, dann hätte ich ganz andere Fragen stellen können.«

»Aber das sind doch nur Gerüchte«, protestierte Bruder Sigeric. »Bis auf eine Sache ...«

»Und die wäre?«

»Einer der Brüder hat mit einem Händler aus der Stadt zu tun gehabt, der etwas von unserem Überschuss an Ernteerträgen abgenommen hat. Der erzählte ihm, er hätte drei Nonnen mit einem fremdländischen Mann gesehen. Darüber hätte er sich gewundert, denn er kannte die Frauen aus der *domus feminarum,* früher wären sie mit Mönchen aus der Abtei verheiratet gewesen ... eben bis ...« Er endete mit hilfloser Geste.

»Wann wurden diese Nonnen gesehen?«

»Gerade vor einer Woche.«

»Wo? In der Stadt?«

»Er hat gesehen, wie sie in die Villa der Gräfin Beretrude gingen.«

Fidelma blieb eine Weile stumm, dann erklärte sie: »Das hätte ich längst wissen müssen. Ich muss der Sache auf den Grund gehen. Wenn diese Geschichten vom Verschwinden der Nonnen wahr sind, dann gilt es noch vieles zu klären.«

Kapitel 12

Am darauffolgenden Tag – Morgenandacht und Frühstück lagen hinter ihnen – stand Bruder Chilperic vor dem Refektorium und passte Fidelma und Eadulf ab. Er war merklich nervös.

»Bischof Leodegar wünscht euch so bald wie möglich in seinen Gemächern zu sehen.« Auch sein Tonfall war aufgeregt.

»Dem hat die Äbtissin zugesetzt«, murmelte Eadulf.

Der Bischof empfing sie verstimmt.

»Äbtissin Audofleda hat sich bei mir beschwert.«

Fidelma ließ sich von seiner missmutigen Art nicht einschüchtern, machte eher ein besorgtes Gesicht und schüttelte bedauernd den Kopf.

»Ich wollte ohnehin mit dir über diese Frau sprechen, ehe wir unseren Bericht nach Rom senden.«

»Beleidigt hättet ihr sie und vergessen, dass ...«, legte er los, hielt aber im gleichen Moment erschrocken inne. »Bericht nach Rom? Das bedarf einer Erklärung.«

»An sich wollte ich unverzüglich mit dir über sie reden, aber dann lief ich einem alten Freund von mir in die Arme, dem Emissär des Bischofs von Rom.«

»Dem Nuntius Peregrinus?« Bischof Leodegars Ton wurde etwas verbindlicher. »Du kennst ihn? Davon hat er mir nichts gesagt.«

»Selbstverständlich kenne ich ihn. Wie gesagt, ich wollte dir mein Befremden über das Gebaren der *abbatissa* nicht vorenthalten, aber nachdem ich ihm wiederbegegnete, fand ich es richtiger, ihn davon in Kenntnis zu setzen und meine Beschwerde an Rom zu richten.«

Bischof Leodegar war bestürzt. »Beschwerde? Wieso Beschwerde? Beschwert hat sich Äbtissin Audofleda, und zwar über euch.«

Gleichgültig zuckte Fidelma mit den Schultern. »Das wundert mich nicht. Für sie ist Angriff die beste Verteidigung. Aber was mich betrifft, kann ich nicht einfach so tun, als wäre nichts geschehen. Es gibt Dinge, über die ich nicht hinwegsehen kann.«

»Nicht darüber hinwegsehen? Was soll das heißen?«

»Wenn ich mich recht erinnere, hast du davon gesprochen, dass diese

Abtei – genau genommen beide Gemeinschaften, die der Ordensbrüder und Ordensschwestern – die Regel des Benedikt angenommen haben.«

Er nickte langsam.

»Dann solltest du von Äbtissin Audofleda verlangen, dass sie sich daran hält. Schließlich heißt es dort, eine *abbatissa* dürfe nicht vergessen, dass sie im Namen Christi handelt, stets eingedenk des höchsten Richterspruchs, der sie erwartet, wenn sie ihre Arbeit nicht wie ein armer und demütiger Landmann, der sich auf dem Acker plagt, verrichtet. Von Anfang an behandelte sie uns mit einer unbeschreiblichen Herablassung. Und als ich ihr sagte, wir würden in deinem Auftrag sprechen, denn du hättest uns die Befugnis erteilt, dem unnatürlichen Tod von Abt Dabhóc nachzugehen, lehnte sie jegliche Hilfestellung ab. Ich frage mich, wer leitet eigentlich die Gemeinschaft? Du oder Äbtissin Audofleda?«

Bischof Leodegar wurde rot. »Äbtissin Audofleda leitet die *domus feminarum,* aber unter meiner Zuständigkeit«, erwiderte er, in seinem Eifer gedämpft. »Sie hat mir die Sache anders dargestellt.«

»Das war zu erwarten. Ich lege Wert darauf, dass man ihr ihre Rolle und den Sinn der Regula in aller Deutlichkeit klarmacht, denn sie hat dich als ihren Vorgesetzten übergangen.«

Darauf bedacht, dem Gespräch eine andere Richtung zu geben, versuchte Bischof Leodegar, wieder auf seine eigentliche Beschwerde zurückzukommen. »Äbtissin Audofleda hat gesagt ...«

»Wie sie es dir dargestellt hat, interessiert mich wenig«, fiel ihm Fidelma ins Wort. »Es ist ärgerlich genug, dass sie als Leiterin der Schwesternschaft Stellung und Pflichten derart missachtet, dass sie sich der Befugnis, die du uns erteilt hast, einfach widersetzt. Ist es eine kluge Entscheidung, eine Frau mit ihrem Hintergrund, ohne jede Ausbildung oder frühere Erfahrung im Klosterleben, mit der Leitung der *domus feminarum* zu betrauen?«

Eigentlich äußerte sich Fidelma nie in einer solchen Art und Weise über die Vergangenheit einer Frau; aber wenn sie es tat, dann hatte es seinen Grund. Sie hatte Bischof Leodegar aufgerüttelt, und er war nun bemüht, mit der für ihn unerquicklichen Situation fertig zu werden.

»Äbtissin Audofleda sagt ...«, fing er wieder an.

»Und *ich* sage, dass mich ihre Vorwürfe nicht weiter treffen. Was mich erzürnt, ist ihre Handlungsweise, und für mich steht fest, dass sie einen schwerwiegenden Fehler begeht. Wenn Nuntius Peregrinus nach Rom zurückkehrt, werde ich ihn bitten, meinem guten Freund, dem *nomenclator* Seiner Heiligkeit, über die Situation hier Bericht zu erstatten.«

Bischof Leodegar blieb der Mund offen. Er fuhr sich mit der Zunge über die Lippen. »Dem *nomenclator?«,* krächzte er.

»Ja, dem Ehrwürdigen Gelasius. Als ich in Rom war, habe ich Ermittlungen für ihn geführt. Ich dachte, das wäre dir bekannt. Ich werde Nuntius Peregrinus bitten, einen Brief an den Ehrwürdigen Gelasius mitzunehmen, der ihn über die Verhältnisse informiert, die ich hier vorgefunden habe und die meiner Meinung nach überprüft werden sollten.«

Bischof Leodegar war betroffen.

»Der Ehrwürdige Gelasius«, murmelte er. Ganz offensichtlich wusste er um den Ruf des *nomenclator* im Lateran-Palast.

»Ich nehme an, du kennst ihn?«, forschte Fidelma.

Er schüttelte den Kopf. »Ich habe von ihm Anweisungen bekommen, wie das Konzil abzuhalten ist ... Sendschreiben, die er im Auftrag des Heiligen Vaters geschickt hat.«

»Als *nomenclator* ist er derjenige, der alle Beschwerden und Bittschriften erhält und den Bischof von Rom berät, wie er mit ihnen verfahren sollte. Meiner Meinung nach sollte der Ehrwürdige Gelasius wissen, wie das Oberhaupt einer der Gemeinschaften seine Arbeit tut, besonders wenn es um die Abtei geht, die gegenwärtig das Zentrum einer entscheidenden Debatte über die Zukunft der westlichen Kirchen ist. Wüsste man um die Tatsache, könnte es durchaus sein, dass man die Weisungskraft des Konzils infrage stellt.«

Verzweifelt rang Leodegar die Hände. Ganz gegen seine Gewohnheit schlug er einen versöhnlichen Ton an.

»Da muss ein Missverständnis vorliegen, Schwester. Könntest du die Haltung der Äbtissin nicht falsch verstanden haben?«

Fidelma gab sich überrascht. »Im Gegenteil. Deutlicher konnte Äbtissin Audofleda ihre Auffassung gar nicht zum Ausdruck bringen.«

»Vielleicht war sie einem Irrtum erlegen. Ich hatte nicht persönlich mit ihr gesprochen, und mein Verwalter, Bruder Chilperic, hat ihr die Sachlage möglicherweise nicht deutlich genug erklärt.«

Fidelma blieb hart.

»Für meine Begriffe wusste sie sehr wohl Bescheid und brachte das auch mehr als deutlich zum Ausdruck. Außerdem hattest du am Tage unserer Ankunft den Sinn und Zweck unseres Aufenthaltes beim Abendgebet erläutert.«

Wie die meisten selbstherrlichen Menschen hatte auch der Bischof gewaltigen Respekt vor Leuten, die ihm an Macht und Einfluss überlegen waren.

»Ich könnte doch Äbtissin Audofleda den Sachverhalt noch einmal darlegen«, schlug er einlenkend vor. »Ich würde es diesmal auch persönlich tun. Könnten wir das mit dem Brief an den Ehrwürdigen Gelasius nicht sein lassen? Angesichts dessen, was sich Rom von dem Konzil hier erhofft, könnte der Zeitpunkt für ein solches Schreiben gar nicht unpassender sein. Ich schlage vor, wir warten mit der Entscheidung darüber, bis der Nuntius sich auf den Weg nach Rom macht. Was hältst du davon?«

Eadulf, der das Gespräch mit stillem Vergnügen verfolgt hatte, sah jetzt den Moment für gekommen, seine Rolle in dem Spiel zu übernehmen. »Vielleicht hat Bischof Leodegar recht«, sagte er mit Nachdruck. »Vielleicht hat sich die Äbtissin tatsächlich aus Unwissenheit falsch verhalten, dann wäre es nicht richtig, die ganze Gemeinschaft deswegen zu maßregeln. Ich denke, wir könnten es dem Bischof anheimstellen, sie wegen ihrer Verhaltensweise zur Rechenschaft zu ziehen.«

Bischof Leodegars Gesichtszüge hellten sich auf. »Ich bin zuversichtlich, sie zu einer bereitwilligen Mitarbeit zu gewinnen, und werde sie in eurem Sinne tadeln.«

»Das heißt, sie wird Bruder Eadulf und mir den Zugang zur *domus feminarum* gestatten, um auch dort unsere Nachforschungen zu betreiben?«, vergewisserte sich Fidelma.

Zum Einverständnis neigte er ergeben den Kopf.

Fidelma zögerte noch ein wenig, gab dann aber aufseufzend nach.

»Also gut. Das mit dem Beschwerdebrief stelle ich einstweilen zurück. Wir werden die Angelegenheit erneut überdenken, wenn die Zeit gekommen ist, Rom über den Ausgang des Konzils Bericht zu erstatten. Da fällt mir ein, einer der Zeugen, die ich befragt habe, ist der Schreiber Bruder Sigeric. Er war ausgesprochen hilfreich. Ich lege Wert darauf, dass ihm kein Ungemach widerfährt.«

Bischof Leodegar kniff die Augen zusammen. »Ihm kein Ungemach widerfährt?«, fragte er vorsichtig.

Fidelma machte eine Geste, die alles und nichts bedeuten konnte. »Vielleicht habe ich mich ein wenig grob ausgedrückt. Ich wollte lediglich sagen, dass für meinen Abschlussbericht sein Wohlbefinden von Bedeutung ist.«

Sie sahen sich in die Augen, und ohne Frage verstand der Bischof, was sie gemeint hatte. Er war der Erste, der den Blick abwandte.

»Es gibt keinen Anlass, zu befürchten, dass Bruder Sigeric etwas zustoßen könnte«, sagte er entschieden. »Ich werde dafür Sorge tragen.«

»Das ist gut. Damit wäre alles gesagt.«

Sie drehte sich um und wollte gehen, aber der Bischof hielt sie zurück.

»Ich bitte um einen weiteren Moment, Fidelma. Da ist noch eine andere Sache. Gräfin Beretrude hat alle Teilnehmer des Konzils zu einem Empfang in ihre Villa gebeten, nur ein kurzes Stück Fußweg von hier. Sie ist die Mutter von Graf Guntram, unserem Gaugrafen. Natürlich hätte es sich gehört, dass Guntram die ausländischen Gäste zum Empfang lädt, aber ...« Er zuckte mit den Schultern. »Graf Guntram nimmt derartige Aufgaben nicht gerade ernst, und oft empfängt seine Mutter herausragende Gäste in seinem Namen. Auch du und Bruder Eadulf, ihr seid beide geladen.«

»Wir nehmen die Einladung mit Freuden an. Wann soll der Empfang sein?«

»Heute am späten Nachmittag. Ich habe alle gebeten, sich im *anticum* einzufinden, sowie sie die Glocke läuten hören.«

»Dann würden wir gern noch vorher mit Äbtissin Audofleda sprechen.«

Prompt setzte er eine bedauernde Miene auf.

»Zuvor müsste ich sie selbst sehen, um ihr den Vorfall zu erklären, aber vor heute Abend ist das nicht möglich, da sie sich anderen Aufgaben widmen muss. Lässt sich eure Begegnung bis morgen früh verschieben? Ich versichere, dass es dann in Ordnung geht.«

Fidelma sah ein, dass ihr nichts anderes übrigblieb, als sich mit dem Aufschub einverstanden zu erklären.

»Ich kümmere mich darum«, versprach der Bischof. »Gräfin Beretrude wird es ein Vergnügen sein, euch heute Abend willkommen zu heißen. Als sie von eurer Ankunft in Autun hörte und davon, dass ihr in Sachen Abt Dabhóc ermittelt, hat sie ausdrücklich auf eure Gegenwart Wert gelegt. Auch hat sie ihre Einladung auf alle Frauen ausgedehnt, die in Begleitung der Gesandten angereist sind. Sie ist sich wohl bewusst, dass in anderen Ländern andere Sitten herrschen, und hat äußerst liberale Vorstellungen.«

»Wir werden sie nicht enttäuschen.«

Draußen vor dem Gemach des Bischofs musste Eadulf lachen. »Das war ein gekonntes Stück Diplomatie«, sagte er anerkennend.

Fidelma spielte die Sache mit einem alten Sprichwort ihres Volkes herunter: *»Cain cach sái, discir cach dái.«*

Eadulf hatte Schwierigkeiten, es richtig zu deuten.

»Der kluge Mann ist höflich, der Tor spuckt große Töne.«

»Du hältst den Bischof für einen Toren?«

»Für töricht genug, nicht zu begreifen, dass ein kluger Mensch ihn in seiner Anmaßung durchschaut. Doch das lässt mich meine bisherige Einschätzung seiner Person überdenken ...«

»Inwiefern?«

»Ich hatte das Gefühl, so, wie sich der Bischof gab, machte er sich äußerst verdächtig, in die Geschichte mit verwickelt zu sein. Wenn ich es mir aber recht überlege ...«

»Kommt dir was anderes in den Sinn?«

»Wenn er mit drinsteckt, würde er sich anders verhalten und vermeiden, irgendeinen Verdacht zu erregen. Also ist er entweder tatsächlich ein Tor, oder er ist ...«, sie suchte nach dem passenden Wort, »... *aneladnach.«*

»Ungehobelt? Ohne Geschick im Umgang?« Eadulf versuchte, eine lateinische Entsprechung dafür zu finden. »Oder meinst du arglos? Das wäre nicht dasselbe wie töricht.«

»Für manche Leute vielleicht nicht«, entgegnete Fidelma. »Was ich damit sagen will ist, er spürt vielleicht gar nicht, dass er sich falsch verhält. Vielleicht hat das etwas mit seinem kulturellen Hintergrund zu tun.«

Eadulf krauste die Nase, denn die Sitten und Anschauungen der Franken waren denen seines Volkes nicht unähnlich.

Sie durchquerten das *anticum,* wo Eadulf Bruder Chilperic, den Verwalter, entdeckte, der sich mit einem Möbelstück abmühte.

»Da hätten wir einen, der über Leodegars Kultur Bescheid wissen dürfte«, sagte er.

Auch Bruder Chilperic hatte sie bemerkt und sah überrascht auf. Zweifelsohne ging er davon aus, dass der Bischof sie energisch zurechtgewiesen hatte, und war nun unsicher, wie er ihnen begegnen sollte.

»Ist alles in Ordnung?«, erkundigte er sich, als sie auf ihn zukamen.

»Gibt es einen Grund, etwas anderes zu denken?«, entgegnete Fidelma unschuldig.

»Ich hatte den Eindruck, der Bischof war über irgendetwas verärgert, deshalb habe ich gefragt«, erwiderte der Verwalter, jetzt schon etwas lockerer.

»Grund zur Verärgerung hatten wir«, erklärte Eadulf. »Wir hatten das Gefühl, dass man unseren Nachforschungen nicht den nötigen Ernst entgegenbringt.«

»Das glaube ich nicht«, beeilte sich Bruder Chilperic zu sagen. »Die Gemeinschaft ist ehrlich besorgt und erwartet nichts sehnlicher als eure Ergebnisse. Bischof Ordgar schreitet in seinem Zimmer wie ein eingesperrter Löwe rastlos auf und ab, und Abt Cadfan verfügt in mehreren Sprachen über ein erstaunliches Vokabular; ich danke Gott, dass keine Frauen da sind, die das mit anhören müssen ... Da kann ich dich nur um Nachsicht bitten, Schwester.«

Fidelma lachte. »Ich kann mir Abt Cadfans Wortwahl gut vorstellen, egal in welcher Sprache. Es ist ja auch nicht leicht, unter Verdacht zu stehen und die ganze Zeit in einem einzigen Raum festgehalten zu werden. Wenn ich die Sache anders handhaben könnte, würde ich es gern tun. Aber was würde dabei herauskommen, wenn die beiden Prälaten sich frei bewegen könnten? Dass sie aufeinandertreffen, ließe sich kaum vermeiden, und nach dem, was sich vorher zwischen ihnen abgespielt hat, dürfte die Begegnung nicht gerade freundschaftlich ausfallen.«

Bruder Chilperic hing eine Weile dem Gedanken nach und nickte dann.

»Vermutlich würden sie aufeinander losgehen, und wir hätten den nächsten Toten. Bischof Ordgar ist übrigens außer sich, dass man ihm die Teilnahme an Gräfin Beretrudes Empfang verwehrt.«

»Solange die Untersuchung nicht abgeschlossen ist, scheint es mir nicht ratsam, sie gemeinsam irgendwohin einzuladen. Und nur einen von beiden zum Empfang gehen zu lassen, würde unweigerlich den Eindruck erwecken, dass man den anderen für schuldig hält«, legte Fidelma dar. »Ist denn der Empfang von so großer Bedeutung?«

Eadulf durchschaute sofort, worauf sie aus war. Sie wollte Näheres erfahren.

»Gräfin Beretrude hält es als Mutter unseres Gaufürsten für angemessen, dass die Gäste, die sich hier versammeln, um Fragen des Glaubens zu erörtern, offiziell begrüßt werden.«

»Wird Graf Guntram bei dieser Begrüßungsfeier ebenfalls zugegen sein?«

Der Verwalter war peinlich berührt.

»Graf Guntram ist ein junger Mann, der, wie ich leider zugeben muss, seine Herrscherpflichten nicht gerade ernst nimmt. Man wird über seine Abwesenheit hinwegsehen müssen. Von den Jahren her ist er erwachsen genug, aber seine Leidenschaft gilt der Jagd, dem Wein und ...« Er dämpfte seine Stimme. »Er ist leider kein guter Vertreter der Burgunden.«

»Seit wann steht Burgund unter der Herrschaft der Franken?«, wollte Eadulf wissen. »Man spürt immer noch einen gewissen Groll zwischen den Burgunden und Franken.«

»Unsere Unabhängigkeit haben wir erst vor wenigen Generationen verloren.«

»Du bist demnach selbst Burgunde?«, vergewisserte sich Fidelma.

Bruder Chilperic streckte sich selbstbewusst. »Ich bin stolz darauf, dass ich von Gundahar abstamme, dem Begründer unserer Nation«, bekannte er feierlich.

»Jetzt werdet ihr aber von den Franken regiert.«

»Das Heer der Franken hat Gudomar, unseren letzten König, und unsere Kämpfer besiegt. Aber unseren Namen und unsere Identität haben wir uns erhalten. Wir sind Burgunden.«

Fidelma überlegte. »Willst du damit sagen, dass ihr – die Burgunden – lieber eigenständig, unabhängig von den fränkischen Herrschern leben würdet?«

»Vita non est vivere, sed valere vita est!«, erklärte Bruder Chilperic mit fester Stimme. Das Leben besteht nicht nur darin zu leben, sondern auch stark und tatkräftig zu sein.

»Und du hast das Gefühl, die Burgunden können unter der Herrschaft der Franken nicht gut leben und tatkräftig sein?«

»Nicht ich allein empfinde das so, sondern die Mehrheit meines Volkes. Unser Problem ist, dass Burgund schon so lange unter dem Joch der fränkischen Könige sein Dasein fristet, dass wir fast vergessen haben, dass wir Burgunden sind. Das Volk braucht etwas Symbolträchtiges, das es wieder aufrichtet.«

»Glaubst du, so etwas wird geschehen?«, fragte Eadulf.

Bruder Chilperic machte eine wenig zuversichtliche Geste. »Wer weiß das schon? Es geht da ein Gerücht um ...« Er blickte verstohlen in die Runde. »Ihr müsst das für euch behalten, Bischof Leodegar ist Franke und steht der königlichen Familie der Franken sehr nahe.«

»Wir möchten nur die Dinge verstehen lernen«, versicherte ihm

Fidelma. »Leodegar wird nichts von dem, was du uns erzählst, erfahren. Was ist das also für ein Gerücht?«

»Vielleicht habt ihr schon von dem heiligen Benignus gehört, der den Glauben hierherbrachte und als Märtyrer starb«, flüsterte er. »Vor ein paar Monaten vernahm ich zum ersten Mal ein Gerücht, das unter den Bauern von Mund zu Mund ging: Der wahre König der Burgunden würde eines Tages wieder auferstehen mit dem Symbol des Benignus und das Volk darin bekräftigen, seine Freiheit wiederzuerlangen.«

»Und das Gerücht hält sich hartnäckig?« Fidelma war bemüht, nicht erkennen zu lassen, dass sie die Sache brennend interessierte.

»Es ist nur eins von vielen. Bauern träumen immer ein wenig.« Er lachte bitter auf. »Aber wir müssen die Wirklichkeit im Auge haben.«

»Und die sieht wie aus?«

»Wir sind nur ein kleines Volk. Die Franken sind viele – Austrasien und Neustrien umzingeln und überfluten uns wie ein Meer. Es bleibt uns nichts anderes übrig, als unser Los hinzunehmen.«

»Hast du uns nicht erzählt, dass du schon hier in der Abtei gelebt hast, *bevor* Bischof Leodegar kam?«

»Ich bin in dieser Stadt geboren und mit fünfzehn Jahren in das Kloster eingetreten. Hier habe ich meine ...« Er verstummte, und leichte Röte stieg in seine Wangen.

»Zur Verschwiegenheit besteht kein Grund«, half Fidelma verständnisvoll nach. »Es ist kein Verbrechen, geheiratet zu haben. Nur in den Augen von Bischof Leodegar und nach der von ihm eingeführten neuen Regel ist das so. Du wolltest gewiss sagen, du hättest hier im Kloster deine Frau kennengelernt?«

Er nickte langsam.

»Und ihr wart als Mann und Frau miteinander zufrieden und dientet dem Glauben in der Gemeinschaft hier, bis Bischof Leodegar erschien?«

»Wir waren zufrieden, weil wir nichts von unserem Fehlverhalten ahnten.«

»Und wer hat euch von dem Fehlverhalten gesprochen?«

Ihre Frage erstaunte den jungen Mann. »Bischof Leodegar natürlich, der hat uns die Ordensregel auseinandergesetzt.«

»Die Regula ist das eine, aber wer hat euch gesagt, dass es der einzige Weg ist, den Glauben zu leben?«

Bruder Chilperic zögerte von Neuem. »Du musst wissen, der Bischof rief uns zusammen, unterwies uns in dem einzig wahren Weg und vollzog unsere Trennung; wir mussten uns von unseren Frauen scheiden lassen, damit sie in der *domus feminarum* Aufnahme fanden.«

»Und Gott sagte: ›Wer hat euch gesagt, ihr wäret nackt?‹«, murmelte Eadulf vor sich hin.

»Was?«, fragte Bruder Chilperic und runzelte die Stirn.

»Mir kam nur eine Zeile aus der Heiligen Schrift in den Sinn«, bekannte Eadulf, »nichts weiter von Belang.«

»Als man euch so belehrt hatte, haben du und deine Frau beschlossen, euch scheiden zu lassen«, nahm Fidelma den Faden wieder auf.

»Was blieb uns denn weiter übrig.«

»Und deine Frau ging in die *domus feminarum?«*

»Ja.«

»Und ist noch immer dort?«

»Oh ja.«

»Und du hast sie seither nicht mehr gesehen, obwohl sie ganz in deiner Nähe ist?«

»Oh doch, ich sehe sie hin und wieder, weil unsere Aufgaben es erforderlich machen, gelegentlich etwas abzusprechen.«

»Ich dachte, zwischen den beiden Gemeinschaften ist jeder Verkehr untersagt?«, fragte Fidelma erstaunt nach.

»Ich bin hier Verwalter.«

»Und deine Frau?«

»Ist die Verwalterin der *domus feminarum.«*

»Schwester Radegund ist deine Frau?« Fidelma gelang es nicht, ihre Überraschung zu verbergen.

Er senkte den Kopf. »Sie heißt Radegund, ja, aber ich muss darauf verweisen, dass sie nicht mehr meine Frau ist und dass ich mich auf Weisung des Bischofs von ihr losgesagt habe.«

Fidelma atmete laut und deutlich aus.

»Eins möchte ich wissen, Bruder Chilperic, du sagtest, Bischof Leodegar ist Franke. Bist du ihm nicht gram?«

Verwundert über die Frage, erklärte er bestimmt: »Er ist Franke und, wie ich erwähnt habe, eng mit der königlichen Familie verbunden. Ehe ihm das Bischofsamt in Autun übertragen wurde, hat er lange Zeit am Hof verbracht. Er ist ein mächtiger Mann.«

»Und du dienst ihm gern?«

»Ich bin sein Verwalter.«

»Das ist keine Antwort auf meine Frage. Als Burgunde und bei deiner Einstellung zu den Franken muss es dich doch wurmen, dass er mit dem Amt betraut wurde und er die Lebensweise in der Abtei so drastisch verändert hat.«

Bruder Chilperic stand betroffen da.

»Ich stehe im Dienst dieser Abtei, Schwester. Hier gilt die Benediktinische Regula, und ich habe geschworen, sie zu befolgen. Du musst mich jetzt entschuldigen.« Mit diesen Worten drehte er sich um und ging davon.

Kopfschüttelnd wandte sich Eadulf an Fidelma. »Worauf willst du hinaus? Willst du Unruhe stiften und Feindseligkeit schüren?«

»Manchmal muss man nur einen Anstoß geben und bewirkt kleine Wunder.«

»Ach komm, du glaubst doch nicht etwa, dass die Probleme, mit denen wir konfrontiert sind, etwas mit der Feindschaft zwischen Burgunden und Franken zu tun haben?«

Sie sah ihn an und meinte dann nach einem Stoßseufzer: »Der Probleme gibt es viele, das siehst du vollkommen richtig. Wenn du mich fragst, dann gärt es in der ganzen Gemeinschaft hier unter dem zur Schau getragenen Gehorsam. Weshalb man in Rom ausgerechnet dieses Kloster als Tagungsstätte für ein Konzil gewählt hat, in dem es um die Zukunft der Glaubenslehre geht, ist mir ein Rätsel. Langsam denke ich, der Tod des armen Dabhóc ist nur ein harmloses Vorkommnis an der Oberfläche; das eigentliche Problem liegt tiefer.«

»Aber worin besteht es?«

»Keine Ahnung. Ich habe nur so ein Gefühl – mehr nicht.«

»Schau, da kommt der Kämmerer von Bischof Ordgar. Er hat uns bemerkt und steuert auf uns zu.«

Eine hochgewachsene Gestalt überquerte das *anticum.* Es war in der Tat der junge Bruder Benevolentia, der zielgerichtet auf sie zukam.

»Bischof Ordgar hat mir aufgetragen, falls ich euch sehe, zu fragen, wie lange sich eure Nachforschungen noch hinziehen«, sagte er statt einer Begrüßung.

»Ich könnte wetten, er hat das anders formuliert«, bemerkte Eadulf amüsiert.

Diese Art Humor hatte Bruder Benevolentia nicht erwartet.

»Ich gebe zu, er hat das etwas direkter ausgedrückt, Bruder.«

»Du kannst ihm zur Antwort geben, sie werden so viel Zeit wie nötig in Anspruch nehmen«, erwiderte Fidelma ungerührt.

Bruder Benevolentia zuckte gleichgültig mit den Schultern. »Mir ist das ohnehin egal.«

»Wie das, Bruder?«, fragte Eadulf, den seine Bemerkung aufhorchen ließ. »Du bist schließlich sein Kämmerer.«

»Bischof Ordgar hat euch doch selbst erzählt, dass sein voriger Kammerherr auf ihrer Reise nach Divio verstorben ist. Und da ich dort gerade Dienst tat und auch etwas von deiner angelsächsischen Sprache verstand, habe ich ihn ersetzt, aber nur vorübergehend. Ich habe nicht die Absicht, ihm länger als nötig zu dienen. Ich will in meine Heimatstadt zurück, und sobald der Bischof in sein Königreich Kent zurückkehrt, gehe auch ich wieder dahin, wo ich hingehöre.«

»Vorausgesetzt, dem Bischof ist freigestellt, wieder nach Kent zurückzukehren«, erinnerte ihn Eadulf.

Bruder Benevolentia nickte. »Es sieht nicht gut für ihn aus«, meinte er. »Du glaubst also, er hat Abt Dabhóc auf dem Gewissen?«

»Zumindest ist er einer der Verdächtigen«, mischte sich Fidelma ein, ehe Eadulf antworten konnte. »Aber noch sind wir weit davon entfernt, uns zu dem wahren Tatbestand äußern zu können.«

»Wie dem auch sei, ich habe die Botschaft, die mir Bischof Ordgar aufgetragen hat, übermittelt. Er ist ohnehin dabei, Nuntius Peregrinus zu ersuchen, ihm mehr Bewegungsfreiheit zu bewilligen und somit Abt Leodegars und eure Entscheidung zurückzunehmen.«

»Deine Offenheit in Ehren, Bruder. Stehst du gern in Bischof Ordgars Diensten?«

»Ich kann weder behaupten, dass ich ihn mag noch dass ich ihn nicht mag«, bekannte Bruder Benevolentia freimütig. »Ich bin ja erst wenige Wochen bei ihm und bleibe auch nur für die Dauer des Konzils.«

»Danach gehst du nach Divio zurück?«

»Ich war dort als Schreiber tätig, ich kenne mich in den Schriftzeichen des Griechischen und Lateinischen aus.«

»Du bist noch jung. Wo hast du dir dein Wissen angeeignet?«

»Meine Familie ...« Er hielt inne.

»Deine Familie?«, ermunterte ihn Fidelma.

»Meine Familie im Kloster Divio hat mich unterrichtet; schon als Junge begann meine Ausbildung dort. In der Bibliothek lehrte man mich das Kopieren.«

»Da kannst du aber von Glück sagen; die Gabe, in mehreren Sprachen zu lesen und zu schreiben, ist eine ausgezeichnete Sicherung fürs zukünftige Leben«, kommentierte Fidelma wohlwollend. »Das gilt nicht nur für die Klöster, auch viele bedeutende Familien halten sich Schreiber.«

»Das stimmt«, bestätigte Eadulf. »Wenn die Regeln von Bischof Leodegar dir nicht zusagen, finden sich bestimmt weltliche Herrscher, die derartige Fähigkeiten zu schätzen wissen.«

Bruder Benevolentia sah ihn einen Moment mit eiskalter Miene an. »Weltliche Herscher?«

»Guntram zum Beispiel könnte vielleicht einen guten Schreiber gebrauchen.«

»Guntram ist der Gaugraf hier.«

»Er ist dir demnach nicht unbekannt?«

»Natürlich nicht. Ich bin Burgunde. Seine Mutter, Gräfin Beretrude, entstammt einer adligen Burgundenfamilie. Sie gehören zum Geschlecht Gundahars, des ersten großen Königs der Burgunden. Ein jeder in Burgund kennt die Familie.«

»Dann ist Gräfin Beretrude eine mächtige und einflussreiche Dame?«

»Sie ist ihrem Volk gegenüber großherzig und wohltätig«, erwiderte Bruder Benevolentia lebhaft. »Zumindest nach dem, was ich über sie gehört habe.«

»Ist dir auch mehr über Gaugraf Guntram, ihren Sohn, bekannt?«

»Er ist nicht so großartig wie ...«

»Wie seine Mutter?«, half Eadulf ihm.

»Genau das wollte ich sagen.«

»Es heißt ja oft, Kinder müssen im Schatten ihrer Eltern wandeln«, merkte Eadulf an.

Bruder Benevolentia konnte sich eines Lächelns nicht erwehren, aber launig war es nicht. »Ebenso gut könnte es heißen, jeder große Mann überschattet seine Eltern.«

»Dem ist nichts entgegenzusetzen.«

»Wenn ihr mich jetzt entschuldigen wollt, es warten noch andere Pflichten auf mich.« Der junge Mann neigte kurz den Kopf und eilte davon.

Sie schauten ihm nach. »Das Schlimme an der Sache ist, dass er recht hat«, meinte Eadulf.

»Recht hat? Womit?«

»Wir können nicht darauf bestehen, dass Bischof Ordgar oder auch Abt Cadfan auf Dauer festgehalten werden.«

»Wir halten sie nicht auf Dauer fest, nur so lange, bis wir zu einem Ergebnis gekommen sind.«

»Aber wie lange wird uns das möglich sein?«

»Wir sollten Nuntius Peregrinus aufsuchen. Wenn Ordgar bei ihm vorstellig wird, ist es besser, wir sorgen dafür, dass sein Bittgesuch zu Zugeständnissen führt, die in unserem Sinne sind.«

Schon wandte sie sich zum Gehen, und Eadulf folgte ihr leicht verwirrt. Als er wieder neben ihr ging, sagte er: »Eine Sache wundert mich, nämlich die, dass Bruder Chilperic mit Schwester Radegund verheiratet war. Sie sieht älter aus als er, und eine Schönheit ist sie auch nicht gerade.«

Fidelma bedachte ihn mit einem vorwurfsvollen Blick.

»Du vergisst, *sua cuique voluptas* – jeder hat seine eigenen Vorlieben.«

Sie fanden den Nuntius im *calefactorium.* Als Fidelma auf ihn zustrebte, erhob er sich.

»Ich benötige deine Hilfe«, begann sie ohne weitere Vorrede.

Er machte eine einladende Handbewegung. »Du brauchst dich nur zu äußern.«

»Hast du schon mit Bischof Ordgar gesprochen?«

»Das wollte ich gerade tun, da ich hörte, dass er mich zu sehen wünschte.«

»Wie du weißt, hielt ich es ursprünglich für ratsam, Bischof Ordgar und Abt Cadfan nicht zu gestatten, ihre Zimmer zu verlassen, solange wir nicht mit unseren Untersuchungen zu Ende gekommen sind. Bischof Leodegar hatte sich mit einer solchen Vorgehensweise einverstanden erklärt.«

»Eine weise Vorsichtsmaßnahme«, stimmte ihr der Nuntius zu.

»Es bleibt jedoch noch eine Menge zu tun, und ich bin nicht sicher, wann wir mit Ergebnissen aufwarten können.«

»Und das bedeutet?«

»Bischof Ordgar will dich dazu bewegen, unsere Festlegung aufzuheben. Ich bin mir der Stellungen, die Ordgar und Cadfan innehaben, bewusst. Wenn beide ihr Ehrenwort geben, sich voneinander fernzuhalten, bis die Sache geklärt ist, könnte man sie freilassen.«

»Und wenn sie darauf eingehen?«

»Sie müssten dir ihr Wort geben, und du als oberster Beauftragter der Kirche erzwingst, dass sie es halten.«

»Ich werde es ihnen vorschlagen, und wenn sie einverstanden sind, müssen sie auf das heilige Kreuz einen Eid schwören«, erklärte der Nuntius nach kurzem Nachdenken.

»Großartig. Dann sind ihre Beschwerden aus dem Wege geräumt, und wir können unseren Nachforschungen nachgehen, ohne von ihnen behelligt zu werden.«

»Ist ihnen damit gestattet, zu Gräfin Beretrudes Empfang für die Gesandten zum Konzil zu gehen oder nicht?«

Fidelma schüttelte den Kopf. »Solange die Ermittlungen nicht zum Abschluss gebracht sind, müssen sie sich innerhalb der Klostermauern aufhalten.«

»Fürchtest du, dass der Schuldige von beiden einen Fluchtversuch unternehmen könnte? Willst du ihnen deshalb nur eine gewisse Bewegungsfreiheit geben?«, fragte der Nuntius.

»Nein. Ich hatte mich im Interesse ihrer eigenen Sicherheit dafür entschieden, sie auf ihren Zimmern zu belassen. Mache für ihre Bewegungsfreiheit bitte auch zur Bedingung, dass sie stets in Begleitung ihrer Kämmerer sind.« Dann fügte sie zu Eadulfs Erstaunen in aller Ruhe hinzu: »Der eine wie der andere könnte das nächste Opfer sein.«

Kapitel 13

Die Villa von Gräfin Beretrude war größer, als sie sich Fidelma bei ihrem ersten Blick auf den Eingang am Benignus-Platz vorgestellt hatte. Hatte man die von Kriegern bewachten Portale passiert, war man von der Ausdehnung der Villa und der Gartenanlagen überwältigt. Das kleinere Haus am Eingang war nur das für die Torhüter. Zu beiden Seiten der Holztore stand eine Säule aus Stein, auf der jeweils der rätselhafte Buchstabe »X«, von einem Kreis umschlossen, eingemeißelt war. Sicher hatte dieses Zeichen etwas zu bedeuten. Hinter den Toren eröffnete sich ein duftender Blumengarten mit einem Springbrunnen in der Mitte. An einen derartigen Anblick waren sie bereits gewöhnt – in Autun gab es einige Springbrunnen. Dieser hier erinnerte Fidelma an einen ähnlichen in Rom. Er war aus Marmor und wurde von kleinen pausbäckigen, Wasser speienden Putten mit Pfeil und Bogen geziert.

Es war ein warmer Nachmittag, wenngleich die Sonne bereits tiefer, gerade noch über den Häusern stand, so dass ihre Strahlen auf das Weiß der Wände die verschiedensten Schattierungen von Rosa zauberten. Der Blumenduft, dazu die Wärme ließen einem fast die Sinne schwinden. Fidelma machte den aromatischen Geruch von Rosmarin aus. Sie war dieser ungewöhnlichen Pflanze erstmals in Rom begegnet und hatte sich damals erkundigt, wie sie hieß – nadelähnliche Blättchen und lila, rosa oder hellblaue Blüten an oft verholzten Zweigen. Man hatte ihr erläutert, sie hieße »Meerestau« – *rosmarinus,* und später hatte sie erfahren, dass Apotheker sie benutzten, um Gedächtnisstörungen entgegenzuwirken.

Die Gesandten zum Konzil, Äbte und Bischöfe, standen mit ernsten Gesichtern in kleineren Gruppen um den Springbrunnen herum. Das Plätschern des Wassers wirkte an sich beruhigend, konnte aber bei den Versammelten nichts ausrichten. Ein paar von den Ehefrauen der Geistlichen hatten ihre Männer hierher begleitet, aber auch sie bewegten sich verunsichert und gehemmt. Fast mochte man glauben, die Regel von Bischof Leodegar hätte allen die natürliche Gelassenheit und ein ungezwungenes Verhalten zueinander genommen; auf den Paaren lastete das Wissen, dass sie als Eheleute nicht gern gesehen und hier nur geduldet waren. Nach Fidelmas Empfinden trachteten die Frauen danach, möglichst wenig aufzufallen, und verzogen sich in Gartenecken, wo sie glaubten, nicht weiter beachtet zu werden.

Fidelma bemerkte die hoffnungsvollen Blicke, mit denen sie und Eadulf empfangen wurden. Es hatte den Anschein, als spürten alle, sie seien nur notgedrungen geladene Gäste und bedurften einer Person, die in dieser Schar die Führung übernahm. Fidelma sah in dem Empfang eine geeignete Gelegenheit, auf ihre Herkunft und Stellung hinzuweisen. Sie hatte Eadulf darauf vorbereitet, dass sie den Anlass nutzen würde, ihren Rang und Namen für jedermann deutlich zu machen. Es war das dritte Mal, seit sie sich kannten, dass Eadulf erlebte, dass sie ihr schlichtes und praktisches Habit gegen eine üppige Festtracht vertauscht hatte.

Sie hatte sich für ein Kleid aus tiefblauem Satin entschieden. Der Stoff war mit Goldfäden durchwirkt, die ein kompliziertes Muster ergaben. Bis zur Taille lag das Kleid eng an; der weitschwingende Rock reichte bis an die Knöchel. Die Ärmel waren im Stil des sogenannten *lam-fhoss* gehalten: am Oberarm eng anliegend, unterhalb des Ellbogens üppig weit bis zu den Handgelenken, dem Schnitt des Rocks angeglichen. Darüber trug sie ein enges, ärmelloses Oberteil, das in Taillenhöhe abschloss. Um die Schultern hatte sie einen kurzen Umhang geworfen, der als Kontrast zu dem blauen Kleid aus rotem Satin und mit Dachsfell abgesetzt war. Der Umhang wurde an der linken Schulter von einer Brosche aus Silber und Halbedelsteinen zusammengehalten. Ihre Sandalen waren mit bunten Glasperlen verziert.

Passend zu den Sandalen tauchten die gleichen Schmuckelemente wieder an den Armbändern auf, während ihren Hals ein einfacher Goldreif zierte, der nicht nur ihre Zugehörigkeit zum Königshaus verriet, sondern sie auch als Mitglied der Leibgarde Nasc Niadh von Muman auswies. Auf dem fuchsroten Haar saß ein Silberkranz, in den über der Stirn drei Halbedelsteine eingelegt waren, zwei Smaragde aus dem Land der Corco Duibhne und ein feuerroter Stein. Es waren die gleichen Steine wie auf der Brosche an ihrem Umhang. Der Kopfschmuck diente dazu, ein seidenes Tuch festzuhalten, das das Haar bedeckte, das Gesicht aber frei ließ. Eine solche Kopfbedeckung nannte man *conniul,* und sie gab Auskunft über den Familienstand. Es war Vorschrift, dass Frauen, die verheiratet waren, auch Nonnen, eine Kopfbedeckung trugen.

Eadulf hatte eine wollene, handgewebte Robe angelegt, dazu – gewissermaßen als Zugeständnis an Fidelma – den goldenen Halsreifen der Nasc Niadh, den König Colgú, der Bruder Fidelmas, ihm als Anerkennung für das Dingfestmachen der Mörder des Hochkönigs im Winter zuvor feierlich überreicht hatte.

Selbst Abt Ségdae hatte ihnen wohlgefällig zugelächelt, als er und die anderen Gesandten aus Hibernia sie im *anticum* der Abtei begrüßten. Sie waren gemeinsam zum Platz des heiligen Benignus gegangen, wohin ihnen ein Mitglied der Bruderschaft den Weg wies. Am Tor des Hauses hatten Krieger sie sorgfältig gemustert. Fidelma fiel auf, dass sie in der Art der römischen Legionäre aus alten Zeiten gekleidet und auch mit ebensolchen Rüstungen und Waffen ausgestattet waren. Sie waren eindeutig Berufssöldner und gehörten zu Gräfin Beretrudes Schutzgarde.

Im Garten hatten sich verschiedene Gruppen gebildet. Auch Vertreter anderer Länder, die weder Fidelma noch Eadulf einordnen konnten, waren anwesend. Hier und da erkannte man sich, und Höflichkeiten wurden ausgetauscht. Nuntius Peregrinus, der päpstliche Gesandte, kam sofort auf sie zu, begrüßte sie und bemerkte Fidelmas forschenden Blick in die Runde.

»Sie sind nicht hier. Deinem Vorschlag folgend, habe ich Ordgar und Cadfan bedeutet, dass es nicht angebracht wäre, sich hier sehen zu lassen, solange eure Untersuchungen nicht abgeschlossen sind. Ich habe ihnen auch unterbreitet, dass man sie unter gewissen Einschränkungen freilassen könnte; darauf sind sie zähneknirschend eingegangen, wobei es ihnen am wenigsten passt, dass sie sich außerhalb ihrer Zimmer nur in Begleitung ihrer Kammerherrn bewegen dürfen. Folglich sind ihre Bediensteten ebenfalls in der Abtei geblieben.«

Fidelma nickte, war aber mit den Gedanken woanders. »Ich vermisse Äbtissin Audofleda, auch sonst scheint niemand aus der Schwesternschaft anwesend zu sein.«

»Äbtissin Audofleda ist nicht geladen; und es ist niemand aus ihrer Gemeinschaft hier. Von der Abtei sind nur der Bischof und ein oder zwei Mönche gekommen. Der Empfang gilt den Gesandten zum Konzil und denen, die in ihrer Begleitung sind.«

»Das heißt ihren Frauen, Ratgebern und Ratgeberinnen.«

Sehr erbaut war der Nuntius ob der Bemerkung nicht, nickte aber. Dann wandte er sich anderen Gästen zu.

Inzwischen gingen einfach gekleidete Männer und Frauen mit

Tabletts umher, auf denen Becher mit Wein und Schalen mit Brot und Oliven standen. Erst als Fidelma sich von dem Dargereichten bediente, sah sie, dass die Frau, die das Tablett hielt, einen Halskragen aus Eisen trug. Auch alle anderen Bediensteten trugen so ein Halseisen. Sie zog Eadulf zur Seite.

»Die Ärmsten, sie sind Sklaven.«

Eadulf sah es weniger tragisch. »Denk mal dran, was Bruder Budnouen zitiert hat. ›Was hast du in der Wüste erwartet ... einen Mann in feinen Kleidern?‹«

»Ein Zitat, das immer wieder strapaziert wird, um Dinge, die man in anderen Ländern schrecklich findet, zu entschuldigen. Mit Lehrstücken aus der Heiligen Schrift brauchst du mir nicht zu kommen«, erwiderte sie verärgert. »Du kennst meine Ansichten. Diese armen Menschen, Männer wie Frauen, mit eisernem Halskragen herumlaufen zu lassen, steht einer ehrbaren Frau, die dem Glauben dient, schlecht an. Selbst in Rom misshandelt man Bedienstete nicht in dieser Art und Weise. Hieß es nicht, Gräfin Beretrude sei für ihre Herzensgüte bekannt?«

Eadulf wusste, dass das Halten von Sklaven bei den meisten Völkern, mit denen er in Berührung gekommen war, nichts Ungewöhnliches war, doch Zeit und Ort verboten ein Streitgespräch zu diesem Thema.

»Uns ist zu wenig über Gräfin Beretrude bekannt. Kann sein, sie ist weder großherzig noch besonders fromm. Was wir jedenfalls nicht tun dürfen, ist, andere mit unseren Maßstäben zu messen.«

Fidelma hatte schon eine Antwort auf der Zunge, als ein lauter Trompetenstoß die Luft durchschnitt. Alle Köpfe fuhren herum.

Aus der Villa traten etliche Personen und blieben auf den Stufen der Veranda stehen, von wo man den Garten mit den dort versammelten Gästen überblicken konnte.

Der Trompeter setzte sein Instrument ab. Auf den unteren Stufen hatten zwei Krieger in voller Rüstung Stellung bezogen. Zwei andere, festlich gekleidete und jugendlich wirkende Männer machten Bischof Leodegar Platz, der eine hochgewachsene Dame in mittleren Jahren neben sich hatte. Oben an der Treppe verharrte das Paar kurz, und der Trompeter rief: »Gesandte, begrüßen wir Gräfin Beretrude!«

Hoheitsvoll trat die Frau einen Schritt nach vorn und schaute auf die unten versammelte Menge. Man klatschte höflich. Fidelma fasste sofort eine Abneigung gegen sie. Vielleicht lag es an der übertrieben dick aufgetragenen Schminke auf dem blassen Gesicht, dem unnatürlichen Rot der Lippen, den roten Flecken auf den bleichen Wangen, den schwarzen Linien, die die Augen betonen sollten, oder an den Augen selbst – kalt, von einem hellen Blau und gleichsam ohne Pupillen. Das gelockte Haar war schwarz, aber auch das Schwarz wirkte nicht echt. Gräfin Beretrudes Gesicht war hager, und die lange Nase unterstrich die Herablassung, mit der sie ihre Gäste betrachtete.

Jetzt trat auch Bischof Leodegar einen Schritt nach vorn, stand so auf der gleichen Höhe mit ihr und bot ihr kurz über Taillenhöhe die linke Hand. Beretrude reichte ihm die rechte und ließ es sich gefallen, die Stufen hinabgeführt zu werden. In dieser Pose stolzierten sie zwischen den Gästen durch den Garten, wobei ihr Leodegar nacheinander die Gesandten vorstellte.

»Sie sieht zu dir herüber«, flüsterte Eadulf.

Auch Fidelma hatte bemerkt, dass die Gräfin wiederholt in ihre Richtung geschaut hatte und dann Leodegar etwas zumurmelte, der sie daraufhin zu ihnen herübergeleitete.

»Das ist Fidelma von Hibernia, Schwester eines Königs dort«, erklärte er ihr. »Königreich Muohn oder so ähnlich.«

Die Aussprache des Namens kam der richtigen einigermaßen nahe.

Gräfin Beretrude musterte Fidelma angelegentlich von Kopf bis Fuß, als hätte sie es mit einem noch nie gesehenen exotischen Wesen zu tun.

»Die Schwester des Königs von ... Ich vermag eure fremdländischen Namen nicht auszusprechen. Aber Hibernia, davon habe ich gehört. Soll am Ende der Welt liegen und von Wilden bewohnt sein, die wegen der Kälte dort ein erbärmliches Dasein fristen.«

Eadulf presste die Lippen zusammen und befürchtete einen Wutausbruch von Fidelma. Doch sie antwortete beherrscht und mit steinerner Miene: »Weder von Wilden noch von einem erbärmlichen Dasein kann die Rede sein, Gräfin.«

»Ach was, nach dem, was ich gehört habe, sind die Menschen in Hibernia Kannibalen und obendrein Vielfraße. Die halten es sogar für ehrenhaft, ihre toten Väter zu verspeisen und mit ihren Müttern und Schwestern Geschlechtsverkehr zu haben!«

Eadulf stöhnte entsetzt auf ob einer solchen Verunglimpfung, aber Fidelma war nicht zu erschüttern.

»Beretrude«, fing sie an und vermied in der Anrede die Höflichkeitsform, »dass du Strabo lesen kannst, ehrt dich. Ich hätte nicht gedacht, dass Frauen in eurem Kulturkreis Griechisch können, aber dein Grad der Sprachbeherrschung scheint ausgezeichnet zu sein. Meiner, fürchte ich, kann es mit deinem nicht aufnehmen, doch ich erinnere mich sehr gut, dass Strabo ausdrücklich darauf verwiesen hat, dass er zu solchen Feststellungen kommt, ohne jemals in meinem Land gewesen zu sein und dass es ihm an zuverlässigen Zeugen mangelte. Er gab zu, seine Bemerkungen einzig und allein von Gerüchten über Kannibalismus bei den Skythen herzuleiten.«

Gräfin Beretrude kniff erbost die Augen zusammen, als sie begriff, dass Fidelma nicht so leicht zu beleidigen war.

»Selbstverständlich muss man sich davor hüten, sein Wissen nur aus einer Quelle zu beziehen«, sagte sie kalt und giftig. »Pomponius Mela hatte auch nicht gerade eine hohe Meinung von deinem Volk und hielt es für unkultiviert und bar aller Tugenden, auch ginge ihm jeder Sinn für Treue und Pflichterfüllung ab.«

»Ich muss dich abermals beglückwünschen, wie gut du die lateinisch schreibenden Autoren kennst und auch die Griechen, die dem alten Römischen Reich dienten«, betonte Fidelma in aller Freundlichkeit. »Schade ist nur, dass keiner von ihnen, die zu ihrer Zeit, und das ist ja nun schon lange her, Autoren waren, die etwas galten, Hibernia aus eigener Anschauung gekannt hat. Sonst wäre ihnen aufgegangen, dass es nichts bringt, sich auf das Gerede anderer zu verlassen. Nur gut, Beretrude, dass heutzutage kluge und gebildete Menschen sich nicht verleiten lassen, nur vom Hörensagen her Urteile zu fällen.«

Gräfin Beretrude stieg Zornesröte in die Wangen, da es ihr nicht gelang, ihre Macht über Fidelma auszuspielen. Sie öffnete den Mund, zögerte und rang sich dann doch zu einer weiteren Bemerkung durch.

»Wie ich von Bischof Leodegar höre, kennst du dich in der Rechtsprechung aus.«

»In der Rechtsprechung meines Landes«, präzisierte Fidelma.

»Merkwürdig. Er sagt, die Gesandten aus Hibernia hätten verlangt, du solltest entscheiden, wer der beiden fremdländischen Geistlichen den hibernischen Gesandten getötet hätte.«

Fidelma sah dem Bischof in die Augen und erklärte: »Bischof Leodegar hat mich beauftragt, in dem Mord an Abt Dabhóc von Ard Macha zu ermitteln. In meiner Eigenschaft als Anwältin bei den Gerichten unseres Landes obliegen mir oft solche Aufgaben.«

»Was du nicht sagst«, höhnte Beretrude. »Nach meiner Auffassung sollten Frauen von dergleichen die Finger lassen.«

»Unerfreulich ist ein solcher Auftrag allemal, schließlich ist Mord eine unnatürliche Angelegenheit«, äußerte Fidelma ruhig. »Ist aber ein Mord geschehen, muss es jemand auf sich nehmen, den Täter ausfindig zu machen, egal ob Mann oder Frau.«

Eadulf hatte den Eindruck, Fidelma hätte den Satz bewusst zweideutig formuliert, so dass offenblieb, ob sie mit Mann oder Frau den Täter oder den für die Untersuchung Verantwortlichen meinte.

Die Gräfin wollte sich noch nicht zufriedengeben, doch Bischof Leodegar, dem bei dem Schlagabtausch der beiden Frauen nicht wohl zumute war, nahm sie am Arm und führte sie fort zu anderen Gästen.

»Beliebt hast du dich bei Beretrude nicht gemacht«, stellte Eadulf fest, als auch sie sich langsam weiterbewegten. Erst jetzt bemerkte er, wie wütend Fidelma war. Ihre Augen funkelten wie Eiskristall.

»Fürwahr, Eadulf, es gibt Momente, da könnte ich gewalttätig werden. Das eben war so einer.«

»Ich fand, du bist mit ihren Beleidigungen gut umgegangen.«

»Mit Streitlust und Dummheit kann man sich kaum abfinden, schon gar nicht, wenn die betreffende Person beides für Tugenden hält.«

Sie schaute sich um. In den Grüppchen nippte man am Wein und unterhielt sich. Aber es fiel auf, dass jedes Land für sich blieb; nur ihre eigenen Landsleute schienen etwas lockerer im Umgang mit den anderen und mischten sich unter die Britannier, Gallier und Armoricaner. Sie unterhielten sich lebhaft und mit lauter Stimme. Die Gesandten aus den fränkischen und angelsächsischen Königreichen gaben sich zurückhaltender.

Gräfin Beretrude zog gemeinsam mit Bischof Leodegar, der ihr unermüdlich die Gäste vorstellte, von Gruppe zu Gruppe.

»Da alle mit sich beschäftigt sind, sollten wir ein bisschen das Gelände auskundschaften«, schlug Fidelma vor. »Wenn es stimmt, dass einige der Frauen aus der *domus feminarum* hier gelandet sind, müssen wir herausfinden, weshalb. Gräfin Beretrude danach zu fragen, hat vorläufig keinen Zweck. Ich gehe dort drüben durch die Gartenanlagen seitlich an der Villa vorbei nach hinten« – sie zeigte auf die westliche Seite –, »und du nimmst dir die andere Seite vor. Wenn uns einer der Wachposten anhält, erklären wir, wir suchten ein ... ein ...«

»Ein *necessarium«*, ergänzte Eadulf trocken.

»Genau.«

Langsam lenkte sie ihre Schritte in den Teil des Gartens, der sich auf der Westseite der Villa erstreckte. Unauffällig und doch wachsam schaute ihr Eadulf nach, um sicherzugehen, dass niemandem aufgefallen war, dass sie sich entfernte, und schlenderte dann selbst auf die andere, im Schatten liegende Seite des Gebäudes zu. Auch er war auf der Hut, er durfte keinen Argwohn erregen, wenn er aus dem Blickfeld der Menge entschwand. Zu seiner Rechten hatte er eine hohe Mauer, zur Linken die Villa. Die hatte auf dieser Seite zu ebener Erde keine Fenster, und die weiter oben blickten offensichtlich über die hohe Mauerbegrenzung hinweg.

Was sich Fidelma eigentlich von seinem Erkundungsgang erhoffte, war ihm nicht ganz klar. Glaubte sie, er würde auf Valretrade oder andere Frauen stoßen? Er würde sich jedenfalls so weit wie möglich vorwagen. Wenn der Durchgang hinten weiterging, könnte er die Villa umwandern, und fände er eine Tür offen, würde er einen Blick ins Innere werfen und, wenn nötig, erklären, er suche eine *latrina*. Der Pfad, auf dem er sich bewegte, bot nichts Aufsehenerregendes, lediglich etliche große Holzfässer standen herum. Plötzlich versperrte ihm ein fest verschlossenes Eisentor den Weg. Kurz davor führten links ein paar Steinstufen nach unten zu einer Tür im Kellergeschoss. Sie war aus Holz und mit Eisen beschlagen. Er wollte gerade hinuntergehen und sich die Sache näher betrachten, als er einen Schrei vernahm. Es war der Aufschrei eines Kindes, dem grobe Befehlstöne folgten. Gleich darauf nahten Schritte.

Im ersten Moment wusste er nicht, wohin. Zwar lag alles im Schatten, es gab aber nichts, wo er sich hätte verstecken können. Die einzig mögliche Rettung waren die Fässer. Er hastete zurück, duckte sich dahinter und hörte auch schon, wie die Eisenriegel zurückgeschoben und Ketten gelöst wurden. Eine barsche Stimme kommandierte herum. Die Schritte verstummten, ein Kind stöhnte, wurde derb zurechtgewiesen.

Von seinem Versteck aus konnte Eadulf beobachten, was vor sich ging. Das Kind sah er als Erstes, ein Junge von vielleicht acht oder neun Jahren. Hinter ihm zwei Nonnen in zerrissenen und schmutzigen Gewändern, gefolgt von einem Krieger mit gezogener Waffe, einem Kurzschwert, und danach ein weiterer Mann, den Rücken Eadulf zugekehrt.

Mit Schrecken stellte er fest, dass den Frauen und dem Jungen vorn die Hände gefesselt waren. Der Krieger stieß sie die Stufen hinunter zur Tür. Dort hämmerte er mehrfach und in einem bestimmten Rhythmus mit dem Griff seines Schwertes dagegen. Daraufhin wurde die Tür geöffnet, und die drei Gefangenen verschwanden im Dunkel.

Jetzt war der Mann etwas genauer von der Seite zu sehen. Zum Glück drehte er sich nicht ganz herum, denn dann hätte er Eadulf unweigerlich entdeckt. Doch auch so erkannte Eadulf ihn sofort.

Das letzte Mal hatte er ihn vor wenigen Monaten gesehen, und das war in An Uaimh gewesen an den Ufern des großen Flusses, der durch das sogenannte mittlere Königreich Midhe floss, das Gebiet des Hochkönigs. Fidelma verbannte ihn damals aus dem Königreich, und er hatte sich im Gehen umgewandt und gesagt: »Ich werde dich nicht vergessen, Fidelma von Cashel.« Und das war alles andere als freundlich gemeint.

Ausgerechnet Verbas, den Kaufmann von Peqini, hier in der Villa der Gräfin anzutreffen, war das Letzte, womit Eadulf gerechnet hatte.

Fidelma durchwanderte eine Folge kunstvoll angelegter kleiner Blumenparadiese, manche auch mit Hängepflanzen, alle säuberlich voneinander abgetrennt durch Rankenspalier oder Einzäunungen. Sitzmöglichkeiten aus Stein luden zum Verweilen ein, und Springbrunnen mit figürlichen Darstellungen, ins Licht der untergehenden Sonne getaucht, säumten die ganze Strecke. Ähnliche Gärten hatte Fidelma in Rom gesehen, aber nicht als Miniaturausgabe wie hier und gestalterisch auch nicht so vollendet. Es war eine Augenweide. Sie musste an die mehr natürlich belassenen und etwas verwilderten Gärten in ihrem Land denken und fragte sich, ob man es mit einer solchen Gestaltungsform auch in Cashel versuchen könnte. Vermutlich würden aber Pflanzen von hier in einem regenreicheren und kälteren Klima weniger gut gedeihen.

Sie bückte sich, um die Blütenvielfalt näher zu betrachten, da vernahm sie ein leises Rascheln hinter sich und hörte eine scharf akzentuierte Stimme auf Latein sagen: »Ach, Prinzessin Fidelma!«

Sie schreckte hoch und hatte die zu einem Lächeln verzerrte Gesichtsmaske von Gräfin Beretrude vor sich.

»Ich bitte um Verzeihung, wenn ich in deine Privatgärten eingedrungen bin«, begann sie. »Aber der Duft deiner Blumen und Kräuter hat mich verführt.«

Zu ihrem Erstaunen nahm es ihr die Gräfin nicht übel.

»Ich gönne mir das Vergnügen, viel Zeit in meinem Garten zu verbringen«, erklärte sie. »Ich habe viele Kräuter, die man woanders nicht findet. Freunde haben sie mir aus östlichen Ländern mitgebracht, und ich setze alles daran, sie zu hegen und zu pflegen.«

»Das sieht man«, erwiderte Fidelma höflich.

»Selbst Oliven bauen wir hier an und pressen Öl.«

»Mir haben es die Bäume dort drüben angetan. Etwas in der Art habe ich noch nicht gesehen.«

»Ah ja, die Zypressen.« Beretrude ließ ihren Blick hinüberschweifen. »Da du ja des Griechischen mächtig bist« – war da ein Anflug von Bitterkeit in ihrem Ton? –, »wirst du wissen, dass die Zypresse mit Hades in Verbindung gebracht wird, dem griechischen Gott der Toten und dem unterirdischen Totenreich.«

Da Fidelma kein passende Antwort einfallen wollte, blieb sie lieber bei den Pflanzen.

»Ein paar Seltenheiten, die dir gewiss gefallen, findest du in der Ecke da. Geh nur hin und schau sie dir an. Ich habe nichts dagegen.«

Sie zeigte in die betreffende Gartenecke. Der Duft, den die weiß blühenden Pflanzen ausströmten, war überwältigend und geradezu verlockend.

»Das weiter vorn ist Basilikum – meine Köche benutzen es für die Bereitung von Speisen. Es schmeckt wirklich angenehm, stammt aus dem Osten. Sein Name geht auf das griechische *basileus,* also ›König‹, zurück, denn es heißt, es wuchs genau an der Stelle, wo Konstantin und Helena die Überreste des Wahren Kreuzes fanden.«

Unter dem wachsamen Auge von Beretrude beugte sich Fidelma hinunter und tat so, als nähmen sie die Kräuter völlig gefangen. Reine Verstellung war es wiederum nicht, denn mit einem Teil ihrer Gedanken war sie wirklich bei den Pflanzen.

»Hinter dem Basilikum siehst du einen immergrünen Strauch mit rosa Blüten. Steig ruhig über die kleine Abzäunung, dann kommst du besser heran und kannst den Duft genießen«, ermunterte sie Beretrude.

Fidelma war die niedrige Abgrenzung aus Brettern in diesem Teil des Gartens bereits aufgefallen. Sie war nicht höher als sechs Zoll und trennte die Kräuter von den immergrünen Sträuchern.

»Das ist Oleander, eine Pflanze, die im Süden des Landes wächst«, fuhr Gräfin Beretrude in ihren Erläuterungen fort. »Ah, du musst mich entschuldigen ... Man ruft mich. Bleib nur hier und erfreu dich an den Düften.« Mit diesen Worten ging sie.

Ihr Verhalten hatte Fidelma ins Grübeln gebracht. Wollte die Gräfin mit ihrer Freundlichkeit die Beleidigungen von vorhin wieder wettmachen? Sie beugte sich zu den rosa Blüten hinab, die in kleinen Büscheln von den lederartigen dunkelgrünen Blättern herabhingen.

Einen Fuß hatte sie hinter die Abzäunung gesetzt, als plötzlich etwas daran vorbeiglitt. Sie vermutete, eine Ringelnatter.

»Fidelma?«

Eadulf war aufgetaucht und hatte sie an den Büschen entdeckt. Sie schaute sich nach ihm um, ohne den Fuß zurückzuziehen.

»Ich schaue mir gerade den Kräutergarten an. Was gibt es?«, fragte sie, denn sie hatte seine Erregung bemerkt.

»Du wirst nicht erraten, wen ich hier eben gesehen habe.«

Fidelma stieß einen kurzen Schmerzensschrei aus. »Irgendwas hat mich gebissen.«

Eadulf stürzte zu ihr, blickte auf die Erde und fluchte auf angelsächsisch. Dann zerrte er sie aus dem Gesträuch auf den Weg.

»Eine Viper!«, rief er. »Schnell!«

Er löste seinen Gürtel. Während sie ihm noch verdutzt zusah, empfand sie bereits ein Taubheitsgefühl um den Knöchel herum, und das Bein fing an zu schmerzen. Das Herz schlug wild, und ihr wurde schwindlig. Irgendetwas schlang Eadulf um ihr Bein und zog es fest. Im Unterbewusstsein bekam sie noch mit, dass sie zu Boden fiel, Eadulf sie auf die Arme nahm und mit ihr losrannte. Sie wollte etwas sagen, aber ihr wurde schwarz vor Augen.

Abt Ségdae sah als Erster, wie Eadulf in den Hauptgarten gerannt kam und die bewegungslose Fidelma schleppte.

»Was ist geschehen?«, fragte er und lief ihm entgegen. Schon waren sie von anderen Gesandten aus Hibernia umringt.

»Sie muss sofort zum Arzt!«, rief Eadulf. »Ein Schlangenbiss, eine Kreuzotter!«

Bischof Leodegar, gefolgt von Gräfin Beretrude, bahnte sich einen Weg durch die Menge. Er hatte Eadulfs Worte gehört.

»Eine Kreuzotter hat sie gebissen?«

»Bring sie in mein Haus, ich lasse meinen Apotheker holen«, bot Gräfin Beretrude an.

Eadulf schüttelte den Kopf. »Wir schaffen sie zurück in die Abtei zu Bruder Gebicca«, entgegnete er unbeirrt.

»Aber dabei vergeht Zeit«, warnte sie. »Hier wäre sie weit besser untergebracht. Ich werde mich persönlich um sie kümmern. Wenn man dem Gift nicht rasch entgegenwirkt, kann es gefährlich werden ... unter Umständen tödlich sein.«

»Das weiß ich«, gab Eadulf zurück. »Ich hab von Medizin eine Ahnung. Jemand muss mich zur Abtei geleiten. Und zwar sofort!«

Mehrere Gäste aus Hibernia, darunter auch Ségdae, boten sofort an, ihn zu begleiten. Mit ihrer Hilfe legte er sich Fidelma über die Schulter und trabte wortlos inmitten einer Traube von Geistlichen aus Hibernia davon. Die Männer vor und neben ihm sorgten dafür, dass ihnen Platz gemacht wurde. Schon war zu befürchten, dass Beretrudes Krieger sie am Tor festhalten würden, aber Beretrude gab ein Zeichen, man möge die Gruppe ungehindert durchlassen. Neben Bischof Leodegar stehend, beobachtete sie teilnahmslos deren Abgang.

Mit gesenktem Kopf und der Last auf dem Rücken lief Eadulf, so schnell er nur konnte. Als sie den großen Platz vor der Abtei erreichten, war er erschöpft und in Schweiß gebadet. Einer der Geistlichen war schon vorgerannt, um den Arzt zu benachrichtigen. Im *anticum* erschien Bruder Chilperic.

»Ich nehme sie dir ab, Bruder«, sagte er, als er sah, wie Eadulf keuchte und kaum noch konnte.

»Bring mich lieber rasch zu Bruder Gebicca«, knurrte Eadulf.

Er lief jetzt so gebückt, dass er vor sich nur das untere Ende von Bruder Chilperics Beinen sah, Hacken, die auf und nieder gingen und denen er durch das *anticum* in den Innenhof und weiter zur Apotheke folgte. Er bekam mit, dass Türen aufgingen, dann griffen Hände zu und befreiten ihn von seiner Last. Er versuchte sich aufzurichten, sah, wie man Fidelma auf ein Lager streckte und nahm den ihn fast erstickenden Geruch der Kräuter und Tinkturen wahr.

»Was genau ist passiert?«, verlangte Bruder Gebicca zu erfahren.

»Eine Viper hat sie am Knöchel gebissen.«

»Bist du dir sicher?«

»Es war eine schwarze Schlange. Hab die Art schon mal gesehen.«

Der Apotheker wandte sich wieder Fidelma zu, die rasch und flach atmete und wie im Koma lag.

»Du hast nicht versucht, die Bisswunde zu öffnen und das Gift auszusaugen?«

Eadulf schüttelte den Kopf.

»Das ist gut. Das Gift geht unter der Haut sofort ins Blut, und wenn der Prozess erst mal im Gange ist, ist es zwecklos, versuchen zu wollen, es auf die eine oder andere Weise wieder herauszubekommen. Wie ich sehe, hast du versucht, die Blutzirkulation zu unterbinden. Das bringt nicht viel«, meinte er und entfernte Eadulfs Druckverband. »Aber richtig war, dass du das Glied mit dem Biss weg vom Körper nach unten gelagert hast. Und nun geh und lass mich meine Arbeit tun.« Er drehte sich zur Tür um, an der sich die Geistlichen zusammendrängten. »Geht! Wenn nötig, rufe ich euch.«

Nur widerwillig ließ sich Eadulf von Abt Ségdae fortzerren und ins *calefactorium* geleiten. Irgendjemand brachte einen Krug mit gutem, starkem *corma*, auch Becher wurden verteilt.

»Wie ist das passiert?«, fragte Abt Ségdae.

»Im Kräutergarten«, erwiderte Eadulf mit zittriger Stimme. »Die Schlange war in dem Strauchwerk und hat sie gebissen.«

»Lass uns beten, dass Bruder Gebicca weiß, wie dem Gift beizukommen ist.«

In diesem Augenblick betrat Bischof Leodegar den Raum. Er hatte Gräfin Beretrudes Anwesen sofort verlassen und war ihnen gefolgt.

»Wie geht es ihr?«

»Wir warten auf die Nachricht vom Apotheker«, teilte ihm Eadulf mit.

»Gräfin Beretrude hat angeboten, unserem Arzt Heilkräuter zu schicken, falls er welche braucht«, fuhr der Bischof fort. »Sie fühlt sich verantwortlich, hatte sie doch kurz, bevor es geschah, Schwester Fidelma den Garten gezeigt.«

»Das ist sehr aufmerksam von ihr«, gab Abt Ségdae zur Antwort, als Eadulf schwieg.

»Kann ich irgendwie behilflich sein?«, fragte der Bischof.

»Solange wir nichts Neues von Bruder Gebicca hören, gibt es nichts zu tun«, erwiderte Eadulf.

Es schien eine Ewigkeit zu dauern. Keiner verlor ein Wort, allein der *corma*-Krug wurde schweigend von Hand zu Hand gereicht. Dann kam Bruder Gebicca, und sein Blick suchte Eadulf. Der sprang auf. »Wie steht es um sie?«

»Sie hat ein starkes Herz und eine gute Kondition. Der Puls ist normal. Ein, zwei Tage dürfte das Bein noch angeschwollen sein und schmerzen, aber wenn sie die Nacht erst mal gut geschlafen hat, wird es wieder bergauf gehen.«

»Dann ist das Gift also nicht weiter in die Blutbahn gedrungen?«, fragte Eadulf, der die gute Nachricht kaum fassen konnte.

Bruder Gebicca beruhigte ihn. »Ich habe schon schlimmere Fälle gesehen. Bei Fidelma hat der Schlangenbiss eher wie ein heftiger Bienenstich gewirkt – hat Schmerzen und Schwellungen hervorgerufen. Aber bei einem gesunden Erwachsenen, der gut beieinander ist, erholt sich der Körper wieder.«

»Darf ich zu ihr?«

Bruder Gebicca schüttelte den Kopf. »Sie schläft. Schlaf ist immer die beste Medizin. Man sollte sie nicht stören. Warten wir ab, wie sie sich morgen fühlt. Ich bleibe bei ihr, für den Fall, dass es nachts Komplikationen gibt.«

Mit einer Verneigung, die allen galt, verließ er den Raum.

Allenthalben murmelte man Glückwünsche, und Abt Ségdae klopfte Eadulf wortlos auf die Schulter. Eadulf brauchte eine Weile, ehe er sich wieder in der Hand hatte, begab sich dann aber, als die Klosterglocke ertönte, dem Beispiel der anderen folgend, in den Speisesaal zum abendlichen Mahl.

Am nächsten Vormittag ging Eadulf gleich nach der Morgenandacht und dem Frühstück zu Bruder Gebiccas Apotheke.

Zu seiner Freude fand er Fidelma aufrecht sitzend vor. Sie nippte an einem heißen Sud, den Bruder Gebicca ihr aus verschiedenen Kräutern bereitet hatte. Dass er ihr nicht schmeckte, konnte man ihrem Gesicht ablesen. Sie war sichtlich erleichtert, Eadulf zu sehen.

»Alles ist so verlaufen, wie ich es vorausgesagt habe, Bruder«, begrüßte ihn der Apotheker zufrieden. »Das Bein ist geschwollen und schmerzt, aber sonst ist die Sache in Ordnung. Ich habe Fidelma gerade gefragt, wie es gekommen ist, dass sie die Giftschlange nicht bemerkt hast. Schlangen greifen doch nur an, wenn sie sich bedroht fühlen.«

»In Hibernia gibt es diese Art Schlangen nicht. Ich habe noch nie so ein giftiges Reptil gesehen«, sagte Fidelma.

»Das stimmt«, bestätigte Eadulf, als er Bruder Gebiccas ungläubigen Gesichtsausdruck sah. »Wir haben diese Schlangenart in keinem der fünf Königreiche.«

»Ich habe aber gehört, dass sie in Britannien vorkommen, wieso dann nicht auch in Hibernia? Das liegt doch dicht daneben. Ich dachte immer, Giftschlangen gäbe es überall.«

»Das ist in der Tat schwer zu verstehen«, meinte Fidelma. »Aber man erzählte sich schon vor langen Zeiten, dass es unserem Volk beschieden sei, in einem Land ohne Schlangen zu leben.«

Das konnte sich Bruder Gebicca nun schon gar nicht vorstellen. Fidelma fühlte sich bemüßigt, die Geschichte zu erklären.

»Der Urvater unserer Stämme, Goidel Glas, Sohn des Niul, diente in alter Zeit in der Armee des Pharaos Cingris in Ägypten. Er wurde von einer Giftschlange gebissen, doch ein heiliger Mann, der mit seinem Vater Niul befreundet war, rettete ihn vor dem Tod. Die Wunde hinterließ eine grüne Narbe, und das brachte ihm den Beinamen *glas* ein, was in unserer Sprache ›grün‹ bedeutet. Der Heilkundige prophezeite Goidel Glas, er würde sein Volk eines Tages zu einer Insel am Ende der Welt führen, wo es keine Schlangen gäbe. Goidels Nachfahren schließlich brachten unser Volk zu der Insel, die euch als Hibernia bekannt ist.«

»Das ist heidnischer Aberglaube«, wies Bruder Gebicca die Geschichte von sich.

»Ob heidnisch oder nicht«, erwiderte Eadulf, »heutzutage behauptet man, dieses Wunder sei Patrick zuzuschreiben, der auf die Insel kam, um die Menschen zum Christentum zu bekehren. Er soll alle Giftschlangen vertrieben haben.«

»Wie lange wird es dauern, bis die Schwellung abklingt und die Wunde heilt?«, fragte Fidelma ungeduldig

Der Arzt begann, einen neuen Verband anzulegen.

»Die Gefahr einer Infektion ist gebannt. Die Wundheilung verläuft gut, und die Schwellung dürfte in ein, zwei Tagen abgeklungen sein. Ich rate zur Ruhe, Bewegung regt den Blutkreislauf unnötig an, und das könnte restliche Giftstoffe im Körper aktivieren. Dir ist wirklich nicht übel?«

»Nein.«

»Hundszahn und Eisenkraut haben ihre Wirkung nicht verfehlt. Die nächsten Tage solltest du noch einen Aufguss aus Eisenkraut trinken, das wirkt dem Gift entgegen.«

»Aber aufstehen darf ich doch jetzt, ich habe viel zu tun.«

Bruder Gebicca war von dem Gedanken nicht erbaut.

»Wenn es unbedingt sein muss. Tu, was du nicht lassen kannst. Ich habe getan, was ich konnte, und der unmittelbaren Wirkung des Giftes Einhalt geboten. Mein Rat wäre, geh auf dein Zimmer und gönn dir wenigstens für den heutigen Tag Ruhe.«

»Der Arzt hat recht, Fidelma. Was unbedingt erledigt werden muss, kann auch ich machen«, pflichtete ihm Eadulf bei.

»Zunächst kannst du mir erst mal in unser Zimmer helfen«, erwiderte Fidelma. Sie musste sich leider eingestehen, dass sie ohne Hilfe keinen Schritt tun konnte.

Sie stützte sich auf Eadulfs Schulter, dankte Bruder Gebicca, und sie machten sich langsam auf den Weg zum Hauptgebäude der Abtei.

Ein paar Gäste grüßten sie und erkundigten sich nach Fidelmas Befinden. Auch Abt Ségdae lief ihnen über den Weg und war ungemein erleichtert, sie in einem weitaus besseren Zustand als am Abend zuvor zu sehen. Als sie mit einiger Mühe ihr Zimmer erreicht hatten, fiel sie erschöpft von der Anstrengung auf das Bett.

Eadulf holte ihr Wasser, und sie trank es dankbar.

»Ich fürchte, der Arzt hat recht«, gab sie zu und reichte Eadulf den Becher zurück. »Ich brauche mehr Ruhe, als ich gedacht habe. Das Stückchen Weg hat mich vollkommmen ermüdet.« Sie bemerkte einen Korb mit Obst und einen anderen mit verschiedenen Heilkräutern. »Zumindest scheint man in der Abtei um meine Gesundheit besorgt.«

Eadulf warf einen Blick auf die Körbe.

»Die hat Bischof Leodegar gebracht. Sie kommen offensichtlich von der Gräfin, sie schickt dir Obst, Heilkräuter und alle guten Wünsche für eine rasche Genesung.«

Fidelma runzelte die Stirn. »Gräfin Beretrude?« Sie musste an den Vorabend denken, als Beretrude ihr im Garten zuredete, sich die Sträucher genauer anzusehen ... was war es ... Oleander?

Eadulf bemerkte ihre skeptische Miene. »Ist was?«

»Mir ging nur durch den Kopf, ob Beretrude gewusst hat, dass unter den Büschen eine Giftschlange war.«

»Woher soll sie das gewusst haben?«, fragte er verwundert.

»Kurz bevor du kamst, hat sie mich ausdrücklich ermuntert, näher heranzugehen.«

»Deshalb muss sie aber doch nicht gewusst haben, dass dort eine Giftschlange war.«

»Um das Strauchwerk verlief eine kleine Holzumzäunung, gerade so hoch, dass eine Schlange nicht hätte darübergelangen können. Vielleicht war sie dort mit Bedacht ausgesetzt?«

Eadulf hatte seine Zweifel. »Du willst doch damit nicht behaupten, sie hätte versucht, dich zu töten! Der Biss einer Viper muss nicht unbedingt zum Tod führen. Selbst Bruder Gebicca hat ihn mit einem Bienenstich verglichen, der nur Kindern und Menschen mit schwacher Konstitution ernsthaft gefährlich werden kann.«

»Das entkräftet nicht meinen Verdacht«, entgegnete Fidelma verärgert. »Vielleicht wollte sie auch nur verhindern, dass ich meine Nachforschungen weiterbetreibe.«

Plötzlich fiel ihm wieder ein, was er ihr hatte erzählen wollen, als die Schlange sie biss.

»Ich glaube, wir hatten nicht unrecht mit dem Verdacht, Beretrude könnte etwas mit den Frauen aus der *domus feminarum* zu tun haben«, fing er langsam an. »Gestern Abend habe ich hinten an der Villa etwas sehr Befremdliches gesehen, und davon wollte ich dir gerade erzählen, als ich dich an den Büschen fand.«

Sie blickte ihn erwartungsvoll an.

»Nachdem wir beschlossen hatten, das Gelände getrennt auszukundschaften, ging ich auf die östliche Seite der Villa. Mir schwebte vor, einen Hintereingang zu finden und einen Blick ins Innere zu werfen.«

Er machte eine Pause, aber sie bat ihn sofort: »Rede schon weiter.«

»Ich kam an eine Stelle, wo Steinstufen nach unten zu einem Keller führten. Am Fuß der Treppe gab es eine Tür – massives Holz ohne Gitterfenster, auch kein Türgriff oder Schloss, soviel ich sehen konnte. Nach meiner Vermutung konnte man die Tür nur von innen öffnen.«

»Und?«

»Ich wollte gerade die Stufen hinunter und mir die Sache näher ansehen, als ich den Aufschrei eines Kindes hörte.«

»Ein Kind?«, fragte sie erschrocken. »Drinnen im Haus?«

»Nein, hinter der Begrenzungsmauer, jenseits einer eisernen Pforte. Ich hörte barsche Befehle einer Männerstimme und versteckte mich hinter ein paar Fässern. Das Tor wurde geöffnet, und ein Krieger stieß ein Kind und zwei Frauen hinein. Die Frauen trugen Nonnentracht. Die Hände hatte man ihnen vor dem Körper gefesselt, auch dem Kind. Außer dem Krieger, der mit gezogener Waffe ging, war noch jemand dabei ...«

Wieder legte Eadulf eine Pause ein und spannte Fidelma damit auf die Folter.

»Und, wer war das?«, drängte sie ihn.

»Ein alter Bekannter von uns.«

»Ein alter Bekannter? Hör auf, in Rätseln zu sprechen, Eadulf. Sag endlich, wer es war.«

»Verbas von Peqini.«

Kapitel 14

Fidelma schwieg nachdenklich, nachdem er geendet hatte. Eadulf wartete, denn er wollte sie nicht stören.

Es dauerte nicht lange, da erklärte sie ihm: »Der Umstand, dass Verbas hier ist, erhellt das Geheimnis um Dabhócs Ermordung keineswegs, fügt der ganzen Sache aber immerhin einen interessanten Aspekt hinzu.«

»Dass wir hier sind, kann er kaum wissen.«

»Der Meinung bin ich auch ... wenngleich es ein merkwürdiger Zufall ist. Du hast zwei Nonnen und ein Kind gesehen und hattest den Eindruck, sie wurden wie Gefangene behandelt?«

»Verbas und ein Krieger brachten sie offenbar in einen Keller in Beretrudes Villa.«

»Gibt es da vielleicht einen Zusammenhang mit dem Verschwinden der Nonnen aus der *domus feminarum?*«

»Und dem Wimmern, das Gillucán gehört haben will? Könnten das nicht die weinenden Kinder gewesen sein?«

»Vorsicht, keine voreiligen Schlüsse!« Mit diesen Worten schwang sich Fidelma aus dem Bett und versuchte, auf die Füße zu kommen, sank aber mit einem Fluch zurück, der ihr höchst selten entfuhr.

»Bruder Gebicca hat doch angeordnet, du sollst ruhen«, ermahnte Eadulf sie.

»Ich habe seine Worte sehr wohl im Ohr. Aber die Zeit rast, und es gibt noch so viel zu tun, erst recht bei solchen Neuigkeiten. Ich muss Äbtissin Audofleda noch einmal befragen.«

»Das könnte ich übernehmen«, bot Eadulf an. »Ich weiß ja, worum es geht.«

Fidelma hatte ihre Bedenken.

»Lass mal gut sein«, protestierte er. »Wie du vorgehst, habe ich oft genug miterlebt, und der Tatumstand ist mir vertraut. Natürlich kenne ich mich in den Gesetzen der Brehons nicht so gut aus wie du, aber immerhin bin ich ein *gerefa* meines Volkes in Erbfolge ... Und sind die Stämme meines Volks nicht mit diesen Franken und Burgunden verwandt? ... Jedenfalls eng genug, dass ich verstehe, wie sie denken und fühlen?«

Fidelma war überrascht, dass er sich so ereiferte, und ging mit sich ins Gericht. War sie zu sehr von sich eingenommen? Auch Eadulf hatte seinen Stolz. Sie musste sich eingestehen, wenn sie einen Fehler hatte, dann den, zu glauben, sie allein könne die Beweise zusammentragen und ein Rätsel lösen. Dabei hatte Eadulf mehrfach und so gut wie ohne ihre Hilfe einen Fall gelöst. Zum Beispiel damals in Gleann Geis, als sie selbst des Mordes angeklagt war und sich vor Brehon Murgal verteidigen musste. Eadulfs Beweisführung hatte ihren Freispruch bewirkt. Oder der Fall in Aldreds Abtei. Sie war krank geworden und hatte im Bett bleiben müssen. Eadulf hatte allein alle Nachforschungen angestellt, und schließlich hatten sie beide den Mord an Abt Botulf aufklären können. Immerhin war Eadulf in seinem Volk ein *gerefa*, ein Friedensrichter. Sein Verstand war nicht weniger scharf und tiefgründig als ihrer. Und waren sie nicht gerade auch deshalb einander so zugetan?

Aufseufzend hielt sie ihm die Hand hin.

»Eadulf, Eadulf«, sagte sie leise. »Du hast so viel Geduld mit mir. Mitunter bin ich bei unserer gemeinsamen Arbeit ein wenig selbstsüchtig.«

Ihm war unbehaglich zumute; denn dass Fidelma sich ihm gegenüber entschuldigte, geschah höchst selten.

»Wir gewinnen doch Zeit, wenn ich das übernehme«, grummelte er. »Du brauchst noch einen Tag, um wieder auf die Beine zu kommen, und kannst dich dann morgen mit ganzer Kraft der Sache widmen.«

»Recht hast du. Denk dran, gegenüber der Äbtissin und Schwester Radegund kein Wort fallen zu lassen, das Schwester Inginde schaden könnte. Was sie uns gesagt hat, muss unter uns bleiben ... Und nimm dich in Acht vor Schwester Radegund.«

Eadulf runzelte die Stirn. »Weshalb besonders vor ihr?«

»Du hast Beretrude gesehen. Vergleich einmal die Gesichtszüge der beiden. Wenn da nicht eine gewisse Ähnlichkeit besteht, die auf Verwandtschaft hindeutet, dann hat mich meine Beobachtungsgabe verlassen. Außerdem war sie es, der wir auf dem Weg zur Villa von Beretrude gefolgt sind.«

Da war etwas dran, auch wenn ihm das bisher nicht aufgefallen war. Doch, es gab eine verblüffende Ähnlichkeit zwischen den beiden

Frauen. Er wollte sich dazu gerade äußern, da klopfte es an der Tür. Auf Eadulfs Aufforderung trat Bruder Chilperic ein.

»Ich wollte nur fragen, ob du irgendetwas benötigst, Schwester«, sagte er und nickte Eadulf zu. »Wir waren alle bestürzt, als wir von deinem Ungemach hörten.«

»Ich muss heute noch ruhen, damit die Schwellung im Bein abklingt und die Wunde heilt.«

Bruder Chilperic beteuerte sein Mitgefühl. »Bischof Leodegar würde dir gern einen kurzen Besuch abstatten, falls dir das genehm wäre.«

»Wenn ihm das seine Zeit erlaubt, bitte sehr«, gab sie nicht sonderlich erbaut zur Antwort.

Sobald er gegangen war, meinte sie zu Eadulf: »Warte noch einen Moment und hör dir an, was Bischof Leodegar zu sagen hat, ehe du zur Äbtissin gehst.«

»Ist es vernünftig, dass du heute allein bleibst?«

»Ich werde Ségdae bitten, dass er mir einen seiner Mitbrüder zur Gesellschaft schickt.«

Das hielt Eadulf für eine kluge Idee, zumal Fidelma sonst nicht dazu neigte, sich um sich selbst Gedanken zu machen. Doch nach dem Zwischenfall in Beretrudes Garten war ihm lieber, dass sie jemand um sich hatte, solange er nicht selbst da sein konnte. Vielleicht war der Schlangenbiss nur ein unseliger Zufall, aber Vorsicht walten zu lassen, schien ihm angeraten.

Bischof Leodegar kam wie angekündigt. »Ah, ich freue mich, dass es dir besser geht, Fidelma«, sagte er, und seine Miene hellte sich auf. »Gräfin Beretrude ist sehr besorgt. Ihre Dienerschaft hat den Garten abgesucht und offenbar die Viper aufgestöbert und erschlagen.«

»Du kannst Gräfin Beretrude ausrichten, ich sei auf dem Wege der Genesung. Der Arzt hat mir heute noch Bettruhe verordnet.«

»Das hat mir Bruder Chilperic bereits mitgeteilt. Er wird sich darum kümmern, dass du deine Mahlzeiten hierherbekommst. Ich bin froh und erleichtert, dass du den Schlangenbiss so gut überstanden hast.«

»Ihr Gift soll sogar Menschen töten können, hat man mir gesagt.«

Bischof Leodegar nickte geistesabwesend. »Das soll schon vorgekommen sein, ja.«

»Dann habe ich Glück gehabt. Ich will hoffen, Gräfin Beretrude achtet fortan darauf, dass nicht noch andere giftige Reptilien in ihrer Villa sind.«

Die Zweideutigkeit der Bemerkung entging dem Bischof. »Es war ein Glücksumstand, dass Bruder Eadulf bei dir war und dich sofort zu Bruder Gebicca geschafft hat.«

»Ich hoffe doch, dass der Zwischenfall dem Empfang nicht ein vorzeitiges Ende beschert hat?«

Bischof Leodegar schien bedrückt. »Nachdem die Delegierten aus Hibernia Eadulf zurück in die Abtei begleitet hatten, gingen auch alle anderen.«

Er machte Anstalten, sich zu verabschieden, doch Fidelma fragte ihn: »Stimmt es, dass Autun ein wichtiger Handelsplatz hier im Lande ist?«

»Seit die Römer die Stadt gebaut haben, ist sie immer auch ein Ort gewesen, in dem Handel und Wandel gedeihen.«

»Und womit wird heutzutage Handel getrieben?«

»Wir bauen Wein an und natürlich auch Oliven. Außerdem handeln wir mit Vieh und mit Käse.«

»Und mit Sklaven?«

Bischof Leodegar zögerte ein wenig, bevor er hinzufügte: »Und mit Sklaven.«

»Stammen die Händler alle aus dem Ort oder der Umgebung hier, oder kommen auch fremdländische Kaufleute?«

»Die Flüsse sind gute Verkehrswege. Freilich liegen wir in jeder Himmelsrichtung ziemlich weit weg vom Meer. Unser Handel spielt sich vor allem im Umfeld ab, die Waren würden auf längeren Fahrten verderben. Nur gelegentlich kommen auch fremde Händler hier vorbei.«

»Ist dir ein Kaufherr aus Peqini bekannt?«

Der Bischof überlegte einen Moment, schüttelte aber den Kopf. »Der Name klingt fremdländisch.«

»Wenn ich mich nicht täusche, stammt er aus einem Land weit im Osten.«

»Dann kenne ich ihn bestimmt nicht.«

»Kaufleute aus den Ländern im Osten besuchen diese Stadt wohl gar nicht?«

»Was sollte Händler aus dem Osten in unsere Gegend ziehen? Sie haben selber Wein und Oliven. Man sagt, ihre Reichtümer übertreffen die unseren. Wenn einmal fremde Kaufleute in der Stadt Station machen, kommen sie nicht von weither.«

»Betreibt Gräfin Beretrude eigentlich Handel in größerem Stile?«

Der Bischof war entsetzt. »Die Gräfin ist eine Dame des Hochadels.

Kaufleute und Gutsherren machen ihr ihre Aufwartung und bringen ihr die ihr zustehenden Abgaben. Wie kommst du auf eine so sonderbare Frage?«

»Mich interessieren einfach Handel und Wandel bei euch, nichts weiter. Es wäre für sie also völlig abwegig, Geschäfte mit Kaufherrn aus dem Osten zu tätigen?«

»Wenn Kaufleute aus dem Osten Handel in Burgund treiben wollten, würden sie eher nach Divio oder Nebirnum reisen. Die Orte liegen an großen Flüssen und sind leichter zu erreichen. Sie hätten dort auch eine reichhaltigere Auswahl an Waren. Sollten sie einmal hierherkommen, würde man sie in der Regel auf dem Markt am Nordtor finden. Warum bist du so interessiert an diesen Dingen?«

»Eigentlich nur aus purer Neugier. Hab Dank für deine Auskünfte, ich habe viel erfahren. Jetzt bin ich müde und werde ruhen.«

Der Bischof verabschiedete sich.

»Du hast wohl die Angel ausgeworfen, um zu sehen, ob er anbeißt und etwas über Verbas von Peqini preisgibt?« Eadulf betrachtete sie mit ernster Miene.

»Entweder hat er wirklich nie von ihm gehört, oder er ist ein gewiefter Lügner. Ich hätte gern gewusst, ob er tatsächlich ein so guter Freund der Gräfin ist, wie er vorgibt. Doch jetzt mach dich auf zu deiner Erkundung. Würdest du Abt Ségdae bitten, bei mir vorbeizuschauen?«

Eadulf benutzte die Fahrstraße zum Vorhof, an dem der Eingang zur *domus feminarum* lag. Unterwegs legte er sich zurecht, wie er der übermächtigen Äbtissin Audofleda entgegenzutreten gedachte. Voller Erstaunen bemerkte er, dass sich das Tor öffnete, noch ehe er dort angelangt war. Ein schlanker großer Mann trat heraus, dem eine jünger wirkende Frau folgte. Sie hatten beide die Gewänder von Klosterleuten an. Der Mann erspähte ihn und sagte etwas zu seiner Begleiterin, die sich sofort ins Haus zurückzog und die Tür hinter sich schloss.

Den Mann schien es nicht sonderlich zu bekümmern, dass Eadulf ihn aus dem Frauenhaus hatte kommen sehen. Lässig schlenderte er auf ihn zu, und Eadulf stand einem jungen und gutaussehenden Mönch gegenüber. Er hatte dunkelbraunes Haar, braune Augen, sonnengebräunte Haut und ein energisches Kinn. Die perlweißen Zähne glänzten, sooft er lächelte. Jedoch war in seiner Art zu lächeln und sich zu bewegen etwas, das Eadulf misstrauisch machte.

»Einen schönen guten Tag wünsche ich, Bruder Eadulf«, begrüßte er ihn. »Du bist doch Bruder Eadulf, richtig?«

Eadulf zog die Stirn kraus. »Ja, der bin ich. Dich kenne ich allerdings nicht.«

»Verzeih! Nicht dass du denkst, ich hätte das zweite Gesicht. Ich habe dich im Refektorium gesehen und natürlich bei den Andachten. Bischof Leodegar hat uns in der Kapelle deinen Namen genannt ... und den der Schwester aus Hibernia, Philomena ...?«

»Fidelma.« Es ärgerte Eadulf, dass der Kerl so tat, als könne er sich nicht richtig an den Namen seiner Frau erinnern. »Schwester Fidelma heißt sie.«

»Ach ja, das war so ein seltsamer hibernischer Name. Und du bist Angelsachse, stimmt's?«

»Ich stamme aus dem Königreich der Ostangeln«, berichtigte ihn Eadulf mit Nachdruck.

»Vergib mir abermals. Was mich betrifft, so brauchst du nicht lange herumzurätseln. Ich bin Bruder Andica. Ich habe keine Geheimnisse. Ich stamme aus Divio und bin Burgunde.«

»Es heißt doch, den Brüdern aus der Abtei sei nicht erlaubt, die *domus feminarum* zu besuchen«, bemerkte Eadulf und wies mit einer Kopfbewegung auf das Gebäude.

»Und umgekehrt gilt es für die Schwesternschaft – im Allgemeinen jedenfalls«, erläuterte Bruder Andica herablassend. »Doch du selbst bist offenbar auf dem Weg in die *domus feminarum.*«

Eadulf stieg Röte ins Gesicht. Der Mann hatte den Spieß einfach umgedreht und ihm mit einer Gegenfrage geantwortet.

»Wie du soeben erwähntest, hat Bischof Leodegar euch den Grund meiner Anwesenheit erklärt.«

»Ach so, um eure Nachforschungen geht's. Du willst dir Auskünfte von den Frauen holen. Wie interessant. Wie kommt ihr mit euren Ermittlungen voran? Werden wir bald erfahren, wer den Abt aus Hibernia getötet hat?«

»Du erfährst es, sobald die Untersuchung abgeschlossen ist«, erwiderte Eadulf. »Und was hat dich in die *domus feminarum* geführt?«

Wieder blitzten Andicas weiße Zähne. Sein Benehmen verriet Selbstgefälligkeit.

»Wenn unsere Gemeinschaften auch getrennt sind, so leben wir doch in ein und derselben Abtei, und das macht die Verständigung über gewisse Dinge unumgänglich.« Sein jovialer Ton war unerträglich. »Ich versichere dir, Bruder, dass ich dort war, ist nichts Ungehöriges.«

Eadulf suchte sich zu beherrschen. »Habe ich damit auch nicht andeuten wollen«, sagte er kurz angebunden.

Wieder blitzten die Zähne.

»Natürlich nicht, Bruder«, hieß es herablassend, und am liebsten hätte Eadulf ihm eine runtergehauen. »Wie ich höre, wurde die Schwester aus Hibernia von einer Giftschlange gebissen. Ich hoffe, es ist noch mal gutgegangen.«

»Ja, zum Glück.«

»Das freut mich. Zu dieser Jahreszeit sind die Vipern hierzulande recht angriffslustig. Ihr Biss kann zum Tode führen.«

»Sie wurde medizinisch gut betreut.«

»Ah, gewiss hat das der tüchtige Bruder Gebicca getan. Ein Segen. Vor Schlangen sollte man sich vorsehen.«

Eadulf maß den aufdringlichen jungen Mann mit einem scharfen Blick. »Dem schließe ich mich an, Bruder Andica. Vor Schlangen werden wir uns hinfort ganz besonders in Acht nehmen. Und nun entschuldige mich bitte, ich habe Dringendes zu erledigen.«

»Vade in pace«, entgegnete der junge Mann in ernstem Ton und grinste, als hätte er einen Scherz gemacht.

Eadulf nickte ihm kurz zu, schritt zur Pforte der *domus feminarum* und griff nach dem Klingelzug. Er zog heftig daran, verärgert, wie er war. Es dauerte eine Weile, bevor die Guckklappe aufgestoßen wurde und er sich eine eingehende Prüfung gefallen lassen musste.

»Bruder Eadulf wünscht die *abbatissa* aufzusuchen«, sagte er knapp.

Die Guckklappe fiel zu, und er hörte, wie Metall auf Metall scharrte, ehe die Tür aufging. Ohne eine Aufforderung abzuwarten, trat er ein. Der Türflügel schloss sich hinter ihm, und als er sich umdrehte, war Schwester Radegund schon dabei, die Riegel wieder vorzulegen.

»Wer war die junge Schwester, die soeben Bruder Andica herausgelassen hat?«, fragte er die Verwalterin unumwunden.

Schwester Radegund blinzelte. Die Frage schien sie zu überraschen. »Wie bitte, Bruder?«

»Die Frage war doch klar gestellt, oder?«, gab er ungeduldig zurück.

Schwester Radegund errötete. »Ich versichere dir, Bruder Eadulf, diese Pforte habe nur ich heute Morgen geöffnet und geschlossen.«

»Willst du behaupten, Bruder Andica sei nicht vor wenigen Augenblicken durch diese Tür getreten?«

»Bruder Andica? Ich versichere, hier war niemand.« Eadulf klappte der schon geöffnete Mund wortlos zu. Einer so unverschämten Lüge wusste er nicht zu begegnen. Hätte Schwester Radegund behauptet, der blaue Himmel sei in Wirklichkeit rot, wäre es ebenso sinnlos gewesen, mit ihr darüber zu streiten. Ihr Leugnen einer offenkundigen Tatsache war dreist; er konnte nichts dagegenhalten.

»Du willst also zu Äbtissin Audofleda?«, fragte die Verwalterin. »Nun gut, folge mir.«

Sie wartete keine Antwort ab, drehte sich um und eilte los. Eadulf, dem der Weg zum Gemach der Äbtissin vom letzten Besuch noch im Gedächtnis war, hielt mit ihrem Tempo Schritt.

Äbtissin Audofleda stand in ihrer Kemenate vor dem Kamin. Die düsteren Steinwände des Raumes ließen einen frösteln, obwohl draußen heißes Sommerwetter herrschte. Die geistliche Dame trug schwarze Gewänder. In ihren dunklen Augen funkelte mühsam beherrschter Ärger. Der Mund war nur ein dünner Spalt, und die gefalteten, dicht vor dem Leib gehaltenen Hände verrieten ihre Anspannung.

»Bruder Eadulf«, meldete Schwester Radegund und stellte sich wieder vor die geschlossene Tür.

»Nun?« Das Wort klang wie ein Peitschenhieb; er war hier ganz offensichtlich nicht erwünscht.

»*Abbatissa,* ich vermute, du hast mit Bischof Leodegar gesprochen und weißt, warum ich erneut komme.« Eadulfs Ton war nicht minder scharf.

Die Äbtissin warf ihm einen abweisenden Blick zu. »Ich weiß es. Ungeachtet meines Protestes gegen eure Anmaßung bei eurem vorigen Besuch, hat der Bischof mir nahegelegt, euch noch einmal zu empfangen und eure Fragen zu beantworten. Die Frau aus Hibernia liegt, wie ich erfahren habe, krank darnieder nach einem Schlangenbiss, vielleicht ist das die gerechte Strafe für ihr anmaßendes Benehmen. Daher vermute ich, dass du nun weitere Fragen stellen willst.«

Eadulf hatte sich nur mit Mühe in der Gewalt. Das Verhalten der *abbatissa* bestärkte ihn eher in seinem Vorhaben, unerbittlich und ohne jede Rücksicht auf diplomatische Erwägungen vorzugehen. »Als Mitglied unserer Glaubensgemeinschaft wird es dich froh stimmen, dass es Schwester Fidelma besser geht und sie sich von dem Biss der Giftschlange erholt«, erwiderte er nicht ohne Sarkasmus. »In der Tat, ich bin an ihrer Stelle hier im Streben nach Wahrheit und Gerechtigkeit.

Das dürfte die Sache einfach machen – *veritas simplex oratio est* – einfach ist die Sprache der Wahrheit.«

Äbtissin Audofleda war sichtlich verärgert. »Die ganze Angelegenheit ist mir ausgesprochen zuwider. Was willst du also wissen? Bringen wir das rasch hinter uns.«

»Kommen wir noch einmal auf die Sache mit Schwester Valretrade zurück«, begann Eadulf.

»Wie es sich mit ihr verhält, haben wir bereits erklärt. Sie hat beschlossen, uns zu verlassen – das ist alles.«

»Soviel hast du bereits gesagt, ja. Du erwähntest auch, sie habe dir eine Mitteilung hinterlassen.«

»Und was ist dabei?« Sie schnaubte verächtlich? »Alle haben sie eine Mitteilung hinterlassen. Lesen und schreiben konnte sie doch.«

»Dass sie lesen und schreiben konnte, habe ich mir gedacht«, erwiderte Eadulf mit ernster Miene. »Ihre Mitteilung, hat sie sie dir überreicht?«

»Schwester Radegund hat mir die Notiz gegeben.«

Eadulf wollte sich schon an die Verwalterin wenden, als ihm plötzlich aufging, was die Äbtissin gesagt hatte. »Du sagst, sie haben alle eine Mitteilung hinterlassen?«

»Alle Frauen, die aus dem Kloster ausgeschieden sind, haben mit ein paar Zeilen mitgeteilt, dass sie weggehen. Sie haben vermieden, es mir persönlich zu sagen.«

»Und alle haben das Papier Schwester Radegund übergeben?«

»Selbst gegeben haben sie mir die Mitteilungen nicht«, antwortete Schwester Radegund verdrossen. »Ich habe sie jedes Mal in meinen Räumen gefunden, in denen ich die täglichen Belange der *domus feminarum* regele.«

»Verstehe ich es recht, du hattest nie eine Aussprache mit denen, die davonziehen wollten?«, bohrte er. »Wie viele sind inzwischen fort?«

»So an die zwanzig. Sie alle haben die Abtei noch vor Morgengrauen verlassen, ohne jemandem auch nur ein Wort von ihrer Absicht zu sagen. Feige Geschöpfe, die sie waren, haben sie sich einfach bei Nacht und Nebel davongestohlen.«

Eadulf wandte sich wieder der Äbtissin zu. »Und du hast dich nicht über dieses seltsame Verhalten gewundert?«

»Ich habe es als das Verhalten von Schwächlingen aufgefasst, das durchaus zu ihrer sonstigen Einstellung passte«, tat Äbtissin Audofleda die Sache ab. »Sie waren mit der Regula nicht einverstanden.«

»Ich hätte gern die Mitteilung von Schwester Valretrade gesehen.«

»Bezweifelst du, dass sie vorhanden ist?«, fragte die Äbtissin unwillig und herausfordernd.

»Ich habe lediglich gesagt, dass ich sie sehen möchte«, wiederholte Eadulf ruhig.

Die Äbtissin öffnete einen Schrank und nahm ein dünnes Schreibtäfelchen heraus. Eadulf hielt es für Birkenrinde, worauf immer noch viele schrieben. Wortlos gab sie es ihm. Er nahm es und betrachtete es gründlich. Der Text war in Latein. Die Schriftzüge waren wohlgeformt, doch er suchte nach den Querstrichen bei den bs und ds – der Eigentümlichkeit von Valretrades Handschrift, wie sie Bruder Sigeric geschildert hatte. Sie fehlten. Rasch überflog er die Zeilen.

Abbatissa Audofleda, ich kann mich nicht länger mit der Regula der Abtei abfinden. Daher gehe ich fort und suche mir eine Gemeinschaft, in der ich glaube, Nützliches leisten zu können und in der ich mich wohlfühle. Ich habe von einer solchen Gemeinschaft in den Bergen im Süden gehört, dic der heilige Gallus aus Hibernia gegründet hat. In Betrübnis, Valretrade.

»Nun siehst du es selber. Hättest uns ruhig glauben können«, sagte Schwester Radegund grantig.

Eadulf erwiderte nichts, steckte aber das Täfelchen aus Birkenrinde in sein *marsupium.*

»Mit deiner gütigen Erlaubnis, *abbatissa,* möchte ich das zunächst behalten.« Die Art, wie er es sagte, machte deutlich, er würde es nicht wieder hergeben, selbst wenn sie darauf bestand. »Und die anderen Mitteilungen, hast du die auch zur Hand?«

Diesmal reichte sie ihm ein kleines Bündel ohne Widerstreben. Fast alle glichen einander, waren auf Birkenrinde geschrieben, und auf einigen standen sogar drei oder vier Namen. Alle gaben als Begründung für ihr Fortgehen an, dass sie mit der Regula in der *domus feminarum* nicht einverstanden waren. Nur in Valretrades Zeilen wurde die Absicht erwähnt, zur Abtei des Gallus zu wandern.

»Die sehen alle bemerkenswert gleichförmig aus, als ob sie alle von einer Hand stammten«, äußerte sich Eadulf.

»Ich glaube, Valretrade hat die alle geschrieben. Sie war ja als Kopistin tätig; zweifelsohne haben ihre Mitverschworenen sie dafür bezahlt, diese Zeilen zu schreiben.«

»Und all diese Frauen konnten sich nicht damit abfinden, dass in der Abtei die Geschlechter getrennt leben mussten?«

»Die Regula ist doch klar«, erwiderte die Äbtissin von oben herab. »Wenn sie sich nicht fügen wollen, steht es ihnen frei, zu gehen.«

»Die meisten von ihnen waren verheiratet. Einige hatten sogar Kinder. Die Trennung muss ihnen sehr schwergefallen sein.«

»Vor einem Jahr hat sie der Bischof vor die Wahl gestellt: Entweder die Abtei verlassen oder sich der Regula beugen.«

»Viele meinten gewiss, sie müssten hierbleiben, einen anderen Ort kannten sie gar nicht. Sie waren hier geboren, hatten ihr ganzes Leben hier verbracht.«

»Die Entscheidung lag bei ihnen«, erwiderte die Äbtissin halsstarrig.

»Wie viele aus deiner Gemeinschaft sind Ehefrauen der Brüder?«

»Keine.«

Die Antwort kam sehr plötzlich von Schwester Radegund und überraschte Eadulf. Sein fragender Blick veranlasste Äbtissin Audofleda hinzuzufügen: »Meine Verwalterin meint, Bischof Leodegar hat die Eheschließungen derjenigen, die sich entschieden hierzubleiben, für ungültig erklärt, da sie der Regula zuwiderlaufen.«

»Aber einige hatten doch Kinder.«

»Die Kinder wurden in Obhut genommen.«

»Wie viele dieser Frauen und Kinder befinden sich gegenwärtig in der Obhut der Abtei?«

Die Äbtissin warf ihrer Verwalterin einen Blick zu.

»Während der vergangenen Tage haben auch die letzten von denen die *domus feminarum* verlassen«, erklärte Schwester Radegund mit sicherer Stimme. »Die meisten Abgänge hatten wir in den beiden zurückliegenden Wochen.«

Eadulf konnte seine Verwunderung nicht länger verbergen. »In den beiden zurückliegenden Wochen, sagst du?«

»Ja.«

»Wohin sind sie alle gegangen?«

»Mit dem Verlassen der Abtei endet unsere Verantwortung für sie, und wir müssen nicht wissen, wohin sie sich wenden. Ich nehme an, sie haben einander ermutigt, diesen Schritt zu tun, sind wie Schafe dem Herdentrieb gefolgt – waren nur darauf aus, von hier wegzukommen und sich einem Leben des Müßiggangs hinzugeben.«

Eadulf sah sie mit großen Augen an. »Haben ihre Ehemänner ... haben ihre *früheren* Ehemänner«, berichtigte er sich, als er merkte, wie sie die Stirn runzelte, »davon gewusst, dass sie von hier weggehen? Hat man ihnen gesagt, dass ihre Frauen und Kinder die Abtei verlassen?«

»Es ist nicht unsere Aufgabe, sie davon in Kenntnis zu setzen oder dafür Sorge zu tragen, dass diese Frauen, die sich dem Klosterleben entziehen, es denen mitteilen, mit denen sie früher ehelich verbunden waren«, erklärte Äbtissin Audofleda gereizt.

Eadulf dachte einen Moment nach. »Wie viele Frauen leben zurzeit hier?«

Die Frage beantworte wieder Schwester Radegund. »Fünfzig leben in der *domus feminarum.«*

»Und wie viele waren es vorher?«

»Vielleicht an die siebzig.«

»Ein betrüblicher Schwund«, bemerkte er.

»Mitunter muss man die Spreu vom Weizen trennen«, erklärte Äbtissin Audofleda salbungsvoll.

»Das ist wohl wahr«, stimmte ihr Eadulf zu und mühte sich, versöhnlich zu klingen. »Diejenigen, die geblieben sind, zeigen doch wohl die rechte Hingabe, wie es die Regula verlangt?«

»Ich bin überzeugt, dass dem so ist.«

»Das klingt gut. Du musst stolz sein auf das gute Werk, das du hier getan hast. Sagtest du nicht, Bischof Leodegar hätte dich gerade aus diesem Grunde an dieses Haus berufen?«

»Das stimmt.«

»Aus Divio stammst du, glaube ich, hast du gesagt.«

»Dergleichen habe ich nicht gesagt.«

»Dann muss ich es von jemand anderem gehört haben. Doch von Divio bist du hierhergekommen, nicht wahr?«, fuhr Eadulf beharrlich fort. »Du musst schon dort erfolgreich gewirkt haben, wenn der Bischof dich hierherholte.«

»Über mein Werk hier hat Bischof Leodegar nicht klagen können«, äußerte sich die *abbatissa* abweisend.

»Gewiss, gewiss«, sagte Eadulf leichthin und wechselte das Thema. »Unterhält das Haus hier gute Beziehungen zu Gräfin Beretrude?«

Die Äbtissin blickte rasch zu Schwester Radegund und dann wieder zu ihm. »Gräfin Beretrude? Sie ist die Mutter von Graf Guntram, unserem Gaugrafen, und eine Wohltäterin unseres Hauses.«

»Man hat mir berichtet, ihr Burgunden haltet sie für eine großherzige Gönnerin.«

Äbtissin Audofleda reagierte verstimmt. »Ich gehöre zu den Franken. Aber wahr ist, wir haben Grund, ihr dankbar zu sein.«

»Ich bitte um Verzeihung ... eine Fränkin aus Divio? Ich meine, das ist doch eine burgundische Stadt.«

»Ich habe damit nicht gesagt, dass ich dort geboren wurde oder aufgewachsen bin, doch ich hatte die Leitung eines ...«

»Einer anderen *domus feminarum*. Nun verstehe ich. Aber mit Gräfin Beretrude bist du doch in gutem Einvernehmen, oder? Billigt sie die Veränderungen, die in der Abtei vor sich gegangen sind?«

»Natürlich«, beeilte sich die Äbtissin zu bestätigen.

»Du triffst dich wohl häufig mit ihr, um verschiedene Dinge zu besprechen?«

»Häufig gerade nicht. Bei gewissen Vorgängen vertritt mich mitunter meine Verwalterin.«

»Bei gewissen Vorgängen?« Eadulf blickte Schwester Radegund an, doch die Verwalterin schaute zu Boden.

»Meine Verwalterin und ich erörtern die Dinge mit dem Bischof, und falls sich etwas sehr Wesentliches ergibt, das Gräfin Beretrude oder Graf Guntram sofort zur Kenntnis gebracht werden muss, dann unternimmt das meine Verwalterin in meinem Auftrag.«

»Außer Schwester Radegund hätte also niemand aus deiner Gemeinschaft Anlass, sich zu Gräfin Beretrudes Villa zu begeben?«

»Es muss sich schon um einen außergewöhnlichen Anlass handeln, wenn sich jemand von der *domus feminarum* in die Stadt begibt«, entgegnete die Äbtissin unwirsch.

»Zum Beispiel?«

Fast fauchend machte die *abbatissa* ihrer Ungeduld Luft. »Also wirklich, Bruder Eadulf! Ich begreife nicht, was diese Fragen bezwecken sollen.«

»Dennoch wäre ich dir für eine Antwort sehr verbunden«, entgegnete Eadulf hartnäckig. »Mir geht etwas im Kopf herum, worüber ich Klarheit gewinnen möchte.«

Die Frau setzte zur Gegenwehr an, zuckte dann aber die Achseln. »Also zum Beispiel, einige Delegierte zum Konzil, das der Bischof einberufen hat, haben Ehefrauen oder sonstige Frauenzimmer in Unkenntnis der Regula mitgebracht und ohne sich im Klaren zu sein, welche Sitten hier herrschen. Sie wurden in einem Gasthof im Ort untergebracht, denn man hätte sie in keinen Teil der Abtei aufnehmen können – lediglich der Frau aus Hibernia hat der Bischof Dispens erteilt.«

Es war spürbar, wie sehr sie das wurmte.

»Und wie ergab sich daraus der außergewöhnliche Anlass, bei dem Angehörige dieser Gemeinschaft sich außerhalb der Abtei bewegen durften?«

»Der Bischof bat darum, einigen ausgewählten Mitgliedern meiner Gemeinschaft zu gestatten, diesen auswärtigen Frauen behilflich zu sein und sie während ihres Aufenthalts in der Stadt zu begleiten. So war ein Besuch des römischen Amphitheaters vorgesehen, bei dem ein paar unserer Schwestern zur Begleitung der Besucher benötigt wurden.«

»Gehörte Schwester Valretrade zu ihnen?«, fragte Eadulf, dem sich dieser Gedanke plötzlich aufdrängte.

»Hätten wir geahnt, dass man ihr nicht vertrauen konnte, dann ...«, mischte sich Schwester Radegund ein, verstummte aber sogleich, als sie den vernichtenden Blick der Äbtissin auffing.

»Hätten wir geahnt, dass sie dieses ... dieses Verhältnis angefangen hatte«, fuhr die *abbatissa* fort, »hätten wir ihr nicht die Aufgabe übertragen, die Frauen der Fremdländischen zu begleiten.«

»Wann habt ihr herausgefunden, dass sie ein Verhältnis hatte? War das, bevor sie verschwand?«

Äbtissin Audofleda stampfte mit dem Fuß auf. »Das ist nun wirklich die Höhe! Wir haben dir alle erdenkliche Geduld entgegengebracht. Die Befragung ist beendet.«

»Warum gestattest du nicht deiner Verwalterin, mir zu antworten?«

»Weil es mir nicht beliebt«, erwiderte die Beherrscherin des Frauenhauses. »Entferne dich.« Das Kinn war vorgeschoben, ihre Lippen nur ein dünner Strich.

Eadulf hatte noch viele Fragen stellen wollen, musste aber einsehen, dass es zwecklos war. Mit unbeweglicher Miene schaute er sie an. »Es liegt bei dir, Äbtissin. Natürlich werden wir in unserem Bericht an den Ehrwürdigen Gelasius in Rom nicht verschweigen, wie wenig du bereit bist, uns in unseren Nachforschungen zu unterstützen.«

Er schritt zur Tür und sah noch, wie Schwester Radegund die Äbtissin ängstlich ansah, doch die warf nur hochmütig den Kopf in den Nacken.

»Den Weg nach draußen findest du allein«, rief ihm seine Gegnerin unhöflich nach.

Draußen blieb Eadulf stehen. Er war enttäuscht, hatte er doch nur wenig mehr erfahren, als er bereits vermutet hatte: Schwester Valretrade hatte die Abschiedszeilen nicht geschrieben, und sie hatte die Abtei nicht aus eigenem Antrieb verlassen.

Er ging den Korridor entlang zur Treppe, die zum Haupteingang führte. Da flüsterte ihm jemand zu, er möge einen Moment warten. Eadulf wandte sich um. Im Schatten einer tiefen Nische stand ein junges Mädchen in Schwesterntracht. Wie eine Verschwörerin winkte sie ihn zu sich.

»Bruder, ich muss mit dir reden.«

Kapitel 15

Das Mädchen streckte eine Hand aus und zog ihn in die Nische. Es wirkte geradezu verängstigt. »Ich sah dich ins Gemach der *abbatissa* gehen. Bist du nicht der Sachse, der die Frau aus Hibernia begleitet? Und stellt sie nicht die Nachforschungen an wegen der Todesfälle in der Abtei?«

»Ja, und wer bist du?«

»Ich heiße Inginde.«

»Ah, natürlich.« Eadulf schaute sich rasch um. »Jetzt miteinander zu reden, ist ein denkbar ungünstiger Zeitpunkt. Jeden Moment dürfte Schwester Radegund auftauchen, um sich zu vergewissern, dass ich das Haus verlasse.«

»Ich wollte nur hören, ob du inzwischen etwas über Valretrade erfahren hast?«

»Wir suchen noch nach ihr, aber eins kann ich dir versichern: Aus eigenem Entschluss hat sie die Abtei nicht verlassen. Die Abschiedszeilen, die sie zurückließ, stammen nicht von ihrer Hand.«

»Woher willst du das wissen?«

»Jeder Schreiber wird dir erklären, dass alle Kopisten ihren eigenen Stil haben, die Buchstaben zu formen. Ich konnte mich überzeugen, dass die Schriftzeichen in ihrem Brief nicht ihrer Schreibweise entsprechen.«

Er hielt ein, weil ihm ein anderer Gedanke durch den Kopf schoss. »Gibt es in diesem Gebäude einen Raum, wo man sie vor den Augen der Schwesternschaft verborgen halten könnte?«

»Du meist wie eine Gefangene?«, hauchte Schwester Inginde.

»Wie eine Gefangene«, bekräftigte Eadulf.

Die junge Nonne schüttelte den Kopf. »Hier gibt es kein Gelass, in dem man jemanden verstecken könnte. Ich kenne hier jeden Winkel. Nein, du musst dich damit abfinden, die arme Valretrade hat die Abtei verlassen – und wer weiß, wo man sie hingebracht hat.«

»Auch andere Frauen und Kinder aus dieser Gemeinschaft sollen vor Kurzem verschwunden sein?«

»Ja, das stimmt. Uns hat man erklärt, sie hätten nicht länger nach den von der *abbatissa* aufgestellten Regeln leben wollen.«

»Wurde in dem Zusammenhang vielleicht die Villa der Gräfin Beretrude erwähnt?«

Das Mädchen erschrak. »Gräfin Beretrude? Was soll die damit zu tun haben?«

»Könnten die Verschwundenen von hier nach dort geschafft worden sein?«

Forschend schaute ihn Schwester Inginde an. »Weißt du, dass Schwester Radegund eine Verwandte von ...«, begann sie.

Man hörte, wie eine Tür aufging.

»Gräme dich nicht. Nicht mehr lange, und wir haben die Lösung, das verspreche ich.« In seinem Eifer, dem beunruhigten hübschen Mädchen etwas Gutes zu tun, wagte sich Eadulf leichtfertigerweise weit vor. »Wir vermuten, die Lösung des Geheimnisses liegt in Beretrudes Villa. Glaub mir, alles wird sich bald aufklären.«

Ohne eine Antwort zog sich das Mädchen in den Schatten der Nische zurück, während Eadulf dem Ausgang zustrebte.

»Du lässt dir ja reichlich Zeit beim Gehen«, vernahm er Schwester Radegunds Stimme verdächtig nah hinter sich.

»Ich muss wohl einen falschen Gang erwischt haben.« Eadulf wandte sich um und gab sich reumütig.

»Dann werde ich dir zeigen, wo es langgeht.« Schwester Radegund rauschte mit festem Schritt an ihm vorbei, und er folgte ihr.

»Ich habe mich gewundert, dass du und Äbtissin Audofleda gestern nicht auf dem Empfang von Gräfin Beretrude wart«, versuchte er mit ihr ins Gespräch zu kommen.

»Der Empfang war nur für die zum Konzil Entsandten und ihre Berater«, fertigte sie ihn kurz ab.

Eadulf wurde noch etwas kühner und brachte ins Spiel, was Bruder Budnouen ihm erzählt hatte: »Könnte es sein, dass Gräfin Beretrude die Äbtissin nicht eingeladen hat, weil ihr deren früheres Leben in Divio missfällt?«

Schwester Radegund blieb stehen. Sie war puterrot geworden. »Meine ... Gräfin Beretrude ist ...« Sie geriet ins Stocken.

»Wolltest du sagen ... ist ›meine Mutter‹? Du siehst ihr sehr ähnlich.« Er war überzeugt, es könnte ihm nicht weiter schaden, diese Vermutung zu äußern.

Rasch hatte sich Schwester Radegund gefasst. »Gräfin Beretrude ist meine Tante. Und dessen schäme ich mich nicht. Du hast bereits eine Menge in Erfahrung gebracht.«

»Aber es reicht noch nicht.«

Er bekam keine Antwort. Sie hatte sich schon wieder umgedreht. An der Haupttür angelangt, schob sie die Riegelbolzen zurück. Eadulf hätte gern weiter mit ihr geredet, doch sie hob die Hand und zeigte auf die geöffnete Pforte.

Mit den Worten *»Vade in pace«* wies sie ihn aus dem Haus.

Eadulf blieb keine andere Wahl, als zu gehen.

Bei seiner Rückkehr fand er Fidelma schlummernd vor. An der Tür saß ein kräftig gebauter junger Klosterbruder aus Imleach, den Abt Ségdae dort als Leibwächter postiert hatte. Eadulf flüsterte ein paar Worte mit ihm, entschied sich aber, Fidelma schlafen zu lassen. Schlaf war stets ein guter Heiler. Er würde einstweilen Bruder Sigeric in der Bibliothek aufsuchen.

Bruder Sigeric war nicht im *scriptorium,* doch traf er dort den Verwalter, Bruder Chilperic, an, der sich auf einer Tontafel mit Zahlenkolonnen beschäftigte. Mit einem gequälten Lächeln schaute der Mönch auf.

»Die Abrechnung der Ausgaben und Einnahmen«, sagte er und legte den Stilus beiseite. »Diese Aufgabe ist mir zuwider. Man kommt sich vor wie ein Händler, wenn man zusammenzählt, was die Abtei kostet. Der Bischof nimmt es sehr genau damit, wir dürfen nicht in Schulden geraten.« Er machte eine Pause. »Kann ich dir behilflich sein, Bruder?«

Eadulf wollte schon mit »Nein« antworten, als ihm einfiel: »Kennst du Bruder Andica?«

»Natürlich«, hieß es sofort. »Weshalb fragst du?«

»Ich bin ihm vor Kurzem begegnet.«

»Er ist einer unserer Steinmetze. Ein begnadeter Handwerker.«

»Stammt er aus dieser Gegend?«

»Ob er Burgunde ist? Ja, ist er. Warum?«

»Ich denke mir, ein Steinmetz könnte in einer Stadt wie dieser eine gute Entlohnung verlangen und würde nie ohne Arbeit sein. Vermutlich aber wollte er in religiösem Eifer unserem Glauben dienen.«

»Ganz so ist das nicht. Fromm und ergeben ist er eigentlich nicht. Er ist stolz auf seine Stadt und sein Volk. Ich fürchte, dieser Stolz wird ihm eines Tages noch Ungelegenheiten bringen.«

Eadulf hob fragend eine Braue, und der Verwalter wurde vertraulich. »Unser Bischof ist Franke, wie ich dir erzählt habe, und pflegt gute Beziehungen zum Herrscherhaus. Bruder Andica fällt es mitunter schwer, seinen Stolz zu bändigen. Ein- oder zweimal hat der Bischof ihm schon Vorhaltungen machen müssen wegen respektloser Äußerungen über unsere fränkischen Herrscher.«

»Es gibt Leute, denen geht ihre Herkunft über alles.«

»Ein jeder von uns kann auf sein Volk stolz sein, aber wenn wir in einer religiösen Gemeinschaft dienen, dann dienen wir doch allen Menschen, dann ist die Christenheit gewissermaßen unsere Nation.«

»Und doch fällt es vielen schwer, den Stolz auf ihr eigenes Volk zu überwinden; wir brauchen nur an Cadfan und Ordgar zu denken.«

Der Verwalter überlegte ein wenig. »Jetzt, da ihnen erlaubt wurde, sich auch außerhalb ihrer Gemächer zu bewegen, schreiten sie in der Abtei auf und ab wie ruhelose Bestien. Ich war einmal in Rom und habe da Löwen im Käfig gesehen, Großkatzen, die man aus irgendeinem Winkel der Erde dorthingebracht hatte. So kommen mir jedenfalls der Abt und der Bischof vor. Bislang haben sie einander gemieden. Ich hoffe inständig, dass ihr bald die Entscheidung trefft, wer der Schuldige ist, bevor noch ein Mord geschicht.«

»Noch ein Mord?«

»Ich bin sicher, wenn die aufeinander treffen, bringt einer den anderen um.«

»Ganz so einfach lässt sich eine Entscheidung nicht erzwingen. Es geht darum, die Wahrheit herauszufinden.«

»Seid ihr der Wahrheit wenigstens nähergekommen?«

»Es braucht seine Zeit.«

»Ah ja, *tempus omnia revelat«,* intonierte Bruder Chilperic frommen Sinnes. »Die Zeit enthüllt alles. Das ist eine gesunde Einstellung, Bruder Eadulf, doch mitunter können Ergebnisse und erst recht Menschen nicht länger warten. Ich meine das ernst, Bruder. Es könnte der Augenblick kommen, da der Bischof euch erklärt, ›Folgt dem Rat, den Horaz uns in seinen *Epistulae* gab.‹«

Eadulf kramte in seinem Gedächtnis. »Ich fürchte, ich weiß damit nichts anzufangen.«

»Ihr habt genug gespielt, habt genug gegessen und getrunken«, zitierte Bruder Chilperic spöttisch.

»Willst du mich warnen? Beabsichtigt er, unseren Nachforschungen ein Ende zu setzen?«

»Verbum sat sapienti«, erwiderte der Verwalter selbstgefällig. Dem Weisen genügt ein Wort.

»Will er nicht wissen, wer der Schuldige ist?«

»Es ist ihm wichtiger, dass dieses Konzil zusammentritt und die von Rom erwarteten Beschlüsse fasst. Nur weil ihr dem Nuntius Peregrinus bekannt seid, bezähmt der Bischof seine Ungeduld ... gegenwärtig jedenfalls. Aber er meint, wir können nicht ewig warten.«

»Ewig wird es auch nicht mehr dauern«, erwiderte Eadulf gereizt. »Sobald wir die Wahrheit kennen, halten wir nicht mit ihr zurück.« Er drehte sich um und verließ das *scriptorium* ohne ein weiteres Wort.

Draußen stieß er auf Bruder Sigeric, der gerade hineingehen wollte. Doch Eadulf zog die Tür entschlossen zu und erklärte dem verdutzt dreinschauenden Schreiber: »Da drin arbeitet Bruder Chilperic.«

»Dann gehen wir lieber woanders hin, wo wir ungestört miteinander reden können«, schlug Bruder Sigeric sofort vor.

Sie begaben sich auf den Innenhof der Abtei und blieben beim Brunnen mit dem Wasserspiel stehen. »Du hast noch einmal mit der Äbtissin gesprochen. Hat sie dir den Brief gezeigt, den Valretrade hinterlassen hat?«

»Die Buchstaben trugen nicht die Merkmale, wie du sie uns beschrieben hast.« Eadulf nahm das Täfelchen aus Birkenrinde aus seinem *marsupium* und reichte es Bruder Sigeric. »Sämtliche Abschiedszeilen der verheirateten Frauen, die die Gemeinschaft verlassen haben, stammen von ein und derselben Hand.«

»Hab ich es doch gewusst! Valretrade hat das nicht geschrieben«, sagte der junge Mann nach einem flüchtigen Blick auf die Birkenrinde. »Das kann ich beschwören.« Besorgt fragte er: »Was können sie mit ihr angestellt haben? Du bist sicher, dass sie nicht die Gefangene Audofledas ist?«

»In der *domus feminarum* ist sie nicht. Auch die anderen verschwundenen Frauen und Kinder sind nicht dort.«

»Und deiner Meinung nach ist es nicht von ungefähr, dass so viele verschwunden sind?«

»Jedenfalls glaube ich das. Sag mal, kennst du Bruder Andica?«

»Den Steinmetz? Wieso fragst du nach ihm?«

»Gibt es für ihn einen Grund, sich in der *domus feminarum* aufzuhalten?«

»Als Steinmetzmeister obliegt es ihm, in allen Gebäuden der Abtei aufgetretene Schäden festzustellen und sie auszubessern.«

Mit einer so einfachen Erklärung hatte Eadulf nicht gerechnet. »Ist ja klar, daran habe ich nicht gedacht.«

»Bevor die Trennung von Nonnen und Mönchen vom Bischof durchgesetzt wurde, gab es eine lange Galerie, die die beiden Gebäudeteile miteinander verband. Andica hatte den Auftrag, diesen Gang zu versperren; um das zu tun, musste er auf beiden Seiten der Mauer arbeiten, die er errichtete. Das dürfte der Grund sein, warum er sich dort frei bewegen kann.«

»Meinst du, er arbeitet öfter in der Galerie?«

»Da bin ich mir ziemlich sicher.«

»Heißt das, man kann sich auch heute noch zwischen den beiden Häusern der Abtei bewegen? Dann gibt es außer dem Weg durch die unterirdischen Gewölbe, den du uns gezeigt hast, noch eine andere Möglichkeit, in die *domus feminarum* zu gelangen?«

Bruder Sigeric schüttelte heftig den Kopf. »Man spricht nur noch von der verbotenen Galerie. Es ist uns untersagt, sie zu betreten. Die Zugänge sollen alle versperrt sein.«

»Wo ist diese Galerie, wie sieht sie aus?«

»Sie ist lang und überdacht und gehört zu dem ursprünglichen römischen Gebäude, auf dessen Grund die Abtei steht. Du musst dir das Ganze als einen hohen Bogengang vorstellen, an dessen Seiten jeweils eine Obergalerie verläuft. Oben stehen auch einige antike Statuen. Am äußersten Ende ist ein Rundbogen mit einer Tür, die in die *domus feminarum* führt, aber die müsste Bruder Andica längst zugemauert haben. Niemandem ist gestattet, dort hinaufzusteigen; es wäre auch sinnlos, da die Galerie keinen Zweck mehr erfüllt.«

Eadulf schwieg und überlegte.

Bruder Sigeric setzte seiner Grübelei ein Ende. »Was werdet ihr unternehmen, um Valretrade aufzuspüren?«

»Sobald Fidelma wiederhergestellt ist …«, sagte er, nach Worten suchend, legte dann aber eine Hand auf Sigerics Arm und mühte sich, Zuversicht in seine Stimme zu legen. »Gräm dich nicht, wir werden sie schon finden. Überlass das uns, und rede mit keinem weiter darüber. Wir halten dich auf dem Laufenden.«

Noch am nächsten Morgen beschäftigte Eadulf der Gedanke an die Galerie. Fidelma war aufgestanden und fühlte sich bereits recht wohl. Das Bein schmerzte nach wie vor ein wenig, aber die Schwellung war zurückgegangen, und sie konnte ohne Hilfe gehen. Auch war ihr Appetit zurückgekehrt, und sie langte beim Frühstück tüchtig zu. Bald danach schaute Bruder Gebicca vorbei, untersuchte die Wunde und war zufrieden, dass sie gut verheilte. »Das Gift hat sich aufgelöst, und offenbar ist nichts davon zurückgeblieben. Morgen dürfte nichts mehr zu spüren sein.«

Kaum hatte Bruder Gebicca sie verlassen, da wollte Fidelma von Eadulf noch einmal hören, wie die Begegnung mit Äbtissin Audofleda verlaufen war und was sich daraus ergab. Er hatte ihr schon am Abend zuvor ausführlich davon berichtet, doch sie hatte sich noch matt gefühlt und es nicht recht aufnehmen können. Nun hörte sie schweigend zu, hakte nur gelegentlich ein und stellte Fragen. Er erzählte ihr auch von seiner Begegnung mit Bruder Andica, dem Gespräch mit Schwester Inginde, bestätigte, dass Schwester Radegund mit Beretrude verwandt war und verschwieg nicht die Warnung, die Bruder Chilperic übermittelt hatte, Bischof Leodegar sei drauf und dran, ihre Nachforschungen zu unterbinden.

»Dazu darf es nicht kommen«, ereiferte sich Fidelma, »jetzt, wo wir wissen, es geht um mehr als den Streit zwischen Cadfan und Ordgar. Verbas von Peqini schleicht um Beretrudes Villa herum. Warum? Schwester Radegund ist eine Verwandte Beretrudes. Alle verheirateten Frauen und ihre Kinder haben die Schwesternschaft verlassen. Du warst Zeuge, wie einige von ihnen in der Villa von Beretrude verschwanden. Da stimmt eine ganze Menge nicht.« Sie dachte kurz nach und fuhr dann fort: »Ich möchte zu gern wissen, was es mit dieser Galerie auf sich hat, die Bruder Sigeric erwähnt hat. Als Bruder Chilperic uns in der Abtei herumführte, hat er sie uns nicht gezeigt.«

»Da sie ja zugesperrt ist und niemand diesen Gang zwischen der Abtei und dem Frauenhaus benutzen kann, hat er es wahrscheinlich nicht für wichtig gehalten. Die ›verbotene Galerie‹ heißt sie jetzt, wie Bruder Sigeric mir erzählt hat.«

»Egal, wir müssen uns ein Bild davon machen und können uns nicht auf bloßes Hörensagen verlassen. Weißt du, wo sich diese geheimnisumwitterte Galerie befindet?«

»So ungefähr; Bruder Sigeric hat es mir beschrieben.«

»Dann muss es heute unsere allererste Aufgabe sein, sie uns anzuschauen.«

Fidelma schätzte an Eadulf sein räumliches Vorstellungsvermögen, das untrüglich war. Er brauchte nur ein Gebäude zu sehen und wusste gleich, wie die Räumlichkeiten darin sich zueinander verhielten, ohne sich die Sache von innen zu betrachten. Allein vom Erscheinungsbild der düsteren Außenmauern hatte er richtig geschlussfolgert, wie die einzelnen Gebäudeteile miteinander verbunden waren. So konnte er Fidelma rasch durch das große, jetzt aber leere Refektorium führen, vorbei an den Küchen und Vorratskammern. Niemand schien sich in diesem Teil der Abtei aufzuhalten. Er schaute prüfend in verschiedene Seitengänge, und sie gelangten in eine Halle, die voller Steinmehl war und in der einige Blöcke aus Kalkstein, ja sogar aus Marmor herumstanden. Auch lagen Maurerwerkzeuge hier und da verstreut, doch keine Menschenseele ließ sich blicken.

»Die Galerie muss am Ende der Halle beginnen, hinter den Türen dort«, erklärte Eadulf zuversichtlich.

Die Türen waren nicht verschlossen, und sobald Eadulf sie öffnete, tat sich vor ihnen ein langer Gang auf. Er war breit, wirkte aber schmal, denn auf jeder Seite trugen zehn Pfeiler eine gewölbte Decke, die gut fünfzig Fuß hoch war. Die Pfeiler waren wie große römische Säulen kanneliert und verjüngten sich nach oben. Gemauerte Bögen verbanden die Pfeiler miteinander. Dreißig Fuß über dem Boden dieses Bogenganges verlief rechts und links hinter den Pfeilern jeweils eine Galerie, deren Grundfläche sich in einer Ebene mit der Basis der Gewölbebögen befand. Im Zentrum jedes so geformten Bogens stand eine Statue, fünf insgesamt auf jeder Seite. Sie stellten augenscheinlich Krieger in den Rüstungen des antiken Rom dar. Der Fußboden des Ganges war mit Mosaiksteinchen ausgelegt, die verschlungene Muster bildeten, wie sie in Rom häufig vorkamen. Seinen Abschluss bildete ein großer Bogen, in den vormals Türen eingefügt waren, den jetzt aber Steinblöcke verstellten, die man offensichtlich erst vor Kurzem dort aufgeschichtet hatte.

»Das sieht genauso aus, wie Bruder Sigeric es beschrieben hat«, sagte Eadulf, während sie den über hundert Fuß langen Korridor abschritten. »Diesen Weg hat man versperrt.« Sie blieben vor dem blockierten Durchgang stehen.

»Leodegar muss die Trennung der Geschlechter mit geradezu fanatischem Eifer betreiben«, bemerkte Fidelma nachdenklich. »Warum mag er Frauen so fürchten?«

»Meinst du, seine Haltung Frauen gegenüber entspringt aus Furcht vor ihnen?«

»Wenn man jemandem seine Ebenbürtigkeit abspricht, wenn man Frauen verunglimpft oder überhaupt Leute anschwärzt und verunglimpft, bedeutet das immer, man hat Angst vor ihnen. Und das hier ist doch geradezu lächerlich, Frauen von Männern trennen zu wollen, indem man Mauern zwischen den alten Gebäuden errichtet. Was ich gesehen habe, reicht mir jedenfalls.«

»Was hattest du geglaubt, hier zu finden?«

»Eigentlich wollte ich mich nur vergewissern, dass es so eine Verbindung zwischen den Gebäuden wirklich gab. Anfangs hatte ich sogar gedacht, es könnte sich um einen Geheimpfad zwischen den beiden Klostergemeinschaften handeln. Auf den Gedanken war ich verfallen, weil uns niemand die Galerie gezeigt, sie nicht einmal erwähnt hat, von Sigeric abgesehen.«

Sie wandten sich um und traten den Rückweg an. Mit einem Mal hörte Eadulf ein Geräusch, ein leises Kratzen und Scharren. Was es war, wusste er nicht, auch begriff er nicht, warum er mit einem Satz zur anderen Seite des Ganges sprang und einen Warnruf ausstieß. Fidelma, die vor ihm ging, drückte sich an eine Säule.

Einen Moment später krachte etwas auf den Fleck, auf dem Eadulf eben noch gestanden hatte, und zerbarst in tausend Stücke. Ein großer Steinbrocken traf Eadulf mit Wucht an der Wade. Es schmerzte furchtbar, er schrie auf, wankte einen Schritt vorwärts und stürzte. Es schien ihm eine Ewigkeit, währte aber nur wenige Sekunden.

Totenstille breitete sich aus, der Staub ringsum begann sich zu legen.

Fidelma löste sich von dem Pfeiler, der ihr vor dem stürzenden Steingebilde Schutz geboten hatte, und tastete sich durch Staub und Schutt.

»Eadulf!«, schrie sie angsterfüllt. Sie hörte ihn husten, beugte sich zu ihm hinunter und wischte ihm den Schmutz von Augen und Mund. »Bist du verletzt, wie fühlst du dich?«

Er brachte ein schwaches Lächeln zustande. »Richtig gut nicht.«

Sie atmete erleichtert auf, während er sich mühsam aufrichtete.

»Wo tut's weh?«, fragte sie besorgt, als er plötzlich zusammenzuckte.

»Hinten am Bein, an der Wade. Da hat mich offenbar ein Stein getroffen.«

Fidelma schaute sich um. Unmittelbar neben ihm lag ein großer Marmorbrocken.

»Ein Wunder, dass das Ding dich nicht erwischt hat«, sagte sie und zeigte darauf.

Eadulf blinzelte, um den Staub von den Augenlidern zu bekommen, und sah genau hin. »Das ist der Kopf von einer der Statuen da oben«, erklärte er verwundert.

Fidelma blickte hoch zu der Nische unter dem Bogen, die direkt über ihnen war. »Nicht nur der Kopf, eine ganze Statue war das«, berichtigte sie ihn. »Sie hätte dich fast erschlagen. Sieh, da ist der Sockel, auf dem sie gestanden hat.«

Eadulf schüttelte sich. »Ganz schon gefährlich«, murmelte er. »Wir sollten machen, dass wir von hier fortkommen, ehe noch mehr herunterfällt. Die Statuen da oben haben etliche hundert Jahre auf dem Buckel.«

Inzwischen hatte sich Fidelma sein verletztes Bein näher betrachtet. »Du hast da eine grässliche Platzwunde und musst sofort zu Bruder Gebicca. Kannst du aufstehen?«

»Ich versuch's. Gebrochen ist wahrscheinlich nichts.« Er griff nach Fidelmas Arm, stützte sich mit einer Hand gegen die Mauer und schob sich langsam hoch. Sowie er das Bein belastete, hatte er heftige Schmerzen.

Unvermutet erschien Bruder Benevolentia in der Tür, durch die sie die Galerie betreten hatten. Er blieb stehen und starrte sic überrascht an. »Ich habe es krachen gehört«, begann er.

»Und ich brauche deine Hilfe, Bruder«, erwiderte Fidelma. »Komm her und stütze Eadulf.«

Doch Bruder Benevolentia stierte immer noch auf Eadulf und schien sie nicht gehört zu haben. »Was ist denn hier passiert?« Er verstummte, als er die Trümmer des Standbildes sah. Seine Augen wanderten zu dem Fleck, auf dem es gestanden hatte, und erst dann fragte er Eadulf: »Bist du verletzt, Bruder?«

»Die Wunde muss gereinigt und verbunden werden«, erklärte ihm Fidelma. »Was Ernsthaftes wird es wohl nicht sein.«

»Ich werde ihn stützen, Schwester. Überlass mir das. Er nahm Eadulfs Arm und half ihm, blickte aber immer wieder auf den Schutthaufen. »Sieht aus wie eines der antiken Denkmäler. Die stehen hier mindestens seit sechshundert Jahren, sind noch von den Römern. Kannst von Glück sagen, dass das Ding dich verfehlt hat.«

In Eadulfs Wade pochte es schmerzhaft. »Verfehlt ... klingt ganz schön untertrieben. Eine Handbreit weiter, und ich wäre nicht mehr auf dieser Welt.«

Er bemerkte, dass Fidelma wie gebannt auf die Trümmer und nach oben schaute. »Geh schon los, Bruder Benevolentia, und bringe Eadulf zu Bruder Gebicca. Ich komme gleich hinterher.«

Bruder Benevolentia zögerte. »Lass das lieber, Schwester. Hier allein zu bleiben ist wirklich gefährlich. Wir befinden uns im ältesten Teil des Gebäudes, und diese antiken Statuen stehen keineswegs mehr fest.«

»Eadulf blutet und braucht umgehend einen Arzt; je länger wir zögern, um so schlimmer wird es mit der Wunde. Ich habe doch gesagt, ich komme gleich nach«, fuhr sie ihn an.

Bruder Benevolentia kam ihre Aufforderung wenig gelegen, doch Eadulf war klar, dass sie etwas im Gang genauer in Augenschein nehmen wollte, machte die ersten Schritte und zwang so seinen Begleiter, ihm zu folgen.

Fidelma schaute noch einmal auf die Bruchstücke, die bis vor Kurzem eine Marmorstatue gewesen waren. Dann schätzte sie die leere Nische ab, die sich dreißig Fuß über ihr in der langen überwölbten Galerie befand. An jeder Seite des Ganges hatten je fünf Statuen gestanden, jetzt fehlte eine.

Sie vernahm ein Geräusch aus der Werkstatt der Steinmetze hinter ihr. Rasch drehte sie sich um und stellte fest, dass ein anderer, ein jüngerer Mönch den Schauplatz betreten hatte. Der sah sich um und schien entsetzt.

»Was ist denn hier los, Schwester?«, sprach er sie an.

»Eine der Statuen ist von ihrem Sockel dort oben gestürzt.«

»Eine der antiken Statuen?«, wiederholte er betroffen.

»Stehen die alle schon lange so wie jetzt?«

»Die sind dort schon seit der Zeit der Römer. Solange ich hier bin, haben sie völlig fest und sicher gestanden. Merkwürdig, dass gerade jetzt eine heruntergefallen ist. Wenn das kein böses Omen ist!«

»Das Omen wäre gewiss bös, wenn die Statue jemanden erschlagen hätte«, erwiderte Fidelma trocken.

»Es wurde doch hoffentlich niemand verletzt?«

Sie ging nicht darauf ein, sondern blickte zu den Nischen in den Arkaden über ihr. »Gibt es einen Zugang zu den Nischen dort oben? Sie scheinen ziemlich tief zu sein, und dahinter ist es hell, als ob da ein freier Raum wäre.«

Der Mönch nickte. »Das stimmt, Schwester. Hinter den Standbildern ist ein Laufgang, den die Steinmetze benutzen, wenn Arbeiten am Dach oder dem Bildzierrat hoch oben zu verrichten sind.«

»Ist dieser Laufgang leicht zu erreichen? Wie könnte ich von hier dort hinaufgelangen?«

»Du möchtest doch nicht etwa da hochgehen?«

»Doch, das möchte ich.«

Unentschlossen schaute er sich um, wusste offenbar nicht recht, wie er sich verhalten sollte, und meinte schließlich: »Na gut, ich kann's dir zeigen.«

Gleich hinter den Türen, durch die sie hereingekommen waren, bemerkte Fidelma jetzt einen schmalen Durchlass, auf den ihr Gegenüber wies. Eine enge Wendeltreppe wie in einem runden Turm bot sich zum Aufstieg an. Fidelma trat auf die erste Stufe und suchte etwas zu erkennen. Am oberen Ende des Treppenhauses war Licht. Bevor sie noch eine weitere Stufe erklomm, fragte der junge Mönch hinter ihr ängstlich: »Hast du wirklich vor, da hinaufzusteigen, Schwester?«

»Ja, ich bin fest entschlossen«, erwiderte sie unerschütterlich.

»Das ist ziemlich gefährlich. Schließlich ist eine Statue gerade abgestürzt. Das Mauerwerk dürfte brüchig sein.«

»Du bringst mich davon nicht ab.«

»Dann sollte ich lieber mitkommen, falls dir da etwas zustößt. Lass mich vorgehen.«

Fidelma zuckte die Achseln und ließ den jungen Mann vor. Leichtfüßig erklomm er die Wendeltreppe. Bald befanden sie sich in einem Korridor, dessen Fußboden Holzplanken bildeten. In die Außenmauer waren Fensteröffnungen eingelassen, durch die Tageslicht drang; die andere Seite bildeten die Arkaden mit den Nischen, in denen die großen Statuen standen, jede etwa sechs Fuß hoch. Eine dieser Höhlungen war leer, und Fidelma ging geradewegs darauf zu. Die Galerie zog sich bis zu einem anderen Treppenhaus hin, in dem sie verschwand.

»Wo führt die Galerie eigentlich hin?«, fragte sie ihren Begleiter.

»An ihrem Ende hinter der Holztür beginnt die *domus feminarum*, Äbtissin Audofledas Bereich der Abtei. Aber die Tür ist immer verschlossen.«

Fidelma blickte in die Richtung und stellte fest: »Zugemauert wie die Haupttür unten ist sie offenbar nicht.«

»Sie ist einfach zugeschlossen. Nur der Bischof hat einen Schlüssel. Hier kommt sonst niemand hoch.«

Ihr Augenmerk galt wieder der Nische unter dem Pfeilerbogen. Mit raschem Blick erkannte sie, von selbst hätte das Standbild auf keinen Fall umstürzen können. Prüfend schaute sie auf den Sockel, der völlig stabil war, an den Kanten allerdings gab es Absplitterungen und frische Kratzspuren. Mit brutaler Gewalt hatte man eine Brechstange unter die schwere Steinfigur getrieben, um sie auszuhebeln und genau in dem Augenblick zum Absturz zu bringen, als sie dort unten entlanggingen. Sie bückte sich und betrachtete eingehend die verräterischen Spuren. Es überlief sie kalt, denn ihr Verdacht bestätigte sich: Jemand hatte versucht, sie umzubringen. Ob es nun reine Intuition war oder ihr Reaktionsvermögen, das sich mit den Jahren ihrer Erfahrung als *dálaigh* geschärft hatte, sie spürte, wie sich ihr von hinten etwas näherte, und warf sich im gleichen Moment zur Seite. Instinktiv hatte sie richtig gehandelt. Sie bemerkte den Klosterbruder neben sich, sah, wie er eine Sekunde mit ausgestreckten Händen schwankte, denn er hatte sie aus dem Arkadenbogen nach unten auf den Gang stoßen wollen. Erschreckt riss er die Augen auf und fuchtelte verzweifelt mit den Armen im vergeblichen Bemühen, sein Gleichgewicht zu halten. Mit einem Angstschrei fiel er vornüber und stürzte auf die Trümmer der Statue.

Kapitel 16

Kopfschüttelnd betrachtete Bruder Gebicca Eadulfs Bein.

»Mir scheint, ihr wollt mein Können auf die Probe stellen, wie ich Wunden am Bein zu behandeln verstehe.« Er wurde von Bruder Benevolentia abgelenkt, der ungeduldig herumstand. »Ja, was gibt es?«

»Werde ich hier noch gebraucht?«, fragte der. »Ich habe etliches für Bischof Ordgar zu erledigen.«

Statt des Arztes antwortete Eadulf und entließ ihn, denn er kam nun ohne seine Hilfe zurecht. Bruder Gebicca wusch ihm das Blut vom verletzten Bein und untersuchte die Wunde eingehender.

»Eine kleinere Schnittwunde und mehrere Abschürfungen«, stellte er fest. »Das müsste rasch abheilen, aber ohne blaue Flecken geht das nicht ab. Wie ist es denn passiert?«

»Ich war in dem alten Durchgang mit den Statuen, und eine von den Dingern ist umgekippt.«

»Du warst in der verbotenen Galerie?«, fragte Bruder Gebicca überrascht.

»Ja, ich glaube, wir meinen dasselbe.«

»Bischof Leodegar hat den Brüdern untersagt, sich dorthin zu begeben. Was hast du da gewollt?« Er merkte, dass Eadulf mit einer Antwort zögerte, und fuhr fort: »Ist schon gut, du brauchst es mir nicht zu sagen. Halt lieber still, damit ich die Wunde reinigen und verbinden kann.«

Das Herz schlug Fidelma bis zum Hals. Sie kroch auf allen vieren zum Rand der Galerie und lugte zu dem Mosaikfußboden nach unten. Allein von der Position des Kopfes des Hinuntergestürzten her war es müßig, sich die Frage zu stellen, ob der junge Mann tot war oder nicht. Stimmen drangen zu ihr nach oben, und zwei Mönche, von denen sie den einen zu ihrer Verwunderung als Bruder Benevolentia erkannte, beugten sich über den Toten. Fidelma zog sich rasch zurück, damit man sie nicht sah, und atmete nach dem Schock des soeben Erlebten erst einmal tief durch.

Gleich darauf war sie wieder auf den Beinen und eilte die Galerie entlang. Den Gedanken an den jungen Mann war sie bemüht, zu verdrängen. Ihr Verdacht hatte sich bestätigt: Zumindest einer der Mönche war an dem Versuch, sie und Eadulf zu töten, beteiligt. Gleichzeitig wurde ihr klar, dass es Mittäter geben musste, und die Vorstellung ließ sie kurz stehen bleiben, als sie oben am Treppenabsatz angelangt war. Stiege sie jetzt hinunter, würde man sie sofort entdecken. Möglicherweise war dort unten noch jemand, der es auf sie abgesehen hatte. Auch ging ihr durch den Kopf, dass außer ihrer Aussage keinerlei Beweise existierten, dass der junge Mönch versucht hatte, sie in den Tod zu stürzen.

Sie schaute sich um. Gab es einen Weg, die Gruppe erregter Brüder da unten zu meiden, zu denen sich inzwischen noch weitere gesellt hatten? Der mit Dielen ausgelegte Gang führte jenseits des Treppenabsatzes weiter. Sie folgte ihm und gelangte kurz darauf an ein zweites Treppenhaus. Wenn sie hier hinunterginge, müsste sie außer Sichtweite der Mönche im alten Gang sein. Vorsichtig nahm sie die Stufen und stieß, unten angelangt, auf Räumlichkeiten der Klosterküchen. Rasch strebte sie einer gegenüberliegenden Tür zu, befand sich im Haupthof vor der Abtei und eilte schnurstracks zum Haus des Apothekers.

Eadulf wurde gerade der Verband angelegt, als sie den Behandlungsraum betrat. Er war erleichtert, sie zu sehen. Sie mied seinen fragenden Blick und erkundigte sich beim Arzt: »Sieht es böse aus?«

»Um Haaresbreite wäre der Muskel durchtrennt gewesen, einen Fingerbreit weiter, und Bruder Eadulf hätte keinen Mucks mehr gesagt«, erwiderte er fröhlich und legte einen Wickel aus Moosen an, der die Blutgerinnung unterstützen sollte. Darüber folgte ein Verband aus weißen Leinenstreifen. Nach vollbrachtem Werk richtete er sich auf und meinte zu Eadulf: »Ruhe würde der Heilung dienlich sein. Aber ich kann es wohl auch lassen, dir das zu sagen.«

»Wenn ich unbedingt laufen muss, nehme ich eben einen Stock«, erklärte Eadulf.

»Ich rate dir dringend davon ab«, bekam er zur Antwort. »Du willst dir gewiss nicht zusätzliche Beschwerden einhandeln oder die Wunde wieder zum Bluten bringen wollen. Gönn dir ein paar Tage Ruhe, dann heilt sie besser. Und was dich betrifft« – mit diesen Worten wandte er sich an Fidelma –, »so hättest du auch länger liegen sollen.«

Dann entschuldigte er sich für einen Augenblick, er wolle eine Salbe für Eadulf holen.

Eadulf sah Fidelmas Gesicht an, dass sie etwas wusste, worüber sie aber erst sprechen wollte, wenn ihnen wirklich niemand zuhören konnte. Er hätte gern ein paar Worte mit ihr unter vier Augen gewechselt, doch das war ihm nicht vergönnt, denn Bruder Chilperic kam hereingestürzt. Sein besorgter Blick galt Eadulf.

»Ich habe gehört, eine herabstürzende Statue hätte dich verletzt.«

»Es ist nichts weiter, nur ein paar Kratzer.«

»Außerdem soll es einen furchtbaren Unfall gegeben haben im ... Da, wo der Steinmetz arbeitet. Ich wollte gerade dorthin, als ich von einem der Brüder erfuhr, Bruder Benevolentia hätte dich hierhergebracht.«

»Das ist richtig. Eine Statue ist herabgestürzt, und ein Marmorbrocken hat mich erwischt, das ist alles.« Er hatte den Satz kaum beendet, da tauchte ein anderer Mönch aus der Bruderschaft auf, der offensichtlich Bruder Chilperic suchte.

»Der Steinmetz ist tot«, platzte er heraus. »Du musst sofort kommen.«

Bruder Chilperic murmelte etwas Unverständliches und hastete davon.

»Hast du das gehört?« Überrascht blickte Eadulf zu Fidelma. »Der Steinmetz soll tot sein.«

»Ich könnte mir vorstellen, sie haben den Leichnam des jungen Mönchs gefunden, der vor wenigen Minuten versucht hat, mich umzubringen«, erwiderte Fidelma ungerührt. »Der fromme Bruder hatte mitbekommen, dass ich Verdacht geschöpft hatte und im Begriff war, mir die Stelle anzusehen, von der die Skulptur herabgestürzt war. Er versuchte, mich von dort hinabzustoßen. Statt meiner fiel er hinunter und brach sich das Genick.«

»Was?«, entfuhr es Eadulf laut.

Bruder Gebicca kam mit dem Salbentopf, nach dem er gegangen war, zurück und fragte besorgt: »War das eben ein Schmerzensschrei?«

Eadulf nickte. »Ich hab mich zu rasch bewegt«, log er. »Reine Unachtsamkeit.«

Der Arzt wiegte bedenklich den Kopf. »Ich hab dich gewarnt, Bruder.« Dann wies er auf den Salbentopf. »Von morgen an schmierst du das hier auf deine Abschürfungen, es fördert die Heilung.«

Er reichte Eadulf den Topf, als es an der Tür klopfte und Abt Ségdae mit bangem Gesichtsausdruck eintrat.

»Man erzählt sich, eine Statue sei umgestürzt und ein Bruder sei tot.

Zudem hörte ich, man hätte Bruder Eadulf hierhergeschafft. Seid ihr beide unversehrt?«

»Du siehst uns wohlauf, Abt Ségdae«, beruhigte ihn Fidelma. »Um ein Haar wäre die Statue Eadulf auf den Kopf gefallen, aber zum Glück hat ihn nur ein umherfliegender Steinbrocken getroffen und leicht verletzt.«

»Dabei hat mir einer der Mönche eben gesagt, er hätte einen Leichnam gesehen ...«

Wie zur Bestätigung kam Bruder Chilperic atemlos hereingestürmt. Dem Arzt riss der Geduldsfaden.

»Vergessen denn alle, wo sie sich hier befinden? Meine Apotheke ist schließlich kein Versammlungsraum!«

Bruder Chilperic schnappte nach Luft. »Ich wollte dich holen, Bruder Gebicca«, stieß er hervor. »Bruder Andica ist tot. Bitte, komm sofort.«

»Bruder Andica – der Steinmetz? Wie konnte das passieren?«, fragte er und griff nach seiner Arzttasche.

»Es sieht so aus, als wäre er von der gleichen Stelle der Galerie herabgefallen, von der auch die Skulptur gestürzt ist«, lautete die Auskunft. Chilperic schaute Fidelma und Eadulf argwöhnisch an. »Habt ihr einen unserer Brüder dort gesehen, ehe ihr gingt?«

Fidelma entschied, dass es in diesem Falle gescheiter war, zu lügen. »Außer Bruder Benevolentia, der Eadulf geholfen hat, hierherzugehen, war da niemand. Vielleicht hat dieser Bruder ...?«

»Bruder Andica. Er war einer unserer Steinmetze«, half ihr der Verwalter. »Bruder Eadulf hatte sich gestern erst nach ihm erkundigt.«

»Das stimmt«, bestätigte Eadulf. »Ich war ihm begegnet, als er gerade aus dem Frauenhaus kam, und fragte mich, wer er wohl sein könnte.«

»Vielleicht ist er nach oben auf die Galerie gegangen, um nachzuschauen, wie die Skulptur hatte umkippen können, hat dann selbst das Gleichgewicht verloren und ist zu Tode gestürzt«, gab Fidelma zu erwägen.

»Ein tragischer Unfall.« Bruder Chilperic war aufrichtig betroffen. »Mehrere Brüder hörten einen Aufschrei, und als sie hinzueilten, lag er mit gebrochenem Genick in dem Schutt.«

Bruder Gebicca verfiel in eine seiner schlechten Angewohnheiten und schniefte vernehmlich durch die Nase. »Festzustellen, was gebrochen ist und was nicht, ist meine Aufgabe. Schließlich bin ich der Arzt, und bisher hat mich niemand gefragt. Mit der Behandlung des angelsächsischen Bruders hier bin ich fertig, also kann ich jetzt sehen, was mit Bruder Andica ist. Denk dran, Bruder Eadulf, Ruhe ist angesagt. Und du, Schwester Fidelma, solltest dein Bein auch mehr schonen. Komm, Bruder Chilperic.«

»Ich hätte gedacht, Bruder Andica hatte genügend Erfahrung und würde achtsamer sein«, meinte Bruder Chilperic noch im Gehen. »Er arbeitet schon einige Jahre auf den Dächern und Türmen der Abtei.«

»Es ist ein Jammer, wenn ein junger Mann in den Tod stürzt, ehe er überhaupt richtig weiß, was leben heißt«, stellte Fidelma sinnend in den Raum.

Bruder Gebicca rief ungeduldig, und der Verwalter eilte ihm mit einer Entschuldigung auf den Lippen hinterher.

»Noch ein Tod in der Abtei«, stellte Abt Ségdae fest, »aber zumindest ist der hier eindeutig ein Unfall.«

Eadulf hatte sich die ganze Zeit über zurückgehalten, jetzt wollte er allmählich erfahren, was wirklich geschehen war. »Verzeih, aber ich fühle mich sehr matt. Ich glaube, ich sollte mich in unser Gemach zurückziehen und eine Weile ruhen.«

Fürsorglich half ihm Abt Ségdae die Stufen in der *hospitia* zu ihrem Zimmer hinauf.

Als Fidelma und Eadulf endlich allein waren, erzählte sie ihm, was sich zugetragen hatte. Eadulf war mehr als erschrocken.

»Er hat allen Ernstes versucht, dich umzubringen?«, fragte er fassungslos. »Aber warum? Er muss doch einen Grund gehabt haben. Und wieso hat er zuvor die Skulptur auf uns gestürzt?«

»Vergiss nicht, wir untersuchen einen Mord. Falls Andica da mit drinsteckte, ist das Grund genug, und es würde außerdem bedeuten, dass wir unserem Ziel ein wesentliches Stück näher sind.«

»Weshalb sollte ein Steinmetz von hier etwas mit Dabhócs Tod zu tun haben?«

»Um ehrlich zu sein, ich sehe auch keinen Zusammenhang zwischen Dabhócs Tod und dem Verschwinden der Frauen aus der *domus feminarum*. Nun gut, Schwester Valretrade war auf dem Weg zu ihrer Verabredung mit Sigeric oder Sigeric auf dem Weg zu ihr, als Dabhócs Leichnam entdeckt wurde. Danach ist Valretrade verschwunden. Wiederum ist sie nicht die Einzige, die fehlt.«

»Und wenn das gar nichts miteinander zu tun hat?«

»Dann müssen wir es hinnehmen, wie es ist, und weiter suchen. Nur wie?« Sie stöhnte auf. *»Ron baithaigeis hí!«*

»Warum schiltst du dich eine Närrin?«, fragte Eadulf überrascht.

»Gaugraf Guntram.«

Wie Fidelma jetzt gerade auf ihn kam, verstand Eadulf überhaupt nicht.

»Ich hatte ihn völlig vergessen«, gestand Fidelma. »Überleg doch mal, er war in dem Zimmer gleich neben dem, in dem der Mord geschehen ist. Zudem ist er der Sohn von Gräfin Beretrude. Wir sind bisher überhaupt nicht auf den Gedanken gekommen, ihn zu befragen.«

»Nach Bruder Chilperics Aussagen war er betrunken, so betrunken, dass er in jener Nacht nicht mal mehr in seine Burg zurückkonnte. Es hieß, dass er deshalb nichts gesehen oder gehört hätte.«

»Das ist reine Vermutung, Eadulf«, mahnte Fidelma. »Du kennst meinen Grundsatz, nur Tatsachen zählen. Fast wäre ich selbst in die Falle getappt, deshalb schalt ich mich eine Närrin.«

»Erst mal müssen wir wissen, wo wir Guntram finden.«

»Nichts leichter als das.« Sie erhob sich rasch. »Ruh dich ein bisschen aus. Ich bin gleich wieder da.«

Noch ehe er sie daran hindern konnte, war sie auf und davon. Er humpelte zum Waschraum nebenan, zog die schmutzigen und zerrissenen Sachen aus und wusch sich den Staub vom Leib. Dann streifte er frische Kleidung über und legte sich aufs Bett.

Fidelma hatte sich inzwischen zum *anticum* begeben, wo sie Bruder Chilperic vermutete. Sie fand ihn in getrübter Stimmung. Er empfing sie mit den Worten: »Bruder Gebicca ist auch zu dem Schluss gekommen, dass es ein tödlicher Unfall war. Bruder Andica wollte wahrscheinlich nachsehen, wie die Statue hat herunterfallen können, hat dabei selbst den Halt verloren und ist in den Tod gestürzt. Es ist ein Jammer. Er war ein burgundischer Patriot und ein sehr guter Steinmetz. Gräfin Beretrude wird außer sich sein, wenn ich ihr von seinem Tod Mitteilung mache.«

Bei seiner letzten Bemerkung horchte Fidelma auf und hätte darüber fast den eigentlichen Anlass vergessen, aus dem sie den Verwalter hatte sprechen wollen. So harmlos wie möglich fragte sie: »Weswegen sollte ausgerechnet Gräfin Beretrude außer sich sein?«

»Weil Bruder Andica für sie gearbeitet hat. Er sollte einiges an der Villa machen. Ich glaube nicht, dass er damit schon fertig war. Er hatte in den vergangenen zwei Wochen überwiegend bei ihr zu tun.«

Fidelma nahm die Auskunft zur Kenntnis, sagte, wie sehr sie den

Tod des Steinmetzen bedauere, und erkundigte sich dann: »Weißt du zufällig, wo ich Bruder Budnouen, den Gallier, finden könnte?«

Bruder Chilperic blickte sich zerstreut um. »Ich glaube, du hast ihn gerade verpasst. Eben war er noch mit seinem Wagen auf dem Vorplatz. Was möchtest du ...?«

Er kam nicht weiter, denn Fidelma war schon durch die großen Tore auf den Vorplatz entschwunden. Und tatsächlich fand sie dort Bruder Budnouen, der gerade das Geschirr an seinen Mauleseln festzurrte. Wie immer lächelte er ihr freundlich entgegen.

»Siehst aus, als hättest du es eilig, Schwester Fidelma.«

Ein wenig außer Atem, blieb sie stehen. »Bist du schon bei Gaugraf Guntram auf der Burg gewesen? Du sagtest neulich, du müsstest dorthin, hättest ein paar Geschäfte abzuwickeln.«

»Um Graf Guntram geht es? Ich dachte eher, ich sollte euch beide nach Nebirnum mit zurücknehmen. Verdenken könnte ich es euch nicht bei all dem, was an diesem gespenstischen Ort hier passiert.«

»Sag schon, bist du bereits dort gewesen?«, wiederholte sie ungeduldig.

Er schüttelte den Kopf. »Morgen fahre ich zu ihm, gleich nach Tagesanbruch. Wieso?«

»Ist das weit von hier?«

»Keineswegs. Vielleicht sechs oder sieben Meilen in südwestlicher Richtung.«

»Könntest du uns mitnehmen? Könntest du Eadulf und mich dorthinschaffen und wieder hierher zurückbringen?«

Es war ihm anzusehen, dass er sie für verrückt hielt.

»Ich habe nie etwas dagegen, wenn mich jemand begleitet. Unmittelbar nach Sonnenaufgang geht's los, und lange aufhalten will ich mich dort auch nicht. Ich will nur meine Waren abliefern und mein Geld bekommen. Ich möchte noch vor Einbruch der Dunkelheit wieder hier sein.«

»Das passt uns gut. Wo sollen wir morgen früh sein?«

»Einfach hier auf dem Platz.«

»Dann also bis morgen bei Sonnenaufgang.« Fidelma war jetzt entschieden wohler zumute. Sie wollte unbedingt wissen, ob sich Graf Guntram an irgendwelche Geschehnisse der Mordnacht erinnerte. Zudem war er Gräfin Beretrudes Sohn.

Kapitel 17

Nach den Ereignissen der vorangegangenen Tage war es eine angenehme Abwechslung, mit Bruder Budnouen in seinem Gefährt zu sitzen, seinem harmlosen Gerede zuzuhören und Autun hinter sich zu lassen. Sie hatten schönes Wetter, am blauen Himmel standen fast unbeweglich ein paar aufgeplusterte weiße Wölkchen, ein Zeichen dafür, dass es völlig windstill war. Bruder Budnouen lenkte sein Maultiergespann durch die Landschaft, vorbei an grünen Wiesen, auf denen Kühe und Schafe weideten. Ein dunkler Waldessaum vor ihnen zog sich wie in einem Bogen nach Ost und West.

Weit waren sie von den Stadtmauern noch nicht entfernt, als sie vor sich am Wegesrand eine Steinhütte und eine Schmiede entdeckten. Aus dem Schornstein stieg Rauch, und sie hörten den hallenden Schlag von Eisen auf Eisen. Dann sahen sie einen Mann, der auf seinem Amboss eine glühende Stange bearbeitete, während sich ein kleiner Junge am Feuer mit dem Blasebalg plagte. Als sie auf gleicher Höhe waren, hob Bruder Budnouen die Hand zum Gruß.

»Einen wunderschönen guten Tag, Clodomar«, rief er.

Der Schmied legte das glühende Stück Eisen im Feuer ab und ließ den Hammer ruhen.

»Du bist lange nicht hier gewesen, Bruder Budnouen, es ist Monate her. Wie wär's mit einer kleinen Pause? Wir könnten bei einem Becher Wein austauschen, was es Neues gibt.«

»Ich bin unterwegs zu Graf Guntram. Nachher auf dem Rückweg schau ich vielleicht vorbei.«

Der Schmied war es zufrieden und nickte ihm zu.

»Das war Clodomar. Alle in seiner Familie sind Schmiede. Sein Bruder hat eine Schmiede in der Stadt.« Er wies mit dem Daumen nach hinten, wo Autun lag. »Clodomar hat gut daran getan, sich mit seiner Werkstatt hier niederzulassen. Viele Bauern meiden den von Mauern umgebenen Ort und lassen nur ungern ihre Arbeiten dort erledigen.«

Sie näherten sich dem Wald. Schon bald schlossen sich die Baumwipfel über ihnen zu einem Dach. Der Wechsel vom hellen Tageslicht in das feuchtkühle Dunkel war beklemmend.

»Klein scheint der Wald nicht gerade zu sein. Wie weit zieht er sich hin?«, fragte Eadulf, der immer ein waches Auge für seine Umgebung hatte.

»Von hier aus kannst du viele Tage reiten, egal ob nach Süden, Osten oder Westen. Natürlich gibt es auch etliche große Lichtungen. Graf Guntram zum Beispiel hat seine Burg an einem Taleinschnitt. Auf den Hügeln dort hat man alle Bäume gefällt, weil man sie zum Bau der Anlage brauchte.«

»Wie weit ist es noch bis dorthin?«, erkundigte sich Fidelma.

»An die drei Meilen, eine schnurgerade Strecke. Ich bin sie oft abgefahren.«

»Demnach kennst du Graf Guntram gut?«

Bruder Budnouen lachte. »›Gut‹ würde ich nicht gerade sagen. Ein Mann wie ich, der niedere Arbeiten verrichtet und nur Handelsware ausfährt, kommt wohl kaum in die Verlegenheit, einen so mächtigen Herrn wie Guntram aus dem Geschlecht der burgundischen Könige kennenzulernen.«

»Ich gewinne den Eindruck, dass viele hier darauf pochen, Nachfahren der Burgundenkönige zu sein«, stellte Fidelma trocken fest. »Hast du eine Ahnung, was für ein Mensch Guntram ist? Uns wurden Geschichten von seiner Unreife und seinem Hang zum Trinken zugetragen.«

»Über seine Ausschweifungen spricht man in ganz Burgund hinter vorgehaltener Hand. Er ist ein junger Mann, der über die Maßen trinkt, es mit Frauen treibt und leidenschaftlich gern auf die Jagd geht. Für alles andere hat er wenig übrig.«

»Dann muss er für Gräfin Beretrude eine Enttäuschung sein«, meinte Fidelma.

»Ist er auch.«

»Kümmert er sich um Fragen des Glaubens und um das, was sich in dieser Hinsicht in Autun abspielt?«

Bruder Budnouen grinste. »Religion ist für ihn nicht mehr als das, was für andere ein Mantel ist – man kann in ihn hineinschlüpfen und es genauso gut lassen, je nachdem.«

»Er hat sich aber vor einer Woche in der Abtei aufgehalten«, gab Fidelma zu bedenken.

»Soviel ich weiß, ist Bischof Leodegar irgendwie mit ihm verwandt«, erklärte Budnouen.

»Irgendwie verwandt? Ich dachte, Leodegar wäre Franke.«

»Das stimmt schon. Leodegars Vater hieß Bobilo, bekleidete ein hohes Amt am Hof von König Chlothar ...«

»König Chlothar? Der Frankenkönig ist doch aber ein junger Mann«, unterbrach ihn Eadulf. »Nun verstehe ich gar nichts mehr.«

»Ich rede von dem zweiten König mit ebendem Namen, der die Franken vor etwa vierzig Jahren regiert hat. Der gegenwärtige König Chlothar ist der dritte, der diesen Namen trägt. Es heißt, Bobilo, Leodegars Vater, hätte eine junge burgundische Cousine gehabt, nämlich Gräfin Beretrude. Ehrlich gesagt, mit dem genauen Verwandtschaftsgrad kenne ich mich nicht so aus. Ich gebe nur weiter, was man sich erzählt. Leodegars Eltern, Bobilo und seine Frau Sigrada, waren von Rang und Würden. Leodegar hat also enge Bande zu den herrschenden Familien, sowohl zu den Franken als auch zu den Burgunden. Das erklärt, weshalb er, bevor er mit dem Bischofsamt hier betraut wurde, am Hof der Königin Bathilde war, der Mutter des gegenwärtigen Königs Chlothar.«

»Dann ergibt sich das Machtgehabe, das Bischof Leodegar an den Tag legt, aus seinen königlichen Verbindungen«, überlegte Eadulf und fügte, nur für Fidelmas Ohren bestimmt, leise hinzu: »Wir sollten auf der Hut zu sein.«

»Das sind wir immer, Eadulf.« Schon stellte sie Bruder Budnouen die nächste Frage. »Würdest du sagen, Guntram und seine Mutter haben zu Leodegar ein gutes Verhältnis?«

»Meines Wissens ja. Das Verhältnis zwischen Beretrude und Guntram hingegen lässt zu wünschen übrig.«

»Inwiefern? Wegen des Lebensstils ihres Sohnes?«

»Die Gräfin ist ehrgeizig, Guntram aber ist alles egal. Ich habe ja schon gesagt, er verbringt die meiste Zeit mit Jagen, oder mit ...« Bruder Budnouen blickte verlegen zu Fidelma, » ... oder mit gewissen Unterhaltsamkeiten. Guter Wein und leichte Frauen. Ich gebe nur weiter, was allgemein bekannt ist«, fühlte er sich bemüßigt zu ergänzen, als bedürfte es einer Entschuldigung.

»Oft genug beruht allgemein Bekanntes auf bloßem Gerede«, wandte Eadulf vorsichtig ein.

»Da ist etwas Wahres dran, Bruder Eadulf«, gab der Gallier zu. »Doch wovon ich eben sprach, ist die reine Wahrheit.«

Sie hatten den Waldrand erreicht. Baumloses Weideland erstreckte sich weit in die Ferne und verschwamm in einer Hügelkette.

»Guntrams Burg befindet sich am Anfang des Tals, das jenseits des Bergabhangs dort liegt«, erklärte Bruder Budnouen und zeigte mit der Hand in die entsprechende Richtung.

Gemächlich fuhren sie weiter, ein jeder mit seinen eigenen Gedanken beschäftigt. Kurz darauf wurden sie von einem jungen Krieger hoch zu Ross angerufen. Er tauchte aus der Deckung eines Hügels auf und kam auf sie zugeritten. Offensichtlich kannte Bruder Budnouen den Mann, sie wechselten ein paar Worte, der Krieger ließ sie passieren und machte wieder kehrt.

»Einer von Guntrams Wächtern, die den Zugang zu seiner Burg schützen«, erklärte Bruder Budnouen.

Immer weiter ging es durch Weideland, bis sie an das Tal kamen, das eingebettet zwischen Hügeln lag.

Graf Guntrams Burg war ein eigenartiges Gebilde aus Stein und Holz. Hohe Mauern umgaben die einzelnen Gebäude. Auf die Mauern waren kleine Türmchen gesetzt, in denen vermutlich Wachtposten standen. Auf Fidelma wirkte die Burg befremdend. Solche Bauten kannte sie aus ihrem Heimatland nicht. Die Anlage hatte Ecken und Kanten, keine fließenden Kurven oder Rundungen. Das Bild, das sich ihnen hinter dem Schutzwall bot, überraschte sie noch mehr. Da stand ein immens großer Palas, der Villa von Gräfin Beretrude nicht unähnlich. Er musste aus der Römerzeit stammen und hatte, wie die Befestigungsanlagen auch, die Jahrhunderte gut überdauert.

Graf Guntram war offensichtlich jemand, der auf Sicherheit bedacht war. An den mächtigen Holztoren standen junge Krieger, und weitere schritten wachsam die Mauern ab. Bruder Budnouen schien ihnen kein Unbekannter zu sein, er wurde freimütig und mit Willkommensrufen empfangen. Im inneren Burghof hielt er sein Gespann an; ein Mann – wie sie glaubten der Gesindevorsteher von Guntrams Hausstand – kam auf ihn zu.

»Sei gegrüßt, Bruder Budnouen«, sagte er, während der vom Wagen kletterte. »Was bringst du diesmal Schönes aus Nebirnum?«

Die beiden Männer unterhielten sich dermaßen schnell in der Sprache der Burgunden, dass Eadulf ihnen nicht folgen konnte, nur dass mehrfach sein und Fidelmas Namen fielen, bekam er mit. Neugierig musterte sie der Gesindevorsteher. Auch sie waren abgestiegen und standen nun etwas unschlüssig hinter Bruder Budnouen.

»Ihr wünscht also mit Graf Guntram zu sprechen?«, fragte er sie in etwas unbeholfenem Latein.

»Ja«, erwiderte Fidelma. »Würdest du ihm bitte sagen, dass es uns um die Abtei in Autun und die Vorfälle dort geht?«

»Soviel ist mir schon klar«, entgegnete der Mann mit einem leichten Kopfnicken zu Bruder Budnouen hin. »Kommt mit.«

»Wenn ich alles abgeladen habe, warte ich hier auf euch, und wir fahren gemeinsam nach Autun zurück«, rief ihnen Bruder Budnouen noch nach, als sie dem Gesindevorsteher ins Hauptgebäude folgten.

Der Hüter des Hauses, der keine Miene verzog, bat sie, im Vorraum zu warten, während er sie Graf Guntram meldete. Nach den abweisenden, grauen Steinmauern der Abtei erregte der Raum hier ihre Verwunderung. Die Wände trugen rosa Putz, auf den waren Fresken gemalt: Satyren, ein Panflöte spielender Mann, junge Männer, die mit Mädchen herumtollten. Die Farben waren etwas verblasst, die Kunstfertigkeit der Bilder war jedoch beeindruckend. Vor einem Holzfeuer standen Stühle; sie hatten sich kaum gesetzt, als der Gesindevorsteher zurückkam.

»Graf Guntram heißt euch willkommen und bittet um Entschuldigung, dass er euch nicht sofort empfangen kann. Wünscht ihr ein paar kleine Erfrischungen?«

»Ich habe eine Bitte.« Etwas verlegen erhob sich Eadulf. »Wir haben eine lange Fahrt hinter uns. Könntest du mir zeigen, wo das *necessarium* ist?«

Augenscheinlich wusste der Mann mit dem Begriff nichts anzufangen und schaute leicht verwirrt drein. Eadulf unterstrich sein Anliegen mit Gesten und griff schließlich auf seine eigene Sprache zurück. Das Wort *abort* verfehlte nicht seine Wirkung.

Der Mann gab ein verständnisvolles »Ah« von sich. »Links hinter den Ställen.« Er brachte Fidelma einen Becher Apfelwein und Dörrobst und überließ sie sich selbst. Eadulf blieb eine Weile fort, und als er zurückkehrte, kam er nicht mehr dazu, sich zu setzen, denn der Gesindevorsteher erschien erneut und bat sie in den danebenliegenden Raum.

Trotz des angenehm warmen Spätsommertages brannte auch hier ein Holzfeuer, an dem ein hagerer junger Mann stand. Die scharfen Gesichtszüge wurden durch die blauen Augen und das lockige schwarze Haar gemildert. Im Grunde genommen war er hübsch, fand Fidelma. Kinn und Mund verrieten eine gewisse Unsicherheit. Die Lippen waren so rot, als hätte er roten Beerensaft zum Schminken benutzt, wie es Frauen aus besserem Hause in Fidelmas Heimatland taten. Die Ähnlichkeit mit Gräfin Beretrude war unverkennbar, genau so, wie es

Fidelma auch bei Schwester Radegund aufgefallen war. Sie überlegte kurz: An wen erinnerte sie das Gesicht noch? Beretrude, Radegund, jetzt Guntram – an wen noch?

Guntram stand mit leicht gespreizten Beinen da, die Hände auf dem Rücken und nahm sie ins Visier. Dann sah er zu seinem Gesindevorsteher, der sie namentlich vorstellte.

»Man hat mir mitgeteilt, ihr ermittelt auf Bitten des Bischofs im Mordfall von Abt Dabhóc«, begann er in fließendem Latein. Weniger freundlich fügte er hinzu: »Autun liegt in meinem Herrschaftsbereich. Bischof Leodegar hat es versäumt, diesbezüglich mein Einverständnis einzuholen.«

Fidelmas Augen wurden eine Spur größer, aber sie wahrte die Fassung.

»Nichts liegt uns ferner, als uns aufzudrängen, wenn wir unerwünscht sind, Graf Guntram. Als wir in Autun ankamen, erbat man sich unsere Hilfe, und da es sich um einen Vorfall in der Abtei handelte, war Bischof Leodegar sicher der Auffassung, dass es ihm zustünde, uns mit der Untersuchung des Falles zu beauftragen. Zweifelst du seine Berechtigung dazu an?«

Der junge Mann schwieg einen Augenblick.

»Ich bin Guntram, Prinz der Burgunden und der Gaugraf hier«, psalmodierte er, als hätte er es schon x-mal wiederholt. »Ich bin Nachfahr von Gundahar in direkter Abstammung. Er war der erste große Führer der Burgunden und schlug den römischen General Aetius. Unsere Linie ist zurückzuverfolgen bis in uralte Zeiten, damals konnten die Ahnen von Chlodio dem Franken noch nicht einmal ihren eigenen Namen schreiben. Ich verkörpere das oberste Gesetz.«

Ernst neigte Fidelma ihr Haupt. »Einen großen Prinzen erkennt man an seinen Handlungen, nicht an der Aufzählung seiner Vorfahren«, brachte sie ihre Auffassung auf den Punkt.

Eadulf überlief es kalt. Fidelmas Direktheit konnte sich als unklug erweisen bei diesen Franken und Burgunden, die offensichtlich sehr viel Wert auf Rang und Herkunft legten. Und tatsächlich schien Guntram verstimmt, so deutete Eadulf zunächst dessen Gesichtsausdruck. Doch zu seinem Erstaunen musste er feststellen, dass Guntram zu lachen begann, sich vor Lachen geradezu ausschüttete.

»Gut gesprochen, Fidelma von Cashel. Zu Recht habe ich von der Schlagfertigkeit deines Volkes gehört. Nehmt bitte Platz. Was wollt ihr essen und trinken?« Er klatschte in die Hände.

Wie aus dem Nichts sprangen Bedienstete herbei und rückten Stühle ans Feuer. Andere brachten Tabletts mit süßen Näschereien und Getränken.

»Meine Kundschafter haben mich über alles unterrichtet. Ich weiß, dass du die Schwester des Königs von eurem Land bist, ein Land, in dem Frauen Richter und Anwälte sein dürfen. Eine erstaunliche Sache. Du kannst von Glück reden, Eadulf von Seaxmund's Ham.«

Eadulf fiel keine passende Antwort ein, aber das störte den jungen Mann nicht. Er sprach einfach weiter.

»Ich verkörpere die oberste Regierungsgewalt hier, dabei bleibt es, und Bischof Leodegar hätte mich in der Tat in der Angelegenheit konsultieren müssen. Aber Franken unterlassen es oft genug, sich mit den Burgunden ins Benehmen zu setzen. Selbstverständlich habe ich nichts dagegen einzuwenden, dass ihr euch dieser lästigen Sache annehmt.«

»Lästige Sache? Wir sprechen über den Tod eines Abts aus Hibernia«, setzte Eadulf dagegen, den Guntrams verharmlosende Wortwahl ärgerte.

»Die Folgen sind lästig, nicht die Tat als solche«, verbesserte sich Guntram.

»Inwiefern lästig?«, wollte Fidelma wissen.

»Lästig insofern, als die Ruhe meines Landes und meines Volkes gestört wird. Das Konzil, zu dem Vertreter aus vielen Ländern angereist sind, ist schon lästig genug. Dass das Konzil darüber hinaus mit sich bringt, dass ein Gesandter aus Rom, Nuntius Peregrinus, hier auftaucht, tut ein Übriges. Dazu kommt der Mord an einem fremdländischen Gast. Chlothar wird unweigerlich mich für die ganze Unruhe zur Verantwortung ziehen, und das ist allemal lästig. Unser fränkischer König ist jung und erpicht darauf, einen guten Eindruck in Rom zu machen.«

»Weshalb sollte er dir die Schuld an allem geben?«

»Die Franken behaupten ständig, die Burgunden seien an allem schuld, und trachten danach, uns die wenige Macht, die wir haben, auch noch zu nehmen.«

»Mir geht es nicht um eure inneren Zwistigkeiten, sondern darum, wie der Abt aus meinem Land zu Tode kam.«

Der junge Mann sah sie ernst an. »Dem will ich mich nicht verschließen. Wie kann ich helfen?«

»Man hat uns gesagt, du wärst in der Nacht, als der Mord geschah, in der Abtei gewesen.«

Er nickte. »Nicht in der Abtei schlechthin, sondern im Zimmer neben jenem, in dem man die Leiche entdeckt hat.«

Fidelma empfand es als angenehm, dass Guntram offen und ehrlich war.

»Hast du in jener Nacht irgendetwas gesehen oder gehört, das deinen Verdacht erregte?«

Er musste lachen, hatte sich aber gleich wieder in der Hand.

»Tut mir leid, Fidelma von Cashel. Um ehrlich zu sein, ich war einfach nicht in der Lage, etwas zu sehen oder zu hören. Man wird dir von meinem Zustand erzählt haben. Ja, die Wahrheit ist, ich hatte zuviel von Bacchus' Früchten genossen.«

»Das heißt, du warst betrunken«, stellte Eadulf fest.

»Mea maxima culpa!«

»Kannst du dich noch an irgendetwas erinnern, dass an dem Abend geschah?«, drängte ihn Fidelma.

Er überlegte. »Ich war in die Stadt gegangen, um die mir zustehenden Lehnsabgaben zu holen. Ich unterhalte ein Dutzend Leibwächter und ein Dutzend Diener. Das ist nicht die Menge, kostet aber doch einiges. Immer zu Neumond erhalte ich die *taxa,* eine Summe, die mir für meine Leute zusteht. Ich bekomme sie vom *maire principalté,* dem Hauptverwalter meiner Ländereien, ausgezahlt, der sie für mich eintreibt. Natürlich würde er lieber für meine Mutter arbeiten«, fügte er abschätzig hinzu. »Ich bin sicher, er zahlt mir nicht die volle Summe aus und geht mit dem Geld erst zu ihr. Dann handeln die beiden aus, wie viel ich kriege.«

»Offensichtlich hattest du so viel gebechert, dass sich der Rückweg nach hier verbot. Deine Mutter, Gräfin Beretrude, hat doch aber eine Villa in Autun. Wieso hast du nicht dort übernachtet?«, wollte Fidelma wissen.

Er seufzte gelangweilt. »Weil wir mal wieder eine unserer endlosen Auseinandersetzungen gehabt hatten.«

»Ging es dabei um etwas Besonderes?«

»Um ihr Lieblingsthema – meinen Mangel an Ehrgeiz.«

»Du bist der Gebietsherr hier, was will sie mehr?«, wunderte sich Eadulf.

»Wenn es nach meiner Mutter ginge, müsste ich Heere aufstellen, um den Tod von Sigismond und Gundomar zu rächen.« Er bemerkte ihre etwas ratlosen Gesichter und erläuterte: »Das waren Könige der Burgunden, die von Chlodio, also den Franken, geschlagen wurden.«

»Willst du damit sagen, deine Mutter würde es gern sehen, dass du einen Aufstand gegen die Könige dieses Landes anzettelst?«, fragte Fidelma.

Guntram grinste. »Und das mit ganzen zwölf bewaffneten Männern! Sie sind mehr meine Jagdkumpane als eine Heeresmacht. Meine Mutter ist größenwahnsinnig, hat die Vorstellung, die Burgunden müssten wieder zu Ruhm und Ehre kommen. Dabei sind wir keine mächtige Nation mehr, und die erste Pflicht des Herrschers eines solchen Volkes besteht darin, Tatsachen anzuerkennen. Er muss um die Stärken und Schwächen seines Volkes wissen und dementsprechend die Rolle festlegen, die es in der Welt spielen kann. Er muss sinnvolle, erreichbare Ziele abstecken, das ist entscheidend. Man darf nicht wegen irgendwelcher Träume aus vergangenen Tagen Elend und Not über die Menschen bringen.«

Sie schwiegen eine Weile.

»Und in dem Zank mit deiner Mutter ging es just um dieses Thema?«, fragte Fidelma. »Bist du deshalb lieber in der Abtei als bei ihr in der Villa geblieben?«

»In der Abtei zu bleiben, ist immer besser. Jedes Mal, wenn ich bei meiner Mutter bin, muss ich mir ihre Vorwürfe anhören, dass ich nicht wie mein Vater sei oder dass ich ein unwürdiger Nachfahr Gundahars und der Linie der burgundischen Könige sei. Da begnüge ich mich doch lieber mit der kargen Zelle eines Mönchs, als dass ich in ihrer luxuriösen Villa in einem Bett schlafe.«

»Hatte unter den geschilderten Bedingungen Bischof Leodegar nichts dagegen, dass du in der Abtei bliebst? So, wie ich ihn erlebt habe, ist er ein Mann mit strengen Ansichten.«

»Ich kenne Leodegar seit vielen Jahren. Es gibt irgendwelche uralten Familienbande. Welche genau, weiß ich nicht, denn er ist Franke. Aber er ist auch mein Beichtvater. Ich habe mit ihm über meine Unzulänglichkeiten gesprochen.«

»Hm. Und wie weiter?«

»Wir haben an dem Abend gut gespeist. Ich erinnere mich noch, dass Leodegar erzählte, er hätte einen höchst anstrengenden Tag hinter sich, weil es zwischen den Gästen des Konzils einen heftigen Streit gegeben hätte. Er war erschöpft. Das erklärt auch, weshalb er vorschlug, wir sollten nicht im Refektorium, sondern lieber in seinen Privaträumen essen, wo wir uns unterhielten, Schach spielten und uns den Bauch vollschlugen. Der Weinkrug ging hin und her, und ich trank entschieden zu viel. Ich war nur darauf bedacht, die Vorwürfe meiner Mutter hinunterzuspülen. Ich weiß noch, dass ich ungemein müde war und mich im Stuhl zurückgelehnt hatte. Als ich wieder erwachte, fand ich mich in einem kleinen Raum wieder, und es war spät am Morgen. Draußen herrschte Bewegung. Erst da bekam ich mit, dass der Abt aus Hibernia von einem der Geistlichen ermordet worden war.«

Eadulf beugte sich zu ihm vor. »Auf welche Weise hast du das mitbekommen?«

»Ich habe es von Bruder Chilperic erfahren«, meinte er achselzuckend. »Ich hatte alles verschlafen. Bruder Chilperic hatte mich den Abend zuvor aus Leodegars Gemächern getragen, als dieser angelsächsische Bischof auftauchte, der jetzt des Mordes verdächtigt wird. Mir brummte an dem Morgen mächtig der Schädel, und ich konnte beim besten Willen nicht erfassen, was da vor sich ging. Bruder Gebicca, der Apotheker, hat mir dann irgendetwas verpasst, sonst hätte ich es überhaupt nicht bis nach Hause geschafft.«

»Du hast in der Nacht tatsächlich nichts gehört oder gesehen?«, fasste Eadulf enttäuscht zusammen.

Guntram schüttelte den Kopf. »Wenn ihr gehofft habt, ich könnte euch mit Aussagen über den Tod des Abts dienen, dann seid ihr umsonst hierher gekommen. Ich war betrunken und habe alles verschlafen, das ist die reine Wahrheit.«

»Keine Reise ist umsonst, Guntram«, entgegnete Fidelma ernst.

»Ihr kennt nun meine Schwächen«, gestand er reumütig ein.

»Dass du sie als Schwächen erkannt hast, ist eine Stärke«, gab sie weise zu bedenken.

Nach einem kurzen Moment der Überraschung sagte er: »Du wärst die richtige Beichtmutter für mich, aber eine dankbare Aufgabe wäre das nicht. Ich glaube nicht, dass ich meine Gewohnheiten noch ändern kann. Meine Mutter sagt immer, ich würde es nie zu etwas bringen.«

»Und du glaubst ihr?«

»Sie ist eine starke Frau. In ihren Augen bin ich ein Versager. Mein Vater starb, als ich acht Jahre alt war. Ich bin der älteste Sohn, aber selbst wenn ich es versuchte, ich könnte nie ein würdiger Nachfolger meines Vaters sein. Schon als ich volljährig wurde, stand für meine Muter fest, dass ich es aufgegeben hätte, mich an meinem Vater zu messen.«

»Wir sollten uns immer nur an unseren eigenen Werten und Vorstellungen messen, nicht an denen anderer«, riet ihm Fidelma. »Ein jeder ist eine eigene Persönlichkeit.«

»Das sagt meine Cousine Radegund auch immer. Die Pest ließ sie als Waise zurück. Um nicht zu meiner Muter ziehen zu müssen, heiratete sie lieber. Dann ging sie ins Kloster. Da ist sie auch heute noch, frei von allen familiären Verpflichtungen. Ich beneide sie.«

»Sie heiratete Bruder Chilperic, nicht wahr?«

Guntram verzog den Mund. »Sehr gegen den Willen meiner Mutter. Aber das war, bevor Leodegar kam und die Dinge gründlich veränderte.«

»Ist das Zerwürfnis mit deiner Mutter der Grund, dass du dich hier mit deinen Kumpanen in der abgeschiedenen Burg vergräbst und lebst, wie es dir gefällt?«

»In Autun in der Nähe meiner Mutter und ihrer Gefolgsleute wohnen zu müssen, wäre das Letzte. Hier bin ich frei, kann jagen, trinken und ...« Er hatte das Feingefühl, seine weiteren Gelüste nicht zu benennen.

»Ich verstehe«, sagte Fidelma. »Nur ist das nicht eine Flucht vor deiner Mutter, sondern vor deiner Verantwortung. Der *toisech* oder Stammesfürst zu sein, wie wir das Amt bei uns nennen würden, hat etwas mit Verantwortung und Rang und Namen zu tun.«

»Verantwortung? Was ist, wenn ich keine Verantwortung haben möchte?«

»Dann übergib doch dein Amt einem anderen«, schlug sie vor und dachte an die Gepflogenheiten in ihrem eigenen Land.

Kopfschüttelnd erwiderte er: »Ich bin der älteste Sohn. Wem sollte ich mein Amt übertragen können? Ich habe einen jüngeren Bruder, der irgendwo als ein frömmelnder Mönch lebt und kein Interesse an weltlichen Dingen hat. Meine Mutter hat ihn früher mit dem Spitznamen ›Benignus‹ gerufen. Das steht nicht nur für ›aus wohlgeborenen Kreisen‹, sondern auch für ›gut‹ und ›sanft‹. Und er war wirklich lammfromm. Ich habe ihn zwanzig Jahre lang nicht mehr gesehen.«

»Verzeih. Ich habe nicht an das Erstgeburtsrecht bei euch gedacht. Wenn du mich fragst, so halte ich das für einen schlechten Brauch.«

Bei ihr zu Hause hatte der Erstgeborene nicht automatisch das Erbrecht. Dort kam der *derbhfine*, der Sippenrat, zusammen, um den Stammesfürsten oder Kleinkönig, ja sogar den Hochkönig zu wählen. Söhne mussten nicht unbedingt den Vätern folgen. Brüder, Vettern und selbst Töchter oder Schwestern konnten das Amt übernehmen.

Sie zögerte, ehe sie eine weitere, völlig andere Frage stellte. »Tätigt deine Mutter manchmal auch Handelsabschlüsse mit Kaufleuten?«

Die Vorstellung belustigte ihn.

»Das würde mich wundern. Als Adlige hält sie das bestimmt für unter ihrer Würde.«

»Und abgesehen von Radegund, ihrer Nichte, verbindet sie wenig mit der *domus feminarum?«*

»Ehrlich gesagt, ich glaube, sie hasst die Äbtissin und sähe es lieber, wenn Radegund das Amt innehätte.«

Wieder draußen angelangt, sagte Eadulf: »Viel gebracht hat uns das ja nicht. Wir stehen immer noch vor der gleichen Frage: Wen von den beiden – Cadfan oder Ordgar – halten wir an dem Mord von Dabhóc für schuldig? Dass der Mord mit dem Verschwinden der Frauen zusammenfällt, kann ein Zufall sein.« Er bemerkte, dass Fidelma ihm nicht zuhörte, sondern sich aufmerksam umsah. »Wonach hältst du Ausschau?«

»Ich wollte nur bestätigt wissen, was für eine Art Hausstand Guntram führt. Aber es stimmt, es stehen nur ein paar Krieger hier herum.«

»Hast du ihm nicht geglaubt, als er von nur einem Dutzend sprach?«

»In solchen Fällen hege ich stets meine Zweifel und überzeuge mich lieber selbst.«

»Ich war auch nicht müßig und wusste schon Bescheid, ehe wir mit Guntram sprachen«, gestand er ihr.

»Wie das?«, fragte sie überrascht zurück.

»Das mit der *latrina* hatte ich nur vorgetäuscht. Ich nutzte die Gelegenheit, mich in den Ställen umzutun. Er hat wirklich nur zwölf Pferde dort, und Krieger habe ich nicht mal so viele gesehen. Er hat uns ein ehrliches Bild von sich gegeben. Er ist kein großer Feldherr, sondern ein junger Mann, dem nichts wichtiger ist als seine Lustbarkeiten.«

Wagengeratter drang an ihre Ohren, und Bruder Budnouen mit seinem Maultiergespann kam auf sie zu.

»Seid ihr fertig?«, fragte er und hielt an.

»Wir können jederzeit aufbrechen«, antwortete Fidelma und kletterte hinten auf den Wagen, während Eadulf nach vorn neben den Gallier stieg.

»Das ist gut, dann sind wir noch bei Tageslicht zurück. Wir können uns sogar einen Halt an Clodomars Schmiede leisten und hören, was es Neues gibt.«

Fidelma fiel auf, dass Bruder Budnouen so gut wie nichts geladen hatte. Dem war ihr prüfender Blick nicht entgangen.

»Die Leute hier auf Guntrams Festung stellen kaum etwas her, womit sich Handel treiben lässt.« Er pochte auf einen Beutel neben sich. Es klang nach Metall. »Ich erhalte hier Münzen als Gegenwert für meine Waren.«

»Lohnt sich das?«

»Es reicht, Gott sei Dank, um meine Familie zu ernähren. Mehr kann man in diesen Zeiten nicht erwarten.« Er lenkte das Gefährt zum Tor. Ein Krieger öffnete und hob die Hand zum Abschiedsgruß. Sie verließen die Burg und fuhren durch die grüne Ebene in Richtung Wald.

»War euer Treffen mit Graf Guntram ebenfalls erfolgreich?«, unterbrach Bruder Budnouen nach einer Weile die Stille und riss mit seiner Frage Fidelma aus ihren Gedanken.

»Es war zumindest ein aufschlussreiches Gespräch.«

Er schien zu spüren, dass sie sich nicht weiter auslassen wollte, und schwieg. Schon bald umfing sie die Dunkelheit des Waldes. Er hielt das Gespann in gleichmäßigem Trab, und da die vier Maulesel festen Boden unter den Füßen hatten, war es für sie nicht weiter schwer.

Das Lärmen aufgeschreckter Vögel ließ sie aufhorchen. Die Tiere signalisierten Alarm, auch im Unterholz raschelte es. Ein Wildschwein mit seinen Jungen kam herausgestürzt und kreuzte den Weg vor ihnen. Die Stille des Waldes wich einer erregten Unruhe und erfasste selbst den erfahrenen Bruder Budnouen.

Ein Ruf ganz aus der Nähe galt ihnen. Aus dem Dickicht stolperte ein zerzauster junger Mann auf sie zu. Älter als zwanzig war er nicht, wenn überhaupt so alt. Er hielt ein Schwert in der Hand, schien aber nichts Böses im Schilde zu führen. Vielmehr wedelte er heftig mit der freien Hand, um ihre Aufmerksamkeit zu erregen. Seine Kleidung war zerrissen und schmutzig, auch blutete er über dem einen Auge. Trotzdem gaben die Sachen, die er anhatte, zu erkennen, dass er besserer Herkunft war. Um den Hals trug er eine goldene Amtskette.

Bruder Budnouen schrie auf und versuchte, den Schwung seines Gespanns abzubremsen, doch der junge Mann rief ihm auf Fränkisch zu: »Nicht anhalten! Fahr weiter!«, und sprang gewandt hinten auf. »Treib deine Maultiere an, hol aus ihnen raus, was du kannst!«

Kapitel 18

Der junge Mann, der hinten auf den Wagen gesprungen war, rollte kopfüber zu ihnen hinein, blieb kurz auf dem Rücken liegen und rang nach Luft. Auf eine etwas düstere Art war er hübsch anzusehen – dunkle Augen, schwarzes Haar und ein bläulicher Schimmer auf den glattrasierten Wangen. Nur einen Moment streifte sein Blick Fidelma, bevor er sich aufrichtete und am Kutschbock Halt suchte, wo Bruder Budnouen und Eadulf saßen. Der Gallier mühte sich, seine Maultiere zu einer schnelleren Gangart zu bewegen.

Hastig sprach der neue Fahrgast auf Fränkisch auf Bruder Budnouen ein, drehte sich dann um, sagte etwas zu Fidelma, bemerkte ihren hilflosen Gesichtsausdruck und schwenkte auf Latein um.

»Verzeih, dass ich euch Ungelegenheiten bereite. Räuber sind hinter mir her. Meinen Diener hat es schon erwischt – der arme Teufel, ein Pfeil mitten ins Herz. Ich machte kehrt, aber sie haben mein Pferd zu Fall gebracht und sind mir auf den Fersen.«

Er spähte zurück in den Wald und wandte sich wieder Bruder Budnouen zu. »Kannst du die Tiere nicht schärfer antreiben?«

»Ich versuche mein Bestes, Sire«, war die Antwort. Offenbar war der junge Mann für ihn kein Unbekannter.

»Sire?« Fidelma wunderte sich über die Anrede.

»Ich bin Chlothar, Herrscher über das Königreich hier.«

Fidelma und Eadulf blieb keine Zeit, etwas zu erwidern. Bruder Budnouen hatte die Maultiere die Peitsche spüren lassen, und sämtliche Mitfahrenden hatten nun ihre liebe Not, sich in dem schwankenden Gefährt zu halten. Dass die sonst gemächlich dahinzockelnden Maultiere so schnell laufen konnten, hätte Fidelma nie gedacht.

»Da vorn kommt eine Weggabelung«, schrie der junge Mann. »Bieg dort nach rechts ab. So Gott will, müssten wir bald auf Leute aus meiner Jagdgesellschaft treffen.«

Bruder Budnouen brummte sein Einverständnis.

Das Gefährt nahm die Kurve in halsbrecherischem Tempo und kippte kurzzeitig auf zwei Räder. Eadulf fürchtete schon, sie würden sich überschlagen. Verzweifelt klammerten sich alle fest, als der Karren mit derbem Schwung auf seine vier Räder zurückkam und sie die Waldschneise entlangrasten.

»Sie holen uns ein!«, brüllte Clothar plötzlich.

Gefährlich nahe hinter ihnen war ein halbes Dutzend Reiter aus dem Tannendickicht hervorgeprescht. Fidelmas geschultes Auge sagte ihr, dass es sich um geübte Reiter handelte.

»Wir können nur hoffen, deine Männer sind nicht weit«, rief Eadulf besorgt.

»Dein Wunsch in Gottes Ohr«, schrie Chlothar zurück. Er griff nach einem Jagdhorn an seinem Gürtel und blies mehrfach kräftig hinein. Laute Töne zerrissen die Luft. Dann riet er Fidelma: »Kauere dich unten in den Wagen, Schwester, da bist du besser geschützt. Sie haben Bogenschützen bei sich, und so, wie du da sitzt, gibst du eine blendende Zielscheibe ab.«

Er brauchte es ihr nicht zweimal zu sagen. Sie rutschte nach unten und drückte sich hinten in den Wagenkasten, wo auch Chlothar Schutz gesucht hatte. Gerade wollte sie Eadulf zurufen, es ebenso zu machen, da war es geschehen: Ein pfeifendes Geräusch und ein Aufschrei von Bruder Budnouen ertönten.

Starr wie eine Statue blieb er auf dem Kutschbock sitzen. Dann sickerte ihm Blut aus dem Mund, lief über das Kinn, und als Fidelmas Blick dem Rinnsal folgte, sah sie mit Entsetzen, dass ihm eine Pfeilspitze aus der Kehle stach und das Ende des Pfeils hinten aus dem Nacken ragte. Die Zügel glitten ihm aus den Händen, kraftlos sackte Bruder Budnouen zur Seite und stürzte von dem holpernden Wagen.

Geistesgegenwärtig ergriff Eadulf die Zügel, rutschte auf den Platz, auf dem eben noch der unglückliche Bruder Budnouen gesessen hatte, und hielt das Gefährt am Rollen. Sein schnelles Handeln überraschte selbst Fidelma. Er hatte die Zügel schon an sich gerissen, noch ehe der Gallier vom Kutschbock gefallen war.

»Ducken! Bleib, wo du bist!«, rief Chlothar ihr zu. »Das sollen sie büßen! Zur Hölle mit ihnen!«

»Schön wär's, wenn wir das noch erlebten!« Fidelma drückte sich an den Boden und machte sich so klein wie möglich, um dem Bogenschützen kein Ziel zu bieten.

»Das hast du gut gesagt, Schwester.« Chlothar lachte bitter auf. Er schielte zu Eadulf, der gleichfalls nach unten gerutscht war und die hintere Seite des Wagenkastens als Schutzschild nutzte. »Diese verdammten Schurken. Das wird sie teuer zu stehen kommen.«

Zwei weitere Pfeile zischten durch die Luft und blieben über ihnen im Kutschbox stecken. Erneut ließ Chlothar gellende Töne aus seinem Jagdhorn erschallen.

»Schurken sind das allemal, aber ihr Bogenschütze – der hat was drauf«, stellte Fidelma mit einem Anflug von schwarzem Humor fest. »Vom Pferd in vollem Galopp und so treffsicher, dazu gehört schon was.«

Verblüfft starrte Chlothar sie an. »Du verstehst wohl etwas davon, Schwester?«

»Ein bisschen schon«, gab sie zu.

Die Reiterbande war drauf und dran, sie einzuholen. Da schrie Eadulf: »Reiter vor uns!«

Fidelma sah, wie die Verfolger versuchten, ihre Pferde jäh zum Wenden zu bringen. Das führte zu einem kurzen Durcheinander in der Gruppe, aber gleich darauf stoben sie davon.

An die fünfzig Reiter umringten das Gefährt, in dem Chlothar jetzt aufrecht stand. »Bruder, du kannst anhalten!«, rief er erleichtert Eadulf zu. Dann wandte er sich an den Anführer der Retter und erteilte ihm in seiner Sprache Befehle. Der hob die Hand und bedeutete seinen Mannen, den Räubern nachzusetzen. Zwanzig Krieger blieben als Leibwache zurück. Aus denen wählte Chlothar drei aus und sprach mit ihnen, woraufhin auch sie davonritten. Mit ernstem Gesicht drehte er sich zu Fidelma und Eadulf um und erklärte: »Ich habe sie zurückgeschickt. Sie sollen den Weg nach eurem Gefährten absuchen. Vielleicht kann ihm noch geholfen werden. Wenn nicht, werden sie seinen Leichnam herbringen, in allen Ehren, wie es sich gehört. Er hat sein Leben gegeben und meins gerettet. Eure Hilfe kam zur rechten Zeit. Ich danke euch. Es tut mir leid, dass ihr euren Gefährten zu beklagen habt, Schwester ... Du bist doch eine fromme Schwester, oder nicht?« Er sprach fließend Latein.

In gemessener Haltung neigte sie den Kopf.

»Ich bin Schwester Fidelma aus Hibernia, und das neben mir ist Bruder Eadulf, mein Gatte. Der Mann, der getötet wurde – ich habe wenig Hoffnung, dass er eine solche Verwundung überlebt –, war ein Gallier namens Bruder Budnouen.«

Ungläubig schaute der König sie an.

»Fidelma aus Hibernia? Fidelma von Cashel? Eadulf, ihr Begleiter?

Fidelma, die Anwältin und Schwester des Königs von Mu-in, das bist du?« Es war ein gutgemeinter Versuch, das Wort Muman auszusprechen.

Jetzt war es an Fidelma, einen überraschten Blick mit Eadulf zu wechseln.

»Ich komme aus Cashel, der Hauptstadt meines Bruders Colgú, des Königs. Ja, und ich bin eine *dálaigh,* eine Anwältin im Rechtswesen meines Landes«, bestätigte sie.

Freudig nahm es der junge Mann zur Kenntnis. »Dein Ruf ist dir an meinen Hof vorausgeeilt. Viele deiner Landsleute sind als Lehrer und Ratgeber zu uns gekommen. Alle rühmen deine Taten.«

»Ihr Lob schmeichelt mir. Aber dass wir gerade hier durch den Wald kamen, war der reine Zufall und für dich ein wahres Glück.«

»Wolltet ihr nach Autun?«, erkundigte sich der König.

»Wir waren auf dem Rückweg von Guntrams Burg«, sagte Fidelma.

»Wir waren im Süden auf der Jagd«, erzählte Clothar, »und wollten Graf Guntram einen unangemeldeten Besuch abstatten. Denn ich muss ohnehin nach Autun und mich beim Konzil sehen lassen. Nimmst du auch daran teil? Ich kann mir allerdings nicht vorstellen, dass Bischof Leodegar es gern hört, wenn Frauen eine Meinung äußern«, stellte er mit fröhlichem Grinsen fest.

»Hat man dir nicht berichtet, dass das Konzil noch gar nicht begonnen hat? Und dass es Morde gegeben hat?«

Chlothar zog die Stirn kraus. »Doch, ein fremdländischer Abt soll getötet worden sein, vor einer Woche. Ist es dort immer noch gefährlich?«

»Ich kann nur raten, Vorsicht walten zu lassen«, meinte Fidelma.

Die drei Krieger kehrten mit dem Leichnam von Bruder Budnouen zurück. Wie Fidelma vermutet hatte, war er tot.

Betroffen blickte Chlothar auf den Toten. »Wenn ich irgendetwas tun kann«, begann er, »vielleicht jemanden benachrichtigen ...«

»Wir haben ihn selbst kaum gekannt«, erklärte Fidelma. »Auf unserer Reise hierher hat er uns von Nebirnum nach Autun gebracht und jetzt von Autun zu Graf Guntram. Ich denke, wir sollten alles Weitere Bischof Leodegar überlassen, der weiß sicher mehr über Budnouen und seine Familie.«

Der junge König gab sich damit zufrieden und hieß die Krieger, die Leiche hinten in das Gefährt zu legen. Sich wieder Fidelma und Eadulf zuwendend, fragte er: »Wir gedachten, für heute Nacht Guntrams Gastfreundschaft in Anspruch zu nehmen, ehe wir uns dann in die Stadt aufmachen. Hältst du das für einen vernünftigen Gedanken?«

Sie wollte etwas sagen, doch das Dröhnen vieler Hufe hielt sie davon ab. Der Haupttross der Krieger näherte sich ihnen, geführt von einem älteren Mann. Er rief irgendetwas. Chlothar übersetzte es ihnen: »Sie haben alle getötet.«

»Alle sind tot? Keiner, der lebt? Schade!«, entfuhr es Fidelma.

Fassungslos starrte sie der Anführer an. »Dir tut es leid, dass die Räuber tot sind?«, schnauzte er auf lateinisch. »Du hast Mitleid mit denen, die unseren König umbringen wollten? Weißt du überhaupt, in wessen Gesellschaft du dich befindest, Frau?«

»Ich bedauere es nur deswegen, weil wir von Toten nichts mehr erfahren können«, erwiderte sie ungerührt.

Chlothar blickte den erzürnten Krieger an. »Sie hat guten Grund, so etwas zu sagen, Ebroin. Du musst wissen, sie ist Fidelma, Schwester des Königs Colgú von Cashel. Sie ist die berühmte Anwältin aus Hibernia. Fidelma, das hier ist Ebroin, mein Ratgeber und Kanzler. Ach ja, und das ist Bruder Eadulf, von dem du im Zusammenhang mit den von Fidelma vollbrachten Taten vielleicht auch gehört hast.«

Ebroin war sogleich milder gestimmt.

»Verzeih, Prinzessin Fidelma. Trotzdem, ich verstehe nicht, was du damit sagen wolltest. Wie kann man von Räubern und Wegelagerern etwas Brauchbares erfahren?«

»Sie vermutet in ihnen vielleicht gar keine Räuber, sondern hält sie für erfahrene Krieger«, antwortete Chlothar für sie. »Stimmt's?«

Ebroin betrachtete Fidelma skeptisch. »Ich gebe zu, sie waren gut bewaffnet und haben sich wie geübte Krieger verteidigt«, meinte er, »aber nichts deutet darauf hin, dass sie nicht auch Räuber waren. Viele ehemalige Krieger werden zu Räubern und Wegelagerern. Meine Leute durchsuchen jetzt die Leichen, um vielleicht etwas zu finden, das Aufschluss über sie gibt.«

»Kann das, was wir eben erlebt haben, mit den Geschehnissen in der Abtei zusammenhängen?«, fragte Chlothar.

»Vielleicht finden wir ein Plätzchen, Sire, wo es sich bequemer ausruhen lässt und wir die nächsten Schritte beraten können«, schlug Fidelma vor.

»Ein Stückchen weg von hier gibt es eine Waldhüterhütte, die würde sich anbieten«, erinnerte sich Chlothar.

»Ganz wie du meinst, Majestät«, sagte Ebroin beflissen und befahl einigen seiner Krieger, vorauszureiten und die Hütte abzusichern, während die anderen sich um den König und die Fremden im Kreis gruppieren sollten.

»Komm, Fidelma, wir reiten zusammen!«, rief der junge König. Er bedeutete zweien seiner Männer, abzusitzen und ihre Pferde ihm und Fidelma zu überlassen. Sie sollten sich um Bruder Budnouens Fuhrwerk kümmern, in das man mit gebührender Sorgfalt den Leichnam gelegt hatte. »Eins muss ich wissen, Fidelma von Cashel, sind es wahre Geschichten, die deine Landsleute voller Stolz von dir berichten?«

Er überfiel sie mit einem Feuerwerk von Fragen, was ihr wenig behagte.

Im Wagen hinter ihnen saß Eadulf und war verstimmt. Von Anfang an hatte man ihn so gut wie gar nicht beachtet. Schweigend nahm er es hin. Im Vergleich zu Fidelma als Schwester eines Königs spielten sein Rang und Name in den Augen Chlothars eine geringfügige Rolle. Auch fiel ihm auf, dass Ebroin, der Ratgeber des jungen Königs von Neustrien, der hinter den beiden ritt, stumm und argwöhnisch blieb.

Nicht lange, und sie erreichten die Hütte, wo ein hell loderndes Feuer brannte und der Waldhüter und seine Frau sie gastfreundlich empfingen.

Feuer und warmes Bier machten das Erzählen leicht. Fidelma berichtete kurz, was in Autun geschehen war. Dabei beschränkte sie sich auf die Tatsachen und behielt ihre Verdachtsmomente für sich.

»Glaubst du, unser König ist in Gefahr?« Ebroin hatte sich zu Fidelma vorgebeugt und sah sie eindringlich an. »Ich habe Bischof Leodegar nie gemocht. Als er noch am Hofe war, hatte er engen Kontakt zu Chlothars Mutter – geheuer war mir das nicht.«

»Wer die treibende Kraft bei all dem ist, kann ich noch nicht mit Sicherheit sagen«, gab sie zur Antwort. »Leodegar leitet die Abtei mit Strenge und nach unverrückbaren Auffassungen. Ich muss erst noch einige weitere Nachforschungen anstellen.«

»Pah! Ein paar Minuten mit einem meiner Männer und eine scharfe Klinge, sollst mal sehen, wie schnell wir aus jedem x-beliebigen die Wahrheit herausgekitzelt haben. Leodegar traue ich nicht über den Weg«, entgegnete Ebroin.

Seine Sichtweise der Dinge erschreckte Fidelma. »Ich weiß nicht, wie ihr es hier handhabt, Ebroin, aber in dem Land, aus dem ich komme, stellen wir in Ruhe Ermittlungen an, und erst, wenn genügend Beweise vorliegen, kommt es zur Anklage. Dabei wird den Angeklagten die Möglichkeit gewährt, sich zu verteidigen. Durch Folter oder Einschüchterung erzwungene Geständnisse sind keine wirklichen Geständnisse, sie sind lediglich ein Hilfeschrei, dem Schmerz ein Ende zu setzen.«

»Da ist etwas Wahres dran, Fidelma«, sagte Chlothar mit besorgter Miene, »wenn es aber in Autun so gefährlich ist ...«

»Weißt du, ob der Nuntius von Rom noch dort weilt?«, fragte Ebroin. Als Fidelma nickte, sagte Ebroin zu Chlothar: »Rom erwartet, dass du dich in Autun sehen lässt, Majestät. Du sollst die auf dem Konzil getroffenen Entscheidungen billigen, und als Gegenleistung will der Heilige Vater dich als Imperator aller Franken bestätigen.«

»Aber wie finden wir heraus, ob von Leodegar Gefahr ausgeht?«, fragte der junge König.

»Was heißt hier ›ob‹?«, brummte Ebroin. »Ich hab noch gut vor Augen, wie dein Vater Chlodwig starb und deine Mutter Bathilde sich plötzlich gezwungen sah, die Regentschaft zu übernehmen. Suchte sie da nicht bei Leodegar Rat, weil der dank der Stellung seiner Eltern am königlichen Hof aufgewachsen war? Er gierte schon damals nach Macht. Hat vielleicht zu viel davon besessen und kann nicht mehr davon lassen.«

»Immerhin hat er eine wesentliche Rolle bei meiner Erziehung und der meiner Brüder gespielt«, hob Chlothar hervor.

»In einen unseligen Krieg gegen die Langobarden haben wir uns von ihm treiben lassen. Und was hatten wir davon? Unser Heer erlitt eine Niederlage. Grimoald von Benevent hat uns geschlagen«, ereiferte sich Ebroin. »Unseren Waffen Schmach bereitet! Und jetzt haben wir zu tun, unsere Grenzen gegen die raubgierigen Langobarden zu verteidigen.«

»Deshalb hat ihn meine Mutter ja auch nicht länger am Hof behalten.«

»Ach was! Dafür ist er Bischof von Autun geworden. Und nun braut sich in Autun das nächste Unheil zusammen.«

Fidelma räusperte sich hörbar, weil sie ins Gespräch eingreifen wollte, aber ehe sie dazu kam, tauchte einer der Krieger auf. Er hielt etwas in der Hand.

»Das ist das einzig Auffällige, was wir bei einem der toten Räuber gefunden haben, Majestät.« Er hielt ihm den Fund hin. Es war so etwas wie ein Symbol – ein Bronzekreis mit einem gezackten Schrägkreuz in der Mitte.

»Irgendwo habe ich das Zeichen schon mal gesehen«, sagte Fidelma. »Was bedeutet es?«

Ebroin warf einen Blick darauf und zuckte gleichgültig mit den Schultern.

»Nichts Besonderes, für uns jedenfalls nicht. Es ist das Kreuz von Benignus, die Burgunden lieben es. Du wirst es hier vielerorts finden.«

»Ist es ein burgundisches Symbol?«

»Ja. Die burgundischen Könige hatten es auf ihren Schilden. Das war, bevor sie die Herrschaft der Franken anerkannten.«

Fidelmas leiser Stoßseufzer war nicht zu überhören, und Chlothar fragte erwartungsvoll: »Sagt dir das etwas, Fidelma?«

»Es könnte auf eine Verschwörung gegen dich hinweisen, Majestät«, erwiderte sie. »Aber Genaueres weiß ich im Augenblick noch nicht.«

»Was, schlägst du vor, sollten wir tun?«

»Eadulf und ich sollten zur Abtei zurückkehren. Das würde mir gestatten, einige Spuren weiter zu verfolgen.«

»Ich bin dagegen!«, erklärte Ebroin. »Es könnte diejenigen warnen, die hinter ...«

»Hinter wem oder was?«, unterbrach ihn Chlothar. »Wir haben keinen Anhaltspunkt. Was würdest du denn raten, Ebroin?«

»Ich würde nach Autun reiten, die Verschwörer ausfindig machen, die bei Leodegar Schutz genießen, sie als Rebellen verbrennen und der Stadt eine Lektion erteilen.«

Fidelma zwang sich zu einem Lachen. Es klang unnatürlich und hohl, aber anders konnte sie sich nicht von ihrem Unmut über einen solchen Vorschlag befreien. Ein weiteres Mal hatte sie die Aufmerksamkeit des Königs auf sich gelenkt.

»Welchen Nutzen hätte das?«, fragte sie. »Was bringt es, sich an unglücklichen Menschen zu rächen, ohne zu wissen, ob sie sich überhaupt eines Verbrechens schuldig gemacht haben? Möchtest du bei deinem Volk als Tyrann in Erinnerung bleiben? Das wäre ein Leichtes. Willst du aber als König umjubelt sein, der mit Gerechtigkeit regiert, dann lass uns erst die Schuldigen finden, ehe du blindwütig strafst.«

Ebroin verzog höhnisch das Gesicht, doch Chlothar verwehrte ihm mit erhobener Hand, Fidelma zu widersprechen.

»Ich habe vorhin schon gesagt, ich habe aus dem Munde von Lehrern aus deinem Land erfahren, wie ihr es mit Rechtsprechung und Gesetzgebung haltet. Gern würde ich mir eure Herangehensweise zum Vorbild nehmen.« Dann sagte er zu Ebroin: »Du bist mir ein guter Mentor gewesen, alter Freund. Ich habe jedoch den Eindruck, du hältst mich nicht für reif genug, Entscheidungen zu treffen, die mir als König zukommen. Im vorliegenden Fall aber weiß ich, was ich zu tun habe. Ich werde dem weisen Rat dieser Prinzessin aus Hibernia folgen.«

Ebroin wollte etwas sagen, besann sich jedoch eines Besseren und fügte sich den Wünschen seines Herrn. Der König wandte sich wieder Fidelma zu. »Was also, schlägst du vor, sollten wir tun?«

»Könntest du dich mit dem Gedanken anfreunden, noch ein paar Tage zu warten, ehe du in die Stadt einziehst? Du hattest doch vor, bei Graf Guntram vorbeizuschauen. Tu das. Wenn ich so weit bin, lasse ich es dich wissen, und dann komm in die Abtei. Es könnte durchaus sein, dass ich die Unterstützung deiner Krieger brauche.«

»Ich habe nur fünfzig kampferprobte Männer bei mir, aber es sind meine besten Leute.«

»Sollten sich Rebellen zusammenrotten, sind mehr Krieger vonnöten«, gab Ebroin zu bedenken.

»Einer kann zu meiner Burg zurückreiten und weitere Bewaffnete holen«, befand Chlothar.

»Und Guntram? Was immer für eine Verschwörung das sein mag, steckt Guntram da mit drin?«, wollte Ebroin von Fidelma wissen.

»Ich glaube nicht, dass Guntram etwas damit zu tun hat, Majestät. Außerdem hat er nur zwölf Mann auf seiner Burg. Ich wäre dafür, dass du mit deinen Leuten, wie ursprünglich vorgesehen, zu Guntram reitest. Bleib dort so lange, bis ich dich rufe. Sollte ich mich irren, was Guntrams Loyalität angeht, dann wird ihn allein die Gegenwart deiner Krieger in Schach halten. Ich denke jedoch, er ist mehr auf seine Annehmlichkeiten als auf irgendetwas anderes bedacht. Nein, die eigentliche Gefahr geht von Autun aus.«

»Wie lange, glaubst du, werden wir auf Guntrams Burg ausharren müssen?«, fragte Chlothar.

»Nur ein paar Tage. Ich bin sicher, die Hauptschuldigen ziemlich rasch entlarven zu können. Es hat bereits Anschläge auf unser Leben gegeben, und das werte ich als ein untrügliches Zeichen, dass wir unmittelbar vor des Rätsels Lösung stehen.«

»Dann dürfte es doch aber für dich und Eadulf gefährlich sein, nach Autun zurückzukehren?«

»Weitaus gefährlicher dürfte es für dich sein, wenn wir es nicht täten. Du hörst von einem von uns beiden, wann wir dich in der Stadt erwarten.«

Kapitel 19

Auf ihrem Rückweg nach Autun lenkte Eadulf den Wagen. Es war eine langsame und trübsinnige Fahrt; den größten Teil der Strecke schwiegen beide. Hinten im Wagen lag die in eine Decke gehüllte Leiche von Bruder Budnouen. Fidelma saß neben Eadulf auf dem Kutschbock und gab sich ihren Gedanken hin. Erst als sie den gepflasterten Platz vor der Abtei erreichten, kam wieder Leben in beide. Sie banden das Mauleselgespann draußen an und machten sich auf die Suche nach Bruder Chilperic. Erschüttert nahm der Verwalter Bruder Budnouens Tod zur Kenntnis.

In der Schilderung ihrer Abenteuer ließ Fidelma alles aus, was mit Chlothar, Ebroin und seinen Kriegern zu tun hatte. Sie erzählte nur, sie seien von Räubern überfallen worden, die hätten Bruder Budnouen getötet und letztlich von ihnen abgelassen. Gelogen war das ja nicht.

»Ihr könnt von Glück sagen, dass ihr mit dem alten Karren und den langsamen Maultieren den Räubern entkommen seid«, meinte Bruder Chilperic. »Das mit Bruder Budnouen ist natürlich traurig ... *requiescat in pace.*«

»Kannst du mit seiner Familie Verbindung aufnehmen und ihr die schmerzliche Nachricht übermitteln?«

»Ich denke schon. Bischof Agrius in Nebirnum findet da sicher einen Weg. Bruder Budnouen wollte dieser Tage die Rückreise antreten. Wir werden jemanden finden müssen, der bereit ist, sein Gefährt mit der Handelsware zu den Seinen zu bringen. Ihn selbst werden wir hier auf dem Klostergelände bestatten.«

Sie wollten sich entfernen, doch Bruder Chilperic hielt sie noch fest. »Der Bischof hat nach euch gefragt. Er wünscht euch dringend zu sehen.«

Sie suchten ihn unverzüglich auf und wurden höchst ungnädig empfangen. »Ich wollte mit dir reden, Schwester Fidelma, aber man konnte dich nirgends finden. Wo warst du?«

»Bei Graf Guntram. Wir sind zusammen mit Bruder Budnouen hingefahren. Er ist tot. Räuber haben uns auf dem Rückweg überfallen.

Wir konnten entkommen.« Sie sprach in knappen Sätzen. »Wir haben seinen Leichnam hierher gebracht. Bruder Chilperic hat alles Weitere in die Hand genommen.«

Bischof Leodegar war von all dem überrascht und bekundete seine Anteilnahme. »Bruder Budnouen war ein guter Freund der Abtei.«

»Er war auch uns ein guter Freund«, erwiderte Fidelma.

»Du kannst sein, wo du willst, Fidelma von Cashel, stets folgt dir der Tod.«

»Wenn man einen unnatürlichen Tod aufzuklären versucht, bleiben weitere Morde oft nicht aus.«

»Etliche Tage sind ins Land gegangen, ohne dass du zu einem Schluss gekommen bist, wer nun Abt Dabhóc getötet hat, Cadfan oder Ordgar. Selbst Nuntius Peregrinus wird ungeduldig. Wie sieht deine Entscheidung aus?«

»Du bist der Erste, der sie erfährt, wenn ich so weit bin.«

»Du weigerst dich einfach, in der Angelegenheit eine Entscheidung zu fällen«, warf ihr der Bischof vor.

»Das habe ich nicht gesagt. Ich habe gesagt, dass ich noch etwas Zeit brauche. Das liegt in der Natur der Dinge, es bedarf mehr, als nur einfach zu würfeln und zu sagen ›Der war's‹.«

»Bislang habe ich mich dir gegenüber mehr als großzügig verhalten, Fidelma von Cashel.« Er sprach mit Nachdruck. »Ich bin auf Abt Ségdaes Bitte eingegangen, der sich auf dich als in deinem Land anerkannte Anwältin berief. Ich habe darüber hinweggesehen, dass du eine Frau bist und dass man in deinen Kirchen das Zölibat ablehnt, für das wir uns hier in der Abtei entschieden haben. Ich habe dir gestattet, in der Abtei zu wohnen, und das gemeinsam mit deinem ... deinem Gefährten Eadulf. Auf all das bin ich eingegangen, habe dir die Vollmacht erteilt, gemäß euren Gesetzen und euren Vorstellungen von Recht und Ordnung zu handeln. Das Einzige, was ich als Gegenleistung erwartet habe, war eine rasche Entscheidung in dem Mordfall, damit das Konzil zusammentreten und endlich beraten und Beschlüsse fassen kann. Rom wartet auf das Ergebnis. Was verzögert deine Entscheidung?«

Herausfordernd richtete sich Fidelma zu ihrer vollen Größe auf, und Eadulf fürchtete bereits, ihr Temperament würde mit ihr durchgehen, aber sie blieb kühl und sachlich.

»Was meine Entscheidung verzögert, Bischof Leodegar von Autun? Es ist in der Abtei zu mehreren Todesfällen gekommen, und auch auf unser Leben wurden Anschläge verübt. Das verzögert die Sache.«

»Mehrere Todesfälle?«, schnaubte der Bischof. »Welche meinst du, den Tod des hibernischen Mönchs Gillucán, den Tod von Bruder Andica und jetzt den des gallischen Bruders Budnouen? Was sollten die mit dem Mord an Abt Dabhóc zu tun haben? Der Mönch aus Hibernia wurde getötet und ausgeraubt, nachdem er die Abtei verlassen hatte. Bruder Andica, der Steinmetz, ist bei einem Unfall ums Leben gekommen. Und du hast eben selbst gesagt, Bruder Budnouen hätten Räuber getötet. Und der Anschlag auf euer Leben ... Du willst doch nicht behaupten, man hätte die Statue vorsätzlich auf euch gestürzt? Auch das war ein Unfall. Zudem habt ihr euch an einem Ort aufgehalten, den zu betreten ich selbst den Brüdern verboten habe, weil das alte Mauerwerk seine Gefahren birgt. Mit dem Mord an Abt Dabhóc hat das alles nichts zu tun. Du suchst nur Ausflüchte.«

Sie sah ihn mit grimmiger Entschlossenheit an.

»Du weißt offensichtlich besser Bescheid als ich. Bitteschön, wenn es so ist, dann fälle du dein Urteil – ich wasche meine Hände in Unschuld. Ich werde Nuntius Peregrinus davon in Kenntnis setzen, dass du es vorziehst, selbst die Entscheidung zu treffen.«

Bischof Leodegar presste die Lippen zusammen und rang mit sich. »Ich brauche *deine* Entscheidung«, wiederholte er.

»Ich lasse mich nicht treiben; ein Urteil fälle ich erst, wenn ich alle Fakten beieinander und sie gründlich beleuchtet habe«, entgegnete sie. Obgleich sie nach außen hartnäckig blieb, musste sie damit rechnen, dass der Bischof auf weitere Untersuchungen verzichtete und sie und Eadulf anwies, ihre Arbeit zu beenden.

»Ich schlage dir einen Kompromiss vor«, räumte er verärgert ein. »Das ist das Äußerste, wozu ich bereit bin. In zwei Tagen begehen wir den Festtag des heiligen Martial von Augustoritum, der den Lemovicen den christlichen Glauben brachte. Wenn du bis dahin die Angelegenheit nicht geklärt hast, trage ich meine Meinung zu dem Fall vor und führe damit die Entscheidung herbei. Wir müssen endlich im Sinne Roms weiterarbeiten können.«

Fidelma sah ihm in die dunklen Augen und spürte, mehr war hier nicht zu erreichen.

»Also gut, in zwei Tagen.« Eadulf murmelte sie zu: »Lass uns keine weitere Zeit hier verschwenden.« Ohne einen Gruß des Abschieds drehte sie sich um und verließ mit Eadulf den Raum.

Draußen mahnte er vorsichtig: »Würde man mit ein wenig Diplomatie nicht mehr erreichen?«

Die Falten auf ihrer Stirn glätteten sich. »Glaubst du im Ernst, bei einem Mann wie Bischof Leodegar könnte diplomatisches Vorgehen etwas bewirken? Mach einen Vorschlag, ich befolge ihn gern«, versuchte sie zu scherzen. »Im Übrigen dürfen wir uns nicht irremachen lassen und davon ausgehen, er hätte mit den Vorgängen hier absolut nichts zu tun. Er scheint ein guter Freund von Beretrude zu sein und von Äbtissin Audofleda nicht minder – und die beiden stecken bestimmt mit drin.«

»Befürchtest du tatsächlich, man hat sich hier verschworen, Chlothar umzubringen, wenn er nach Autun kommt? Ich sehe da keinerlei Verbindung. Und wie deutest du das Verschwinden von Valretrade und all den ehemals verheirateten Nonnen mit ihren Kindern aus der *domus feminarum?«*

»Die hat man entführt, um sie als Sklaven zu verkaufen.«

Einen ähnlichen Verdacht hatte Eadulf auch schon gehabt, ihn aber von sich geschoben. »Mit dem Einverständnis der Äbtissin und der anderen?« Im Unterton schwang Entrüstung mit. Als Fidelma schwieg, fuhr er fort: »Aber was soll das mit dem Mord an Abt Dabhóc zu tun haben?«

»Mir fehlt es an Beweisen, um meinen Verdacht zu erhärten.«

»Du glaubst zu wissen, wer der Schuldige ist?«

»Ich habe einen Verdacht. Das ist noch lange nicht dasselbe, wie etwas zu wissen. Ich brauche den Beweis.«

»Uns bleibt aber kaum Zeit.«

Sie gingen nebeneinander, und Fidelma lenkte ihre Schritte zurück zu den Toren der Abtei. Unterwegs erklärte sie ihm: »Da wir mit logischen Schlussfolgerungen nicht weiterkommen, müssen wir uns eine Katharsis einfallen lassen – eine Vorgehensweise, die den Feind aus dem Hinterhalt lockt und ihn zwingt, sich zu erkennen zu geben.«

Eadulf blieb stehen. »Was hast du vor? Es klingt gefährlich.«

»Ich bin mir selbst noch nicht ganz sicher. Auf alle Fälle darf mich niemand erkennen. Deshalb werde ich in einfache Kleidung schlüpfen und mir, so getarnt, Beretrudes Villa etwas näher ansehen. Meiner Meinung nach liegt dort die Antwort, vielleicht in dem Kellergemäuer, wohin, wie du selbst Zeuge wurdest, Verbas von Peqini die Gefangenen geschafft hat.«

Eadulf war entsetzt. »Das kommt nicht infrage! Ich ... ich verbiete das! Wo Verbas dort ist! Wo du glaubst, die Geschichte mit der Giftschlange ist vorsätzlich geschehen! Wenn einer von uns dahin geht, um sich ein genaueres Bild von der Villa zu machen, dann bin ich es!«

»Ich habe einen Plan, und der besagt, du wirst hier gebraucht.«

»Darf ich wissen, wie dein Plan aussieht?«

»Du erinnerst dich doch gewiss an das kleine Geschäft der Näherin, das uns Bruder Budnouen gezeigt hat, nicht weit von Beretrudes Villa. Dort werde ich mir geeignete Kleidungsstücke beschaffen. So verkleidet begebe ich mich auf einen Erkundungsgang oder *cúartugad,* wie das bei uns heißt.«

»In eben die Nähstube ist aber auch Schwester Radegund gegangen, wir haben das mit eigenen Augen gesehen«, erinnerte er sie. »Ich halte das für gefährlich. Was versprichst du dir eigentlich von alldem?«

»Das ist schwer zu beantworten. Ich werde mich auf verschiedene Möglichkeiten einstellen müssen – deshalb muss ich selbst hin und kann es nicht dir überlassen. Zuallererst geht es mir um den Ort, wohin Verbas von Peqini die gefesselten Frauen und das Kind hat schleppen lassen. Könnte sein, dass die dort gefangen gehalten werden. Wenn nicht, muss ich herausfinden, wo sich Verbas aufhält. Er ist kein harmloser Kaufmann. Ich fürchte, er betreibt Sklavenhandel, und Beretrude macht da mit.«

»Ich sehe darin immer noch keinen Zusammenhang zu Abt Dabhócs Ermordung.«

»Den hat uns der arme Bruder Gillucán geliefert. Denk mal nach. Aber erst das Nächstliegende. Uns bleibt wenig Zeit.«

»Zeit? Wir haben nur zwei Tage. Zwei Tage, und Leodegar verkündet seine Entscheidung«, bemerkte Eadulf schlecht gelaunt.

»Um so wichtiger ist es, dass wir zügig handeln.«

»Du darfst nicht allein gehen«, beschwor Eadulf sie.

»Eine Person kommt besser durch als zwei. Eine Frau, gekleidet nach Landesart, die in der Nähe der Villa durch die Straßen schlendert, fällt nicht weiter auf, ein Mann zusammen mit einer Frau schon eher. Abgesehen davon musst du hier bleiben, falls etwas schiefgeht und ich nicht zurückkomme. Sollte das passieren, suche Ségdae auf und weihe ihn ein, soweit du kannst. Es ist dann an ihm, weitere Schritte zu unternehmen. Außerdem würde ich dich bitten, Ségdae noch eine andere Frage zu stellen, die mir auf der Seele brennt. Leider bleibt mir keine Zeit, mit ihm selbst zu sprechen.«

»Und die Frage wäre?«

»Benén mac Sesenén von Midhe, der Nachfolger des heiligen Patrick, dessen Name auf dem verschwundenen Reliquienbehältnis steht – ich bin sicher, auch er hatte einen lateinischen Namen angenommen, aber er ist mir entfallen. Du musst ihn herausfinden. Ich bin überzeugt, das hilft uns ein großes Stück weiter.«

»Wird gemacht«, versicherte ihr Eadulf. »Trotzdem, dein tollkühner Versuch bereitet mir Sorge. Wenn ich mir vorstelle, was dir alles zustoßen könnte, allein in der Dunkelheit und ...«

»Ich habe ja nicht die Absicht, im Dunklen umherzustreifen«, meinte sie zuversichtlich. »Ich ziehe gleich jetzt los, und es ist helllichter Tag. Ich hoffe, noch vor Einbruch der Dunkelheit wieder hier zu sein. Mach dir keine Sorgen. Ich komme zurück. Versprochen.«

Ehe Eadulf weitere Bedenken vorbringen konnte, war sie gegangen.

Fidelma verließ die Abtei, überquerte rasch den großen Vorplatz und lief durch die Straßen, mit denen sie inzwischen vertraut war. In diesem, vom Handelszentrum abgelegenen Teil der Stadt waren verhältnismäßig wenige Leute und nur ein oder zwei Reiter unterwegs. Ab und zu ratterte auch ein Gefährt vorbei und verschwand in den engen Gassen. Die Passanten, denen sie begegnete, nickten ihr freundlich zu oder murmelten einen Gruß.

Schon bald hatte sie die breite Straße erreicht, in die sie einbiegen musste, wollte sie zum Benignus-Platz und zu Gräfin Beretrudes Villa gelangen. Rechts hinten an der Ecke war das Geschäft, das Kleider und andere Sachen zum Anziehen anpries. Zielgerichtet strebte Fidelma dorthin. Sie war zuversichtlich, hier etwas Geeignetes zu finden, um sich ein anderes Aussehen zu geben. Draußen hingen verschiedene Kleidungsstücke zum Verkauf, Kleider, Schals, Röcke, Umhänge, alles Mögliche. An der Türschwelle blieb Fidelma stehen und lugte in das dunkle Innere des Ladens. Eine ältere Frau erhob sich von ihrem Stuhl, legte das Stück, an dem sie arbeitete, aus der Hand und sprach sie in der gutturalen Sprechweise der Burgunden an. Fidelma vermutete dahinter eine Begrüßung oder die Frage, was sie zu ihr führte.

»Sprichst du Latein?«

Die Frau schaute sie verständnislos an.

Fidelma versuchte es in einfachen Worten mit Angelsächsisch und kam damit auch nicht weiter. Sie deutete auf die draußen hängenden Sachen. »Ich brauche etwas zum Anziehen«, sagte sie langsam.

Neugierig starrte die Alte sie von oben bis unten an, denn auch wenn Fidelma nicht die fromme Tracht der Schwestern aus dem Kloster von Autun trug, so verrieten sie doch das Kruzifix und ihr Habit als eine Nonne.

Fidelma begriff, dass eine Verständigung schwierig werden würde. Sie zeigte ein weiteres Mal auf ein Kleid, das ihr geeignet erschien, und zog die Augenbrauen fragend hoch.

»Wie teuer?« In der Hoffnung, die einfachen Wörter würden in beiden Sprachen ähnlich sein, war sie wieder ins Angelsächsische gefallen.

Die alte Frau hob die Hand und reckte einen Finger in die Höhe, bevor sie sich zu einer Tür hinten im Raum wandte und nach jemandem rief. Man hörte ein leises Rascheln, und eine junge Nonne erschien.

Obwohl sie sich nur im Dunklen bei Kerzenschein begegnet waren, erkannte Fidelma das Mädchen sofort, und der ging es umgekehrt nicht anders.

»Schwester Inginde! Ich hätte nicht gedacht, dass dir gestattet ist, die *domus feminarum* zu verlassen.«

Das junge Mädchen schaute sie ein, zwei Augenblicke überrascht an und verzog dann das Gesicht zu einem Lächeln.

»Schwester Fidelma! Das hier ist meine Tante, und da es ihr in letzter Zeit nicht sonderlich gut ging, hat man mir ausnahmsweise erlaubt, sie zu besuchen.«

»Tatsächlich?«

»Was führt dich hierher, Schwester Fidelma? Weißt du was Neues von Valretrade?«

Fidelma hielt es für besser, zuerst die zweite Frage zu beantworten.

»Neues habe ich nicht in Erfahrung gebracht, aber aufgegeben habe ich auch nicht. Und hier bin ich, weil ich ein paar Kleidungsstücke kaufen möchte.«

Schwester Inginde war etwas ratlos. »Meine Tante näht eigentlich keine Nonnentrachten, sie bessert nur hier und da mal was für uns aus.«

»Es geht mir auch nicht um eine Nonnentracht. Ich möchte etwas, worin ich mich frei in der Stadt bewegen kann, ohne gleich erkannt zu werden.«

Das Mädchen streifte sie mit einem neugierigen Blick.

Fidelma ging einen Schritt weiter. »Ich brauche etwas Einfaches, möchte ohne lange Erklärungen hier und da eingelassen werden und Auskünfte erhalten, die ich für nötig erachte.«

»Dann müssen wir dir auf jeden Fall helfen.« Inginde redete auf ihre Tante ein. Die Alte maß Fidelma mit kritischem Blick und sagte dann etwas, woraufhin Schwester Inginde nickte. »Meine Tante meint, du dürftest nicht zu grelle Farben wählen. Dein rotes Haar ist schon auffallend genug. Sie würde dir zu dunklen Farben raten, ein Kleid und darüber einen Umhang mit Kapuze, um das Haar zu verbergen.«

Die Frau nahm ein graubraunes Kleid von einem Haken und hielt es Fidelma an. »Das müsste deine Größe sein, meint sie«, übersetzte Inginde.

Sie wählten ein paar Stücke aus. Fidelma probierte sie an und entschied sich für das Kleid, ein Umschlagtuch und eine Kapuze, damit ihr rotes Haar und die helle Haut nicht gleich jedem auffielen.

Schwester Inginde war mit der Ausstattung zufrieden. »So kannst du in aller Ruhe durch die Stadt spazieren, ohne Aufsehen zu erregen.«

Fidelma betrachtete sich im Spiegel, den ihr die alte Frau hinhielt. »Ja, das ist gut so.« Das Kreuz hatte sie nicht abgenommen, es blieb unter der Kleidung verborgen. Sie zeigte auf ihr *ciorbolg,* ihr Kammtäschchen, in dem sie einige Toilettenartikel hatte und das in ihrem Land eine Frau stets bei sich trug. »Das werde ich mitnehmen, aber die anderen Sachen lasse ich hier und hole sie später wieder ab.«

»Wohin willst du?«, fragte Schwester Inginde neugierig.

»Es ist besser, wenn du es nicht weißt«, erwiderte Fidelma.

Inginde machte ein bekümmertes Gesicht. »Ich könnte aber vielleicht helfen.«

Fidelma schüttelte den Kopf. »In der *domus feminarum* wartet man sicher auf dich. Wie viel schulde ich deiner Tante für die Sachen?«

Wieder kam es zu einem flinken Wortaustausch zwischen den beiden.

»Meine Tante sagt, sie nimmt keine Bezahlung, weil du hilfst, eine Freundin von mir zu finden. Deine eigenen Sachen hebt sie auf, bis du sie holen kommst.«

Fidelma bedankte sich und verließ den Laden. Gemächlich schritt sie einher, den Kopf ein wenig vorgestreckt, wie sie es bei anderen Frauen in der Stadt gesehen hatte. Ihr nächstes Ziel war Gräfin Beretrudes Villa. Der eine oder andere nickte ihr im Vorbeigehen zu, manchmal grüßte man sie auch in der Landessprache; die wenigen Worte kannte sie inzwischen und konnte sie sogar erwidern. Schnell hatte sie sich an ihre neue Rolle gewöhnt.

Am Benignus-Platz spähte sie zu dem plätschernden Springbrunnen und weiter hinten zu den Eingangstoren der Villa. Das Symbol auf den Steinsäulen links und rechts von den Toren bestärkte ihren Verdacht. Der einsame Wächter stand auch heute auf seinem Posten. Langsam überquerte sie den Platz. Sie war bemüht, den schlendernden Gang beizubehalten, und steuerte auf die Seitenstraße zu, die an der hohen Mauer des Villengeländes vorbeiführte.

Die Straße machte einen verlassenen Eindruck. Dann vernahm sie das Geräusch von Laufschritten auf dem Platz. Eine Männerstimme rief etwas, das Tor öffnete sich, und sie hörte Stimmengewirr. Reglos blieb sie eine Weile stehen, aber es tauchte niemand auf, der ihr hätte folgen können. Wenig später lief sie die gesamte Länge der Begrenzungsmauer ab. Sie kam an ein mit einem Eisenriegel abgesperrtes Tor, das man in eine nach oben hin gewölbte Maueröffnung gesetzt hatte. Vermutlich handelte es sich um das Tor, von dem Eadulf gesprochen hatte und durch das Verbas die Gefangenen getrieben hatte. Sie schaute sich vorsichtig um, stellte fest, dass es verschlossen war, und ging weiter. Außer diesem versperrten Zugang schien es keine andere Möglichkeit zu geben, durch oder über die Mauer in das Innere des Anwesens zu gelangen, ohne gesehen zu werden.

Schon fürchtete sie, ihr Plan, die Villa zu erkunden, würde scheitern, da sich hier kein Schlupfloch fand.Und einen der Diener zu beschwatzen, sie einzulassen, war schwierig, denn in welcher Sprache wollte sie sich mit ihm verständigen? Sie beschloss, um die Villa herumzuwandern. Hinten kam sie zu dem engen Durchgang, wo Eadulf Verbas mit den Gefangenen gesehen hatte. Aber sie entdeckte beim besten Willen nichts, kein Tor, keine Stelle, wo sie hätte über die Mauer klettern können.

Sie näherte sich dem Ende des schmalen Weges, als sie zu beiden Seiten drohende Schatten gewahr wurde. Ehe sie wusste, wie ihr geschah, stürzten sich mehrere Männer auf sie. Verzweifelt versuchte sie, sich zu befreien. Sie verspürte einen furchtbaren Schmerz am Hinterkopf, dann wurde es schwarz um sie herum.

Fieberhaft schritt Eadulf im *calefactorium* auf und ab und verharrte nur gelegentlich, um einen Blick zum dunkel werdenden Himmel zu werfen.

Abt Ségdae, der in ein Gespräch mit einem seiner Landsleute vertieft gewesen war, fiel Eadulfs Unruhe auf. »Was ist mit dir, Bruder

Eadulf?« fragte er ihn schließlich. »Wenn du so weiter machst, hast du bald Dellen in den Steinfußboden getreten.«

Eadulf blieb stehen. »Es ist wegen Fidelma. Es wird immer später, und sie ist noch nicht zurück.«

»Sie hat ihren eigenen Kopf, das weißt du genausogut wie ich, mein Sohn«, beschwichtigte ihn Abt Ségdae. »Gibt es einen besonderen Grund, dass du sie just zu dieser Zeit zurückerwartest?«

»Ich habe Angst, ihr könnte etwas zugestoßen sein«, murmelte Eadulf. »Heute Nachmittag hat sie die Abtei verlassen und wollte zu Gräfin Beretrude. Na ja, nicht unbedingt zu ihr; sie wollte, von anderen unbeobachtet, sich etwas eingehender in der Villa umtun.«

Der Abt sah ihn erstaunt an. »Wieso das? Was hat sie dazu getrieben?«

Eadulf war sich nicht sicher, wie weit er den Abt ins Vertrauen ziehen konnte. Wiederum brauchte er einen Verbündeten, sollte sich herausstellen, dass Fidelma in Gefahr war.

»Sie glaubt, Beretrude ist an den Todesfällen hier nicht ganz unbeteiligt, und fürchtet, sie ist auch in andere merkwürdige Vorgänge, die die Abtei betreffen, verwickelt.«

Abt Ségdae wollte seinen Ohren nicht trauen.

»Ich verstehe überhaupt nichts. Was soll Gräfin Beretrude mit dem Tod von Abt Dabhóc zu tun haben, wenn …«

Da auch Eadulf Fidelmas Logik nicht ganz hatte folgen können, hielt er es für das Beste, sich an die Tatsachen zu halten, die der Abt würde nachvollziehen können.

»Erinnerst du dich an Tara und unsere Begegnung dort mit einem fremdländischen Kaufmann namens Verbas von Peqini, einem Sklavenhalter? Dieser Mann ist hier, und zwar in Gräfin Beretrudes Villa. Er schwor damals, er würde sich eines Tages an Fidelma rächen. Falls sie jetzt auf ihn getroffen ist …«

Abt Ségdae kannte Eadulf gut genug, um zu wissen, dass er nicht unnütz Alarm schlug. »Wann wollte Fidelma wieder hier sein?«

»Sie sagte, sie würde nicht lange bleiben und vor Einbruch der Dunkelheit wieder zurück sein.«

»Es fängt gerade erst an, dunkel zu werden«, tröstete ihn Abt Ségdae.

»Ich habe trotzdem meine Befürchtungen. Die Sonne ist bereits hinter den Dächern verschwunden, und Fidelma ist immer noch nicht da.«

»Wir dürfen nichts überstürzen«, mahnte der Abt, und vorwurfsvoll fügte er hinzu: »Ich halte es für sehr unklug von Fidelma, allein gegangen zu sein.«

»Glaubst du, ich mache mir keine Vorwürfe, dass ich sie habe gehen lassen?«, rief Eadulf erregt. »Ich hätte darauf bestehen müssen, sie zu begleiten.«

Abt Ségdae legte ihm eine Hand auf die Schulter.

»Aequam memento rebus in arduis servare mentem«, zitierte er und gab so Eadulf den weisen Rat, in einer schwierigen Situation Ruhe zu bewahren.

»Wir können nicht tatenlos herumsitzen«, drängte der. »Ich habe ihr versprochen, in der Abtei zu bleiben, um im Notfall einen Freund um Hilfe zu bitten. Ich kann von hier nicht fort, ohne dass noch ein anderer weiß, was vor sich geht.«

»Wir sollten abwarten, bis es vollends dunkel ist, mein Sohn. Dann magst du tun, was du tun musst, während ich zu Bischof Leodegar gehen und ihn aufforderen werde, mich zu Gräfin Beretrudes Villa zu begleiten.«

»Mit jedem Moment, der verstreicht, wird mir deutlicher, sie ist in Gefahr«, begehrte Eadulf angstvoll auf.

»Bleib ruhig, Bruder. Nur wenn wir Ruhe bewahren, wird sich alles zum Guten wenden.«

Kapitel 20

Der schwarze Nebel lichtete sich. Fidelma erwachte allmählich aus der Ohnmacht. Eine junge Frau beugte sich über sie. War sie es, die ihr die Stirn mit einem feuchten Lappen abgetupft hatte? Fidelma blinzelte. Im Schädel pochte und hämmerte es. Der Mund war ihr so ausgetrocknet, dass es schmerzte. Sie wollte sich aufsetzen, sank aber augenblicklich stöhnend zurück, ihr wurde übel. Blassblaue Augen betrachteten sie besorgt.

Die junge Frau hielt ihr einen Becher mit Wasser hin und sagte etwas in der Landessprache. Was sie sagte, konnte Fidelma erraten. Sie nahm vorsichtig ein oder zwei kleine Schlucke und widerstand der Versuchung, den Becher in einem Zug auszutrinken. Das Wasser war kalt. Es kam ihr beinahe süß vor. Genießerisch schloss sie einen Moment die Augen.

Sie schaute um sich und begriff, dass sie auf Stroh in einer Ecke eines düsteren Gewölbes lag. Es gab nur einen Ausgang, vier breite Steinstufen führten hoch zur Tür. Auf einer Seite war oben in der Wand ein kleines Fenster, doch draußen war es dunkel. Ein paar Kerzen spendeten ein flackerndes, Schatten werfendes Licht. In dem Maße, wie sie die Umwelt aufnahm, drangen Gemurmel und Kinderstimmen an ihr Ohr.

Abermals versuchte sie, sich aufzurichten. Die junge Frau schob ihr einen Arm unter den Rücken und stützte sie beim Sitzen. Sie sagte wieder etwas, das Fidelma nicht verstand.

»Latein«, murmelte Fidelma. »Sprichst du Latein?«

»Ja natürlich. Ich habe gefragt, wie du dich fühlst.«

»Mir ist der Mund wie ausgedörrt, und der Kopf tut weh.«

Wieder wurde ihr der Becher an die Lippen gehalten, sie nahm einen Schluck, der Becher wurde abgesetzt. Fidelma wimmerte vor Schmerz und glitt zurück auf das Strohlager.

»Was ist mit mir passiert? Wo bin ich?«, fragte sie.

»Vor ein paar Stunden haben sie dich hierhergebracht. Ich bekam es schon mit der Angst zu tun, weil du gar nicht wach wurdest.«

Fidelma befühlte ihren Kopf. Da war ein Verband. Das Mädchen verfolgte ihre Bewegungen.

»Ich habe deine Wunde verbunden. Sie hat geblutet, ist aber nicht schlimm. Rundherum ist alles geschwollen. Du bleibst besser ruhig liegen. Wie ist es überhaupt dazu gekommen?«

»Jemand hat mich hinterrücks niedergeschlagen. Wo bin ich?«

»In einem Kellergewölbe«, erklärte ihr das Mädchen mit ernstem Gesicht. »Ich bin seit einer Woche hier, andere von uns schon an die drei Wochen.«

»Und wo genau das Kellergewölbe ist, weißt du nicht?«

»Doch, in der Villa von Gräfin Beretrude in der Stadt Autun.«

Mit einiger Mühe wandte Fidelma den Kopf und erkannte nun, dass da dreißig oder noch mehr Frauen waren, die an den Wänden saßen, und etliche Kinder. Alle hockten auf Strohschüttungen und unterhielten sich nur flüsternd. Möbel gab es nicht, nur einen Stapel Decken und mehrere Bündel Stroh, und in einer Ecke standen ein paar Krüge und Becher. Die meisten Frauen trugen ein einfaches Nonnengewand. Langsam fing Fidelma wieder an, folgerichtig zu denken.

»Du bist wie eine aus dem Ort gekleidet, dabei bist du doch gar nicht von hier, nicht wahr?«, fragte die junge Frau.

»Ich komme aus einem Land, das ihr Hibernia nennt. Ich bin Schwester Fidelma.«

»Eine Klosterschwester vom äußersten Rand der Welt.« Die Frau, die sich ihrer angenommen hatte, hielt ihr wieder den Becher mit Wasser hin. »Was sagtest du eben? Wie heißt du?«

»Fidelma. In meinem Land ist das ein üblicher Name.«

»Und warum trägst du die hiesige Tracht einer Frau vom Lande?« Neugierig nahm sie Fidelmas Kleidung in Augenschein.

»Das ist eine lange Geschichte«, erwiderte sie. »Und wer bist du?«

»Ich heiße Valretrade.«

Erstaunt machte Fidelma große Augen. »Schwester Valretrade ... aus der *domus feminarum?* Sigerics Freundin?«

Nun schaute das Mädchen verwundert drein. »Woher weißt du etwas über mich?«

»Ich kenne Bruder Sigeric. Ich habe versprochen, ihm bei der Suche nach dir zu helfen.«

»Sigeric? Geht's ihm gut?«, fragte das Mädchen erregt.

»Ja, zumindest, als ich ihn das letzte Mal sah. Aber er verzehrt sich vor Kummer nach dir. Wie ist es dir ergangen? Äbtissin Audofleda hat verbreitet, du hättest dich vor einer Woche entschlossen, die Abtei zu verlassen. Weil du mit der Regula nicht einverstanden bist, hättest du dich entschieden, auf und davon zu gehen, und das auch in Abschiedszeilen zum Ausdruck gebracht.«

»Audofleda? Gottes ewiger Fluch möge sie treffen!« Valretrade stellte den Becher beiseite und sah Fidelma prüfend an. »Aber zu meiner Zeit warst du nicht in der *domus feminarum.* Lange kannst du noch nicht in Autun sein. Ah ja, du bist wegen des Konzils hier.«

Fidelma brachte sich in eine bequemere Lage. So knapp es eben ging, erzählte sie der jungen Nonne, was sie nach Autun geführt und was man ihr angetragen hatte, wie sie Bruder Sigeric kennengelernt und folglich begonnen hatte, nach ihr zu suchen. Valretrade lauschte ihrem Bericht und unterbrach sie nicht.

»Ich fürchte das Schlimmste«, sagte sie schließlich.

»Würdest du mir bitte erklären, was das Schlimmste ist?«, bat Fidelma. Das Pochen im Hinterkopf war jetzt weniger heftig; sich auf ihre Geschichte zu konzentrieren, hatte geholfen, den Schmerz zu verdrängen.

»Das alles hier sind Ehefrauen von Mönchen und Priestern und ihre Kinder. Was mich betrifft, so fürchte ich, mir ist etwas zum Verhängnis geworden, was nicht für meine Augen bestimmt war. Wir wurden alle gewaltsam aus der *domus feminarum* hierhergebracht, wie Gefangene mit verbundenen Augen.«

»Was hast du denn gesehen, und wie bist ausgerechnet du hier gelandet?«

»Während der letzten Wochen fiel mir auf, dass einige Frauen aus der Schwesternschaft nicht mehr da waren.«

»Hast du nachgefragt, wo sie geblieben sind?«

»Natürlich habe ich das getan. Uns wurde gesagt, sie hätten die Abtei verlassen, weil ihnen die neue Regula nicht passte.«

»Wer hat euch das gesagt? Die Äbtissin?«

Das Mädchen schüttelte den Kopf. »Äbtissin Audofleda steht hoch über uns allen. Mit den Schwestern der Gemeinschaft spricht sie überhaupt nicht. Schwester Radegund war es, die uns das mitteilte.«

»Und ihr habt das einfach hingenommen?«

»Wären es nur eine oder zwei Frauen gewesen, die die Abtei verlassen hätten, dann wäre die Erklärung glaubhaft gewesen. Aber alle verheirateten Frauen verließen uns, alle plötzlich und ohne vorher ein Wort zu sagen. Und die Männer dieser Frauen blieben in der Abtei. Von einer Schwester, die bei uns Station machte, hörten wir, dass auch aus anderen Klostergemeinschaften in der Umgebung verheiratete Frauen einfach verschwanden.«

»Was hast du daraufhin gemacht? Hast du mit Sigeric bei euren geheimen Treffen darüber gesprochen?«

»Was hätte ich ihm schon sagen können?« Valretrade zuckte die Achseln. »Handfeste Beweise hatte ich nicht. Nein, ich hielt es für besser, mir von jemand anderem Rat zu holen. Den Priestern hier im Ort traute ich nicht. Zufällig lernte ich eine Frau aus deiner Heimat kennen, sie ist die Ehefrau eines der Delegierten zum Konzil. Die fragte ich, an wen ich mich wenden könnte. Sie zeigte Mitgefühl, obwohl ich ihr nicht einmal alles erzählte, was ich wusste. Sie empfahl mir, mit einem Abt aus dem Norden deines Landes zu sprechen.«

»Abt Dabhóc?«, fragte Fidelma sofort.

»Möglicherweise hieß er so. Diese fremdländischen Namen kann ich schlecht behalten – du musst schon entschuldigen.«

»Es ginge mir nicht anders«, beschwichtigte sie Fidelma. »Wann und wo hast du mit ihm reden können?«

»Ich gehörte zu den wenigen, die man mit der Aufgabe betraut hatte, die Frauen aus der Fremde zu begleiten.«

Fidelma nickte. Es bestätigte, was die Äbtissin ihr gesagt hatte. »Sprich weiter.«

»In dem alten Amphitheater war's, da hat man ihn mir von Weitem gezeigt. Ich war ja dort, um die Frauen der fremdländischen Konzilbesucher herumzuführen. Er unterhielt sich gerade mit einem anderen Fremden; der Kleidung nach war das ein hoher Amtsträger der Kirche.«

»Nuntius Peregrinus?«

»Wie er heißt, weiß ich nicht. Er hatte sich gerade von dem Abt getrennt ...«

»Und da hast du ihn angesprochen?«

»Ich habe mich später gefragt, ob er mir wirklich geglaubt hat, als ich ihm erzählte, dass Frauen aus unserer Abtei immer wieder über Nacht verschwanden. Er hat mir gönnerhaft zugehört und mir geraten, zu meiner Äbtissin zu gehen und mit ihr über ›meine Befürchtungen‹ zu reden, wie er es nannte. Erst da entschloss ich mich, die Sache mit Sigeric zu besprechen.«

»Und das hast du dann getan?«

»An dem Abend verabredete ich mich mit Sigeric. Ich gab ihm ein Zeichen, indem ...«

»Ich weiß, wie ihr euch verständigt habt. Sigeric hat es mir anvertraut. Hast du sonst jemandem gesagt, dass ihr euch treffen wolltet?«

Valretrade schüttelte den Kopf.

»Nicht einmal Schwester Inginde, mit der du die Kammer teiltest?«

»Ich habe Sigeric mit dem Kerzenlicht das verabredete Zeichen gegeben, und da wir in einer Kammer schliefen, wird sie wohl gewusst haben, dass ich mich mit ihm treffen wollte. Aber ich habe kein Wort darüber verloren, weshalb ich ihn sprechen wollte. Niemandem habe ich davon etwas gesagt. Es dauerte diesmal lange, bis Sigeric mir sein Zeichen gab. Zum Glück war Inginde nicht in der Kammer, während ich dasaß und wartete. Endlich sah ich seine Kerze, und ich ging zu unserem Treffpunkt. Sigeric war nicht dort, dafür aber ein Mann und eine Frau. Ich kam dazu, als sie etwas in dem Sarkophag verstecken wollten, an dem wir uns immer trafen. Sie drohten mir, knebelten und fesselten mich. Sie brachten mich zurück in die *domus feminarum* zu einem Seiteneingang. Dort verbanden sie mir die Augen, und der Mann, der sehr kräftig gewesen sein muss, trug mich hierher. Das war vor einer Woche.«

»Genau zu dem Zeitpunkt, als du zu eurem Stelldichein wolltest, wurde Abt Dabhóc ermordet«, bekannte Fidelma bedrückt. »Sigeric war auf dem Wege zu dir, entdeckte die Leiche und schlug Alarm. Als er reichlich verspätet an euren Treffpunkt kam, hatte man dich schon fortgeschleppt. Vielleicht hat ihm seine Verspätung das Leben gerettet. Wer waren der Mann und die Frau in dem Gruftgewölbe?«

»Sie hatten Kapuzen über die Köpfe gezogen, aber dass es ein Mann und eine Frau waren, konnte ich leicht ausmachen. Den Mönch habe ich sogar erkannt.«

»Und wer was das?«

»Bruder Andica, der Steinmetz. Der hat mich auch hierhergeschleppt.«

Ein wenig enttäuschte Fidelma ihre Auskunft. »Der ist inzwischen tot.«

Schwester Valretrade schwieg erschrocken einen Moment und fuhr dann fort: »Die Frau habe ich nicht erkannt. Wahrscheinlich war es Radegund. Sie ist Beretrudes Nichte und die einzige Verheiratete in der Gemeinschaft, die sich überallhin frei bewegen kann.«

An der Tür wurden die Riegel zurückgeschoben. Alle Blicke gingen dorthin. Ein stämmiger Krieger kam herein und blieb auf den Stufen stehen. Er schaute sich um, ein hämisches Grinsen zog über sein bärtiges Gesicht. Und schon donnerte er los, erst in der Landessprache, dann in schlechtem Latein.

»Das ist eure letzte Nacht hier. Noch vor Tagesanbruch werdet ihr nach Süden geschafft.«

Die Frauen erhoben Protest.

»Ruhe!«, brüllte der Krieger.

»Wohin bringt man uns?«, wagte sich eine vor, »und warum?«

»Zum Sklavenmarkt, das habt ihr euch selbst zuzuschreiben mit euren unchristlichen Heiraten und Liebesverhältnissen.«

Einige Frauen schrien vor Entsetzen auf.

»Nach welchem Gesetz sind unsere Ehen unchristlich? Was gibt euch das Recht, uns gefangen zu halten?«, klagte eine andere.

»Das ist jetzt das Gesetz«, meinte er und schlug auf sein Schwert. »Schickt euch drein und rüstet euch für die Reise. Ihr werdet in gute Hände kommen.«

Hinter ihm tauchte eine andere Gestalt auf. Ein schlanker, gutgekleideter Mann, glatt rasiert und von dunkler Hautfarbe. Eindringlich betrachte er die Schar, die ihm anheimgefallen war. Fidelma genügte ein flüchtiger Blick, um sich rasch die Kapuze übers Haar zu ziehen. Sie konnte nur hoffen, der Mann würde im Dunkel des Kellergewölbes nicht merken, wer sie war. Sie selbst hatte ihn sofort als Verbas von Peqini erkannt, den Sklavenhalter, mit dem sie in Tara aneinandergeraten war. Inbrünstig flehte sie, dass er sie nicht wahrgenommen hatte.

»Bis auf Weiteres ist der Kaufherr hier euer neuer Meister«, bedeutete ihnen der Krieger. »Seid folgsam, und man wird euch gut behandeln. Wenn ihr aufsässig seid, setzt es Strafen.«

Eine der älteren Frauen war einen Schritt auf ihn zugegangen. »Schäm dich! Und Schande über deine Herrin Beretrude! Wir kennen dich, Krieger, wir wissen, wem du dienst. Wir sind frei geborene Frauen dieser Stadt und unterstehen keinem Dienstherrn. Wir sind freiwillig dem Ruf des Glaubens gefolgt und haben gemeinsam mit unseren Männern gelobt, gute Werke im Sinne Christi zu verrichten. Was gibt euch das Recht, uns so schändlich zu behandeln ...?«

Ihre Worte endeten in einem Aufschrei. Der Söldner war die wenigen Stufen hinuntergesprungen und schlug ihr mit der Hand ins Gesicht, dass sie zu Boden stürzte. Drohendes Murren kam aus der Menge, und schon zog er sein Schwert.

»Zurück, ihr Huren!«, schnauzte er. »Ihr habt die Wahl, ob ihr lebend oder tot hier herauskommen wollt. Nur das sage ich noch: Ihr habt euch mit Geistlichen und Mönchen in unzüchtige Verhältnisse eingelassen. In vielen Ländern haben Konzilien befunden, dass ihr damit gegen den Glauben verstoßt. Deshalb sind alle Frauen der Geistlichkeit zusammenzutreiben und als Sklaven zu verkaufen zum höheren Wohle des Christentums. Das ist euer Los. Schickt euch darein.«

Verbas von Peqini drehte sich um und ging, während der Kriegsknecht rückwärts und noch immer mit entblößtem Schwert die Stufen emporstieg. Dann schlug die Tür zu und wurde verriegelt.

Die Frauen und die Kinder brachen in Tränen aus, jammerten und schluchzten.

»Warum wolltest du dich vor dem Händler verbergen?«, fragte Valretrade.

»Verbas von Peqini? Dem bin ich vor ein paar Monaten in meiner Heimat begegnet. Ich war ihm in einem Streitfall überlegen, habe einen seiner Sklaven befreien können und ihn selbst danach ohne Entschädigung aus unserem Königreich getrieben. Der wäre entzückt, mich hier zu entdecken, denn das Letzte, das er mir nachrief, war ein Racheschwur. Wenn der mich erkennt, wäre es ihm ein Vergnügen, seinen Schwur zu erfüllen.«

»Dann wird er bestimmt morgen Rache üben können. Sobald wir das düstere Kellerloch verlassen, kannst du dich nicht mehr verstecken, mit deinem roten Haar schon gar nicht.«

Fidelma presste die Lippen zusammen. »Dann darf ich eben morgen nicht mehr hier sein.«

»Von hier fliehen?« Valretrade lachte unfroh auf. »Meinst du, ich habe nicht die ganze Woche nach einem Fluchtweg gesucht?«

»Was, wenn sie euch morgens zum Waschen führen? Gibt es da Möglichkeiten, auszubrechen?«

Niedergeschlagen schüttelte Valretrade den Kopf. »In der Ecke da drüben steht ein Eimer, den müssen wir benutzen. Ein paar Eimer Wasser stellen sie uns auch zum Waschen hin. Nicht ein einziges Mal habe ich in der Woche nach draußen gedurft. Allen ist es so gegangen, seit sie hier wie Verbrecher eingesperrt sind.«

Fidelma war entsetzt. »Das ist doch unmenschlich.«

»Für Sklaven nicht.«

Fidelma unternahm den Versuch, aufzustehen und stützte sich dabei auf Valretrades Arm. »Hilf mir, hier im Gewölbe ein paar Schritte zu machen, damit ich mein Gleichgewicht wiederfinde.«

Langsam gingen sie auf und ab, und Fidelma musste sich überzeugen, dass es Zeitvergeudung war, nach Fluchtwegen zu suchen. Immerhin half ihr die Bewegung, sich wieder normal zu fühlen. Der Kopfschmerz ließ nach, Schwindel und Benommenheit verschwanden.

»Vielleicht bietet sich unterwegs eine Gelegenheit«, schlug ihre neue Gefährtin vor.

»Im Hellen kommt Verbas sofort dahinter, wer ich bin«, erwiderte Fidelma. »Von Beretrudes Villa aus wird er uns vermutlich durch die Stadt treiben, noch ehe es Tag wird. Deshalb sollen wir uns für den Aufbruch vor Morgengrauen bereithalten. Das heißt, sie wollen nicht, dass jemand in der Stadt merkt, was sie vorhaben. Das könnte uns nützlich sein.«

Valretrade blickte sie verwundert an. »Wie meinst du das?«

Fidelma schaute in die Runde, einige Frauen horchten schon auf. »Lass uns leise reden, Valretrade. Wir müssen uns erst selber klarwerden, was sich tun lässt, ehe wir andere mit hineinziehen.«

»Schon gut«, flüsterte das Mädchen.

»Überlegen wir mal. Was könnte ihre Absicht sein? Wollen sie uns zum Fluss schaffen und von dort auf ein Schiff? Wenn dem so ist, hätten sie zwei Möglichkeiten. Entweder sie pferchen uns in einen Planwagen, oder sie zwingen uns, durch die Straßen der Stadt zu laufen. Von einem Gefährt zu entkommen, dürfte schwierig sein, aber wenn wir zu Fuß unterwegs sind, hätten wir zumindest eine Chance.«

Valretrade hatte ihre Zweifel. »Wahrscheinlich ketten sie uns aneinander – vermutlich mit Handschellen. Ich habe so etwas auf Sklavenmärkten gesehen.«

»Wenn sie wollen, dass wir rasch laufen, werden sie uns nicht an den Füßen fesseln. In den engen Straßen der Stadt und in der Dunkelheit vor dem Morgengrauen ... Das könnte die einzige Möglichkeit sein. Kennst du dich in diesem Viertel aus?«

»Sehr gut sogar. Ich bin hier geboren und aufgewachsen. Aber selbst wenn es uns gelingt, zu entkommen ... Was dann? Wo können wir hin? Bestimmt nicht zurück zur Abtei; wie sollen wir wissen, wer dort Freund und wer Feind ist?«

»In der Abtei habe ich Freunde, die uns beistehen werden. Dort ist auch Bruder Sigeric. Aber so weit sind wir noch nicht; erst müssen wir fliehen, und dann können wir überlegen, wohin danach.«

»Eine Hilfe gibt es vielleicht. Ich habe eine Schwester, die hier in der Nähe wohnt. Ich bin sicher, die gewährt uns Unterschlupf, wenn wir es erst mal bis zu ihr schaffen. Von dort könnten wir deine Freunde benachrichtigen. Ihr Mann ist einer der Hufschmiede im Ort.«

Fidelma nickte. »Viel hängt auch davon ab, welche Route wir nehmen. Verbas von Peqini kommt aus dem Osten. Der Krieger hat gesagt, wir werden in den Süden geschafft, also zum Mittelmeer hin.«

»Dann dürfte die Reise einige Tage dauern. Die meisten Kaufleute fahren mit dem Schiff. Ich glaube, man wird uns zum Fluss schaffen.«

»Fließen denn Flüsse durch diese Gegend?«, fragte Fidelma. »Ich dachte, sie entspringen im Gebirge, mehr in der Mitte des Landes.«

»Wir müssten auf dem Liger stromaufwärts fahren. Meistens ziehen Maultiere die Boote in Richtung Süden bis zur Stadt Rod-Onna, das ist ein gallischer Name. Bis dort ist der Liger schiffbar. Danach kommen enge Schluchten, durch die sich der Fluss vom Zentralmassiv her windet. Große Schiffe kommen da nicht mehr durch.«

»Und ist man dann schon nahe am Meer im Süden?«

»Nein. Aber von dort gelangt man auf Nebenflüssen und Verbindungskanälen vom Liger zur Stadt Lugdunum«, erklärte Valretrade.

»Und von Lugdunum?«

»Die Stadt liegt am großen Strom Rhodanus, auf dem Schiffe stromabwärts in wenigen Tagen das offene Meer erreichen können.«

»Rhodanus?« Fidelma musste lächeln. »Das ist ein gutes Omen, denn das bedeutet Große Danu. Danu war die Mutter aller heidnischen Götter unseres Landes.«

Valretrade schwieg. Sie wollte Fidelma beim weiteren Nachdenken nicht stören.

»Sind wir erst einmal auf dem Meer im Süden, dann sind wir verloren«, stellte Fidelma schließlich fest. »Der schwächste Punkt des Reisewegs liegt da, wo der Trupp die Stadt verlässt, um zum Liger zu gelangen.«

»Der Fluss, der an der Stadtmauer entlangströmt, trifft weiter stromaufwärts bei Nebirnum auf den Liger. Ich kann mir vorstellen, dass Verbas Nebirnum meidet, weil Bischof Arigius seit Langem den Sklavenhandel auf dem Fluss bekämpft. Natürlich kann Verbas uns auf Planwagen verladen und uns so zum Liger schaffen.«

»Dann muss uns die Flucht gelingen, noch ehe wir aus der Stadt heraus sind«, entschied Fidelma. »Am besten, wir ruhen jetzt eine Weile und sparen uns unsere Kraft für später.«

Verärgert blickte Bischof Leodegar von Bruder Eadulf zu Abt Ségdae. Es hatte ihm wenig gefallen, dass Ségdae und Eadulf ihn mit der Nachricht aufgestört hatten, Fidelma werde vermisst. Und dass der Abt Eadulfs Forderung unterstützte, der Bischof müsse keine geringere Person als Gräfin Beretrude zur Rede stellen, passte ihm nun schon gar nicht.

»Du solltest deine Worte sorgfältig abwägen, Bruder Eadulf, bevor du den Ruf einer adligen Dame verunglimpfst. Und du, Abt Ségdae von Imleach, solltest dir wohl überlegen, inwieweit du den Unterstellungen und Forderungen dieses Angelsachsen beipflichtest.«

Abt Ségdae packte Eadulf am Arm und hielt ihn zurück, als der impulsiv einen Schritt auf den Bischof zumachte. Auch Bruder Chilperic, der Verwalter, blieb wachsam, um Eadulf notfalls abzufangen, sollte der den Bischof angreifen.

»Bischof Leodegar!« Abt Ségdaes scharfe Stimme durchschnitt den Raum. »Es ist doch wohl offensichtlich, worum Eadulf von Seaxmund's Ham dich bittet. Ich sehe keinerlei Notwendigkeit, den Beistand, den ich ihm gebe, zu überdenken. Fidelma, die Schwester von König Colgú, dem Beherrscher meines Landes, ist mit der erklärten Absicht von hier aufgebrochen, Gräfin Beretrude aufzusuchen, weil sie sie im Verdacht hat, in irgendeiner Weise an den Vorgängen beteiligt zu sein, die sie in deinem Auftrage untersucht. Jetzt ist bereits Mitternacht vorüber, ohne dass sie zurückgekehrt ist. Versteh mich recht, Bischof Leodegar, Fidelma ist nicht nur ihrem Ehemann Eadulf lieb und teuer, sondern auch ihren Freunden und ihrem Bruder, dem König. Es könnte als unfreundlicher Akt ganz Hibernia gegenüber ausgelegt werden, solltest du dich dieser Sache nicht annehmen.«

Der Bischof war sprachlos. Er war es nicht gewohnt, dass man ihm derart begegnete und seine Autorität anfocht.

»Das klingt wie eine Drohung, Ségdae von Imleach«, brachte er mit mühsam beherrschter Stimme hervor.

»Das war nicht meine Absicht. Ich wollte es nur als Warnung verstanden wissen, welche Gefühle sich regen könnten, wenn die Angelegenheit beiseitegeschoben wird. Worum wir bitten, ist lediglich, dass wir sogleich zur Villa von Gräfin Beretrude aufbrechen und herausfinden, was Fidelma zugestoßen ist.«

Herausfordernd schob der Bischof das Kinn vor. »Bist du dir bewusst, wer Gräfin Beretrude ist? Sie entstammt der burgundischen Linie Gundahars. Es ist allerdings wahr, dass ihr nichtsnutziger Sohn

Guntram seine Zeit mit Gelagen, Jagden und Frauen verbringt, deshalb ist Beretrude die eigentliche Herrscherin des Landes.« Bischof Leodegar zischte ärgerlich. »Ihr erwartet, dass ich zu ihrer Villa marschiere und sie bezichtige ... Ja wessen eigentlich? Ich wäre ja töricht, mir eine solche Persönlichkeit zum Feind zu machen!«

Eadulf biss sich auf die Lippen. »Du würdest also lieber als Feigling dastehen, denn als Kämpfer für Wahrheit und Gerechtigkeit?«

Fast wäre Bischof Leodegars Oberkämmerer Eadulf an die Kehle gesprungen. »Bruder Chilperic!« Mit einer Handbewegung winkte ihn der Bischof zurück an seine Seite. »Wir sollten von gegenseitigen Drohungen ablassen. Wir sind zu alt dafür und vernünftig genug, Missverständnisse zu vermeiden. Ihr müsst doch aber einsehen, was ihr verlangt, beleidigt die Würde der Herrscherin unseres Landes.«

»Du wirst also nichts unternehmen? Soll ich tatsächlich dem König von Cashel berichten, du hättest nichts getan, um seine Schwester zu beschützen?«, empörte sich der Abt.

Bischof Leodegar gab sich geduldig und seufzte. »Ich werde meinen Verwalter zu Gräfin Beretrudes Villa schicken und fragen lassen, ob Schwester Fidelma dort ist oder dort vorgesprochen hat. Mehr kann ich nicht tun.«

Abt Ségdae schaute Eadulf an, doch der gab sich geschlagen.

»Und falls er, wie ich vermute, eine abschlägige Antwort erhält?«

Der Bischof zuckte die Achseln. »Autun ist eine große Stadt. Es ist höchst unklug von einer fremdländischen Frau, hier nachts allein durch die Straßen zu ziehen; es gibt zu viele Diebe und Räuber.«

Kapitel 21

Der Lärm, den die Bewaffneten beim Hereinstürmen in das Kellergewölbe verursachten, weckte Fidelma. Die Krieger brüllten Befehle. Die Frauen wurden aus dem Schlaf gerissen und waren gänzlich verwirrt. Die Kinder begannen zu weinen, die Männer fluchten und drohten ihnen Strafen an, wenn sie nicht sofort still seien, wodurch alles nur noch schlimmer wurde. Valretrade war längst wach und zitterte in der Kühle des Morgens. Fidelma rieb sich den Schlaf aus den Augen und blickte hoch zum Fenster. Es beruhigte sie, dass es noch dunkel war, aber die Wachleute hatten Laternen bei sich. Immerhin, Verbas von Peqini war nicht unter ihnen.

»Stellt euch in einer Reihe auf«, ordnete einer der Krieger an. Fidelma glaubte in ihm den vierschrötigen Kerl zu erkennen, der am Abend zuvor zu den Gefangenen geredet hatte. Er hielt Ketten in der Faust, an denen Handschellen hingen. Die Ketten waren etwa drei Fuß lang.

»Was habt ihr mit uns vor?«, fragte eine Frau in Latein.

Der Wärter grinste böse. »Damit werdet ihr aneinandergefesselt. Falls ihr Pläne gemacht habt, einfach wegzurennen, das könnt ihr vergessen.«

Fidelma fasste Valretrade am Arm und zog sie in die Reihe. Auf Burgundisch und Latein wurden Anordnungen erteilt. Von Fidelma gedrängt, fragte Valretrade: »Werden wir auf Planwagen verladen?«

»Wagen für Sklaven! Wo gibt es denn so was?« Der Mann lachte. »Nein, meine Dame, ihr werdet hübsch zu Fuß zum Fluss wandern. Und von dort geht's mit einer lustigen Bootsfahrt weiter.«

Fidelma frohlockte innerlich. Das hieß, es würde sich eine Gelegenheit zur Flucht bieten, wenn sie durch die engen Straßen und Gassen der Stadt getrieben wurden. Nur die Handschellen würden hinderlich sein. Sie versuchte, die Vorgehensweise des Wächters zu ergründen, der eine Handschelle am rechten Handgelenk einer Frau befestigte und die andere Schelle um das linke Handgelenk einer anderen legte.

Sie begriff, dass er das nicht aufs Geratewohl tat. Er wählte jeweils eine stärkere und eine schwächere, die er aneinanderkettete. Der Kerl war nicht dumm. Unmittelbar vor ihr stand eine stämmige, robust aussehende Frau, die der Wärter gerade musterte. Fidelma setzte alles auf eine Karte.

»Ich möchte mit der hier zusammengeschlossen werden«, sagte sie, trat einen Schritt vor und zeigte auf die Frau.

Der Wächter starrte sie einen Moment an und lachte los, griff sich Valretrades Arm, die dicht hinter Fidelma stand, legte ihr eine Handschelle an und schnappte die andere um Fidelmas Handgelenk. »Du denkst wohl, es gelingt leichter, mit einer abzuhauen, die so kräftig ist, wie die da.« Hohntriefend fügte er hinzu: »Wer mit wem zusammengeschlossen wird, bestimme ich.« Und damit schob er sie in die Reihe.

Valretrade hatte nicht durchschaut, was vor sich gegangen war. »Warum wolltest du ausgerechnet an die gekettet werden?«, fragte sie flüsternd.

»Wollte ich nicht, ich musste vielmehr sichergehen, mit dir zusammengeschlossen zu werden. Der Wärter hat gezielt ausgesucht, wen er an wen koppelt; von sich aus hätte er uns womöglich nicht zusammengetan.«

Valretrade leuchtete das immer noch nicht ein.

»Er wollte vermeiden, dass zwei robuste und tatkräftige Frauen beieinander sind«, erklärte ihr Fidelma geduldig. »Ich musste ihn ablenken und tat deshalb so, als wollte ich mit einer Frau zusammengehen, die stämmig und energisch aussieht. Das verblüffte ihn, und er machte genau das, was ich bezweckt hatte. Er sah nur, dass du schmächtiger bist als die, auf die ich zeigte, und glaubte, meine Absicht zu vereiteln.«

»Und wie soll das unsere Aussicht zu fliehen, verbessern?« Unglücklich betrachtete Valretrade die eiserne Kette, die sie nun an den Handgelenken miteinander verband.

»Man wird uns durch die Stadt zum Fluss führen. Die Straßen sind eng.«

»Zumindest einige«, bestätigte die junge Nonne.

»Wir müssen zusehen, dass wir in die Mitte der Kolonne geraten. Vorn und hinten werden Wachposten gehen, und wir müssen möglichst weit weg von ihnen sein.«

»Ja, und dann?«

»Kennst du enge Gassen, die sich für einen Ausbruch besonders anbieten? Wir müssen rennen, was wir können, und so viel Vorsprung vor unseren Verfolgern gewinnen, dass Zeit zum Verstecken bleibt.«

Valretrade überlegte. »Das hängt davon ab, auf welcher Seite sie uns von der Villa wegführen. Ein paar günstige Gelegenheiten gibt es schon. Nur müsste es bald losgehen. Bei Tageslicht dürften wir kaum eine Chance haben.«

Wie auf ein Stichwort wurde die Tür aufgerissen, und Verbas von Peqini stand auf der Schwelle, breitbeinig, die Hände auf den Hüften. Sofort hatte Fidelma ihre Kapuze über den Kopf geworfen.

»Nun, wie weit seid ihr?«, rief er einem der Wärter auf Latein zu. »Ist alles fertig?«

»Alles bereit, Herr«, lautete die Antwort.

»Dann führt sie hinaus und stellt sie in einer Reihe auf. Vor Tagesanbruch will ich aus der Stadt sein.«

Die Wächter drängten die Frauen die Steinstufen hinauf und durch die Tür in den Seitengarten der Villa. Dreißig Frauen und sieben Kinder, eines davon noch ein Säugling, der auf dem Arm getragen wurde, waren jeweils zu zweit aneinandergekettet. Draußen wurden sie von weiteren Wächtern erwartet.

»Die Kinder nach vorn, alle anderen dahinter. Beeilt euch!«

Die Frauen begannen sich aufzustellen, und Fidelma und Valretrade schoben sich rasch in die Mitte der Kolonne, die sich bildete.

Man brachte Verbas ein Pferd. Er stieg auf und maß seine Untergebenen mit verächtlichen Blicken. »Jeder, der versucht zu fliehen, bekommt die Peitsche zu spüren«, rief er mit rauer Stimme. »Aufseher, falls eine nicht Latein versteht, sollen ihr die Mitgefangenen klarmachen, welche Strafe sie erwartet. Dass mir das in Ordnung geht! Ihr werdet euch jetzt rasch und lautlos bewegen. Verstanden?«

»Verstanden, Herr«, rief der Oberaufseher.

Verbas gab das Zeichen zum Aufbruch und ritt langsam durch das Seitenportal der Villa. Die Frauen aber wurden über das Kopfsteinpflaster durch die Straßen getrieben.

»Ich verlass mich auf dich«, flüsterte Fidelma ihrer Gefährtin zu. »Gib mir ein Zeichen, wenn wir uns der nächsten schmalen Gasse nähern. Dann müssen wir um unser Leben rennen.«

Valretrade nickte kaum merklich. Zwei Straßen hatten sie überquert und gerieten nun in ein Viertel mit vielen Seitenstraßen. »Weiter unten geht rechts ein schmaler Durchgang ab. Führt kreuz und quer durch ein Labyrinth, an manchen Stellen ist er so eng, dass kaum ein Mensch durchkommt.«

Fidelma ging dicht neben ihr und fasste sie bei der Hand. »Wir rennen beide los, wenn ich es sage«, flüsterte sie entschlossen.

»Beide zugleich!«, hauchte Valretrade.

Schon kamen sie im Halbdunkel dem Durchgang näher, zum Überlegen blieb keine Zeit. Sobald sie auf seiner Höhe waren, gab Fidelma das Signal: »Los!« Die beiden Frauen sprangen mit einem Satz in die düstere Gasse. Sie hielten sich angefasst, damit die Handschellen sie möglichst wenig behinderten. Dann rannten sie über das Katzenkopfpflaster, so schnell sie nur konnten. Hinter sich hörten sie wütendes Gebrüll und schrille Schreie.

Mitternacht war längst vorüber, als Bruder Chilperic endlich von seinem Erkundungsgang zurückkam und berichtete, der *major domus* in Gräfin Beretrudes Villa hätte ihm bestätigt, dass niemand Schwester Fidelma zu Gesicht bekommen habe. Der Art seiner Auskunft war zu entnehmen, dass der Hüter des Hauses sich nicht die Mühe gemacht hatte, seine Herrin zu fragen, sondern Bruder Chilperic am Tor der Villa kalt lächelnd abgefertigt hatte. Genau das hatte Eadulf befürchtet.

Abt Ségdae konnte ihn nur mit Mühe davon abhalten, selber zur Villa zu gehen. »Damit hilfst du keinem. Wenn es so ist, wie du vermutest, dass der *major domus* lügt und dass sogar Gräfin Beretrude ihre Hand im Spiele hat, dann bringst du nicht nur dich, sondern auch Fidelma in Gefahr.«

»Aber was können wir sonst tun?«, fragte Eadulf verzweifelt.

»Warten wir, bis der Tag anbricht. Im Licht der Morgensonne klärt sich vieles. Du brauchst ein paar Stunden Ruhe.«

»Wie soll ich jetzt Ruhe finden?«, murmelte Eadulf.

»Entspanne dich und meditiere. Nach der Morgenandacht teilen wir Bischof Leodegar mit, dass wir zur Villa gehen und darauf bestehen werden, Beretrude persönlich zu sprechen.«

Erst nach längerem Zureden, und selbst auch dann noch widerstrebend, willigte Eadulf ein, sich ins Gästequartier zu begeben. Ruhe finden konnte er so bald nicht, doch schließlich übermannte ihn der Schlaf. Als er erwachte, war es bereits hell, und eine Glocke läutete zur Morgenandacht.

Kaum waren Fidelma und Valretrade in die dunkle Gasse gerannt, drängten sich die anderen Frauen vor dem Durchgang zusammen, versperrten ihn mit ihren Leibern und hinderten die Wachposten, den Flüchtigen nachzusetzen. Blindwütig schlugen die Wächter mit ihren Peitschen auf die Menge ein. Verbas von Peqini brüllte sinnlose Befehle, und zwei von den Kerlen gelang es endlich, die Frauen beiseite zu stoßen und den beiden hinterherzujagen.

Fidelma und Valretrade liefen so rasch, wie es ihnen in der Dunkelheit und in dem engen Gang möglich war. »Weißt du, wo diese Gasse hinführt?«, keuchte Fidelma, als sie in ein Gewirr kleiner Quergänge gerieten.

»Ja. Es ist nicht mehr weit. Ich weiß, wo wir uns verstecken können.« Zielsicher trabte Valretrade durch die verschlungenen Pfade und engen Durchfahrten, bis Fidelma total die Orientierung verloren hatte und sich voll und ganz auf ihre junge Gefährtin verlassen musste. Plötzlich blieb sie vor einem Holztor in einer schwarzen Steinwand stehen, hauchte atemlos: »Geschafft!« und griff nach der Klinke. Knarrend ging das Tor auf. Valretrade glitt hinein und zog Fidelma hinter sich her. Sobald sie drinnen waren, legte sie den Sperrbalken vor.

Sie befanden sich auf einem kleinen Hof; ein paar Hühner gackerten aufgeschreckt, blieben aber sitzen, eine angepflockte Ziege jedoch schien ihnen die Ruhestörung zu verübeln.

»Da hinten ist ein Heuhaufen, lass uns dort erst mal verschnaufen«, flüsterte Valretrade.

Sie kauerten sich in die dunkelste Ecke, die vom Tor nicht einzusehen war. Das hätten sie keinen Augenblick später tun dürfen, denn schon hörten sie schwere Schritte und das Schnauben der Wächter, die hinter ihnen her waren. Sie lauschten bang, doch die Geräusche verklangen in der Ferne. Nun aber meckerte die Ziege, und die Hühner flatterten aufgeregt. Gleich darauf ging eine Tür auf, und ein kräftiger Mann trat in den Hof, in der einen Hand hielt er eine Laterne, in der anderen einen großen Schmiedehammer.

»Los, kommt raus, ihr Diebsgesindel«, rief er. »Nehmt euch in Acht, ich bin bewaffnet.«

Der Schein seiner Laterne streifte die Frauen in der Ecke, und er rief noch einmal: »Kommt raus, macht schon!«

Valretrade rührte sich als Erste. »Ageric – ich bin's«, sagte sie leise.

Der Mann kam auf sie zu und hob die Laterne. »Bei allen Heiligen! Valretrade?«

Im Nu packte sie ihn am Arm. »Schnell, lass uns ins Haus und lösch das Licht. Unsere Verfolger sind in der Nähe. Ich bringe eine Freundin mit«, flüsterte sie gehetzt.

Ohne ein weiteres Wort drehte er sich um und ging hinein, Valretrade und Fidelma folgten ihm, und er verriegelte die Tür.

»Wer ist da, Ageric? Was war los?« Aus dem Nebenraum tauchte eine Frau auf und blieb überrascht stehen, als sie die Gäste sah.

»Valretrade!« Beglückt schlang sie die Arme um das Mädchen. Als Valretrade sie gleichfalls umarmen wollte, bemerkte die Frau die Handschellen an ihr und wich erschrocken zurück. Der Mann hatte die Laterne auf den Tisch gestellt.

»Bei allem, was heilig ist!«, murmelte er. »Bist du aus der Abtei geflohen?«

»Ich erzähle euch alles später. Das hier ist Fidelma aus Hibernia«, sagte Valretrade. »Wir müssen Lateinisch reden, unser Burgundisch versteht sie nicht.« Und Fidelma erklärte sie: »Das sind meine Schwester Magnatrude und ihr Mann Ageric.«

»Tut mir leid, dass ich eure Sprache nicht beherrsche«, entschuldigte sich Fidelma.

Ageric gab sich Mühe, ihren Worten zu folgen. »Meine Frau und ich kommen mit Latein einigermaßen zurecht«, sagte er dann. »Es ist immer noch eine *lingua franca* zwischen den Leuten hier, früher war das ja eine Provinz des Römischen Reichs. Fast alle, die sich ein bisschen Bildung aneignen konnten, sprechen es mehr oder weniger gut.«

Fidelma atmete auf.

Mit besorgter Miene betrachtete Magnatrude ihre Gäste. Sie ähnelte Valretrade sehr stark, nur war sie fünf Jahre älter als ihre Schwester. Ihr dunkelhaariger Mann war ebenso alt wie sie, er war ein stämmiger Kerl mit muskelbepackten Armen und breiten Schultern. In seinem Wesen lag etwas Fröhliches, als hätte das Leben nur heitere Seiten für ihn.

»Was ist mit euch passiert? Weshalb seid ihr aus der Abtei weggelaufen? Warum haben sie euch Handschellen angelegt?«

Valretrade schüttelte den Kopf. »Jetzt alles zu erzählen, würde zu lange dauern, Schwester. Wahr ist jedenfalls, ich bin nicht aus der Abtei geflohen. Ich wurde ... wir wurden ... gefangen genommen und sollten als Sklaven verkauft werden. Wir beide konnten entkommen.«

Erstaunt platzte Ageric heraus: »Verkauft als Sklaven? Sklavenhändler haben doch nicht etwa die Abtei überfallen?«

Valretrade konnte nur schmerzlich lächeln. »Davon später. Jetzt sind erst einmal zwei Dinge wichtig. Kannst du uns von diesen Handschellen befreien, Ageric? Und habt ihr was zu essen und zu trinken im Haus? Wir erzählen euch die ganze Geschichte, während du arbeitest und wir essen.«

Magnatrude machte sich sofort daran, etwas Essbares herbeizuschaffen, und ihr Mann prüfte mit sachkundigem Blick die Fesseleisen.

»Das ist ein Kinderspiel«, meinte er, befühlte Kette und Schellen und verschwand nach nebenan.

»Ageric ist nämlich Schmied«, erklärte Valretrade.

»Und einer der besten in der Stadt«, ergänzte ihre ältere Schwester, die mit Apfelwein, Brot und Ziegenkäse zurückkam.

Während sie die Becher leerten, erschien Ageric mit einem Schlüsselbund in der Hand. »Ich muss nicht einmal die Schlösser aufbrechen und schon gar nicht die Kette durchsägen. Einer von diesen Dingern dürfte passen.«

Er setzte sich und probierte einen Schlüssel nach dem anderen. Derweil schilderte Valretrade, was ihnen widerfahren war. Sie labten sich noch an Brot und Käse, da lagen schon Kette und Handschellen auf dem Boden. Aus der Morgendämmerung war inzwischen heller Tag geworden, und das Gezwitscher der Vögel hatte aufgehört.

»Wenn Bischof Leodegar und Gräfin Beretrude mit in dem Komplott stecken, die Frauen als Sklaven zu verkaufen, an wen soll man sich dann halten, um Gerechtigkeit zu erwirken?«, überlegte Magnatrude laut.

»Euch bleibt nichts weiter übrig, als sich den Tag über hier zu verbergen, bei Nacht die Stadt zu verlassen und euch irgendwohin zu begeben, wo Beretrudes Arm und der ihrer Sippschaft nicht hinreicht und wo auch Leodegar keine Gewalt hat«, riet ihnen Ageric.

»Die Stadt verlassen, in der ich aufgewachsen bin?« Valretrade wies den Gedanken entschieden von sich. »Euch verlassen, meine nächsten Verwandten? Und was wird aus dem armen Sigeric? Nein, das ist kein Ausweg.«

Magnatrude schaute Fidelma an, die bisher wortlos zugehört hatte. »Du kommst aus Hibernia und gehst gewiss dorthin zurück. Wie wäre es, wenn du unsere Schwester mitnimmst? Ich habe gehört, es lässt sich dort gut leben. Vielleicht kann Sigeric später nachkommen.«

»Ich fürchte, es ist meine Pflicht, noch eine Weile in Autun zu bleiben«, erwiderte Fidelma verhalten.

»Wieso deine Pflicht?«, wollte Ageric wissen.

Ihnen zu erklären, dass sie eine *dálaigh* war, eine Anwältin im Rechtswesen ihres Volkes, und was das mit sich brachte, war reichlich schwierig.

»In der Abtei ist jemand, zu dem ich unbedingt Verbindung aufnehmen muss«, begann sie.

»Sigeric?«, fragte Valretrade eifrig.

»Nein, nicht Sigeric, jedenfalls nicht gleich. Ich muss Bruder Eadulf, meinen Gatten, benachrichtigen, aber es wäre sinnlos, selber zur Abtei zu gehen und ihn zu suchen. Dort schleichen zu viele Feinde herum. Man würde mich gefangen nehmen, noch ehe ich ihn zu Gesicht bekäme.« Fragend blickte sie zu Ageric. »Kennt man dich in der Abtei, Ageric?«

Der Schmied zuckte mit den Achseln. »Eigentlich nicht. Früher habe ich für den alten Abt gearbeitet, bevor Leodegar ans Ruder kam. Bin schon etliche Jahre nicht mehr dort gewesen. Meine Kundschaft habe ich nur in der Stadt.«

»Man würde dich nicht als Valretrades Schwager erkennen?«

»Ich bezweifle, dass dort überhaupt jemand etwas von unseren familiären Beziehungen weiß.«

»Es würde uns sehr helfen, Ageric, wenn du zur Abtei gehst, Bruder Eadulf ausfindig machst und ihm eine Nachricht überbringst. Aber es sollte möglichst kein anderer etwas davon mitbekommen.«

»Wenn man mich fragt, sag ich einfach, ich wollte mich erkundigen, ob sie in der Abtei Arbeit für einen Hufschmied haben«, schlug er vor.

»Gut so. Wenn du Eadulf allein sprechen kannst, sage ihm, er soll mit dir gehen, du würdest ihn zu mir bringen. Natürlich müsst ihr achtgeben, dass euch niemand folgt. Wenn du mit ihm nur in Gegenwart anderer reden kannst, sag ihm, du hättest gehört, Alchú würde ihn sehr vermissen und du müsstest ihn unter vier Augen sprechen. Merk dir den Namen ... Alchú. Er weiß dann, dass ich dich geschickt habe.«

Ageric wiederholte den Namen.

Valretrade gähnte, und auch Fidelma war nach den überstandenen Strapazen völlig erschöpft.

»Gestern Nacht haben wir kaum geschlafen. Es wäre schön, wenn wir uns eine Weile hinlegen könnten.«

Fürsorglich nahm Magnatrude ihre Schwester am Arm. »Legt euch erst einmal in unser Bett. Später wollen wir beratschlagen, wie es mit euch weitergehen soll.«

»Weiß jemand in der Abtei, dass Valretrade deine Schwester ist?« Fidelma machte sich Sorgen, Beretrude könnte sie im Haus der Schwester aufspüren.

»Es ist lange her, dass ich meine kleine Schwester das letzte Mal gesehen habe, und so gab es auch keinen Grund, mit jemandem über sie zu reden.«

Wieder musste Valretrade gähnen, sie war zum Umfallen müde. Beide Frauen schliefen fest, kaum dass der Schmied sich auf den Weg zur Abtei gemacht hatte.

Lange konnte Fidelma nicht geschlafen haben, als sie jemand grob an der Schulter rüttelte. Erschreckt fuhr sie hoch, das Herz schlug ihr sofort bis zum Hals. Valretrade kletterte schon aus dem Bett, während Magnatrude sich noch um Fidelma mühte.

»Gräfin Beretrudes Krieger kommen die Gasse herunter«, zischelte sie. »Wir haben keine Zeit zu verlieren. Rasch, folgt mir.«

Sie ging voran und führte sie in ein Gelass neben der Werkstatt. In einer Ecke bückte sie sich und zog eine Falltür auf. Schön hörten sie das Getrampel der Krieger draußen vor dem Tor.

»Schnell runter da«, flüsterte Magnatrude, »ins Kellerloch. Ein besseres Versteck habe ich nicht.«

Von draußen schrie eine grobe Stimme und verlangte Einlass.

Fidelma rutschte ins Dunkel der Vorratskammer und kroch zur Seite, um Valretrade Platz zu machen. Über ihnen wurde die Falltür zugeklappt, und um sie herum war es stockfinster. Außerdem war es kalt. Schwarz und kalt. Fidelma fröstelte nach dem raschen Wechsel vom warmen Bett in die eisige Finsternis.

Über der Falltür rumorte es; es klang, als würde Magnatrude schwere Gegenstände hin und her rücken, um den Zugang zu verdecken.

Nach wenigen Augenblicken schon hörten sie wieder die grobe Stimme und Magnatrudes Antworten.

»Meine Schwester? Die habe ich mindestens ein Jahr nicht mehr gesehen. Die ist doch Nonne oben in der Abtei. Warum sucht ihr sie nicht da?«

Die grobe Stimme erwiderte etwas.

Fidelma konnte dem Gespräch schwer folgen, obwohl es in Latein geführt wurde. Alles klang dumpf in ihrem Versteck.

Von oben hörten sie Schritte, offensichtlich durchsuchten die Krieger Haus und Hof. Dann kamen die Stimmen ganz nahe und waren deutlich zu verstehen. Fidelma biss die Zähne zusammen und war darauf gefasst, dass die Falltür entdeckt wurde. Plötzlich erkannte sie die Stimme eines der Sprecher und zuckte zusammen. Es war Verbas von Peqini. Sie war froh, dass er sich mit Beretrudes Leuten in Latein verständigte, so konnte sie verstehen, was er sagte. Verbas war höchst unzufrieden.

»Das bedeutet, es gibt noch mehr Verzögerung«, beklagte er sich. »Hätte mir Gräfin Beretrude doch nur gesagt, dass eine der Gefangenen diese Fidelma von Cashel ist! Ich kenne die verschlagene Füchsin. Die hätte ich mir ganz besonders vorgenommen.«

Jemand hüstelte verlegen und sagte mit heiserer Stimme: »Woher sollte die Gräfin wissen, dass ihr die Fremdländische kennt, Herr?«

»Wie dem auch sei. Es geht nicht anders, ich muss abreisen. Soll Beretrude zusehen, dass diese Unruhestifterin umgebracht oder wieder gefasst wird. Ich hätte das lieber selber gemacht, aber mein Schiff liegt auf dem Fluss vor Anker und wartet darauf, abzulegen. Bis hinunter zum Südmeer zu segeln, dauert viele Tage. Ich kann hier nicht ewig warten.«

»Eine Ladung Sklaven bringt doch schönes Geld, Herr, da lohnt es sich schon zu warten, bis diese Weiber wieder gefasst sind.«

»Deine Herrin kann sich nicht beschweren, die hat ein gutes Geschäft gemacht«, brummelte Verbas von Peqini. »Nein, einen längeren Aufschub kann ich mir nicht leisten.«

Seine Stimme verhallte, und man konnte vermuten, dass sich die Krieger auf den Ausgang zubewegten. Den Eingeschlossenen kam es wie eine Ewigkeit vor, bis sie Magnatrudes Ruf vernahmen. »Die sind alle weg. Ist alles in Ordnung mit euch?«

»Uns ist kalt, und stockfinster ist es hier auch«, rief Valretrade zurück.

»Tut mir leid, aber eine Weile müsst ihr noch ausharren, man kann nie wissen, ob die noch einmal auftauchen. Ich lasse euch hochkommen, sobald ich es für sicher halte.«

Eine solche Vorsichtsmaßnahme konnte Fidelma nur gutheißen.

»Lass uns raus, sobald es geht«, rief Valretrade. Sie fror erbärmlich und konnte dem Versteck nichts Trostreiches abgewinnen.

Es verging noch eine gute Stunde, dann kam Magnatrude wieder, es rumpelte und polterte über ihnen. Sie räumte fort, was fortzuräumen war, zog die Klappe auf und half den beiden aus dem engen Gelass heraus.

»Das war Rettung in der Not«, lobte Fidelma sie dankbar und reckte und streckte ihre steif gewordenen Glieder.

»Zum Glück hat dieses Haus ein Obergeschoss, und von dort sah ich schon von Weitem, wie die Kerle in unsere Gasse einbogen«, erzählte ihnen Magnatrude und griente schadenfroh.

Valretrade zitterte immer noch, mehr wegen der feuchten Kälte in dem Vorratskeller als aus Angst, die ihr in den Knochen steckte.

»Sind sie wirklich weg?«, flüsterte sie.

»Natürlich. Aber erst haben sie hier alles auf den Kopf gestellt.« Magnatrude wurde blass.

»Was ist mit dir?«, fragte Fidelma besorgt.

»Die Handschellen!« Mit vor Schreck geweiteten Augen blickte sie sich in der Werkstatt um. »Was, wenn …? Argeric hat die hier irgendwo gelassen.«

Fidelma wies mit dem Finger auf eine Stelle an der Wand und lachte. »Wie heißt es doch so schön? Das beste Versteck ist, wenn man etwas offen liegen lässt.«

In eine Wand seiner Werkstatt hatte der Schmied Nägel und Haken eingeschlagen, an denen Ketten und allerlei Werkzeuge hingen. Dort hatte Ageric auch die Schellen und die Kette hingehängt, von denen er Fidelma und Valretrade befreit hatte. Das Zeug baumelte da für jedermann sichtbar, so dass es den Männern des Suchtrupps nicht sonderlich aufgefallen war, weil sie es für Zubehör der Schmiede hielten.

»Sorge dich nicht, Magnatrude. Lass erst mal Eadulf hier sein, dann fallen wir euch nicht länger zur Last und ihr müsst nicht mehr vor Beretrude auf der Hut sein.«

Magnatrude schüttelte den Kopf. »Nicht vor Beretrude habe ich Angst. Um Valretrade fürchte ich. Sie ist die Einzige aus meiner Familie, die mir geblieben ist. Ich würde alles tun, um sie zu beschützen.«

»Es heißt, Beretrude hätte das zweite Gesicht«, warf Valretrade immer noch verängstigt ein. »Wie wäre sie sonst darauf gekommen, ihre Krieger gerade hierher zu schicken?«

»Das zweite Gesicht?«, fragte Fidelma tadelnd. »Du solltest dich schämen, als Glaubensschwester solchem Gerede anzuhängen. Beretrude hat gewusst oder man hat es ihr hinterbracht, dass Magnatrude deine leibliche Schwester ist. Das bedarf wirklich keiner übersinnlichen Kräfte. Wahr ist allerdings, dass sie über alles hinreichend Bescheid weiß.«

»Ich habe nur mit meinen engsten Freunden, mit Sigeric und Ingindc, darüber geredet.«

»Mit Schwester Radegund nicht?«

»Radegund ist die Oberkämmerin, und der habe ich es gesagt«, gestand die junge Nonne kleinlaut. »Sie ist Beretrudes Nichte. Hätte ich mir ja denken können.«

Magnatrude führte sie zurück in den Wohnraum und gab jeder eine Schale heißer Brühe.

»Gräfin Beretrude soll überall ihre Späher und Zuträger haben. Sie verfügt über große Macht. Ist mächtiger als ihre Söhne.«

»Ihre Söhne? Ach, du schließt auch den jüngeren Sohn mit ein, den sie schon im Kindesalter weggegeben hat. Guntram hat mir davon erzählt«, sagte Fidelma.

»Guntram ist der älteste Sohn und eigentlich der oberste Herr der Provinz. In Wirklichkeit ist es aber Beretrude, die im Lande herrscht«, erläuterte Magnatrude.

»Und was ist aus dem anderen Sohn geworden?«

»Was aus ihm geworden ist, weiß niemand so recht. Er wurde in ein Kloster gesteckt, als er noch ein Kind war.«

»Kannst du mehr darüber berichten, wie das damals war?«, drängte Fidelma.

»Gundobad hieß er, glaube ich. Die Leute sagen, er war sieben Jahre alt, als man ihn in ein Kloster abschob. Seine Mutter wollte ihn los sein. Ihre ganze Zuneigung soll nur Guntram gegolten haben, denn er war der Erbe der Grafschaft Burgund. Am Ende hat sie ihn so verwöhnt, dass er faul und träge wurde.«

Magnatrude hätte ihnen gern noch mehr von der Fleischsuppe aufgedrängt, doch das Schlafbedürfnis der beiden Frauen war übermächtig.

»Hoffentlich kommen Ageric und Eadulf bald«, klagte Fidelma und beneidete Valretrade, die wieder eingeschlafen war. Sie selbst konnte trotz ihrer Müdigkeit kein Auge zutun. Ständig kreisten ihre Gedanken um Eadulf. Irgendwann musste auch sie eingeschlummert sein, denn Eadulfs Stimme, der besorgt nach ihr fragte, riss sie hoch.

»Euch ist wirklich niemand von der Abtei gefolgt?«, erkundigte sie sich nach der ersten überschwänglichen Begrüßung.

»Wir haben Vorsicht walten lassen. Niemand hat gesehen, dass ich mit Ageric gesprochen habe, außer Abt Ségdae, den ich ins Vertrauen zog. Zudem hatten wir Glück. Wir wollten gerade aufbrechen, um nach dir zu suchen, da kam Ageric und fragte nach Bruder Eadulf.«

»Ségdae weiß also, wo wir sind?«

»Als du gestern bei Einbruch der Nacht nicht zurück warst, bin ich zu Ségdae gegangen und habe ihm erzählt, was du vorhattest. Wir haben Abt Leodegar aufgesucht und verlangt, er solle mit uns gemeinsam zu Beretrude gehen und nachfragen, ob du in der Villa bist. Er hat sich aber geweigert und Bruder Chilperic losgeschickt, dem am Tor bereits mitgeteilt wurde, niemand habe dich dort gesehen.«

Fidelma verzog das Gesicht. »Beretrude macht sich eines Verbrechens schuldig, sie verkauft Angehörige der *domus feminarum* in die Sklaverei. Wenigstens kann ich jetzt klären, wie das vor sich gegangen ist.«

»Sie verfügt über eine große Schar Krieger«, warnte Eadulf, den ihre Feststellung nicht überraschte. »Was hast du vor?«

»Sind Ségdae und seine Leute noch in der Abtei?«

»Ich habe ihn gebeten, dort zu bleiben und zu niemandem etwas zu sagen, bis ich mit dir gesprochen habe. Ich würde ihn dann wissen lassen, was zu tun sei.«

»Hast du die Antwort auf meine Frage gefunden?«

»Über Benén mac Sesenén?« Eadulf wunderte sich, wie rasch sie das Thema wechselte. »Oh ja. Deine Vermutung war richtig, er hatte noch einen lateinischen Namen.«

»Sein lateinischer Klostername war Benignus, nicht wahr?«

Eadulf stutzte einen Moment, ehe er bestätigte: »Stimmt.«

Bedächtig wiegte Fidelma den Kopf. Alles schien zueinanderzupassen.

»Bischof Leodegar – wie hat er eure Nachricht über mein Verschwinden aufgenommen? War er besorgt – oder meinst du, er hat gewusst, was sich in der Villa abspielt?«

Eadulf überlegte kurz. »Er versteht es gut, seine Gefühle zu beherrschen. Wahrscheinlich machte er sich mehr Gedanken darüber, wie Nuntius Peregrinus sich verhalten würde, wenn er erführe, du seist plötzlich verschwunden. Doch genug der Fragen. Erzähl mir erst einmal, was dir zugestoßen ist.«

Sie schilderte ihm so gedrängt wie möglich, was sie erlebt hatte. Als sie Verbas von Peqini erwähnte, verfinsterte sich seine Miene.

Dann kam sie zu dem, was sie vorhatte: »Ich bin in meiner Bewegungsfreiheit eingeschränkt, Eadulf, und muss mich ganz und gar auf dich verlassen. Heute Nacht muss ich im Schutze der Dunkelheit unbemerkt in die Abtei gelangen. Abgesehen von Abt Ségdae und seinen Begleitern, wissen wir nicht, wer dort Freund und wer Feind ist. Wir müssen auf alles gefasst sein.«

Entschuldigend blickte sie zu Valretrade, denn bisher hatte sie mit Eadulf Gälisch geredet, wie sie es immer taten, wenn sie unter sich waren. »Ich denke, wir können uns darauf verlassen, dass uns Bruder Sigeric unterstützt.«

Bei der Nennung des Namens schaute Valretrade auf. »Sigeric? Ist ihm etwas zugestoßen?«, fragte sie auf Latein.

Eadulf beruhigte sie. »Er ist wohlauf, vergeht aber fast vor Kummer um dich.«

»Morgen früh will ich den Versuch unternehmen, all die düsteren Vorkommnisse aufzuklären«, sagte Fidelma.

»Bereits morgen früh?«, fragte Eadulf verwundert. »Bis dahin soll alles klar sein?«

»Ja, einige Dinge vorausgesetzt: Zuallererst musst du zur Abtei zurückkehren und Abt Ségdae ins Bild setzen. Sobald es dunkel ist, muss er mich in die Abtei schmuggeln. Valretrade kommt mit mir. Außer Ségdae darf niemand etwas von unserer Rückkehr erfahren. Du aber wirst dir ein Pferd beschaffen und zu Chlothar reiten. Du musst ihn mitsamt seinen Kriegern in die Abtei bringen, ohne dass jemand etwas merkt. Und gib acht, dass Guntram mitkommt.«

»Fünfzig Krieger? Wie sollen die unbemerkt in die Stadt einziehen und dann noch in die Abtei?«

»Dabei wird Bruder Sigeric eine wichtige Rolle spielen. In den Teil des Plans musst du Chlothar besonders gründlich einweihen. Setz dich auch gegen Ebroin durch. Ich bin sicher, er wird allerlei Einwände haben. Er mag dem König vollkommen ergeben sein, aber Feingefühl ist seine Sache nicht.«

»Also, was habe ich zu tun?«

»Wie du weißt, liegt die Abtei in der Südwestecke der Stadt und grenzt an die Stadtmauer. Du erinnerst dich doch, dass Sigeric uns von dem unterirdischen Gang erzählt hat, der von den Gewölben unter der Kapelle ins Freie führt. Die Tür, durch die man von der Stadtmauer aus in den Gang hineinkommt, lässt sich nur von innen öffnen. Ich werde Sigeric bitten, sie noch vor dem Morgengrauen aufzumachen. Du schaffst Chlothar und seine Mannen genau an diese Stelle. Wirst du sie finden?«

»Das schon, wenn Sigeric sie mit einer Laterne genau bezeichnet.«

»Guter Hinweis. Das soll geschehen.«

»Aber woher bekomme ich ein Pferd, um zu Guntrams Festung zu reiten?«

»Ageric, hast du ein gutes Pferd?«, wandte sich Fidelma an den Schmied. »Oder weißt du, wo sich eins auftreiben lässt?«

»Mein Bruder ist auch Hufschmied, und er hat Pferde. Seine Schmiede liegt vor der Stadt an der Straße zu Guntrams Festung.«

»Wie weit ist es bis dahin?«

»Nur geradeaus nach Südwesten, da wo der Wald beginnt. Gut zu erreichen, ein kurzer Fußmarsch nur. Clodomar heißt mein Bruder.«

Zufrieden sah Fidelma zu Eadulf. »Da hätten wir schon ein Quäntchen Glück. An Clodomars Schmiede sind wir vorbeigekommen. Du erinnerst dich, wo das war?«

Er nickte, und sie redete weiter mit Ageric, der sie erwartungsvoll anschaute. »Deinem Bruder kann man doch ein Geheimnis anvertrauen, oder?«

»Ist schließlich mein Bruder«, erwiderte Ageric. »Aber ich werde deinen Freund begleiten und dafür sorgen, dass alles glattgeht.«

»Es ist ganz entscheidend, dass du mit Chlothar noch vor der Morgendämmerung an der Tür in der Stadtmauer bist«, schärfte sie Eadulf ein. »Sobald ihr in dem Gang seid, wird euch Sigeric durch die Nekropolis zur Kapelle geleiten. Das muss genau zu dem Zeitpunkt geschehen, wenn sich alle zur Morgenandacht versammelt haben. Die Krieger sind darauf einzuschwören, sich notfalls auch mit Gewalt zu behaupten.«

»So ganz durchschaue ich dein Vorhaben nicht,« gestand Eadulf, »aber ich werde Chlothar alles übermitteln, darauf kannst du dich verlassen.«

Fidelma machte eine um Verständnis bittende Geste. »Was ich plane, ist Folgendes: Die Morgenandacht wird sowohl von den Mönchen als auch von den Nonnen der Abtei besucht. Bei dieser Gelegenheit gedenke ich, das Geheimnis zu lüften, das alle umfängt. Ich werde die Kapelle als Gerichtssaal nutzen und dort sprechen, so wie ich es zu Hause vor den Brehons mache. Zuvor werde ich Valretrade bitten, mir den Ort zu zeigen, an dem sie überwältigt und entführt wurde. Denn in dem Sarkophag hoffe ich noch ein Beweisstück zu finden. Kannst du mir soweit folgen?«

»Was aber, wenn Bischof Leodegar dir nicht erlaubt, in der Kapelle zu reden?«

»Er wird nicht umhinkönnen, denn ich werde Nuntius Peregrinus in meine Überlegungen einweihen. Leodegar kann mir nicht vor allen verbieten, meine Darlegungen vorzutragen, denn er selbst hat mir den

Auftrag erteilt, in dieser Sache zu ermitteln. Der König wird anwesend sein, und auch er wird hören wollen, was meine Nachforschungen ergeben haben. Noch wichtiger aber ist, dass seine Krieger einschreiten, falls jemand mein Vorhaben vereiteln will.«

»Dennoch, es kann auch schiefgehen«, meinte Eadulf skeptisch.

»Nicht, wenn jeder den ihm zugedachten Part gut spielt.« Zuversichtlich schaute sie in die Runde.

»Machen wir uns also an die Arbeit«, ermunterte sie die Anwesenden. *»Audentes fortuna iuvat.* Das Glück ist den Wagemutigen hold, und wir müssen es wagen. Morgen früh, wenn alles gutgeht, können wir den Vorgängen ein Ende bereiten, die diese Stadt und die Abtei in Angst und Schrecken versetzt haben.«

Kapitel 22

Der Morgen dämmerte, als Fidelma und Valretrade in Begleitung von Abt Ségdae und den anderen Gesandten aus Hibernia die Kapelle betraten. Erstaunte und auch erzürnte Blicke der Mönche folgten ihnen auf ihrem Weg nach vorn, wo sie Platz nahmen. Empörtes Raunen machte sich breit. Ähnlich lautstarkes Missfallen wurde auch hinter der Trennwand geäußert, wo Audofleda mit ihren Nonnen saß.

Einen kurzen Moment fragte sich Fidelma, was wohl in den Köpfen der Äbtissin und Schwester Radegunds vorgegangen sein mochte, als sie Fidelma und Valretrade erblickten. Sie würde es bald wissen.

Jetzt kamen Bischof Leodegar und Bruder Chilperic; sie würden die Morgenandacht abhalten. Der Bischof wandte sich zum Altar und war im Begriff, die Andacht zu eröffnen. Er schien die Unruhe um sich herum nicht wahrzunehmen, stutzte dann aber doch und drehte sich verärgert zur Gemeinde um. Im gleichen Augenblick erschallte eine schrille Frauenstimme: »Das ist verboten!«

Äbtissin Audofleda war aufgestanden, so dass sie jedermann hinter der Trennwand sehen konnte. Mit ausgestrecktem Arm zeigte sie auf Fidelma und Valretrade.

Bischof Leodegars Blick ging in die Richtung, in die sie wies. Der Kiefer klappte ihm herunter, als er Fidelma und Valretrade erkannte.

»Wie soll ich das verstehen? Du hier, Fidelma von Cashel? Man hat mir gesagt, du wärest verschwunden, Bruder Eadulf und Abt Ségdae wollten mich sogar auf die Suche nach dir schicken. Und was hat die andere Frau da unter den Brüdern zu suchen, wo doch ...«

»Die beiden entweihen unsere Kapelle, setzen sich frech auf die allein für die Brüder vorgesehenen Plätze«, unterbrach ihn Äbtissin Audofleda.

Bischof Leodegar geriet außer sich. »Ich verlange eine Erklärung, Schwester Fidelma. Erst bist du verschwunden, und nun tauchst du plötzlich aus der Versenkung auf. Und neben dir eine Frau, wo du genau weißt, dass in dieser Abtei Mönche und Nonnen getrennt leben und dass es keinem Weib gestattet ist, dort zu sitzen. Dir allein habe ich den Aufenthalt im Kloster zugestanden.«

Fidelma legte Valretrade bestärkend eine Hand auf die Schulter. »Ich will es erklären. Ich wollte es eigentlich erst nach dem Morgengebet tun, aber wenn du jetzt Wert darauf legst, bitteschön. Ich bin hier erschienen, und zwar mit Zeugen, um das Geheimnis hinter den Vorgängen, die sich in deiner Abtei abgespielt haben, zu lüften. Ich erbitte deine Vollmacht, das tun zu dürfen, Bischof Leodegar.«

»Ich kann nicht zulassen ...«, stammelte er, doch Abt Ségdae schnitt ihm das Wort ab. Er hatte sich erhoben und erklärte: »Als ranghöchster Gesandter von Hibernia kann ich bezeugen, dass du Fidelma von Cashel und Bruder Eadulf beauftragt hast, den Mord an Abt Dabhóc zu untersuchen und abschließend vorzutragen, wen sie für schuldig halten.«

Inzwischen hatte sich Nuntius Peregrinus zu Abt Ségdae gestellt, und unmittelbar neben ihm stand sein ständiger Schatten, der verbissen dreinschauende *custos*.

»Als Emissär des Heiligen Vaters in Rom«, sprach der Nuntius, »erinnere ich dich an die von dir erteilte Vollmacht. Gleich mir sind anwesend Bischof Ordgar von Kent und Abt Cadfan von Gwynedd, die nicht weniger begierig sind als du, Schwester Fidelmas Ausführungen zu hören. Ich mache dich darauf aufmerksam, dass du irrst, wenn du sagst, du könntest ihre Rede nicht zulassen.«

Bischof Leodegar fühlte sich in die Enge getrieben, konnte sich aber dennoch zu keinem Entschluss durchringen.

»Auch wir möchten hören, was Fidelma von Cashel zu verkünden hat«, rief einer der Delegierten, Abt Herenal von Bro Erech, und erhielt lautstarke Unterstützung aus der Menge.

Bruder Chilperic flüsterte Leodegar etwas zu, woraufhin der ein langes Gesicht machte. Doch ehe er etwas sagen konnte, mischte sich erneut Äbtissin Audofleda ein.

»Fidelma ist eine Verschwörerin, die mit Vorbedacht unsere Morgenandacht stören will.«

»Das ist eine törichte Behauptung; damit soll nur verhindert werden, dass die Wahrheit zu Gehör gebracht wird. Mit welchem Recht sagt sie das?«, fragte Fidelma.

Neben der Äbtissin war über der Trennwand plötzlich ein weiterer Kopf aufgetaucht. »Das Recht dazu hat sie dank meiner Vollmacht«, ertönte eine Frauenstimme; die Person riss sich die Kapuze vom Kopf und gab sich für die Mehrheit der erschrockenen Gemeinde als Gräfin Beretrude zu erkennen. Am meisten aber erregte ihre Anwesenheit Bischof Leodegar.

»Gräfin Beretrude, hier geht es um geistliche Verantwortlichkeiten.« Er rang nach Luft. »Deine Meinungsäußerung in Ehren, aber du kannst nicht ...«

»Ich kann nicht?«, schnitt sie ihm mit drohender Stimme das Wort ab. »Du weißt um meine Macht in der Stadt und im Land Burgund, Leodegar. Sollte es daran Zweifel geben, dann werde ich sie euch zeigen.« Sie klatschte zweimal in die Hände.

Ein Dutzend Mönche, die am Rande der Kapelle gestanden hatten, warfen die Kutten ab, entpuppten sich als Krieger und drängten nach vorn. Alle hielten ein Schwert in der Hand. Im Nu herrschte Chaos.

Fidelma lächelte dem besorgt dreinblickenden Abt Ségdae beruhigend zu. Das alles kam für sie nicht unerwartet. »Keine Angst«, flüsterte sie. »Jeden Moment ist Hilfe da.«

»Bist du jetzt gewillt, dich meiner Macht zu beugen, Bischof Leodegar?«, fragte Gräfin Beretrude laut.

»Nein, vielmehr wirst du dich meiner beugen«, erschallte eine kalte Männerstimme.

Langsam schritt der junge König Chlothar, gefolgt von Ebroin, Eadulf und Sigeric durch den Mittelgang zum Hochaltar. Hinter der Gruppe spazierte etwas gelangweilt Graf Guntram herein, flankiert von zwei von Chlothars Kriegern. Bischof Leodegar und Bruder Chilperic erstarrten und waren unfähig, auf den weiteren Gang der Ereignisse Einfluss zu nehmen.

Fidelma schaute sich um. Chlothars gut gerüstete Männer, die aus allen Nischen der Kapelle zu strömen schienen, hatten die zwölf Krieger von Beretrude bereits entwaffnet. Die wenigen, die sich zur Wehr gesetzt hatten, lagen leblos am Boden. Es herrschte ohrenbetäubender Lärm, doch Ebroin schaffte Ordnung. Er trat vor und stieß seinen Amtsstab kräftig auf den Steinfußboden.

»Ruhe!«, gebot er. »Ruhe! Huldigt eurem Herrscher Chlothar, dem dritten seines Namens, der das Haus der Merowinger regiert. Heil dir, Chlothar! Heil unserem rechtmäßigen König!«

Es gelang ihm, die Menge zu beschwichtigen. Er bedeutete seinen Leuten, alle Ausgänge zu sichern. Nicht ohne Genugtuung wandte er sich dann Bischof Leodegar zu.

»Mit deiner Erlaubnis werden wir die Holzwand dort entfernen, die

die Frauen von uns trennt. Ich gehe gewiss sicher in der Annahme, dass Gräfin Beretrude sich ebenfalls unter die Gemeinde mischen möchte.«

Ohne Bischof Leodegars Zustimmung abzuwarten, winkte er einigen Kriegern zu, die sich rasch ans Werk machten und die Holzgitter abbauten. Gemurmel aus der Menge begleitete ihre Arbeit. Beretrude hatte sich nicht vom Fleck gerührt, das Gesicht eine verzerrte Maske und kreidebleich, neben ihr Äbtissin Audofleda mit gesenktem Kopf.

Der junge König stand mit ineinander verschränkten Armen vor dem Hochaltar und schaute ernst auf die Versammelten. Einer nach dem anderen fiel in erwartungsvolles Schweigen. Schließlich drehte er sich zu Bischof Leodegar um.

»Ein Stuhl wäre mir höchst willkommen, Bischof. Wir dürften eine Menge zu hören bekommen, und ich bin seit etlichen Stunden auf den Beinen.«

Geflissentlich schaffte Bruder Chilperic einen Stuhl herbei und stellte ihn so vor den Altar, dass der König sich der Gemeinde zugewandt setzen konnte.

»Wir werden im Folgenden bei Latein als unserer *lingua franca* bleiben, zumal allen hier Versammelten diese Sprache nicht fremd ist«, verkündete er. »Bist du bereit, mit deinen Ausführungen zu beginnen, Fidelma von Cashel?«

Fidelma trat einen Schritt vor, verneigte sich kurz vor Chlothar und wandte sich der Gemeinde zu. »Ich bin bereit, Majestät«, erwiderte sie und flüsterte Eadulf, der nicht weit von ihr entfent stand, zu: »Gut gemacht. Du siehst, dem Wagemutigen steht das Glück zur Seite.«

»Ich halte es mehr mit einem anderen Spruch: ›Der richtige Zeitpunkt macht Geschichte‹«, entgegnete er lakonisch.

Rasch raunte sie noch Bruder Sigeric, der sich neben Eadulf eingereiht hatte, ins Ohr: »Du kannst dich zu Valretrade stellen.«

Freudig tat der junge Mann, wie ihm geheißen; Valretrade und Sigeric fassten sich bei den Händen, und ihre strahlenden Gesichter waren beredtes Zeugnis ihrer inneren Bewegung.

»Nimm das Wort, Fidelma«, forderte der König sie auf.

In all den Jahren, in denen Fidelma ihre Fälle vor den Brehons der fünf Königreiche hatte darlegen müssen, hatte sie einiges über Rhetorik gelernt. Mit leicht gesenktem Kopf stand sie schweigend da und wartete, bis in der Kapelle absolute Stille herrschte. Dann begann sie mit leiser Stimme und wurde langsam und mit Bedacht laut und deutlich.

»Ich kam an diesen Ort, um einem Konzil beizuwohnen. Ich tat das auf Geheiß des Abts und obersten Bischofs in meines Bruders Königreich Muman, das eines der fünf Königreiche des Landes ist, das ihr Hibernia nennt. Ich sollte Abt Ségdae als Ratgeberin zur Seite stehen, soweit die im Konzil zu erörternden Fragen Gesetze unseres Landes berührten. Begleitet wurde ich von Bruder Eadulf, meinem Ehemann, der in meinem Volk wohlbekannt ist, denn auch er ist ein *gerefa* ...« Sie machte eine Pause. »Unmittelbar nach unserer Ankunft trat Bischof Leodegar aufgrund der Fürsprache von Abt Ségdae, dem zu der Zeit bereits ranghöchsten Gesandten aus Hibernia, mit der Bitte an uns heran, einen Todesfall, der sich hier ereignet hatte, zu untersuchen. Im Gemach des angelsächsischen Bischofs Ordgar aus Canterbury hatte man Abt Dabhóc ermordet aufgefunden; im gleichen Zimmer hatten sich zu dem Zeitpunkt auch Ordgar und Abt Cadfan von Gwynedd aufgehalten. Dem Anschein nach lag der Fall klar. Man erwartete von uns eine Entscheidung, wer von den beiden – Ordgar oder Cadfan – das Verbrechen begangen hatte. Doch ganz so einfach war die Sache nicht.«

»Es handelt sich außer Frage um eine einfache Entscheidung«, warf Bischof Leodegar empört ein. »Einer von den beiden ist schuldig. *Vel caeco apparet!*«

Eine unwirsche Handbewegung des Königs brachte ihn zum Schweigen. Über Fidelmas Gesicht huschte ein böses Lächeln.

»Bischof Leodegar meint, der Fall wäre selbst für einen Blinden offensichtlich. Doch lasst uns der Wahrheit auf den Grund gehen. Es stellte sich bald heraus, dass es noch andere Dinge gab, die in Betracht zu ziehen waren. Genau genommen handelte es sich um drei Dinge, die mehr oder weniger miteinander verwoben waren.«

»Majestät, ich bitte um Gehör«, rief Gräfin Beretrude, die zu ihrer Selbstsicherheit zurückgefunden hatte, laut dazwischen. »Ich bin hierhergekommen, weil man mir zugetragen hat, dass diese Frau womöglich die braven Schwestern unserer Abtei und weitere Personen – sogar *mich* – beschuldigen würde, Verbrechen begangen zu haben. Ich spreche für die Burgunden in unserem Gebiet. Ich vertrete mit meiner Person das Gesetz unseres Volkes. Die Frau da ist keine der Unseren. Ihr steht es nicht zu, über uns zu Gericht zu sitzen. Man muss ihr verbieten, Urteile zu fällen, die den einen oder anderen von uns schuldig sprechen. Sie ist eine Fremdländische hier ohne Rang und Verfügungsgewalt.«

Chlothar sah sie bedauernd an.

»Soviel ich weiß, Beretrude von Burgund, ist dein Sohn Guntram, der neben mir steht, der Gebietsherr hier; er regiert in meinem Auftrag und nach dem Recht der Franken. Wessen Recht glaubst *du* vertreten zu dürfen?«

Verstört trat Guntram neben dem König von einem Fuß auf den anderen. »Gib Ruhe, Mutter«, sagte er peinlich berührt. »Schwester Fidelma spricht im Auftrag des Königs und ... und mit meiner gnädigen Erlaubnis als Gaugraf von Burgund.«

»Damit ist dein Einwand beantwortet, Gräfin«, fügte Chlothar kalt hinzu. »Beuge dich deinem Gaugrafen und deinem König.«

Gräfin Beretrudes Mund verkrampfte sich zu einem dünnen Strich, ihr Gesicht war hochrot vor Scham und Wut.

Fidelma wartete erneut, bis sich die Unruhe in der Kapelle gelegt hatte.

»Ich bin mir durchaus bewusst, dass ich lediglich darstellen kann, wie die Dinge liegen. Zu sagen, ob der Tatbestand eure Gesetze verletzt oder nicht, steht mir nicht zu. Ich weiß nur, dass er gegen die Gesetze in unserem Land verstoßen würde, aber schließlich hat jedes Volk seine eigenen Gesetze und seine eigenen Sitten. Das, was ich sage, zu beurteilen, muss ich denen überlassen, die für die Rechtsprechung in diesem Land zuständig sind. Sie werden Gerechtigkeit üben, wie sie hier Brauch ist.«

Aus den Reihen der Mönche kam zustimmendes Gemurmel.

»Wir nehmen das sehr wohl zur Kenntnis, Fidelma von Cashel«, bestätigte ihr der König. »Fahre also fort. Du sagtest gerade, es gäbe drei Dinge, die der Offenlegung bedürften.«

»Ich möchte mit einer Sache beginnen, bei der es an Beweisen nicht mangelt und für die ich mehrere Zeugen habe, die bestätigen können, dass ich die Wahrheit sage. Es geht um Vorgänge, die den Sklavenhandel berühren.«

Bischof Leodegar beugte sich vor. »Es gibt kein Gesetz, welches das Halten, Kaufen oder Verkaufen von Sklaven in unserem Land verbietet«, beeilte er sich zu sagen.

Fidelma drehte sich zu ihm um. »Das habe ich selbst zu spüren bekommen. In meinen Augen ist Sklavenhandel eine zutiefst verabscheuungswürdige Sache, und mein Volk sieht das ebenso. Aber ich muss akzeptieren, dass er nach eurem Recht und Brauch legal ist. Doch Freigeborene zu entführen und sie in die Sklaverei zu verkaufen, scheint mir sogar unter der hiesigen Gesetzgebung ein fragwürdiges Unterfangen. Ich selbst wurde vor zwei Tagen entführt und wäre um ein Haar auf einem Sklavenmarkt verkauft worden ...«

Diesmal war es Äbtissin Audofleda, die sich einmischte.

»Eine Freigeborene magst du sein, aber du bist eine Fremdländische, und als solche fällst du nicht unter unser Gesetz. Wenn dich Sklavenhalter entführt haben, dann musst du die uns schon hierher beordern.«

»Mit dem Unterschied zwischen Freigeborenen und Fremdländischen hast du recht«, erwiderte Fidelma in aller Ruhe. »Nur sind leider auch viele frei geborene Burgunden und Franken, Mitglieder deiner eigenen Gemeinschaft, deiner Fürsorge entzogen und entführt worden und sollten in die Sklaverei verkauft werden. Du verlangst, die Sklavenhändler hier zu sehen. Sie sind anwesend.«

»Eine Lüge! Eine Lüge!«, schrie Schwester Radegund, die sich jetzt neben die Äbtissin drängte und mit ihrer Stimme den Tumult, der ausgebrochen war, übertönte.

»Es ist keine Lüge. Dort steht Schwester Valretrade, eine der frei geborenen Frauen dieser Stadt, die in deiner Gemeinschaft lebte. Sie wurde verraten und entführt. Auf unserer Flucht aus Beretrudes Villa haben wir beide um unser Leben gebangt.«

Grimmig schaute Chlothar die Äbtissin an.

»Ehe du auch das eine Lüge nennst, Äbtissin Audofleda, möchte ich dir sagen, dass meine Krieger gestern Abend auf dem Aturavos auf einen Frachtkahn gestoßen sind. Darauf befanden sich dreißig Nonnen, zum größten Teil aus deiner Abtei, mit ihren Kindern, die unter der Aufsicht eines Kaufmanns namens Verbas von Peqini abtransportiert wurden. Man hatte sie allesamt an den Händen gefesselt, und wäre niemand dazwischengegangen, hätte man sie zu den Seehäfen im Süden geschafft, um sie dort auf dem Sklavenmarkt zu verkaufen. Leider haben Verbas von Peqini und seine Männer versucht, sich mit meinen Kriegern anzulegen. Sie sind alle tot, aber ich freue mich, sagen zu können, dass die Frauen und ihre Kinder nach Autun zurückgebracht werden konnten. Sie sind jederzeit bereit, von ihrer Gefangennahme und ihrer Gefangenschaft Zeugnis abzulegen.«

Äbtissin Audofleda war sichtlich verwirrt und schüttelte heftig den Kopf.

»Das verstehe ich nicht. Die Frauen haben die Abtei alle aus freiem Willen verlassen«, begehrte sie schwach auf.

»Das stimmt«, ergriff Schwester Radegund für sie Partei. »Man kann nicht die Äbtissin für das verantwortlich machen, was diesen Frauen zustieß, nachdem sie sich dem Schutz der Abtei entzogen hatten.«

»Nur wurden sie bereits zu Gefangenen gemacht, als sie noch in der Abtei waren«, hielt Fidelma dagegen. »Sollten sie als Zeugen aussagen müssen, werden sie das ohne Weiteres bestätigen.«

»Unmöglich, das kann nicht sein!«, wehrte Schwester Radegund verzweifelt ab und blickte Äbtissin Audofleda an, die ihren Ohren nicht trauen mochte und blass vor Schreck geworden war.

»Erkläre deiner Nichte und ihrer Äbtissin, wie das geschehen konnte, Beretrude!« Eiskalt durchschnitt Fidelmas Stimme den Raum.

»Sklaverei ist nichts Unrechtmäßiges«, erklärte Gräfin Beretrude und warf herausfordernd den Kopf in den Nacken.

»Willst du behaupten, du hättest das Recht, Frauen und Kinder gefangen zu nehmen und zu verkaufen?«

»Ich bin ...«

»Wer du bist, Beretrude, wissen wir alle, was wir nun aber obendrein wissen ist, *was* du bist«, schnitt ihr Fidelma das Wort ab. »Du hast dich in ein schändliches Geschäft mit Verbas von Peqini eingelassen und Sklavenhandel betrieben.«

»Ich leugne es nicht, und das Gesetz verbietet es nicht.«

»Was rechtmäßig ist und was nicht, entscheide ich«, wurde sie von Chlothar zurechtgewiesen.

»Seit wann kennst du Verbas von Peqini?«, fuhr Fidelma unerschütterlich fort.

»Er kam vor ein paar Wochen als Handelsmann nach Nebirnum. Er wollte nach Süden zurück auf sein Schiff und dann weiter zu den östlichen Häfen. Ich war zu dem Zeitpunkt gerade in Nebirnum und konnte ihn überreden, nach Autun zu kommen und hier seinen Geschäften nachzugehen.«

»Seinem Handel mit Sklaven, die du ihm verschaffen würdest. Du hattest da die verheirateten Frauen mit ihren Kindern aus der *domus feminarum* im Blick. Da Bischof Leodegar die Geschlechtertrennung in der Abtei eingeführt und die verheirateten Mönche gezwungen hatte, sich von ihren Frauen zu trennen und ihre Kinder zu verstoßen, dachtest du, die Kirche würde den so Verlassenen keinen Schutz bieten, wenn man sie wegschafft und verkaufte. Du kanntest die Haltung von Äbtissin Audofleda und wusstest, dass sie sich nicht schützend vor die Frauen stellen würde.«

Gräfin Beretrude wagte keinen Widerspruch und schwieg. Indes begehrte die Äbtissin ein weiteres Mal auf.

»Ich habe mit der Sache nichts zu tun. Ich hatte keine Ahnung, dass man die Frauen und ihre Kinder entführt hatte.«

»Das gilt auch für mich«, winselte Schwester Radegund. »Sie verließen unsere Gemeinschaft nachts und hatten schriftliche Erklärungen dafür hinterlassen.«

»Ihr wart aber zufrieden, sie los zu sein, und versuchtet erst gar nicht, herauszufinden, warum sie gegangen waren und wohin es sie getrieben hatte«, stellte Fidelma unerbittlich fest. »Die Verantwortung für ihr Wohlergehen lag in deinen Händen, Äbtissin Audofleda. Sie alle waren Freigeborene.«

»Ich diene in der Abtei unter Bischof Leodegar«, erwiderte sie, verzweifelt bemüht, die Schuld von sich zu weisen. »Wenn einer die Verantwortung trägt, dann ist er es.«

»Ich erkläre hiermit, dass ich von den Vorgängen in der *domus feminarum* keinerlei Kenntnis hatte«, beeilte sich der Bischof zu sagen. »Wie dem auch sei, ich kann nichts Sträfliches an der Sache finden, selbst wenn man sich die Frauen und ihre Sprösslinge gegriffen hat und sie als Sklaven verkaufen wollte. Die Bindung, die sie mit den Mönchen eingegangen waren, verstößt gegen unsere Regel. Beide Gemeinschaften unserer Abtei haben sich mit der Auffassung einverstanden erklärt. Insofern kann man ihre Entfernung aus der weiblichen Gemeinschaft als einen dankenswerten Vorgang ansehen. Es war gewissermaßen, wie soll ich sagen, eine Säuberung der Abtei.«

Fidelma sah ihn empört an.

Chlothar beobachtete, wie es in ihrem Gesicht arbeitete und es um ihre Lippen zuckte.

Ehe sie etwas sagen konnte, griff er ein.

»Denke daran, dass es dir nicht zukommt, hier ein Urteil zu fällen oder dem Bischof von Moral zu sprechen, Fidelma von Cashel«, ermahnte er sie in ruhigem Ton. »Wir wollen es als gegeben hinnehmen, dass man die Frauen aus der *domus feminarum* entführt hat und dass es Beretrude war, die mit Verbas von Peqini den Handel eingegangen ist. Das Verbrechen scheint mir in dem Tatbestand zu liegen, dass es Freigeborene waren. Bei der Urteilsverkündung, die mir später obliegt, wird es darüber hinaus eine nicht unwesentliche Rolle spielen, dass man auch dich – und das immerhin als herausragenden Gast – entführt hat.«

»Mit der Sache habe ich nichts zu tun, ich bin völlig unschuldig«, jammerte Äbtissin Audofleda erneut.

Ohne eine Spur von Mitleid schaute Fidelma zu ihr hinüber und erklärte zu aller Erstaunen: »Das möchte ich dir sogar glauben. Auch glaube ich, dass Schwester Radegund nicht in die Pläne ihrer Tante eingeweiht war. Doch darauf komme ich gleich.«

»Wir verschwenden hier unnütz Zeit auf eine Sache, die nichts mit dem Mord an Abt Dabhóc zu tun hat«, empörte sich Bischof Leodegar. »Einzig und allein die Tatumstände des Mordes sollte Schwester Fidelma untersuchen. Unsere Geduld hat doch gewiss ihre Grenzen, Sire?« Mit den letzten Worten hatte er sich an Chlothar gewandt.

»Ich weiß selbst zu sagen, wann meine Geduld erschöpft ist, Leodegar«, wies ihn der junge König zurecht.

Fidelma ging auf den kurzen Wortwechsel nicht weiter ein und meinte nur kühl: »Ich dachte, ich hätte klargemacht, dass die Vorkommnisse sehr wohl miteinander zu tun haben. Wenn das Verkaufen von frommen Schwestern und ihren Kindern als Sklaven, frei geboren oder nicht, nach den Gesetzen dieses Landes nicht strafbar ist, dann möchte ich mich den Beweggründen zuwenden, die Beretrude veranlasst haben, durch den Verkauf von Sklaven zu Geld zu kommen. Es ging ihr nicht schlechthin um persönliche Bereicherung.«

Beretrude schreckte auf. Anspannung und Blässe in ihrem Gesicht nahmen merklich zu. Bange Stille breitete sich unter den Anwesenden aus, während Ebroin sicherheitshalber einen Schritt nach vorn getreten war. Chlothar beugte sich gespannt vor und blickte erwartungsvoll zu Fidelma.

»Beretrude hat es sich zur Aufgabe gemacht, Geld für einen Aufstand zu beschaffen. Das Ziel ist eine Erhebung der Burgunden gegen Chlothar und seine Franken.«

Entsetzt hielten alle den Atem an; durch den ganzen Raum ging ein kurzes Aufstöhnen.

Zwei von Chlothars Kriegern rückten näher an Graf Guntram heran, die Hand griffbereit am Schwert. Mit weit aufgerissenen blauen Augen starrte Guntram seine Mutter an, um die Mundwinkel arbeitete es, aber er brachte keinen Laut heraus.

»Hegtest du die Absicht, dich an die Spitze eines solchen Aufstands zu stellen, Guntram?«, fragte Ebroin. »Nie würden Burgunden einer Frau folgen.«

»Das ist eine Lüge!« Wie ein Aufschrei entrangen sich die Worte der

Kehle des Beschuldigten. »Niemals in meinem Leben habe ich mich einem solchen Komplott verschrieben. Ich schwöre es!«

»Guntram ist, wie du ihn kennst, Majestät«, griff Fidelma ein. »Ein junger Mann, der sich die Zeit mit Trinken, Jagen und Frauen vertreibt. Nichts liegt ihm ferner, als eine Verschwörung anzuzetteln.«

»Wer sonst könnte die Burgunden zu so einem Unternehmen um sich scharen?«, fragte Ebroin. »Sie würden nur einem männlichen Nachkommen ihrer früheren Könige Gehorsam leisten.«

»Beretrude hatte noch einen zweiten Sohn«, erwiderte Fidelma. »Einen weiteren Nachkommen von Gundahar aus der Königslinie der Burgunden.«

»Ja, ich habe einen Bruder – Gundobad«, gab Guntram preis. »Aber der wurde schon als Kind von meiner Mutter in ein Kloster gesperrt. Weitere Brüder habe ich nicht.«

»Das ist richtig«, bestätigte Fidelma. »Gundobad wuchs in der Abtei von Divio auf, ein ehrgeiziger junger Mann, der mehr von einem Krieger an sich hat als Guntram. Den Titel des Herrschers über die Burgunden hat aber Guntram von seinem Vater geerbt. Vor einiger Zeit begriff Beretrude, dass es falsch gewesen war, sich von ihrem jüngeren, entschieden machtbewussteren Sohn losgesagt zu haben. Sie beschloss, ihren Fehler wiedergutzumachen.«

»Willst du damit sagen, Beretrude trieb durch den Verkauf von Sklaven Geld ein, um ihren Sohn in Divio in die Lage zu versetzen, einen Aufstand vorzubereiten?«, forschte Chlothar.

»Genau das will ich damit sagen. In dem Moment, da ich von der Existenz dieses zweiten Sohnes erfuhr, begriff ich das.«

»Dann müssen wir ein paar Leute nach Divio schicken, um diesen Mann ausfindig zu machen«, stöhnte Ebroin.

»Er ist nicht mehr in Divio. Beretrudes jüngerer Sohn weilt hier unter uns in der Abtei.«

Helles Entsetzen ergriff die Menge.

»Wen willst du beschuldigen, Fidelma?«, verlangte Bischof Leodegar zu wissen. »In unserer Abtei gibt es mehrere, die aus Divio kommen. Behauptest du, dass besagte Person Abt Dabhóc getötet hat? Ich bin ratlos.«

»Bischof Ordgar und Abt Cadfan haben mit dem Mord nichts zu tun«, erklärte Fidelma. »In Wahrheit wurden sie Opfer eines Verbrechens, das von dem wahren Vorhaben des Mörders ablenken sollte. Doch ehe ich den wahren Mörder entlarve, bedarf es noch ein paar anderer Erklärungen. Gundobad, der mithilfe seiner Mutter das ganze Komplott erdachte, kam in die hiesige Abtei. Autun sollte zum Ausgangspunkt für den Aufstand der Burgunden gegen die Franken werden. Warum ausgerechnet Autun? Das Konzil bot die ideale Gelegenheit für ein solches Vorhaben. Man wusste, dass Chlothar herkommen würde, um die Beschlüsse des Konzils höchstselbst zu bestätigen, ehe sie nach Rom gesandt wurden. Einen besseren Ort zur Ermordung des Frankenkönigs und zum Erheben des Symbols als Zeichen des Aufstands konnte es gar nicht geben.«

»Symbol? Welches Symbol?«, fragte Chlothar.

»Wie ich bei meinen Ermittlungen gelernt habe, halten die Burgunden einen großen Verkünder des Neuen Glaubens hoch in Ehren, sowohl als Bischof wie auch als Märtyrer. Voller Ehrerbietung spricht man von seiner Verbindung zu Autun – sogar Beretrudes Villa steht an einem Platz, der nach ihm benannt ist, dem Benignus-Platz. An der Villa prangt das Symbol des Benignus-Kreuzes, wie man mir erklärt hat. Man stelle sich vor, der Führer der Burgunden erschiene, trüge die Reliquie dieses Benignus vor sich her und riefe die Burgunden auf, sich zu erheben und ihm zu folgen, da selbst Gott ein solches Unterfangen gesegnet hätte!«

»Das wäre in der Tat ein mächtiges Symbol«, gab Bischof Leodegar zu. »Aber eine solche Reliquie gibt es nicht.«

»Es gibt aber Menschen, die daran glauben. Der arme Bruder Budnouen zum Beispiel hat mir erzählt, dass Gerüchte und Geschichten über die Reliquien des heiligen Benignus im Umlauf sind. Er sprach auch davon, dass die Bauern im Land von einem Anführer reden, der sich mit ihnen erheben und Burgund zu seinem einstigen Ruhm und zur Unabhängigkeit zurückführen würde.« Fidelma legte eine Pause ein und fuhr dann fort: »Von Bruder Gillucán weiß ich, dass Dabhóc, sein Abt, mit einem Reliquienkästchen hierher gekommen ist, das die Gebeine des Benén Mac Sesenén von Midhe enthielt, einem Schüler und Nachfolger unseres großen Lehrers, des heiligen Patrick. Die Reliquien waren als Geschenk für Bischof Vitalianus von Rom gedacht.«

Nuntius Peregrinus unterbrach sie gelangweilt. »Lass gut sein, Fidelma, was hat dein Bischof aus Hibernia mit Benignus von Autun zu tun?«

»Zum Beispiel Folgendes: Benén Mac Sesénen nannte sich auch Benignus. Auf dem Reliqienkästchen, das als Geschenk für den Heiligen Vater gedacht war, war auf der einen Seite sein Name eingraviert und auf der anderen Seite – deutlich in Latein – sein Klostername ... Benignus.«

Einen Moment herrschte Schweigen. »Ich glaube, du hast da etwas durcheinandergebracht«, gab Nuntius Peregrinus zu bedenken. »Dieser Benignus aus Hibernia war gewiss nicht der Benignus, der den Burgunden die Lehre von Jesus Christus brachte.«

»Darin stimme ich mit dir überein, Nuntius«, erwiderte Fidelma. »Das hat aber die Verschwörer nicht weiter beirrt. Für sie kam es wie gerufen, dass der Abt aus Hibernia ein Reliquiar bei sich trug, auf dem für jedermann sichtbar der Name Benignus stand. Unter ihrer Gefolgschaft würde es kaum jemanden geben, der danach fragte, ob die Gebeine darin wirklich die von ihrem Apostel Benignus oder die von irgendeinem unbekannten Hibernier gleichen Namens wären.«

»Und du glaubst, dass man deswegen Abt Dabhóc umgebracht hat?«, erkundigte sich der Nuntius. »Bloß wegen des Reliquienkästchens?«

»Ich denke, du weißt es längst.«

Er wirkte verunsichert. »Wie meinst du das?«

»Als ihr im Amphitheater wart, hatte dir Abt Dabhóc von dem Kästchen erzählt und dass er es dir nach dem Konzil geben wollte. Dann wurde er ermordet. Als du davon erfuhrst, bist du in sein Zimmer gegangen und hast das Kästchen gesucht, aber nicht gefunden. Deiner Meinung nach gab es nur eine Person, die davon etwas wissen konnte, und das war Dabhócs Kämmerer, Bruder Gillucán. Zusammen mit deinem Leibwächter, dem *custos,* der jetzt neben dir steht, hast du daraufhin seine Zelle durchsucht und nichts gefunden. Immer noch davon überzeugt, Gillucán müsste es irgendwo unter seinen Habseligkeiten verstaut haben, seid ihr mitten in der Nacht bei dem armen jungen Mann aufgekreuzt und habt ihm mit Gewalt gedroht, wenn er euch nicht sagte, wo das Kästchen sei. Er konnte es euch nicht sagen, denn er wusste es nicht, und so voller Angst, wie er sich gebärdete, habt ihr ihm schließlich geglaubt.«

Überrascht starrte sie der Nuntius an. »Du bist in deinen Schlussfolgerungen reichlich kühn, falls du dich nur *darauf* berufen willst.«

»Keine Angst, Nuntius. Ich versuche mich den Dingen nur zu nähern. Der arme Bruder Gillucán. Er stand Todesängste aus und beschloss, die Abtei zu verlassen. Zuvor hat er heimlich mit mir gesprochen. Die burgundischen Verschwörer glaubten allerdings, er hätte andere Gründe, zu gehen. Sie befürchteten, er wüsste etwas und könnte sie verraten. Was den armen Burschen noch mehr verängstigte, waren die

Schreie der Kinder, als sie aus der *domus feminarum* geschafft wurden. Er hörte sie zufällig spät nachts, als er auf dem *necessarium* war. In eben dem *necessarium* wurde er dann ermordet, seinen nackten Leichnam warf man ins Abwasser, von wo er schließlich in den Fluss gespült und entdeckt wurde. Das erklärt, warum an seinem Körper Exkremente hafteten, als man ihn fand.«

Alle hingen an ihren Lippen und verfolgten Wort für Wort.

»Und was ist mit dem verschwundenen Reliquienkästchen geworden?«, fragte Bischof Leodegar. »Wer hat es nun?«

»Natürlich hatten es die Verschwörer bei Dabhócs Ermordung gestohlen.«

»Wieso soll Abt Dabhóc das Kästchen mit in Bischof Ordgars Zimmer genommen haben?«, wollte Leodegar wissen.

»Das hat er gar nicht gemacht. Abt Dabhóc wurde in seinem eigenen Zimmer ermordet, und dort hat man auch das Kästchen gestohlen.«

»Jetzt bin ich vollends durcheinander«, bekannte Chlothar.

»Es ist eine komplizierte Geschichte«, tröstete ihn Fidelma. »Als Beretrudes ehrgeiziger Sohn hierher kam, hatte er außer seiner Mutter zwei Helfershelfer. Der eine war Bruder Andica, der Steinmetz, der sowohl Eadulf als auch mich zu töten versuchte. Zum Glück traf uns die Skulptur, die er von oben auf uns herunterstieß, nicht wie geplant. Während man Eadulf zu Bruder Gebicca, dem Arzt, brachte, der sich um seine Wunde kümmerte, kletterte ich nach oben, um mir die Stelle anzusehen, von der die Statue herabgefallen war. Ich wollte mich vergewissern, ob sie tatsächlich von allein umgestürzt war oder ob jemand nachgeholfen hatte, als wir unten vorbeigingen. Mein Verdacht, dass man sie vorsätzlich hinuntergekippt hatte, bestätigte sich. Ein junger Mann, der – wie ich später lernte – der Steinmetz Andica war, erbot sich, mich zu der Galerie zu führen, von der die Skulptur gefallen war. Als ich mir die Stelle näher betrachtete, versuchte er, mich hinunterzustoßen, vertat sich aber und stürzte selbst zu Tode.«

Ein Laut des Erschreckens ging durch die Reihen. Bruder Gebicca, der Arzt, hüstelte und zog so die Aufmerksamkeit auf sich.

»Glaubst du, dass der Schlangenbiss, den du erlitten hast, auch ein Versuch war, dich umzubringen?«

Fidelma zuckte die Achseln und blickte zu Beretrude hinüber.

»Das ist schwer zu sagen. Ich will dem nicht weiter nachgehen. Ich kann mir vorstellen, Beretrude hat sich jetzt mit wichtigeren Dingen zu befassen. Die Ermordung von Abt Dabhóc mag ihren Anfang mit einem einfachen Diebstahl genommen haben. Könnte sein, der Mörder war in Dabhócs Zimmer und wollte das Kästchen gerade stehlen, als Dabhóc unerwartet dazukam. Der ungünstige Zeitpunkt kostete ihn das Leben. Ich glaube nicht, dass es so einfach abgelaufen ist, denn der Mörder hätte damit rechnen müssen, dass Dabhóc den Diebstahl nicht hätte auf sich beruhen lassen und mit Bischof Leodegar gesprochen hätte. Dann wäre ans Tageslicht gekommen, wessen Reliquien tatsächlich in dem Kästchen lagen. Nein, man hat Dabhóc ermordet, um ihn mundtot zu machen, und dasselbe gilt für Gillucán. Der Mörder befürchtete, er wüsste von der Reliquie.

Also Dabhóc war ermordet, und das Reliquienkästchen war gestohlen. Wie weiter? Dabhóc in seinem Zimmer zu lassen, würde zu viele Fragen aufwerfen, falls man feststellte, dass das Kästchen fehlte. Warum also nicht Vorhaben und Tat verschleiern? Wir haben es mit einem raffinierten Täter zu tun. Bischof Ordgar war nach der Abendmahlzeit nicht in sein Gemach zurückgekehrt, also war es ein Leichtes, ihm ein Betäubungsmittel in den Wein zu tun. Als er nach dessen Genuss das Bewusstsein verlor, konnte man Dabhócs Leichnam getrost zu ihm ins Zimmer schaffen. Aber was für einen Grund sollte Bischof Ordgar gehabt haben, den Abt zu töten? Der Hauptverschwörer ersann einen Streich, der alle verwirren musste. Er hatte von dem Streit auf der Vorbesprechung zum Konzil erfahren. Also schlich er zu Abt Cadfans Kammer, schob einen Brief mit einer Notiz unter die Tür, pochte laut, um den Abt zu wecken, und machte sich davon. Wie Cadfan uns wahrheitsgemäß berichtete, stand in dem Brief, er möge sofort zu Ordgar kommen. Er leistete der Aufforderung Folge und wurde von dem ihn erwartenden Mörder niedergeschlagen. Den Zettel ließ man verschwinden. Als Nächstes schaffte man Dabhóc ins Zimmer des angelsächsischen Bischofs, und die Inszenierung war perfekt. Dabhócs Kammer hatte der Mörder mit Vorbedacht aufgeräumt. Das Reliquienkästchen wurde Bruder Andica zugesteckt, der es in dem Gewölbe unter der Abtei verbergen sollte. Alle Welt würde glauben, Ordgar oder Cadfan, einer von beiden hätte Dabhóc als Schlusspunkt ihres Streits umgebracht.«

»Gehst du so weit, zu behaupten, Bruder Andica wäre Gundobad gewesen?«, ließ sich Bischof Leodegar vernehmen. »Das ist nicht wahr. Ich habe Bruder Andica gut gekannt, Bertrudes Sohn war der ganz gewiss nicht.«

»Andica kam ja auch nicht aus Divio«, pflichtete Fidelma ihm bei. »Andica war lediglich einer der Verschwörer. Er nutzte sein Können als Steinmetz, um regelmäßige Verbindung zu Beretrude zu halten, die Krieger für den Aufstand anwarb und unterhielt. Wie ich schon sagte, es gibt zwei weitere Verschwörer in der Abtei. Einer von ihnen ist eine Frau. Ihr ist die Entführung und der Verkauf der verheirateten Frauen und deren Kinder zur Last zu legen.« Schwester Fidelma machte eine Pause, um ihren Zuhörern Gelegenheit zu geben, die Nachricht in sich aufzunehmen.

»Selbst bei sorgsam durchdachten Plänen kann etwas dazwischenkommen. In diesem Falle war es das Stelldichein von Sigeric und Valretrade. Sigeric musste an Ordgars Zimmer vorbei, stellte fest, dass die Tür offen stand, und sah, was geschehen war. Weil er den Bischof davon in Kenntnis setzte, kam er zu seiner Verabredung zu spät, und das rettete ihm das Leben. Valretrade hingegen, die zu dem üblichen Treffpunkt der beiden in die Katakomben ging, lief Andica und seiner Mitverschwörerin in die Arme. Glücklicherweise beschlossen die beiden, Valretrade nicht zu töten, sondern sie nur zu den anderen Frauen zu stecken, die als Sklaven verkauft werden sollten. Es war praktischer und einträglicher, sie auf diese Weise aus dem Weg zu schaffen.«

»Und wer, bitteschön, war diese Mitverschwörerin?«, fragte Chlothar.

»Das wird uns Schwester Valretrade sagen. Sie ist diejenige, die gesehen hat, wie zwei der Verschwörer das Reliquiar versteckten.«

Etwas verwirrt blickte Valretrade sie an.

»Du weißt, dass ich nur Bruder Andica, den Steinmetz, erkannt habe, der auch das Reliquienkästchen trug. Die andere Person war eine Frau, eine Nonne, mehr kann ich nicht sagen. Man fesselte und knebelte mich und verband mir die Augen, und davon wurde ich erst in Beretrudes Verlies befreit.«

»Als ich in die Katakomben unten zu unserem Treffpunkt kam, war Valretrade schon eine Gefangene?«, warf Sigeric ein.

»Genauso war es, Bruder Sigeric«, bestätigte Fidelma.

Chlothar wurde ungeduldig. »Dürfen wir erfahren, wer die Frau war, Schwester Valretrade? Fidelma behauptet, du wüsstest es.«

»Ich glaubte, es wäre Radegund gewesen. Aber wirklich sehen konnte ich sie nicht.«

Schwester Radegund beteuerte unter Schluchzen: »Das ist nicht wahr. Nicht wahr.«

»Valretrade, erinnere dich«, drängte Fidelma sie. »Du hast mir erzählt, wie du in der besagten Nacht deine Kammer verlassen hast, um zum Stelldichein mit Sigeric zu gehen. Es war zwischen euch abgemacht, dass du immer eine Kerze anzündetest, wenn du losgingst. An dem Abend aber hast du es versehentlich anders gehandhabt. Was war diesmal anders?«

Valretrade dachte angestrengt nach.

»Ich habe die Kerze brennen lassen«, sagte sie plötzlich. »Ich hatte sie vom Fensterbrett an mein Bett getragen, weil ich etwas suchte, und habe sie dann nicht gelöscht wie sonst, wenn ich die Kammer verließ.«

Fidelma blickte gezielt in eine bestimmte Richtung.

»Eine Person aber gibt es, der nicht aufgegangen war, dass du einen Fehler gemacht hattest, nicht wahr?«

Schwester Inginde sprang auf, im Begriff, die Flucht zu ergreifen, doch schon hatten zwei von Chlothars Kriegern sie auf einen Wink von Fidelma zwischen sich genommen. Sie leistete keinen Widerstand.

»Schwester Inginde hat mir erzählt, dass sie wusste, dass Valretrade zu einem Stelldichein mit Sigeric gegangen war. Wie konnte sie das wissen? Valretrade hat mir gegenüber betont, Inginde wäre nicht im Zimmer gewesen, als Sigeric seine Kerze ins Fenster stellte, und sie hatte Inginde auch nicht gesagt, dass sie ihn treffen wollte. Später brannte Sigerics Kerze erneut, was bedeutete, dass er sie nicht am Treffpunkt angetroffen hatte. Inginde ließ durchblicken, sie wäre im Zimmer gewesen, als Valretrade ging. Das kann nicht stimmen. Ob Valretrade zu ihrer Verabredung in die Katakomben gegangen war oder nicht, konnte sie nur erfahren haben, wenn sie selbst dort war. Schwester Inginde ist nicht nur die Dritte im Bunde der Verschwörer, sondern auch die Hauptkontaktperson zu Beretrude. Sie hatte bei dem Verkauf der verheirateten Frauen die Hände mit im Spiel, sie gab ihre Namen weiter und organisierte ihre Entführung. Sie schrieb auch die kurzen Nachrichten, die angeblich Valretrade und die anderen Schwestern verfasst hatten. Wie ich zuvor sagte, waren weder Äbtissin Audofleda noch Schwester Radegund an der Verschleppung beteiligt. Sie gaben sich mit den schriftlichen Erklärungen zufrieden. Es kam ihnen alles ganz gelegen, weil man ohnehin nicht wusste, wie man mit den verheirateten Nonnen in der *domus feminarum* umgehen sollte.«

Sie schaute zu der in Tränen erstickten Schwester Radegund. »Ursprünglich hatte ich dich im Verdacht, besonders als ich dir zur Villa deiner Tante Beretrude folgte. Dann erfuhr ich aber von eurem Verwandtschaftsverhältnis und auch, dass du in geschäftlichen Angelegenheiten öfter mit ihr zu tun hast. Mein Verdacht auf Schwester Inginde«, fuhr sie dann fort, »verstärkte sich, als ich wegen eines Gewandes zu einer Näherin ging. Ich brauchte eine Verkleidung, weil ich mich unerkannt in Beretrudes Villa schleichen wollte. Bruder Budnouen hatte mir erzählt, dass die Schneiderin mit einer der Nonnen aus der *domus feminarum* verwandt sei. Ich traf dann Schwester Inginde bei ihr an, die mir sagte, es wäre ihre Tante. Inginde war mir bei der Auswahl des Kleides behilflich. Ich wähnte mich in meiner neuen Aufmachung geschützt, wurde aber von Beretrudes Kriegern überwältigt und in den Keller zu den anderen geworfen, wo wir gemeinsam unseres Schicksals harrten. Da ging mir auf, dass vermutlich Inginde Beretrude hatte wissen lassen, wie ich bekleidet war und wo man mich finden würde. Ich glaube sogar, ihre Schritte gehört zu haben, als sie zur Villa rannte, um Beretrude und den Wächtern Bescheid zu geben. Dass ich mich nicht umgedreht und gesehen habe, wer da lief, war eine Nachlässigkeit, für die ich bald bitter büßte.«

Nuntius Peregrinus unterbrach sie ein weiteres Mal.

»Eine Frage muss ich noch stellen: Das Reliquienkästchen von Benignus. Wo ist es jetzt?«

»In sicheren Händen.« Fidelma nickte Abt Ségdae zu, der unter seinem Sitz einen Sack hervorzog, das Kästchen ans Tageslicht beförderte und es für alle sichtbar in die Höhe hielt.

»Das hier ist das Reliquiar des hibernischen Lehrers Benén Mac Senén, den wir auch Benignus nennen«, verkündete er. »Er hatte nichts mit dem Benignus von Burgund, wie ihr ihn kennt, zu tun.«

»Das ist alles gut und schön«, meldete sich Bischof Leodegar ungehalten zu Wort. »Deinen Aussagen zufolge wurde Abt Dabhóc nicht in Ordgars Zimmer, sondern in seinem eigenen ermordet, und das Reliquienkästchen hier wurde gestohlen. Du hast auch gesagt, warum. Du hast weiterhin festgestellt, dass Andica und Inginde zwei der Mörder waren. Noch bist du uns aber den Namen des Dritten im Bunde schuldig, des Kopfes der Verschwörerbande, des zweiten Sohnes von Beretrude, der, wie du sagst, sich hier in der Abtei unter falschem Namen aufhält.«

»Guntram, würdest du uns bitte noch einmal sagen, wie dein jüngerer Bruder hieß, ehe er ins Kloster kam?«

Achselzuckend gab der zur Antwort: »Er hieß Gundobad. Aber erwarte nicht von mir, dass ich ihn erkenne. Als ich ihn zuletzt gesehen habe, war er ein kleiner Junge.«

»Du hast mir verraten, dass deine Mutter auch einen Kosenamen für ihn hatte.«

»Der wird nicht viel helfen. Sie nannte ihn Benignus – der Gute.«

»Da haben wir's, *Benignus.«* Fidelma lächelte.

Ärgerlich wehrte Bischof Leodegar ab. »Einen Bruder Benignus haben wir hier nicht.«

»Überlege genau. Denke an jemand, der ...«

Plötzlich gellte ein Schrei durch die Kapelle: *»Sic semper tyrannis«*. Bruder Benevolentia hatte ein Messer gezückt und stürzte auf Chlothar zu.

Ein Surren war zu vernehmen, gefolgt von einem Aufprall. Zwei Pfeile hatten sich in Bruder Benevolentias Brust gebohrt. Einen Moment stand er wie erstarrt. Dann entglitt das Messer seinen Fingern, langsam sank er auf die Knie und fiel zur Seite. Beretrude kreischte auf und wurde ohnmächtig. Einer der Krieger eilte zu Benevolentia, drehte ihn auf den Rücken und meldete Chlothar: »Tot, Majestät.«

Der König, der aufgesprungen war, setzte sich wieder und atmete erleichtert auf.

»Schade, er hat uns um eine ordentliche Hinrichtung gebracht«, bemerkte Ebroin trocken. »Einer, der es Brutus gleichtun wollte, als er Julius Caesar erschlug, hat keinen raschen Tod verdient.«

»Das verstehe ich nicht«, meinte Chlothar verstimmt.

»Seine letzten Worte, Majestät, die soll auch Brutus ausgerufen haben, als er den großen Caesar mit dem Dolch erstach. ›So soll es Tyrannen stets ergehen!‹«

Ein Ausdruck der Trauer huschte über Chlothars Gesicht. »Ich möchte ein gerechter Herrscher sein, kein Tyrann.«

»Dein Wort in Ehren, Majestät«, erwiderte Ebroin. »Nur darfst du nicht vergessen, du hast es mit Burgunden zu tun. Du musst ebenso ein starker und unnachgiebiger Herrscher sein.«

Bischof Leodegar trat an die Leiche des jungen Mönchs und betrachtete sie. Dann wanderte sein Blick zu Fidelma.

»Hast du die ganze Zeit gewusst, dass es Bruder Benevolentia war?«

»Ich hatte schon eine Weile bei ihm ein ungutes Gefühl. Er ähnelte auffallend Beretrude, Guntram und auch Radegund, hatte wie sie dunkles Haar und blaue Augen. Er war außerdem der Einzige, der Gelegenheit gehabt hatte, etwas in Ordgars Wein zu mischen, im

Grunde genommen auch den Mord zu begehen. Aber wirklich Verdacht schöpfte ich erst, als er in der Galerie auftauchte, die ja zu betreten den Mönchen verboten war; eben zu dem Zeitpunkt, da Andica versuchte, uns mit dem umstürzenden Standbild zu erschlagen. Was hatte er dort zu suchen, und wieso wusste er so genau über all die Statuen Bescheid, wusste, wie lange sie dort schon standen? Dazu kam die Sache mit seinem Namen.«

»Benevolentia ist eine Form von Benignus«, murmelte Bischof Leodegar.

»Gewissermaßen ein Synonym«, bestätigte Eadulf, der sich zum ersten Mal äußerte, seit Fidelma mit ihren Darlegungen begonnen hatte. »Beide Namen bedeuten dasselbe.«

Jetzt trat Bischof Ordgar näher heran und schaute betroffen auf den Leichnam seines ehemaligen Kämmerers.

»Mir will das alles nicht in den Kopf. Er war mein Kämmerer. Ich habe ihn mir selbst ausgesucht.«

»Ja, du hast uns erzählt, dass du nach Divio gereist bist und dein Kammerherr unterwegs gestorben ist. In der Abtei von Divio hättest du einen neuen gefunden«, nahm ihm Eadulf die Erklärung ab.

»Ja, so war es.«

»Bleibt nur die Frage, ob du ihn dir wirklich selbst ausgesucht hast oder ob er dir seine Dienste anbot.«

»Tja, er ... wie soll ich sagen, ich glaube, er trat an mich heran«, gestand der angelsächsische Bischof ein.

»Gundobad beziehungsweise Benevolentia, ein Anhänger von Burgund und ein Nachkomme der burgundischen Königsgeschlechter, kam also hierher mit dem festen Plan, Chlothar zu ermorden und einen Aufstand anzuzetteln«, fasste Eadulf zusammen. »Dann hörte er, wie Fidelma ausgeführt hat, zufällig von Abt Dabhócs Geschenk für den Papst, der Reliquie des heiligen Benignus. Ein besseres Symbol konnte es gar nicht geben, dachte er. Dass es sich um die Reliquie eines ganz anderen Benignus handelte, war für ihn unwesentlich. Er brauchte nur das Symbol.«

»Eine seltsame Geschichte«, meinte Bischof Leodegar. »Und eine verwickelte dazu.«

»Nichts ist einfach im Leben«, sagte Fidelma leise.

»Die Männer, die mich im Wald überfallen und den gallischen Bruder ermordet haben, waren das Krieger von Beretrude?«, fragte Chlothar. Er hatte sich erhoben und kam weiter nach vorn.

»Es waren Krieger von Beretrude, die sie vermutlich auf Eadulf und mich angesetzt hatte. Ihr Anführer hatte das Kreuz des Benignus bei sich, das gleiche Symbol, das auch die Säulen am Tor ihrer Villa tragen. Wahrscheinlich sollten die Krieger Eadulf und mir auflauern und uns aus dem Hinterhalt überfallen. Ganz offensichtlich hatten Benevolentia und seine Mutter Sorge, wir könnten ihr Vorhaben gefährden. Du, Chlothar, bist ihnen entweder in die Quere gekommen, oder sie haben dich bei der Jagd erkannt und hielten die Gelegenheit für günstig, dich gleich dort umzubringen.«

»Wer also sind nun die Schuldigen?«, frage Ebroin. »Beretrude und Inginde? Beretrudes Krieger – sonst niemand weiter? Was ist mit Guntram?«

Der junge Graf war blass geworden vor Angst. Noch immer wurde er von zwei Kriegern bewacht. Er tat Fidelma regelrecht leid.

»Das einzige, was man Guntram vorwerfen kann, ist, dass er seinen Untertanen ein schlechter Herr ist. Er kümmert sich nur um seine eigenen Vergnügungen und nicht um ihr Wohlergehen. Aber dich zu stürzen, Chlothar, wäre ihm nie in den Sinn gekommen. Für ihn ist nur wichtig, dass seine Untertanen ihm regelmäßig ihre Abgaben leisten, damit er keine Abstriche an seinem Lebensstil machen muss.«

»Und wie steht es mit Äbtissin Audofleda?«

»Ihr muss man zur Last legen, dass sie eine völlig ungeeignete Person für die Leitung eines frommen Hauses ist. Aber das ist eine Sache, die zwischen ihr und dem Bischof zu klären ist.« Fidelma wandte sich an Bischof Leodegar. »Du kannst dich jetzt deinem Konzil widmen, Leodegar. Deine Ansichten unterscheiden sich von denen meines Volkes, deine Gesetze sind nicht unsere Gesetze, und die Auffassungen, die du durchsetzen möchtest, um unseren Glauben einer allumfassenden Regelschrift unterzuordnen, kann ich nicht gutheißen. Ich sehe nur, dass die Dinge, die du nachhaltig unterstützt, großes Leid nach sich ziehen und keine Einheit der Gläubigen bringen. Was mich betrifft, so wünsche ich nichts sehnlicher, als in mein Land heimkehren zu dürfen.«

Bischof Leodegar gab sich wieder als der Alte – selbstsicher und von oben herab.

»Das, worum ich dich gebeten habe, hast du getan. Mehr erwarte ich nicht von dir.« Zu Chlothar gewandt, fuhr er fort: »Du magst deine Gefangenen ihrer Bestrafung zuführen, Majestät, danach werde ich das Konzil eröffnen. Morgen beginnen wir mit den Gesprächen. Lange dürften unsere Verhandlungen nicht dauern.«

Chlothar nickte, war aber mit den Gedanken woanders. Er schaute dorthin, wo Gräfin Beretrude und Schwester Inginde zusammen mit den restlichen ihrer Krieger standen. Die Gruppe wurde streng bewacht.

»Erledige das mit den Gefangenen, Ebroin.«

»Sollen wir sie zur Gerichtsverhandlung abführen, Majestät?«

»Gerichtsverhandlung?« Chlothar sah ihn an, als hätte er einen unsinnigen Vorschlag gemacht. »Ihr Strafprozess hat bereits stattgefunden. Nein! Führe sie ab und richte sie hin. Die Einzelheiten überlasse ich dir.« Dann drehte er sich zu dem kreidebleichen Guntram um. »Was dich betrifft, so magst du auf deine Burg zurückkehren und weiter deinen Lustbarkeiten frönen. Aber lass es dir nicht einfallen, irgendwelche Machtansprüche zu stellen.«

Als Nächstes wollte er sich Fidelma zuwenden, doch sie und Eadulf waren verschwunden. Nur Nuntius Peregrinus stand noch da, im Gespräch mit Abt Ségdae. »Die Schwester deines Königs ist eine bewundernswerte Frau«, sagte Chlothar zum Abt.

»Sie genießt bei uns hohe Wertschätzung, Majestät«, versicherte ihm Abt Ségdae.

»Ich gehe wohl recht in der Annahme, dass du ihre Ansichten über unsere Gesetzgebung hier und darüber, was sich Bischof Leodegar auf dem Konzil für den Glauben erhofft, teilst?«

»Auch auf die Gefahr hin, dass es ungebührlich ist, das zu sagen: Ja, ich teile ihre Ansichten, Sire. Und ich bin überzeugt, du wirst erfahren müssen, dass die Gesandten von den Kirchen der Britannier, der Armoricaner und der Gallier genauso denken wie wir, denn wir alle stehen für ähnliche Werte ein.«

Der jugendliche König konnte sich eines Lachens nicht erwehren und klopfte dem Abt freundschaftlich auf die Schulter.

»Das dürfte auch der Grund sein, weshalb der gute Bischof dafür Sorge getragen hat, dass von den Kirchen Neustriens und Austrasiens doppelt so viele Vertreter auf dem Konzil sind wie aus den anderen Ländern.«

»Wo nötig, werden wir Einspruch erheben«, erklärte Abt Ségdae ernst, »und danach kehren wir zu dem uns Vertrauten zurück, dorthin, wo wir uns wohl und geborgen fühlen. *Nil aon tintean mar do thintean féin.*«

»Und das heißt?«

»Der eigene Herd ist Goldes wert.«

Epilog

Über die Landschaft um Cashel hatte der Herbst seine braunen und gelben Farben verteilt. Aus den Schornsteinen stieg grauer Rauch und kündete davon, dass in den Häusern wärmende Feuer brannten. Am Hofe von Colgú, dem König von Muman, trug man nicht länger leichte Leinen- und Seidenstoffe, sondern hüllte sich in schweres wollenes Tuch oder Felle. Fidelma hatte es sich vor einem lodernden Holzfeuer gemütlich gemacht. Auf dem Tisch neben ihr sorgte eine Laterne für zusätzliches Licht, denn es war ein dunkler Tag, auch wenn die Sonne, falls sie es überhaupt mit den düsteren, am Himmel dahinjagenden Wolken hatte aufnehmen können, noch nicht untergegangen war. Fidelma hielt einen Brief in der Hand, den ihr soeben ein Mönch überreicht hatte, der zwei Jahre durch das Land der Franken gewandert war.

Sie las den Namen des Absenders, und freudige Erregung erfasste sie. Sie brachte es nicht fertig, auf Eadulfs Rückkehr zu warten, den Pflichten zur Abtei von Imleach gerufen hatten. Sie brach die Siegel auf, entfaltete das Pergament und sah voller Erleichterung, dass das Schreiben in Latein verfasst war. Das Datum des Briefes lag schon vier Monate zurück, und er kam aus der Stadt Nebirnum. Sie zog die Stirn in Falten. Wieso nicht aus Autun? Wiederum war es über fünf Jahre her, dass sie und Eadulf Autun verlassen hatten.

»Einen Gruß entbieten Dir, Fidelma von Cashel, und Deinem treuen Gefährten, Eadulf von Seaxmund's Ham, Sigeric und Valretrade, Diener unseres Herrrn Jesus Christus.

Wir beten darum, dass dieser Brief Euch in Glück und Frieden und im festen Glauben an unseren Herrn erreicht. Wir senden Euch unsere Grüße und haben die großen Dienste, die Ihr uns und vielen anderen in Autun erwiesen habt, in guter Erinnerung.

Nachdem Ihr fort wart, ist gewaltiges Unglück über unser Land gekommen, und das innerhalb von nur zwei Jahren. Zuerst starb unser junger König Chlothar, das war im Frühjahr nach Eurer Abreise. Noch mit seinem letzten Atemzug bekannte er sich zum Neuen Glauben; begraben liegt er in der Basilika, die Dionysius von Paris, dem heiligen Bischof und Märtyrer, gewidmet ist. Chlothars Bruder Theuderich folgte ihm als König, aber wie viele befürchteten, wurde er verraten. Bischof Leodegar verschwor sich mit anderen, um Childerich, einen weiteren Bruder Chlothars, auf den Thron zu heben. Theuderich wurde verhaftet und in einer Abtei gefangen gehalten, und Ebroin, der als Ratgeber bei Theuderich geblieben war, nahm man gleichfalls gefangen. Aber er konnte außer Landes fliehen.

Grauen und Schrecken wüteten. Wir können nur Gott danken, dass wir uns entschlossen, der verfluchten Abtei von Autun den Rücken zu kehren. So blieb uns ein solches Schicksal, wie es Freunde und deren Familien erfuhren, erspart. Leodegar und Audofleda setzten ihre Gebote durch. Alle, die sich ihnen nicht beugten, wurden auch körperlich gezüchtigt, und es waren nicht nur die klösterlichen Gemeinschaften, die solches Leid erdulden mussten. Überall in den Königreichen wurden sogar Adlige, die sich nicht Childerich unterwarfen, verstümmelt oder gehängt. Childerich, angestachelt von dem besessenen Leodegar, war ein junger unduldsamer Herrscher.

Es blieb nicht aus, dass Childerich und seine Frau Bilichildis, die man wegen des Leids, das sie anderen zufügten, hasste, in den Menschen das Verlangen nach Rache schürten. Als sie eines Tages auf der Jagd waren, brachte man sie um; die Täter wurden nie entdeckt.

Nach Childerichs Tod wurde Theuderich aus dem Klostergefängnis entlassen, und er schickte nach Ebroin, den er wieder als Berater einsetzte.

Ebroin aber konnte nicht vergeben. Er stellte ein Heer auf und marschierte nach Autun, das immer noch in der Gewalt von Bischof Leodegar war. Der Angriff auf die Stadt war gnadenlos und brachte viel Leid. Äbtissin Audofleda fand den Tod, ihre Gefährtin Schwester Radegund desgleichen. Viele Brüder und Schwestern starben bei dem Sturm auf die Abtei. Am Ende blieb Bischof Leodegar nichts anderes übrig, als sich Ebroin zu ergeben.

Freundlich ging man mit Leodegar nicht um. Es heißt, man habe ihm mit glühenden Schürhaken die Augen ausgestochen, die Zunge herausgerissen und ihm sonst noch gräuliche Dinge angetan. Aber er überlebte und wurde vor das Hochgericht Theuderichs gezerrt. Dort wurde er erneut erniedrigt und verurteilt, doch gerechterweise muss man sagen, er hatte oft genug andere ohne Gewissensbisse ebenso misshandelt. Auf Ebroins Befehl wurde er in einen Wald geschleppt und erhängt.

Es geht das Gerücht um, dass viele Gläubige ihn nun als einen Märtyrer ansehen. Etliche Klöster folgen seiner Regel, und das ist genau die Regula, die seinerzeit auf dem unter heutiger Sicht unrühmlichen Konzil von Autun angenommen wurde. Selbst in Autun gibt es einige, die seine sterblichen Überreste für heilig und verehrungswürdig halten und Anspruch auf sie erheben. Ein Jammer, wie kurzlebig Erinnerungen sind.

Valretrade und mir sowie unseren beiden Kleinen sind die schlimmsten Grausamkeiten erspart geblieben, weil wir bei Ebroins Sturm auf die Stadt nicht dort waren. Aber von der Familie ihrer Schwester hat nur die arme Magnatrude überlebt.

Was wird uns die Zukunft bringen? Wir haben uns entschieden, gemeinsam mit Magnatrude westwärts zu ziehen. Bis Nebirnum sind wir schon gekommen. Wir suchen nach einem neuen Zuhause im Land der Armoricaner, wollen ein neues Leben beginnen. Es soll dort ein Gebiet namens Domnonia geben, es liegt im Norden des Landes am Meer, und dort wollen wir von Neuem anfangen. Vielleicht finden wir einen Acker, den wir bestellen können, vielleicht auch ein kleines Gasthaus, um Pilgern eine Herberge zu bieten.

Eines aber ist gewiss: In den Klostergemeinschaften, die den von Leodegar verkündeten Grundsätzen folgen, können wir nicht länger leben. Unserem Glauben an Jesus Christus bleiben wir treu, aber wir werden uns nicht Menschen beugen, die danach trachten, uns zu beherrschen und unser Leben mit kleinlichen Verhaltensregeln einzuengen. Ihre Vorschriften widersprechen dem menschlichen Dasein. Wir sind Menschen, wie sie Gott geschaffen hat, nicht mehr und nicht weniger. Unser Glaube beruht auf Wahrheit, deshalb möchten wir auch so leben, wie es unser Schöpfer gewollt hat.

Sollten es das Schicksal und unser Herr Jesus mit uns gnädig meinen, dann werden wir uns einmal wiedersehen. Wenn nicht, nehmt unsere aufrichtigen und innigsten Wünsche entgegen: Mögen Euch Frieden und Wohlergehen bis ans Ende Eurer Tage begleiten.«

Am Schluss des Briefes standen säuberlich aufgelistet die Namen der Familie von Sigeric und Valretrade.

Tief bewegt wischte sich Fidelma eine Träne aus dem Auge.

DIE ZEIT

KRIMI-ANALYSE

Roman und Realität

Burgund anno 670

von Martina Hartmann

Seit 1993 schreibt der englische Journalist und Historiker Peter Beresford Ellis (geboren 1943) unter dem Pseudonym Peter Tremayne historische Kriminalromane, die in der zweiten Hälfte des 7. Jahrhunderts spielen und deren Heldin Schwester Fidelma ist, eine irische Nonne und zugleich Anwältin bei Gericht, Schwester des Königs von Munster. Zusammen mit ihrem Ehemann Bruder Eadulf, einem angelsächsischen Mönch, hat Fidelma bis heute zahlreiche Kriminalfälle gelöst und eine umfangreiche Fangemeinde gewonnen, die in der International Sister Fidelma Society organisiert ist. Wegen des großen Erfolgs ernannte die Irish Literary Society Ellis 2002 zu ihrem Ehrenmitglied. Als intimer Kenner der populären keltischen Geschichte hat er auch mehrere Sachbücher zu diesem Thema publiziert. Bedeutet das nun, dass in seinen Romanen wie »Das Konzil der Verdammten« alle Details der Wahrheit entsprechen? Was wissen wir über den historischen Hintergrund des Konzils von Autun im Jahr 670?

In den zahlreichen Gesprächen, die Fidelma und Eadulf im merowingischen Frankenreich, in das sie reisen, führen, versucht Tremayne seinen Lesern zu vermitteln, wie die Welt des 7. Jahrhunderts in Irland, England und auf dem Kontinent aussah, und deren Verhältnisse waren äußerst kompliziert. Die Insel Irland (lateinisch Hibernia oder irisch Éireann) war in der ersten Hälfte des 5. Jahrhunderts vom heiligen Patrick († 461 oder 493) christianisiert und im 6. Jahrhundert in fünf Provinzialkönigreiche geteilt worden – Ulster, Leinster, Munster, Connacht und Mide –, wobei Cashel, Fidelmas Heimatort, die Hauptstadt des Königreiches Munster war.

Das ursprünglich von einer keltischen Bevölkerung bewohnte England (oder auch Britannien) war von den Römern – angefangen mit zwei Feldzügen Julius Cäsars in den Jahren 55 und 54 v. Chr. – systematisch erobert worden. Im 5. und 6. Jahrhundert drangen dann die Germanenstämme der Angeln und Sachsen ein und brachten nach und nach fast das gesamte Land der Briten unter ihre Oberherrschaft –

Abt Cadfan von Gwynned erwähnt hierzu am Anfang des Romans bei seinem Streit mit Bischof Odgar von Kent das berühmte Werk des britischen Geschichtsschreibers Gildas *De Excidio et Conquestu Britanniae* über den Untergang des alten Britannien. Die Angeln und Sachsen waren im Gegensatz zu den Briten Heiden, und so brach die kirchliche Organisation in Britannien zunächst zusammen, während sie in Irland die Zeit überdauerte. Hieraus erklärt sich auch das Überlegenheitsgefühl, das die irischen Besucher des Konzils von Autun gegenüber den Engländern durchscheinen lassen. Auf der Britischen Insel entstanden mit der Invasion mehrere Königreiche wie die von Kent, Mercien oder Northumbrien; die bezwungenen Briten unternahmen aber keinen Versuch, ihre Eroberer zu bekehren. Ein Schritt zur Missionierung der Invasoren erfolgte erst durch die Entsendung des Mönches Augustinus im Jahr 597 durch Papst Gregor den Großen (590–604); Augustinus wurde der erste Bischof des neu gegründeten Bistums Canterbury. Schon rund 60 Jahre später – um 660 – waren dann fast alle angelsächsischen Königreiche christianisiert. Aber zwischen den von der römischen Kirche missionierten Gebieten und denen der irischen Kirche herrschten jetzt große Unterschiede, wobei die auffälligsten die Tonsur und die Berechnung des Osterdatums betrafen: Fidelma und Eadulf registrieren bei den Mönchen von Autun die römische Tonsur mit der Haarkrone um den geschorenen Schädel *(corona spinea)* im Unterschied zur keltischen Tonsur, bei der der Vorderkopf von einem Ohr zum anderen geschoren wurde. Später dann streiten sich die irischen Äbte und der Bischof von Kent immer wieder um die römische Art der Osterfestberechnung, denn Ostern war nicht nur wegen des Leidens Christi ein wichtiges Ereignis im Kirchenjahr, sondern auch, weil vom Ostertermin alle (beweglichen) Kirchenfeste und die Fastenzeit abhingen. Die im Roman mehrfach erwähnte Synode von Whitby (664), die der northumbrische König Oswiu einberief, hatte entschieden, dass man in England künftig dem in Rom errechneten Osterfesttermin folgen wollte, denn die Auswirkungen der unterschiedlichen Termine hatte Oswiu am eigenen Leib erfahren: Seine in Kent erzogene Ehefrau befolgte den römischen Ritus, Oswiu den irischen, sodass er die Fastenzeit schon beendet hatte und Ostern feierte, während seine Gemahlin noch fastend den Palmsonntag beging.

Im Irland des 7. Jahrhunderts, in dem Fidelma lebte, war die Kirche organisatorisch von den Klöstern und ihren Äbten bestimmt; diese waren teilweise gleichzeitig Bischöfe und hatten somit nicht nur die kirchliche Leitungsgewalt inne, sondern organisierten auch die Verwaltung der umliegenden Gebiete. Irische Klöster hatten großen Zulauf aus der Bevölkerung, denn hier lebten sowohl geistliche Mönche als auch Laienmönche, Asketen und Verwaltungspersonal. Das Kloster der heiligen Brigitta von Kildare, aus dem Fidelma kommt, war eines der berühmtesten irischen Frauenklöster und zudem ein Doppelkloster, wo also Nonnen und Mönche gleichermaßen lebten. Im Unterschied zu englischen Frauenklöstern wissen wir über die irischen recht wenig, aber vermutlich waren sie ganz ähnlich organisiert: Die englischen Äbtissinnen hatten oft eine hohe Bildung, griffen in politische Angelegenheiten ein und waren seelsorgerlich aktiv, etwa bei der Ausbildung von Priestern und Missionaren. Beide, die englischen und die irischen Nonnen, konnten ihr Kloster auch wieder verlassen, um eine Ehe einzugehen – so wie Fidelma, als sie Eadulf heiratet. Kein Wunder also, dass Fidelma entsetzt ist über die strengen Regeln für das Frauenkloster von Autun. Dort, wie in anderen berühmten gallischen Klöstern (zum Beispiel denen von Arles und Poitiers), wurden die Nonnen völlig von der Außenwelt abgeschlossen. Fidelma hingegen kann sich nicht nur frei bewegen, sie hat auch eine hohe Bildung genossen, gehört sie doch zur Gruppe der *dalaige,* also der Anwälte, die sich im einheimischen Recht Irlands, dem *Fénechus,* auskannten. Da die altirische Form der Rechtsprechung in der irischen Gesellschaft einen hohen Stellenwert genoss, ist Fidelmas Status also umso gewichtiger zu bewerten.

Zu Beginn des Buches erfährt der Leser nicht nur von den Glaubensgegensätzen zwischen irischen Äbten und englischen Bischöfen, er lernt auch die Mühsal des Reisens in der damaligen Zeit kennen: Das von den Römern angelegte Straßensystem war seit dem Untergang des Römischen Reiches teilweise verfallen, sodass die Flüsse die besten Reise- und Handelswege darstellten und gerne genutzt wurden. Allein zu reisen war gefährlich, da man – vor allem nachts – Gefahr lief, überfallen zu werden. Neben dem König, der im Umherreisen regierte, waren damals vor allem Pilger und Händler unterwegs. Zu deren bevorzugten Handelsgütern gehörten im 7. Jahrhundert nicht zuletzt Sklaven, meist heidnische Kriegsgefangene, die sowohl im Frankenreich selbst auf Märkten verkauft als auch über die Mittelmeerhäfen in den Orient verschifft wurden. Dass auch die Kirche und die Klöster zahlreiche Sklaven besaßen, erstaunt vermutlich nicht nur Fidelma, war aber eine Realität im Frankenreich noch über die Zeit Karls des Großen hinaus.

Die bekannten Klöster des Frankenreiches waren große Anlagen, die völlig autark waren und alle notwendigen Güter selbst erwirtschafteten und produzierten, nicht zuletzt mithilfe der Sklaven. Nach dem aus späterer Zeit erhaltenen »Sankt Galler Klosterplan« können wir uns eine Vorstellung davon machen, wie systematisch und umfassend ein Kloster damals angelegt war, einschließlich des Skriptoriums, der Schreibstube also, die im Buch eine Rolle als konspirativer Treffpunkt von Fidelma, Eadulf und Sigeric spielt. Für einzelne Orte im ehemals von den Römern beherrschten Gallien sind auch Nekropolen mit Sarkophagen bezeugt, die noch aus der Römerzeit stammten; häufig wurden die Gebäude aus jener Zeit entweder komplett weiterverwendet, oder ihre Bestandteile wurden in neuen Gebäuden verbaut. Den ausländischen Gästen Autuns werden im Roman 670 dieselben beeindruckenden römischen Bauten gezeigt, die Besucher von Autun auch heute noch besichtigen können.

Wie es politisch auf dem Festland aussah, erfährt Fidelma nicht nur während ihres Aufenthalts in Autun im Jahr 670, sondern auch durch einen Brief, den sie fünf Jahre später von Sigeric und Valretrade erhält. (Die Namen der Nonnen und Mönche aus Autun sind übrigens aus historischen Quellen belegt: Audofleda hieß eine Schwester Chlodwigs I.; Radegunde war die berühmteste merowingische Heilige, Ehefrau Chlothars I. und Gründerin des Frauenklosters in Poitiers; Sigerich und Chilperich begegnen wir immer wieder bei merowingischen Geschichtsschreibern.) Der Untergang des Römischen Reiches in Gallien wurde von den Franken besiegelt, die immer weiter expandierten und sich ein großes Herrschaftsgebiet schufen, aufgeteilt in Austrien, Neustrien und Burgund. Regiert wurde das Frankenreich von Königen aus dem Geschlecht der Merowinger, deren königliches Kennzeichen das lange Haupthaar war. Die mächtigsten Männer nach ihnen waren die sogenannten Hausmeier wie Ebroin; außerdem war das Land in Gaue eingeteilt, über die jeweils Gaugrafen herrschten und in denen sie die Steuern eintrieben – meist allerdings wohl energischer als der junge Gaugraf Guntram im Roman. Aber auch die Bischöfe hatten durchaus weltliche Macht; oft hatten sie zunächst ein höheres Verwaltungsamt in der Stadt bekleidet, bevor sie sich für eine geistliche Karriere entschieden und dann zu Bischöfen erhoben wurden – gerade weil sie etwas von Administration verstanden. Dass sie in ihren jüngeren Jahren Ehefrau und Kinder gehabt hatten, war keine Seltenheit und kein Hindernis; sie mussten lediglich auf sexuellen Verkehr mit ihrer Frau verzichten oder traten erst in den geistlichen Stand ein, nachdem sie Witwer geworden waren, wie Bischof Arnulf von Metz, der Stammvater der Karolinger.

Die im Roman erwähnte Königin Balthild († 680/81) führte nach dem Tod ihres Mannes, König Chlodwigs II. († 657), zunächst für ihren um 650 geborenen und im Buch so sympathisch geschilderten Sohn Chlothar III. (657–673) die Regentschaft, bis dieser mit 15 Jahren volljährig wurde. Der mächtige Mann im Hintergrund war der neustrische Hausmeier Ebroin – der große Gegenspieler Bischof Leodegars. Ebroin und Balthild versuchten, eine Aufteilung des Reiches unter den drei Söhnen Chlodwigs II. und Balthilds zu verhindern, und betrieben eine zentralistische Politik, die unter anderem bewirkte, dass die Burgunder nur noch indirekt, nämlich über den Hausmeier, Zugang zu ihrem König hatten. Im Jahr 660 führte dies zu einem Aufstand in Burgund, an dem sich auch der aus einer frankoburgundischen Adelsfamilie stammende Leodegar beteiligte. Insofern ist die von Fidelma aufgedeckte burgundische Verschwörung der Gräfin Beretrude gegen den merowingischen Frankenkönig Chlothar III. zwar quellenmäßig nicht belegt, aber durchaus realistisch, denn letztlich waren die merowingischen Könige fränkische Eroberer und keine Burgunder.

Als König Chlothar III. 673 starb, schlug Leodegars Stunde, denn es gelang ihm, Ebroin und »dessen« König Theuderich III., den zweiten Sohn Balthilds, zu verdrängen. Der König wurde geschoren und als Mönch nach Saint-Denis verbannt, Ebroin kam in Klosterhaft nach Luxeuil. Leodegar wurde der wichtigste Ratgeber des neuen Königs Childerich II., bis er 675 in Ungnade fiel und ebenfalls in Luxeuil inhaftiert wurde. Als Childerich II. zusammen mit seiner schwangeren Frau und seinem Sohn im Herbst 675 von Adeligen ermordet wurde, kehrten Ebroin und Leodegar aus der Klosterhaft zurück, und auch Theuderich III. wurde aus dem Kloster geholt, ganz wie Sigeric dies in seinem Brief an Fidelma schildert. 676 belagerte Ebroin dann seinen alten Widersacher Leodegar in Autun. Nach dessen Auslieferung ließ er ihn grausam foltern und 677 schließlich enthaupten, was Leodegar den Ruf eines Märtyrers eintrug. Sigeric und Valretrade erwähnen in ihrem Brief an Fidelma allerdings nicht mehr, dass Ebroin 680/81 selbst ermordet wurde; erst anschließend setzte die bis dahin offenbar unterdrückte Verehrung Leodegars als Heiliger ein. Dass Leodegar, wie im Buch eindringlich geschildert, ein Fanatiker war, dürfte nicht zu bestreiten sein, aber er war wohl eher ein »politischer« Eiferer als ein rücksichtsloser Kämpfer für den Zölibat und den Papst in Rom.

Vom Konzil von Autun – das nur nach Leodegars Amtszeit als Bischof auf die Jahre zwischen 663 und 675 zu datieren ist – sind nur wenige »kanones« – Vorschriften – erhalten geblieben. In ihnen geht es hauptsächlich darum, dass künftig in Burgund die Regel des Mönchsvaters Benedikt von Nursia befolgt werden sollte (statt der des irischen Heiligen Columban), dass die Mönche Gehorsam gegenüber dem Abt üben sollten, keinen Frauenbesuch empfangen durften und Mönchskleidung tragen mussten. Gleich im ersten Kapitel des Romans wird auch das dort beschlossene sogenannte athanasische Glaubensbekenntnis erwähnt, über die tatsächlichen Teilnehmer des Konzils aber sagen die Quellen nichts aus, und es ist höchst unwahrscheinlich, dass dort eine größere Anzahl geistlicher Amtsträger aus England oder Irland zugegen war. Auch die Anwesenheit eines päpstlichen Legaten dürfte nicht der Realität entsprochen haben. Unter Umständen war das Konzil von Autun also nur eine relativ unbedeutende, regionale Kirchenversammlung.

Richtig ist allerdings, dass der mehrfach erwähnte Papst Vitalian (657–672) die Abkehr Englands vom irischen Kirchenbrauch und damit die Beschlüsse der bereits erwähnten Synode von Whitby 664 unterstützte. Er war es auch, der 668 Theodor von Tharsus (Kleinasien) als Erzbischof nach Canterbury schickte, um den Anschluss der englischen Kirche an den römischen Ritus sicherzustellen.

Bezüglich des Klosterlebens wissen wir von Autun, dass es kein Doppelkloster war. Ein solches gab es aber zum Beispiel mit Chelles bei Paris – eine Gründung der erwähnten Königin Balthild –, und diese Form des Klosters existierte durchaus auch noch im 8. Jahrhundert im Frankenreich; sie war also keineswegs so umstritten, wie es im Roman erscheint.

Was den Zölibat anbelangt, so war er bis ins 4. Jahrhundert noch nicht obligatorisch, wurde dann aber auf gallischen Synoden des 6. Jahrhunderts immer wieder angemahnt. Über den Verkauf (ehemaliger) Ehefrauen der Mönche und Priester in die Sklaverei gibt es allerdings aus merowingerzeitlichen Quellen keine Belege, wohl aber, wie Tremayne in seinem Vorwort schreibt, für das 11. Jahrhundert – aber das war eine viel spätere und ganz andere Zeit.

So sind trotz der relativen historischen Authentizität in Tremaynes Buch deutliche Anachronismen zu verzeichnen: die ausgesprochen modern wirkende Schwester Fidelma, die in geradezu feministischer Manier auf die unterdrückten Nonnen von Autun oder den »frauenfeindlichen« Bischof Leodegar reagiert, oder auch die Äußerungen Fidelmas, Eadulfs und anderer gegen den römischen Zölibat. Doch tun diese Anachronismen dem Erfolg Schwester Fidelmas, die inzwischen bereits den 21. Fall, wie nicht anders zu erwarten, bravourös gelöst hat, keinen Abbruch. Im Gegenteil: Es scheint, als ob die Leserinnen und Leser weltweit gerade diese kleinen Reflexionen unserer aktuellen Geschichte in der uns fremden Zeit des Mittelalters besonders goutieren.